上

云霓 / 著

重庆出版集团
重庆出版社

图书在版编目（CIP）数据

复贵盈门. 第1部 / 云霓著. – 重庆：重庆出版社, 2013.8

ISBN 978-7-229-06635-2

Ⅰ. ①复… Ⅱ. ①云… Ⅲ. ①言情小说 – 中国 – 当代 Ⅳ. ①I247.5

中国版本图书馆CIP数据核字(2013)第117293号

复贵盈门（第1部）

FUGUI YINGMEN（DI 1 BU）

云 霓 著

出 版 人：罗小卫

责任编辑：刘 嘉 李 梅

责任校对：杨 婧

装帧设计：九一设计

重庆出版集团
重庆出版社 出版

重庆长江二路205号 邮政编码：400016 http://wwwcqphcom

重庆市国丰印务有限公司印刷

重庆出版集团图书发行有限公司发行

E-MAIL:fxchu@cqphcom 邮购电话：023-68809452

重庆出版社天猫旗舰店
cqcbs.tmall.com

全国新华书店经销

开本：710mm×1000mm 1/16 印张：37.5 字数：829千

2013年8月第1版 2013年8月第1版第1次印刷

ISBN 978-7-229-06635-2

定价：56.80元

目录 CONTENTS

第一章　新婚·重生

喜娘说："奶奶再忍一会儿，坐福能保将来荣华富贵。"

琳怡点点头应了喜娘，这是嫁进林家她第一次听到有人这样亲切地和她说话。她父亲获罪尚在狱中，所有人都觉得林家能依照婚约娶她进门已是不易。

从前她是名门闺秀，如今她成了罪臣之女，林家这样的态度她也不是没想过。还是林家大爷再三登门说不负她的名声，族中又说林郎可依托，她才安下心来待嫁。

喜娘整理床铺却没发现撒在床铺上的枣子、栗子、花生便笑着安慰她："一准是屋里嬷嬷忙忘了，奶奶安心坐，一会儿嬷嬷来了，让她们撒了就是。"

门一响，屋子里传来脚步声，是林正青回来了吧！

喜娘奉上合卺酒，琳怡伸手接过去，对面的人迟迟不肯将手伸过来。

扇子伸过来挑开了她头上的大红金丝盖头，看到她的脸，林正青才让喜娘扶着她和他一起喝了合卺酒。

低沉的声音吩咐喜娘退下去，琳怡抬起头看到对面皱着眉头的男人。

林家大郎才貌双全大周朝人尽皆知。她听惯了耳边对他的赞赏，也是今日才见真颜。看到他满面愁容，她并没有惊讶，她坐在闺中等着他来迎亲时，已经听到了他敷衍的笑声，之后他的冷淡和刻意疏离就更加证实了她的想法。

林正青不愿意和她成亲。

既然不情愿又何必迎娶她进门。

屋里没有了旁人，林正青疲惫地坐在锦杌上，上好的红缎喜服在地上展开，他却不知不觉地踩在脚底，冷淡的表情更是不加遮掩："陈六小姐素有贤名，有些话我也就直说了。"

"陈大人虽尚在狱中，既然我和你有了婚约，林家就养你终老……"

林正青声音冷漠，提到"终老"两个字特意停顿。

林家上门求娶才有今日的婚事，没想到尘埃落地，林正青对她却厌恶至深。此中因果她也想听个清楚，琳怡抿着嘴唇并不开口，等林正青将余下的话说完。

林正青露出嫌恶的表情："我听说你病重在家，就想着给你个名分……不妨告诉你，你父亲受刑过重已经撑不了两日，你既然是孝女，就该追随父母才算尽孝。"

她终于明白他对她的厌恶从何而来，林正青是怨恨她如今不是垂死的模样，当时她心中惦念着父亲的冤案，怎么也不肯做北邙乡女，这样的举动倒让他算漏了，听得林正青的话，她心里反倒冷静下来："你不愿意结这门亲事，可以将我送回陈家。"

林正青没想到一身嫁衣的女子不哭不闹竟然会说出这样一句话，他微微一怔便又冷笑："你以为陈家若是容得下你，还会将你匆忙嫁过来？我们林家顾及名声只得娶你，否则天下

哪里有这等的好事，以你……不过老死闺阁罢了。”

世家公子向来会粉饰太平，凡事都会说得轻巧好听，林正青面对她这样的弱女，干脆连装模作样也省了，既然话已经说到这里，还不如就说个透彻。喜冠压在她头上几乎将她细弱的脖颈压断，她的目光却依旧坚韧。“不只是为了林家名声吧？”世家名门表面上看着干净，背地里哪个不是利益为先。

都说她贤良淑德，不过是个伶牙俐齿的蠢物，林正青彻底恼羞成怒：“大周朝那么多绝色的女子我也未曾娶做正妻，你还有什么不满意？聪明人就该想想怎么了结更干净，说不得我会念及你的伶俐护你声名。”

声名？琳怡不由冷笑，既然想着让她死，就不会留着她占着他正妻的名位，更何况……眼前这些在她心中不值一文。

看着琳怡讥诮的表情，林正青脸色更加难看：“说到底还是她善良温婉，可怜你才会应允委屈做继室。依我看继室倒是不必，你这般女子不配进我林家宗祠。”

她……原来如此，琳怡听得林正青的赞美，心中顿时一阵恶心，想要撑起身子脱离林正青的掌控，却发现身上没有半点力气。

琳怡将目光落在合卺酒杯上，他们在酒里下了药，林家连这种事也做得出来。

“你未给我林家留下一男半女，更未尽力服侍长辈，就算我不肯立你为正妻，外面的人也不会说我情薄。”

进门第一天就要将她害死的人，却拿无后和未尽孝道来羞辱她，真是天大的笑话。

林正青说到这里脸上露出被欺骗的神情：“更何况陈家的长辈已经说了，你父亲是庶出，你更是一文不值的贱人。”

琳怡听到这里眼前一花，族谱上嫡长子分明是父亲，为了争嫡长子他们竟然颠倒黑白。

“不妨告诉你，若不是你陈家人帮忙我又怎么会想到这样的法子，”林正青顿了顿，“成亲前你就得了失心疯，陈家上下都能做证，疯婆子成亲当日纵火，损失的是我林家，陈家为了补偿我，会让我再纳陈氏女。”

这样周全的算计，林正青真是用尽了心思。这样一来她的死反而让林家受尽了委屈。“都说林家大郎少年俊才，何必要为难我这样的弱女。”琳怡的声音细弱，眼睛里却没有半点怯意。

少年俊才，让他得意的字眼从琳怡嘴里说出来却变了味道。

这时候还嘴硬，林正青冷冷一笑：“都是陈氏女，你却及不上她半分，她是可怜你才答应让我娶你为正室，你却这样说话，她恭俭贤良，你不过是个毒妇。”

能被林正青称作恭俭贤良的人……该是什么模样……

林正青起身提起大红喜字的蜡烛点燃了幔帐，火焰冲天而起顿时吞噬了喜帐，矮桌上盛开的牡丹花瓣被烧得蜷缩起来，带着火焰掉落在地上。

林正青侧脸在火光的照射下显得更加俊逸，浓黑的眉毛飞扬起来清高骄狂，一双眼睛闪亮得如同璞玉。

她第一次听到身边人提起她的婚事对象，林家大郎出身名门，十二岁考中秀才，十五岁中解元，十六岁中贡士，同年再中同进士进入翰林院任庶吉士。多有人夸他才思敏捷，将来必为肱骨之臣。

当时她闺中羞涩不敢打听太多，只是听说林正青在前府做客时，不由得心中有些浮躁。

她怎么也没想到，那个别人口中的林郎和她面前的人竟有如此的差别。

林正青淡淡一笑："我母亲求娶你的时候，听说康郡王欲纳你为妃，"林正青表情不屑，"我以为康郡王看重你的贤名，原来大家不过都是各有所图。"林正青说着转过身去。

火烧到琳怡的头顶，炙热得让她喘不过气来。

康郡王。就因为有此传言，她才让京中女子艳羡，父亲是怕她嫁入皇家受委屈，这才选了门当户对的书香门第。

父亲和康郡王有些交情，父亲入狱之后，她特意让乳母去打听康郡王那边的消息，希望康郡王能帮父亲伸冤，这才听说康郡王在父亲的案子中立了大功，皇上对康郡王大肆嘉奖，不但赐了康郡王婚事还赐了康郡王府。父亲时刻挂在嘴边赞叹的人亲手害了父亲。

父亲和她都错信了人。

谁能想到，让女子求之不得的两个男子流连她家门庭，不是她的福。

琳怡眼前渐渐模糊，她攥紧了拳头苦苦支撑，她还没想到办法为父亲伸冤。

胸口越来越憋闷，耳边终于传来下人的尖叫声："救火啊，快救火……"

接着是林正青惊慌失措的声音："这……怎么回事……快……快来人……"

琳怡努力睁大眼睛，面前只有越烧越旺的火焰，有人打开了门，冷风吹进屋子助燃了火势。

琳怡眼前顿时一片殷红，那片红色飘飘荡荡似是变成了一条红绫。

第一次进京去清华寺祈福时她将手上的红绫系在道树上，只因为她听说此树祈愿最准，她阖上眼睛，愿一家人平安康乐。

她才许好愿，身畔忽然起了风，她伸手去按飘起的衣裙，不自觉抬起头时，看到了她亲手系的红绫在四散的花瓣中轻盈飞翔，恰有一片花瓣向她飘过来，她闭上眼睛。

花瓣落下，额头上一片冰凉。

大家都说是佛祖显灵她的愿望必定实现。

她却不在意这些，只是捉住软嫩的花瓣放在鼻下，微笑着闻那份幽静的香气。

那一年她十三岁。

京城陈家，主子下人半年前就开始筹备陈老太太的寿辰，眼见就要到了正日子，府里到处张灯结彩，今年寿辰陈老太太格外欢喜，只因正赶上朝廷三年考满，外放福建福宁任职的陈家三老爷带着继室和一双儿女进京贺寿。

一家人团聚其乐融融，只可怜了年幼的孩子，福宁到京城路途遥远，南北水土骤换难服，

陈三老爷十三岁的女儿陈六小姐刚到京里就病倒了。高烧了三天，陈六小姐总算醒了过来。

一连两日天气暖和，院子里的桃花一下子都开了，小丫鬟正挑选枝头的白桃花。

开得最漂亮的花朵总是要被先摘下来，去掉多余的枝叶，拣去花萼晒干窖藏起来，留着将来做桃花水。

桃花水做香膏是她最喜欢的，琳怡透过窗子看了一会儿，摘下额头上的护额。

橘红急忙放下手里的汤药："小姐还是多戴一日，这病还没好利索呢。"

琳怡将护额递给橘红，声音略微沙哑："我好多了。"比起在大火里不能动弹，现在的生活宛然天上地下。

她在那场大火中昏过去，再睁开眼睛她竟回到了十三岁时，开始她还不敢相信，后来才发现这一切都是真的。

琳怡伸手摸向梨花木雕枝叶的炕边，再看向床边的矮桌，上面摆着大小花灯，花灯上画着篙桨戴斗笠的架娘撑船去接岸上的女眷游园。这是她进京之后，祖母特意让大伯母从库里帮她选的。

琳怡的母亲生下哥哥和她就去世了，母亲的同胞妹妹三姨娘嫁过来做了继室。这些年继母带着她们兄妹和父亲在福宁上任极少进京，这次也是大伯父写信给父亲，让父亲无论如何要将哥哥和她带进京城，这才有了此行。他们一家人在福宁的日子平和，所有的荣辱和波折都是在这次进京之后发生。

进京前父亲和继母不止一次提起两位伯父和祖母，两位伯父对他一家人向来疏远，怎么会突然热络起来。当时她没多在意父母的谈话，只是听哥哥绘声绘色说着京城该有多热闹，现在想想让他们一家人进京就是谋算的开始。

陈氏分两房，琳怡所处的是二房。陈氏二房老太太董氏并非是她的亲祖母。她父亲和两位伯父不是一母所出，父亲是过世的赵氏所生，两个伯父是现在的陈老太太董氏所生，按理说她的亲祖母才是正室，父亲是嫡长子，现在的董氏是继室，她生下的孩子虽然是长子却非嫡生，陈家二房争嫡长子名分已经不是一日两日……她临死前只知道亲祖母被董氏从族谱中拿掉，父亲也从嫡长子变成了庶出。

争嫡长子只是第一步，琳怡相信更大的利益在后面。

琳怡看向窗外，初春的阳光依旧刺人眼睛。

若是从前她一定不会想到，几年后会落得如此凄惨境地。

父亲入狱，成亲当日她被夫婿害死。

一切就像张大网将她收在其中，等她发现的时候怎么都挣脱不了。

至死她也不知晓到底是谁在背后谋算。

现在她有了机会，琳怡嘴角浮起一丝淡淡的微笑，她不会再重蹈覆辙。

“六小姐，快喝药吧！”橘红将矮桌上的药捧给琳怡。

橘红和玲珑是从小就跟着她的丫鬟，又随着她一起嫁入林家，那天晚上林正青让人将两个丫鬟哄骗了出去，大火烧起来那一刻，她隐约听到橘红在门外哭喊。

一切总算都过去了。

琳怡舒口气接过药碗。

橘红去矮桌上拿了蜜饯子：“小姐再忍忍，喝过这两剂说不得就好了。”

她记得这场病只是个开始，从这往后她断断续续地生病，直到她和林家有了婚约身上的病才算真正好了。因要养病，她深居简出，大部分时间是在这个院子里度过，所以外面的事她鲜有听闻。

在福宁时她身体向来好，为什么一进京就诸病缠身？

琳怡将药放回桌上。

橘红还要劝，琳怡已经伸手打开琥珀忍冬花痰盒将药倒了进去。

“小姐……这……”

琳怡伸出手指在嘴边“嘘”了一声：“我已经好了，不用再吃药。”任谁常年缠绵病榻都只能任人摆布，她要想法子将这件事弄清楚，在一切没有明了之前，她要小心谨慎不能走错一步。

虽然开始是盲人摸象，只要让她看出些端倪，往后就会越来越容易。

看着小姐脸上明快的笑容，橘红不自觉将要说出的话吞了回去。六小姐这一病之后仿佛是变了许多，到底是哪里不同了她说不上来，眉目更加清朗，人也更加沉稳了。橘红还没回过神来，只听门外传来脚步声。

玲珑推门进了屋，看到琳怡精神气爽地坐在床上，本来怒气冲冲的眼眉顿时扬起来：“小姐看起来好多了。”

橘红笑着接过玲珑手里晾晒好的衣裙：“怎么出去了那么久？”

玲珑的脸色顿时垮下来，刚刚她吩咐小丫鬟收了衣裙，想着去厨房给小姐要些细软的吃食，谁知道遭到厨娘好一阵数落，她辩驳了几句那厨娘的声音越发大了，引得府里的下人都过来看笑话。

“我们家也不是没有规矩的，只是小姐病着身子虚弱，这些日子不过就吃些粳米粥，身子虚空不补补怎么行。什么过时不食，大家又不是光头的和尚，要严守清规戒律。”玲珑说到这里，脸气得红起来，旁边的橘红也皱起了眉头。

“后面的话更难听，说我们将这里当作了地头儿上的歇马凉亭……”

橘红忍不住道：“这也太过分了。”

陈家没有正式分家，可是父亲长期外放做官，祖宅又有董氏把持，也难怪他们的处境犹如寄人篱下。眼下还没法逆转现在的情形，也只能忍耐，口舌之争都是小事，真正该在意的是将来被算计。

董氏现在能掌控整个陈家二房，族谱上父亲却是正经的嫡长子，董氏就算要改族谱也要买通族里，也就是说现在她还有时间改变将要发生的事。

琳怡刚想到这里，只听外面有人道："六小姐起来没有？"话音一落穿着褐色半臂的陈二媳妇堆着满脸的笑容进了屋，身后跟着两个拿着托盘的丫鬟。

陈二媳妇见到琳怡立即躬下身赔礼："都是奴婢们想得不周到，倒委屈了六小姐。"

刚才还嚣张的人一下子就矮了身段。

玲珑看着陈二媳妇低头的模样，嘴就弯起来。再怎么说六小姐也是主子，她们做奴婢的不敢太过放肆。

一碗粥，一碟糕点和四个小菜摆上来，陈二媳妇脸上的笑容更深了："奴婢们是怕小姐身子弱，吃食也要有节制，否则府里哪里来的规矩呢？没想倒让小姐动了肝火。"

陈二媳妇是大伯母身边陈妈妈的二媳妇，陈妈妈是大伯母身边得力的，协理大伯母身边的琐事，陈二媳妇管着大厨房平日里俨然半个主子，怎么会为这么件小事来给她赔礼。

琳怡看向陈二媳妇领着的小丫鬟，两个小丫鬟缩着脖子仿佛是受尽了委屈般。再瞧向桌子上的小菜，都是极为精致的福建菜，米香四溢的糯米鸡球，细腻精致的六和猪肝，色泽红润的荔枝肉，连粥都有一股竹子的香气，想来是用竹筒饭做的，这么短的时间做出这么多福建菜可真是煞费苦心。

重活一遍，仔细看着身边所有人的一举一动，倏然发现她们的手段也不过如此。

琳怡微微一笑。

看到琳怡的笑容陈二媳妇心中也乐开了花。

走出院子陈二媳妇很快伸直了腰板，脸上也露出一丝不屑的笑容，三老爷将来指不定能不能保住嫡出的名分，六小姐倒摆出正经主子的款儿来，陈二媳妇这样想着心中不快起来，好在她是个心路宽的人，权当是喂了牲畜。

陈二媳妇转头去看身边的小丫鬟："一会儿你给老太太屋里送盘子，遇到老太太身边的董妈妈该怎么说你可知道？"

那小丫鬟忙低头道："奴婢知道，就说六小姐要吃福建菜让人来大厨房闹，奴婢们都挨了骂。"

陈二媳妇又拧了小丫鬟两下，小丫鬟疼得直吸气："奴婢还挨了打。"

陈二媳妇这才满意地翘起嘴唇："记住不是给董妈妈看，是给长房来的姑奶奶看。"要让长房的人知道从福宁来的六小姐是个骄横跋扈的主，并不是长房老太太喜欢的那种温婉的大家闺秀。

第二章 算计

大周朝定都京城的时候，最早从陪都迁移过来的就有陈家。于是陈家祖宅就落在京城最好的地段，这些年陈氏虽然分了几次家，大部分族人还在东城居住。现在陈家以祖宅为正中扩建了几个主院，祖宅留给长房，靠着长房的最大院子就是现在的二房。二房的院落虽然不如长房大，这些年在董氏的操持下也修葺得十分漂亮。

京城中达官显贵喜欢引水入园，陈家也不例外，沿着碧水连天向前走，经过白玉拱桥，然后是八角亭，过了翠竹林就是月亮门，长廊的尽头就到了陈老太太董氏的和合堂。

陈老太太董氏靠在罗汉床上和长房的三姑奶奶说话。

三姑奶奶握着粉彩梅花枝的茶杯喝了些茶。上好的碧螺春，在瓷碗里蜷曲似螺，品起来味道醇香，这么好的茶也就在二房老太太这里能喝到……这次来二房她可不是为了喝这杯茶，而是为了从福宁回来的三老爷一家。

三姑奶奶一边和老太太说笑一边注意着房里的动静。三老爷自从外放福宁，这还是第一次举家回京，二房老太太看起来因此高兴，其实却未必，毕竟隔着肚皮，二房老太太始终防着三老爷。

其中原因……三姑奶奶抿了一口茶，陈氏直系族人都知晓，二房老太太始终不肯承认自己是妾室抬了继室。二房老太爷在川陕任守备时自作主张娶二房老太太董氏，虽然在外一直将董氏当作正室，却不能规避长辈在祖宅已经给他迎娶了一房妻子赵氏，虽然当时尚未圆房却是经过父母之命媒妁之言，赵氏是名正言顺的正室。

大周朝从来没有乱妻之事，赵氏和董氏之间必然一妻一妾，董氏父亲是正三品城守尉，自然不肯让自己女儿伏小，二房老太爷欲休赵氏，赵氏出自书香门第，知书达理德行兼备嫁入陈家没有半点错处，族里长辈要顾及陈氏脸面自然不肯答应二房老太爷休妻，二房老太爷干脆带着董氏在川陕不肯回京，赵氏和董氏没有见面也就没有真正分出大小，本来这样拖下去对董氏有利，毕竟董氏有了陈家子嗣，赵氏虽奉孝长辈却一无所出……人算不如天算，男人本是馋嘴的猫，二房老太爷回京公办架不住赵氏的温婉，着实与赵氏做了一年的夫妻，赵氏肚子争气一举得男，一下子就压过了董氏。

董氏也是个能沉得住气的，带着儿女在苦寒之地坚持下来，一直等到赵氏死了才跟着二房老太爷进京。这样一来董氏很快掌握整个二房。

即便二房老太太董氏在陈家要风得风要雨得雨，可是还不能规避从前的正妻之争，要知道赵氏是陈家长辈一手安排的，名讳早就写在了陈氏族谱上，赵氏所生的陈三老爷也就成了嫡长子。但凡涉及嫡长子的事都要让董氏头疼。

三姑奶奶放下手里的茶碗正要提见见三老爷所出的六小姐，外边已经传来董氏身边妈

妈的呼喝声："怎么这样不小心！"

穿着碧色衣裙的小丫鬟不知道说了什么，抬起头来是一双红肿的眼睛。

三姑奶奶装作不在意挪开了视线，却仔细地听着外间传来断断续续的说话声。

"福建菜没有做好，六小姐那边……"

福建菜……三老爷一家就是从福宁回来的，该是不习惯京城的饭菜吧，比起福宁那边京城的口味略咸了些。三姑奶奶看一眼身边的欣妈妈，欣妈妈忙笑道："我去将奶奶给二老太太准备的礼物拿上来。"

三姑奶奶笑着颔首，既然有了动静出去打听打听也是好的。母亲从前和三老爷的母亲赵氏关系不错，所以母亲一直惦念着三老爷一家，这次三老爷带了一双儿女回来，母亲的意思是想要见一见。能打听些消息，她回去也有个交代。

不多一会儿董妈妈从外面进来。

毕竟是老太太身边的人，不论遇到什么事都能不动声色："老太太，饭菜都准备好了。"

三姑奶奶站起身上前去扶陈老太太。

门口传来小丫鬟的声音："四小姐来了。"

三姑奶奶转过头去，只见柳绿的帘子挑起来，穿着藕色褙子、外罩浅紫小八宝挂线细纱衫，颈上戴着精巧的牡丹镂花岁岁如意锁，凌燕髻，珊瑚饰，头上编着金丝璎珞流苏的陈四小姐琳芳进了屋。

三姑奶奶顿时露出笑容来。

陈老太太道："我知道你喜欢琳芳，特意将她叫来陪你。"

陈二老爷身下行四的小姐琳芳人长得漂亮又温婉大方，深得族里的长辈喜欢，陈老太太更是早早给琳芳请了女先生教她诗书，这两年京中许多人都知晓陈家有位才貌双全的四小姐。

琳芳迎过去扶起陈老太太另一只手。

三姑奶奶表情亲切："早说想要将你接去我那里坐坐，只怕老太太不肯放手。"

陈老太太一笑："快将她接去，劳累的又不是我。"

琳芳与三姑奶奶相视一笑，转身从丫鬟手里接过一把扇子："我才绣的莲花扇，正说要给三姑母送去。"

这样一针一线用鲛丝绣的扇子要着实花些功夫，之前她只是看到二房老太太身边有一把夸赞了一番，没想到琳芳这孩子倒放在了心上。三姑奶奶笑意更浓："这孩子，不怕累坏了眼睛。"

琳芳笑容干净纯粹，跟三姑奶奶更是熟络："姑母喜欢就好。"

琳芳人长得漂亮，性子又好，三姑奶奶越看越喜欢。长房人丁衰落，母亲又是个为人寡淡的，平日里往来的亲眷也就不多，琳芳倒是常常过去陪着母亲说话。多少年了，这孩子从来没变过。

大家正说着话，又听外面的丫鬟道："六小姐来了。"

众人都有些惊讶。

三姑奶奶更是目光闪烁，六小姐不是病在床上吗？怎么倒能起身了。

陈老太太放下手里的茶杯："这孩子，身子还虚着怎么倒来了。"

琳怡站在门口，隔着琉璃帘子先给陈老太太问安，又给旁边眼生的妇人福了身。

陈老太太慈爱地笑着："快进来。"

琳怡这才让撩开帘子走了进去。

三姑奶奶上上下下打量这位从未谋面的六侄女。六小姐琳怡穿着粉色妆花褙子，腰间束了一条碧色丝绦，梳着小女孩常见的双螺髻，打扮也是家常，比不上琳芳的细致，却难得的清丽。

陈老太太指点琳怡："这是你三姑母，好些年不见了自然是生，日后多多走动也就好了。"

琳怡规矩地上前给三姑奶奶行礼。

三姑奶奶笑开了眉眼，上前将琳怡扶起来："这孩子眉眼长得和三弟一样。"

陈老太太倒是依旧慈祥地笑着，身边的董妈妈表情却有些僵。

莲心苦不苦只有她自己知道，三姑奶奶脸上的笑容更盛了，三弟长得像赵氏，她就是故意提起赵氏，好让二房老太太知晓，富足的日子不是那么好享受的。

屋子里静谧下来，连同香炉里的烟也是一丝不苟袅袅冲天。

琳怡转身接过橘红手里的食盒，无事不登三宝殿，陈二家的领着丫鬟送来那么多精致的福建菜绝不是怕她怪罪："这些日子多亏了祖母照应，我的病才这么快就好了。"

看着桌子上的福建菜，陈老太太笑起来："你这孩子对祖母哪里用这样客气。"

琳怡笑道："厨房怕我吃不惯京里的口味，特意做给我吃的，我也是借花献佛。"

似是难得见到这般贴心的晚辈，陈老太太将琳怡拉过来坐了："你不知道我是心疼你得紧，早就让你老子将你带进京，他走他的官途去，由我照顾你们兄妹，还不是你老子舍不得，非要将你们挂在腰上，你们才跟着他东奔西走，白白受了许多委屈。"

陈老太太像一个慈爱的祖母，软声软语几乎能让人掉了眼泪，更将琳怡揽在怀里伸出手来拍抚，边说话边叹气，仿佛十分后悔一般。

琳芳也跟过来坐了亲切地拉起琳怡的手："如今六妹妹回来了，祖母也该宽心不少。"

陈老太太笑道："现在自然是喜事了，"说着又问琳怡，"身子怎么样？要不要再请郎中来瞧瞧？"

琳怡从陈老太太怀里起身，经过了刚才的感怀，似是也少了一份拘谨："好多了，从前我很少生病，想来这次也是路途远乏累才有的病症。"

旁边的三姑奶奶听了笑："我最远也只是去过陪都，难为琳怡平白跟着三弟走那么远的路。"

平白走那么远的路。三姑母的意思是她不该跟着父亲进京，还是他们一家不该搬去福

宁那么远的地方。

无论谁都能听出来的弦外之音。

三姑奶奶又道："琳怡和琳芳只相差一年吧？我听说已经有人问起琳芳。"

琳芳狠狠地怔愣了一下，一会儿才明白过来登时红了脸。

屋子里的人都注视着琳芳微笑，琳芳不禁窘迫。

还是董妈妈解了围："饭菜快凉了，老太太、姑奶奶、两位小姐还是先用了饭再说。"

说说笑笑在前，一顿饭下来气氛也算融洽。

吃过饭琳芳和琳怡将三姑奶奶送出门。

走到月亮门琳怡忽然想起来："我给祖母和伯祖母做了抹额，三姑母给伯祖母带回去，改日我和母亲去给伯祖母请安。"

三姑奶奶笑起来："你病才好不要太费神。"

琳芳帮着琳怡说话："总是六妹妹对长辈的心意，我们每日都搜肠刮肚不知道送什么给长辈好，多得是尽的孝心在里头，三姑母帮衬着在伯祖母面前说说，六妹妹进府请安也能自在些。"

三姑奶奶被琳芳说得开怀："就你机灵。"

琳怡和琳芳相视一笑。

和合堂安静下来，陈老太太坐在雕花红木软椅上看花房新送上来的小春桃盆景，看了一会儿挥挥手让人将盆景换作桃花插瓶。

陈老太太皱起眉头："三太太回来没有？"

大太太带着三太太去附近的水月庵供奉药王爷。

董妈妈道："还没回来。"供奉药王爷要吃斋饭听经文，至少也要再过一两个时辰才能到家。

这么说，六丫头到她房里，不是老三媳妇安排的。

"让人留意着，看看三老爷那边有什么动静。"陈老太太想到这里微微敛目，有些事不能不防。

陈老太太的脸色不好，董妈妈低声宽解："依奴婢看八成是凑巧了，六小姐年纪小不会留意这些事。"六小姐见到三姑奶奶惊讶又生疏的模样不像是装出来的。

话说到这里，董妈妈将大厨房小丫鬟说的那些话说给老太太听。

"六丫头动手打了人？"

董妈妈点头："是这么说的。"

"撒谎都不会。"陈老太太面色不虞，"六丫头小心翼翼的模样哪里像嚣张跋扈的人，三姑奶奶怎么可能相信？六丫头将饭菜端到我房里来，长房说不得会以为是我陷害六丫头。

这样没脑子的事只有大媳妇那个蠢货做得出来。”

董妈妈躬身道：“奴婢将事压下了，大厨房的人不会再将事说出去。长房那边也不会察觉。”

今天将事压下了，明日又不知道会使出什么幺蛾子，“老大媳妇若是能聪明些，也就不用我这样费心思，”陈老太太淡淡地看了董妈妈一眼，“我让老三回来是要放在眼皮底下，免得他不声不响做出什么惊天动地的事来，到时候后悔也来不及。你要让人将人盯住了，不只是老三一家，这园子里所有人都要给我看个仔细。”

董妈妈躬身道：“老太太说的是。”

陈老太太从袖子里取出佛珠捻了捻：“你看长房那边会不会喜欢琳怡？”

董妈妈坐在如意纹方凳上给陈老太太揉脚，在川陕那几年老太太脚上长了冻疮，春暖花开的时候尤其痒得厉害。

“不会，”董妈妈想也不想，“四小姐和三姑奶奶亲厚不是一日两日了。长房老太太性子虽然凉薄对我们四小姐却也是另眼相看。六小姐礼数上还算周到，可究竟是鱼目难敌珍珠，您没瞧见三姑奶奶那双眼睛始终在我们四小姐身上呢。”

无论是性子还是容貌琳芳都是千里挑一的，琳怡毕竟跟着父母在小地方住着，不会有什么见识。陈老太太想到这里眼前不自觉地浮起琳怡清丽的眉眼，难不成真的像赵氏那贱人？怪不得赵氏会将老爷迷住。

脚上的冻疮不再痒了，心里的冻疮却怎么也不能痊愈。她在川陕领着孩子辛苦度日，没想到老爷跟着那贱人在京里逍遥快活。她就是想着要为儿女正了嫡出的名分，才支撑这么多年。

“不能小看老三。赵氏那贱人诡计多端，她生养的野种也好不到哪去。”当年她也是轻信了赵氏贤良的名声，谁知道她竟连勾栏院的娼妓也不如，见到老爷就想方设法地扑上去，否则肚子里哪来的野种。

琳芳、琳怡将长房的姑奶奶送到垂花门，看着蓝呢官轿没了踪影，两个人才说着话回园子里。

“这些日子桃花开得盛，京畿这边的小姐喜欢将桃花摆在绣房里。”琳芳亲切地挽着琳怡的手，热络得仿佛是一母同胞的姐妹。

“我看到府里有不少花树。”

琳芳笑着道：“咱们府里的桃花种类是最多的，不如我带着妹妹四处看看。”

从前她在园子里住的时间不算短，却从来没有谁主动要求带她游园。

“好。”琳怡干脆地答应了，赏桃花倒也是好事。

陈老太太喜欢桃花，陈家二房搬进来之后就在园子四处种桃花树。

穿过波望亭就是桃花坞，琳芳边看边带着琳怡向东园子走。

东边是大伯、大伯母的住处。

跟在后面的橘红看着陌生的景致，心中有些害怕，于是不停地转头张望。就算看桃花，走得也太远了些，偏偏两位小姐没有停下脚步的意思。

“那边是芳菲苑，我们去那折两枝桃花。”

听到琳芳的提议，琳怡点了点头。

青石路的尽头是通幽的小径，如今到处撒满了桃花花瓣，轻轻走过去仿佛衣襟上都沾着馨香。

的确是让人无法拒绝的好去处。

尤其是琳怡很少能看到这么漂亮的桃花。

琳芳的脚步慢慢停下来，琳怡却仿佛看傻了眼，带着橘红一路向前。

不知走到了哪里，只觉得自己真真切切置身花海，在伸展的花枝中间，琳怡看好了一枝半开的桃花刚要伸手折下来，手指才碰到枝丫，耳边忽然听到有女人呻吟的声音，琳怡顿时吓了一跳，脚下一软摔在地上。

琳芳顿时大惊失色：“六妹妹你这是怎么了？”

琳怡顾不得脚上疼痛，伸出手来指向前面：“谁……谁在那里……”

琳芳顺着琳怡手指的方向看过去。

陈老太太才静下心来要写几张字帖。

沉香撩开帘子匆匆忙忙进屋禀告，“老太太，柳姨娘那里出事了。”

柳姨娘从前是老太太跟前的二等丫鬟，后来被大老爷看上要过去抬了姨娘。

一旁磨墨的董妈妈正色起来，柳姨娘是有身孕的，难不成……

沉香喘口气接着道：“柳姨娘说不得是要小产了。”

陈老太太听得这话抬起眼睛，柳姨娘已经有五个月的身孕，按道理已经是安稳的时候，怎么会突然小产。

陈老太太扫一眼董妈妈，董妈妈问道：“到底是怎么回事？”

沉香道：“柳姨娘在院子里散步，不知道怎么的突然肚子疼，多亏被四小姐和六小姐撞见了。”

这是怎么回事，两位小姐怎么会走到柳姨娘那里去。

陈老太太皱起眉头：“柳姨娘身边的丫头呢？叫她进来。”

门帘一动，小青快步走向前向老太太行了礼，经过了刚才她是又惊又骇，张开嘴口齿也不清起来：“奴婢……去大厨房给姨娘做点心……走的时候姨娘还好好的……不知道怎么回事，姨娘突然腹痛起来……”说着簌簌掉了眼泪。

柳姨娘身边只有一个丫鬟伺候，这个丫头平日里是从来不离柳姨娘的，怎么会突然去了大厨房那么久。

陈老太太扶着金边流云绣紫红迎枕起身："还等什么？请郎中过去瞧瞧。"

沉香应了一声忙带着小青下去。

陈老太太沉着脸看向董妈妈："去看看到底是怎么回事。"

内室里的柳姨娘苍白着脸缩成一团，染着凤仙花汁的手紧紧攥着绣着福字的小儿肚兜，不时地发出呻吟声。

琳怡、琳芳看着两个嬷嬷进了内室问长问短，不一会儿工夫老太太身边的董妈妈进了屋。

看到琳怡、琳芳，董妈妈很是诧异："两位小姐怎么还在这里？"

琳芳仿佛吓坏了，苍白着脸不知道怎么说才好，大大的眼睛看着琳怡。

琳怡衣裙沾满了泥土，让人搀扶着站在一旁。

橘红低声道："六小姐崴了脚，已经让人去找跌打药了。"

董妈妈视线落在琳怡的脚上："这可怎么得了，"说着吩咐屋子里的小丫鬟，"愣着做什么？快让人抬肩舆来。"

小丫鬟应声跑出去，董妈妈上前搀扶琳怡："六小姐先坐下歇歇，除了脚还有没有哪里伤到了？"

琳怡紧皱着眉头："只是脚有些疼，妈妈不用管我，快去看看……"不知道怎么称呼内室的人好。

董妈妈顺着琳怡的视线看过去，六小姐才到陈家，自然不知道屋子里的人是谁。

两位小姐安然无恙，董妈妈这才去看柳姨娘。

琳怡坐在锦杌上，只听柳姨娘哀戚地道："求董妈妈救救我肚子里的孩子。"

琳怡侧头去看琳芳，琳芳似是不在意，却下意识地向内室侧着头。

第三章　怀疑·再提林家

大伯父身下还没有子嗣，所以妾室怀孕就成了大事，妾室生出长子会让正室丢脸面，陈府的人当然都知道这一点。

于是屋子里的人都是一副高深莫测的表情。

不多一会儿下人将肩舆抬了过来。

琳怡上了肩舆，琳芳也跟着一起出来："都怪我，怎么带你到这里来了。"

琳怡摇摇头："是我要看桃花，不关四姐的事。"

下人径直将琳怡送去陈老太太房里。

陈老太太早就得了话，早让人将跌打药拿了出来。沉香、石楠两个丫头上前伺候琳怡褪下鞋袜。

看到琳怡的脚腕只是微微发红，陈老太太也松了口气："还好没有伤筋动骨。"

老太太房里的大丫头手脚轻巧，很快就将琳怡的脚腕包好了，琳怡觉得脚腕抹了药的地方一片冰凉。

"觉得怎么样？"陈老太太关切地问。

琳怡点点头："舒服多了。"

老太太这才露出些笑容，笑过之后，老太太又正色道："你们两个丫头怎么跑去你伯父的小院子里了？"

琳怡低下头："是我光顾着看桃花没有注意。"

琳芳望着琳怡的伤，脸上神情十分后悔："是我领着六妹妹去的东园，我想着要折几枝漂亮的桃花给祖母，就……"

原来是因为孝心。

老太太的表情果然软下来。

两个丫头总是在自家的园子里，算不上出格。

老太太叹口气，看着琳芳略带责怪："你年长应当照应妹妹，以后再出去多带两个丫鬟。"

琳芳听着点头，亲近地坐到琳怡身边嘘寒问暖："要不然让六妹妹和我住在一起，我也好照应她，而且，"琳芳说到这里自然而然地笑了，"听说三叔父给六妹妹请的女先生是位杏林圣手，六妹妹应该跟着学了不少的医术，我还想让六妹妹教教我。"

杏林圣手。老太太看向琳怡，她也听说过老三给六丫头请的女先生大有来头："是那位有名的语秋先生？"

姻语秋的名字京里人都知晓，原是书香门第的小姐，家中没落之后改作了女先生，在医术上也颇有研究，经常给小姐、夫人诊治，被人称作女神医。要不是母亲恰好与语秋先生相识，先生也不会答应教她。

琳怡点点头。

琳芳一脸的羡慕："刚刚六妹妹就盯着柳姨娘看了半天，所谓望、闻、问、切，六妹妹该是学到了不少。"

老太太转过头深深地看了琳怡一眼。

琳芳的母亲，陈二太太田氏坐在铺着蓉簟的木炕上，牡丹纹的紫檀矮桌旁立着玫红镶金的绣屏，田氏正仔仔细细一针针地绣着。

田氏身边的大丫鬟元香慢慢走上前低声道："柳姨娘的事闹开了。"

田氏头也不抬。

元香道："柳姨娘在院子里被六小姐发现了，现在四小姐和六小姐都去了老太太房里。"

田氏嘴角轻翘，老太太自然要将两个丫头叫过去问话。

元香有些担心："这事长房会不会怪在我们身上？"

田氏扬了扬眉戏谑："和我们有什么关系？会医术的是六小姐又不是我们家琳芳。将来传出柳姨娘被下药的闲话，那也是懂医术的人才会说得有板有眼，"田氏说着顿了顿，"我只是提醒大太太，她的对手是三叔一家，不是我们。"

田氏说着放下手里的针，双手合十，如同跪在佛前的信女："阿弥陀佛，我佛慈悲，我也是为了救人一条性命。救人一命胜造七级浮屠。"田氏重新拿起针，一针扎在枝头喜鹊的眼睛上："我和大太太不同，我要为我们斌哥、芳姐积福。"

元香深以为然，笑着道："我们太太是最心善的人。"

田氏眼睛微闭，眉心一点朱砂痣衬得她仿若拿着净瓶的观音。大太太掌管大厨房那么多年，就算给柳姨娘下毒也会做得干干净净，老太太就是查也查不出什么来，到时候她只需要让人去柳姨娘耳边煽风点火，让柳姨娘去求懂些医术的六小姐，这把火自然而然就会烧到三叔家里。

那时候只要隔岸观火……

说到底动了这样的心思，她也是为了这个家，她不能眼看着陈家在大太太手里衰败。

说到医术，坐在软榻上的琳怡掩袖笑出声："若说望、闻、问、切，我所知的恐怕还不如四姐姐多。我跟着语秋先生确是认了些草药，不过不是治病用的。"

琳芳怔愣在那里。

老太太也好奇起来："六丫头都学了些什么？"

琳怡扬起眉角："能做香膏用的几味药，"说着伸出手指细数，"桃花、蔷薇……还有白豆蔻、白芷、白茯苓、紫苏都是各有效用，"说到这里琳怡一顿，"草药的种类繁多，我也记不住，先生说听一听也就罢了，并不仔细教我。我让身边的丫鬟在院子里采桃花就是做桃花水用的，"说着看向琳芳，"四姐姐若是想学，我都告诉你。"

琳芳半天才回过神来："原来六妹妹学的是这个。"

琳怡道："至于大伯父的那位姨娘……我只是不认识多看了两眼……"

老太太嘴角弯起露出几分笑意："跟着女先生就学会了这么几味药。不过也好，宅门里的小姐，学多了也是没用。"

琳怡坐了一会儿觉得脚上已经不疼了。

老太太吩咐下人将琳怡送回去，琳芳也跟着出了屋。

两位小姐刚走，董妈妈就撩开帘子进到内室里。

老太太盘膝坐在罗汉床上看着董妈妈，董妈妈不敢耽搁低声道："郎中在柳姨娘的药碗里找到了牵牛子的药渣。"

牵牛子是烈药，孕妇吃了会小产。

老太太睁开眼睛目光尖利："这是第几个了？她生不下子嗣也不准旁人生。柳姨娘之前已经有过一尸两命，我不止一次地点过她，她还不肯收手。"

董妈妈利落地打开矮桌上的扇子给老太太扇风。

老太太深吸一口气："之前是没有证据才让她在我面前哭冤枉，这一次看她还有什么话说。晚辈屋子里的事我本不应该插手，可那毕竟是我陈氏的骨肉，我不能任她胡来。"

董妈妈生怕气坏了老太太："老太太先别急，现在柳姨娘的情况总算安稳下来，等到大太太回来您再好好问问，说不定是有隐情。"

隐情……老太太冷笑一声，事到如今再说这种话就是自欺欺人："从我院子里选两个得力的去照应柳姨娘，务必让她肚子里的孩子全须全影地出来。"

琳怡回到院子里，门口的玲珑先迎了上来。

玲珑眼睛红红，该是刚哭过："小姐怎么样？"

琳怡坐在软榻上摇摇头："没事，敷了药已经好了。"

两个小丫头不肯相信，小姐若是好了，就不会用肩舆抬回来。

屋子里没有旁人，琳怡站起身来，慢慢地在屋子里走了几步。她的脚本来就没有受伤，琳芳提议去看桃花她就有所准备，琳芳想要利用她，她干脆顺着琳芳的意思……

白豆蔻、白芷、白茯苓、紫苏……她虽然没有和先生好好学医理，懂得的却不止是这几味药。

牵牛子……在她的记忆里，柳姨娘因此一尸两命，老太太虽然怀疑大伯母却没有找到证据。

在柳姨娘屋中，她趁乱将牵牛子的药渣扔进柳姨娘喝剩的半碗药里，只要老太太查那半碗药就会发现牵牛子的药渣。

一个小小的妾室虽然不足以让大伯母受到严厉的惩罚，但是从此之后大伯母应该就会有些收敛。

不只是救那可怜的女子，也是要自救。

之前她也是被人下了药，一直重病缠身。在陈家，大伯母管着大厨房是最容易下手的。

既然懂得牵牛子，就应该也懂得用其他药。她记得从前是因为她的病全家才留在京城的，若是她的"病"好了，父亲是不是还会带着她们回福宁去。

琳怡想到福宁，心中不禁小小地波动，毕竟在福宁的日子是她最怀念的。

离开京城，父亲就不会认识康郡王，林正青家里也不会来陈家向她提亲，以后的事也就顺理成章全都改变了。这是最简单的一条路。

看着琳怡行走自如，两个丫头不掩脸上的惊喜。

橘红刚要上前说话，只听外面有人道："琳怡，你的脚怎么了？"

话音刚落就有人踢开了帘子。

蓝色的身影一闪，琳怡看到了身穿宝蓝箭袖暗纹对襟行袍，外罩宝相花外褂十三岁的衡哥。

衡哥皱着眉头，鼓着脸颊像一个小大人。

重生前的一幕一幕都从琳怡眼前闪过，酸甜苦辣让人百感交集，琳怡怔愣了片刻，不自觉笑起来："没事，扭了一下，现在敷了药已经好了。"

琳怡说着又走了两步。

衡哥仔细看了看这才放心了，然后又问琳怡病好了没有。

琳怡道："已经好多了。"

听得这话，衡哥像是放下了一件心事，重重地舒了口气。

衡哥跟着父亲去京里的书院，穿得格外规矩，这样一天下来紧系的领口早已经湿了。琳怡让玲珑拿了巾子给衡哥擦汗。

衡哥干脆回房里换下厚厚的外褂又洗了脸，才又来和琳怡说话。

琳怡笑着问起衡哥今天去书院的事："如何？是不是比我们福宁的书院好？"

衡哥是直率的性子，在外面又吃了一肚子闷气，现在不觉声音高涨："哪有什么好的，里面不过都是装模作样的世家公子，我们福宁随便一个书院都比这好。"

衡哥说的都是气话，福宁才子不少，只是骨子里懒散，不愿考取功名更不愿去书院做先生，父亲一心要衡哥走科举之路，却苦于找不到好西席教衡哥。

衡哥愤愤地竖起眉毛，这次父亲带着他去书院一是带他长长见识，二是要给他选个好西席，结果西席没有着落，他却听到许多夸赞祖母的话，说什么陈家为了父亲带着妻小回来大肆修葺园子，父亲不常回京，是不肯接受董氏这个母亲，若是父亲回到陈家再请西席就容易多了。

父亲表面上虽然不吭声，回来一路却都没有说话。

两个伯父和祖母对他们到底好不好，外人又如何知晓？不过是听董氏一面之词罢了，再说董氏本来就不是他的亲祖母。

衡哥看向琳怡："妹妹再忍耐几日，等到老太太生辰过后，我们全家就能回福宁了。"

衡哥话音刚落，外面一阵脚步声，三太太萧氏带着丫鬟进了屋。

萧氏将一双儿女带到内室，又仔仔细细看了琳怡的伤脚："还好没什么大事，真是吓了我一跳，"说完拿出两个平安符交给衡哥和琳怡，"让丫头将平安符放进你们的荷包里。"

衡哥不禁撇嘴。

萧氏看在眼里也不生气，慈爱地将衡哥拉过去，亲自将平安符放进他的荷包："药王庙的香火旺，若是能保平安也是好的。"伸手也将琳怡的平安符放好。

琳怡和衡哥的生母生下他们就过世了。萧氏一手将他们拉扯大，他们便将萧氏当作生母般看待。

衡哥想起今天的不快，一股脑和萧氏说了。

见萧氏沉吟不语，衡哥干脆问道："母亲，我们是不是很快就会回去？"

琳怡抬起头看萧氏，萧氏的表情明显地犹豫不决："这件事要听你们父亲的，"说着顿了顿，"来京之前你们两个不是还很高兴？现在怎么了？"

期望是一回事，现实又是另外一回事。

两个孩子不说话，萧氏又安慰衡哥："明日让你父亲带着你去街上转转，有什么喜欢的尽管让你父亲买给你。"

听说在京里买东西，衡哥的眼睛亮了，京城毕竟大，许多新奇的东西福宁都没有。

萧氏接着安慰琳怡："京城的成衣匠做工细致，我请来给你多做两套衣衫，再给添置些首饰、头面，一会儿匠人就会将样子递进府，你挑一挑，早些让他们去打。"

若是重生前她听到这样的话一定会高兴，琳怡笑道："首饰我还有许多，就不用再打了吧。我们从福宁拿过来的衣裙也有不少，有两套崭新的都没穿过。"

萧氏道："那是福宁的样式，京里不兴穿那个，你没看到府里的姐妹都在褙子外穿鲛纱，这样穿出去大方好见人。"

怪不得萧氏出去上香用了一整天的时间，原来是去找打首饰的匠人。

就算要置办些首饰也不用这样着急。

是大伯母在母亲面前说了什么？还是父母这次回京城另有打算？

琳怡仔细想着："母亲从小在京里长大，这次出去有没有遇到相熟的人？"

萧氏脸上有了些笑容："京城这么大，没想到却是巧得很，遇见了小时候有通家之好的姐妹。"

萧氏娘家在京城住过一段时间，后来才搬迁去了宣化府。

萧氏所说的通家之好，是不是……

琳怡从前没问过萧氏这些，更不知道萧氏去拜药王爷遇见了谁，琳怡看着萧氏脸上的笑容，试探着问："是不是母亲从前经常挂在嘴上的孙太太？"

萧氏拿起桌子上的茶喝："不是，孙太太和夫家去了盛京，"说着叹口气，"若是她在，我们就能聚在一起叙叙旧。"常在一起的姐妹，一嫁人就各奔东西，能在庵里遇到小时候的相识，也真是让她又惊又喜。

在外面受了触动，萧氏很愿意说起小时候的事。

衡哥不愿意听，本来想要溜走。

听到萧氏说话，他又停下脚步。

"我只知道她嫁的是书香门第，再见面她的儿子已经考过院试取了第一名案首，今年要参加乡试，她去药王爷面前求个孩子康泰，将来好顺顺利利入场。"

第一名案首。再听到这个字眼，她眼睛仍旧免不了重重一跳，果然是她……

林正青是院试中案首，乡试中的解元。林正青的母亲和萧氏就是从前的相识。

该来的还是来了。

衡哥的眼睛倒是雪亮："母亲说的是不是林家？"

萧氏诧异地看衡哥："你怎么知道。"

衡哥歪着头一脸的羡慕："书院里的人都在说，十二岁的案首，十五岁乡试，林家出了这样的后辈光耀门楣。"

萧氏伸手给衡哥整理领口："世家名门后代子孙若是没有两榜出身也就没落了。所以你父亲才让你好好读书，将来通过科举取个功名，也算是光宗耀祖。"

衡哥听着这话没有反驳，反而思量起来。

琳怡长吸口气让慌跳不停的心平稳下来："母亲准备去林家走动吗？"

萧氏仿佛不在意："林大太太倒是请我们过去坐坐，不过我想着你身子不好就拒绝了。"

屋子里正说着话，萧氏身边的谭妈妈进屋道："成衣匠来了。"

三太太萧氏笑着道："让她进来吧！"说着拉起琳怡和衡哥，"量好了尺寸，再选用什么料子，让谭妈妈帮着挑你们喜欢的样式。"

三太太萧氏这样热络地给她置办衣裙和头面，就是要带她去做客。从前她因为身子不好的缘故没有和萧氏一起出门，现在她的"病"若是能完全好了，不管长辈如何安排，她至少能参与其中争取主动。

第四章 联手·看戏

陈老太太房里，大太太董氏几乎哭死过去，罗汉床上的陈老太太脸上带着一抹讽刺的笑容。

她当年从那么多大家闺秀中选了性子温婉的侄女做媳妇，就是想着多层亲老了也更多依靠，没想到大媳妇却仗着这个在府里横行，她平日里已经睁只眼闭只眼，大媳妇的胆子却越来越大。

"老太太，"大太太董氏用帕子蒙住脸，"姑妈……我是您选的媳妇，我怎么可能做出这种事，"说着拿着帕子指着门外，"外面人能陷害我，姑妈心里还不清楚？这院子里里外外都是我张罗，我却落得什么好处了？老三从福宁回来都是我照应着，六丫头生病我带着三弟妹去拜灶王爷，哪里有时间去害柳姨娘？柳姨娘出事怎么偏在我出府的时候？这分明是早就算计好的。"

老太太冷笑一声：“你不在家里又如何？府里的下人哪个不是看你的眼色？只要你安排下来，她们哪有不照做的道理？”

听得这话，大太太董氏悲从心来，哭得更厉害：“我在陈家这些年，因没生下子嗣，凡事都比旁人更小心谨慎，生怕被人揪出错处来，老爷给妾室停药还是我应允的，妾室怀孕我都要小心伺候，没有谁比我更盼着妾室能顺利将孩子生下来，否则有风吹草动都会算到我头上，”说着大太太董氏惨笑起来，“哪一次姑妈不是将我叫来问，我哪次不是好一顿表白心迹，到头来姑妈还是不肯相信。”

老太太抬起眼睛：“事到如今你还不承认？向来是你管着大厨房，旁人哪有这样的本事。你不只是害柳姨娘，你还让大厨房做了福建菜给六丫头送去，当着长房的人诬赖六丫头动手打人。”

大太太董氏听得这话瞪大了眼睛：“昨晚姑妈跟我说长房人来看三弟一家，让我仔细安排，我就让人做了福建菜，好让长房挑不出错处来，怎么倒成了陷害六丫头……若是姑妈不肯信，就将大厨房管事的叫来问，看看是不是有人在里面搬弄是非。”

叫来管事的，那些人宁可被撵出府也不会说出实情，这样的戏码她已经见得太多。

大太太董氏见老太太不说话，呜呜地哭了一阵，越哭越觉得委屈：“姑妈，您怎么能宁可信外人，也不肯信自己的长媳，这大院子里只有媳妇跟您一样，心中只有陈家和董家，就算媳妇不能生下子嗣，也能将继室生的养在身下，媳妇还能自毁长城让人揪住错处休弃回门不成？”

“再说现在是什么时候，老三带着全家进京，媳妇再蠢也不至于让老三一家看了笑话。”

旁边的董妈妈不由得看了一眼老太太。

大太太这句话是说进了老太太心里，眼下该对付的是三老爷一家。三老爷那边还没损毛发，自己这边怎么能乱起来，更何况大太太是董家人，大太太名声坏了要波及老太太。董妈妈想到这里转身去拿了杯茶。

大太太董氏见状急忙上前接过茶亲自捧给老太太喝。

老太太半晌才接过茶，却也不喝，径直将茶放在矮桌上：“我既然嫁进了陈家，凡事就以陈家为先，若是你再做出伤天害理的事，我必然亲手将你送还董家，我能偏着你，你也别忘了还有七出之条。”

老太太目光犀利，字字如针，大太太董氏忍不住一颤。

老太太深深地看了大太太董氏一眼：“我说到做到。”

大太太董氏泪光闪闪不敢再说别的：“姑妈知道我的心，我只是一心一意服侍姑妈和老爷。柳姨娘那边我会仔细照应，不敢再有别的事。”

老太太点点头，脸上仍旧没有半点笑意，“你能这样做最好。”

大太太董氏从老太太房里出来，刚刚恭谦的表情消失得干干净净。老爷是老太太的长子，老太太却偏着二叔一家，尤其是琳芳，老太太是放在手心里疼着，现在这个节骨眼长房来人，老太太还让琳芳作陪，恐怕将来那件天大的好事要落在二叔身上，要不是这样，二弟妹也不会这样明目张胆地和她作对。

她若是一门心思对付三叔，稍不注意就会被二叔渔翁得利。要不是现在想到这一层，将来就要被二叔骗了去。眼下这样的情形，她怎么也不相信老太太只将那件事说给她听了，二叔那边一定也知道，否则琳芳怎么会这般讨好长房老太太。

大太太董氏面色阴沉不定，旁边的方妈妈领着丫鬟小心翼翼地回话："长房老太太让人送了礼物给各位小姐。"

长房的回礼。

大太太董氏望着一色的黄梨木镶贝匣子，先应付了长房的下人，然后亲手将匣子一一打开，看到长房老太太给六小姐琳怡的回礼，大太太董氏不禁惊讶。琳婉、琳芳、琳菲的都是三支团花宝石簪，琳怡的匣子里除了簪子更多了一支白玉管通雕缠枝莲管端烧蓝掐丝羊毫笔。

大太太董氏转头看向方妈妈："六丫头只是和长房的三姑奶奶见了一面？"

方妈妈道："听说六小姐还送了抹额给长房老太太。"

这就是了，否则长房老太太哪里来的这么大手笔。

就算她不懂文房四宝的金贵物，也能看出来这支羊毫价格不菲。她才出府一天，就让六丫头抢了好处。

大太太董氏不由冷哼一声，她本以为六丫头这个病秧子窝在绣房里便给她省去了不少事，如今看来还得另有计较。

大太太董氏将礼物单子放在匣子的底端，吩咐方妈妈："去将礼物送给各位小姐，说清楚了是长房老太太送来的。"

方妈妈看着大太太颇有深意的表情，忙低头附耳过去。

大太太董氏仔细吩咐了一番，方妈妈的眼睛也渐渐亮了："那柳姨娘的事……"

老太太已经叫她过去说了话，如果现在她再在这件事上纠缠不清，到头来反而会吃亏："选几个伶俐的丫头，送去柳姨娘和六小姐那里。"

戏台子还在这里，这场戏不行，她就换另一场。

她要让老二一家知道，现在要和她一起对付老三一家才是正经。

谭妈妈帮着琳怡选了染莲红十样锦妆花锻做褙子，另交代成衣匠选两匹桃红、天青色的布料裁衣，除了这些，还有鲛纱衫、百褶裙、轻纱裙、宫裙、马面裙，这样林林总总下来有十几件之多。

成衣匠还没走，老太太身边的董妈妈拿了两匹布料来又给琳怡补了两套。

董妈妈拿了十两银子给成衣匠，笑着嘱咐："便不做别的活计，也要将六小姐的衣裙做好。"

陈家这样的大户自然不能怠慢，成衣匠躬身笑着收了银子。

董妈妈临走时不忘交代：“六小姐身子好了，老太太的意思是晚上去和合堂用膳。”

陈家定制，申时请安，申时中各房陪着老太太用膳。

送走了董妈妈，大太太身边的方妈妈进了屋：“长房老太太送来了礼物，大太太让我送过来。”

琳怡将方妈妈迎进屋，又吩咐玲珑沏茶，一杯花茶沏好，再放两朵新洗的桃花，方妈妈笑眯着眼睛尝了:“这样的花茶我还是头一次喝呢。”说着眼睛骨碌碌转到矮桌上的笸箩上。

六小姐真的让人收集桃花。六小姐之前在老太太那里说的，跟着女先生就学会了做香膏这话，看来也不是不可能。

有好先生教，不一定就能学到。福宁那么远的地方毕竟比不得京城，京里的小姐自然而然带着贵气，学起东西也灵巧，这位六小姐并不像是会开窍的样子，就算是好东西予了她，也是白白糟蹋了。

琳怡笑着道：“方妈妈若是喜欢这样的味道，等酿出了桃花水，我让人送一罐过去，平日里或是沏茶或是做糕点都是极好的。”

方妈妈嘴边的笑纹更深，忙奉承：“那可是奴婢修来的福气。”

方妈妈走了，玲珑才将匣子打开递给琳怡看。

琳怡低头一瞧，是三支漂亮的团花宝石簪。

和她记忆中的一样，长房老太太送给她和琳婉、琳芳、琳菲的都是三支团花宝石簪。

申时，大家都聚在了老太太房里。

暖阁里传来一阵阵笑声。

琳怡跟在三太太萧氏身后，看到了书案前提着羊毫笔的琳芳。

琳芳将手里的羊毫笔转啊转，玉质的笔杆发着温润的光。屋子里又是一阵下人阿谀奉承的声音。

琳芳微微咬唇，面有难色：“握着这笔，桃花也不会画了。”

软榻上半躺着的老太太慈爱地笑着：“王侯公卿家也不过是这种笔罢了，你才十四岁，用这样的笔自然觉得沉了。”

经常给老太太办事的杨锐媳妇道：“哪里呢？我瞧着四小姐画得更漂亮了，便是那个什么六石居士也比不上的。”

老太太指着杨锐媳妇笑起来：“亏她还知道六石居士。”

众人又是一阵笑。

琳芳收敛了笑容，认认真真地接着画花瓣。

老太太让三太太萧氏和琳怡坐在旁边的椅子上：“四丫头得了一支羊毫，现在是宝贝得不得了，连饭也顾不得吃了。”

“那是自然，”大太太董氏摆好了碗筷笑着进屋，“那是长房老太太送的玉管羊毫，整个陈家能有几支呢，长房老太太还是疼我们琳芳的。”

琳怡上前去给大太太行礼，大太太董氏将琳怡拉起来嘘寒问暖，大太太身边的三小姐琳婉倒是不爱说话，只坐在旁边偶尔转过头和琳怡相视一笑。

琳芳画好了一幅桃花图拿给老太太看。

老太太笑道：“真有几分六石居士的神韵，”说着略微思量，“你伯祖母也喜欢六石居士，你好歹得了这支羊毫，就将这幅画送去你伯祖母那里，请她瞧瞧。”

大家都觉得好。

老太太让人将画晾干立时就送去长房，大太太董氏看着没有出来阻拦的琳怡，嘴角轻翘浮起一丝笑容。

丫鬟们拉着画站在一旁，琳芳又摩挲了一下手里的白玉笔管，长房老太太知道她善文墨，这才选了这么件贵重的礼物，琳芳想着看眼角落里的琳怡。究竟是乡下来的丫头，长房老太太怎么能看上她，来京里走一圈也不过就是走马观花，等到祖母生辰过了，还是要滚回福宁去。亏母亲那么担心，就算是老虎也是纸糊的罢了。

琳芳想到这里不由得笑出声，众人都看过来。

琳芳掩着嘴，微微低头千娇百媚：“这画送去长房，伯祖母说不得会觉得我技浅，笑话我呢。”

琳芳这样说，无非是想要再讨老太太几声夸奖。

老太太笑着刚要开口，抬起眼睛看到管事婆子带着两个丫头鬼鬼祟祟在窗前张望。老太太不由得皱起眉头：“那边是谁？这般没规矩。”

老太太厉声呼喝，窗前的人不敢怠慢忙快步进屋。

“怎么回事？”

老太太一问，管事婆子忙低下头，半天才期期艾艾地说出来：“长房老太太送来的礼物，弄错了……”说着小心翼翼看了一眼老太太。

礼物弄错了？

老太太皱起眉头，旁边的大太太董氏脸色变了：“什么礼物错了？是长房来人找了？”

那婆子声音微颤：“长房那边没错，是奴婢们给各位小姐分错了礼物。”那婆子身子略欠，露出旁边哆哆嗦嗦的小丫鬟。

那小丫鬟忙跪下来：“奴婢一不小心，将给四小姐的礼物送去了六小姐房里。”

琳芳不知不觉走前一步：“给我的礼物？”说着看向琳怡。

所有的目光望过来，琳怡顿时红着脸，像是做错了事般站起身：“我不知道那礼物是四姐的，”说着看向身边的玲珑，“快去将匣子取来还给四姐。”

怪不得大伯母让人送来礼物后，院子里的丫鬟不时地向她屋子里张望。

原来是存的这个心思。

玲珑忙去取东西，琳怡求助地看向老太太：“里面的东西我只是看了看并没有动。”

老太太被柔软的目光一看，慈祥地开口：“不怪你，是下人不长心送错了。”

管事婆子头又低了几分。

琳芳也笑起来：“谁能没个错呢，都是自家姐妹算不得什么事。”说着挤开旁边的三小姐琳婉亲昵地依在老太太身边。

三太太萧氏也将琳怡拉着坐下：“难得你四姐不与你计较。”

几个人说话间，玲珑已经将匣子取来，三太太萧氏接过亲手递给琳芳。

琳芳笑着将匣子打开，看到匣子里的三支团花宝石簪，琳芳微微一怔：“怎么还是……”还是团花宝石簪。

一样的东西不可能会送两次。

她本以为是琳怡多拿了她的礼物，现在……她耳边“嘣”的一声如同琴弦崩裂。

如果这匣子里的礼物是她的，那么她那匣子里的礼物是谁的？琳芳本来愉悦的心一下子跌落下来，她之前还握着玉管羊毫笔给大家传看……

万万没想到那支笔竟然不是给她的……琳芳顿时感觉到脸颊在冒火，自己得意扬扬的表情赫然出现在眼前，如今一落千丈，众目睽睽之下她不敢再抬起头来。

琳芳不说话，屋子里的人都不傻，大致也猜测出原因。

琳怡不经意地看向旁边的老太太，老太太的表情也略微阴沉。

一支玉管羊毫笔而已，再值钱又能怎么样，琳芳这样在京中长大的小姐哪里会十分在意。

所以，贵重的不是礼物，而是被长房老太太另眼看待。

陈家这样的地方，送错礼物这种事大概是第一次发生。

若说没有人在里面悄悄安排，谁也不会相信。

琳芳卖弄完笔后，才有人说礼物送错了，无疑是重重地给了琳芳一巴掌。

一场不动声色的争斗，将她夹在了中间。

若是她现在提出异议，琳芳不免要在众人面前丢尽脸面，从此之后便要将她当作眼中钉。

虽然她不愿意帮琳芳，却也不愿意成为旁人的箭矢。

琳怡像是一无所知，上前去扶老太太。

老太太顺理成章地站起身：“好了，饭菜都摆好了，都过去吃饭吧！”

琳芳慌忙盖上盒盖递给身边的丫鬟，不过是眨眼工夫她手里的帕子已经被汗湿透了。

吃过了饭，大家各自回去。

衡哥和琳怡去了父母的主屋。

丫鬟们倒了茶退下去，三太太萧氏才问起琳怡：“那礼物是怎么回事？”

琳怡道：“大概是将我和四姐的礼物送错了，我的那份是四姐的……”

也就是说琳芳的那份才是琳怡的。

想到琳芳手里拿的羊毫笔，三太太萧氏笑起来：“没想到长房老太太倒是偏着我们琳怡了。”

炕上半躺着的陈允远听到这话也感秋伤怀起来：“长房老太太做事还算公允，从前长房的大哥对我也是极好的，没想到大哥英年早逝，连个后辈也没留下。”

这才是最大的症结。

长房无子传承，长房老太太也一直没有过继孩子。

三太太萧氏听到这里叹口气，让丫鬟出去倒水给陈允远洗脚，琳怡帮着大丫鬟青鸢将瓶瓶罐罐的药粉拿来。

福建做官辛苦，每年都有冰雹、水灾，陈允远也是风里来雨里去落下了一身的疾患，尤其是腿上的脓疮，用了许多药也不见好，平日里还算好，只要沾了水就会再红肿溃烂，萧氏每次上药都要长吁短叹。

这次看到脓疮有些好转，三太太萧氏不禁惊喜：“老爷从小在京里长大，不适应福宁的潮湿，若是在京里待上一年半载这脓疮也会好了。”

陈允远低头看看自己的腿，他何尝没有感觉到：“进京考满不过几个月，到时候还是要回去。”

丈夫缠绵几年的病痛，三太太萧氏都看在眼里，现在终于有了盼头如何能放弃。当下脑子里一热也忘了身边还有一双儿女在：“郎中都说了老爷这病已经伤及根本，现在能治何不留在京里，反正老爷在福宁官做得不顺，与同僚政见不合备受排挤……”

“胡说，朝廷的官岂是你一个妇人能妄论的。”当年是他自己想远远离开京城，放开手脚施展一番抱负，这些年一腔的热血被雨水冲刷得干干净净，他也常想不如回来做个京官，可是朝廷里的事，不是你想怎样就能怎样的。

被丈夫一吼，三太太萧氏才察觉失言，不再妄议政事。

旁边的琳怡已经听了个明白。

父母其实不想再回福宁。

屋子里一下子静谧下来，琳怡拿起笸箩里结好的蝙蝠络子，想到一件事，仰起脸来问陈允远：“父亲，咱们陈家从前是勋贵之家吗？”

从前？陈允远脸上带着些傲气正色道：“我们陈家是开国功勋，你们的伯祖父还是世袭的广平侯，现在我们家虽然被夺了爵位，却仍旧是勋贵之家。”

听到陈家从前的辉煌，衡哥眼睛也亮了。

三太太萧氏倒是听得多了并不在意，给陈允远的伤腿上好了药粉就要给他洗脚。

琳怡仔细地问：“那朝廷还会复了我们家的爵位吗？”

复爵，不是那么容易的。他去福宁也是盼着能有机会重创海匪、倭寇，到时立下大功朝廷恩赏复了陈家的爵位。陈允远轻笑一声：“不是没有可能，只是不那么容易。”

琳怡今天话格外的多：“如果朝廷复了我们家的爵位，会是父亲承爵吗？”

陈允远摇摇头，大周朝一般是长子承爵，所以广平侯的爵位是大伯父承继的："就算复了爵，那也是长房……"

三太太萧氏正拉着陈允远的脚踩进水盆里，陈允远的声音却在这时候中断了，萧氏吓了一跳正要去试水温，陈允远却一下子光脚踩在地上。

陈允远猛然想起来，长房的大哥已经没了，若是朝廷复了陈家的爵位长房没有嗣子，承继的就该是二房。

他是二房的嫡长子。

他从前想着复爵都是长房大哥在世的时候，所以压根没想到自己身上，现在琳怡提起来他才意识到……这两年皇上确实复了一些勋贵的爵位，他最近还听到同僚嬉笑说，当今天子仁厚，说不定陈家也会有喜事。

当时他并没有细想。现在想想，那些人说的——喜事，说不定就是复爵。

陈允远一边思量一边四处走，全然忘记了自己正赤着脚。

想通了这些陈允远才停下脚步，看到愣着的萧氏和一双儿女，陈允远不由得哂笑："天色晚了，先送衡哥和琳怡回去吧！"

琳怡和衡哥走出内室，隐约听得三太太萧氏埋怨陈允远："这是怎么了？"

陈允远道："吓了我一跳。"

萧氏不明就里。

琳怡让丫鬟、婆子陪着慢慢走回院子，不知道什么时候飘起了细雨，风夹着雨如棉丝般打在鬓间结成水滴。

琳怡想着在陈家遇见的所有事。

——琳芳引她去东园不小心遇见柳姨娘。

——小丫鬟又将长房老太太给她和琳芳的礼物送错。

——陈家人人都想讨好长房老太太。

这个家里不止是他们一家被当作了敌人，大伯和二伯之间也互相防备，互相牵制。

所有的线汇聚起来……

如果陈家真的会被复爵，那么一切都能得到合理的解释。

第五章　再遇林家·良人

陈老太太董氏跟着祖父在任上生的大伯父和二伯父。这件事说出来并不光彩。

祖父跟着伯祖父一起在外从军，朝廷发来祖父阵亡的邸报，已与祖父定亲的赵氏以未亡人的身份嫁入陈家，陈家众人正为赵氏贤德乐道时，祖父却活着回京了，与祖父一起回来的还有董家的婚约。祖父被董家所救，遂与城守尉嫡女董家大小姐定了亲。这样一来二去祖父就有了两门亲事。

虽然祖父只认董氏是正妻，可毕竟没有陈家长辈做主，董氏又没有入族谱，陈氏一族最多认董氏是继室。

就算现在陈家二房里里外外都是董家人的天地，可凡事就怕摆在明面上，只要经了官，族谱上父亲是嫡长子，有父亲在旁人就不具备成为嗣子的资格。

所以大伯父、二伯父想要争爵位就必然会置父亲和哥哥于死地。

累了一天，琳怡早早就梳洗好躺在床上。

玲珑搬好铺盖在木炕上守夜。

灭了灯，琳怡才闭上眼睛，旁边的玲珑突然“哎呦”一声坐起来。

外面的橘红吓了一跳忙端灯进了隔扇碧纱橱，看着琳怡要起身，橘红放下羊角灯上前伺候。

玲珑知道失态也红着脸趿鞋过来。

“怎么了？”橘红转头埋怨玲珑。

玲珑一边穿外衣一边道：“我突然想起来，小姐将给老太太做生辰贺礼的抹额给了长房老太太，过几日老太太生辰小姐送什么呢。”

这也是个问题，到时候拿不出适当的礼物来，也要责备她失礼。

两个丫头齐齐看向琳怡，琳怡神色平和，仿佛早有准备:“不着急，就做一双菊花寿字鞋，玲珑做鞋的功夫是谁也比不上的，拿去给老太太，老太太也会喜欢。”

玲珑点点头，让她做鞋倒是容易，几天就能赶出来，再说平日里绣的菊花头还有呢。“只是我的手艺总比不上小姐的。”

那块抹额是她亲手描的样子，绣了一层暗绣又绣了一层明绣。母亲说她的亲祖母赵氏就善书画和刺绣，她的巧手是随了祖母。从前她只想着尽最大的心力筹备寿礼给老太太，没想过亲祖母和老太太这层关系，若是这块抹额到了老太太手里，老太太难免会想到祖母对她更加憎恨。

她不如就将抹额送给长房老太太，这样也能试探长房的意思。

结果长房老太太送了她一支羊毫笔，是不是也在间接告诉她长房没有忘记她的祖母赵氏。

母亲在长房老太太那里听说过不少关于祖母的事。长房老太太说祖母在陈家的日子艰难，可是祖母从来没想过要放弃，祖母总说父母生养不易，就算再难也不能自己糟蹋自己，清白的儿女自然挺起腰身过日子，对得起头顶上的天。

祖母说得没错，只要抬起头看到的总是青天白日。

陈老太太屋里只留了一盏梨花灯。

“桂枝，”老太太叫董妈妈的名字，“你瞧今天是谁做的？”

董妈妈是从小被买进董府的，一直伺候老太太，后来嫁给了董家的世仆赐了董姓，老太太进京的时候，董妈妈一家就做了陪房。

董妈妈知道老太太心里明白，也不敢说别的：“大太太是怕四小姐独占鳌头。”

“她是怕四丫头哄着长房老太太高兴，长房过继了老二过去，她以为是我偏着四丫头，却不知道三丫头那安静的性子不惹人喜欢。”

董妈妈躬身道：“那要怎么办才好？不然奴婢去劝劝大太太？”

老太太神色一正：“鬼迷了心窍劝也无用，下次去长房就让三丫头跟着，看看是我偏心，还是她糊涂。”

董妈妈仔细思量：“这样也好，大老爷、二老爷、三老爷家各出一位小姐，传到外面去大家也不会说什么，再说以四小姐的出挑……鲜花总要绿叶来配，您没瞧今天的事，多亏了四小姐机智没再提什么礼物，要不然哪里能这样揭过去。”

四丫头是懂得看眼色，可先搀扶起她的可是六丫头。

六丫头是真的没看出来，还是装作若无其事？

董妈妈知道老太太的顾虑：“这事可装不出来呢，玉管羊毫，谁看了不喜欢，四小姐是见过大世面的人，还是被晃花了眼睛呢，更别提六小姐了，要是明白过来当时就要欢喜了哪里能压得住。”

老太太从牡丹镂空摇椅上站起身，拢了拢银丝镶边兰花袖：“六丫头只带了两个随身大丫鬟，总是少了些，不要让外人说我薄待了她，就从我屋里选两个三等丫鬟拨过去给她用吧！”

这么多人看着，还怕一个十三岁的丫头翻了天不成？

董妈妈随着老太太进内室里：“那三太太呢？”

三太太萧氏？老太太淡淡一笑，不过是块石头，还能修成精？

第二天天依旧阴着，外面的雨还没有停，辰时初琳怡正要去给老太太请安，外面传来一阵木屐的声音，门帘一翻，琳怡看到了穿着猩红斗篷，水蓝绣金鸳鸯藤交领褙子的琳芳。

“六妹妹，”琳芳将怀里的黄梨木镶贝匣子交给琳怡，“都是我不好，应该提早查看礼单，看看这匣子里的礼物是不是我的，”琳芳说着很大方地笑起来，“那支羊毫笔倒让我先用了，六妹妹不会生气吧！”

昨日还是一副嗔怨的模样，今日就变成了大方得体的大家闺秀。琳芳显然是受了旁人指点。

琳怡笑着将礼物交给玲珑收起来，又和琳芳说了几句客套话，两个人就结伴去老太太房里请安。

琳芳的蝴蝶绣花鞋外另穿了双金丝面棠木屐，青湖色的百褶裙在风中飘舞，显得比平日更加出挑。

琳芳走得格外慢，琳怡稍不小心就超过她，倒被琳芳一把拽回来。两个人走了半天才到和合堂，琳芳仍旧意犹未尽，想要趁着小雨去折花，琳怡自然是不肯一起去，琳芳没办法只好放弃。

琳怡先进屋给老太太请了安。

琳芳磨磨蹭蹭半天才脱了木屐，见到老太太一头扑进老太太怀里。

老太太笑着问："穿木屐来的？"

琳芳抿嘴笑了，故意看着旁边喝茶的琳怡："母亲今天将从惠和郡主那里得的金丝面棠木屐给我了。"

董妈妈也跟着眉开眼笑："您没瞧见，四小姐穿着棠木屐真是漂亮。"

老太太笑道："不是好东西也到不了她手里。"

看着琳怡一脸的茫然，琳芳挺直了天鹅般的颈项："六妹妹还不知道，我母亲是位有名的居士，京里的人都夸是活观音，许多观音像都要照母亲样子描画呢。"

琳怡之前倒是听说一些二太太田氏的事，只是没想到二太太田氏在京里这样有名。

琳芳话匣子一开就开始说佛经，老太太一边听一边去看坐在椅子上的琳怡。

就算是被冷落在一旁，六丫头也没有半分的局促，柔婉的脸上一片宁静，一双眼眸清亮，目光平视不卑不亢。

老太太一时看入了眼。直到董妈妈出去一趟又回来，低下头在老太太耳边说了两句话，老太太才一惊回过神："什么时候的事？"

董妈妈一脸沉重："就是刚才。"

琳芳断断续续听到几个字，忍不住问："长房老太太怎么了？"

老太太先吩咐董妈妈："快去备轿子我过去瞧瞧，"然后才看琳芳、琳怡两个："你们伯祖母得了急症。"

长房老太太得了急症？在琳怡印象里并没有这一节。不过长房的事，老太太绝不会主动和她说起。这次也只是凑巧被她知晓了。

琳芳似是比谁都着急："我上次去看伯祖母，伯祖母身子还好好的。怎么会突然……祖母，我也跟你一起去看伯祖母。"

老太太沉吟了片刻："也好。"

琳芳想着要讨好长房老太太，这时候自然要上前，病榻前侍候长辈的情分谁也比不上。长房那边无论有什么事，老太太都会一手遮住，她们什么也不能知晓。

琳怡空站着说不上一句话，就像是个外人，等到老太太都安排好了，董妈妈送琳怡出门，才听到琳怡自言自语："伯祖母送了我一支玉管笔，我还没见过伯祖母呢。"

董妈妈回到屋里，老太太皱起眉头问董妈妈："六丫头说了什么？"

董妈妈如实说："六小姐说没见过长房老太太。"

老三一家这次回京后去给长房老太太请过一次安，那次正好是六丫头病了。老太太冷笑："这是说给我听呢？"

董妈妈不作声，现在这个时候谁也说不准。

"那就将她带着，这样免得有人说我厚此薄彼。"她去长房没带老三一家，让外面人知晓了不知道又要说出什么话。万一这次长房老太太病得重了，交代什么事，六丫头也是个见证。

琳怡出了月亮门，就听琳芳在背后说："还下着雨自然要穿棠木屐，外面就穿那件天青色金盏花妆纱氅衣……"

听到这些话琳怡难得一笑。

旁边的玲珑看着有些怔愣，六小姐面色平静时看着柔婉，有时候露出难得的笑容倒让人感觉到……锋利。从前六小姐想什么她都能知晓，现在却有些弄不明白："小姐，我也先回去准备。"

琳怡侧头："准备什么？"

"小姐也要重新梳妆吧？"

长房老太太得了急病，她们是要去探望，只要穿得大方得体，谁还有心情去欣赏金丝玉坠、环佩叮当，琳怡道："就添一件藕色梅花纹褙子。"

玲珑隐约明白过来，应了一声忙去准备。

琳怡扶了老太太坐进去放下轿帘，琳芳才姗姗来迟。

琳怡、琳芳分别上了后面的小轿。

大太太董氏、三太太萧氏送到垂花门外，眼看着老太太一行人没有了踪迹，三太太萧氏道："长房老太太也不知道病得如何，我们是不是也该准备一下，万一有了确切消息也好过去。"

大太太董氏半天才挤出笑容："三弟妹说的是。"

等到萧氏带着人回去，董氏不禁冷笑，没人会主动将消息送上门，董氏转头吩咐方妈妈："让人去衙门里找老爷，将长房老太太的事说给老爷听，请老爷下衙之后就过去帮衬。"长房那边都是女眷，没个男人怎么行，就是这时候才要做孝子贤孙。

轿子径直进了长房园子。

虽然长房老太太喜欢清静，可这里毕竟是陈家老宅，奇石异景、叠山理水宽敞大气，沿路都是磨出花纹的青石砖，梁柱门窗和檐口椽头都是油漆彩画，方正的牌楼上雕饰着福寿双全的吉祥图案，院子四周种着夹竹桃。

轿子行至月亮门停下来，园子里抬了肩舆先将老太太抬了进去，琳芳、琳怡两个则步行走长廊。

琳芳才走了两步，迎面见到来伺候打伞的媳妇子和丫鬟便埋怨起来："怎么只将祖母抬了进去？我们呢？这样走岂不是慢了，什么时候才能见到伯祖母。"

几个丫鬟不敢怠慢，忙赔礼道："家里来了客，我们老太太又病了，实在是顾不过来。"

琳芳皱起眉头："我倒是没什么，只是担心伯祖母的病。"

琳芳常来长房走动，下人都相熟得很，忙欠身道："四小姐放心，我们老太太吃了药，病已经缓下来了。"

琳芳听了这话顿时面露喜色："郎中来了么？怎么说？"

旁边的媳妇子便赔笑道："老太太睡不大好，这就发了旧疾。"

琳芳双手合十念了句佛："这样看来好好将养就会好了。"

媳妇子听到琳芳这般说话，心中似是也宽慰不少："想必也是呢，老太太见到各位小姐来了，心里一痛快也就更舒坦了。"

长房的下人一路围着琳芳回话，不自觉就将琳怡冷落在旁边，琳芳故意转过头看琳怡一眼，只见琳怡面上淡然仿佛毫不在意。

一拳打在棉花上，琳芳倒觉得有些气闷。

琳芳众星捧月般地走在前面，到了念慈堂更如一团火般扑过去，半跪在长房老太太李氏炕前木兰花紫檀脚踏上。

雕花子孙万代矮橱上摆着青竹插瓶，四足象泄孔香炉散着安息香的味道，丫鬟、婆子垂手站在两旁，长房老太太半靠着紫色圆寿字彩锦引枕，安慰身边的琳芳："好孩子起来吧！"

琳怡感觉到长房老太太的目光看过来，她恭敬地上前行了礼。

长房老太太将琳怡叫过来坐下："当年老三出京的时候我记得六丫头才那么大，"说着伸手比了比，"一转眼就出落成大姑娘了。"

长房老太太虽然笑容不多，眼睛中却有股和煦的暖风："读书吗？"

琳怡点头："读书。"

长房老太太道："都读什么？"

迎合长辈自然要说读一些女书，进京前三太太萧氏也交代过她只要旁人问起，她要怎么回答。

琳怡道："家里请了女先生，不只读了女书还有些诗文。"

不是刻板的回答，也没有想要探寻她的喜好。这些年她已经看过太多别有心思的目光，长房老太太微微一笑："这么说，我那支羊毫倒送对了。"

提到羊毫笔，琳芳顿时有些不自在，一双眼睛直直地看向琳怡，生怕琳怡说出什么。

好在琳怡没有提起送错礼物这一节，只是又谢了长房老太太一回。

长房老太太伸出手："好了，好了，别谢来谢去倒是生分。"说着胸口一闷不禁咳嗽两声。

琳芳忙去矮桌上取痰盒亲手奉在长房老太太跟前。

长房老太太并不肯用，还是让旁边的大丫鬟接过来这才吐痰漱口。

琳芳不禁一阵失望，长房老太太的脾气就是古怪，对人总是这副不冷不热的样子。

长房老太太歇了一会儿，喘息才渐渐平复。

二老太太董氏担忧地看着长房老太太："老嫂子要多保重身子才是，"说着叹口气，"身边也该有个知近的人。"

琳芳听得这话眼睛顿时一跳，整个人恨不得钻进长房老太太怀里。

长房老太太摇摇头："人老了……再怎么样也是……不中用了……"看向床前的琳芳，"我哪有你的福气，身边有四丫头这样讨人欢心的。"

琳芳顿时心跳如鼓，若是这时候老太太说几句，长房老太太很有可能将她留在身边……

果然，只听老太太笑着道："嫂子若是喜欢，便将四丫头留下，这孩子也算和嫂子有缘分。"

"那怎么行？"长房老太太笑道，"我知道你离不开她。"

老太太还要说话，长房老太太却又咳嗽不止，丫鬟、婆子忙上前伺候，折腾了一阵。琳芳总算等到长房老太太平稳下来，长房老太太却不再说之前的话。

大家又坐了一会儿，管事妈妈将琳芳、琳怡带去了侧室。

琳怡和琳芳才坐下，听到外面传来一阵脚步声，隐约有丫鬟道："大小姐来了。"

琳芳惊讶地挑起眉毛，问琳怡："你听没听到，大姐来了。"

长房老太太为陈家生下一子一女，女儿行三就是琳怡之前见到过的三姑奶奶，长子陈允礼年轻早亡，妻子张氏不几年也跟着走了，只留下了大小姐琳娇，琳娇早几年嫁给了翰林院掌院学士袁敬克的二子，本来是风光的一门亲事，没想到成亲第二年袁学士因户部贪墨受牵连，袁家被抄没了财物，袁学士流放尚阳堡。

多亏了长房老太太四处托人，才保下了袁二爷和琳娇，现在夫妻俩就在京城租住了一处三进院。

这些都是琳怡听父母闲话说起的。

琳芳一边看着窗外一边道："我们是不是该去看看大姐。"

自从到了长房，琳芳仿佛对所有事都十分感兴趣。尤其是丫鬟提到琳娇，琳芳就似被提了线的木偶，一下子伸长了雪白的颈项。

琳芳身边的丫头铭婴更是将一切观察得细致入微，连同老太太吃药的药碗也要看上一看。

此时外面有了动静，铭婴更是寻了借口出去。

琳怡不由得有些奇怪。老太太董氏从前是有拉拢大姐的意思，那是因为袁家声名显赫，攀上袁家自然有好处。

可是自从袁家获罪，老太太就和大姐断了往来。

现在怎么会又对琳娇这般热络。

琳怡正思量，铭婴撩开琉璃帘子，快步走到琳芳身边低声道：“听说大姑爷带了两个表亲来给长房老太太请安。”

怪不得长房老太太会让她和琳怡避开，原来是有外男进门。

大姐夫的两个表亲……其中有没有……

琳芳忙看向旁边的琳怡：“六妹妹，我们过去给大姐请安吧！”机不可失时不再来，就算在屏风后看看那也是好的。

琳怡左右瞧瞧有些拿不定主意。

琳芳不禁咬紧牙，这个琳怡长得不好看，性子又温吞，没见过大世面的乡巴佬，平白就拖累了她。

琳怡犹豫了片刻道：“那四姐就去吧！”

听得这话琳芳二话不说站起身来，亲手去撩琉璃帘子。

琳芳只迈出一步就怔在那里，有个人跟在大姐夫身后走进屋，她不经意看过去，只是一眼不禁心跳如鼓。

英俊的男子她也不是没见过。

族里的兄弟不乏气宇轩昂之人……只是哪个也比不上刚才那一瞥……

别人和他比起来就会变得微不足道。

第六章　逃不开·欢喜

那道似有似无的目光淡淡扫过来，琳芳才意识到失礼。

大姐夫家的表亲，虽然有一层亲在那里，却是实实在在的外男，就算长辈在场也不能互相直视。

琳芳慌忙退进帘子里，旁边的铭婴也吓得面色惨白，半晌没说出话来。

琳芳攥紧了手帕，她只是想要隔着屏风看一眼，谁承想竟然一出门就撞了个正着，这若是被人知晓了，她的脸要往何处放。

琳芳想着抬起头看琳怡。

闹出这么大的动静，琳怡仿佛并没有察觉，而是专心地在看棋笼里玉质的棋子。

刚才琳怡明明说要和她一起去给大姐请安，怎么她都要出屋了琳怡还端端正正坐在椅子上？

“琳怡。”琳芳气急忍不住声音微扬。

琳怡脸上除了少许的诧异，看不出异样的情绪，稍稍停顿才想起来：“四姐不是要去

给大姐请安吗？”

琳芳迟疑片刻才明白琳怡的意思，琳怡没有说和她一起去，是她刚才太过急切，才不管三七二十一起身就往外走，琳芳佯装镇定：“你呢？”

琳怡顿时显现出小心翼翼的神情：“我还是等祖母遣人来叫我再过去。”不理琳芳的暴躁，琳怡重新沉下眼睛与玲珑下棋。

才进长房的时候丫鬟提过有外客在，她们在长房老太太屋里却并没有看到有旁人。也就是说外客有可能在前府，若是这样必然是外男。

否则长房也就不会让琳芳和她下去躲避。

加之刚才外面一阵嘈杂的脚步声，分明是丫鬟在伺候端盘，无论是哪家的小姐也不会这时候贸然出屋。

琳芳想要出去露面，她只好婉言拒绝，否则万一有了错处，她可是担不起……

这样两句话，便让她的怒气无处发放，琳芳咬起牙根，这样也好，起码代表琳怡没有察觉刚才的异样。

琳芳站在地上一时不知该怎么下台，勉强压住心头的不快，眼角一沉委屈起来：“六妹妹怎么这样，难不成是我想见大姐？还不是因为六妹妹初到京里与族里人不熟，我这才想给六妹介绍……”琳芳说着拿起帕子蹭眼角，“同是姐妹，六妹妹这样的态度还真让人伤心。”

伤心的琳芳重新一屁股坐回椅子上。

袁二爷带着两个后辈给长房老太太、二房老太太请安。

长房老太太让两个人起身，丫鬟急忙搬了锦杌让几个人坐了，陈大小姐琳娇伺候众人茶水。

袁学士虽然获罪流放，可袁家毕竟是诗书大族，旁系直系族人并不断往来，要不是袁二爷怕牵扯族人执意出门租住房屋，袁家也并非没有房产给袁二爷夫妻。有袁氏族人做表率，袁家的表亲更加不会避嫌。应该是早就料到了这一层，长房老太太才伸手去帮琳娇。二老太太董氏沉了眼睛，别看长房老太太平日里装疯卖傻，关键时刻可半点不含糊。想到这里二老太太董氏心中冷笑，那又如何，还不是落得一个绝户，有再大的家业又有什么用，将来还不是要拱手送给别人的儿子。

二老太太想着仔细打量锦杌上的林家后生，林家人向来有一股清傲的气度，这后生眼睛透亮行止端正，假以时日定然飞黄腾达。

书香门第更讲究门当户对，袁家和林家就是典型的例子，袁家出自扬州府，林家出自安庆府，两家后代都是高宗时搬迁来北京，之后就走动甚密，直到两家联姻，这关系就更加牢不可破，要不是这两年林家没有在朝重臣，否则说不得还真的能保下袁学士。

二老太太思量间，长房老太太李氏已经开口问道：“我记得你外祖母叫你青哥。”

“家里正字辈行一，唤林正青。”

长房老太太微微一笑："我记得你是院试取了第一名案首，今年要参加乡试，"说着顿了顿，"别以为我老太太在家不知外面的事，我常听人说，林家出了一位后辈，有当年祖宗连中三元的气势。"

听到这样的夸奖林正青也不敢托大，只是谦恭道："都是抬举晚辈，晚辈不敢与先祖相比。"

林家大爷这般仪表堂堂，连中三元虽然不一定，最少也会是个两榜出身。若是能和林家攀上这门亲，将来也会跟着有个好前程。就是因为这个她才算计着通过琳娇和林家结亲。二老太太董氏笑着道："看着这些年轻人，愈发觉得我们这些老东西不中用了。"

说到这里，林正青站起身来，躬身又行了礼："孙儿有件事想要求两位祖母。"

琳芳坐下来却仍旧心不在焉。

侧室里设着书案，琳芳干脆带了丫鬟过去写字帖，让铭婴来回走动打听消息。

还好琳怡和玲珑下棋吸引了长房几个丫鬟的目光，琳芳这边也就落得清净自在。

铭婴出去换了一回花茶，又向管事妈妈要了次老墨，终于将消息打听得清清楚楚："来的是林家大爷，和林家旁系的晚辈。"

琳芳挑起眉毛，低声道："是母亲提起的那个林家？"

铭婴肯定地点头。

琳娇带来的，只能是和袁家结亲的林家。想到那个人琳芳脸颊不由得有些发红："有没有听到都说些什么？"

铭婴道："林家大爷是来求长房老太太帮忙的。"

林家人怎么会来求陈家，何况是长房老太太。

琳芳看一眼铭婴。

铭婴接着道："听说是为了一件绣品，林家大爷要送林家老夫人的，只是年代久远有些破损，因是难求的物件，咱们陈家正好也有一幅，林家大爷就求能比照咱们陈家的修补好。"

琳芳有些奇怪："那怎么不是林家大太太来？"女眷之前岂不是更好说话。

铭婴道："听说是林家大爷自己的孝心。"

别人家的少爷、公子都还在家里的庇护下过活，没想到林家大爷这般年纪已经有了自己的主意。琳芳想到这里脸更加红起来："那长房老太太有没有答应？"

铭婴摇摇头："还没呢，听说那件绣品的针法不那么简单，就算有样子比照也不一定能绣出来，尤其是林家老夫人的寿辰是今晚。"

琳芳差点惊讶地喊出声："怎么这样着急，若是弄不好岂不是白费了心思。"

瞧着琳芳焦急的模样，旁边的铭婴忍不住低头笑起来。

琳芳被臊得恼怒，伸出手来拧铭婴："你这个死丫头。"

铭婴忙求饶着回头瞧下棋的琳怡。

琳芳怕被琳怡察觉这才收了手。

铭婴帮着出主意，“奴婢是想，小姐刺绣的手艺好，若是这件绣品恰好被小姐绣得了，日后让林家老夫人知晓，定会对小姐另眼相看。”

琳芳扭紧了帕子，她如何不是这样想，长房出类拔萃的奴婢本就不多，想必是选不出什么灵巧的手来，长房老太太自然也不可能想到她身上，这件事恐怕是空想想罢了。

琳怡犹不觉这些，好整以暇地落下一个棋子，玲珑面前顿时出现一片死棋，这盘棋死得一塌糊涂，玲珑噘起嘴几乎要哭出声。

长房老太太让人从柜子里将她那幅流苏绣拿出来作比对。长房老太太身边的听竹摇摇头，将林家拿来的流苏放在矮桌上。

这种明暗双面绣的功夫不是任何人都会的，否则这些流苏就不会那么难求了。长房老太太看向林正青：“若不然你将我家的这块拿到外面去作比对，看看绣庄是不是有人能补出来，弄好了再还我不迟。”

林正青忙道：“外面的绣庄已经去过了，只是这种双面绣非一般手法不能绣出。”

二老太太董氏眼睛明亮：“既然如此，不如就让大家传着看看，死马当作活马医，说不得有人手巧就能做得。”

长房老太太叹口气：“也只好如此。你们先去前面歇着，我让家里的丫头都来瞧瞧，若是能修补自然想办法。”

林正青起身谢了两位老太太，便和袁二爷一起去了前院。

长房老太太将桌子上的绣画拿起来看。这是前朝苏彩女绣的双面流苏，因苏彩女的画艺出众，这种明暗绣又自成一体让人难以模仿，所以这种绣画千金难求，她也是好不容易才得了一块，却也是有了瑕疵的残品，多亏当年有个人心灵手巧帮她补了残处……可惜现在那人已经不在了……

长房老太太想到这里，心中突然一亮，想起六丫头送她的那块抹额，可不就是明暗绣。现下没人能绣出苏彩女的双面流苏，修补却不一定不能。

二老太太董氏坐久了要出去更衣，董妈妈忙上前伺候，长房老太太又嘱咐几个伶俐的丫头跟着，琳娇也恰时出去伺候瓜果。

等屋子里清净下来，长房老太太身边的白妈妈低声道：“老太太，咱们家里还有几个针线不错的丫头，不如让她们一并看了。也好和大姑爷有个交代。”眼见是帮不上忙，也只能尽尽心力。

长房老太太拿起身旁的汤茶喝了一口：“我的那块是素香帮我补的。”

素香是三老爷的生母，六小姐的亲祖母赵氏小名。长房老太太和赵氏的情谊深厚，只要提起三老爷，长房老太太总会说，若是素香在就好了，就能看到儿孙满堂。想到这里白妈妈忽然抬起眼睛："看我糊涂的，咱们府里可不是有个人能绣补这残处。"

长房老太太看向白妈妈："你也觉得行？"

白妈妈笑着将矮桌上的双面流苏绣拿起来："行，怎么不行，六小姐给老太太那块抹额的功夫不浅，修补成一模一样不好说，大致模样相同该是可以。"

长房老太太犹豫了片刻："四丫头、六丫头在侧室里做什么？"

白妈妈道："六小姐和贴身丫鬟在下棋，刚才倒还安静，这会儿围了不少丫头过去瞧，热闹得紧呢。四小姐倒是自己写字帖，只让身边的丫头伺候笔墨。"

长房老太太微微笑一声："那就怪了。四丫头向来喜欢热闹，她今日反倒安静。"

白妈妈心里一动，老太太的意思是说，安静下来才好注意旁处的动静。热闹也有热闹的好处，自然而然认识了家里的人，自然也能打听些消息。

四小姐、六小姐各有各的心思。

长房老太太躺下来，人老了就是不中用，就算病一场，也要这么多人围过来，说好听是来探病，其实她们心里各有思量，拿她做由头也好，盼着她早死从她身上捞好处也罢。既然她们有工夫来闹，她也做一次富贵闲人，干脆不去管。

与其看她们在人前规规矩矩地问好，不如趁着这件事看看她们的真心。

白妈妈拿着手里的流苏："那这东西……"

长房老太太半阖眼睛："放下吧，一会儿自然有人来安排。"

二老太太董氏净了手在园子里透风。

园子里有一块观音抱子石，是陈氏一族买下园子的时候从南方运回来的，安静地躺在竹林里，每次从这经过仰望，闭眼的观音都让人心生慈悲。

二老太太董氏微微一笑，说到底就是块闭眼的石头，否则长房就不会子嗣凋零，求这些瞎眼的东西，倒不如求求自己。她一向看不惯长房老太太的假清高，明明无依无靠，却还在人前做出无忧自在的模样。早晚跪下来求人，将自己捧得越高摔下来越疼。

二老太太刚要挪步回念慈堂，沉香已经一路寻了过来。

见到沉香，二老太太董氏倒不急了，抬头听沉香禀告。

"长房没有丫鬟会明暗双面绣。"

二老太太董氏弯起了嘴唇，守着这样一个枯瘦的老太太，自然人才凋零。

沉香接着道："奴婢听说，六小姐之前孝敬给长房老太太的抹额是双面绣的绣法。"

就是说长房老太太想起来，可能会让六丫头补那块流苏绣。

二老太太董氏眼睛一亮，"走，回去。"

琳怡这边刚下满了一盘棋，三四个丫头帮着数棋目。

琳芳在一旁等得不耐烦，勉强挤出笑容："六妹妹先在这，我去看看祖母。"

琳芳得了消息，迫不及待地甩下她。

那她就拱手让出这个人情。

不一会儿屋子里的小丫鬟笑着散了，琳怡认识了其中一个会下棋的茗烟。琳怡站起身去看刚才琳芳写的字帖，玲珑就和茗烟闲聊。

说了会儿话茗烟有差事出去了。

屋子里没有旁人，玲珑上前道：“问清楚了，长房老太太的病是心肾不交之症，常年都要用天王补心丹。”

怪不得长房老太太的脸色会那样差，屋子里还用那么重的香。

玲珑低声道：“刚才家里还来了外男。”

琳怡抬起了眼睛：“是你问茗烟的？”

“不是，”玲珑道，“小姐不让问，我哪里敢提，是茗烟自己说的。”

茗烟自己说的。

刚才茗烟帮着玲珑下棋，两个小丫头聊得甚欢，所以少了心防，顺口说这些话也不是不可能。

还有一种情形是，茗烟觉得她想知道这些。

琳怡看着琳芳写的那些心不在焉的字，她只怕是跟着琳芳沾了光。

其实琳芳动作那么大，这种事根本不用她刻意去打听，顺理成章就能知晓。

玲珑道：“听说来的是大姑爷的表亲林家大爷。”

琳怡本来毫不在意，听得这话却愣住了。竟然是林家……难不成琳芳在门口遇见的人是林正青？所以才会有那种又惊又喜的表情。

袁家出自书香门第，林家也是出过名士的望族，这两家成为姻亲是京中人人知晓的事，既然琳芳这样注意林家，想和林家结亲的必然是老太太董氏。林正青现在虽然还没有中解元，却也是院试的案首，和琳芳也算般配，却怎么会最后落在她头上？

新婚之夜林正青放火之前所说的那个她，会不会是琳芳？

如果是……两个人情投意合，她无意中却做了棒打鸳鸯的人。

琳怡嘴角浮起一丝笑容，这一世无论如何，她不会与林正青有半点牵扯。她虽然憎恨林正青害死她，但是对于她的新生来说，林正青只是一个微不足道的陌生人。

琳芳在院子里找到二老太太董氏：“听说祖母出来更衣，我就跟着出来了。”

二老太太点点头：“六丫头呢？”

琳芳上前搀扶二老太太：“在屋里下棋。”

“你大姐夫的一个表亲带来一块流苏绣，中间有残缺，想求你伯祖母帮忙修补上。”

琳芳面上假作不知晓，心里却欢跳如鼓。没想到祖母还真的将这件事与她说了，转念想想也是，母亲和祖母不止一次谈到林家，本就是想要……琳芳的脸霎时红了。

琳芳低头遮掩："伯祖母可能找人修好？"

二老太太摇摇头："你伯祖母身边针线好的丫头才都放了出去。若是这样回绝了也不大好，你伯祖母的意思是家里的丫头互相传着看看，没有法子也算尽了力。"

琳芳抓紧了帕子，几乎屏住呼吸听下文。

"你针线不错，一会儿见了也跟着想想法子。"

琳芳的心脏似是跳到嗓子口，更加掩饰不住脸上的笑容："祖母这样说，我一定尽量帮忙。"

二老太太董氏欣慰地点头。

琳芳和二老太太进屋，白妈妈正吩咐丫鬟准备宴席。

白妈妈笑着道："老太太特意嘱咐，四小姐喜欢食素，要多加些素菜才好。"

琳芳不好意思地低头："厨房为了我总要费些功夫。"

白妈妈眼睛弯起来："那有什么要紧，四小姐心善不愿见杀生，我们也跟着受福佑。"

二老太太坐下来与长房老太太相视一笑："嫂子这样还不宠坏了四丫头。"

长房老太太道："算不得什么，我也没有胃口，这样倒是成全了我。"

客套过后，二老太太说起流苏绣的事："既然是大丫头家的事，我想着就让琳芳帮着瞧，兴许能想出法子来。"

长房老太太听到这话也想起来："可不是，四丫头比谁都手巧，就让四丫头看看。"

董妈妈忙将矮桌上的流苏绣拿给琳芳。

琳芳接过去仔细瞧，这块流苏绣的明暗面用的是一根线穿插着绣上去，明针暗针交织根本就分不开，和她平日里见过的大相径庭。

琳芳越看心里越凉，真不知道到底是怎么绣上去的。琳芳伸手拨弄那残破处……好不容易等来的机会，她不甘心就这样放弃。

这种梅花做底的绣法她仿佛从哪里见过。琳芳静下心来仔细思量……耳边忽然响起白妈妈的声音："上次六小姐做的梅花抹额仿佛针脚和这个类似，若是用那种绣法说不得就能成了，奴婢不如去将六小姐也请过来瞧瞧。"

琳芳睁大了眼睛。她想起来了，就是琳怡。

第七章　发现·偷听

琳怡送给长房老太太的抹额她看过一眼，当时她只觉得针脚细致，现在想起来……琳

芳不自觉出了一身的汗。

这样的好事若是落在琳怡身上……

“白妈妈说的是，”琳芳展开笑容，“让六妹妹也看看，若是六妹妹有更好的主意，我们便商量着修补好。”

更好的主意，白妈妈笑眯眯地道：“这么说四小姐已经有了眉目？”

琳芳脸一红：“我也只是胡乱想的，若是能有几天时间自然修补好，可是眼下要得急，就要六妹妹来帮个忙。”

白妈妈看向两位老太太：“那奴婢去请六小姐。”

长房老太太笑着道：“去吧，去吧，让六丫头也过来。”

白妈妈领着琳怡进屋，琳怡才刚坐下，琳芳就笑着拿了流苏绣过来。

不等琳芳开口说话，二老太太董氏已经道：“上次你给伯祖母的双面绣是你自己做的？”

琳怡飞快地看了一眼琳芳手里拿的东西。

流苏双面绣。

老太太问她这话是想知道她能不能绣出这样的双面绣来。

她绣的抹额在长房老太太手里，当着长房老太太的面她不可能胡乱搪塞。

琳怡轻轻颔首：“是我自己做的。”

“那太好了，”琳芳拉起琳怡的手，“有六妹妹帮我，这块流苏就能补好。”

琳怡不明白地看向琳芳。

琳芳笑眯眯地道：“大姐家的一个表亲，托我们帮忙绣流苏，”说着生怕琳怡犹豫，“我们家有块一模一样的流苏，我们只要照着绣就好了。”

琳芳说起来这样容易，仿佛会绣明暗绣的是她。

长房老太太不说话，仔细瞧着她和琳芳。二老太太董氏倒是一副乐见其成的模样。

这幅流苏是大姐夫的表亲拿来的，也就是林家……

帮林家绣流苏，这样就等于给林家长辈一个好印象。

怪不得琳芳见她进来就是一副亲昵的模样，一句句话追问过来，让她无法搪塞。特别是那句“有六妹妹帮我，这块流苏就能补好”。

若是补不好就是她的错，琳芳可以站得远远的。

补好了，也是琳芳大功一件，不但帮了林家，更能在长辈面前讨个好脸面。

琳芳挖了个坑让她跳，她怎么选都不对。

琳怡微微一笑，答应下来：“有四姐在，我只是从旁帮衬。”

听得这话，一直没有说话的长房老太太也笑了：“那就好，你们也算帮了大丫头的忙。”

琳芳提起来的心终于放下，笑容更灿烂起来：“那事不宜迟，我和六妹妹这就去绣。”说着抬起头看到琳怡惊讶的表情。

“四姐说现在去绣？”

不好的预感在琳芳脑子里一闪而逝：“是现在啊，这是寿礼今晚还要用呢。”

琳怡立刻为难起来：“几个时辰是绣不好的，明暗绣是最难的，一针一线都要仔细琢磨，再说修补是要找出一模一样的线在残破处结好再按照之前的绣法一点点填充。我虽然会明暗绣，但是我瞧着和这块流苏并不十分相同，再说，这种颜色的线家里可有？”

琳芳一下子愣了，没有，可是一般修补都用原来的线就好，琳怡这话的意思，从前的线不能用了。

琳怡微微一笑，琳芳大概只想着邀功，许多细节没有想过，只要她随便扯出一件事来说，琳芳就会束手无策。

长房老太太听得这些话眼睛微亮：“这么说就补不上了。”

琳芳也垂头丧气地看琳怡一眼：“你再仔细瞧瞧。”

琳芳这样也太明显了些。

二老太太董氏道：“既然不能修好就算了，我们也算尽了力气，早些告诉青哥让他好再选寿礼。”

青哥，果然是林正青。

琳芳依依不舍地将流苏放回桌上：“我只是觉得这么好的一件绣品残破了可惜。”

话音刚落，帘子一掀，穿着荷色褙子，头戴珠花，斜插两支镶宝石簪子的琳娇走进来。

琳芳、琳怡两个向琳娇行了礼。

琳娇上前拉了琳怡的手：“这是六妹妹吧，真漂亮，从前听人说南方水土养人，如今我是真真信了。”说着想起自己没带礼物，将手腕上的翡翠镯子取下来给琳怡戴上。

琳怡忙推辞。

琳娇不肯依：“我们姐妹之间本该是这样。”

大家坐了一会儿，长房老太太笑着道：“开宴吧，别让丫头们饿着了。”

琳芳、琳怡去扶两位老太太去小厅里。

吃过饭，长房老太太先回房里休息，方妈妈服侍长房老太太躺好。

不多一会儿，琳娇来告辞：“祖母身子不好，我本应该留下来照顾祖母。”

长房老太太笑着道：“平日里也就算了，林老夫人大寿，你们还是早些过去。”说着吩咐方妈妈：“既然林家大爷拿来的流苏绣不能补好，就将我那块送去给林老夫人做贺礼。”

那块流苏绣是老太太最喜欢的，琳娇脸上一紧：“给林老夫人的礼物孙女已经准备好了。”

长房老太太摇摇头，慈祥地看着琳娇：“你的心思我知晓，只是这一件不光是为了袁家，也是为了陈家。袁家起复全靠林家，林家不松口你也没有法子。”

想到这个琳娇皱起眉毛，书香门第名声是好，可是到了关键时刻没那么容易就出头帮忙。

长房老太太微微一笑：“虽然说林家现在有了出息的后辈，要知道入仕容易真正能站

稳脚跟却难，林家在高祖的时候受创不小，现在朝中无人支撑，光靠一个后辈能弄出多大动静？如今的权贵林家不一定能攀上，而我们陈家和袁家至少从表面上算是与林家同命相连。”

琳娇听得这几句话似是一下子明白过来：“祖母的意思是林家想要和我们家走动？”

“不只是走动，说不得还想要进一步……就连二房老太太也看出来了。”

结亲。琳娇兀然想到。书香门第想要维护名声不是那么容易的，尤其是不论娶嫁都不能高攀，否则就算丢了脸面。

提起二房老太太董氏，琳娇皱起眉头：“二房老太太倒是消息灵通。”

长房老太太失笑：“她如何能不知道，我们整日都在她们的眼皮底下过活，万一哪日我死了，恐怕等你知晓的时候，这个家早落入二房手里了。”

提到生死，琳娇忙安慰长房老太太：“祖母身子好着呢，她们不敢乱来。”

那可未必，现在这般局面未必能永远支持下去。

“那祖母有没有想过将三叔父过继到长房……”

长房老太太想到刚刚琳怡在屋子里说那流苏绣时的情形。本来势在必得的二弟妹一下子露出失望的目光。

二弟妹跋扈二房这么多年，终于有个人能不被她摆弄。

只是选个继子不是那么容易的事，长房老太太乜了琳娇一眼：“你别忘了，你三叔父现在有可能自身难保。”

长房老太太话音刚落，只听窗外有人咳嗽一声：“玲珑姑娘，你怎么在这里。”

窗外的玲珑吓了一跳，转身差点撞到身后的白妈妈。

白妈妈似笑非笑：“这里风大，姑娘刚晒了个热身子，小心着凉。”

长房老太太的念慈堂的六间上房环着抄手走廊，抄手走廊旁边是三间厢房，厢房旁边种了一片翠竹。

玲珑向白妈妈行了礼，指了指那片翠竹林，飞快地向那边瞥了一眼，低下头紧攥着衣角：“我刚才给六小姐端茶不小心湿了衣角，就想着来廊下吹吹风。”

白妈妈低头瞧了一眼，玲珑的衣角果然湿了一片。

白妈妈沉下眼睛，让人看不清脸上的神情：“可不是……”说着转身看白芍：“去拿干净的巾子给玲珑姑娘擦擦衣裙。”

白芍应了一声忙退下去。

什么地方不好吹风，竟然跑到长房老太太窗口下，被白妈妈逮了正着。

站在水池旁看锦鲤的琳芳不由得露出一丝笑容，不知道是六丫头指使丫鬟去偷听，还是笨手笨脚的丫头不小心撞到刀刃上。这下长了几张嘴都说不清了，想到这个，琳芳刚才因流苏绣得的闷气一下子一扫而光。

玲珑弄干了衣服，才狼狈地走回来。

还没等琳怡开口问，琳芳身边的红杏就嗤笑一声：“玲珑姐姐第一次来长房，还是不要乱跑，我们做下人的是要学着看眉眼高低，这样出入上下，大小的事才有了见识，否则我们自己犯错事小，牵连了小姐事大。”

四小姐身边的丫头平日里见到她们连话也不会说一声，而今看到她错处倒是抬着头训斥个没完。

可是眼下她确实没有话来辩驳，玲珑的肩膀垮下来只是静静听着。

红杏说完这些还要张口，猛然瞧见一抹锐利的目光看过来顿时吓了一跳，抬起头只见六小姐不动声色地看她：“你什么时候进的陈家？”

红杏一时不明白，只得老老实实地回话：“从小就买进府了。”

琳怡微微一笑：“怪不得。原来不是家生子。”

不是家生子，六小姐是说她不懂规矩……红杏瞧了一眼琳芳，琳芳脸上也有些难看。

这件事本就是红杏做得不对，两个主子在场轮不到一个下人开口，琳怡这样说她也没话反驳，琳芳眼睛一转，看眼红杏：“就是我平日里太好性儿，才养了你们这些嘴碎的丫头。”红杏不敢再造次低头退后一步。

琳芳笑着道：“六妹妹别在意。”

琳怡也笑着回过去：“四姐言重了。”

琳芳和琳怡站了一会儿觉得没意思，干脆带着人回去主屋。

玲珑这才敢抬头说话：“六小姐为奴婢说话，万一四小姐在二老太太处告小姐一状，奴婢岂不是给小姐惹了祸。”

琳怡低头看水禽抢食，一味的忍让最后换来的只能是步步后退：“四姐告我什么？告我护着丫鬟无礼？”红杏训斥玲珑被长房的人看到了会怎么说？连琳芳的丫鬟都能欺负她，更何况其他人。琳芳聪明自然息事宁人，又怎么会到二老太太董氏面前去诉苦。

玲珑这才明白琳怡的意思：“小姐说得对，奴婢怎么就没想到。”

琳怡淡淡一笑，平静的神情中带着沉着稳重，二老太太董氏人前要装着善待她，她自然要利用这一点：“白妈妈有没有看到？”

玲珑点头：“看到了。”

那就好。

白妈妈快步进了内室，长房老太太握着紫檀十八罗汉的手串稳稳地靠在软靠上。

旁边的琳娇先忍不住问：“是六妹妹身边的丫头？”

白妈妈低声道：“是六小姐身边的。”

长房老太太抬起眼睛。

白妈妈又上前一步低声道：“奴婢本在窗下不远处站着，没想到六小姐的丫头玲珑走

过来，奴婢听得老太太说起三老爷，于是咳嗽了一声，玲珑却悄悄跟奴婢指了指翠竹林。”

指了指翠竹林，是瞧见了谁？

琳娇拿起黄底粉彩的小茶吊刚要倒茶，听得这话也停下手。她还以为是六妹妹的丫鬟偷听祖母和她谈话，却没想到另有别情。

“奴婢瞧见是听兰。”

听竹、听兰是长房老太太身边的二等丫鬟，最近听竹提了一等，听兰还是二等留在屋外听差。

长房老太太笑一声：“居然是她。我怪道她从前看着伶俐，如今怎么心不在焉，原来心思都用去了二房。”说完话看一眼白妈妈，“你我都是老眼昏花，竟比不上一个十几岁的丫头。”

她身边的二等丫鬟竟然都被二房收买了去，怪不得她这边的事二房知道得清清楚楚。

白妈妈道：“现在怎么办才好？”

长房老太太从软靠上直起身子：“不急，叫人看着她，她什么时候给二房报信又经过谁，摸透了她，日后我自有用处。”

白妈妈应下来。

琳娇满面愧色：“之前我还让听兰帮忙绣条衣带，却都没察觉。”

长房老太太道：“不怪你，当局者迷旁观者清，离得太近倒不能知晓了，倒是六丫头难得的伶俐。允远过于耿直，而萧氏一味软弱，竟能生出这样聪慧的女儿。”

“只是可惜了，”琳娇叹口气，“御史恐怕不几日就要弹劾三叔父，福建那边又有铁证，这罪名下来自然连累妻小。我们想帮忙现在也是有心无力。”

长房老太太捻动手里的紫檀串珠默不作声，半晌才道：“你三叔父在福建恐是得罪了不少人，这次考满是早就被盯上了。二老太太这些年在京里倒是有些门路，只是，她不会帮忙反而火上浇油罢了。”

琳娇一时也想不到法子：“要不然让夫君向三叔父透透话，说不得三叔父自己能想到法子。”

允远？那是一股的倔脾气，福建的形势他如何不知晓，不过是死也不肯低头罢了，若是提前将这些说给他听，保不齐他会比御史早一步上折子，事闹出来想找人保他也难了。

“要不然……”琳娇又想起来，“联姻呢？六妹妹的年纪到了能说亲的时候，依孙女看这件事还是早早张罗，否则二房老太太插手，六妹妹不是只有听从的份？”

不管是世家望族还是权贵宗亲都是靠联姻互相扶持，想要和他们打关系没有这个准备是不行的。

姻亲的事也是急不得。

长房老太太阖了阖眼，看向琳娇：“去跟二老太太说几句话再走，免得被人挑不是。”

琳娇应了起身出门。

长房老太太转头吩咐白妈妈："将六丫头叫来。"

白妈妈听了笑着去寻了琳怡，琳怡领着玲珑进了内室，长房老太太让人端了一盘金丝果让琳怡尝尝。

琳怡拿起来一块吃了，又酸又甜。

长房老太太慈祥地叫白妈妈，"包上一些给琳芳、琳怡带回去吃。"

琳怡谢了长房老太太。

长房老太太摆摆手让琳怡坐得近些，仔细端详起琳怡来。

多少年不见面总是十分生疏，长房老太太和董氏不同，眼睛里更多的是关切而不是审视探究。

"模样长得俊，过几年长开了更漂亮，比琳婉、琳芳几个都强。"

被长房老太太这样一说，琳怡的脸倒是红了。

毕竟年纪小，放松下来也显露几分小女儿的娇态。可怜琳怡和衡哥两个孩子，跟着老三在福宁任上吃了不少的苦头。长房老太太这样想着目光更加温暖："六丫头，若是那块流苏绣让你来补，能不能补好。"

琳怡照实点头："总会补个差不多，"说到这里琳怡抬起头来，"伯祖母身边的听竹姐姐手小又灵活，我将明暗绣的绣法说给听竹姐姐听，听竹姐姐就能补好。"

长房老太太微微一笑，难得这孩子持重，知道外面拿来的东西闺房里的小姐不能轻易动手。二老太太董氏身为长辈却这样急不可耐。

"有空你就教教听竹。"

琳怡笑着应了。

长房老太太满意地点点头："你初来京城许多事不知晓，女眷互相来往总要有些能入眼的礼物，若是有时间你不妨准备一些，"说着又道，"礼仪可学了？"

琳怡点头："学了。"

长房老太太十分欣慰："你的继母萧氏是个慈母，该教你的都不差了，也是盼着你能有个好前程。"

衡哥和她也奉萧氏为亲生母亲。

"你二伯母是个居士，常常出去讲经认识的人也多，有什么事你常看她，对京里的事自然而然也会知晓一些。"

长房老太太这是在教她注意二伯母田氏的一举一动。

才和琳怡说了几句话，长房老太太却觉得前所未有的轻松。平日里和琳娇总要将话说得细致入微，琳娇才能懂八分。现在她只想提点琳怡两句，琳怡却明白透彻。

"伯祖母，"琳怡拿起织锦的毯子给长房老太太盖上，"少吃些天王补心丹，里面含朱砂对人身子不好，伯祖母这是常年的病了，若是总让一个郎中来瞧，倒不如换个试试。"

六丫头是劝她遍访名医。

长房老太太笑着看琳怡：“伯祖母已经老了。”黄土埋了半截的人，身边又没有了子女，活着也是度日罢了。

长房老太太想到这里，耳边传来清脆的声音：“伯祖母还不老，这个家还要指望伯祖母。”

还要指望她。长房老太太一时错愕，转而便笑了。六丫头看得明白，现在她还不能撒手。

两个人刚说完了话，白芍进屋行了礼道：“二房那边传话来，二爷从马上摔下来了。”

二爷……哥哥。

第八章　处境·利益

“二爷怎么会从马上摔下来？”白妈妈服侍长房老太太穿好紫薇花青缎软底鞋，长房老太太从软榻上坐起身。

听得这个消息琳怡愕然，在她记忆中哥哥没有摔马这一节，自从她重生后醒过来，仿佛因她的细小变化一切都变得和从前不同了。

白芍道：“送信来的妈妈说二爷只是受了惊吓。”

众人这才松口气。

琳怡站起来解释：“哥哥一早跟着父亲去京郊。”

长房老太太叹气：“衡哥年纪还小，怎么能放任他去骑马。”

“家里请过武术先生，父亲大概觉得哥哥已经能独自驾驭马匹……”哥哥在福建骑马已经不是一次两次了。

说话间琳娇、琳芳扶着二老太太董氏也进了屋。

二老太太董氏道：“衡哥摔了马，我们还是早点回府看看。”

长房老太太点头，吩咐白芍将二老太太、琳芳、琳怡送到二房，看过衡哥伤势后再回来。

长房老太太话音一落，只听外面道：“大老爷来了。”

二房老太太的长子陈允宁。长房老太太心中一笑，又是一个盼着她早早归西的。

回到二房，三太太萧氏已经等在垂花门。

“衡哥怎么样了？郎中有没有来看过？”

三太太萧氏红着眼睛上前搀扶二老太太董氏：“看过了，还好没有伤到筋骨，郎中说仔细养些时日就能好的。”

二老太太董氏又是担心又是后怕：“老三怎么这样大意。”

三太太萧氏拿着手帕擦擦眼角，看到衡哥被扶回来她也是吓坏了：“老爷说恰好遇到有人围猎，老爷就带衡哥去看，转眼的工夫就不见了衡哥，再找到衡哥时衡哥已经摔了马。”

二老太太董氏皱起眉头：“不是有下人跟着？”

“老爷只让衡哥身边的小厮跟在旁边，小厮也是一时看漏了。”

看漏了。是因为没有见过围猎的场面迷了眼，真是没见过大世面。二老太太董氏冷哼一声：“你也是，他们爷们儿要出去，你不多安排几个人，这还用我教？”

三太太萧氏愧疚地低下头。

二老太太董氏道：“老三还说要搬出去住，便是在我眼皮底下伺候着还弄出事来，搬出去不定要如何，这些年你在福建怎么当的家？”

三太太萧氏没想到二老太太这么大的火气，只得在旁边赔小心。

“没有一个让我省心。”二老太太董氏扔下一句话，进屋去看衡哥。

衡哥腿上已经上好了药，丫鬟们拿了软巾遮好，又盖了一层毯子，二房老太太揭开毯子瞧衡哥的伤：“这会儿疼得怎么样了？”

三太太萧氏让丫鬟搬来黄梨木大椅又放了软垫才请二老太太坐下。

衡哥将床上的腿微抬：“已经好了。”

“你可要小心……”二老太太董氏叹气，“我们家里如今只有你和你大哥两个，你大哥在京外读书已然让我牵肠挂肚，你在眼皮底下若是再有闪失岂不是要了我的命？”

衡哥忙道：“孙儿下次再也不敢了。”

这样几句下来屋子里倒是一片和顺。

二老太太董氏坐了一会儿便起身离开，三太太萧氏忙送了出去。琳芳也嘱咐兄弟好好养病，跟着二老太太走了，屋子里只剩下琳怡和衡哥两个。

“哥哥怎么会骑马摔了？”

说到这个，衡哥眼睛立即亮起来：“琳怡，我说了你也不会相信，我看到一个骑术特别好的人。”

她当是什么，原来是骑术好：“无论走到哪里都有骑术好的，父亲给你请的武功师傅就是咱们福建鼎鼎有名的，哥哥不会是因为这个从马上掉下来了吧。”

琳怡笑着抬起头看到衡哥认真的表情。

难不成真的被她猜中了，哥哥是因为看别人骑马所以才摔了马：“哥哥不是对武功不感兴趣，只是想着参加科举？”

从前他是这样想，那是因为父亲在他耳边总说科举的好处：“琳怡，我今天看到那个人腰间佩剑，几十个人追不上他一个，他骑的那匹马连马鞍都没有呢。”那样逍遥自在地骑在马上，那气度让人心生羡慕。

大周朝男子有骑马狩猎的习惯，一般人家的男子都会仔细学骑术，更别提世家名门或是勋贵宗亲了。

“说了你也不信，”衡哥叹口气，“等我伤好了我一定好好学骑术，再让父亲给我请个好的武功师傅，若是能赶上那人一丁点我也知足了。”

衡哥很少有这种信誓旦旦的模样，看来今天真的是遇到了让他惊叹的人：“知道那个人是谁吗？”

衡哥泄气地摇头：“人一闪就过去了，我连那些追不上他的人都不如，更不可能跟得上了。”

“哥哥别急，在京里时间久了自然有一日会碰面的。”

听到琳怡说这话，衡哥眼前一亮：“妹妹也想留在京里？”

留在京里？她没有想过，只是她知道有父亲的事在，他们全家恐怕暂时不能离京。琳怡转头看到衡哥脸上的笑容，恐怕衡哥如今是想留在京里了。

林正青听得身边的林临江谄媚地笑：“小叔叔别急，就算这块流苏补不上，老夫人也会喜欢小叔叔送的福寿图。”

话是这样说，不过事情没办成心里难免失望，林正青微皱眉头：“奇怪，表兄明明说陈家有人会双面绣。”

林临江道：“说不定是弄错了。”

林正青一眼望过去：“你以为表兄像你一样就会顺口胡说。”

林临江只是傻笑，在林家能攀上林正青是他的福气，将来等到林正青这个小叔叔发达了，自然有他的好处。

林临江道：“我去问问那块流苏还能不能补。”

“既然赶不上寿宴，不论什么时候都可以。”关键是能讨林老夫人欢心，林家族人那么多，凭什么林老夫人就扶持他一个人，他不喜欢回去听母亲一遍遍说利害关系。小时候被抱在怀里一遍遍地听觉得母亲可怜，长大后仍旧一遍遍地听就觉得厌恶，如今照着她们的话做，就是为了耳根清净。

不一会儿工夫，陈老太太身边的白妈妈来道：“大爷拿来的流苏绣不是不能补，只是需要时日，不知大爷还能不能等。”

等，为什么不能等。林正青规规矩矩行了个礼：“那就请老祖宗帮忙。”

白妈妈笑容满面：“大爷太客气了。”

林正青从陈家出来，半路上林临江想起去给陈老太太请安时瞥见的那位陈家的小姐：“怪不得人说陈家女子秀美，如今一看还真的是。”

林正青嗤笑，陈家小姐，他没有注意。女人再漂亮不过是提线的人偶，就算他在意也是看她身上的线，不会在意她是什么人。

陈家二房。

二太太田氏安慰琳芳：“日后还有的是机会。这次不露面也是好的，毕竟是外男拿来的东西。”

琳芳道：“那有什么，有祖母做主呢，不过是帮忙，”说着扭紧了手帕，“怪都怪琳怡，没有那个本事，偏要说没有合适的绣线。”

田氏微微一笑，将手里的帖匣送给琳芳看：“瞧瞧这是什么？”

琳芳打开匣子看到里面的红金帖子：“惠和郡主请母亲和我去做客？”

田氏伸手整理琳芳的衣襟：“你不是一直想去？惠和郡主也想见见你。”

琳芳立即来了精神：“那我们送什么礼物好？”

田氏就笑道：“你不是早已经想好了？”

琳芳抿嘴笑起来，一下子扑进田氏的怀里：“我就画母亲，郡主一定会喜欢的。”

琳怡还是第一次让丫鬟出去打听家里的事。

橘红平日里性子随和，加上她们从福建带来了不少腌渍的果子，橘红拿着这些果子蜜饯很快就和家里的小丫鬟说上话。

“惠和郡主嫁给了郑大学士的公子，郑家是实实在在的显贵。”

琳怡微微颔首。

若是二老太太董氏一家攀上了显贵，就不愁不能改了族谱。哪个朝代的历法都不能左右权贵。

琳怡听橘红仔细说：“惠和郡主嫁到郑家之后听说咱们二太太是在家的居士，就请二太太过去讲了回经，这就喜欢上了。”

琳怡也记得田氏十分有名气，尤其是她额间的朱砂痣，大家都说是天生的观音像，加之田氏从小便不能吃荤，就连寺里的师太都说田氏有悲悯的心肠。

作为居士四处讲经本来就是一种修行，大宅院里的女子多多少少都有些不能向外人道的烦心事，就算贵重如惠和郡主也是一样，大家自然会喜欢如二太太田氏一样懂经法的女眷。

更何况二太太田氏和观音大士一样面善。琳怡想到这里微微一笑。怪不得琳芳身上穿的比家里所有小姐都要好上许多。

只是居士这两个字，田氏实在配不上，更别提观音大士，田氏若是真有悲天悯人的心肠，就不会让琳芳将她引去芳菲苑见到要小产的柳姨娘，而是直接出面救下柳姨娘母子。

“这几日注意着二太太那边，不论有什么消息都来跟我说。”琳怡低声吩咐橘红。

长房老太太已经提醒过她，让她注意着二太太田氏，再准备出一两件像样的礼物以备不时之需，这几日她就要在这上面下功夫。

琳怡这边才说完话，白芍进屋向琳怡行了礼：“二爷那边没事，奴婢就回了老太太，好让老太太安心。”

白芍常年跟着长房老太太，穿着虽然比二房的大丫鬟简朴，整个人却多了几分疏朗的气色，和这样的丫头说话也自在，橘红、玲珑两个将白芍迎进屋。

白芍笑着道："还有一件事要麻烦六小姐，老太太说林家那块流苏绣还是要补的，就让听竹姐姐常过来。"

琳怡将白芍拉过来坐："姐姐回去和伯祖母说，有时间我就过去给伯祖母请安。"

琳怡的笑容让白芍放松下来。

大家笑着说起话。

陈允远听萧氏说儿子闹着要学骑术笑起来，"这小子终于开窍了。"

萧氏听了皱起眉头："老爷还纵着他不成？这刚摔了马，再出什么乱子可怎么得了。"

陈允远不以为然："大周朝的男子哪个不会骑马的，让你说得便是什么事也不用做了，你便是妇人心肠，不懂得大事。"

萧氏听着丈夫的训斥，眼圈红起来："我是不懂大事。我只是知道姐姐将老爷和衡哥兄妹托付给我，我若是不能照看妥当，将来我也没面目去见姐姐。"

提起亡妻，再想想萧氏这些年的辛苦，陈允远叹口气坐下来将萧氏揽进怀里："好了，我知道你的心思，琳怡也就罢了，将来寻门好亲事风光出嫁，衡哥是男子，将来必定要搏个好前程，否则怎么照顾这个家。"

萧氏听得陈允远声音有些晦涩，抬起头果然看到陈允远紧皱的眉头："老爷怎么了？是不是今年的考满不顺利？"

"不是考满的事。"公务上的事陈允远从来不愿意和妻儿提起。

"老爷不用瞒着妾身了，"萧氏直起身子，"老爷进京前就心事重重，这几日愈发严重，不是因为公务倒是什么？怎么到了这时候老爷都不肯和妾身说实话。"

陈允远站起身背手在屋子里踱步："我在福建这些年得罪了不少人，那些人都早已经投奔成国公，去年成国公抗倭有功，圣前得宠……"

萧氏心里一紧："老爷的意思是，成国公要对付老爷。"

陈允远微微一笑："谈不上对付，我不过小吏，成国公只要一伸手如同捏死蝼蚁般简单。"说着顿了顿，"这些年我没少弹劾成国公，奈何成国公是三代元勋，当今皇上登基时又是辅政大臣，岂是我一个小人物能参倒的。"

萧氏黯然："既然夫君早就知晓，何必要这般。"

陈允远摇头低声道："我不这样又如何？难不成与他们同流合污？眼看着他们冒领薪饷？收买盗匪假充倭寇？"

萧氏第一次听到陈允远说这些，不禁惊讶，慌张地看向左右，确定没有人听到。

福建每年都要遭倭寇抢掠，听到外面有异动，她和两个孩子尚万分惊慌，更不用想外面任人宰割的百姓，每次听到朝廷增兵福建她都从心里高兴，没想到实情却是这般……

话说到这里，陈允远干脆说实话："这次我带你们回京不光是因老太太生辰，更是怕你们在福建无人照应。至少你娘家在京里，若是我有什么事，陈氏一族和你娘家不能看着你们不管。”

听到这种不祥的话，萧氏再也忍不住掉下眼泪：“夫君这是什么话，如今衡哥和琳怡还小，夫君不能不为我们着想，大不了夫君辞官回家。”

辞官，哪有那么容易。

看到萧氏紧张，陈允远又道：“这只是最坏的打算，现在反对成国公的又不止我一人，你之前说的林家，在高祖时就是被成国公所害，林家这些年休养生息，如今虽有上进的后辈，想要重回朝廷还是要对付成国公……”

陈允远说到这里，萧氏惊呼一声：“怪不得林大太太今日让人送了份礼物过来，又邀我去林家做客。”说着萧氏将林家送来的礼物和帖子拿给陈允远看。

林家送来的是两支雕竹碧玉镂空嵌金花簪，一对滴水观音碧玺耳饰。

“虽说我和林大太太小时候常在一处，可是这份礼也有些重了。”

看着这两件礼物陈允远笑起来：“林家能这样倒是好事。”林家现在不复从前，可是依然有很深的根基，在读书人中有一定声望。

“老爷的意思是……”

陈允远道：“带着琳怡多出去走动走动也是好的。”

萧氏心中一阵欢喜：“若是林家说什么，我也好告诉老爷。”

嫁给他这么多年，萧氏还是一如既往的单纯，这么大的事谁会挂在嘴边，尤其是不能确定达成共识之前，林家人不会透露半句。

陈允远看着窗外伸展的树枝，重新皱起了眉头。

第二天琳怡去二老太太董氏屋里请安，琳怡进了屋就听见琳芳在董氏身边欢快地说起要去惠和郡主府里做客。

二老太太董氏让琳怡坐在旁边，亲切地问琳芳：“礼物准备了吗？”

琳芳抿嘴笑：“我想亲手画观音画像呢。”

这几年琳芳的画越来越像样子，再加上有二太太田氏在，一定出不了差错。

二老太太连连点头：“好，这样的礼物用心思。”

琳芳笑着看琳怡：“能花钱买的礼物都不足为奇，六妹妹你说是也不是？”

“是。”琳怡配合琳芳的情绪。

琳芳果然更加开怀，腻在二老太太董氏膝上：“只是我没有合适的衣服和头面呢。”

二老太太董氏忍俊不禁：“瞧瞧，瞧瞧，这是变着法地跟我要东西。”

琳芳倒是一本正经：“孙女是怕丢了祖母的脸面，能去惠和郡主府的都是名门闺秀，孙女哪敢怠慢。”

二老太太伸出手在琳芳洁白的额头上轻点：“好一张利嘴。”

琳芳捂住额头，笑看琳怡：“六妹妹，你瞧祖母多小气，老人家就该是我们的百宝囊

才对。”

琳怡也跟着笑了。

回房的路上，身边没有旁人，玲珑忍不住小声道：“不过是去郡主府做客，四小姐就要闹个满府皆知。”

能当上郡主的座上客，琳芳自然要好好炫耀。

那种地方不是人人都能去的。

二太太田氏诵经，四小姐琳芳画观音，这对母女倒是善缘。

琳怡低声道：“一会儿还是想办法去问问惠和郡主的事。”

玲珑道：“若是有人问起，奴婢就说听到四小姐要去惠和郡主府上做客，奴婢觉得好奇。”

琳怡微微点头，就是要趁着琳芳要去惠和郡主府做客的消息传开了才好向人打听，这样谈论惠和郡主就是自然而然的事。

琳怡走到翠竹林，正要过月亮门，三太太萧氏身边的谭妈妈笑着迎过来：“六小姐，太太请您过去一趟呢。”

第九章　开端·再进林家

琳怡跟着谭妈妈到三太太萧氏的碧云居，二老太太董氏修了这处园子，就将西院分给了陈允远夫妻，二进的院子，院子口种着石榴树，里面是金桂、银桂，花圃里种了四季花，风一吹便闻到一股幽香。

他们一家不在京里住，二老太太董氏也是让人仔细打扫，表面上做足了功夫。

这里比他们在福建的家真的好了不少，三太太萧氏搬进来的时候也是满心欢喜。

小丫鬟上前打帘，琳怡进了内室。

三太太萧氏带着大丫鬟乐蓉坐在临窗的大炕上结蝙蝠，见到琳怡，萧氏让琳怡坐在身边，又吩咐乐雪：“去给六小姐端一碗杏仁羹来，上面撒上蜂蜜和糖霜。”

看着琳怡吃了一碗杏仁羹，三太太萧氏格外高兴：“这两日身子可好些了？”

自从上次出了柳姨娘的事，仿佛大厨房的人手换了些，她也得到了格外的照顾，特别是今天早晨，光点心就有三种，她总觉得她前世被下毒的事没那么容易就水落石出，现在看来果然如此。只要稍有些风声那个人就收住了手脚。

到底是不是大伯母安排的……在她心里尚有疑问。

琳怡帮萧氏结蝙蝠，望着琳怡灵巧的手，萧氏笑道：“上次和你说的林家太太还记不记得？”

琳怡的手不由得一停。

萧氏道：“林家大太太又让人送帖子过来，请我们过去喝茶，总是推却也不好，我就答应下来，你回去准备准备，明日我们坐车过去。”

该来的总是要来，从前她嫁给了林家也是因为两家来往密切，现在重生了不可能三两次就避过。

琳怡点头应了一声。

萧氏道：“咱们从福建也没带什么好东西回来，也不知道回什么礼物好。”萧氏说着端起茶碗抿了口茶，“我想着不如送两幅画，一来书香门第惜墨，二来你懂书画也可以帮着挑。”

送画正好迎合了林家的书香门第。

父亲素来喜欢书画，在福建也没少买这些东西，有几幅是常人难得的。

谭妈妈笑着道：“奴婢去将画拿来。”

琳怡很快将手里的蝙蝠结做好放在旁边的笸箩里，她虽然知道林家和二老太太董氏一家对父亲不利，可是知道得并不十分清楚。林正青是见利忘义的小人，但是林家开始却和父亲站在同一个立场。

她不想嫁给林正青，却不一定非要用极端保守的法子，一来父母不会答应，二来只有彼此知晓才能防范。

琳怡帮着挑了两幅清雅的画。不算名贵，也不算太特别，不卑不亢，很普通的礼物。

萧氏反复看了几次，才让谭妈妈用礼盒包好收起来。

萧氏向来思量少，这次倒是十分郑重。

琳怡抬起头问萧氏：“母亲好像很在意去林家。”

萧氏藏不住心事，昨晚听到陈允远说那些，她是一晚上没睡着觉，只要想到现在的局势她就吓得心怦怦跳，萧氏皱起眉头：“咱们去福建那么长时间，在京里也没有什么相熟的人，将来……”提到将来，萧氏叹口气，问琳怡：“你觉得京城怎么样？是不是气候比福建要好许多？今年在京里我们不用担心再有水患了。”陈允远不愿意将这些事说给两个孩子听，萧氏也就扯开了话题，让琳怡选套得体的衣裙，“明日还有其他人呢，都是书香门第家的小姐，说不得会有诗会，你到时候难免要应个景。”

琳怡微微颔首。

萧氏拉起琳怡的手笑了：“最让我省心的就是你，”说到这里萧氏不免惆怅，“你哥哥要学骑术，有空你也劝着些，咱们家没有了承继的爵位，将来总是要考科举的，那些动武的只要会一些就可以了。”夫君自从上次听琳怡说起复爵的事，就真的将这个当回事了，现在不但要给衡哥请西席还要找武功师傅，她真是越来越弄不懂夫君心里的想法。明明现在前途堪忧，却又满怀希望。

从萧氏屋里出来，琳怡慢慢思量萧氏那些话。

看来父亲的事已经很严重，否则不会准备让他们留在京城。

林家又和父亲的事有什么关联？

她也大概听过一些只言片语，都是关于成国公。

林家在京里不会知晓福建的事，成国公善海战，福建、两江的官员几乎都出自成国公手笔，父亲在福建、两江都任过职，难不成林家想要透过父亲知晓福建、两江的事？

到底是什么走到了联姻那一步。

两家联姻不会因她的喜恶决定最终结果，但是还有别的法子……

若是父亲知道，林家关键时刻并不可靠，所作所为更对不起他们书香门第的名声，林正青更是中山狼，父亲一定不会同意联姻。

琳怡想到这里转头吩咐玲珑："让你干娘去趟长房，跟长房老太太说明日我们要去林家做客，让听竹姐姐先不要来了。"

她虽然不知道京里的事，长房老太太却知晓。

昨天白芍过来并没有说听竹姐姐什么时候过来，玲珑转念就想明白，小姐是想拿这件事做借口……

玲珑低声道："奴婢知晓了。"

琳怡回到房里，橘红已经张罗着挑选明日穿的衣裙，琳怡坐在临窗大炕上拿起矮桌上的书看。

橘红挑了几件素淡的要拿给琳怡。

"不着急，"琳怡看也不看，"先放在那吧！"

衣裙挑好了还要熨烫，去参加宴席难免再熏香，若是不早早着手准备恐怕来不及。可是小姐既然这样说了，橘红也只好先将衣裙放下。

大约过了一炷香的时间，外面传来一阵脚步声。

琳怡微微一笑，来了。

门口的丫鬟道："四小姐来了。"

琳怡放下书起身将琳芳迎进来，琳芳显得比往日都要热络，高高兴兴拉起琳怡的手："我得了几朵纱花，就想着给你也拿来两朵，你瞧瞧好不好看。"

酸枝海棠样式的盒子打开，露出里面红、粉两朵金线叠纱花。

"这是最近才出的样式，"琳芳指指自己头上，"我也戴了一朵呢。"

红色、粉色，是让她打扮得娇艳吧！

琳怡才接过叠纱花，琳芳就大惊小怪地看着炕上的衣裙："妹妹这是要做什么？"

琳怡顺着琳芳的话："明日母亲要带我去林家做客，正选衣裙呢，姐姐正好来了，看看选哪套好。"

琳芳也不推却，笑吟吟地上前仔细去瞧："我看着都有些素淡，去做客总要明艳些好。"

艳色张扬，素色收敛，书香门第都喜欢温婉的女子。琳芳的提议刚好背道而驰。

一面算计要去惠和郡主家做客，一面还要紧紧攥着林家不放。琳芳一个十四岁的小姐，想法还真是不少。

琳怡吩咐橘红将现下所有的衣裙都拿出来。

琳芳选了一件满底木芍药醉仙颜的褙子，下面配着鹅黄色宫裙，还亲自帮琳怡配了首饰，琳怡穿戴起来也明艳照人。

琳怡看了就笑："我还是穿那件浅紫的褙子。"浅紫色不如淡红色鲜艳，穿起来更普通，琳怡穿上之后琳芳立即赞同。

指点完琳怡穿什么，琳芳这才放心离开，走在路上琳芳渐渐弯起嘴唇，虽然说惠和郡主若是喜欢她，说不得就会有机会认识勋贵、宗亲家的夫人，将来就有可能做命妇，这样就算林家大郎再有才气再有前程，她都不得已要放弃。可是不证明她现在就要让给琳怡。陈家有那么多小姐，她就是要一枝独秀。

"小姐为什么要照四小姐说的打扮。"

那也没什么不好，琳芳想要争来林正青的侧目，她是恰恰相反。

琳怡拿起桌上的孔明锁，秀丽的手指很快将孔明锁装好。玲珑回来正好瞧见琳怡将孔明锁放在桌上。

"咦，"玲珑惊讶地喊了一声，"这不是二爷才买来的九根锁，小姐这么快就装好了。"

橘红见玲珑完全不在意炕上的衣裙，不禁泄气，拿着衣裙去了里间。

不一会儿玲珑也赶过来帮忙，瞧着橘红一脸的不痛快："放心吧，小姐有小姐的思量。"

橘红停下手里的活："我只是觉得四小姐没有好心，处处算计着小姐。表面上装作女菩萨，谁知道是什么黑心肠。"说到这里橘红压低了声音，"二太太更是，刚才我出去一趟听说，二太太是居士，不喜欢烟火的味道，二太太那边的紫竹院灶台不起火，连累我们西院也不能起火，怕是油烟被风一吹到了紫竹院，二太太闻着不舒服，现在天气总算好，饭菜不至于马上凉了，若是到了秋冬时节，三太太、二爷、小姐连口热饭也吃不得了，只能等大厨房派发下来。"

那又能怎么办，在别人屋檐下只能忍了，橘红也是心疼小姐才会这样，玲珑笑着安慰橘红："现在才是春天，离秋冬还远着呢，说不得到了秋冬我们就回福宁去了，再说小姐又没在四小姐手里吃过亏，你怕什么。"

说得也是。

两个丫头说话间，只听外面道："听竹姐姐来了。"

玲珑抬起眼睛有些惊讶，小姐只是给长房老太太捎了口讯，没想到老太太就让听竹来了。

玲珑和橘红出了屋，见到穿着青色对襟半臂，梳着双螺髻，面容清秀的听竹。

听竹上前给琳怡行了礼。

琳怡将听竹让到大炕上坐了。

门口的丫鬟探头探脑，玲珑、橘红也不驱赶，看着听竹将手里的流苏绣拿给琳怡：“我想了一日也想不出方法来，只得麻烦小姐。”

琳怡笑着让玲珑、橘红去挑线，然后将明暗绣的绣法与听竹讲，外面的小丫鬟听了一会儿觉得没意思，又都收回头去。

大家围在一起做针线，一晃就两个时辰过去了，听竹这才起身告辞。

听竹一路回到长房。

长房老太太正和白妈妈摆叶子牌，看到听竹，老太太将手里的叶子牌撂在矮桌上，端起茶来喝。

“老太太，”听竹上前服侍，“六小姐那边倒是挺安静。”说着将手里的双面绣递给长房老太太看。

针线平整，可见心里不乱。

“四小姐帮六小姐选了套衣裙，浅紫色的褙子，鹅黄色的宫裙，还有一朵粉红色纱花。”

长房老太太抬起眼睛看听竹，琳芳真是有心思。

“琳怡没有问你这样穿妥不妥当？”

听竹摇头：“看样子六小姐打算就这样穿着去。”

大家族里的小姐，别看大门不出二门不迈，只要到了要说亲的年龄，全都一肚子的心思，琳芳虽说有几分的伶俐，却被二老太太和二太太田氏惯坏了。

“去打听着林家那边，瞧瞧他们是什么意思。”

第二天琳怡梳妆好和三太太萧氏一起上了马车。

林家早早打开了大门，院子里收拾得干干净净。

林大太太给老夫人请了安，然后坐到抱厦里吩咐下人仔细安排宴席。今日不光是宴请陈三太太，她还叫来相熟人家的夫人、小姐。

林大太太将所有事安排妥当，回到自己屋里，不一会儿工夫有人来道：“薛姨妈来了。”

薛姨妈是林大太太同胞妹妹，薛姨妈的夫君去得早，她领着一儿一女过活，没事的时候经常来林家和林大太太说话。

林大太太笑着将薛姨妈迎进屋：“妹妹这么早就过来了。”

薛姨妈笑着道：“左右在家里也是无事。”

两个人亲昵地坐在炕上说话，屋子里的丫鬟都退了出去。

薛姨妈道：“刚才我来的时候，听说青哥在读书。”

林大太太提到儿子，脸上顿时放光：“这孩子就是这样，从来不歇着，有时候我瞧着都心疼。”

薛姨妈一脸的羡慕："是你好命，生下这样的儿子，这才能在我面前说这些话，"说到这里薛姨妈顿了顿，"我们荣哥能有青哥一半上进我也知足了，好歹日子有个盼头。"

薛姨妈说到了伤心处，林大太太忙收起笑容安慰："青哥上进，我也有我的难处。"

薛姨妈叹口气："我何尝不知道……"话说到这里，薛姨妈压低了声音，"若是陈家三老爷那边真的有证据能扳倒成国公，你真的准备让青哥娶了陈六小姐？"

林大太太这几日也是满腹心事睡不着觉，为了家族利益只能牺牲青哥的婚事。

"将来青哥进了翰林院，还怕招不来一只金凤凰？陈家三老爷面子上说是嫡长子，谁不知道陈家是由董氏把持，陈氏一族哪个敢惹董氏娘家，弄不好将来陈家三老爷从嫡长子变成庶子……"

这就是她最怕的事。想要利用陈家却又怕被咬到手。她好不容易养了个金玉般的儿子，如何能用破瓦罐配了。可是林老夫人的意思却是攥住这个机会，扳倒成国公那么大的事若不是联姻的关系，陈三老爷怎么可能被林家所用。可是能不能扳倒成国公还不一定，陈三老爷不过是个从五品知州，陈六小姐又没有什么过人之处。

薛姨妈看到林大太太的为难，皱着眉头出主意："你不是还有个庶子，马上就要记在你名下了吗？"

冒哥。这和冒哥有什么关系。

薛姨妈低声道："依我看，可以让庶子娶了陈六小姐，到时候你将庶子记在名下，一样的姻亲。"

林大太太抬起眼睛："陈家又不傻怎么肯。"

薛姨妈笑道："姐姐忘了？有陈二老太太董氏在，陈家长辈怎么会不答应，再说林家是书香门第有什么配不上他陈家的女儿，姐姐若是还不放心，就让这次宴请出些差错，陈家吃个哑巴亏。"

陈家吃个哑巴亏……这个念头在林大太太脑子里一闪，她知晓陈萧氏的脾气，只要她说些好话陈萧氏就会相信。

"再说不过是庶子，又不是你亲生的，大不了关键时刻将他往前一推。"

冒哥的脾气府里人都知晓，不过才十三岁就近身了三个丫头。老爷宠着那狐媚子，一直帮冒哥压着这件事，如今那狐媚子要死了，又要将冒哥记在她名下。

薛姨妈接着道："冒哥那个庶出的妹妹，五小姐，也是个算计多的，我去她那里点拨一下，她定然能替你将事办了。到时候弄出丑事，陈家要顾及女儿的名声也只能将错就错，你趁机出来做好人，为了陈家脸面将冒哥收在你名下……"

林大太太听得手心冒汗："这……能不能行……"

薛姨妈笑道："你以为宗人府黄经历家怎么给庶子娶的媳妇。再说你有青哥在，只要青哥露个面，那些闺中小姐自己就动了心思，这样的事你不是没遇到过。"

林三太太的侄女就自己偷偷地跑去"看花"差点就走到了青哥的书房。

薛姨妈道："为了你儿子的前程，行不行就试试。福宁那种地方教养出来的闺秀……没有多大的规矩，到时候说出去也只能说陈六小姐没见过大世面失分寸。"

陈六小姐配不上青哥，和冒哥倒还算般配。

看到林大太太点了头，薛姨妈道："事不宜迟我马上去安排。"

马车到了林家垂花门前停下来，跟车的丫鬟掀开蓝缎的帘子，放下脚凳，将萧氏和琳怡扶了下来。

下了车琳怡抬起头。

天空一片蔚蓝。

前世她被林家娶进门时，被林正青牵引着向前走，她瞧见的无非是脚下的尺寸之地，那时她只想掀掉厚重的盖头，仰头看看天空。

再踏入林家，恍如隔世。

这次她不是新嫁娘，而是他们请来的客人。

从前被林家抬进门时她没看清楚的，今天就要看个明白。

她更要让母亲知道，林家是个什么地方。

第十章　赢家·要你

林大太太主仆赶出来接应，见到了三太太萧氏，林大太太一双眼睛里闪着泪光："终于让我把你盼回来了。"

简简单单几个字让三太太萧氏伤怀起来。

福宁这几年虽说阖家平安，可毕竟是苦的，她是京里长大的小姐，出嫁之后就随着夫君离家千里，单独立户哪有那么容易的，上有夫君下有一双稚嫩儿女，无依无靠，说不想回京城是假的。

萧氏稳住心神转身去看琳怡。

琳怡给林大太太行了礼。

林大太太笑眯眯地让琳怡起身，目光在琳怡身上转了两圈。浅紫交领蔷薇褙子，梳着单螺髻，戴了朵偏花，眉眼倒是细致……只是仿佛少些灵气，心里这样想，出口就变了模样："是不是福宁的水土好，怎么养成这样的美人，等过几年长开了，那还得了。"

萧氏听着脸上笑意更浓。

林大太太挽着萧氏往里走，琳怡跟在后面，进了白玉石的如意平安门，就有林家两位小姐等在那里。

林大太太笑指着穿青色对襟荷纹褙子的十四五岁的女孩子道："这是三姐儿初岚。"又指指草绿色暗纹褙子的女孩子，"这是五姐儿初柔。"

林三小姐沉稳娇柔些，倒是林五小姐开朗，很快就和琳怡说上话，让琳怡讲讲京外的山水，一副羡慕的模样："我只是看过陈庆的游记。最远就是跟着母亲出去上香。"

一边说话一边走上抄手走廊，风徐徐吹进来，衣裙如轻烟般飘在朱红的廊柱上，琳怡看向门庭内的竹园，原来这条路这么近，她那时觉得怎么也走不到似的。淡淡一瞥琳怡收回目光，跟着林大太太进了花厅。

林家不像高门大户那样摆设处处透着富贵，花厅前种着竹栅栏，里面养着蔷薇花，门楣上有题字瘦硬挺秀的柳体，任谁走到这里都要仔细地瞧瞧。

前世两家递庚帖的时候，林家庚帖上的字就让陈家人传看惊叹。上面的字是林正青的。父亲说写柳体的人要心正，心正则笔正，林正青的品行差不了。

现在想想，一笑了之。

众人进了花厅，廊下才走出两个人。

丫鬟上前请安："大爷，太太说了，一会儿客人齐了让您过去请安。"

林正青点点头，那丫鬟才退下。

刚才仰着头看题字的是陈六小姐，浅紫的衣裙不那么显眼，倒是有一双淡薄的眼睛，目光清澈映着天空的云卷云舒，眼角一眨却犹如含着春雨，真正的心思就藏在这云朵下面。

这双眼睛他仿佛在哪里见过。就像他觉得东边偏僻处该修了处小院子，他走过去的时候却发现没有。

最近的事真是奇怪又有趣。

林正青微微一笑，转身走了出去。

没见到林老夫人，三太太萧氏问起来。

林大太太叹口气："老夫人的头风病又发了，疼了一晚上，天亮了才睡着。"

萧氏刚要说话，就被司经局洗马的侯太太抢了先："过一会儿我们去给老夫人问安，"说到这里，高高瘦瘦的侯太太堆了满脸的笑，"我们老爷前几日识得一位杏林先生，说有一剂古方专治头风病的。"

林大太太眼睛立时亮了："侯大太太说的杏林先生不知能不能荐给我们。"

侯大太太道："我倒是总想着这一出，只是那位先生不大好寻，打个照面便又去山东了，我让我们静姐将方子抄了下来，赶明儿姐姐拿去给太医院的太医瞧瞧，若是可靠我们再寻那位先生不迟。"

侯大太太身边面容甜美的侯二小姐拿出方子，身边的丫鬟忙递给林大太太。

这一递方子，满屋太太、小姐眼睛里都是若有若无的讥笑。

侯家想攀亲的心思也太明显了些。

大家说了会儿话就要摆宴，众位小姐花红柳绿地坐在一起好不热闹。

齐家来了两位小姐，坐在一处说说笑笑，很快引了旁边的小姐过去，大家在一起说话唯独剩下了写药方的侯二小姐。

吃过宴席，太太们坐在一起说话，打发丫鬟带着众位小姐去院子里坐坐。就有人提出要办诗会。

在林家这种书香门第，少不了要动笔墨。

林家两位小姐是东道，自然忙着张罗。

众人看好了一处烟波亭，林三小姐让丫鬟挂起半竹帘，既遮阴又不挡视线。

大家摆好燕子笺，磨了老墨，林三小姐提议就以杏花为题。

几位小姐轮流写诗，林家两位小姐和齐家两位小姐不分伯仲，琳怡只是取中庸，不好不差正好过关。

琳怡一袭淡紫色衣裙虽然不受长辈注意，倒不受小姐们排斥，众人很快就将她围在中央，笑语殷殷起来，侯二小姐被撂在一旁，低头摆弄裙角。

因要找诗兴，几位小姐也在园子里走走瞧瞧。

一时丫鬟来送点心和林家自己做的菊花茶，正好轮到琳怡作诗，琳怡才拿起了笔，手臂轻轻一摆才要蘸墨碰到了旁边端盘的丫鬟，温热的茶顿时洒下来。

侯二小姐“呀”一声将琳怡拉开些，一碗茶却还有小半洒在琳怡褙子上。

丫鬟登时跪下来赔礼：“奴婢该死，都是奴婢没有拿住盘子。”说着吓得哭起来。

林三小姐忙上前看琳怡：“六小姐有没有被烫着，是奴婢不懂事，慌手慌脚害了六小姐。”

衣服虽然湿了，总是没有烫到她，琳怡摇摇手：“没事，”说着看小丫鬟，“快起来吧！”

小丫鬟如逢大赦忙低头匆匆走了。

琳怡笑道：“没得因我坏了大家诗兴，我们还是接着作诗吧！”

林三小姐倒不好意思起来：“这是哪里的话，说起来都是我的不是，”说到这里挽起琳怡的手，“妹妹的衣裙湿了，去我房里换件吧。”

琳怡还没开口，旁边的林五小姐已经笑着：“姐姐若去了谁来做东道，不如我陪着六小姐过去，我的闺房离这边不远，岂不是比姐姐方便。”

林三小姐犹豫着看琳怡。

林五小姐异常热络：“姐姐还怕我将六小姐拐走不成？”

林三小姐顿时笑了：“看你说的。”

说笑了两句，琳怡跟着林五小姐去换衣裙，林五小姐拉着琳怡边走边指点园子里的景致，长廊上漆着许多诗句，都是古往今来名人才子的佳作，走着走着就是一阵花香，斗拱雕花的门内隐约种着许多花草。

“走过这里就是了。”林五小姐说完看向身后的玲珑，“让这位姐姐和穗儿先去我房里选条衣裙烫了，一会儿六小姐过去也好穿。”

玲珑有些犹豫，琳怡道：“你跟着过去吧！”

玲珑这才点头跟着穗儿快步先走了。

林五小姐道：“这几日家里正晒墨呢，姐姐过来正好瞧见，不要嫌乱。”

书香门第晒墨，就是将晚辈聚在一起写诗作画，写完之后放在后院晾晒，也是督促后辈好好读书，否则胸无点墨写出来的东西摆上几日要丢尽了脸面。林家有林正青在，可见墨晒的品质有多高，任是谁都想过去一睹为快吧！

琳怡果然有些兴趣。

林五小姐松了口气，整件事说不出的顺利，果然像薛姨妈说的，福宁的闺秀没见过大世面哄骗几句就能上当。

走过衔草厅就是染墨居，她的院子在染墨居旁边，一会儿陈六小姐看大哥的诗画入了迷走岔路可不怨她，她只需要从外面关上门，陈六小姐就和二哥共处一室，她趁着陈六小姐不注意悄悄走开，然后装作将人丢了，让婆子、丫鬟一阵找，这件事就遮掩不住。

陈六小姐在林家做客四处乱走引来的祸事和她无关，就算家里长辈责罚，她也顶多被禁足几日，再怎么说陈六小姐是嫡女，哥哥这门亲事算是捡到了。

她和哥哥为母亲了却一桩心事，母亲记着她的好必然不会亏待她。

林五小姐想着心中万分雀跃。陈六小姐正一步一步照她算计好的路走下去。

林五小姐不声不响松开琳怡的手，开始悄悄跟在琳怡身后，只等琳怡跨进染墨居。

琳怡抬起脚正要往前走，忽然笑着转过头，拉起林五小姐。

林五小姐还没反应过来，眼睁睁地被琳怡拉了过去：“妹妹这是变着法地害我，幸亏被我看出来。”

听得这话林五小姐顿时出了一身的冷汗，不知不觉先琳怡一步走进了染墨居。

半晌林五小姐才反应过来：“姐姐，你……”后面的话还没说出来，只听得一声门响，接着是落闩的声音。

林五小姐转头推了几下门，门纹丝未动：“姐姐，你这是做什么。”

想要将陈六小姐关进屋，没想到弄了半天进屋的却是她，林五小姐一阵着急，敲门的声音将里面的林二爷惊动了。

琳怡站在门外，听到屋内一声男人的咳嗽声抬起眼睛。上次林正青送来的流苏绣她没有动手帮忙，她就没能给林家留下好印象，似她这般资质平庸的女子，如何能配得上林正青，林家这次宴请她们，必然会用出手段试探她。

这一步步她都是算计好的。

吃过亏的人，总是要多一份心眼，避免重蹈覆辙。

林五小姐对她热络，丫鬟正好对她泼茶，她又被引进内院换衣裙，沿路没有遇见把门的婆子，玲珑又被支走……就算她没有准备，当她是傻的吗？

林家宅院，不是她陈家园子，她岂能随随便便四处闲逛，她是没在京里长大，不代表她不懂礼数。

就这样吧，轻轻一拨弄，让林五小姐自尝苦果，亲兄妹同室，她也不算坏了林五小姐的名声。

她还要谢谢林家，让她这么容易就走赢了第一步。

琳怡退开两步："我知道京里诗会输了的人都要被憋诗性，妹妹就是要罚我才带我来这边，否则怎么将丫鬟、婆子都支开了，又骗我走进染墨居，"说到这里琳怡一笑，"不如妹妹先憋了诗性，我让下人去请其他小姐一起过来，我们好好比上一场，看谁会输了。"

屋子里的林五小姐惊在那里张大嘴不知道说什么才好。

听得外面有人喊："小姐，小姐你在哪里。"

琳怡应了一声。

林五小姐全身的血液登时都凝固了，如果这时候让下人进屋瞧见了哥哥，闹大笑话的就是林家，"好姐姐，"林五小姐勉强稳住心神，"我哪里是要骗你进染墨居……"

"我瞧见了，"琳怡笑道，"你的影子在墙上，你正要伸手推我呢。"

竟然被看到了。

林五小姐的声音从屋子里传来："我只是要跟姐姐开个玩笑。"

"妹妹可是吓了我一跳，若不是我反应快，现在被关的就是我了。妹妹非要和我斗首诗才算干休。"

斗诗?

不过是首诗，算不得什么。

琳怡道："那就由妹妹起题。"

林五小姐只好去案前写了诗从门缝里塞了出去。

琳怡拿到诗文笑道："好，我去写了让人给妹妹送来。"

也就是说所有来做客的小姐都会知晓。林五小姐一下子泄了气。

琳怡微微一笑，她就是要让所有人都知晓，免得林家不认账，反口说她害林五小姐。那时候她就有嘴说不清了。

琳怡带着玲珑一路轻快地回到烟波亭，侯二小姐先关切地问起琳怡："衣裙怎么没换？"

她穿的是浅紫色褙子，就算洒上茶水也不大能看得出来，再加走了一路已经干得差不多了。

琳怡微微一笑："只是沾到了一点，不用那么麻烦了，不过五小姐带我去园子里转了转，一路上见到不少漂亮的花树。"

大家这才发现，琳怡自己带着丫鬟回来的，那……

林三小姐道："五妹妹人呢？"

琳怡上前提起笔，边写边舒展眉角：“五小姐要和我斗诗呢，大家先不要说话，免得一会儿她不肯认账。”说着将林五小姐写的诗放在一旁。

琳怡写好了诗，大家围上去瞧，不禁眼前一亮，不光是林三小姐，旁边齐家两位小姐也仔仔细细从头到脚将琳怡看了两遍。

没想到在福宁长大的陈六小姐，还有这样的心性，一首诗下来将旁人的都比了下去。

琳怡将燕子笺拿起来吹干墨迹，递给旁边的小丫鬟：“快去寻你家五小姐去。”

那小丫鬟一时愣住不知五小姐在哪里。待要上前问却发现陈家的小姐没有告知的意思。

在场众人慢慢看出了端倪。

齐家姐妹也四处张望着。

琳怡拿了梅花杯抿了一小口茶。林家的茶倒是极好，清香袭人，满齿留香。

她走以后林五小姐会大喊大叫吧，至少也寻人将门打开，想必那些下人听到五小姐的声音都会慌忙去开门。

她没必要当众拆穿林五小姐。

点到为止，恰到好处。

一盏茶过后，林五小姐才一脸尴尬地走回来，将手里的诗文还给琳怡：“姐姐赢了，我填不出下句。”

林三小姐也陪着妹妹赧然：“是陈六小姐这首诗作得太好，我也填不出。”

齐家姐妹互相看看。能在林家作诗得了魁首不太容易，就算不是书香世家的女子，也不能小觑。

天色不早了，众位小姐回到花厅。

林大太太吩咐下去安排车马，然后一阵热络地将大家送上马车。

齐家小姐一左一右坐在齐二太太身边，两位小姐隔着母亲目光汇聚在一起，不禁轻笑起来。

齐二太太不明白，侧头看身边的女儿：“这是怎么了？这般高兴。”

齐三小姐掩住嘴唇：“那位陈六小姐真是个妙人。”

齐二太太眼睛一亮顿时好奇：“这话是怎么说？”

齐五小姐抢先说：“要女儿看啊，是林家小姐看不起人家从福宁来，故意出了难题，没想到却让陈六小姐拔了头筹，林家两位小姐输得无话可说。”

听得这话齐二太太惊讶得半晌没说出话来。林家两位小姐在人前礼数周到，不像是会胡来的人。

齐三小姐道：“母亲不信，我便将陈六小姐的诗文背给母亲听，陈六小姐用的是珍重句。”

珍重，加意爱惜。

是让谁爱惜自己的身份？

偏林家两位小姐还对不出更好的句来。

要不是陈六小姐一笑而过，恐怕要僵局在那里。

所以现在想起陈六小姐那淡然却仿佛被风吹皱湖水般的目光，她才觉得有意思。

齐五小姐也笑道：“便是将这首诗给国子监读书的哥哥瞧，哥哥也会觉得好。”

齐家马车渐远了，琳怡只听得自家马车声响。

三太太萧氏感觉到琳怡的沉默，转头看向琳怡，只见琳怡黯然地低下了头：“母亲，女儿有话想问，只是不知道该怎么开口。”

萧氏从来没见过琳怡这样郑重的神情，怔忡片刻：“有什么话不能说的。”

琳怡抬起头看向萧氏，声音清晰：“母亲这次带我去林家，是要让我见什么人吗？”说着将林五小姐引她去染墨居的事说了。“我听见屋子里有男人的咳嗽声。”

萧氏吓了一跳，将车厢里的菊花粉釉香料罐打翻在琳怡脚边：“这……是……真的……？”

琳怡垂下眼睛：“这种事我怎么敢乱说。”

萧氏想不出究竟，颤抖着手：“林家……为什么……”

琳怡不再说话，她只要在林家喉咙上留下一根刺，谁去碰的时候，都会觉得疼。

送走了宾客，薛姨妈陪着林大太太在屋子里坐还没说上两句话，龚二媳妇进了屋在林大太太耳边说了几句。

林大太太的脸色变得黯然难看。

在花厅里没有像预想的那样听到陈六小姐走丢的消息，她就知道这件事没办成，却没想到会是这样的结果。

初柔被陈六小姐锁在了染墨居。

林大太太差点急火攻心：“去……将初柔和二爷给我找来，我要问个究竟。”

龚二媳妇头一低忙去安排。

不一会儿工夫林五小姐灰败着脸立在林大太太眼前。

“陈六小姐说是斗诗你就承认了？”

那时陈六小姐明明已经看到了她的动作，她怎么能不认，林初柔点头。

“蠢货。”林大太太破口骂道。

林五小姐几乎哭出来：“陈六小姐说一路上没见到下人，还说我将她往僻静处领，这话传出去了旁人要怎么想我们林家……”

所以就被人吓住了，在众多小姐面前承认。林大太太咬牙切齿无话可说。

林五小姐看向旁边的薛姨妈，薛姨妈点了点头，林五小姐上前道：“母亲，都是女儿和陈六小姐顽笑才惹出来的事，以后女儿再也不敢了。”

反正没有人见证，就死咬住是顽笑。

林大太太冷笑一声。顽笑，初柔半句没提斗诗的事，陈六小姐怎么会突然提憋诗性……八成是看出些端倪来了。这下陈家知道了这起事，说大了会想到男女之防上来，说小了是林家看不起从福宁回来的陈三老爷一家。

有了这件事，往后两家交往……就算避着不谈，也……如鲠在喉……

林正青将几位小姐在烟波亭办诗会的事听了个清清楚楚。

拿起陈六小姐那首无人能对上的诗。

前面的诗都作得随随便便，让人看不出有什么才情，偏要等到将五妹妹关在染墨居之后才大放异彩。

仿佛是被逼无奈挺直脊背，生怕被人看不起。

“你说陈六小姐看到了五妹妹的影子？”

林二爷点头，就是这样五妹妹才没有办法辩驳。

影子。

未时影子在哪里？陈六小姐看到了影子五妹妹会看不到？

林正青嗤笑一声。想要耍别人却被别人耍得团团转。他是该当作笑话说，还是替他们脸红。

“去看院子里的杆子。”

“什么？”林二爷听不懂。

“拉着五妹妹去看杆子的影子在哪里。”

林二爷这才反应过来瞪大了眼睛。用不着去看杆子他就知道，现在影子应该在东边。

“哥，我们被骗了。”林二爷苦着脸。

听到弟弟说“我们”，林正青皱起眉头，别把他算进去，这种愚蠢的念头不知道他们什么时候生出来的。

林正青转念想到那双不表露半分喜怒，却在闪闪发光的眼睛。

让他熟悉又陌生。

三太太萧氏和陈允远说了林家的事，陈允远将琳怡叫过去又问了一遍，这才相信林家这样不堪。

“以后林家宴请都不要去。”陈允远是火暴的性子，一掌将矮桌上的瓷器拍得跳起来。

她也没想到会是这个样子，萧氏小心翼翼地问：“若是林家想要结亲呢？”在花厅里，林大太太对她还是十分热络的。

陈允远冷笑一声：“百年世家，哪个这样没规矩，结亲？跟谁？林家大爷？为什么不正大光明地提出来？八成是觉得配不上我们门庭才偷偷摸摸……”

萧氏也皱起眉头："老爷的意思是……"

陈允远道："林家二爷是个庶子，没什么本事，连秀才也混不上。"

萧氏不敢相信："说不得是弄错了。琳怡在门外听不真切。"毕竟是从小到大要好的姐妹，待她又那么热络，不可能做出那种事。

陈允远板着脸不说话，琳怡向来稳重，不可能没弄清楚就这样说。

萧氏叹口气："本来我们也没想着要和林家……"

陈允远的脾气才缓和下来。

萧氏眼睛一红："我只是担心老爷的事，既然不想和林家走近，老爷要怎么办……"

陈允远站起身："无论怎么样，我都不能卖女求荣。"

琳怡带着玲珑在炕上做针线。

橘红又端来一盏灯："小姐这几日连夜赶针线，万一累坏了眼睛怎么得了？不如小姐去歇着，我和玲珑先将边上的花草绣了。"

琳怡手上不停。

双面绣难做，她又要赶时间。林家那边倒是先稳住了，可是接下来还有更重要的事。

第十一章　惊讶·做客

琳怡很晚才睡，第二天醒来的时候眼睛酸涩，玲珑忙去泡了菊花枸杞茶。喝完了茶又用绢子包住菊花敷了敷眼睛，琳怡这才觉得舒服了许多。

吃过早饭，琳怡去给家里的长辈请安。

二老太太董氏笑得和往常一样，仿佛没有将琳怡去林家的事放在心上，旁边的琳芳不大痛快。

琳芳是不想让林家长辈喜欢琳怡，可是不等于想要林家和陈家有隔阂，这次的事让琳怡一搅和，万一将她也牵连了……毕竟大家都是陈家女。

一会儿工夫有丫鬟进屋送了封信。

琳芳正伸长光洁的脖颈去看，丫鬟道："是给六小姐的。"

给她的信？琳怡放下手里的茶碗，让玲珑接过扁长的信盒。琳怡打开盒子眼睛一扫，在信封的右下角找到了信的主人。

齐三小姐。

琳怡抬起头看向二老太太董氏："是在林家做客遇见的齐家三小姐。"

这么快就和京里的小姐有了往来。二老太太董氏又仔细瞧了琳怡一眼，露出了慈爱的笑容：“凡是书香门第的小姐，能多多往来也是好的。”

琳芳今日难得露出春风拂面的笑容：“齐家小姐我见过几次，性子都是极好的，上次齐三小姐还送了我一串璎珞。”

比起送璎珞，琳怡不过收到一封信而已。

闺阁中小姐互相通的信没有太多实质内容，问问琳怡的喜好，邀请琳怡有空去做客。

琳怡回了一封，送给齐家两位小姐一人一只香包，香包里放了她亲手做的香料。很快齐家三小姐又写信问琳怡香包的做法。

琳怡是绣了柏木，照着鲁班锁做的香包，外面则用一条五彩流苏缠绕系成百福结，最后将香料抖进荷包里，香料是用桃花、杏花和着雨水做的，闻上去香甜带着许青涩，手巧的人还能将荷包打开，变成镶了一层锦缎的鲁班锁，闲来无事的时候可以拿出来摆弄鲁班锁，只不过这样的鲁班锁摆弄起来更加有趣，四面不同的图案摆出不同的模样就像给香包改头换面。

琳怡一路从福宁来到京城，闷在车里几个月除了看书就是摆弄各种鲁班锁，那时候她想不如将鲁班锁做成小巧的香包佩带在身上，玩过一次也满手沾香。

齐三小姐、五小姐按照琳怡说的将百福结打开，只是摆弄了几下却不记得要怎么系结子。虽然鲁班锁上有为穿绳子做出的小小豁口，这些豁口却像迷宫一样，怎么也穿不到原位。

总不能将东西送去陈家请陈六小姐系好了再送回来吧！

两位小姐正垂头丧气，秋菊撩开帘子道：“二爷来了。”

齐二爷还没反应过来已经被两个妹妹拖了过去：“齐大才子快来帮忙。”

齐二爷看一眼桌子上的东西。

虽然是妇孺用的香包，却是……鲁班锁。

谁做的。

齐二爷试了几次仿佛总是走错一步，若是能多想想将鲁班锁绑在一起也不是不可能。

看着哥哥修长的眉毛皱起来，齐三小姐笑出声，“可惜哥哥堂堂须眉，不若彼裙钗。”就这一句专戳人软肋，哪个男子听了愿意服输。

齐二爷习惯了妹妹的顽笑并不放在心上，坐了一会儿就回去书房，很快齐三小姐就差身边的雪雁将鲁班锁送去。

雪雁小声道：“三小姐说了，请二爷帮帮忙，下次出去三小姐、五小姐还想戴着呢。”

两个妹妹平日里就和他亲厚，得了有趣的东西果然第一个想到他，这是……唯恐博士留下的课业太少。

齐二爷本不想去理会，毕竟过几个月就是秋闱考，可是背了会儿书眼睛又不经意扫过

去。

这样的小玩物，摆弄起来应该不难，于是不知不觉放下手里的书本……

过了几日琳芳的趺坐莲花观音像画好了，让陈家的人都过去瞧。

琳怡见到了很少露面的二太太田氏。

田氏穿着淡青色暗纹褙子，梳圆髻，头上只戴了几根翠玉簪，简单的打扮却显得她眉眼舒展，气质清淡高雅，眉心的朱砂痣如同新露出的花蕊格外鲜艳。

琳芳是漂亮，但是只像了田氏的眉眼，独少了清丽的才情。

琳芳伸手指画卷上的侍从："我特意加了两个侍儿陪着母亲。"

琳芳毕竟是琴棋书画样样精通的才女，画起画来也像模像样，加上投其所好，惠和郡主肯定会喜欢。

二老太太董氏笑着点头。

琳芳钻进田氏的怀里："在观音身边自然学了几句佛语。"

"不得拿观音大士开玩笑。"田氏板起脸却掩不住眼睛中的笑意。

琳芳干脆借着这句去跟二老太太董氏撒娇："祖母你瞧母亲，对旁人都那么慈善唯独对我这样严苛。"

二老太太董氏笑道："你这样娇气，不怕你六妹妹看着笑话。再说，你母亲若不是严母，就要养出个泼猴，等去了郡主那里不要让人打回原形。"

琳芳得意地看向琳怡："六妹妹快替我说些话。"

琳怡微笑着看琳芳："那我也要想想……四姐姐都有什么好处可说……"

琳芳黑了脸："连六妹妹都欺负我。"

一场戏唱下来，琳芳犹不觉疲累，最后亲昵地拉起琳怡的手："六妹妹，有机会也带你一起去郡主府上，郑家的花园格外漂亮，圣上都赞叹过呢。"

琳怡笑了："我不懂得许多规矩。"

琳芳道："有我在你怕什么，我宁可不顾自己，也要顾着你的。"

说得仿佛她真的会去似的。

当天长房的听竹又准时到了琳怡房里，琳怡像往常一样陪着听竹做针线，听竹很晚才走，琳怡绣双面绣也到戌时末才算大功告成。

第二天琳怡本想多睡一会儿，门口却传来婆子的声音："劳烦姑娘们早些叫六小姐起来，老太太特意嘱咐大厨房早些造饭。"

田氏和琳芳要早些出门去郡主府，饭食自然也早了些。

琳怡起了床去给二老太太请安。

琳芳穿了件鹅黄色蔷薇花交领褙子，外罩一件青色鲛纱，粉色百褶裙，梳了神仙髻，戴了套点翠镶宝首饰，每走一步头上的蝴蝶都跟着颤巍巍地展翅。

二老太太董氏嘱咐了琳芳一番，无非是别忘了各种礼节，行礼要按品级大小别弄错了。然后琳芳才俏生生地跟着田氏出门。

送走了琳芳，琳怡刚要起身回房，董妈妈带了长房老太太身边的白妈妈进屋。

白妈妈向二老太太董氏请了安："我们老太太出去做客，特意让我来叫四小姐和六小姐一起跟着。"

二老太太董氏一怔："四丫头和二太太出去了。"

白妈妈不禁焦急："怎么这样凑巧。我们老太太本来不想出去的，可是一再被人邀请，也不好不去了。"说着看向琳怡，松口气："还好六小姐在这里。"

二老太太董氏不好开口问，董妈妈先道："这……长房老太太要去哪里？"

白妈妈道："要是别的地方也就算了，是去郑家做客。"

郑家？哪个郑家？

难不成是刚提过的郑家。

二老太太董氏错愕："是惠和郡主？"

白妈妈笑着点头："可不是。"

琳怡感觉到一道凌厉的目光落在她身上。

屋子里静谧了片刻。

"那就太巧了，"董妈妈看看二老太太董氏，"二太太和四小姐去的也是郑家。"

白妈妈惊呼："原来惠和郡主还请了二太太和四小姐，"说着微微一顿，"我们老太太也不知道。"

二老太太董氏看上去平静："二太太和琳芳才走，说不得在郑家门口就能遇上，"说着转头去看琳怡："快换套衣服跟着长房老太太过去。"

琳怡这才明白过来，忙吩咐玲珑："去烫套衣服。"

白妈妈笑着道："那奴婢就回了老太太，一会儿让马车来接六小姐。"

白妈妈告退，琳怡回房里换衣服，二老太太董氏脸色微凛看向董妈妈："这是长房老太太早就安排好的。"

既然早就接到了请帖，为什么遮遮掩掩的，非要等到要走了才让白妈妈过来叫四丫头和六丫头。

长房老太太就是个笑面虎，背地里专用阴损的招数。

"怎么没让人打听出来？"董氏皱起眉头，听兰是长房老太太身边的丫头，有什么事能瞒过她。

董妈妈躬身道："许是没放在心上，这几年长房老太太很少出去宴席。"

这下好了，一个陈家倒分了两路去赴宴，稍不小心就会被人抓住把柄。

董妈妈低声道："眼下怎么办才好？"

不过就是宴席能怎么办，长房老太太要带琳怡去她还能拦着不成？只是……琳芳打扮得那么明艳，临走还穿了玉底的璎珞宝石鞋，琳怡打扮得太差在外面人看来还以为她苛待了老三一家。

她一心要让琳芳出挑，长房老太太却在这时候给她添堵。

“将新给琳芳做的那件桃红色鲛纱罩衣给六丫头送去。”本来是给琳芳安排的，却让琳怡捡了便宜。现在却又不能不这样做，归根到底是给琳芳装扮得太过精心。二老太太董氏说着胸口气闷，目光又尖利起来，“去，看看六丫头是不是和长房老太太串起来装神弄鬼。”要是这样别怪她以后不客气。

琳怡房里乱成一团，三太太萧氏听了消息也忙赶过来。谭妈妈和萧氏两个在房里已经选了一通首饰，自然是什么好拿什么，金的、玉的一股脑堆在琳怡眼前。在福宁的时候没参加过这样的宴席，萧氏自然是不知道怎么做才算妥当，于是一边选衣服一边唉声叹气：“知晓消息太晚了，不然能让成衣匠专做一套春衫来。”

还是董妈妈拿了一件桃红色蔷薇鲛纱，萧氏才定了要琳怡穿那件荷绿暗纹桃红镶边妆花褙子。萧氏想到琳芳梳了神仙髻，也要让媳妇子给琳怡梳一个，还好琳怡劝阻住只要了平常的单螺髻，在发髻上系了条桃红色的璎珞。

忙碌了半天，门上的婆子来道：“长房来接六小姐了。”

萧氏这才将琳怡送出门，看着琳怡上了马车，回来的路上萧氏忽然后悔，忘了给琳怡换双蜀锦缎面的绣鞋。

旁边的董妈妈看得分明，回去和二老太太董氏说：“看样子三太太一家也被蒙在鼓里。”否则就不会弄得人仰马翻。

二老太太董氏将手里的佛珠拍在矮桌上：“长房老东西打的什么主意！”

打的什么主意，只有长房老太太知道。

算计了二老太太董氏，长房老太太也觉得心情舒畅，董妈妈鬼鬼祟祟向车厢里张望的模样，就像一只猥琐的黄鼠狼。

长房老太太越看琳怡越顺眼，六丫头在林家表现得有骨气，这一次又十分的稳重，连二老太太董氏都骗了过去。十三岁的女孩子，单薄肩膀上能担住这个不容易。

“礼物准备好了吗？”长房老太太笑着问。

琳怡点头，这几日有听竹帮忙，她总算是绣完了。琳怡将绣好的扇面拿给长房老太太看。

听竹从六丫头那里回来也没有多提及这份礼物，现在仔细看来这双面绣，明绣是垂柳莺啼的景致，暗绣是祈福的经文。

京里盛行团扇，不过鲛纱、妆纱的，开始觉得轻盈，如今倒是腻烦了，这样精致的双面绣用了层纯青色镶边，惹眼又大气。天气渐渐热起来，女眷手里都少不了扇子，尤其是郡主手里一拿，一准让人侧目，长房老太太笑了：“亏你想得出来。”

时间紧迫，她能做的也就是这些小玩意儿。

马车到郑府垂花门前停下，迎客的丫鬟、媳妇子忙上前将长房老太太、琳怡搀扶下来。

下人早就伶俐地报了长房老太太的身份，丫鬟、媳妇子一阵行礼。

郑家是大办宴席，前府、后府都请了客人，后府由郑家的姑嫂、奶奶帮忙照应。长房老太太年纪大，郑二太太亲自来迎。

郑二太太上前给长房老太太行了礼：“老祖宗您可算来了，我们老夫人听说您要来，一连问了好几次。”

长房老太太笑道：“老姐姐身子可好？”

郑二太太蹲身道：“托您的福，身子爽利着。”

长房老太太李氏和郑老夫人周氏是通家的好姐妹，李家和周家联过姻，李家的姑奶奶嫁给了郑老夫人的二儿子，谁知那位姑奶奶福薄进门一年就没了，郑老夫人打心里喜欢这个儿媳，也因此大病了一场，之后过了一年，郑二老爷才纳了郑二太太为继室。

来郑家之前琳怡也做了些功课，不过知道的都是面子上的事。

郑二太太脸上有些深意，在长房老太太面前不敢有半点失礼，按理说以郑家的身份不必这样，看来郑老夫人很在意老太太这个闺中好友。

只是为什么长房老太太和郑家没有来往？

“这位是……”郑二太太笑容一深，“六小姐吧？”

长房老太太道：“三老爷的女儿。”

琳怡敛衽给郑二太太行了礼。

这位陈六小姐比起之前来的陈四小姐，少了急切多了从容，装扮得也恰到好处，清新自然让人眼前一亮。

琳怡跟着长房老太太进了花厅，祖孙俩才迈进门槛就听得花厅里有清亮的女音：“伯祖母常在我面前说起老夫人，伯祖母说老夫人爱吃雨后龙井。”

慈爱的声音道：“好孩子，难得你都记得。”

在人前大方得体周旋自如的正是琳芳。

水晶帘子一掀，琳怡果然瞧见琳芳抬着头微笑，不过这笑容在看到长房老太太和她时变成了错愕。琳芳怎么也没想到会在这里见到她吧！

长房老太太被让到座位上，琳芳才回过神来站去了长房老太太身边。

大家互相行礼、寒暄。

紫红发亮的紫檀椅子上的郑老夫人差点起身拉着长房老太太叙话。

琳芳站在旁边不停地给琳怡使眼色，琳怡只当没看见并不理会，不多一会儿工夫，琳怡看到了穿着鹅黄色团花蜀锦褙子，头戴金镶玉观音分心，赤金镂空牡丹花，凤凰展翅滴水

红宝石步摇，尖瘦着脸嘴角漾着笑意的惠和郡主。

惠和郡主的年纪和陈二太太田氏相仿，只是田氏常年过午不食面色发黄不如惠和郡主细致，于是看上去像是年长惠和郡主几岁。

大家礼数周到后，屋子里说话的时间就留给夫人、太太们，琳芳还想蹭着长房老太太和田氏不走，却看琳怡跟着国子监司业齐家的两位小姐离开，也只能跟了过去。

齐家两位小姐见到琳怡就问香包的事："瞧瞧这百福结系得对不对。"

琳怡接过香包，齐三小姐已经等不及道："原来你是故意在上面做出许多豁口，其实绳子根本用不着将它们全串起来。"

齐三小姐这样一说，旁边的几位小姐都来瞧。

琳怡仔细地看这只香包，和她之前的系法不同，但是也将鲁班锁紧紧绑在一起。

比她系的更简单，怪不得不用穿过所有豁口，她之前竟然没有想到。

"你的法子比我的好……"琳怡将百福结打开又重新系了个结，这下子将所有豁口都穿在了一起。

齐三小姐看着不由得抚手："要是我和妹妹也打不出这样的结子来呢，其实这里有个妙处，还是……"

齐五小姐咳嗽一声，齐三小姐才止住了话，亲昵地拉起琳怡："好妹妹快教教我这个香包怎么做，我也想多做几个来。"

小姐们都聚过来听，琳怡将法子讲了一遍。大家都觉得有趣，抢着看鲁班锁做的香包。

从前大家聚在一起很快就办诗会、画会，这些正是琳芳的长处，现如今大家却都去看琳怡的香包，琳芳空站在一旁反而插不进话去，不由得皱起眉头，本来是高雅的宴会，却让琳怡那些小玩意儿搅得不得安宁。

幸好还有几个人对那香包不感兴趣。

琳芳就提出要做诗会。

琳怡耳边隐隐传来冷声冷语："你不是跟她一样都是陈家的小姐？"

琳芳还没有回答。

那边两个人已经走开。

琳怡顺着声音望过去，只见一个穿杏色褙子的小姐和一个穿青色褙子的小姐走开了两步。

"别理她们，"齐三小姐笑着在琳怡耳边道，"那是两位御史台家的小姐，傲气得很，上次我们父亲被御史弹劾，她们见到妹妹和我也跟见到罪人似的。"

被弹劾。

难不成是因为父亲的事？

第十二章 安排·大火

因为父亲要被御史弹劾，所以两位小姐不屑与她来往？

她记得父亲就是从现在起被言官弹劾，却没想到真的在郑家遇见言官的家眷。

长房老太太是不是知晓这个所以才带她过来？

两位御史家的小姐眼看是故意冷落她，难不成她要像琳芳一样主动靠过去？和御史的家眷有来往，这样做说不得能改变父亲如今的状况。前世父亲出事后，萧氏常说若是认识京里的重臣，至少能上门求人帮忙。

琳怡低头思量，一切如果真像萧氏想的这么简单那就好了。

父亲在福宁的事是有人早就预谋好的，除非有人站在她们这边。琳怡轻轻捏着手里的绢子，她们全家此时此刻只能依靠旁人。

救父亲不是容易的事。

琳怡挪开视线，接着和齐家两位小姐说话。

看左右没人注意，齐五小姐笑道：“上次妹妹送来香包，我和姐姐打开了却系不上，最后求了哥哥，谁知道哥哥也没想出法子，还是第二日去国子监之后才拿回了这样的系法。”

拿香包去国子监？

“不知道什么时候父亲知晓了这件事，说哥哥玩物丧志，我和姐姐过去才解了围。”

齐五小姐叹口气，“父亲对哥哥就是管教太严，从国子监回到府中就关在书房，有一日懈怠就要被训斥。”

齐三小姐道：“谁叫今年就是秋闱考。父亲说林家大郎不在国子监读书说不得也能取头筹，哥哥这般要是落第就不必再进家门了。”

父亲虽每日督促衡哥读书，却也是先生讲课那几个时辰，先生一走衡哥就放任自流，就是这样衡哥有时还抱怨课业太紧。父兄说话时总是羡慕书香门第家，从小就能请到最好的西席，现在听齐家小姐这样一说，书香门第家的公子真是不易。

大家说着话，郑家下人端上来各类果子、点心和梅子酒，郑家几位小姐也来作陪，琳芳急忙问起郡主的独女郑七小姐。

郑二太太的女儿郑四小姐笑道：“七妹妹身子不舒服就不出来了，我们陪着各位姐姐妹妹，前院在蹴球我们不好过去瞧，不过可以让人过来鞭陀螺、踢花毽。”

听到蹴球后院小姐们眼睛都亮起来，只是前院不是闺阁小姐们去的地方。

郑四小姐又提办诗会，寻了家里的乐娘弹琴，大家传绢花，花落谁手里，谁抽一支花签，照上面的写诗还要喝杯蜜酒。

虽说蜜酒不大醉人，可是免不得有人因好喝贪了两杯，郑家小姐怕喝醉了客人，就叫来丫鬟、婆子大家一起去花园里看风景。琳芳是第一次来郑家，想要围着郑家小姐熟络，却究竟比不上与郑家常来常往的小姐们，琳芳很快就垂头丧气地被挤下来。

恰好园子里有风，小厮拿来风筝，一时之间莺莺燕燕都盯着碧蓝的天空。

风筝越放越远，倒有几个人跟上风筝去了北园，琳怡、齐家两位小姐、琳芳、两位御史家的小姐、魏三小姐和东家郑四小姐留下来在花丛中抬了案子品茶。

大家正说着话，齐三小姐捂嘴笑道："魏三小姐醉了正靠在山石上傻笑呢。"

郑四小姐听了忙带着丫鬟过去瞧，果然看到魏三小姐盯着花树笑个不停，旁边的丫鬟吓得手足无措。

郑四小姐道："这可如何是好。"

魏家丫鬟忙作揖求情："几位小姐千万不要声张，否则我们家太太定会罚小姐的。"

魏三小姐抽了五次花签都是自罚一杯，大家觉得蜜酒不醉人便由她去了，谁知道刚才还没事，来园子一吹风倒是发作。

郑四小姐看向旁边的蔷薇园："要不然让魏三小姐过去歇着。"

魏家丫鬟急忙谢郑四小姐："这样使得。"

郑四小姐忙带了人搀扶魏三小姐去蔷薇园。

郑四小姐一走，貌合心离的小姐们就分开来坐。海御史家的七小姐，崔御史家的二小姐也起身去旁边亭子里对诗，亭子里越说越兴起，琳芳刚才作诗未尽兴也跟了过去。

琳怡和齐家两位小姐说了会儿话，齐三小姐道："我们换个地方去说话，我就要被她们的酸腐之气熏死了，花也传过了，诗也作过了，还来这一套。"

齐五小姐看看琳怡向齐三小姐用眼色。

齐三小姐是个直率的："五妹妹别瞪我，我本来就不喜欢陈四小姐的忸怩之态，"看到琳怡并没有恼，齐三小姐接着说："陈六小姐都没生气，妹妹倒担心什么。"

齐五小姐捂嘴笑道："快看我这个姐姐，让我怎么说她才好。"

琳怡这边正说笑，只听亭子里传来一阵瓷器碎裂的声响，几个人惊讶地看过去，只见海七小姐正叉着腰看琳芳。

琳芳恼怒的声音断断续续传来："你以为你是谁……这里是郡主府……你倒将自己当作主人了。"

海七小姐嗤笑："明明对不上诗来，还不让人说了，我看你和魏三小姐一样喝醉了。"说着挥挥手，"快去歇着吧，免得让人以为我欺负了你。"

琳芳哪里受过这种委屈："你说谁对不上诗来……"说着冷笑，"说起来是名门闺秀，其实还不是个破落户。"

眼看着琳芳和海七小姐要打起来，琳怡和齐三小姐、齐五小姐起身进了亭子。

海七小姐口齿伶俐，琳芳说不过气得直发抖："我何处惹着你了……你分明开始就故意疏远我……”

海七小姐笑着道：“你还算有自知之明……谁叫你是陈家……”

“陈家怎么了？”琳怡将琳芳拉到旁边，“海七小姐是什么意思？”

海七小姐脸颊通红，显然刚才也吃了不少蜜酒，现在正头昏脑涨。

“海七小姐不是冲着我四姐，其实是针对我吧？”

海七小姐抬头看琳怡，每次她想要嘲笑陈六小姐的时候，对上的都是这双淡漠的眼睛，高傲得不将任何人放在眼里，那目光就像一盆冷水突然泼在她身上，让她感到冰凉然后是恼怒……“你知道我是谁？”

“海御史家的小姐。”琳怡声音清淡。

“你从福宁来不会不知道御史是做什么的吧？”

琳怡还没说话，旁边的齐三小姐已经忍不住：“这次海七小姐又想要弹劾谁？”

海七小姐挺直了脊背，轻蔑地看了琳怡一眼。

一切尽在不言中。

琳怡抬起眼睛：“那海七小姐恐怕要失望了，我是一个闺中女子，不是朝上的士大夫。”

齐三小姐、五小姐听了不禁莞尔。

海七小姐脸色又青又紫，狠狠地跺了跺脚。

崔御史家的小姐上前帮腔：“陈六小姐不要太得意，监察御史自然不能管你这样的妇孺，不过你可知道这年头被发配到宁古塔的家眷数不胜数。”

琳怡走上前两步微微蹲身，海七小姐脸上顿时一喜，本朝重言官，任何人都不敢在御史面前造次，“姐姐说得对，所以我们才要更加注意言行。”

桃红色的鲛纱像晚霞般盖住半边天，笑容在嘴角，眼睛却清澈得泾渭分明。

海七小姐半晌才回过味来，陈六小姐哪里是道歉，明明是在讥损她：“你……”却一时挑不出琳怡话中的错处。

“这是怎么了？”台阶下传来声音，大家纷纷转头。

青石小径上一个着青衣小凤尾交领褙子的小姐正仰起头看过来，她身边站着个男子，穿着浅蓝色直裰，右肩往下织的枝蔓暗纹，倾斜着迤逦而下，腰间束着松香嵌玉腰带，站在女子旁边显得修长高大。

脸上是温和从容的浅笑，迎着光看过去让人晃眼，恰如阳光下即要融化的冰雪。

“七小姐。”还是齐三小姐先开口。

郡主的女儿郑七小姐？

郑七小姐才要说话，只听一阵急促的敲锣声，有杂乱急躁的声音传过来：“捉贼啊，快……快……别让他跑了。”

“十九叔。”郑七小姐喊了一声。

那男子吩咐旁边的婆子：“小心照顾好几位小姐。”

那婆子不敢怠慢急忙应承。

男子转身走了出去。

怎么回事，突然之间园子里进了贼人？

郑家下人忙护着几位小姐到花厅里坐下，还好众位夫人、太太只顾得打听贼人的事，并没有仔细将自家的女儿叫来端详，否则定会看出端倪来。

海七小姐气鼓鼓地坐在椅子上喝茶，一杯碧螺春喝下去倒是慢慢冷静下来。这是在惠和郡主家做客，她对陈家小姐说出那样的话来确实有些失礼，只是陈六小姐也太让人生气，齐家两个小姐从来和她们不大热络，现在倒去赶着给从乡下来的陈六小姐捧场。

她本来只是想讥讽几句出出胸口的闷气，这才指桑骂槐，料想陈六小姐听听就罢了，谁知道陈六小姐会反唇相讥。

偏偏这件事还让惠和郡主的女儿郑七小姐听见了。

海七小姐这边生闷气，屋子里的其他人翘首以待想知道那贼人有什么三头六臂，竟然不声不响混进了郑家。

消息渐渐传来，原来是郑家请了杂耍班子，贼人八成是跟着班子混进府。

齐三小姐、五小姐拉着琳怡坐在齐二太太身边，将始末听了一遍：“要不是管事的婆子去取郡主的外披路过藏书阁听到声响，那贼人就能偷了书画再悄悄溜出去。”

齐五小姐道：“吓死人了。”

齐二太太慈爱地笑着，“可不是，把我们都吓了一跳。”

郑家的下人不少，遇到了这种事想必不出一炷香工夫就能将贼人拿下绑送官府，花厅里所有人都松了口气。

外面的事告一段落，大家才察觉花厅里那股不寻常的气氛。

田氏先发现琳芳红了的眼睛，低声问过去，不问还罢这一问琳芳的眼泪扑啦啦地落下来，田氏不明就里，琳芳飞快地看了眼屋里两个御史家的小姐紧紧咬住嘴唇。

四周渐渐响起窃窃私语的声音。

“这是陈六小姐吧！”进了屋的郑七小姐笑着坐在琳怡旁边。

郑七小姐是惠和郡主所出，身份比其他小姐高贵，却没有半点的倨傲，说话时眉宇飞扬，多了几分英气：“在花园里看到你做的香囊，就想问问是不是鲁班锁。”

琳怡将腰边的香包解下来递给郑七小姐看。

郑七小姐越看眼睛越亮：“姐姐手这样巧，竟能想出这样的法子，”说着将香包凑在鼻端，“这是什么香？”

琳怡笑道：“是杏花。”

杏花，郑七小姐眼睛弯起来：“怪不得有股清新的味道，”说着又举起来闻了闻，笑着跟琳怡皱起鼻子，“我在家里闻的都是那些贵妃香、蜜兰香，开始觉得好，现在就厌烦得很，姐姐这个是纯粹的花香怎么都不嫌腻的。”

琳怡笑道：“你若是喜欢，赶明儿我再给你做只新的。”

话说到这里，管事婆子来道：“贼人抓到了，夫人、小姐们不必担忧了。”

屋子里登时又活络起来，琳怡没有看到长房老太太于是问郑七小姐。

郑七小姐道：“陈老太太在祖母屋里说话呢，”说着微顿，“姐姐想要过去？”

琳怡颔首：“有阵子没见到伯祖母了。”

郑七小姐挽起琳怡：“那我陪你过去。”

琳怡和陈二太太田氏说了一声，在琳芳嫉妒的目光下让郑七小姐拉着出了门。

田氏也觉得十分意外，郡主的女儿怎么会和琳怡这样要好，低头看琳芳，琳芳目光闪烁……

恐怕是在园子里有什么事。

花厅里的夫人、太太看似抿着嘴在说笑，其实目光闪烁各有心思。

眼看着琳怡和郑七小姐出了门，田氏也带着琳芳去园子透风。

走到僻静处，田氏低声问：“怎么了？”

听得田氏这样一说，琳芳哭得喘不过气来：“母亲，海家小姐欺人太甚。”

田氏忙拿出绢子给琳芳擦眼泪：“慢慢说……是不是拌嘴了……海家小姐是说了你还是说了你六妹妹？”海家小姐无缘无故地怎么会欺负琳芳。

“是我……不过后来六妹妹来帮忙，就与海家小姐吵起来，正巧被郑七小姐和另一个人……看到了。”琳芳鼻涕眼泪齐流。

田氏不由得惊讶，琳芳被欺负琳怡去帮忙：“那错在谁？”是不是琳怡不懂礼数连累了琳芳。

琳芳抬起头：“自然错在海家小姐，她无事生非。”

琳芳断断续续的话在田氏脑子里一转，海大人是监察御史，海大太太刚才还与她闲话家常，若是海家对他们有偏见她不会无所察觉，倒是说起三叔的时候，海大太太目光闪烁……所以海家小姐就算针对也该是对琳怡，琳芳事事妥当绝不会让人抓出错处。

“擦干眼泪，”田氏低声道，“大家在一起说话难免磕磕碰碰，这都是小事。”

琳芳还要说话，田氏轻轻摇头：“关键是将来……”将来能有个好前程。

琳芳的眼泪霎时止住，抽噎了两声，眼巴巴地看着田氏站在那里。

“我带你过去和海家小姐说话，你和海家小姐就算有磕碰也是因琳怡而起，”说着田氏伸手整理琳芳的发鬓，“你是姐姐为了护着你妹妹才和海家小姐争了几句，”这件事一定要有个原因，都是出在琳怡身上，“你是个纯真温厚的好孩子。”

琳芳咬了咬干涩的嘴唇：“那郑七小姐……”

郑七小姐比琳怡还小，不懂得这里面的道理，关键是看郡主怎么想：“谁的错我们不管，

关键是要置身事外。”这样不论最终结果如何都烧不到她们身上，回去之后老太太也能发落琳怡。

琳芳终于听明白了，忙不迭地点头：“母亲这样一说我想起来了，海家小姐先说的六妹妹我这才辩了几句。”

田氏将琳芳揽在怀里：“好孩子，你受委屈了。”

田氏和琳芳重新回到花厅，郑七小姐领着琳怡过了雕琢着蝙蝠花纹的东门，进了全宅主院，几个丫头、婆子正倚在郑老夫人的阖聚堂门口喂郑老夫人养的水禽，郑老夫人要和陈老太太说话就将屋子里的人都遣了出来，只留了彩英、白芍在里头。刚才婆子来报有贼人，郑老夫人就让彩英、白芍出来打听。

彩英刚问到是杂耍班子里出了内鬼，如今已经被捉了，正要回去禀告，抬起头看到了郑七小姐。

彩英、白芍和几个丫头迎上来向郑七小姐和琳怡行了礼。

郑七小姐笑道：“我祖母和陈家老祖宗是不是在屋里？”

彩英笑禀：“在里头说话呢，将我们几个也叫了出来。”

郑七小姐吩咐彩英：“姐姐进去和祖母说一声，就说我和陈六小姐来了。”

彩英福了福身，正要转身，只听陈六小姐道：“什么味道？园子里在烧杂草？”

大家正找哪里有烟，一个小丫头看到双浑浊的眼睛，一个鬼鬼祟祟的人影一闪往青石甬路上去了，小丫头顿时尖叫起来。

众人顺着声音望过去，犹不知道发生了什么。

那小丫头哆哆嗦嗦地道：“还有……贼人……还有……贼人……”

彩英忙吩咐院子里的粗使婆子：“快去报信，就说还有贼人在内院。”

粗使婆子连声：“姑娘放心，我去去就回来，姑娘这里要自己照应着。”

粗使婆子走了，彩英正想着是不是将门关起来，只听白芍伸手指着正房道：“那……是不是着火了。”

众人这才看到窜起的火苗，彩英几乎要晕过去，老夫人院子里依东做了茅屋房，房檐下种着垂柳，老夫人意让人沿着柳树环修水池，这样也有几分雅致，谁也没想过茅草容易着火，如今茅草房被烧着，火焰一下子冲天而起，院子里的女孩子哪里见过这般情景全都怔愣在那里，年纪小的更是吓得堆坐在地上。

不过怔愣了一会儿院子里已经都是滚滚浓烟，郑七小姐只觉得手被松开，身边的琳怡道：“还等什么？老夫人和祖母都在房里，快进去救人。”

院子里的婆子出去帮忙的、报信的，如今就只剩下这些女孩子，小的不过八九岁，大的也才十几岁，有几个敢往浓烟处去？彩英、白芍，加上有数的大丫头恐也不能将两位老太太搀扶出来，更何况陈老太太咳疾未愈，闻到这样的浓烟如何能动弹。琳怡想到这个，将郑七小姐拉去几个小丫鬟堆里。

郑七小姐还没反应过来，抬起头就看见琳怡转身跟在彩英几个身后进了主屋。

滚滚的浓烟，直呛人鼻眼，让琳怡想到新婚那天晚上，无论怎么喘息胸口都如同被压了石头，又是憋闷又像是要炸开般。重生之后她依然没有多少勇气想到那晚所有的一切，要不是长房老太太在房里，她大概也和外面的女孩子一样……但是她知道长房老太太是为了父亲和她才来郑家做客，这样的情分让她顾不得害怕。

每次梦到那晚的大火，她都会想尽一切办法在大火中活下来。蹲下身子，掩住口鼻。没想到终有一日她还会面临这样的情形。

明明只有几步的距离，却走得那样艰难，终于走到套间里，听到里面一阵剧烈的咳嗽，隔着烟雾看到模糊的身影。

琳怡心中一喜，快走了两步扶向长房老太太。

只是这一下差点让她摔在地上。

好沉，是因为长房老太太咳得没有了力气，所有的力量都倾压下来。

琳怡与白芍一左一右地扶住长房老太太，冒着烟往外走，门口的烟尤其大，随着风一下子灌进来让琳怡眼泪直流，脚下一软几乎站立不住，这时却觉得手肘处被撞了一下，手腕也被人轻握，然后整个身体一轻，一下子就跨出了门槛。

第十三章　得利·十九叔

出了屋子快走几步登时闻到新鲜的空气，院子里的丫鬟这时也围了上来。琳怡只顾得擦脸上的眼泪，再仔细看去身边已经没有刚才扶她的人。

刚刚模糊中只瞧见那修长、明亮的眉眼轮廓，仿佛是郑七小姐嘴里的十九叔。

在郑家这样的大族中排行十九的，不知道是不是旁系族人。

这样的念头一闪而逝，琳怡忙去看扶着的长房老太太。

长房老太太闭着眼睛咳嗽不止，琳怡上前拍抚长房老太太的后背。

彩英连声打发几个人去请惠和郡主和郎中，郑家本来安静下来的内宅又复乱作一团。

听到郑老夫人的阖聚堂失火的消息，郑家上下所有人都大惊失色，郑家老小顾不得宾客，径直都往阖聚堂来瞧郑老夫人。

阖聚堂烧了，下人便将郑老夫人和陈老太太搀扶去了旁边的菊庑。

郑老夫人还好，咳嗽几声便止住了，陈老太太素日体虚刚才被烟一呛便勾起了旧疾，好在郑家有宫里赐下来的秘药，用水化服了后，陈老太太的脸色才算渐渐回转。

御医很快被请过来，听到两位老太太身子平稳的消息，郑家上下总算松了口气。

御医到侧室开方子，郑家的老爷、太太急忙跟去。

内室里，郑老夫人关切地看着陈老太太："本想拉着你说几句话，谁知差点害了你，"说着眼睛湿润起来，"好在你有个伶俐的孙女，否则我真是成了千古罪人，没面目活在世上。"

陈老太太靠在葱绿万寿菊蜀锦大迎枕上，长长地出了口气，转过头看郑老夫人："老姐姐这是哪里的话，这些年是我放不开那件事。现在想想，总是造化弄人，和老姐姐无关。今天说开了心中不知畅快多少，刚才烧起火来，老姐姐要不是顾着我也早就出了门，"说到这里陈老太太眼睛中也见泪光，"我该感谢这场大火才是，让我真正看清楚身边的人。"

两个闺中好友说起体己话也是感触良多。

"刚才赶着进屋救人的是老三的女儿？"郑老夫人没有忘记冲进屋里那个身子单薄却坚强果敢的陈六小姐。

陈老太太颔首："是老三的女儿，我瞧着她好就将她带来了。"

郑老夫人忍不住赞许："还是你有眼光，这样的孩子我多少年也没见过一个，你看我们七丫头是不错，可是比起你身边这个就差得远了。"

说到这里，陈老太太眼睛中也有几分期望："你们七丫头那才是好，身份贵重，心肠又仁善，小小年纪便有多少人家惦记着娶回去做媳妇。我们六丫头没有福气，跟着老三在福宁受了这么多年苦，好不容易回来，却也没有人帮衬，"想了想却又暗淡起来，"我又是一把老骨头了，想要帮忙也是有心无力。"

郑老夫人听出陈老太太的意思："这些年我也很少问起朝廷上的事，老大更不与我说什么，不过最近我也能感觉出来，似是政局紧迫。"

陈老太太冷哼一声："奸佞之臣把持朝政，朝廷难有风调雨顺。你也知道我家大姑爷的事，好好的一家人硬是被小人……"

袁家的事她怎么不知道，从前还好，自从贵妃进了宫，皇上整个人就变了。

郑老夫人忽然想到一件事："我听闻从金陵调任了一位大人进了翰林院，如今在皇上面前也是半红半紫，听说那人和林家素有渊源，自然会替林家说话，你何不让袁家也借此机会翻案。"

借林家之势她不是没想过，不过看林家对琳怡的算计，陈老太太冷笑一声："林家胃口大得很，我们高攀不起。"

郑老夫人不便深问，两个人正说着话，帘子一掀，郑七小姐进了屋，"祖母、老太太现在觉得怎么样了？"说着一阵风似的钻进郑老夫人怀里哭起来。

郑老夫人拉起郑七小姐，"我这不是好好的，你也别再伤心了。"

郑七小姐半天才缓口气，不好意思地抬起头看陈老太太，"孙女没用，没像琳怡姐姐一样进屋救祖母。"她当时是被吓傻了，回过神来也想进屋去，却被小丫鬟死死拦住。

陈老太太笑着道："六丫头毕竟比你大。"

那也是不一样的，她就没那个勇气，第一个念头就是让下人进屋去。郑七小姐目光闪烁："琳怡姐姐是我见过最好的，"说到这里郑七小姐就气愤，"那些眼高于顶的小姐，跟琳怡姐姐比起来根本就什么都不是，可惜顶着那么好的名头。"

这话像是意有所指。

郑老夫人和陈老太太对视一眼，低头轻声问："外面有了什么事？"

郑七小姐立即道："我去园子里恰好看到那位监察御史家的小姐说要将琳怡姐姐送去宁古塔。"

送去宁古塔，是小姐们之间的玩笑吧！

可是看到郑七小姐一本正经的表情，陈老太太心里一亮，立即明白过来，冷笑一声："多少年没出过府门，如今我老婆子真是开了眼界。"说着抬眼看郑老夫人，"再这样下去，老姐姐也会跟不上形势。"

这话的意思是，虽然现在郑家安然无恙，保不齐将来也会被人牵制。陈老太太年纪大了却不改从前语锋凌厉。

陈老太太吩咐白芍："去将六小姐叫来我问问清楚。"

院子里，琳芳的目光幽怨："六妹妹怎么就那么巧赶上了？"

是觉得她救了长房老太太出了风头才会这样问吧，琳怡道："刚才郑二太太说了，姐姐没听到吗？是贼匪为了逃跑才放的火。"这样郑家人救火，他也能浑水摸鱼出了郑家。

琳芳立即没了话，眼睛眨了眨一脸关切，伸手帮琳怡整理衣裙："你胆子可真大敢闯进门去。"

无休无止地打哑谜，琳怡微微一笑："换了四姐，四姐也会的。"

琳芳一怔立即腼腆地笑起来："说得也是。"

两个人说完话，惠和郡主和田氏拿着药过来。

田氏将琳怡拉过来仔仔细细地看了："有没有伤到哪里？"

琳怡摇摇头。

田氏轻轻叹气自然而然将琳怡揽在怀里："你这孩子真是把我吓坏了。"

慈爱的面容不多一分也不少一分，就算是萧氏在这里也不过如此。

惠和郡主显然很喜欢田氏："好在没事。"

田氏颔首："都是郑老夫人和郡主平日里积了福缘，这才有惊无险。"

轻轻巧巧将郑家的责任抛开，说成是天降的祸事，让惠和郡主心里好受了不少。又说起福缘，惠和郡主这些年施善没有白做。本来操办宴会的惠和郡主不但没有过失反而有功。

田氏这话说得好听，惠和郡主原本晦暗的眼眸果然亮了，真心真意红了眼睛："这么多年积德行善总算没有白做。"

田氏又是一副悲天悯人的表情："郡主是大慈心，将来还有业报。"

惠和郡主果然跟着念了句佛语。

两个人打佛偈，其他人一脸茫然，琳芳却听得如沐春风。惠和郡主本来是要问琳怡救陈老太太的事，现在也全然忘记了。

田氏轻而易举做了惠和郡主的恩人。

琳怡抬起头看着田氏的菩萨脸："二伯母说的是十善业道经？"

田氏微笑着伸手擦掉琳怡眼角的污痕："是啊，将来你和你四姐长大了，也要学着惠和郡主乐善好施。"

田氏话音刚落，白芍来叫琳怡："老太太请六小姐过去呢。"

是要单独问她花园里的事吧。

琳怡伸手拉起田氏："二伯母，我们一起去看伯祖母。"

田氏刚充当了一个慈善的长辈，总不能一下子就变脸。

田氏笑了："好。"

田氏带着琳芳、琳怡进了屋。

看到田氏和琳芳，床上的陈老太太微微抬起眉毛，再看旁边的琳怡微微颔首，陈老太太这才放下心。

田氏上前给两位老太太请了安，又仔细问一遍两位老太太身子如何，这才坐下来和两位老太太说话，不一会儿工夫惠和郡主亲自端了药到床前，就要伺候陈老太太喝药。

陈老太太急忙摆手："这可如何了得，怎么敢劳动郡主。"

惠和郡主一脸歉意："都是我安排不周才出了这等祸事，连累了老太太是我该罚，老太太不骂我已是疼我，我怎么敢什么都不做，老太太就全了我这份心吧。"

郑老夫人也道："床前奉药本是晚辈该做的，你便放手让她就是。"

陈老太太这才叹口气从郡主手里接过药碗，床前的田氏哪敢怠慢，又捧过药服侍陈老太太喝下。

喝完药，大家都落座，陈老太太这才问起琳怡亭子里的事。

琳怡一时怔住不知道怎么说才好。

郑七小姐耐不住："姐姐直说就是，自然有两位祖母和母亲为你做主，不能就这样怕了她们。"

田氏一无所知地看向琳怡，柔声道："好孩子，到底怎么了？"长房老太太这时候提起那件事无非是想要郡主给琳怡做主。这时候提出这种要求，逼着郑家和郡主就范，和讹诈有什么区别，就算郡主心再善，心里也会不痛快。

琳怡抬起头来只看陈老太太："伯祖母，我父亲怎么了？"

田氏没想到琳怡开口就问三叔。就连旁边的郑老夫人也有几分诧异，她还以为陈六小姐开口就会诉苦御史家的小姐骄横跋扈。

这个问题倒是为难了陈老太太，陈老太太最终叹口气看向旁边的惠和郡主。

“为什么御史要弹劾我父亲？我听说只有为官失职、贪赃枉法才会被御史弹劾，我们全家真的会被发配去宁古塔？”琳怡目光一软露出惧怕的神情。

屋子里所有人都惊讶地睁大眼睛。

“这是谁说的？”陈老太太脸色变得铁青，扬高了声音。

郑老夫人沉下脸来，只是来做客竟然就被吓成这样，就算外面再有风吹草动，也轮不到一个府里的小姐四处扬言。京畿的小姐从小就有教养嬷嬷在身边，不会不懂得这些规矩，能这样放肆是目中无人。老二还有心选海七小姐做媳妇，如今看来这样的媳妇他们是消受不起。

“还能有谁，”郑七小姐走几步依偎在惠和郡主身边，“自然是两位御史家的小姐说的。”

琳怡仿佛无意责怪两个御史家小姐，只是担心父亲：“伯祖母，我父亲在福宁每年都要带着衙门的人出去赈灾，不等到水退了父亲是不会回来的，我们兄妹和母亲在家生怕父亲有个闪失。有一次我们家前也着了水，是母亲和家仆带着我们兄妹搬迁避灾，所以这些年我们家很少置办东西，”说着话琳怡看向田氏：“二伯母知道，我们进京时只有几个箱子，那已经是这些年全部的细软了。”

田氏毕竟不是泥胎的菩萨，该说话的时候不能装聋作哑，更不能尖酸刻薄。

“可不是。”田氏一贯怜悯地叹气。

田氏顺理成章站在了琳怡这边。

“我父亲还有不能治的腿疾，都是常年泡在水里溃烂做的病。”父亲的病从来不向外人道，更不让萧氏说出去，虽说是有骨气，却不免在官场上吃亏。

陈允远的病陈老太太也是第一次听说，大家面面相觑，都知晓福建常有水灾，却不知道福建的官这样艰难。

琳怡说完了话，郑老夫人让郑七小姐陪着去园子里走走，郑七小姐自然乐意，高高兴兴拉起琳怡的手。

琳芳一步也不愿意和田氏分开就留在屋子里。

田氏将陈老太太扶起来，陈老太太身子一动咳嗽了几声，惠和郡主要上前服侍，陈老太太摇了摇头：“不……不妨事……老毛病了。”

“这样子怎么行，就算要顾着家里，也不能太过操劳，”郑老夫人叹着气，“从前你的身子是最好的，这些年硬是累垮了。”

她倒还不会被家宅那些事累垮，是眼看着允礼走了伤心罢了，身边唯一寄托没有了，她的心就如同一堆燃尽的灰烬，身上的病也是不在意，只等着有一日油尽灯枯，她也算彻底解脱。

“刚才御医说，老太太这病也不是治不得，不过要花些功夫仔细调养。”惠和郡主道，

“不如我出面请陈御医……”

陈老太太笑道：“我不过是个老婆子哪敢这样麻烦，郡主不用放在心上。”

话到这里，惠和郡主也不好深劝。

郑老夫人道：“好了，你们出去吧，我们两个老姐妹再叙叙话。”

惠和郡主应一声，外面又传来声音说前院的老爷来探望两位老太太。

郑老夫人听了笑道：“让他们忙他们的，我们两个老骨头都好着呢，何必这样兴师动众。”

惠和郡主这才带着田氏出去。

田氏才踏出内室，只听陈老太太道：“老姐姐你听听，老三一家多么不易，若是我那儿子在，定会想尽法子帮他这个弟弟，只可惜如今剩我这条老命……”

郑老夫人道：“你也别急……这件事……”

声音渐弱，田氏再也听不到。

琳怡和郑七小姐走在后院的青石甬路上。郑家用假山石围了荷花池又做了流动的活水取名莲叶天，郑七小姐是个性子热络的，觉得这处风景好，特意将琳怡带来散心。

琳怡低下头，一池的碧水如同帷幕，遮掩着映出她和郑七小姐的影子。郑七小姐要了鱼食请琳怡一起喂水禽，琳怡伸出手捏住一把撒下去，鱼儿翻腾抢食。

郑老夫人的主屋着火，虽然让此行更顺利，结果却并不一定如她想的那么好。

她毕竟年纪小，又待字闺中不太知晓朝堂上的事，能做的也只是在惠和郡主面前说实话，说不得郑家看在和长房老太太的情分上伸手帮忙。

到底能有多少把握她并不清楚。

在亭子里她上前与海七小姐争辩不过是要将这冲突尽量扩大开来，就是为了让人知晓御史的家眷骄横跋扈。御史是言官，言官重声名，说不得会多多少少顾及一些将弹劾父亲的事放一放。毕竟弹劾的奏折还没递上去，如今就已经弄得人尽皆知。

只要有了时间，父亲还可以想别的法子。

该做的她全都尽力去做了，剩下的不妨先放下。

琳怡目光安然，郑七小姐倒是愁肠百结，比自己的事还要上心：“姐姐有空就多来我家里坐坐。”

琳怡笑着转头看郑七小姐：“妹妹有空也去我那里，我从福宁还带来不少好玩的，改日也给妹妹送来些。”

提到玩，郑七小姐眼睛一亮：“好啊。”又和琳怡说起京都的各种闺中游戏。讲到在府里捉了蚯蚓钓鱼，郑七小姐差点就让人拿鱼竿来。

琳怡看着池塘里的锦鲤，钓起来了还要放回去，还是……算了，于是急忙打断郑七小姐的话，跟郑七小姐讲小时候她和哥哥如何跟着父亲去小溪里捉鱼，结果两个人弄了一身泥巴只带回了几只小鱼小虾，萧氏唠叨父亲好几天。

郑七小姐很少出门，就算去做客不过是从这家的内宅到那家的内府，哪里听过这些，顿时羡慕起琳怡来。

两个人又说到鞭陀螺，郑七小姐想到自己屋里有个新彩好的，就吩咐婆子去拿来送给琳怡。

等婆子转身走了，郑七小姐一把拉起琳怡："我想到一个人说不定能帮你。"

郑七小姐带着琳怡在前面走，两个丫鬟紧紧跟在后面。

琳怡道："要去哪里？"

"放心，"郑七小姐爽朗地道，"跟着我走就是了，只是不一定能遇到。"

郑七小姐是要去找谁？

沿着湖边上了长廊，走过雕影壁，到了一处青垣小院，像是内院的书房。

琳怡迈过门槛还没来得及抬头看，就听郑七小姐欢快地道："十九叔，我知道你肯定在这里。"

梧桐树下遍开虞美人，郁郁葱葱中朦胧的花影随着风静静摇摆，红色的花朵绵延着鲜艳妖冶，却又有白色如同漫天散落的梨花白，混杂在一起分不清哪种悠远哪种惊心。石桌旁坐着的那个人，抬起秀长的眼睛，目光清澈且悠远，脸上静谧的笑容明明轻浅却让人看不透。

琳怡吓了一跳忙低下头就要退出去。

郑七小姐扯住琳怡："怕什么，有下人跟着呢，再说我们连着亲又不算外男，谁敢乱嚼舌根？问完你父亲的事我们就走。"

虽然答应不走，琳怡却不肯走得太近，郑七小姐倒是不必顾这些，直接将琳怡的事问了。

琳怡听得温润、清澈的声音，似长琴上婉转的中音曲调："你父亲是福宁知州陈允远？"

琳怡点点头："是。"十九叔应该是在朝为官的，否则不会知道得这样清楚。父亲是从五品的官，大周朝从五品的官员许多，能叫上名字必然是衙门里的人。

郑七小姐有些焦急："十九叔，快想想有没有法子，否则陈六小姐的父亲就要被御史弹劾了。"

"现在就算郡主愿意帮忙也不一定能来得及，只要御史奏疏一上，必然要有人查实。"

也就是说已经有人将一切安排好了，只等朝廷派人查证。琳怡听到这个抬起头："这样说，就没有法子了？"

那人合上手里的书，清澈的眼睛看着琳怡："你知不知道东街葫芦胡同口有家芙蓉阁。"

芙蓉阁？听起来……

郑七小姐道："我听说过，是卖胭脂水粉的。"

那人微微一笑："你在福宁是不是也常出去走动？"

是在问她会不会去父亲同僚家做客吧，琳怡道："母亲也带我去做客，"说到这里琳怡惊讶地抬起眼睛，难不成他说的是……

真是聪明，和他想的一模一样。

"就是这样。"

第十四章 昨日重现·另一场安排

十九叔的话她能不能相信？琳怡不能确定。琳怡相信郑七小姐，是因为郑七小姐直率，所有的情绪表露在脸上，不用让人去猜，可是眼前这个人，虽然面容和煦，笑容似徐徐春风，温文尔雅，可是却让人难以窥探他的真实想法。

她至少要将他说的话思量清楚。

聪明又心思缜密，小心翼翼不犯任何错误，他虽然见过陈允远，却不知道陈允远能有这样的女儿。

他悠然站起身，抬起头看看太阳："现在是酉时初，郑府该安排客人离开了。"

只顾得思量竟然忘了时间。琳怡忙敛衽向他行了礼："谢谢十九叔帮忙。"

十九叔。是随了郑七小姐的叫法，她在郑家做客，且用之权宜，总该没有大错。

郑七小姐带着琳怡从书房出来，原路折返回莲叶天。

刚才去拿陀螺的婆子已经焦急地等在那里，看到郑七小姐和琳怡忙迎上来："两位小姐可急死奴婢了，门房已经安排车马，怕是一会儿就四处找陈六小姐了。"

郑七小姐亲亲热热地拉起陈六小姐："不然你就住在我家，我们也好说说话。"她是见惯了京城小姐的扭捏，张口就是拽诗文没意思得很，好不容易遇到琳怡这样为人做事痛快的，却这就要走了，早知道她不应该在屋里装病。

第一次来人家做客就住下，那成什么样子。

琳怡道："我在家里也无聊，只是没有准备家里长辈也不会答应的，"说着和郑七小姐相视一笑，"以后有的是机会。"

说得也是，她大不了磨着母亲再请陈六小姐。

临走之前琳怡还是将身上的鲁班锁香包留给了郑七小姐。郑七小姐拿着香包依依不舍地将琳怡送上车，琳怡撩开车上的帘子和郑七小姐告别。

车厢里的琳芳脸色十分阴沉。

琳芳知晓长房老太太来了，就一定要和长房老太太搭一辆车回去，一上车琳芳就霸占了琳怡的位置，将琳怡挤到了一旁坐下。这一路有了琳芳在耳边聒噪，琳怡和长房老太太就都没了说话的份儿。

琳怡看着笑意盈盈的琳芳。田氏是故意安排琳芳在车上，这样碍于琳芳在身边，她和长房老太太也不好说话。可就算不问长房老太太，她也知道，她和御史小姐争吵的事，恐怕早就传回了陈家，在二老太太董氏面前，她说不得就会因此受罚。

不过就是责骂而已，她并不放在心上，她要立即弄明白的是十九叔说的话。

马车停在陈家。

琳怡和琳芳跳下车，田氏也下车来向长房老太太行礼。

车帘就要放下，长房老太太忽然道："我还没来看过这新修的院子，今天都到了门口，干脆进去瞧瞧。"

田氏满脸惊喜的笑容："老太太听了定会十分高兴，只是怕您身子受不住。"

长房老太太挥挥手："吃了药已经好多了。"

听得这话，田氏忙踏上脚凳将长房老太太扶下来。

田氏做事真是滴水不漏。满脸慈悲良善让人挑不出错处。无论谁与她相处都会喜欢上她的性子。

长房老太太登门的消息传进内府。

董妈妈一边禀告二老太太一边心中诧异，园子新修好那会儿，老太太去请了长房老太太几次，长房老太太都不肯来看，今天却自己主动上门。

二老太太看一眼董妈妈："快去安排，长房老太太第一次来，不要让人挑出错处。"

董妈妈忙应下来。

再怎么说，长房老太太在陈氏族里还是有些地位的。

长房老太太在前面扶着琳芳，琳怡和田氏走在后面，还没到二老太太董氏的和合堂，二老太太带着陈大太太、三太太、琳婉已经迎了出来。

大家见面自然是满脸的笑意，一起簇拥着长房老太太去主屋坐下。

长房老太太喝了些茶，便夸起这新修葺的园子，说到这园子的好处，琳芳是妙语连珠。长房老太太笑着听完，将三太太萧氏叫过来："你养了个好女儿，要不是她，今日我就要葬身火海，哪里还有这个福气游园。"

三太太萧氏突然听得这话心里一惊，转头去看琳怡："这……怎么会这样。"

萧氏的憨厚这时候彻底表露无遗。长房老太太默默在心里叹口气，好在老三媳妇身边有六丫头这样聪慧的女儿。

二老太太董氏也诧异道："嫂子这话是从何而来？"

长房老太太就将今日遇险的事说了。众人都向琳怡投去赞许的目光。

"都说我们陈氏女孝贤，"长房老太太拉起琳芳，"有这样的妹妹是你们的福气。"

三太太萧氏被说红了脸："琳怡也是正好在场。"

听了别人夸奖辛辛苦苦养大的孩子，萧氏感动之余还不忘了谦虚。长房老太太又叹了口气，恐怕这屋子里的人都明白了她的用心，只有作为六丫头继母的萧氏不明白。她本来还指望萧氏顺水推舟，谁知道萧氏是这样心眼实诚的人。

长房老太太将琳婉和琳怡都叫到身边："女孩子家名声重要，你们是姐妹要互相帮扶，"说着笑道，"琳怡今日就做得好，帮扶姐姐，没有被旁人欺侮了去，要知道我们陈家女儿也是有骨气的。"

琳芳的表情彻底僵硬，连忙去看田氏。

长房老太太却没给琳芳思量的时间："四丫头，海御史家的小姐是不是对你恶语相向？硬说你酒后失礼？海家将过错全都推在我们家孩子身上，我如何能饶了她们？若是外面有了半点不好的传言，你们放心，有我老婆子在，必定替你们撑腰。"

海家居然将过错推给了她，琳芳顿时激愤："是海七小姐对诗输给我恼羞成怒，才污言秽语地骂我，说我喝醉了酒……"

长房老太太轻巧的几句话，就让琳芳不知不觉将当时的情形说了出来。

这下田氏再厉害也不会黑白颠倒。

长房老太太将琳芳拉进怀里："可怜的孩子，让你受委屈了。"

长房老太太平日里病恹恹地不愿意说话，到了关键时刻也是不含糊。

大家又聚在一起说了会儿话，长房老太太便觉得疲累了要回长房去，二老太太董氏忙让人抬了软轿来。

琳芳、琳怡将长房老太太扶到软轿上，又一路跟着送出垂花门。

送走了长房老太太，萧氏将琳怡叫去屋子里仔细看了一遍："还好没受伤，出去宴会倒发生了许多让人害怕的事。"

琳怡让萧氏摆弄着转了一圈，笑着道："我这不是好好的，母亲就安心吧！"

萧氏板起脸来："下次宴会，说什么我也要跟着你一起去。"

"母亲，"琳怡笑着想起来，"听说东街葫芦胡同口有家芙蓉阁的胭脂极好，明日母亲能不能带着我去买盒回来，我也想看看京都夫人、小姐用的香膏。"

萧氏听得琳怡这话，眼睛顿时一红："好，明日吃过饭我就带你出去。今天看到琳芳的打扮我才知道，这些年真是委屈了你。"

没想到一句话倒引出萧氏的伤感。

琳怡安慰萧氏两句，说起两位御史家小姐的事："母亲，那两位御史看起来是真的要弹劾父亲了。"

萧氏脸上的表情立即变作惊愕和惧怕："这……这……是真的？"

母女俩正说着话，陈允远从衙门里回来，进屋便看到萧氏红通通的眼睛，皱起眉头："这又怎么了？"

陈允远不问还好，这一问，萧氏更忍不住："老爷，真的有御史要弹劾你？"

陈允远一怔，他也是才打听到的消息，怎么家里先知晓了？今天回来晚也是同僚给他出主意，看看求谁帮忙才好。

萧氏说明原委，陈允远的表情越来越难看："真是欺人太甚，别说现在奏折还没递上，就算递了奏折朝廷真要查我，我也是一身清白。"

萧氏听说朝廷会查下来，更加胆战心惊："老爷，你要想想对策才是啊。琳怡说长房老太太已经求了郑家，不如老爷亲自登门再去求求郑阁老。"

陈允远负手在屋子里踱步，他不是没想过，只是郑阁老年纪大了在朝为官走中庸之道，谁也不愿意开罪……"倒是有人跟我提了康郡王……"

康郡王。琳怡眼睛重重一跳，拿父亲邀功的康郡王。

她要避开林家，父亲更要避开康郡王，否则一切就又回到从前。

萧氏听到康郡王的名字，立即想到宗亲的权力，一脸期望地看陈允远："老爷，康郡王能帮忙吗？"

陈允远摇摇头："去年康郡王倒是去了次福宁，不过我也只是报过公务，没有别的来往。"

陈允远做人正派，从来不会官场变通，所以跟上峰关系实在寻常。

"那……"萧氏不死心，"说不定康郡王知晓老爷清廉，就算御史弹劾，那也是被人陷害。"

萧氏一条筋，从来没有为陈允远的官路担忧过，她总觉得夫君一不贪财，二来任劳任怨，是本本分分的好官："再说，福宁许多事都离不开老爷。"

陈允远不知道是该因萧氏这句话高兴，还是斥责萧氏妇人之见。为官无论好坏那都是上峰一句话一封奏折的事，谁会真的去查个清楚。再说等着做官的人数也数不清，没有张屠夫就吃带毛猪？

这就是陈允远不愿意和萧氏说政事的原因。

陈允远扯开话题："好了，去老太太房里吃饭吧，别让大家等急了。"

琳怡心里也只能暗暗叹气，如果萧氏有一点政治头脑，她还能从父亲嘴里多听些消息，不过实心眼也是萧氏最大的优点，人不能要求太多。

陈家老小聚在和合堂，田氏过午不食从来都不露面，琳芳在惠和郡主府没讨到好处显得异常失落，陈大太太看到蔫了的琳芳倒是十分愉快，站在一旁煽风点火，不断说琳怡的好处，让琳芳看琳怡的目光从幽怨变成了愤恨。

一顿饭吃下来，气氛异常诡异。

吃完饭，陈大太太还敲打女儿琳婉："有空多与你六妹妹学学。"

以至于琳婉一脸羞臊地看琳怡："六妹妹有胆子，换作我，我是不敢的。"

琳芳在旁边听着冷哼一声："有几个像三姐这样胆小。"

陈大太太听了就笑起来："你们一个个经常出去自然有见识，下次定要将琳婉带上，让她也长长脸。"

陈大太太这话说得刺耳，这次连二老太太董氏也皱起眉头，可是又没什么话可说，这次毕竟是琳芳吃了亏。下次多带上琳婉，也不见准是坏事。虽然琳婉长相普通，也不通琴棋

书画，可毕竟是她的亲孙女。从前有琳芳在显不出琳婉来，现在来了琳怡，多个人牵制总多一分把握。

二老太太董氏点点头：“下次就让琳婉也跟着。”

这样一来，最终达到目的的倒是陈大太太了。陈大太太笑得眼睛都弯成一条线。

琳婉倒是有些惊讶，紧张地并了并脚尖。

琳婉确实长得有些平庸，皮肤不算白皙，下颌随了陈大老爷的方正，人比黄花瘦却没有琳芳的娇柔，虽然大户人家选儿媳都要看女儿的德行，可是人群里出挑也是关键。尤其是和琳芳一比……陈大太太因此吃了不少的亏，现在终于有机会扳回一盘。

大家说了会儿话，就要各自回去，萧氏倒是将琳怡要出去买香膏的话听进去了，跟二老太太董氏要了马车，准备明天吃过早饭就出去。

说完话，琳怡和衡哥先去萧氏房里，萧氏让丫鬟洗了果子上来。萧氏怕琳怡被大火吓着了，直让人将侧室收拾出来，留琳怡在屋里住一晚，琳怡忙道：“我没事，还好当时发现得早。”

萧氏又反反复复问了琳怡几次才放心，看着一双儿女在旁边说话，萧氏拿起笸箩里的针线来。

“母亲，”琳怡抬起头，“咱们陈家这样的大族，哥哥和我到底有多少叔叔伯伯？”

说到这个，萧氏想了想也迟疑起来：“咱们家直系的不多，如今在京的只有几房，还有分出去的旁支，不过这样林林总总算起来，大概也有十几个算少的。”

琳怡道：“辈分都是各家论的？我们家除了长房过世的伯父，现在只有两位伯父？”

萧氏就着灯开始看描的花样：“我们平日里叫的不过是小排行，严格来说还有族里的大排行，那可是长长的名目，别说你们就算是我也记不来。”

这么说郑七小姐叫的十九叔是郑氏族里的大排行。

郑家在朝为官的不少，现在正逢考满，知道父亲名讳也不足为奇，只是他怎么恰好就帮上了忙。

萧氏道：“怎么突然问起这个？”

琳怡笑道：“去了郑家听说郑家有许多族人，我们陈家也算大族，我就想应该也不会少。”

正说着话陈允远从书房回来，萧氏立即将琳怡的问题抛给陈允远，陈允远坐下来给衡哥和琳怡讲了不少家族史，让琳怡知道陈家比郑家历史更悠久。说完话，时辰也不早了，萧氏让人将衡哥和琳怡送回去歇着。

琳怡回到房里立即叫来玲珑：“怎么样？在郑家打听出什么？”

玲珑摇摇头：“听院子里的婆子说，因郡主是要款待外客，郑家的族人并没来几个，就算来的也不过是家里的奶奶，帮衬郡主办宴席的。”

能打听到的就是这些，剩下的就靠她自己来想。

十九叔只告诉她芙蓉阁，又提到她和福宁官员的家眷是否相熟，也就是说她若是去了芙蓉阁那边，应该会遇见福宁的熟人。

福宁的熟人和父亲的案子又有什么关联？

既然御史要弹劾父亲，朝廷势必要去福宁查实，那么从福宁来的人会不会就是因这件事。

想来想去没有别的好法子，只能明日和母亲一起去芙蓉阁，看看那边是个什么情形。

只是，什么时候去才好？

总不能过去之后挨家挨户地去查问。

琳怡看向橘红：“咱们带来的婆子有没有谁经常出去采买？”

橘红道：“现下都是跟着家里花销，就算买些别的物件儿，也是三太太交代下来的。”

并不是每天都会特意交代出去买东西。

琳怡仔细想了想，在福宁的时候出去做客，萧氏除了带身边的妈妈，还会带跟车的戴婆子，她见过的家眷不少，戴婆子见过的下人就更多。

琳怡心里一动，吩咐橘红：“你拿了二两银子去戴婆子那里，就说明日我要去芙蓉阁买香膏，让她府门一开就去芙蓉阁门前等。”

“这……若是戴婆子问起来，为什么要那么早过去……奴婢该怎么说。”

不说出个理由来，戴婆子也不会听她的过去等。

“就说我听人议论，芙蓉阁每日都会有人送几盒上品过去，不过不分什么时辰，让戴婆子过去盯着，万一真像人说的有，就问问价目，十两银子内的都能买来，我好送给母亲用。”

戴婆子只要接了差事，总会找借口出府，跟车的婆子出府不算什么大事。

“让她安心，明日母亲问起来，我自会去说。”

橘红笑道：“小姐给二两银子要撑破她的肚皮，依我看这样小的差事有一两足够了。”

能省下银子自然更好。

琳怡道：“那就给她十一两，有好的香膏就买回来，没有就让她留下一两。”

橘红从腰间拿出钥匙：“内院还没落闩，奴婢马上过去。”

不一会儿工夫橘红回来道：“戴婆子欢欢喜喜地接了，说明日早早就去守着。只是一样，明日三太太问跟车的不是她，还请小姐帮着说说。”

琳怡点点头，放下手里的书歇了。戴婆子是个有眼色的，若是有不寻常的事应该能发现，若是一次不行，她只能让戴婆子多去守两次。

第二天吃过早饭，萧氏带着琳怡出门，虽然时辰尚早，大街上到处都是喧闹声，各种吆喝声音，琳怡觉得好奇，也勾起萧氏许多美好的回忆，萧氏一边听一边给琳怡讲京城的小吃和名产，这一路时间过得飞快，马车很快停到芙蓉阁前。

萧氏还没下车，早就在芙蓉阁门口守着的戴婆子迎上前来。

琳怡看向戴婆子，戴婆子脸上没有异样的神色。

戴婆子在这等了一早上也没有发现有什么特别的地方。

琳怡戴了帷帽，由玲珑扶着下了车。

戴婆子躬身在萧氏身边道："奴婢等了一早晨也没见到有人往芙蓉阁送香膏，奴婢就进去问店家，店家说所有的香膏都在后院做好的，大概是小姐听错了。"

萧氏叹口气看琳怡："你这孩子，为了给我买一盒香膏，这样大费周章。"虽然这样说着却是满眼笑意。

琳怡转头向芙蓉阁旁边的胡同看过去，莫不是她理解错了？郑十九不是这个意思？

郑十九提到福宁的官员家眷只是个巧合？

她记得父亲说过，外省的官员非传不得入京。郑十九的意思是福宁有官员偷偷入京，如果能抓住这个把柄，父亲的事就有缓和的机会。

所以她才会让戴婆子在芙蓉阁前等。

每家下人都会早早出去采买，说不定采买的人戴婆子会识得，这样由戴婆子将整件事说给萧氏听更加顺理成章。她总不能直接和父亲说，在郑家听到一个不确定的消息，父亲的性子定会让她将整件事说清楚，她没法解释和郑十九的往来。

至少要探听虚实，才能将整件事做得稳妥。

琳怡随着萧氏正要进芙蓉阁，只听身后传来一阵马蹄声响，下人放了脚凳，有人让人搀扶着下车："是不是陈三太太？"

萧氏和琳怡这才转过身，看见了一脸笑意的林大太太。

想到琳怡在林家被算计的事，萧氏就没法像林大太太一样笑得那么灿烂，从小要好的姐妹一下子变成了奸佞小人，萧氏心里实在不舒服，连口也懒得张。林大太太倒像没看出来，这样巧合的相遇，仿佛喜不自胜似的，帮着萧氏和琳怡挑起香膏。

"我知道你喜欢梨花香。"林大太太拿起帕子捂嘴笑，"你连喝茶都要放几朵梨花尝尝。谁知道闻起来是一回事，吃起来又是一回事，不过现在京里也有梨花的膏子了。"

店家忙让人捧来上好的梨花膏，林大太太打开放在萧氏鼻端。

淡淡的香气，慢慢飘到鼻端，萧氏的表情舒畅起来："这个味道是好。"

林大太太笑道："我就知道你会喜欢，"说着看向琳怡："六小姐不喜欢香膏可以用蜜膏，我们家里那几个丫头单挑这里的蜜膏用。"

林大太太的表现赤诚又大方，若不是知道琳怡做事稳重，萧氏都要怀疑琳怡是曲解了林家的意思。

挑完香膏大家一起出门，才走到院子里只听到有人大声斥骂："我早说了这里不是什么文家，这宅子是我们老爷、夫人才买下的，之前的人家去了哪里我们怎么知道，你再赖在这里不走，我们就要报官了。"

那人又哀求了两声，刚才高昂的声音叫来两个家仆抄起棍棒就追过来。

听得胡同里嘈杂一片，萧氏吓了一跳只将琳怡往身后藏。旁边的丫鬟、婆子也都围上来服侍林大太太、萧氏、琳怡上马车。

萧氏拉着琳怡才在马车里坐下，就听得几个家仆将棍子敲在地上"砰砰"的声音，那被追赶的人早吓得魂飞魄散连连求饶。刚才指挥家仆追赶的婆子走出来看了一眼立即缩了回去。

林家、陈家的马车相继离开，刚才芙蓉阁前上演的风波也渐渐平息下来。

萧氏刚要跟琳怡感叹人活在世实在不易，戴婆子凑上前隔着帘子轻声道："太太，奴婢刚才瞧见了崔守备家的下人。"

萧氏听得这话没放在心上，可是转念一想，如今是在京城："这……怎么可能……"

"奴婢看得真真的，崔守备家的太太和太太常来往，奴婢识得崔家的下人。"

萧氏还没摸透这里的因果关系。

琳怡提醒道："母亲，崔守备一家也进京了吗？"

"没有啊。"之前大家在一起还说这件事，"崔守备是武官，武官要有朝廷的文书才能进京的吧？"萧氏也含糊其辞。

"父亲说过，外省官员非传不得入京，从前咱们福建不是发落过擅自入京的官员吗？母亲忘了，一家老小都被牵连，家里的小姐还做了官婢呢。"

那小姐生得极好，又会一手的好琴，萧氏很是喜欢，后来听说被官府押走做了官婢，萧氏唏嘘了好几日。

萧氏道："这么说是……私自入京……"说着脸色变得极难看，"这件事还是等你父亲晚上回来再说。"

这种事自然是越早下手越好，否则让崔家人听到消息连夜离京，他们就白忙活了一场。

"母亲，"琳怡道，"万一和父亲的政事有关呢？等到晚上不是耽搁了？"

夫君这几日为政事发愁，若是真的有转机她求之不得，萧氏皱起眉头："若是我们弄错了……"

琳怡道："又不是什么大事，顶多算是认错人而已。"

萧氏这才同意了，吩咐马车外的戴婆子："你让小厮去趟衙门，将这话告诉老爷。"

戴婆子自然高兴，这件事证实了，她就是头功一件，说不定就能进内院办差，不必在外面风吹日晒，当下欢欢喜喜去报信了。

马车里的琳怡也松了口气。

再想想，凡事不会这样凑巧，她让戴婆子候了一早晨都一无所获，偏偏等她和母亲从

芙蓉阁出来，崔家的下人就露了面。

这是郑家的意思还是郑十九在暗中帮忙？

林大太太今天也出现在芙蓉阁，目睹了这一切。

这里面定是有人精心安排，否则还真的是巧得不能再巧了。

真相说不定是，林家和郑家都被人算计了。

现在琳怡能确定的是，这件事对他们全家没有任何损失。父亲能趁机脱身，说不定还会记大功一件。至于林家和郑家既然看不透就暂时放在一边。

萧氏和琳怡回到陈家，将手里新购的香膏分给府里的女眷，然后进屋里等消息，萧氏整整一天都在忐忑中度过，幸亏旁边有琳怡拦着，否则萧氏就要打发下人去衙门探听进展。

陈允远没有按时回府，萧氏晚饭郁郁寡欢，还是琳怡提出要重新布置闺房，萧氏这才有了些精神。

琳怡从萧氏房里选了几个丫鬟、婆子过去帮忙。

琳怡带着一大串下人走了，盼星星盼月亮的萧氏终于将陈允远盼了回来。

陈允远一进门，便遮掩不住脸上欣喜的表情，一双眼睛明亮得让萧氏晕厥，这次没等萧氏问，陈允远就主动道："真的是崔守备带着小妾进了京。"说着也不脱官袍，兴奋地往大炕上一坐，"开始崔家还不承认，只说崔守备的小妾进京游玩，谁不知道崔守备将小老婆宠上了天，会放任她自己来京里？再说妾室哪有这种自由，让人捉住必然扭送官里处置，我不过大声说要帮崔守备捉逃妾，崔程远那厮就从地窖里冒出来找我拼命。哈哈，亏那厮想得出来，唬我说他是奉了密旨进京，我让他将密旨拿出来他又没有，我只得公事公办将他和他的妾室一起送去了刑部。"

陈允远喝了口茶，咂咂嘴意犹未尽："这些年，这厮没少干坏事，今天终于栽在我手里。这次就算我被小人陷害，也算拉了一个垫背，"说着一拍大腿，"够本了。"

萧氏听了诧异："老爷和崔守备不是一直关系不错吗？"

陈允远脸一黑顿时没了话说，回来的路上他还在后悔，这些年是不是该将政事讲给萧氏听听，这次能捉到崔程远就是萧氏的功劳，现下听到萧氏问这种问题，他只当刚才是一时脑热。

萧氏去套间里给陈允远换了衣服："崔守备这次罪过大了吧？"

焉只是罪过大了，就算有成国公撑腰，这次也不能随随便便就蒙混过关。武将非传入京，视同谋反。

成国公还不敢让这两个字沾身。

于是趁着这个机会，他要将崔守备这些年的罪证立即收集起来，一本奏折参到君前。陈允远准备大干一场，从套间里出来，陈允远立即叫萧氏："让人去准备笔墨，晚上我就睡书房了。"

陈允远的奏折递上去，崔守备案的神秘面纱也被揭开，京里好多大人立时后悔竟然没有先知先觉，被福宁来的外官抢了功劳。

陈二老太太董氏也是大为惊讶，老三就在她眼皮底下做出这么大的事，她事先竟然没察觉。

仔细查问起来才知道，多亏了那晚琳怡将房里重新布置了一番，丫鬟、婆子一大堆过去帮忙，三太太萧氏和陈允远的话才没被人听去。

布置房间的原因，是天气越来越热了，琳怡要从暖阁里挪出来到外面的碧纱橱，经过两个时辰的折腾，屋子里的幔帐换成碧水痕的轻纱，锦杌也换成方凳，将暂时落脚的院子彻底变成了闺房。琳芳听说了赶过来指手画脚，非要琳怡将碧水痕的轻纱换成烟儿媚，最后又大方地将自己屋里的得意画作送了琳怡一幅。

说起那晚的事琳芳还得意扬扬，若论谁有眼界，乡下长大的琳怡怎么敌得过她。琳芳的好心情没有持续很久，在田氏的紫竹院听说林家和三叔父联手办了件大事，琳芳狠狠地怔愣在那里，难道林家真的要将琳怡那个乡巴佬娶回去，于是哭丧着脸向田氏求救："母亲，这可不行啊。"

田氏只能安抚女儿："到底是什么情形现在还不知道，让人出去打听打听再说。"

最终打听出来的结果，林家和郑家都像没动过手的样子。

可是却也脱不开干系。

"林大太太和三太太一起去了趟芙蓉阁，恰好就发现了擅自进京的崔守备。"董妈妈将打听来的事讲给二老太太董氏听。

二老太太董氏皱起眉头："林家怎么会掺和进来？"

正说着话，大老爷陈允宁进了屋。

二老太太让儿子在跟前坐下，董妈妈给大老爷端了茶就到门外去守着。

陈允宁一脸深沉地垂下眼睛："这次老三是立了大功。听说崔程远本来是来梳理京中关系，弹劾老三的，谁承想竟然被老三抓个正着。"他之前已经得到御史要弹劾陈允远的消息，没想到陈允远一下子就扭转了局面。

二老太太董氏看一眼儿子："不是让你注意老三？怎么这样的事都没发现。"崔程远也不是个无能之辈，既然敢带家眷入京，就肯定上下打点好了，不应该这么容易被人发现，老三能一下子抓住崔程远，那是早就算计好了。

说到这个陈允宁也无可奈何："儿子已经让人跟着三弟了，确实没有发现三弟有什么举动，真像是外面说的那样，是三弟妹的下人不小心发现的。"

不小心发现的，靠一个女眷？

二老太太董氏冷笑："京里的事都那么容易发现，就没有那么多冤死鬼了。老三这是被人指点了，否则哪里能走这么高的棋。"

那会是谁呢？陈允宁目光闪烁："真的是林家？"

林家虽然厉害，却不一定能这样不声不响地安排一切。再往上想，之前长房老太太带了六丫头去郑家，二老太太董氏道："是不是老东西说服了郑老夫人来帮忙？"

陈允宁道："外面也有这样的说法，是郑阁老插手。"

真是怪了，这些人怎么一下子都看上了老三。二老太太董氏顿时有些坐立难安："那弹劾的事？"

"现在没有人敢提。老三将崔程远送去刑部不说，还参了崔程远十大罪状，现在无论谁参老三，都像是与崔程远为伍。"

崔程远的罪名视同谋反。这两个字的威力非同寻常。

二老太太董氏看看陈允宁："如果这件事能让老三支持过考满呢？你想过没有要怎么办？"

让老三一家全须全影回福宁？

萧氏也在冥思苦想，过了这几个月是回福宁呢，还是按照夫君之前的想法留在京里？现在的情形毕竟变了。没有人弹劾，没有人恐吓，夫君每天回家都是一脸的笑容，让她觉得这次考满夫君一定会拿个优。

琳怡知道，父亲的心事不外漏，崔程远的事尘埃落定之后，又会回到从前的局面。如果郑家和林家真的站在父亲这边，情况可能还会有些不同。

比起大人之间关系复杂，郑七小姐和齐家姐妹都像往常一样和琳怡通信。郑七小姐信里写海御史家的小姐被禁足在家云云，却没提起整件事都是郑十九想的法子。

郑十九是外男，琳怡不可能会主动说起，于是就照郑七小姐信里的内容回了封信。信才让丫鬟送出去，玲珑捧了一罐子蜜饯匆匆忙忙走到琳怡身边低声道："小姐，长房那边出事了，听说是大姑爷被抓了，大小姐要死要活的，长房老太太急昏了过去。"

之前她还听伯祖母说袁家可能会翻案，就看林家帮不帮忙，怎么现在大姐夫反而被抓了。

琳怡看向玲珑："给我找件衣服。"

玲珑忙放下手里的东西，给琳怡换了身衣裙。换好衣服主仆两个一路去萧氏房里，萧氏也才听得消息，正想着要不要过去探病。

琳怡已经开口问："母亲，我们是不是要去长房看看伯祖母啊？"

"去，"萧氏想到长房老太太的慈爱，"我们去跟老太太说一声就过去。"说着吩咐丫鬟收拾些东西出来，萧氏从福宁带了一根野参，谁也没舍得给，现在手头上拿不出别的东西，就让丫鬟将野参包了，不管能不能用得上总是一份心意。

萧氏和琳怡到了二老太太房里，二老太太也准备去长房，大家正好一路坐了小车过去。

琳怡扶着二老太太董氏踏进长房老太太的念慈堂，就听得琳娇的哭声："祖母，您可别吓孙女，都是孙女不对。"

第十六章　机会·娶她

琳娇发髻散乱跪在地上痛哭出声，炕上的长房老太太躺在双色锦的褥子上半阖着眼睛。

二老太太董氏带着琳芳、琳怡走到床边，低声问长房老太太："老嫂子你这是怎么了？"

琳怡去扶地上的琳娇，琳娇已是满腹伤悲，怎么也不肯起来。旁边的丫鬟、婆子见状上前帮忙这才将琳娇安置在椅子上。

二老太太董氏问身边的白妈妈，"这如何使得？有没有请郎中？"

白妈妈道："请了，就在外面候着，可是老太太不想看……"

"老嫂子，这怎么行，"二老太太董氏一脸悲伤地劝慰，"你如何也要看这些孩子的面上，珍重身子，我们活了这般岁数，还有什么是没经过的。"

二老太太话音一落，琳娇又放声哭起来。

二老太太董氏看向琳芳、琳怡："你们两个先扶你们大姐姐去旁边歇着。"

琳芳、琳怡两个应了，将琳娇带去了东侧室。

二老太太董氏和长房老太太说话，琳芳这边也迫不及待地试探琳娇："大姐姐，听说大姐夫被人抓了，是真的吗？"

琳娇心里一颤，想起官兵闯进家门将夫君带走，她就浑身冰凉。夫君仿佛是早有预料一般，回头看她的眼神，万念俱灰中带着对她的不舍。她终于明白为什么公公被带走时，婆婆是那样的神情，当听说家眷一起流放，婆婆反而安宁下来。无论走到哪里，夫君永远是支柱，没有了这根柱子，所有一切都会掉下来狠狠地砸在女眷身上，她情愿夫君去哪里她也去哪里，婆婆说得好，一家人就算死也要死在一处。

琳怡看琳娇的神色就知道大姐夫情况不好。

琳芳没有得到确切消息还要再追问："到底是……"

琳怡开口打断琳芳的话："大姐还是歇一歇，说不定一会儿又有消息传回来。"

琳娇抬起眼睛，看到琳怡满眼关切："大姐，家里还有那么多人指望你呢。"

是啊，还没有最终的结果，她如果乱了，夫君回来怎么办？可是转念一想袁家被人步步陷害，那些人显然是不死不休，夫君这样进去，哪里还有命回来，琳娇捂着脸不停哽咽。

瞧着鼻涕眼泪一脸的琳娇，琳芳少了从前的热情。照父亲、母亲的说法，皇上新起用一批文官，这些人许多都出自书香门第，当中不乏与袁家相识的，袁家这才四处活动，要为袁学士翻案。她本以为袁家能东山再起，谁知道会这样不中用，连大姐夫都被牵连进去。看大姐这个样子，袁家这次是彻底完了。

内室里，长房老太太让郎中看了脉，吃下一碗黑漆漆的汤药。

看到长房老太太脸色好转，二老太太董氏道："是什么罪名？"

长房老太太摇摇头："现在还不知道，我还想着让允宁几个想办法打听一下。"

二老太太董氏道："有没有查抄文书？"

长房老太太有气无力："听琳娇说官兵将家里所有的书册、信件都带走了，细软倒是没有拿。"

二老太太董氏皱起眉头："大姑爷不在朝廷里任职，为何会被查抄书信？"

长房老太太摇头："我也想不出个道理。"听到噩耗准备将琳娇叫来问问，谁知道却听说琳娇在屋子里吊了脖子，她当时眼前一阵发黑，只觉得天旋地转……知道琳娇没事，她这才缓过些气来，还没等她仔细问琳娇，董氏已经进了屋。"只能听消息，再作打算。"

二老太太董氏点点头："我也让允宁问问族里，大家齐心协力怎么也要将大姑爷保下来，否则琳娇该怎么办才好。"

长房老太太只生了一个儿子，儿子身下只有一个女儿就是琳娇。长房老太爷早就死了，紧接着长子也没了，琳娇就成了长房老太太的命根子，琳娇出了事，长房老太太定是心急如焚，二老太太董氏一边叹气，心里却没忘了算计。她之前想着袁家起复，才主动和袁家来往，现在袁家虽是没有希望了。可是眼下又有一个千载难逢的好机会，她若是能想到法子帮大姑爷，就可以拿住长房，除非长房老太太能过继她的儿子，否则她就不会将大姑爷救出来。

长房老太太就算再喜欢琳怡，却不能眼看着自己的亲孙女成了寡妇。

二老太太董氏想着安慰长房老太太："嫂子好好养病，这些事就交给我了，只要有了消息我就让允宁送信来。"过继之前，她是真心盼着这个妯娌活得长久。

内室说完话，琳娇的眼泪也终于流干了，琳芳闲得无聊已经开始数紫檀炕桌上的花纹，琳怡开始听琳娇断断续续地讲经过。

琳怡道："这么说，家里已经不能住人了？"她是从心底希望琳娇能暂时来长房住，这样有事也能和长房老太太商量。

琳娇抽噎道："只是书房被封了。"

话说到这里，萧氏从外面进来端了定神的药给琳娇。二老太太陪着长房老太太说话，萧氏也没有插嘴的地方，就跟着下人去给长房老太太和琳娇煎药。

琳娇吃完药，萧氏又是心疼又是害怕："你这孩子怎么那么狠心，长房老太太就你一个孙女，你有了什么事，老太太哪里吃得消。"

琳娇的眼泪又来了："我……错了……"

萧氏上前安慰："好了……好了……总会好的……"

萧氏不善言辞，说的话都是发自内心。

琳娇重新梳了妆，萧氏领着姐妹几个又回到内室。

长房老太太和二老太太已经说完了话。

二老太太先转头看向琳娇："好孩子，袁家那边你先不要回去了，好歹留下来住一晚再作打算。"

看着床上被自己吓病的祖母，琳娇咬着嘴唇点头。

二老太太将琳娇叫过来："真真可怜的孩子，你放心，你家里的叔叔们不会不管，我一定盯着他们想办法。"

琳娇眼泪又滴滴答答流下来，此时此刻她对二老太太只有感激。

这边和琳娇说完话，二老太太又看琳芳和琳怡："你们两个就留下来陪着老太太和琳娇。"

琳芳没想到会是这样，不禁睁大了眼睛，听到琳怡应承了，这才跟着一起低头称是。说完话，琳芳、琳怡两个人先出去，琳芳噘着嘴："我那些铺的盖的怎么办？我的妆盒、胭脂、香粉、首饰、箱笼、鞋子，还有熏衣的香炉、香料……我每日都要沐浴的香油和花瓣呢……"

琳芳这边喋喋不休，琳怡吩咐玲珑回去拿些她每日常用的穿戴过来即可，长房这边难道还欠她一床被褥不成？

琳芳、琳怡将二老太太董氏和三太太萧氏送去垂花门。

琳怡刻意和萧氏走在后面，让二老太太和琳芳祖孙两个说话。

"多注意着点这边的动静，"二老太太压低声音，"有什么事就让人回来禀告。"

琳芳点点头。

二老太太怕琳芳不明白："这日会有人来看望老太太，我不好每次得了消息都过来。"

原来是因为这个所以叫她留在长房："可是为什么还要留下琳怡……"

二老太太道："那是长房老太太的意思。"

琳芳咬住嘴唇，自从这个琳怡进京，就处处和她争。

二老太太看一眼琳芳："现在你该知道要长些心思了吧？琳娇住在长房，凡是袁家的亲戚都该过来探望，你要时刻在长房老太太身边孝顺，将来才会有你的好处。"

袁家的亲戚。

那林家是不是也会过来……

袁家不是还想靠着林家起复吗？也许……琳芳眼睛亮了："说不定林家能帮忙。"

总算是受教。二老太太欣慰地点头："我会让你父亲问问林家。"说着颇有深意地瞧了琳芳一眼。

祖母和她说这个是什么意思？琳芳的脸陡然红了。

二老太太自然不会将话说得更透彻，林家这门亲事她也打算了好久，现在就看林家是什么意思。不结亲林家不可能出面帮袁家，若是借这件事又结亲又捏住了长房咽喉，正是一举两得。

二老太太董氏回去不久，将琳芳和琳怡的东西用车拉了来。

琳怡的东西不过两个箱笼，琳芳的就数也数不清，要不是田氏拦着，琳芳身边的丫鬟真的将琳芳用的澡盆也拉了过来。

琳芳叉着腰让丫鬟将东西摆放好，琳怡已经收拾好了东西去长房老太太房里。

长房老太太刚骂了琳娇不懂事，动不动寻死觅活哪里能掌起一个家，若是死就能将大姑爷救回来，她这个老不死的先去以命抵命。琳娇这才知道自己的错处，哭着保证下次再也不敢了。

琳娇折腾了一天昏昏沉沉在内厢里睡了，长房老太太却怎么也睡不着，抬起头看到琳怡来了，就将琳怡叫到炕前坐下。

琳怡先开口问长房老太太："二老太太会帮忙吗？"

真是水晶心肝的孩子，怎么就没生在她身边。长房老太太叹口气："看我拿什么来换了。"

琳怡默然，她知道二老太太的打算，可是现在除了依靠二老太太董氏，父亲也没法帮到长房。

"你亲祖母性子极好的，为人坦诚，只是命不好。"长房老太太说着提起董氏，"董氏入京这么多年，辛辛苦苦养大身下的几个孩子，但凡心思摆得正些我也不和她计较。长房的产业我给了她们便是，这些东西生不带来死不带去。"长房老太太说着冷笑，"谁知道她是等不及我死了，早早就玩出许多花样来。别以为这样我就怕了她，她越是算计我越是不给。"

话是这样说。董氏娘家毕竟得力，琳怡道："伯祖母消消气，想想下一步怎么办才好，我们不能眼睁睁看着大姐夫一家不管，姐姐只有伯祖母能依靠。"

"也不能就遂了她的意。二老太太娘家早就给她出主意，眼睛盯着我们陈家的爵位，到时候她养的儿子承了爵，你知道你父亲要被摆在哪里？"

她知道。她两个伯父没有承爵就将父亲从嫡出挤去了庶出。

琳怡目光波澜不惊却一片清明："可是不救大姐夫一家，姐姐没有依靠，这个家早晚还是要受别人摆布。"

这个局，进也难，退也难。

六丫头都能看出来的事，她如何不明白。这件事说到底纠葛在林家上，长房老太太想着看了一眼琳怡。

琳怡目光也不躲闪："伯祖母是不是在想，林家没有一层姻亲关系是不会帮忙的？"

长房老太太惊讶："你连这个都知道？"

前世她死于林家，重活一次后又看到琳芳对林正青的思慕之情，长房老太太和董氏都想拉拢林家，可见林家在这件事上确实有几分把握。联了姻，林家自然而然会帮亲家。

长房老太太将胸口的不快说给琳怡听，也是想让琳怡对二老太太董氏有个思量，没想到琳怡倒说出许多道理："你觉得这件事要怎么办？"

琳怡抬起头低声道："孙女觉得不如一边让父亲去打听消息一边等等看……"林家和二老太太董氏一样眼睛里只能看到利益二字，"就算林家能帮忙也要来问伯祖母。大姐说官兵来了只查了书信，古往今来凡是查书信的案子都不会只牵连一家。林家和大姐夫家一样是书香门第啊。"

林家和袁家有亲，林家若是真的对袁家不管不问，就是要绝了这门亲事，这样的名声林家也是担不起的。再说，林家和袁家相互扶持这么多年，总不会这样经不得风雨。

"大姐不如去袁氏族里哭一哭。"放着自己夫家的族人不用要去用谁呢。

她怎么没想到这点。长房老太太眼睛亮了，一下子从炕上坐起来，转头吩咐白妈妈去将琳娇叫来。

琳娇以为有了消息，披了件外褂就赶到内室里。

长房老太太将琳怡的话说了，琳娇皱起了眉头："就算去求族里，族里也不会帮忙的，六妹妹不知晓，祖母难道忘了不成？当时公公的案子下来，袁氏族里的人都躲得远远的，就连婆婆都无可奈何。现在夫君也被牵连了，族里的人更会远远地站着，即便我厚着脸皮回去，人家连门也不会开的。"

之前袁氏族里的态度也将她气得说下狠话，只要她活着一天都不与袁氏族里来往。可是如今是此一时彼一时，长房老太太目光深沉："当时袁氏族里不肯帮忙，我这才帮你们置了宅院和田产让你们渡过难关，可是现在我老婆子一病不起，你也只能回袁氏族里求救。"

琳娇就要争辩。

长房老太太道："听我说完。你公公是被贪墨案牵连，读书人重声名，袁氏族里人远远站开也情有可原。现在不同了，姑爷被带走时官府的人没有拿半点细软，而是封了书房带走了你们家所有的书。要知道书可是读书人的命根子，你家里的那些书大部分都是袁氏一族分下来的。"

琳娇仍旧不明白长房老太太的意思。

长房老太太看看旁边的琳怡。

琳怡这才轻声道："姐姐记不记得大周建国初的《瑞阳集》一案牵连了许多人。"《瑞阳集》里面有斥责本朝弘扬前朝的文字，后来写《瑞阳集》的谭瑞被灭了满族，谭瑞的好友、学生也没有幸免，后来凡校书、刻书、卖书的人也一律丧命。从此之后读书人就不敢随意藏书，这些年来如《瑞阳集》这样的重案虽然没有，可是还有不少人因文字疏误被定了谋反罪。

琳怡见琳娇似是有所领悟："姐姐，撇开袁学士的案子，你觉得大姐夫最有可能是什么罪名？"

琳娇顿时一抖："那……难道是……藏书……"

长房老太太道："这就是袁氏一族最怕的，姑爷这些年只在家读书，若是招上祸事也是和那些书有关，袁氏一族再想袖手旁观，恐怕朝廷不会答应。"

琳娇还没有从这件骇人的事中反应过来，长房老太太吩咐白妈妈：“现在就给大小姐收拾收拾送去袁氏族里。”

琳娇整个人一抖，巴巴地看着长房老太太：“祖母让我现在就去？”

长房老太太道：“上门求救自然越急越好，”见琳娇一脸怯意，长房老太太叹口气，“你成亲有些年了，也该学会自立，祖母就算身子好还能庇护你多久？”

琳娇目光触及长房老太太苍老的面容，咬咬牙：“孙女全听祖母的。”

长房老太太看看佯装镇定的琳娇，再看看目光如清风拂水气度内敛的琳怡，心中暗暗叹了两口气。

琳芳收拾完屋子里的东西才知道大姐去了袁氏族里求救。袁氏一族要想帮忙早就在袁学士入狱时就伸手了，哪里会等到现在，大姐也是走投无路了。只要这样想想琳芳就格外开心，服侍长房老太太歇下之后，硬拉着琳怡去瞧她新布置的卧房。琳怡看了一圈觉得困了要回去睡觉，琳芳直在背后跺脚，骂琳怡没眼光。

琳怡一夜无梦，琳芳不忘了在梦中命人拿凤仙花给她重新染指甲。

这几日许多事都出乎大家意料。本以为琳娇去袁家很快就会回来，谁知道却似要长期住下来的意思，二老太太董氏下帖子请林大太太过来小坐，送帖子的下人回来说，林大太太一早去了袁家。

林大太太从袁家回来，将林正青叫来跟前说话：“袁家的事我们家恐怕不能不管了。”

林正青是一副早已预料到的神情。这是小鸡吃米的游戏，他们林家和袁家早就在一只碗里，成国公就是那只小鸡，吃完袁家就是林家。成国公一直打击文官，所以本朝武官地位胜于文官，这两年皇上又有重用文官的意思，行伍出身的成国公自然不愿意见到这种情况。林正青不愿意和林大太太老生常谈，复习一遍书香门第之间复杂的关系，只等着林大太太说另一个问题。

“这样一来我们家就是明着和成国公对立。”

林家和成国公之间的恩怨老早就存在了。

林大太太道：“你祖母的意思是，对付成国公还是要从福建那边的事入手。陈三老爷这次弹劾崔守备，外面人都说是我们家通风报信，依我看陈家是受了郑家点拨。如今陈家已经靠上了郑家，对付成国公就更有了几分把握，”林大太太顿了顿，看向林正青，“你怎么想？”

林正青眼前浮起那个目光淡漠游离，如雾如烟般让人捉摸不透的陈六小姐。

陈六小姐就像是一本书，正面和反面完全不一样，虽然不如藏书精致，可是拿在手上大概也蛮有趣，林正青淡淡道：“母亲是说要和陈家结亲？我娶她就是。”

第十七章 再提亲事·争

娶她？儿子这么容易点头，她心里倒是不快起来。林大太太皱起眉头，除了联姻就没有了别的法子？以正青的条件，将来进了翰林院娶个勋贵之家的嫡女那是绰绰有余，这样他们林家也多了靠山，林大太太道：“你的婚事还是等两年最好，我是想和你商量看看有没有别的法子。”

婚事是交换的筹码，林正青反正不着急：“那母亲准备怎么和陈允远拉近关系，让陈允远心甘情愿将成国公勾结海盗假扮倭寇抢劫的证据交给我们家？”

说到这个，林大太太的脸阴沉起来，半晌才道：“都怪你父亲，让他去和陈允远结交，他却没能套出陈允远半句实话。”

勾结海盗的罪名不小，陈允远就算再没脑子也不可能轻易说给旁人听。

林大太太接着愤愤道：“陈二老爷家的四小姐，至少人长得漂亮也会讨人喜欢，那个六小姐我实在没看出她有什么优点，倒是人长在乡下为人凶悍，将来你娶回来还不知道折腾出什么事来。”陈六小姐第一次来别人家做客，就敢将别人家的小姐锁在房里，可见她不是什么品性贤良的，再说，万一陈家没能帮上忙，他们不是白白赔上了正青的婚事。

这么简单的事，居然还拿不定主意，林正青开始有些不耐烦，于是善意地提醒林大太太：“和陈允远结亲无非有两个结果，一是扳倒成国公，皇上嘉奖下来八成会将陈家爵位还给陈允远，这样陈家就做了勋贵。二是没有扳倒成国公……”林正青眼睛一亮，嘴角轻诮笑意，这世上的事向来是有成功就有失败，“我大不了就做个鳏夫。母亲若是觉得能接受就去让人说亲。”

鳏夫。鳏夫还怎么说一门好亲事。林大太太半晌才道：“你这孩子……”虽然话不好听，可是说的的确是这么回事。

成功了皆大欢喜，失败了就让陈允远一家承受，这种解决之道看似残忍，其实古往今来还不就是这样算计。林正青向来觉得假道义不如真小人。

他小时候看到祖父被打了板子，伤口溃烂，活着受罪死了痛苦的模样，他就知道现在的世道，不做小人就做死人。

林正青从林大太太房里出来，在墙角拐弯处寻了一根嫩绿的草茎咬在嘴里。唔，还有别的事没有做，他要去书房再画一张春江图，看看会不会有人来求要。

林正青在书房里才画好了春江图，就有小厮登门道：“老爷说了，还让大爷画幅春江图，有一位相好的先生来要，老爷推不过，”说着看了一眼书案，上面正有一幅春江图，那小厮就笑，“原来大爷正好画了。”

林正青将画交给小厮去晾干，然后丢下手里的笔。真是奇怪，他想画就有人来要，是不是太巧了点。

长房这几日也太热闹了点，琳芳和琳怡挤到长房老太太念慈堂旁边的两间主屋不说，第二天琳婉也在陈大太太的陪同下来侍奉长房老太太。

陈大太太一走，琳芳就先站出来说："我屋子里的东西太多，三姐是搬不进来了，六妹妹屋里倒是大炕，睡两个人绰绰有余。"

原来之前琳芳选小一点的房间是抱着这个心思，琳怡想着就觉得好笑。就算将她挤去小房间，琳婉该住进来还是住进来。

二老太太董氏早就安排好的，岂容她有别的主意。

琳婉倒是为人小心，琳怡帮着收拾房里的东西，琳婉连着谢了琳怡好几次。屋子里的被褥都准备停当，琳婉又垂着脸轻声道："六妹妹你人真好。"

琳婉虽然长得不好，声音却是极好听，也生了个婀娜的身段，性子温婉和顺，坐在旁边话不多，就是一味地做针线。一开始玲珑、橘红两个说话都不敢大声，一天过去之后，两个丫头声量又回从前。

琳芳更是不将这个三姐放在眼里，有什么事宁愿来叫琳怡一声也不喊琳婉，琳婉倒也不生气，仿佛是被忽略惯了。这样一来，叫上琳婉的倒成了琳怡。

三个人平日里陪着长房老太太说话，自然而然就听到了袁家此时的情形。这些时日袁家的耆老族人常常聚在一起，琳娇让人捎信回来让长房老太太安心，她要在袁家住些日子。琳娇在袁家住的时间越长，长房老太太越开心。

又过了两日就有袁家的晚辈上门给长房老太太请安，长房老太太苍白着脸有气无力地应对了一番，袁家老小都掉了眼泪。袁家二房的长孙媳提出要去琳娇夫妻如今住的院子瞧瞧，那院子是长房老太太出资买的，袁家也是懂得礼仪，要先请示长房老太太。

长房老太太叹口气："一家人不说两家话，琳娇年纪小经了这样的事……也是没有主意……我年纪又大了……只能拖累你们不能帮忙……"说着掉了眼泪，"延文年纪还小，就这样被抓进去……有了闪失……可怎么得了……"

袁大奶奶道："亲家老太太说的是，家里长辈说了，无论如何也要将文二叔保回来。"

这样的大事，袁家必然要自保。长房老太太装作不明白这里的要害，欣慰又安心地点头，吩咐白妈妈将上了双鱼锁的乌木海棠盒子拿来交给袁大奶奶："这里是那处院子的地契，还有一些银票，大奶奶带给琳娇，若是有用处就让琳娇处置。"

琳怡在套间里听了这话，不禁要赞叹长房老太太棋高一着。读书人向来好面子，家里出了事焉能让外姓人拿银子。这样一来，救大姐夫所用的银钱，袁家会尽数凑出来。而且就算大姐夫真的出了事，袁家也要善待大姐一生。

袁大奶奶看着那盒子不敢接，红着脸讪讪道："亲家老太太这是要臊死我，延文媳妇在袁家一日我们都必当仔细照顾。"

见好即收。长房老太太叹气，"大奶奶多心了，我一个老太太哪有许多心肠……就是……想要帮忙……罢了……可怜我儿去得早……琳娇娘家已经无依无靠……我就多怜爱她几分……”

娘家无依靠，夫家更不能眼看着不管，之前袁家上下为了避嫌已经将事做绝了，而今不能再让人戳脊梁骨。

袁大奶奶最终也没有收那只盒子，倒是拿出了给琳婉、琳芳、琳怡的礼物。

长房老太太见状让琳婉几个出来见人。

琳婉、琳芳、琳怡三个上前行了礼，袁大奶奶仔细看过去，目光略过了琳婉，在琳芳身上停留片刻，最后仔仔细细将琳怡看了个遍，然后将琳怡拉过来：“长得漂亮又有福气。”明亮的目光中带着审视的意味，让人觉得不舒服，尤其是说到福气两个字，仿佛琳怡真就有了好前程。

袁大奶奶身边的婆子将三个盒子递给三位小姐。

一样的梨花木镶如意纹熏香盒。

袁大奶奶笑着道：“林家大奶奶也说来看亲家老太太，只是这几日要帮忙打听文二叔的事耽搁了。这几日缓一缓定会带着正青一起过来。”

送完礼物又提起林家和林正青。

琳怡不动声色，琳芳的眼睛豁然亮了，只是看到袁大奶奶拉着琳怡不由得皱起眉头。

袁大奶奶低头看琳怡，目光中再次带了深意。

琳怡心里顿时一颤，敲响了警钟。

是她算漏了什么？二老太太董氏明明属意林正青，林家那边就算答应和陈家联姻也应该先选琳芳，毕竟琳芳比她年长。上次林大太太在母亲萧氏那里碰了软钉子，如今怎么还会让袁大奶奶上门说项。

再说从前林家会看上她是因为父亲和康郡王交好，现在父亲和康郡王没有半点关系，林家怎么就看好了这门亲事。

屋子里的人都极会察言观色，很快就明白了袁大奶奶的意思。

第一次提起这样的话题，点到为止，袁大奶奶坐了一会儿就告辞走了。琳婉、琳芳、琳怡也各自回了屋。

琳婉和琳怡刚坐在软榻上，琳芳就拿着盒子闯进来，脸上的笑容有些阴阳怪气：“三姐姐、六妹妹，你们的礼物盒子怎么不打开？”

哪有这样理直气壮要求看别人礼物的。

看到琳婉、琳怡没动，琳芳干脆自己走过去将盒子打开。

琳婉的是一支满金牡丹插花发簪，和她那支满金蝴蝶璎珞步摇做工上差不多，琳芳再打开琳怡的盒子，红绒的内衬上躺着一支云里藏珠累丝镶宝如意金簪。琳芳登时气得手指发抖，袖子一挥那只盒子就要掉在地上，幸亏橘红手快上前接了。

琳芳胸口的闷气未出，嘴角一抖冷笑道："六妹妹才上京就这样惹人怜爱，倒让我这个做姐姐的成了踏脚的石头，妹妹快跟我说说，你这心机从哪长出来的，不祸害别人如何偏来祸害我？"

玲珑、橘红两个听了也蹙起眉头，琳怡倒是依旧波澜不惊："四姐是弄错了，这话从何而来？"

琳芳冷笑道："这时候还装傻，袁大奶奶已经说得再清楚不过，妹妹去趟林家就引来了好姻缘。"

琳怡垂下眼睛："四姐姐不要乱猜测。"

"乱猜？"琳芳扬声，"怎么就你的是如意簪，是因如了你的意，你早就看上了林家大郎，说不得和人有了首……"

琳怡豁然抬起眼睛，目光亮得如同出鞘的剑锋："四姐是大家闺秀懂得礼仪，知晓这种话说出来就算我万死，四姐也逃不脱，何必污了我，也害了你自己。"

"你……"琳芳被这话堵住了嘴，"你当我是要和你争？我是看不惯你这样没规矩。"

现在忍了她，说不得她就要出去胡乱说，琳怡道："四姐说说我哪点没规矩，我向四姐学就是。"

琳芳也只会张牙舞爪吓唬人，真让她说个一二三，她又说不出来，只能站在一旁瞪着眼睛。

"好了，"琳婉起身劝慰，"都是自家姐妹，有什么话不好说，六妹妹才来京里，祖母都说我们该护着她，怎么倒与她为难起来了，要说年纪大，我不是比你们都要……"

就连琳婉都向着她，琳芳怒气又高涨几分，瞅准了矮桌上的热茶吊，手掌一翻"不小心"将茶吊推去琳怡怀里。

琳怡早已经看到起身闪躲，倒是琳婉扑过去扶茶吊被滚热的水烫了正着惊叫出声。

屋子里的下人登时被吓了一跳，琳怡忙去看琳婉的伤势，琳婉的手背已经红了一片，丫鬟取来凉水，琳怡拉着琳婉的手泡进去，又抬起头吩咐玲珑："快去拿薄荷膏。"

琳芳不知所措地立在一旁，哪里还有半点威风。

听到屋子里的骚动，白妈妈挑帘来看，只见三小姐将手泡在水盆里，几个小丫鬟吓得脸色苍白，便知道出了大事，忙走上前去低头看了一眼水盆，脸色也变了："这可怎么得了。"

还好茶吊里的水不热，琳婉才没什么事。

白妈妈回去将她看到的和长房老太太说了。二老太太董氏想给琳芳说的亲事没想到却落在琳怡身上。

白妈妈笑道："怪不得袁家人不去二房那边说，反而来了咱们这里。"袁家人去二老太太董氏面前说六小姐，倒像给了二老太太一巴掌。

长房老太太轻笑一声："二老太太将林家当宝，只怕六丫头还未必看上眼。"

白妈妈收起笑容："您是说……"

长房老太太道："别忘了六丫头在林家出过什么事。"

白妈妈一下子沉默了。

按理说林家是世家名门应该不会，可是人心隔肚皮谁又敢打这个包票。就像四小姐看着是个大方得体的闺秀，却转脸做出这种事。

晚上琳芳回房里睡觉，琳怡屋子又安静下来，琳婉手上重新换了药，然后抱膝和琳怡缩在炕上说话。

"怪不得四妹会生气，"琳婉笑一声抬起头来看琳怡，"这些年家里都是她的天下，六妹妹来了才将她比下去。"

琳怡摇摇头，她可没有比人的心，她只想一家人幸福美满地过日子，琳芳只要不来害她，她也是井水不犯河水。

琳婉垂下头，软软的鬓角贴服着脸颊："六妹妹才进京就有林家这样的大户上门提亲，不管成与不成妹妹都该高兴。"

琳婉是看出了什么？否则怎么会说这样的话。

琳怡垂下头："婚事应该是父母之命媒妁之言，其他的我都没想过。"

琳婉似是很为琳怡高兴："那你也应该开心，人人总有个比较，同样都是陈家的小姐，你们个个出挑，我这样的只能排在家里最末，"说着扑哧笑起来，"四妹妹一口一个长幼，却忘了我比她还年长呢。"

两个人又说了会儿针线上的话，琳婉先躺下睡了，琳怡去套间里换件衣服。橘红取来绫衣给琳怡换了。

"小姐，"橘红低声道，"三太太看了袁家送给小姐的礼物只是有些惊讶。"

她打发橘红回二房拿东西，其实是让她将袁家的礼物拿给三太太萧氏。

琳怡微微思量："见到父亲了吗？"

橘红点头："见到了。太太将盒子递给老爷看，老爷倒是紧锁眉头，问了我一句，袁家还说了些什么。奴婢照实说了，老爷又看了看盒子里的金钗，转身去了书房。"

软软的绫衣贴着她的肩膀，单薄，又带着一丝细密的凉意，父亲知道了林家的意思，却没有马上表态而是去了书房。

是不是说明父亲也在考虑这门亲事。

橘红看着六小姐深沉的表情，终于忍不住开口："小姐是不是……不想……嫁去林家？"

她贴身的丫鬟总是能看出她心里所想。

琳怡没有说话，橘红却由此证实了猜测，立时着急起来："既然这样，小姐就回去求老爷、太太，万一等亲事定下来可怎么办？"

琳怡缓缓一笑："大户人家定亲不会那么草率，而且林大太太不是还没有来吗？"再

说那么好的一块肉，就算她不招惹谁，也会有人来抢。

琳怡这边进屋睡觉，琳芳那边彻夜难眠。田氏让人给琳芳带话，让她不要着急。林家会看上琳怡让人诧异，可是这件事毕竟还没有定下来。

琳芳虽然想要骨气，狠狠放下一句既然林家不识货，她也不必上赶着强求的话来，可是话到嘴边却又张不开口，只要想想林大郎俊朗的面容，渊博的学识，就瘪了茄子："林家不是有个庶子吗？将琳怡嫁给庶子好了。"

铭婴紧张地四处瞧瞧："好小姐，小点声，让人听去了不好。"

琳芳冷笑道："怕什么，她祖母本来就是不明不白的贱货，祖父才回京几日她就珠胎暗结？生下来的东西指不定是不是陈家的，让她顶着陈家女的名头嫁出去已经是便宜她了，还想跟我抢，我呸……给她脸，她就敢在太岁爷头上动土，也不看看自己是什么破落户。"

琳芳骂了一通觉得心里舒坦多了。

第二天，田氏一身轻装来看长房老太太："家里的亲眷都要来看老太太呢，问我能不能在老太太这边讲次经。"

琳怡看看旁边一脸笑容的琳芳，怪不得琳芳早晨起来就特别高兴，原来是田氏已经让人提前知会要来长房讲经。长房老太太屋子里供着佛祖，就算生病也要日日去佛前念经祷告，如今袁家的事人力已经去争取，要想再求只有这悲天悯人的佛祖，田氏这样一说，正好中了长房老太太的心思。

长房老太太果然高兴道："只是麻烦了你。"

田氏谦恭一笑："能孝敬老太太是我的福气，只怕到时候园子里要乱些。"

长房老太太笑道："那不打紧……有下人伺候呢……只是你们年轻人……要被我这个老太太拖累……玩是玩不起来了……"

田氏想到袁家的事只是叹气："老太太病了……袁家出了事……我们哪有心思……就是陪老太太解解闷。"

长房老太太颔首："我知道你的苦心，讲经那日就让人在南街设粥棚，救济穷苦。"

田氏经常拉拢身边的亲友做善举，每年要开几次粥铺，大雪天的时候田氏还抱病四处奔走为灾民筹备银子，京里人都知道陈家有这样一位女菩萨。

不知道这位女菩萨又要度谁出苦海。

第十八章　宴无好宴·咬死你

二太太田氏讲经在京里已是寻常，这样一来由田氏牵头大家聚起来倒是好事。

送走田氏，长房老太太笑得眼睛眯起来：“让厨房给六丫头几个多加些菜，正是长身体的时候，不能跟着我老婆子亏欠了。”

白妈妈看到长房老太太开心，心里也跟着痛快：“您是心心念念想着六小姐啊，奴婢还是去将六小姐叫来跟您说话。”

长房老太太没有阻止，白妈妈笑着退了下去，不一会儿工夫琳怡捧着一只花斛进了屋。花斛中秀丽的枝叶伸出来却遮挡不住琳怡脸上的明艳，面容不如琳芳妖娆，却是比琳芳细致耐看。

女子豆蔻年华时都生得玉葱似的，打扮起来个个漂亮，就像花圃里的百花，可要是让花迷了眼睛便辨不出哪朵有真的芳香，所以大户人家选媳就是要细细端看，美色能骗人，风骨和气质才是最稳妥的。

不知道林家看上六丫头是误打误撞，还是真的有好眼光。

琳怡将花斛摆在临窗矮桌上，然后坐到长房老太太身边，长房老太太这几日病好多了，脸上都有了光泽。

长房老太太道：“让你说对了，你二伯母果然要来我这里讲经。”

琳怡低头笑了：“误打误撞，没想到就猜准了。”

琳芳故意将水打翻误伤琳婉，白妈妈出主意正好借这件事将琳芳送回二房去。琳怡就说缓一缓，琳芳这样回去定要跟二房老太太董氏哭诉，说不定脏水污水都要泼在她身上，免不了要让她一通辩解，而且长房老太太正好不知道身边的亲朋还有哪家愿意帮袁家渡过难关，琳芳向田氏求助，以田氏一贯宠溺女儿的做法，说不定正好是个机会：“这下老太太能借着这次讲经，发宴请的帖子，愿意来的肯定会到，想躲的就会找借口避开。”

袁家出了事，大家不好明着去袁家打听消息，倒可以通过陈家了解一下目前的情形。

长房老太太笑道：“等你大姐回来了让她好好谢你。”

琳怡不好意思地低头：“就算我不说，也会是现在的情形。”再说长房老太太也会想到这一节。

长房老太太看着低头含笑的琳怡，不知道怎么的心里就豁然畅快起来。自从允礼去世，她心里好久好久都没有这样舒坦了：“我们才从郑家回来，自然要先请郑家老夫人。”

长房老太太的帖子很快发下去，郑老夫人身子不便就让郑二太太过来，郑家人还带来了郑七小姐给琳怡的信。郑七小姐也要过来凑热闹。

琳婉伤了手不能拿针绣花，干脆就跟丫鬟一起打络子，琳怡自去案上回信，琳芳让人仔细去长房老太太房外盯着，看看林大太太和林正青会不会来，得知林家说要过来，琳芳的心顿时扑腾个不停，连忙回去让人准备衣衫和首饰。

一时之间大家都各自忙碌，等到正式摆宴那日，琳芳一身蜀锦踩着玉底的绣鞋跟在田氏身后在垂花门迎客，陈二老爷陈允周在前院照应男客，长房里里外外都是陈二老爷一家帮衬。

琳婉、琳怡就陪在长房老太太身边，看着晚辈给长房老太太请安，她们两个规规矩矩回过去。女客坐满了花房，大家开始喝茶聊天，只要谁说到袁家，屋子里就立刻静谧无声。

下人络绎不绝地将茶点奉上来，屋子里的小姐们吃了些茶点，太太、夫人们终于发话让她们去园子里转转。大家巴不得如此，尤其是齐家两位小姐，自从落了座就不停地向琳怡使眼色。

小姐们出了门，就像出笼的鸟儿，大家都长长地呼一口气。

齐三小姐将琳怡拉到一旁：“你大姐一家没事吧？听着让人心惊肉跳，我和妹妹还向母亲打听。”

说起这个琳怡也沉闷起来，袁家能不能顺利脱身谁也不知道。

这毕竟是长辈操心的事，几位小姐好不容易凑在一起，就想多说些知心话，袁家的话题很快被岔过去。

齐三小姐道：“今儿我哥哥也来了，要去给长房老太太请安呢。”

齐家、袁家、林家、陈家有几代的情分在里面，平日都是常来常往的。

齐五小姐和齐三小姐对视一眼，拿起帕子捂嘴笑了：“你系的一个小小的结，就难住了我们家大才子，你若是男子，他只怕早就生了结交之意，如今八成已经拜了把子。”

这样的调笑，就算谁脸皮再厚也要红起来。

三个人刚说到这里，看到田氏领了一个穿着青衣褙子的妇人进园子。

齐三小姐“咦”了一声：“二太太将宋太太也请了过来。”

琳怡看过去并不知道这其中的内情。

齐五小姐就将琳怡拉去一边：“那是二太太娘家远房亲戚，最近才进京里来的，听说是家里的公子生了病，进京讨药。”

看来这药讨得不顺利，不然也不会对田氏这般应和奉承，人到了无路可走的时候才会病急乱投医。

齐三小姐看左右没人，嬉笑道：“你还不知道吧，如果提起宋家，你四姐就会立即变脸。”

这个她倒是不知道。

齐五小姐道：“宋家原来可是金陵的大户，宋陈两家早就有结亲的意思，加之有陈二太太这层关系在，四小姐三四岁的时候，仿佛就口头许给宋家了，谁知道宋家的少爷得了痘疹，一场大病之后脑子就坏了，这门亲事自然就不再提了。”

齐三小姐故意嘟着嘴学琳芳的样子：“亲事虽然作罢，可是谁要是说起来，陈四小姐就第一个不乐意。”

琳芳向来眼高于顶，就算亲事没成也会觉得晦气，说出去更是有损她的名声。不过既然是这样，田氏怎么会主动请宋太太过来。

宋太太进了屋，琳芳也欢快地从花房走出来，看到琳怡和齐家两位小姐，琳芳笑着主动上前打招呼：“原来你们在这里。”说着看向琳怡，“刚才有位我们家的故交来晚了，一会儿荐你认识。”

齐三小姐、五小姐目光闪烁，陈四小姐怎么自己主动提起来了。

齐三小姐用扇子掩住嘴道：“你那位表哥的病怎么样了？”

琳芳也不恼：“这几日好多了，听说也在前院呢。”说着去看琳怡：“今天女客多，你要多在意着。”

在人前琳芳是姐姐，说出一番大道理来，妹妹只有听的份儿。虽然园子里的女眷都是琳怡帮忙照应，琳芳只是选几个高门大户家的小姐上去攀谈。这一会儿工夫琳芳就找到了林三小姐，不知道两个人说到了什么有趣儿，琳芳笑得花枝乱颤。

齐五小姐开始数落姐姐：“你啊，就是话多。”

齐三小姐冷笑一声：“你瞧陈四小姐今天的模样，就知道她没安好心，”说着去看琳怡：“你可要小心着些，你那位四姐八成以为你要和她争林家的好亲事。”

齐五小姐脸色大变恨不得去捂姐姐的嘴。

齐三小姐道：“左右也没人，你怕什么，我们都喜欢六小姐，有什么话自然和她提个醒。”

齐五小姐叹口气，表情终究不自在：“我们毕竟是闺阁的小姐，这些话也是浑说的？”

齐三小姐怅然一笑：“你总是怕东怕西的。”说着将琳怡领开了些。

三个人坐在翠竹林里的石凳上。齐三小姐将周围的竹子看了一遍：“这些竹子种得讲究，比我们家的紫竹要漂亮得多。”

琳怡笑道：“这是万寿竹，你若是喜欢，走时让人挖些母竹带走就是。”

齐三小姐抚手：“那最好不过。”

话题扯开了一会儿，三个人之间又亲密了许多，齐三小姐就将刚才想说的话一并说出来：“林家大郎是不错，只是林大太太却不是好相与的，咱们巴不得离林家远远的，谁愿意嫁过去就让谁去，用不着每日摆宴拿我们姐妹过去遮掩。”

齐三小姐说的是实话，大家族里挑选媳妇，总是将亲朋好友家的小姐聚在一起，真正留意的只是那一两个，旁人全是陪着走过场。

“我知道妹妹是玲珑心肝，有些话我也不瞒妹妹。林大太太向来一人独大，眼里容不下旁人，我只说一件事妹妹就明白，林老爷年轻的时候也想搞些风花雪月，结果被林大太太抱着儿子自缢一次，就偃旗息鼓了。”

抱着儿子自缢？琳怡诧异，林大太太也真能想得出来：“你说的是林家大爷？”

齐三小姐道：“就是林大郎。”

连亲生儿子都能利用，可想而知林大太太的手段，真是无所不用其极。琳怡继而想到新婚之夜林正青的模样，从小耳濡目染，比他母亲更胜一筹，林家那个地方真是狼窝虎穴，偏还有那么多大家闺秀想要嫁进去。

清闲的时间只消片刻就过去了，玲珑笑着来寻琳怡："郑七小姐正满园子找小姐呢。"

这么多女孩子聚在一起，要想大家都满意也不那么容易，办诗会、跳格子、斗曲儿林林总总，琳婉、琳芳、琳怡穿梭着忙乎。

琳芳打发小丫鬟去端攒盒，小丫鬟走远了，琳芳带着铭婴出了月亮门，躲去旁边的假山石后。

琳芳迫不及待地问："准备好了没有？"

铭婴有些惧怕地点头："这样行不行？"

琳芳皱起眉头："有什么不行？长房的下人少行事才方便，你嘱咐他躲好没有？"

铭婴仍旧忍不住手指颤抖："奴婢好不容易才打发了宋家的两个婆子，急急忙忙告诉宋家大爷要玩捉人的游戏。"两个婆子整日里伺候宋家的傻大爷，其实心里早就厌烦了，好不容易轻松一下自然不会错过。再说长房请来的女先生实在技高，大家都自然而然围着去听曲儿了。支走了婆子，只剩下身边的小丫鬟就好对付得多，铭婴让人端了茶点过去，吸引了小丫鬟过去吃，然后她趁机和宋大爷说玩捉人的游戏。

宋家人说过，宋大爷最喜欢让下人陪着这样玩。

"将六丫头衣服的颜色说清楚了？"

铭婴点头："虽然府里也有别家的小姐穿天碧色的衣裙，腰间却没有佩红粉的流苏，况且早上小姐还送了一串银铃给六小姐。"

琳芳掩嘴笑。走起路来"叮当"作响，所以吸引了宋家大爷来捉。

被陌生男子搂抱丢尽了脸，看林家还要不要她。

最重要的是那边一闹开，她这边才好做她的事。琳芳整理好自己的衣裙，又转了一圈让铭婴看看有没有不妥当的地方。

铭婴不敢怠慢，仔仔细细地帮琳芳打理了一番，主仆两个这才分头行事。

琳芳一路奔南院的荷花池，长房的园子很大，北边的小园种植奇花异草，兼有群芳亭，适合女眷旁边玩耍，南院修了白堰池遍种莲花，盛夏时摇船采莲好不惬意，也许男子会闲步过来瞧瞧。琳芳让人盯着外院的林大郎，只要他来南院就是她上好的时机。

她就不相信，只要见了她，林大郎还会要六丫头那个乡巴佬？

果然让她猜准了。林大郎落了单，她就让小丫鬟前去引人："南院那边有歇息处。"只是提点一句，让人知晓也没什么。

琳芳心情越来越欢快，小心翼翼踏上白玉石阶，一步步向前，翘着手指轻轻勾起裙角，摇摆着身姿瞧着景致，眯着半明半寐的眼睛过了桥，到了对岸，仰头看岸边垂柳，心中诗兴如同刚刚吐蕊的新嫩。脚尖跟着脚跟，脚跟跟着脚尖，脚弓弯起落地极轻，玉底的绣鞋却又发出清脆的声响，她不知道该怎么形容自己的优雅动人，若是在这时候那人出现，她慌张如小鹿般不知所措……

正在盘算间，一抹宝蓝色的人影出现在她眼前。如星辰般明亮的眼睛，好整以暇的神情，薄薄的嘴唇上扬有些奇怪又有些惊讶地望着她。

第一次独自见外男，免不了会惊慌，琳芳心跳如鼓正不知道如何是好，仿佛园子里传来一阵嘈杂的声音："大爷……大爷……"琳芳这才想起来忙要转身落荒而逃。

琳芳本来离池边就近，脚下轻轻一滑眼见就要跌落池塘里，却觉得手腕一紧被人拽去了旁边。

琳芳不由得娇喊一声，紧紧闭上眼睛。母亲想要攀上惠和郡主给她选一门更高的亲事，可是她就看好了林大郎。等她的身子被扶正了，她就该敛衽谢林大郎，琳芳正想着，感觉到额头一阵麻痒。

难不成林大郎这样大胆竟然……琳芳睁开眼睛，眼睛向上翻。在看清楚是什么东西在她额头上之后，她立即后悔。

林正青嘴角弯起的笑容漂亮又干净，他低着头看半条蚯蚓在琳芳的额头上爬啊爬："以后不要在我面前装落水，我最讨厌别人算计我。"

琳芳大脑早已经一片空白，只是慌乱地点头。

林正青笑容大了些，眼睛如黑珍珠般熠熠发光："不准说在这里看见我，否则，下次见到你就拿虫子咬死你。"

琳芳眼泪流下来，她想伸出手来将虫子弄掉，手却被人控制着不能动弹，只能眼巴巴求着林正青将蚯蚓拿起来，那蚯蚓在林正青手里挣扎几下，突然之间掉下来，落在琳芳嘴唇上，琳芳只觉得眼前一黑顿时喘不过气来。

林正青不由得叹息一声。能跑来与外男相会的人却怕一条蚯蚓。想到这里他忍不住冷笑，他的亲事若是这样被妇孺算计，他就觉得像一脚踩进了粪坑，说不出的恶心。

林正青用脚尖踢了地上的女子一脚，女子没有动弹，显然已经昏死过去。好在陈家奴婢尽职尽责，路边没有多少尘土，不会有人发现异常的脚印。不过陈家若是知趣的话，也会盘问他们家的小姐，何以就这样跑来南院。不知羞耻的行为，通常都会怪罪女人，闹出去之后，这女子也不要嫁人了。

小丫鬟来传达相会的消息，他还以为是陈六小姐想要见见未来的夫婿，却没想到看到的是另一张面孔。一不小心被人算计了，声张出去他的确落不得什么好处，除了恐吓没有更简单、便捷的法子。

小姐们在院子里玩够了，一起回到花厅去，花厅里大人们的话正好也说到点上。

一通家常过后，大家都挺担心长房老太太的身体。

二太太田氏恰时捧了黑漆漆的药进屋，服侍长房老太太喝了。

林大太太道："还好有二太太在跟前。"

长房老太太漱了口继续转动掌心的手串："人老了就是拖累晚辈。"

众位夫人、太太都笑了，宋太太会说话："老太太是哪里的话，人都说家有一老如有一宝呢。"

长房老太太笑道："就你们会说好话。"

二太太田氏笑着不知不觉就红了眼睛，连忙用帕子掩饰去："好久没见过老太太这样高兴了。"

长房老太太笑而不语。

林大太太道："老人家就是喜欢热闹……"说到这里，林大太太意识到自己口误顿时讪讪红了脸。长房子嗣凋零，唯一一根苗已经死了好久了，长房现在哪里还有热闹可言。

众人想及这一点脸上均有黯然的神情。

二太太田氏眉毛一低，脸上有了慈悲的笑容："我想要搬过来住，就怕老太太不愿意日日见我。"

第十九章　孝心・败露

二太太田氏想要搬过来住。这话不是随便说说算的，二太太田氏搬过来，二老爷要不要搬过来？四小姐自然也要过来，总不能眼看着一家分离。二太太田氏这话听起来是一心想要服侍长辈，其实细想想，二老爷一家搬进来容易，搬出去就不可能了。到时候成全了孝名，老太太还能不将二老爷过继到身下？旁边的白妈妈脸色难看起来。她知道二太太厉害，却不知道能这样悄无声息地算计。

长房老太太似是没听出田氏的话外弦音："那怎么行，二弟妹年纪也大了，身边也是离不开儿女的。"自己的亲婆婆还没有服侍，怎么能来长房服侍她？

二太太田氏听得这话倒不好意思地低下头来："婆婆现在有长嫂服侍倒是用不上我，我虽然要研习佛法，首先却要做好子女、妻母。婆婆要孝顺，长房老太太也是长辈，如何能分得这样清楚，哪怕等到长房老太太身子将养好了，我再回去侍奉婆婆。"

这样冠冕堂皇的话说出来，又要在外面博得好名声。长房老太太笑得眼睛周围皱纹深刻："这样说，哪日用上你们，我便不客气了。现在倒是有三个丫头在身边，这院子又热闹起来，我心里十分高兴，病也好了许多，你们也不用惦念。"

长房老太太装疯卖傻地拿琳婉几个做幌子。

二太太田氏并没有受挫，反而柔顺地点头："长房老太太身子不舒服，媳妇以后定会来侍奉。"

这是赶也赶不走的孝顺。

长房老太太想起来，前朝有位孝子，因父亲去世母亲悲痛不肯吃饭，他就跪在院子里，母亲不吃饭他也不肯起来。田氏这一招和那位孝子也差不多了，二老太太董氏真是积了德，娶了这样一个媳妇回来。

林大太太不好意思地低头："这样一比，我们都要臊死了。怪不得二太太能做居士，我们就不能。"

"是啊，"旁边的郎中太太都随声附和，"二太太是天生的菩萨脸。"

满屋子的女眷提起田氏多年的善举都津津乐道。

大家正说到去年办粥厂田氏摔了一跤的事，门口的小丫鬟就匆匆忙忙跑进屋："不好了，宋大爷他……正追赶小姐们呢……"

什么？宋太太先站起身，脸色变得十分难看："辉哥又惹什么祸事了？"

那小丫鬟道："也不知道，几位小姐玩得正高兴，宋大爷就突然闯了过来。"

几位小姐……众人眼睛在花厅里一扫，除了陈家的小姐，客人里有四五位小姐在外面，宋太太顿时觉得头皮发麻，真的出了事冲撞了哪位千金，她可是担当不起。

二太太田氏、宋太太、齐二太太和白妈妈忙出去瞧，四个人才出了花厅，远远地看到几个人影匆匆忙忙往这边跑。

齐二太太迎上前一瞧，果然有自家女儿。

小姐们回来，后面的一堆丫鬟、婆子也陆续聚过来。

"怎么回事？"宋太太最焦急，伸长脖子找自家儿子。辉哥病了之后心性不全，不好放他单独去与前院男人们说话，只得带在身边，她原本想说完话早些告辞出去，谁知道这么一会儿辉哥就惹了祸。

齐三小姐道："我们在踢铃铛球，谁知道突然有人从假山石后面摸过来，多亏丫鬟、婆子先看到，却也吓了我们一跳。"

琳婉气喘吁吁，身边还有惊魂未定的琳怡。

齐三小姐接着道："宋大爷好像嘴里一直说，听到铃铛声就出来抓。"说着去看齐五小姐和董家小姐，"是不是？"

董家小姐忙点头："就是，我也听到是这么句话。"

听到铃铛声就出来抓？这是什么意思？

身后又是一阵骚动声，琳婉和琳怡忙躲到田氏身后。

琳怡这样一动大家都听到铃铛声响，再低下头来找原来陈六小姐腰间绑了串铃铛？

白妈妈一怔忙问琳怡："六小姐怎么会戴了串铃铛？"

琳怡抬起头："是四姐今天早晨……"说到这里猛然感觉到有道凌厉的目光落在她身上，琳怡转头看到了二太太田氏，剩下的话立时咽了下去。

白妈妈似是听出了些什么，目光闪烁地接口："小姐们没事就好，"说着看向宋太太，

“宋大爷是小孩子的心性，大家都晓得的，太太也不要太着急。”

这句话正说到她心坎里，宋太太舒了口气，对白妈妈露出感激的目光。

田氏和齐二太太护着几位小姐：“你们先回花厅坐着。”

几位小姐忙点头，一边小声说话一边往回走。

就在这时，田氏忽然发现：“琳芳哪里去了？”

走在前面的琳婉几个停下脚步，互相看看。

琳婉轻声道：“四妹妹没和我们在一起。”

琳芳也没在花厅。

田氏脸色变了，宋太太的表情也奇怪起来。院子里的气氛顿时让人觉得诡异。

“奴婢让人去找四小姐。”

白妈妈交代完身边的下人，陪着宋太太、田氏一起去看宋家大爷。

琳怡伸手摸向腰间的铃铛。琳芳能做出这样恶毒的事，她自然也该当着大家的面揭开。若是提前发觉了却不声不响地将这页翻过去，下次琳芳指不定还会用出什么手段来。她从不会有害人的心肠，却也要保护自己。

尤其是对琳芳，频于应付琳芳制造出来的麻烦，不如找机会就回过去，让琳芳尝尝自己酿的苦果，以后的日子也就不会过得那么麻烦。

琳芳不在屋里，长房老太太身边的位置就轮到琳婉和琳怡了。

几位小姐都被吓了一跳，大家顺理成章站在长辈面前撒娇。

长房老太太安慰琳婉和琳怡：“好了，好了，宋大爷也不是坏人。”

琳婉道：“我们也不是被宋大爷的声音吓到了，就是……也没看清楚……”

整件事总不能都推在宋大爷身上，归根结底宋大爷还是被人利用，宋家人品如何她不知晓，但是她不准备给宋大爷添堵。琳怡也点头：“是没看清楚人，我倒是被丫鬟、婆子一闹吓到了。”

郑七小姐也拿着帕子掩嘴：“我也是被下人蜂拥地过来吓着了。”

几句话遮掩过去，大家也都释然了，众位太太都知道，就算是有内情，陈家人也不会现在说出来，只有回去慢慢打听。

这时候琳怡已经将腰间的铃铛拽下来，特意让铃铛上的穗子散了一地。

大家喝茶的工夫，白妈妈和宋太太进了屋。

长房老太太忙直起身子关切地问宋太太：“大爷怎么样？有没有吓到？”

长房老太太没问她错，倒是关切辉哥。宋太太眼睛一红：“真是没想到，带他来惹出这么大的事。”

长房老太太伸手道：“好孩子，这边来坐。”

白妈妈忙将宋太太让到椅子上。

“我们都是为人母的，都知晓你不容易，孩子病了你也没法子，这不是你的过错，再说大爷也是身不由己，要怪就怪下人们一通咋呼吓着了女娃娃们。”

长房老太太这样温声一劝，宋太太的眼泪忍不住地往下淌，花厅里的女眷忙劝慰。

过了一盏茶时间，二太太田氏也从外面回来坐下。

长房老太太立即问：“琳芳呢？找到没有？”

田氏还像往常一样安宁、温和地笑着：“找到了，在园子里摔了一跤，正在房里换衣服呢。”

长房老太太皱起眉头：“这孩子，怎么这样不小心？下人也不来回一声。”

田氏笑道：“帮我去厨房张罗茶点时摔了，丫鬟是想来禀告，琳芳不肯，怕吓到老太太又惊了客人。”

田氏话说得不留痕迹，琳芳一下子成了贤良淑德的好女儿。

不一会儿工夫摔跤的琳芳端着糕点进了屋：“宴席已经摆好了。”

长房老太太笑着起身：“走吧，别让孩子们饿着了。”

一屋子人不留痕迹地去了宴席处，大家的目光仍旧在琳芳身上徘徊，琳芳的发髻被重新梳过，衣服换了一套崭新的，面上用了厚厚的脂粉，眼睛有些红肿，紧紧攥着帕子，仿佛生怕身上有什么不干净的东西冒出来，让大家看出端倪，于是举止都带着怯意。

齐三小姐先忍不住和妹妹咬耳朵：“怎么看也不像是摔了一跤。”摔跤哪里用得着从上到下地打扮，“莫不是，被宋大爷捉到了？”

齐五小姐脸色难看，这话好在没有别人能听见，否则陈家人一定恨死她们姐妹了。不过琳芳的事也是明眼人一看就知晓。

郑七小姐就向琳怡眨了眨眼睛。

大家吃过了素斋，听了田氏念佛经，时辰已经不早了，前院的男客都来陆续拜见长房老太太，众位小姐就坐在长辈身后拉了竹帘。郑七小姐用红绳子在手上打了个花样，得意扬扬地传给琳婉、琳怡和齐家姐妹看。

齐三小姐先试了试无论扯哪根绳子都不能将绳子解开，齐五小姐看着有趣也伸手扯了几次，直到琳婉几个都试过了，郑七小姐才得意扬扬地摆在琳怡眼皮底下：“上次看了你的鲁班锁，我才想起这个，这是我小时候母亲哄着我玩的，母亲说是真太妃教的呢。”话音刚落，“哎呦”一声，看到琳怡拿着绳子的另一端，线花已经从郑七小姐手里散开。

郑七小姐得意的笑容顿时僵在脸上：“你怎么就解开了。”

琳怡拿着红绳笑道：“刚才看着你系了，就想着从你最开始绕的地方扯说不定能扯开。”

郑七小姐觉得陈六小姐这话听起来耳熟，刚要想到出自何处，就被齐三小姐“咦”一声打断了思绪。

齐三小姐道：“刚才我明明都将绳子扯过了。”

琳怡看着郑七小姐的胖手笑着指点：“要挑着她小手指上的线扯才行。”

齐三小姐这才明白过来："原来如此。"

郑七小姐伸出手在琳怡腰间重重地挠了一下，琳怡最是怕痒，被挠得连连闪躲，郑七小姐道："叫你欺负我，叫你欺负我。"

不知道被欺负的是谁。

"对了，"郑七小姐忽然想到，"母亲说你绣的扇面真好，"说到这里郑七小姐扭捏起来，伏在琳怡耳边压低声音，"太后要过寿辰了，我还没有东西能拿出来，你和三小姐能不能帮帮忙绣块流苏。"

琳怡看向旁边的琳婉，琳婉正和董家小姐说话。

郑七小姐红着脸："是我看三小姐的针线好，又想到你更胜一筹，才想出这样的主意。我也能请绣工帮忙，只是她们画的样子都极难看，拿出这样的寿礼我肯定要被那些人嘲笑。"

那些人。是说宗亲、贵女们吧！

郑七小姐悄悄道："这几天母亲都拘着我，让我在房里学女红，说我要是在寿礼上让她丢脸，以后就别想出来了。"

看着郑七小姐红扑扑的小脸上满是恳切的表情，琳怡也不忍拒绝："好。"

郑七小姐才要高兴，琳怡立即提条件："不过有一条，若是我做得不好你被人笑话了，可不要怨我。"

郑七小姐笑嘻嘻地道："那是自然。"

郑七小姐话音一落，琳怡只觉得屋子里一下子静寂下来，听得外面清朗的声音，原来是林正青拜见长房老太太。

大家开始隔着竹帘张望。虽然视线被遮挡却能看到翩翩少年郎英俊的脸孔。角落里的琳芳手不受控制地颤抖，她不想去看林大郎却不受控制地抬起头紧盯着那个身影，他刚才在耳边的呢喃也重新回到她的耳边。

"咬死你。"说得那么孩子气，那么可怕。那双黑眸子闪耀着微笑，就像深深的潭底，她从中看不到自己的影子。浑身一丝也不能动弹，只能任他摆弄。想到这里琳芳觉得脊背上的汗毛都竖立起来，心脏不受约束慌乱跳个不停，最重要的是，她汗透衣襟却不想逃。

琳怡刚刚不留痕迹地看了一眼琳芳，手就被齐三小姐拽了一下："我哥哥。"

琳怡抬起头来，看到长房老太太跟前站了穿着宝蓝直裰，目朗眉秀，行动端正的齐二爷。齐二爷话不多，看起来和两个妹妹的性子不大一样，是个万事规矩，肩头沾不得半点尘土的人。琳怡立即想到父亲口中，在翰林院出入的那些文官，不论什么时候都是指甲整洁，领口严紧，不苟言笑，出口成章。齐二爷在国子监进读，等到入了场必定博个功名，靠着齐家的声名也能进翰林院。

表面上看来林正青做事轻巧圆滑，齐二爷刻板正直。怪不得在女眷里听到提起林正青的时候更多些。

郑十九呢？琳怡突然想起那个凤仪出众的男子，仿佛无论头顶如何风云翻滚，他都能似闲看落花般泰然。

行过礼之后，大家又留下来说了会儿话，然后才陆续离开。

送走客人，陈家自己关上大门，长房老太太还是问琳芳：“到底去哪里了？”

琳芳畏缩着看了一眼田氏：“真的……是摔了……”

长房老太太抬起眼睛仔细地盯着琳芳看，直将琳芳盯得低下了头。

“孙女不敢胡说。”

长房老太太冷笑：“让我去请厨娘来对证不成？看看你是不是去厨房帮手了？这多亏是在自己家，随你怎么说都行，要是去了外面还不丢了整个陈氏一族的脸面。”长房老太太说着将手里的一串铃铛拍在矮桌上。

田氏看到铃铛，再看看琳芳的表情也不禁动容：“这是……”

琳芳抬起头恶毒地瞧了琳怡一眼。

长房老太太像挥苍蝇似的摆手：“不用在我这里分辩，我这关好过，别的太太、小姐可都瞧着呢，六丫头不敢声张偷偷将铃铛取下了，刚刚是我跟她要来的。”说着看向田氏，“你侍奉佛祖这么多年了，有些话比我说得好，相夫教子哪样都不能懈怠，你今日就将琳芳领回去问个清楚。”

白妈妈站在一旁差点笑出来，二太太刚才还说凡事要先做好子女、妻母。现在老太太将这句话不软不硬地回给她，看她还有什么脸面打着孝顺的旗号住进来。

第二十章　慈母·变故

田氏也是个聪明人，知道再争辩下去没有她的好结果，干脆上前认错：“老太太别生气，都是我平日里管教不严。琳芳玩心大了，想去看看南院能不能划船，结果却脚下一滑摔在岸边，其他的就真的没有了。那铃铛许是凑巧了，琳芳怎么会害她妹妹。哪家女眷不玩丢铃铛球，我听说宋家下人常陪着宋大爷玩的，所以听到铃铛声响才会追出来，琳芳一个小姐如何能和一个心智不全的人……有什么……老太太真是冤了琳芳。这话若是传出去，琳芳真的不要做人了。”

“我冤枉她？”长房老太太看一眼白妈妈，“去将仇大媳妇叫来和四小姐的丫鬟铭婴对质，看看是谁在说谎话。”

铭婴听得这话腿一软顿时跪下来：“老太太，奴婢错了，是奴婢出的主意和四小姐无关，四小姐也没有要害六小姐，只是让奴婢到时候拿了铃铛将大爷引出来在女眷面前丢了脸面，这样宋家就不会总提起小姐的婚事。”说着从袖子里拿出一串铃铛，“奴婢准备的铃铛在这

里，奴婢说的话也是千真万确。”

一直坐在旁边没有任何表示的琳怡抬起了眼睛。田氏好厉害，这么快就安排好了让丫鬟顶包，而且还用了冠冕堂皇的理由。

就算仇大媳妇一口咬定是琳芳要害人，田氏也可以说仇大媳妇站得远不能将话听得清楚。

长房老太太冷笑着看地上的铭婴：“倒是一个护主的奴婢。不过有这种腌臜的心思没得教坏了好好的小姐，我看这样的人就算卖去妓坊也不算冤了她。”

卖去妓坊？丫鬟犯了大错，一是拉出去配了小厮，二是卖给牙婆子，如果在牙婆子手里打点，兴许还能去个好一点的人家做下人，可是直接卖去妓坊就再没有了指望……铭婴又急又怕，顿时哑了嗓子：“长房老太太饶命啊，长房老太太饶命，奴婢下次再也不敢了。”说着不停地磕头。

长房老太太垂着眼睛看地上的铭婴。她已经这般说了，这丫头还是不肯改口。可见被人拿捏得死死的。

旁边的玲珑可怜起地上的铭婴来，主子交代下来的事就必须去做，万一东窗事发只能拿来被牺牲，这就是做奴婢的命。玲珑想着侧头看一眼琳怡，多亏她的主子是从来不会做错事的六小姐。

一通审讯下来，铭婴一口咬定是要让宋大爷出丑，琳芳事先并不知晓。琳芳的错处只是不该去南院。田氏让人将铭婴押了下去，对长房老太太又是一顿哭诉，一场戏演得淋漓尽致，琳芳也流下了悔恨的眼泪，跪在长房老太太脚下恳求原谅。

到了这个份上对方打死不认，还真的能对簿公堂不成？

长房老太太意味深长地看着田氏：“你也该好好教琳芳了，过几年就到了出阁的年龄，名声放出去还怎么嫁人？”话已经说得再清楚不过，无论将来琳芳许给哪家，必定来问长辈，长辈若是说出个不字，加上今天这么多人亲眼目睹，就算没事也能传得满城风雨，好人家就别想再去了。

这一次田氏干脆装作听不懂，任琳芳哭了好一阵子。

琳芳开始还哭得作假，可是想及今天所受的委屈，伤心难过得一发不可收拾。

大约过了一个时辰，二太太田氏才带了琳芳回二房歇息两日，养好精神再来侍奉长房老太太。

田氏和琳芳上了马车。琳芳闻着田氏身上檀香的味道，浑身脱力般靠在田氏身上。田氏捏着手里的佛珠，看着各家夫人送她的佛经，垂下眼睛一动不动似佛龛里的泥胎，半天才轻轻敲了敲车厢的门板。

马车慢下来，立即有婆子靠上前听吩咐。

“铭婴呢？”

邹婆子道：“在外面跟着呢！”

田氏露出慈悲的表情："从小在小姐身边长大细皮嫩肉的，送去妓坊也是被糟蹋。"

琳芳听得这话心中燃起一线希望，母亲慈悲，铭婴是她身边最得力的丫鬟，她实在舍不得将她放出去。

田氏淡淡道："扔去城外的乱葬岗，给她老子娘一百两银子，就说让外地的牙婆买走了，断了他们的念想。"

邹婆子早已经习以为常，平静地应下来。

车厢里的琳芳却睁大了眼睛："母亲……母亲……不能让铭婴……死啊……"

田氏叹口气，温软的目光看向琳芳："我也不想，铭婴那孩子我也很喜欢。只是……我要保护你啊，我做了那么多善事，说到底都是为你和你父亲积福，为的是你们能平平安安，可是到了要护着你们的时候，我又要做个坏人。铭婴不死，长房老太太就会揪着这件事不放，将来哪个人家肯要你？万一将来铭婴说漏了嘴，你今日的所作所为只能剪了头发做姑子，或是在毒酒和白绫里选上一样，到时候族里压下来，我和你父亲就真真的没了法子。"

琳芳嘴唇颤抖着，眼泪掉个不停，都是长房和琳怡做的事，若不是她们，铭婴也不用死了。

田氏用手摩挲着膝头的佛经："我只有多抄几份经书为她超度，盼她下辈子能做个富贵人家的好小姐。"

琳芳想再求田氏却不知道该怎么说好。田氏伸出手轻轻拍打琳芳的肩膀："母亲总不会害你，好了，这回能告诉我在南院出了什么事？你怎么就晕倒了？"

到底要不要跟母亲说？

将林大郎捉弄她的事全盘托出，让父亲、母亲为她做主，可是她私自与林大郎相会在前，林大郎若是不娶她，她日后要怎么见人？她独自一个人躺在南院那么长时间，脸上、身上又如此狼狈，会不会有人质疑她的清白。母亲还会不会像从前一样待她？

林家大郎说出那样心狠的话，一定不会顾她生死。

她不能说，对谁也不能提起。否则不但她在家抬不起头来，出去了更会被人笑话。琳芳终于发现有些秘密连父母都要瞒着。

琳芳摇头："都是我笨手笨脚的不小心。"

田氏仍旧不动声色："你是不是要去见林家大郎？"

琳芳一惊抬起头来，脸上所有的表情落入田氏眼睛里。已经瞒不下去："我是想去见，"琳芳热滚滚的眼泪又淌成河："可是我没见到人，却摔在地上晕了过去，多亏铭婴及时赶到，否则真的要出丑了。"

田氏拿出帕子给琳芳擦眼泪，换了一种试探方法："那林家这门亲事，你还要不要？"

琳芳眼前立即浮起那个可怕的身影，脊背上一阵酥麻，仿佛有千万条虫子在上面扭动，她苍白着脸，刚要说话遮掩，只听外面传来婆子的声音："快将车靠边。"

然后是一阵嘈杂的脚步声，待那些声音渐远。

田氏敲敲车厢，婆子来回话：“是一队官老爷，冲着长房方向去了。”

田氏目光一沉，吩咐婆子：“让人去悄悄打听。”

琳芳听得有官兵去了长房，心里一轻：“这么说，我跟母亲还回来对了。”

长房老太太喝着茶，白妈妈笑着道：“现在可是好了，要不是四小姐出了事，还不知道怎么将二太太一家送回去。”二老爷送走客人就向老太太行礼走了，最能纠缠的就是二太太，二太太平日里一副好性子，做起事来到底不含糊。

长房老太太看一眼在内室软榻上休息的琳怡。

要不是六丫头，她恐怕会睁一只眼闭一只眼让田氏进门，毕竟在外面田氏还算为人和善，她也想看看田氏到底抱着什么心思。长房这家业，允礼走之前和她说过，等她百年后就交给二房。她何尝不知道允礼的意思，夫君在外征战那么多年，还不就是想给陈氏祖宗添光，却没承想就丢了爵位，夫君自觉得对不起老太爷，死不瞑目。允礼那时就发誓要拿回广平侯的爵位，也年纪轻轻就走了……允礼唯一能做的就是请她照顾陈家手足。

长房老太太不露痕迹地吞掉上涌的泪水，她想帮衬赵氏生的孩子，可陈允远是个硬骨头，早早就离京去福建。剩下董氏生的两个孩子，她是眼看着董氏心思不正，怎么也不想将陈家祖宅交付给董氏。

现在允远一家回来了，终于有机会让她改弦易辙。

长房老太太看向白妈妈：“琳芳到底去哪里了？”

白妈妈道：“只知道去了南院，别的也没人看见。”

长房老太太叹口气：“园子里该添人手了。”

听得这话白妈妈顿时高兴起来：“那奴婢托相熟的人牙子买来几个伶俐的。”

长房老太太道：“先不急。我们这边有所动作，二老太太董氏就会发觉，我想要帮衬允远一家，弄不好反而害了他们。”

白妈妈道：“还是老太太想得周全。要依奴婢就直接让三老爷和三太太住进来就是。”

长房老太太讥诮道：“董氏哪会干休，一定会使出许多幺蛾子。还是等一等……袁家若是能渡过难关，将来也能帮衬允远。”

白妈妈笑着上前揉捏长房老太太的肩膀：“既然袁氏一族插手了，就该没有大事，您没看这次来访的女眷都十分上心大姑爷的案子，大家都是常来常往的，实在怕被牵连。林大太太两次提起六小姐，老太太没作声，林大太太不是也没说别的吗？”

长房老太太失笑，“那是因为有人上赶着要跟她结亲，就连金陵最有钱的宋家都请了来，你可知道林大太太的父亲官途不顺致仕后就带着儿孙回金陵老家去了。”

林家这几年运势不济，怎么能顾得上岳家。宋家却不一样，伸伸手指就能让林大太太的娘家获利。这是林大太太平日里想方设法都结交不到的人，二太太田氏这次偏将人送到林大太太眼前，林大太太的心情可想而知，长房老太太想到这里：“都说十分心眼用三分，留下七分给儿孙。琳芳不受教是因为她母亲太会算计，否则今天没有琳芳的搅局，田氏可是大赢家。”

躺在软榻上的琳怡睁开眼睛。原来是这么回事。她还在猜田氏带宋太太过来是为了什么，原来是志在林家。利用宋大爷害她，这样拙劣的伎俩只有琳芳能想得出来。田氏算计人向来手段高绝。琳怡睡不着正要起身，就听得听竹进了屋急声道：“老太太，不好了，门外忽然来了不少官兵把守，也不知道是因为什么。”

琳怡忙穿上鞋快步从内室里出来，长房老太太已经闻声色变：“我们家无人在朝为官，有的就只是几个妇孺，官府怎么会派兵过来？你可看清楚了？”

听竹道：“前院的管事和门上的婆子都来报了，说是那些官兵已经将大门关好，不准再有人进出。”

长房老太太胸口一紧，琳怡忙上前轻轻给长房老太太顺背。

白妈妈也听得手脚发凉：“这是为什么？咱们家又有什么违反法纪的？莫不是家里有下人在外面做了伤天害理的事？”

白妈妈也是慌了神。下人做了伤天害理的事，恐怕衙门的人已经进府拜见了，哪里用得着将整个陈家围成铁桶。

屋子里正说着话，门口传来婆子的呼喊声：“老太太，这可怎么办才好，奴婢的男人出去采买回来就被扣在外面了。”

话音刚落，又有婆子道：“送客的车、跟车的小厮和婆子还没回来呢。”

陈家长房人口凋零，多少年都没有经过风浪，突如其来的变故一下子便将不少人打垮了。

长房老太太半天才缓过神来：“只是门外来了官兵就将你们吓成这般，国有国法，没有罪过还会强加过来不成？”说着看一眼白妈妈。

白妈妈也如梦方醒，忙出去打发那些吓破胆的下人。

白妈妈虽然将聚在老太太门前的下人遣散了，屋子里仍旧是一片愁云惨淡：“六丫头，你说说，外面这样的阵仗是因为什么？”

琳怡仔细思量：“孙女想应该有两种可能，一是陈家出了事，老太太只是被牵连，只要打听出二房是不是也去了官兵就能知晓。二是因袁家的事，可是如今大姐已经回到袁氏族里，就算大姐被大姐夫牵连，官府应该去袁家捉人，怎么会围了我们家？”所以想来想去，还是陈家出事的可能性最大。

琳怡不禁担心起父兄来，难道是父亲在衙门出了事，所以官府派兵来……如果是父亲的事，依这个阵仗，罪名肯定不会小了。

长房老太太听得这话伸手将琳怡抱在怀里：“怕不怕？”

琳怡靠在长房老太太膝头：“怕，也不怕。因为怕也没有用，该来的还是要来。”琳怡说完话，头顶传来一声长长的叹息。

“如果真是你父亲出了事，牵连到你，我真是悔之不及，早知道应该将你许了人，至少你就能置身事外。”

琳怡切实感觉到了长房老太太对她的担忧。长房老太太紧紧地搂着她，生怕外面的官兵闯进来将她带走，琳怡鼻子一酸，嘴边展露笑容：“祖母，我年纪尚小，就算是早早议亲，也不会这么快就嫁了。”

六丫头是怕她担心，才变着法地逗她。

琳怡想及前世，她眼睁睁地看着父亲被官兵带走，父亲转过头似是想给妻儿个安慰、歉意的目光，却终究被人推搡着离开。所以重活一世她才千方百计地改变全家的处境，盼着不要旧事重演。

“伯祖母，”琳怡从长房老太太怀中起身，“我们不能就这样等着，要想方设法打听些消息才是，这样也好想办法争取。”

长房老太太看着眼睛中满是期望的琳怡。人垂垂老矣，胸中残存的斗志竟然不如一个十三岁的小丫头：“你说得对，我们不能这样任人摆布。”

陈氏毕竟是大族，陈家先辈一代又一代在战场上抛头颅洒热血，就算现在没落了，究竟是瘦死的骆驼比马大，长房老太太将白妈妈叫来：“想办法跟外面的兵士说上话，问问带队的人是谁？”

如果能跟带队的人攀上交情那是最好了。

“伯祖母，”琳怡忽然道，“恐怕是不行，既然能带队来我们家，必然已经经过朝廷细选，不大可能和我们家有交情。”

也就是说这条路可能没走就被封死了。

长房老太太看向琳怡：“你有什么办法？”

第二十一章　抄检·温婉

琳怡的法子很简单，去贿赂守小门的官兵试试，如今只要打听出来，陈家二房的情形是不是也和长房一样。

如果守门的官兵肯收银钱，说明陈家的事还有缓和的余地，若是官兵见到金银不动心就是出了大事。

小小的金瓜子从门缝塞出去，摆了十几枚终于有人回应了。

白妈妈脸色发白地道：“金瓜子全都被退了回来。”

屋子里其他人听了不禁泄气，这个法子不行。

琳怡抬起头看到长房老太太表情阴沉不定：“祖母，守门的官兵性子也太好了些。”

只是将东西退了进来，呼喝打骂一样也没有。

虽然只是小小的差别却让人很奇怪，官兵的态度至少和琳怡前世经历过的不一样。

长房老太太点点头，仔细吩咐白妈妈，“你亲自过去说，就说我病了需要请郎中，烦请官爷通融，看看那边怎么说。”

白妈妈年轻的时候跟长房老太太见过一些场面，关键时刻也能压得住心神。

不一会儿工夫白芍一路跑回来：“不好了，白妈妈带着人一起去叫门，让门口的官兵给打了。”

长房老太太皱起眉头让琳怡扶着站起身来，刚才还说得好好的，怎么转眼就被打了，莫不是之前的猜测有误。

祖孙俩对视一眼，琳怡正要问白妈妈被打得重不重，外面就又有婆子来传话：“外面的官兵进来了，说是要看老太太。”

不管怎么样，总算是有转机。

长房老太太眼睛里也难掩惊喜，拉着琳怡进到内室里，让人拉了幔帐点了开窍的药香，勉强算是布置妥当。

第一次有官兵上门，主屋里的丫鬟、婆子都吓得手脚冰凉，胆大点的媳妇子就伸出头去张望，看到海棠色的官服忙低声通禀：“来了。”

白妈妈捂住肚子跌跌撞撞地跟在一旁，显然刚才被打得不轻，年轻的丫鬟看到这种阵仗哆嗦成一团。尤其是来人脸色铁青，目光冰冷，让人看之胆寒。那人行公事，站在幔帐、屏风后低声问：“陈老太太身子如何？”

幔帐后传来长房老太太一阵咳嗽声，喘息急促，话也说不出来。

白妈妈这时躬身道：“劳烦军爷……让人请个郎中……我们陈家……隔壁二房就有……家中先生……”

领头的军爷浓黑的眉毛皱起来，五官更加阴沉可怕：“上面严令，不见公文，陈公家不得有人进出，下官也是听命上峰。”

这人像是在故意透露消息。否则只需拒绝何必讲这么多，琳怡看向长房老太太，只需再稍作试探……只是等了一会儿迟迟听不到白妈妈说话，琳怡皱起眉头来，不能错过这个机会。

那军爷刚要转身出门。只听幔帐内传来一阵哭声：“伯祖母……伯祖母您这是怎么了……快……快来人啊……”

一时之间屋子里乱成一团，取药的小丫鬟和倒水的小丫鬟撞在一起，滚热的水泼下来顿时一声惨叫。角落里的小丫鬟也哭喊起来，整个陈家顿时一片愁云惨淡。

“快救救伯祖母啊……”幔帐内的哭声真切，“不是只隔了一条胡同，怎么就不能请过来……这可怎么办……”

幔帐那边话音刚落，白妈妈撩开幔帐出来，站在外面的军爷隐约看到躺在床上努力喘

息的长房老太太，还有一抹碧色身影依偎在身边。

那军爷不留痕迹地收回目光，原本以为在众目睽睽之下提醒陈家实在不容易，没想到有人倒是很快明白了他的意思，这样他也能顺利回去交差。想到这一点，他心里倒是轻松了许多。

白妈妈见到军爷就跪下："老太太年纪大了……拖不得啊……求求您了……"

那位军爷似是被磨得没了耐心，咬咬牙根脸上顿时青筋暴起："就算陈家来了人，我们也不能将他们放进来，老太太还是自己想想办法。"说完话头也不回地出了门。

屋子里顿时又传来一阵哭声。

幔帐里的琳怡假意用帕子擦眼睛，拉着长房老太太的手一紧："伯祖母，不是我们陈家出了事。"

长房老太太颔首，悠悠地叹口气，拉紧琳怡："还是你机灵。"

虽然不是陈家出了事，也不能就放松。那人说，让她们自己想办法……这话的意思是，是长房这边自己出了差错。琳怡道："伯祖母想想家里还有没有别的事引来官府的人。"

长房老太太皱起眉头想了片刻："没有，这些年我很少和外面人来往。也就是袁二小子和琳娇两个。"

还是袁家的事，大姐夫被官府捉了，他们想的是有人又要陷害大姐夫，和袁学士之前的贪墨案无关，可如果这件事就是和袁学士有关呢？

"袁家有没有东西托付伯祖母保管？特别是书信。"官兵将大姐夫家里的书房封了，显然是在找什么东西。

长房老太太仔细思量，突然之间汗透衣襟，难不成是因为那两大箱东西？袁二小子搬家的时候暂时将东西寄放在她这里，最后搬迁的时候只拿了那些日常用的物件儿。袁二小子说那两大箱东西都是不值钱的旧物，她就让人随意放在库里，时间久了竟然就忘记了。

看到长房老太太的神色，琳怡就知道猜准了："事不宜迟，祖母赶紧将箱子找出来看看，有不妥当的东西也好赶紧销毁，免得落到官府手里。"

长房老太太将白妈妈叫来："你带六小姐去库里将袁家留下来的东西找出来，瞧瞧怎么处置妥当。"

白妈妈听得这话忘了肋下的疼痛，忙去取了钥匙："奴婢大约记得在什么地方，六小姐快随我去吧！"

琳怡起身跟在白妈妈身后。

"我也跟六妹妹一起去帮忙！"琳婉听了消息带着丫鬟赶过来。

白妈妈道："奴婢们不识得几个字，两位小姐都跟着也能找得快些。"

长房老太太看看温厚的琳婉："那就快去吧！"

琳婉跟在琳怡身边："妹妹识的字多些，还是妹妹先过目，我和白妈妈旁边打下手。"

白妈妈道：“这般也妥当。”

长房的库房已经被杂物堆满了，尤其是装杂物的箱子一眼望去简直一模一样，幸而白妈妈是个精明能干的，很快就让人找到了几只纹理不大一样的箱子。

琳婉开了个装满金器的箱子，吓了一大跳急忙合上。白妈妈和琳怡倒是打开了两个套箱。白妈妈松口气：“就是里面两只小箱了。”

外面的大箱子是陈家上的锁，里面的小一点的箱子钥匙却在袁家人手里，眼下也顾不得许多，白妈妈喊来粗使婆子将箱子撬开，箱子一打开几个人看到了文房四宝和压在下面的书籍。

琳怡随手拿出一本书来看，是袁学士自己的诗集。看到这些东西，琳怡可以确定，官府找的就是这些书。对于袁家来说，没有比题反诗更大的罪名了。

白妈妈看着空着急：“这要怎么办？”

这些书藏在哪里都不稳妥，万一被官府发现，陈家也会被牵连其中。最好的法子就是将这些诗集烧成灰，这样就算官府找到灰烬也没有确实的证据。

琳怡低头看两个箱子，袁学士实在没少写诗，这些诗集就算烧也要烧上一会儿，就怕没烧完让官兵捉个正着。

琳婉道：“要不然让人将箱子埋在院子里。”

不好，抬箱子出去说不得会被府里的下人看到，到时候下人被盘问起来，保不齐谁会说漏了嘴。否则沉在湖底比埋起来更稳妥。

琳怡思量了片刻，还是决定烧，必须要烧。官府既然能围了陈家，就是志在必得，没有查出来是不会罢休的。弄不好还有知情人告密，大姐和大姐夫身边不一定全是护主的忠仆。

琳婉道：“妈妈，就听了六妹妹的，快找几个人来烧诗集吧！”

白妈妈道：“我立即让人去生火盆。”

琳婉道：“还生什么火盆，直接倒出来一起烧就是。”

琳怡一把拉住琳婉，看着白妈妈：“妈妈在这里烧这些诗集，我和三姐去前面安排。”

白妈妈如今也只能都听琳怡的。

不是做饭的时辰，陈家却冒起了浓烟。官兵正好取了文书打开了陈家的大门，官兵长驱直入四处搜找，陈家女眷都缩在内院不敢出来，官兵循着浓烟走到后宅主屋，立即瞧见陈老太太的院子里燃起一堆火焰，旁边还有丫鬟、婆子不断地向火里扔书籍。

领头的官员顿时吓了一跳，大声呼喊身边的官兵：“来人……来人……快……快将火扑灭。”

听说陈家的大火，坐在紫檀椅子里的人不由得一笑，难为陈家想到这个法子。

不过是几个女眷就将一队官兵骗得团团转。陈六小姐表面上对什么都不在意，其实心里比谁都清楚。

他正想着，身边的下属已经焦急：“会不会被搜到的那些书里就有袁学士的诗集？”

他的眼睛里的神采慢慢舒卷，闹出这么大的动静，怎么还会有证据落在官府手里。早已经化成灰了。

陈家长房被抄检，长房老太太带着两个孙女去了陈家二房躲避。

陈家凡是土地松软的地方必被掘地三尺、南院的大湖也被搜罗了一遍、陈家长房连一片纸都没留下，抄检时还带了袁二爷的小厮进府辨认，结果没有翻到任何和袁家有关的物件。

硬说有，只是双袁二奶奶没缝补好的靴子。

至于陈家上下如丧考妣般聚在长房老太太院子里烧的东西，竟然是手抄的佛经，还有陈家长子曾读过的几本书，《大学》、《中庸》、《论语》、《孟子》等凡是识字的男人闭着眼睛都会背一些。

长房老太太躺在葱绿的大迎枕上抹眼泪：“我还以为……撑不过去……就要去见老爷和允礼了。所以就将这些年攒下来的东西一并烧去……”

分明像是临终前的遗言，烧些佛经也是要给自己超度，最后还要将儿子用过的书一并带走。

屋子里的女眷都跟着抹眼泪。

琳怡一闭眼睛也忍不住流泪，凡是被烟熏过大抵都是这个模样，长房老太太站在火堆前那么长时间自然也是如此，只是可怜了一屋子女人都要陪着擦眼角。

“到底是因为什么？”二老太太董氏叹口气，“怎么就忽然进了官兵，连个消息都没有。”

长房老太太摇摇头：“带头的倒是说要查袁家的物件，”说到这里长房老太太冷笑一声，“就是欺侮我们一家妇孺老小，要查袁家的东西竟然将陈家翻过来。”

这话说得刺耳。

官府目中无人，陈氏族里又有谁照顾过这个孤老太太。这下轮到陈家男人低下头。

长房老太太道：“若是我还有诰命在身，必定上个手札给皇后娘娘，请她主持公道。”说完话不停地咳嗽起来。

陈允远先站起身：“伯祖母放心，这件事我一定写了折子递上去，倒要看看刑部给个什么解释。”

长房老太太直摆手：“算了，咳咳……你一个外官……上折子只会被人欺负……京里的风云你哪里懂……还是听你两个大哥的。”

被点到名字的陈允宁和陈允周再也装不下去，尤其是长房老太太一双眼睛落在陈允宁身上。

陈允宁不得已开口：“伯老太太说的是，这件事还是仔细打听清楚再递折子。”说着顿了顿，“怎么也不能就这样算了，否则我们陈家的颜面何在。”

“好孩子，有骨气。”长房老太太脸上总算有了丝笑容。

长房老太太第一次称赞自己的儿子，二老太太董氏却高兴不起来，这分明是利用允宁为长房和袁家说话，得罪人的是允宁，得利的却是长房。可是现在面对孤苦无依的老太婆，谁也说不出个“不”字。

陈家众人聚到很晚才各自回去歇着。

眼看着琳怡睡下，萧氏又一通长吁短叹之后才回去屋里。陈允远那边已经摩拳擦掌要写弹劾的帖子。

萧氏被今天的事吓得不轻：“长房老太太不是说了，让大哥先出去打听，老爷就再等等。”

陈允远坐在炕上抬起脚来让萧氏帮着脱靴子：“靠他？等到我们离了京，他也不会有什么消息带回来。”

萧氏手上停顿了一下：“那……老爷在京里谁都不认识，真像长房老太太说的那样，出了差错那可怎么是好。”

陈允远冷笑一声：“前怕狼后怕虎就不要当官了，就算是种地的农夫不小心还会被锄头砸了脚。再说官府将陈家翻了个天也什么都没查出来，怎么说那从前也是广平侯府。我虽然在京里不认识谁，袁氏一族却识得，到这个地步袁氏一族再冷眼旁观，别怪我笔下无情。”

夫君决定的事，谁也无法改变，萧氏说两句不疼不痒的话，也只能眼看着陈允远挥挥衣袖去了书房。

琳怡在长房受了惊吓，才过了两日舒心日子，橘红嘴快提了句郑七小姐，琳怡立即想起郑七小姐要送出去的寿礼。琳婉倒是闲来无事从旁出了几个主意，不过都是要琳怡描样子她从旁佐助。

“送进宫中的礼物花样就不要太新奇，不如选个常用的吉祥图案，只要用妹妹的双面绣，都是很漂亮的。”琳婉在旁边浅浅地笑，“外面的花边就交给我，还有上面一层浅绣我都能帮忙。”说着别过脸咳嗽了几声。

琳怡忙问：“这是怎么了？”

琳婉摇摇头：“上次呛了烟就觉得有些不舒服。厨房已经煮了药茶，过两日就能好了。”

琳婉身边的冬和就噘起了嘴：“小姐病了，厨房还要紧着四小姐补身子，厨娘说四小姐在长房摔了一跤，现在身体还虚弱呢，小姐听了这话就信以为真，其实谁不知道那点事。”

琳芳说是病了，其实是不敢出来见长房老太太。于是这病养得也是有模有样，每日都要药膳进补。

“不要胡说。”琳婉看了一眼身边的冬和。

上次柳姨娘出了事，虽然大厨房还是由大太太管着，可是二老太太已经不信任大太太，若是大太太再出差错，恐怕大厨房里就要上下调换人手。琳婉在大太太面前不挑起琳芳的事，是极为聪明的做法。

为了一杯药茶，多一事不如少一事。换了她也是这样做。

琳婉岔开话题接着说寿礼。边边角角的针线琳怡本是要交给玲珑和橘红的，琳婉现在全部担下来。

“三姐还病着，不能太劳累，交给丫鬟们也是一样的。”

琳婉摇摇头：“郑七小姐喜欢我荷包上的针脚，才央求我帮着妹妹做寿礼，我既然答应了就不能不做，再说……”琳婉微微一笑，“我也没别的事。”

琳婉很少跟着大太太出去参加宴席，平日里都是躲在屋子里做针线。

郑七小姐那边已经说好了，她也不能再说别的，琳怡点头：“那就辛苦三姐了。”

琳婉、琳怡刚描了寿礼的花样，橘红就进门道：“长房老太太要回去了。”

长房那边终于收拾妥当，通算下来，抄检时打碎的家什就有不少，更有丢的金银细软，多亏长房老太太这些年日子过得清简，摆放的器物不算太名贵，否则损失就更大了。二老太太董氏亲自将长房老太太送回去，不一会儿工夫袁家人就到了。大家又将那日的事重温了一遍，袁家就拿出了要弹劾刑部的奏折，朝堂上一场唇枪舌战终于就拉开了序幕。

琳婉边做针线边和琳怡提起：“听说是袁学士在尚阳堡办学，教了不少的学生，还在给书籍编什么目录。”

袁学士虽然被流放，却没有从此没落，这才让陷害袁家的人担忧。于是借着袁学士编书，又要进一步置袁学士于死地。奈何袁学士虽然也爱题诗，却从来不外传，只是私下自己编集成册，供家里人学习、欣赏，所以要找出真凭实据来就难上加难。现在看来，谦虚谨慎的性子救了袁学士一命。

琳婉平日里没有姐妹说话，这些天在琳怡屋里倒是开了话匣子，整个人开朗了许多：“人也不能名气太大。”

两个人正说着话，只听外面道：“白妈妈来了。”

琳婉、琳怡放下手里的针线，站起身来去迎白妈妈。

白妈妈一脸笑容，给琳婉、琳怡请了安，就将手里食盒放在桌子上：“袁家送来一块新鲜鹿肉，老太太这些日子也没有胃口，就吩咐厨房炒了拿来给二老太太和小姐们。”

琳怡将白妈妈让到炕上坐了，白妈妈笑吟吟地道：“大小姐有喜了，已经出了三个月，老太太知晓别提多高兴了。”

琳娇怀孕了，除了欣喜，琳怡听得心惊肉跳，这样算来琳娇投缳自尽的时候肚子里就已经怀了孩子。

幸亏人救了回来，否则就是一尸两命。

琳怡道：“大姐从袁家回来了吗？”

“回来了，”白妈妈笑道，“大小姐回来照顾老太太。”

“那正好，”琳婉笑着插嘴，“我早就给大姐的孩子做了肚兜，妈妈正好带回去，听说这时候送寓意是好的。”

白妈妈立即笑弯了眼睛：“三小姐有心了。”

琳婉低下头笑了：“我也就会做这些。”

几句话过后，白妈妈又说起一件喜事：“大姑爷要被放出来了，说不得亲家老爷也要被召回京。”

袁家彻彻底底扳回一局。

临走之前白妈妈又悄悄拉起琳怡的手：“老太太每日都要跟奴婢提起六小姐，”说着白妈妈眼睛闪烁，“老太太说等到大小姐和大姑爷回去袁家，就将六小姐接过去住一阵子。”

长房老太太身边没有了旁人，就可以让她去床前服侍。

琳怡将白妈妈送出门，这才从袖子里拿出一只香包：“里面是醒神的药材，妈妈带回去给伯祖母。”

白妈妈笑着接了。最近虽然有波折，可也是好事一连串，大小姐有了身孕，老太太身边也有了六小姐，长房的日子会越来越好过。

第二十二章　归宿·试探

晚上陈允远高高兴兴地和妻儿坐在一起盘腿话家常，先是关切琳怡的身体，不忘了嘱咐琳怡多出门转转不要总关在房里。陈允远总觉得就算身为女子也不能像萧氏一样，为人太规矩太温婉太呆板。然后三两句就说到衡哥的课业上，干脆借着兴致仔仔细细地将衡哥考问了一番，衡哥这几日只顾得学骑术，课业倒退了不少，很快就被问得满头大汗。

陈允远不由得皱起眉头，这几日因为袁家的事，陈允远没少去袁家、林家做客，亲自领教了书香门第子弟的博学，这才知道自家哥儿和人家差距有多大。

陈允远道：“林家推荐衡哥上香山书院。林家许多子弟都在那边进学。”

香山书院，虽然稍微远了一些，可是名气大，没有名士的推荐信是别想进的。

琳怡看到衡哥脸上欣喜的表情。

又是林家，什么时候能摆脱这两个字。陈允远的目光看过来，琳怡很黯然地低下了头。父亲顾及她的想法，她自然不能掩饰她对林家的厌恶。

陈允远果然想及琳怡去林家做客发生的事，皱起眉头沉吟了片刻，看向萧氏：“你识得国子监司业齐老大人的家眷？”

夫君突然提起这个，萧氏微微一愣：“在林家见过，”说着看向琳怡，“琳怡倒是和齐家两位小姐通信。”

没想到女儿和齐家女眷有来往，陈允远神秘地一笑：“今天遇见齐老大人，老大人夸我有风骨。”说到这里陈允远脸颊发红，呵呵干笑两声，颇有些得意。

萧氏听得这话十分惊喜。

第一次在妻儿面前炫耀，陈允远有些不大老到，很快被妻儿盯得不好意思，咳嗽一声捡起桌上的茶来喝将话题遮掩过去。

萧氏有些不上道：“那就是齐大人看过夫君的折子了，知晓夫君文采不寻常。”

陈允远差点将嘴里的茶喷出来。齐老大人能看上他，是因为他揭发了崔守备，又为了长房弹劾了刑部，跟他的文采没有半点关系，他当年虽说是通过科举，却因是武将之家出身格外照顾了个官职，他自鸣得意的奏折在林家、袁家面前根本都拿不出手。

萧氏这样的表现，让她去齐家游说托齐家帮衬衡哥找书院他实在不放心，陈允远看向旁边的琳怡。

父亲面子上薄，琳怡装作自己想到：“不然女儿托齐家小姐问问，齐家出过不少的博士，说不得有更好的书院推荐给哥哥。”

陈允远道：“也好，你就侧面问问，若是齐家有意思帮忙，我们就准备厚礼上门。”

琳怡只是写信给齐三小姐，说清楚衡哥的情况，婉转地说衡哥在京里这段日子想找个好一点的书院。结果没有等陈家送去礼物，齐家就写了推荐信，让衡哥去白鳌书院进学，还说如果将来离开京城，齐家还会帮忙推荐个好一点的西席。

衡哥送去了白鳌书院，接着萧氏带着礼物去齐家，回来的时候齐家又着实准备了一份回礼。萧氏来京里之后还从来没受过这种待遇，等到陈允远下了衙，萧氏就说个不停：“齐家的二爷听说在国子监进学，将来势必是进士出身了。”

陈允远听了点头：“那是自然，就算不取一甲，也在二甲之内。”

萧氏笑着抿嘴：“我瞧着齐二太太很喜欢我们琳怡呢，若是能和齐家定亲，琳怡将来也能有个好前程。”

陈允远扬起眉毛，仔细地看笑容满面的萧氏：“我不过是从五品的知州，还是外官，你看女婿就看上了同进士出身，你可知道同进士出身必定要进翰林院，翰林院是文官最高的起点，哪一天这里面就会出个大学士。以齐家的条件大可以和勋贵之家结亲。”

萧氏还是不死心：“我们陈家原来也是勋贵啊。再说林家还不是上赶着要琳怡。这次老爷若是考了个优说不得就有了五品的正职，齐家是书香门第，相媳妇还不是看才德，这一点我们琳怡可是没得挑了。”

萧氏才说完话，就听外面的谭妈妈道：“六小姐让人送香包来了。”

谭妈妈领了橘红进屋，橘红上前给陈允远和萧氏行礼：“六小姐说太太这几日没歇好，就让奴婢送安神的药包给太太挂在床头。”

萧氏笑着道：“回去跟小姐说，让她少些做针线，免得伤了眼睛。”

橘红应了一声，慢慢从萧氏房里退出来。走出院子，便控制不住一路小跑回去了琳怡的香叶居，进了屋手还不受控制地发抖。

“怎么了？”琳怡看到橘红的脸色吓了一跳。

橘红让屋子里的丫鬟退下去，当着玲珑的面，压低声音：“小姐，奴婢听太太说，想要将小姐说给齐二爷。”

琳怡听得这话手一颤，手里的绣花针结结实实扎在指尖上。

婚事是父母之命媒妁之言。她只是千方百计不想嫁进林家。明知道早晚是要出嫁的，却没想过要嫁去哪里。

将她嫁去齐家。应该只是母亲一厢情愿的想法，现在她想太多也是没用，可是仍旧不免要思量。齐二爷，从小就被严加管教，行为举止也正派，齐家小姐和她又性子相投，齐二太太虽然有些小算计，比之林大太太也是天上地下。

琳怡不知不觉看向窗外，缓缓叹了口气，说不定对她来说是个好归宿。

第二天琳怡去看长房老太太。

长房又恢复了原状，想及让白妈妈在后院烧诗集，她们在老太太院子里烧佛经一节仍旧有些心惊肉跳。她是用前面的火吸引住官兵的注意，给白妈妈那边多争取些时间。等到官兵到后院的时候，白妈妈已经在烧长房大伯的旧物。

“伯祖母有没有打听出来，上次来屋子里的官员是谁？”要不是他透露口风，她们也不会想起这一节。

长房老太太道：“是山西王家的儿子，你大概不知道，王家在太祖时是守山西的名将，不过这些年子孙很少入仕，王家人傲气得很，进京了也不与旁人结交，我托了人好不容易才打听清楚。”

既然都是武将出身，难不成是伯祖父相识的？

琳怡道：“咱们陈家和王家是不是有过交情？”

长房老太太很肯定地摇头：“你伯祖父去世的时候，给过我一张单子，上面都是与我们家有过来往的，山西王家不在其中。”

那会是谁帮忙。

“说不定是跟袁家有往来的，却不愿意明说。”长房老太太让琳怡扶着站起身去看窗台上的蔷薇花，“不管怎么说，那人可算是神通广大，这么多人都没有打听到的消息，他偏能知晓。据我所知，刑部只是派兵围了我们家，到底是要做什么，公文没下之前谁也不清楚。”

琳怡看着那刚刚要绽放的粉色花朵：“早晚会知道。”

长房老太太侧头看琳怡一眼。

琳怡道：“既然帮忙让袁学士返京，就一定是对袁家有所求。”涉及政事没有白白帮忙的道理，到了必要的时候肯定要戳破这层窗户纸。

有了琳婉帮忙，琳怡很快将郑七小姐要送的寿礼做了出来。是一块万寿菊的流苏绣，加了暗绣部分，金黄色的寿菊远远看去就像真的一样。

长房老太太正好去跟郑老夫人说话，琳怡顺便跟着去送流苏绣。郑七小姐看了绣品爱不释手：“真是漂亮，这样送出去是不是有点可惜。”

送给太后的寿礼……人人都会捡最好的送，郑七小姐却还舍不得。

郑七小姐远远近近地瞧着，跳着回来拉起琳怡的手：“你太好了，这次看她们拿什么跟我比，”说着郑七小姐吐吐舌头，“你可算救了我，我母亲这几日心情不好，我就怕她将怒气发在我身上。”

琳怡下意识地问：“怎么了？”

郑七小姐道：“还不是十九叔的事……母亲张罗十九叔的亲事，十九叔也不上心，母亲气得不行。”

女人在一起除了说家常，最热衷的就是做媒人。

郑十九看起来也有二十来岁，竟然还没有成亲，凡是达官显贵家的男子就算没办亲事，也早早就议好了。

郑七小姐道：“十九叔去年亲事才有了眉目，母亲的意思是趁早将亲事办了。”

难道是家里长辈不做主？所以才会轮到惠和郡主操心。

琳怡和郑七小姐说了会儿话，下人来道：“前面的杂耍开始了，小姐们过去瞧吧。”

郑七小姐拉起琳怡的手：“上次杂耍在前院，我们没瞧着，这次请的都是女先生，我听说又会顶缸又会甩碗的有趣极了，我们快过去。”

琳怡被郑七小姐拉去西边的戏台子。郑老夫人和陈老太太早就坐在了那里。大家看了会儿杂耍，郑七小姐要回房换身衣服和琳怡游湖，就让琳怡在湖边的亭子里等一会儿。

下人们去泊船，琳怡就站在亭子里看边上的花草，刚想要吩咐玲珑去问问那些奇花异草的名字，就听湖边有下人道：“您在这里……奴婢们没有瞧见……七小姐要用船游湖……奴婢们去将另一只划来。”

琳怡转过头，看到那萧疏淡远、湛然清仪的身影弯腰从船上走下来，松绾的发髻，挂在脸上的笑容，如同偶然化在青花笔洗中的一滴水墨，外表看似简单，真正舒展开来，却让人无法掌控。

既然已经见到了，又是长辈，不好不上前行礼。从亭子到湖边还有一段距离，如果郑十九想要避开，在她没走到之前就该转身，不过，郑十九大大方方站在那里，一直等到她这个晚辈敛衽低声道：“十九叔。”

一开始她还怕这样称呼有什么不妥，不过看到郑十九坦然接受了，料想他是经常做长辈的人，受礼的事稀松平常。

婆子带着丫鬟去收拾船舱，小姐们要用船，自然要熏香换纱帘，放八宝攒盒，捧点心茶吊。

宝蓝直裰上散着翠色的流苏，在身侧随风飘荡："陈老太太身子可好了？"

那声音总是清澈得让人赞叹。

琳怡又行礼："劳十九叔惦记，已经好了，"说着微微一顿，"上次的事，谢十九叔帮忙。"

她的话里满是试探，半点谢意也被遮掩了过去，他焉能听不出来。

他脸上仍旧挂着清浅的笑容："有什么话就说吧。"

抓住这个机会，有些她想要问的话，也就该问出口。琳怡看一眼橘红，橘红和玲珑退开两步。这下她就能放心问了："十九叔告诉我芙蓉阁……是不是想通过我父亲拉上郑家和林家？"父亲抓住了崔守备，外面就传言四起，有人说是郑家帮忙，有人又直指林家。

虽然问出口，并不指望郑十九回答，是与不是。

"是。"

没想到他倒是坦然，又或者一老早就备好了答案，让她询问。

既然开始大家都没有互相隐瞒的意思，接下来就容易多了："十九叔认识山西王家的人？"

郑十九肯定地道："认识。"乌黑的眼眸发光，又如璞玉般通透坦诚。

"那谢十九叔了。"琳怡再次蹲身，"我并不知晓十九叔是否要成就大事，然有句话身为人女不得不说。家父在福建任职，福建的事父亲虽难逃干系，可父亲在福宁也算恪守尽职，若是哪日城门失火殃及池鱼，还盼十九叔警示我父兄。"

她紧板着脸，表情再郑重不过。绕了一大圈子，只想告诉他，他利用了她父亲，她无法改变，只是盼着他大事得成之日不要卸磨杀驴。

这才几日之间就想得这样透彻，他要说她聪明狡黠，还是诚实坦率。

他目光流转，嘴边的笑容更深了些："好，让你父亲在京任职，不要再回福宁。"

琳怡不由得错愕，她刚解开两个结，他又扔来第三个。这下她的表情变成了哭笑不得，却又不得不郑重地思量郑十九的提议。

从前她心心念念要回福宁，而今看清楚眼前的形势越发明白，逃开京城却逃不开二老太太一家的算计。虽然在二老太太眼皮底下要小心谨慎，却也能看透她们的伎俩，不至于疏于防范。

想到这里琳怡不由得叹气，还好她不是男子，光是内宅的事就已经让人眼花缭乱，朝堂上更是风云变幻。

这会儿工夫，郑七小姐换了件肩袖小衣，让丫鬟提着木桶、鱼竿、小网欢快地跑过来，眼见是要去捞鱼。

好久没有钓鱼玩，再说上次来做客提起钓鱼一节，郑七小姐很有心地吩咐下人将池塘里的鱼儿们活活饿了好几日，不过去玩也对不起受虐的鱼儿。琳怡刚想着换换心情也算不错，

耳边就传来郑十九的声音："刚才看到池里有水蛇，改日让下人将蛇捕了再去吧，免得吓着了。"

有蛇？琳怡缩回脚。

郑七小姐爽快地道："之前我已经让人打死了一条，没事的。"

郑十九扫了一眼琳怡，笑容更深些："你不怕，客人也不怕？"

郑七小姐的目光也跟了过来。

琳怡苍白着脸摆手："我怕蛇，我还是不去了。"她是真的怕，那些明明没有脚却聪明的会扭曲爬行的动物，万一狭路相逢通常无处可逃。

琳怡想着看向旁边的草丛。

"要不然，我自己去捞，我都想好了，捕条大鱼送给你的。"郑七小姐玩心正重。

"那你自己去吧，"琳怡道，"我去前面等。"琳怡指指刚才的亭子。

郑十九踱步走了，郑七小姐坐船去捕鱼。不一会儿就带了一条大鱼上来，不过那条大鱼上岸之后就溜走了，琳怡也背过身假装没看到。

"多亏你没去，"郑七小姐想想就觉得晦气，"我四姐不知道什么时候也去钓鱼了，结果不小心被困在湖那边，她还湿了绣鞋，刚好我坐船路过。"

湿了绣鞋等人去救，莫不是……为了自家的十九叔？想起来总觉得有些不对。

不过，她因为怕蛇没去，还真的免了这场尴尬，否则下次见面不知道要怎么相处。

郑老夫人一再挽留陈老太太多住两日，陈老太太笑着拒绝了："如今不是小时候了，各自带着一大家子人，怎好凑在一起热闹。"

郑老夫人笑着看了琳怡一眼："我们是老了，年轻人恐怕还没玩儿够呢。"是有将琳怡留下的意思。

郑七小姐在一旁噘嘴，眼巴巴地看着陈老太太。

"皇太后千秋要到了吧？府里正忙着。等闲下来再让六丫头过来就是。"

郑老夫人笑看了郑七小姐一眼："听到没有？还不谢谢老太太。"

郑七小姐这才露出笑容："谢谢陈祖母。那等过阵子，我去接姐姐。"

从郑家回来，可谓满载而归，郑七小姐送了两条大肥鱼，一条给琳怡，一条给琳婉，还说下次要将琳婉一起叫来玩。琳芳也不至于没有礼物，惠和郡主倒是想着田氏母女。

马车里琳怡问长房老太太："祖母去了郑家，郑家晚辈是不是都该去给祖母行礼？"

长房老太太半阖着眼睛养神："郑家重礼数，该是这样。不过若是远房亲戚不见也是常理，"说着狐疑地看着琳怡："你是在园子里遇见了谁？"

琳怡点点头："是一位长辈，郑七小姐叫他十九叔。不过看着年纪不大，只有二十上下。"

长房老太太仔细想了想："辈分大又年轻的亲戚，我在郑家没遇到过。难道是旁支的子弟？"

一开始她也是这样想。不过，郑十九的样子又不像，再说若是旁支，郑四小姐为什么又有那般举动。

琳怡摇头："我也不知晓。"

长房老太太皱起眉头来，以她和郑老夫人的关系，郑家就算不帮她，也不会使出坏心来，怎么也不能故意将旁支、辈分又高的子弟引给六丫头认识："下次去郑家的时候在意着些，若是再遇见了就跟我说，我去问老家伙到底是什么意思。"

她只是随便问问，没想到长房老太太还上心了，琳怡解释："郑七小姐带着我游园，不小心遇见的。"

长房老太太这才放心："郑七小姐心思摆得正，你与她交往是好的，有了知心的手帕交，将来也能帮衬你。"

琳怡想到车上拉着的两条大鱼，郑七小姐这样率直的性子，让人不喜欢都难，琳怡想着笑起来。

郑十九将郑四小姐说成水蛇。

琳怡看着车厢顶芙蓉花雕栏，渐渐收起笑容，当时照郑十九的话去芙蓉阁时她就已经有准备。她很清楚，没有利益关系，谁也不可能随便帮忙，尤其是涉及政事。

若不是身在其中，她也不会猜到这些。

郑十九为人真是深秀，旁人难及。下一次但愿不要再请他帮忙。

陈允远忙着考绩，萧氏安排衡哥去书院读书，左右家里没有什么事，琳怡就乐得在长房陪着长房老太太。

琳怡在长房这几日渐渐发现长房老太太有些坏习惯，晚上定要开着窗子睡觉，吃东西也贪凉，每日要热几次汤药才肯吃下去。

琳怡干脆就睡在长房老太太内室的碧纱橱里，每晚吩咐丫鬟关窗，凉食一概拦下来。有孙女在身边巴巴地看着，长房老太太也只能狠下心将药趁热喝下肚，白妈妈在旁边看着直笑："还是六小姐有法子，这样下去老太太的病说不得就好了。"

长房老太太得的是心病，常年身边冷清，也难怪越熬心越冷。

吃过了药，长房老太太靠在软垫上看琳怡做针线："你父亲办了这么两件事，考满八成会得优，你回去之后让他过来一趟，我问问他愿不愿意留在京里，你伯祖父还有些老关系，我出去走动走动，说不得就能帮上忙。"

到了要决定去留的时候。长房老太太也希望他们全家能留在京里，不过别人的思量都是小事，主要还是要看父亲的。

父亲有些倔脾气，就像当年离京，陈氏族里的长辈不是没拦过，却怎么也没拦住父亲的雄心壮志。

再说他们一家人的去留，恐怕二老太太董氏和两个伯父另有思量。

琳怡这句话很快得到证实。

第二天琳怡才收拾好东西正准备回二房，谭妈妈打发赖大媳妇过来道：“长房老太太，我们三太太请六小姐回去呢。”

第二十三章　脂粉·秘密

赖大媳妇表情紧张，琳怡看得心里一闷：“怎么了？”

赖大媳妇看了眼长房老太太吞吞吐吐：“是老爷有些事……太太慌了神。”

父亲出了什么事要避开长房老太太？

长房老太太也不追问，吩咐白妈妈让门房备好青油小车，将琳怡送回二房。

琳怡上了车，赖大媳妇一路跟着。

从长房到二房不过经过一条胡同，琳怡也不忙着问赖大媳妇因果，直到进了二房垂花门，琳怡才问起来：“到底怎么了？”

赖大媳妇道：“老爷昨晚一夜没回来，太太让人出去找也没找到，今天早晨却被林老爷送了回来。”

父亲一晚未归？从前在福宁也有过这样的时候，不过都是因为公事，这次又是因为什么？

“老爷才回来不久，就有人找上门。”赖大媳妇话才说到这里，琳怡只看到月亮门外有人跪在那里娇滴滴地哭个不停。那人穿着半新的蓝缎牡丹花褙子，梳着朝月髻，上面插着镂空银枝花叶和一支璎珞步摇，拿着鲛纱帕子遮住脸面，听到脚步声转头看琳怡。

琳怡看到一惊。那人额头画着花蕊装，眉眼上挑不笑而媚，脸颊虽然苍白，紧咬的樱唇却似滴血般嫣红，看人的目光大胆放肆，不像她平日里看到的内宅女眷。

琳怡收回目光，突然明白了赖大媳妇话里的意思。

父亲是去眠花宿柳？还是包了戏子粉头？

无论是哪一种，都不大可能。

福宁家里，只有父亲上峰送的一个姨娘，家里也不乏有相貌姣好的丫鬟，父亲却没有向萧氏讨要一个，都是到了年龄就配了出去。母亲萧氏经常回来讲哪家太太被传善妒，哪家姨娘大着肚子说被主母陷害要死要活，哪家老爷又宿戏子被女眷笑话，哪家不开胡的主母忽然发现府外有许多庶儿庶女。

这些事从来没有发生在他们家。

萧氏虽然没有生育儿女，父亲也没有另抬姨娘开枝散叶的意思。

十年如一日的人，怎么可能在考满这样的时期闹出这种事来，就算不小心犯了错，也不至于弄得连林家都知晓了。

除非是被人陷害。

琳怡想到这里转头去看玲珑："想办法遣人去将长房老太太请来。"萧氏是觉得父亲做了不光彩的事所以不在长房提起，可若是被人陷害，就要有长辈在一旁做主。

琳怡话音刚落，只看有媳妇子从内院出来，边走边吩咐门房："老太太吩咐看好了门，不准任何人进出。"

这是准备封锁消息，还是就让父亲将错坐实。

跪在地上的女人顿时哭得更大声了。

琳怡走进月亮门，远远就看到萧氏让陈大太太陪着过来，萧氏眼睛红红的显然刚哭过，陈大太太在一旁不停地劝慰："好了，好了，瞧瞧眼下怎么解决，日后你再怪三叔也不迟。"

琳怡上前行礼。

萧氏见到女儿眼泪掉得更甚，在大太太的搀扶下如此惊讶、无助。

琳怡上前低声道："母亲，这是怎么了？"

萧氏摇头："你父亲……"后面的话不知道怎么说才好。

大太太倒是善解人意："六丫头一个闺门的小姐……快先回去歇着。"

真是不凑巧，琳怡看到大太太说这些话的时候，嘴角还微微上扬。出了这种事，大家都等着看她全家的笑话，谭妈妈让她回来，就是盼着她能帮萧氏出主意。大太太却三言两语将她打发了。

萧氏也觉得大嫂的话有道理，琳怡毕竟是个女儿家，哪里能管这些事。

琳怡抢先道："母亲，刚刚女儿已经听说了。"

萧氏眼泪又掉下来。

"母亲难不成不信任父亲？"琳怡脸上满是惊诧的表情。

面对女儿询问，萧氏一惊，再看琳怡郑重其事的表情："这……"她从来没想过这一点，她怎么就没质疑过，就因为门房慌张地来报，说二老太太得了消息已经气得昏死过去，接着大嫂赶来劝慰她，陪着她一起去二老太太房里。

二老太太的院子里死般的沉静，老爷在二老太太房里说话，好久都没有出来。她的心就越来越凉，大嫂本要陪着她散散心好想对策，没想到出了院子就听到有人说，那女人在月亮门哀戚地哭个不停，请她过去看看，她这才迷迷糊糊地走到这里。

"母亲，这是有人害长房不成，又来害父亲了啊。"

萧氏听得这话睁大了眼睛，半晌才道："那……那……怎么办才好？"

琳怡道："绑起来，扭送官府，天子脚下自然有王法。"就算不扭送去官府，也要将人绑了，就这样听她在府里哭，只怕不消一个时辰就要传遍整个京城。

萧氏嘴唇翕动，侧头看谭妈妈。

谭妈妈眼看萧氏失了分寸，没有别的法子，就自作主张让人将六小姐请回来，现下听了六小姐这话，从心里觉得该是这样，不等萧氏吩咐就道："奴婢去办就是。"说着叫来门房的粗使婆子，就地将那女人捆绑了，那女人开始还挣扎，嘴里被塞了臭布条顿时没了气力。

"母亲怎么不将父亲身边的小厮叫来问问？"

萧氏道："问了，那小厮也吃了酒，没有跟在你父亲身边。"

琳怡看萧氏表情已经开始松动，之前的失望变成了如今的猜疑："这就是了，哪会一个两个都醉倒。"若是父亲考满期间，被人参奏失德，不但任上三年的辛苦付诸东流，官声也会受损，那些御史就又有了理由参奏父亲。

旁边的大太太看着为陈允远辩驳的琳怡皱起眉头："三弟妹，这件事你可不能行错，真的闹出去满城风雨，日后三叔要怎么在官场立足，小孩子哪里懂这里面的厉害。还是大事化小小事化了，给戏班子些银钱遮掩过去就是了。"

萧氏从来没处理过这种事，大太太在旁边说得头头是道："好歹是个戏子，万一真是粉头，闹将起来三弟这个官就不要做了。"

可是在大周朝，哪个官员敢明着包养戏子？

大太太故意避重就轻，拿妓坊里的粉头说事，就是要萧氏点头认下来。只要银子拿了出去，虽然暂时将事稳下来，日后也就没有了反口的余地。没有养戏子凭什么要给戏班子银钱？

萧氏左右拿不定主意。

萧氏这样优柔寡断很容易就被人利用，琳怡轻轻拉萧氏的手："母亲还是要听父亲的意思。"大太太的劝说虽然奏效，但是她在父母身边这么多年却再清楚不过，萧氏在福宁这些年，凡事都是和父亲商量，只要将父亲抬出来，萧氏就会迟疑。

萧氏想了想终于苍白着脸道："还是等老爷出来再说，也不差这一时半刻。"

本来十拿九稳的事，却被六丫头回来搅和了。大太太心中不快却不好再说什么："既然如此，就等着三叔好了。"反正这件事闹了出来，早晚要见血。

琳怡陪着萧氏先回去屋子里等消息。

萧氏这才一把鼻涕一把眼泪将整件事说给琳怡听了："我也不愿意相信，只是你父亲走的时候确实就只带了一个小厮，若不是去那种地方为何要瞒着家人？"

琳怡道："那小厮呢？"

谭妈妈道："外院跪着呢。"

琳怡又转头去看萧氏："母亲可问清楚了？万一是父亲的同僚拉着父亲去的，没想到父亲不胜酒力反而着了旁人的道。"

萧氏哭道："我何尝没想到这一点，咱们在福宁的时候，那位周州同不就是被人陷害了，说他嫖娼宿妓，打了板子将官职也丢了，”萧氏紧紧拉着琳怡的手腕，“否则我怎么敢相信这个，你父亲……父亲是自己去的呀，你说好端端的人为什么要到那种地方去？”

陈允远向来正直，绝对不可能做出这样的事。琳怡仍旧不肯相信。

萧氏哭得久了泣声渐止住：“荣福说，你父亲去那里已经不是第一次，我们才来京里不久，他就去过一次了。怪不得这几日他支了银子，只说外面有应酬，原来是做了这些事。”

荣福整日跟着父亲，他说的话应该是没错。就算外面人再陷害也不能买通父亲身边的小厮。

萧氏想到陈允远被林老爷送回来时垂头丧气不敢看人的模样。这些日子老爷睡书房的日子多，来她房里即便三五日，也不过只有一次……眼前自然而然又浮起那戏子妖妖娆娆的身子。

人都说戏子粉头最是能捏住男人的心思，身段好又口齿伶俐，内宅的女人不能比，男人一旦迷上了就会神魂颠倒，妻儿全都不顾了。

福宁勾栏院里有个头牌，被商贾赎了身养做外室，后来不知怎么的便让商贾家里的儿子知晓了，父子两个便一起与那戏子玩乐。商贾家里的主母找上门去，没想却被丈夫、儿子骂了回去，那主母羞愧难当，晚上就悬梁自尽了。商贾也就罢了，本来就行事放荡不值一提，老爷是大周朝的官员啊，怎么能让这种不干不净的女人沾身？

若是老爷就这样下去，她以后的日子该怎么过，萧氏想着又拉着琳怡哭起来：“你父亲这些日子春风得意，难免就一时失了分寸。”

父亲这些日子是很高兴，见到她和哥哥都笑容满面，难不成真是这样放纵失足？

“母亲，”琳怡安慰萧氏，“父亲是在京里长大的，许多事又不是没见识过，定是还有原因。”

萧氏想不出别的道理。

最奇怪的就是林家。京中那么多人，父亲偏偏就遇见了林家老爷。

琳怡道：“林家人走了没有？”

萧氏点头：“坐了一会儿就走了。”

这不奇怪吗？遇见这种事该是立即就告辞才对，怎么还坐了一会儿。有个女人跪在内宅呼喊，林老爷竟然还能坐得住？

“母亲，”琳怡转头看萧氏，“您能不能去老太太房里替父亲说话？”

夫君做出这种事，她反而要替他说话。

萧氏怔愣住。难不成女儿是要她贤良淑德到底，不但求情还要将那戏子养起来不成？

二老太太董氏房里一阵静寂。

一盏茶过后。

二老太太董氏坐在罗汉床上看着陈允远，恨铁不成钢地开口：“你这些年在福宁受了

多少苦，终于到了三年考满的时候，怎么就做出这种见不得人的事？”

陈允远沉下了头。

二老太太董氏想及从前，悲从心来：“当年离京我就不肯让你走，你却不听我的，你以为我这个母亲做得可容易？你两个哥哥若是做了错事，我便直接打骂他们。可是你，我想管束你，却怕你心中不服我这个母亲，我不管束你，又怕你不成才，外面的人说我故意纵出个纨绔子弟。等我死了也没有颜面去见你父亲。”

陈允远嘴唇翕动，却最终没能说出话来。

二老太太董氏眼角如镀了层冰霜：“当年三媳妇萧氏没了，我要将董氏族里的侄女说给你，你却没看上我们董家，非要续萧氏的胞妹做继室，”董氏从罗汉床上撑起身子，“你当我是要害你？那是因为你执意要带上家眷出京任职，我看小萧氏性子软弱，恐她不能帮衬你支持家宅，又怕萧氏的女子不好生养，免得你再承受一次苦痛，这才做主从娘家里选了个品行上等的女子给你。”董氏说到这里冷笑，“结果你怎么说？你的婚事父母之命媒妁之言。你的意思我哪里不知晓？你是从来没将我看作母亲。”

董氏要塞给他一个庶女，他自然不肯要，于是说下那样的狠话，没想到董氏会在这时候说出来，他不能辩驳就只能听训斥。

二老太太董氏半阖上眼睛，似是想到极为伤心的事，声音也沉重起来：“从那以后但凡你房里的事我都不管。反正你也从来没将我放在眼里，我们母子只是空有名分罢了。可是自古有狠心的儿女，没有狠心的父母，你虽然每年连消息也不曾捎几个，我却没少让你两个大哥打听你在福宁的情形。听说你家宅和睦，儿女成人，我心里也十分欢快，唯一让我不能放心的是小萧氏没有再为你添子嗣，否则我也不会就将你们叫回来，为的是找几个好先生给小萧氏看看脉。”董氏说着微睁眼睛，“你们呢？又当作我用了什么坏心？”

陈允远急忙道：“儿子哪敢。”

尖牙利爪像是都被拔了一样，话也说不出来，可见是做了下作的事。二老太太董氏接着道：“而今看来我的担忧是对的，小萧氏没能管束住你，否则你哪有胆子这样做。”说着看向门外，“你预备要怎么办？”

陈允远脸上难看：“这件事确实是我有错，只是我也没想要包戏子养粉面，实在是事出有因。”

二老太太董氏目光一闪：“这都什么时候了，你还不肯说实话，非要等到族里长辈上门质问？你生母赵氏是生产时落下了病症，那时我还没有进京，你要将这件事算在我头上不成？宁可和陈家一族断了往来，也不肯认我这个母亲？”

二老太太董氏说着咳嗽两声，外间的董妈妈忙端着茶进屋里来，看到椅子上坐着的三老爷，董妈妈道：“三老爷，您说清楚，咱们也好提早遮掩，您怎么就不明白老太太的苦心。”

二老太太董氏喝了口茶，稍稍缓过一口气：“说吧，我怎么也不能眼见你丢了名声，想尽办法也会帮你遮掩。否则就不会将你独自叫过来问话，早就将消息传去陈氏族里，这一点想必你比我想得清楚。”老三进京之后经常带着一个小厮，偷偷摸摸地行事，要说单是为了一个戏子，她可不相信。

陈允远看着慈眉善目的二老太太董氏，只觉得嘴唇干燥，嗓子发紧，正想着要怎么开口，外面传来一阵哭泣声：“这是做什么？快让我进去。”

二老太太董氏皱起眉头看过去，只见三太太萧氏带着谭妈妈和六小姐将门口的丫头推开，哭着进了门。

萧氏二话不说进门就扑在二老太太脚下。

这样的情形似曾相识。

哪家后宅出了事，当家主母有一半要哭着喊着让长辈做主。

陈允远不敢看地上的萧氏。

二老太太董氏让萧氏哭了一会儿才开口斥责：“哭哭啼啼的成什么样子，不怕被人看了笑话。”

萧氏不管这些，只是在二老太太董氏腿上抹眼泪，一会儿工夫就将二老太太的马面裙濡湿了：“老太太您要为我们做主啊。”

董妈妈对这样的话见怪不怪。大老爷一纳妾室，大太太就要这样闹一回。

萧氏接下来的话却让二老太太、陈允远、董妈妈立时惊讶了。

“老爷绝不会做出这种事，一定是被人陷害，那戏子已经招认了。”

第二十四章　求饶·聪明

戏子招认了？什么时候的事？二老太太董氏看向旁边的董妈妈。

董妈妈也是一头雾水。

萧氏道：“我让谭妈妈过去审的，只说要绑送官府，那戏子就都认了。那人说看老爷出手大方，又不是经常见到的官家老爷，就在酒里下了猛药，为的是今天上门讨要些银钱。”

旁边的陈允远又惊又喜，没想到这么容易就能将事说清楚。

二老太太董氏半信半疑：“戏班子怎么说？”

萧氏气势有些软，琳怡忙上前去将萧氏搀扶起来。

身边有了人，萧氏就又鼓起勇气按部就班：“戏班子自然不肯认了，照媳妇的意思将戏子送官一审，不信班主不肯承认。要知道陷害官家可是大罪一条。”

什么时候软弱的萧氏也会算计了。

二老太太董氏将目光扫向六丫头，六丫头正小心翼翼地看着椅子上的老三，仿佛对父亲又是担心又是期望。

二老太太皱起眉头来，正要吩咐董妈妈将那戏子叫来问话。

门口传来琳芳的声音："祖母……您瞧我带什么来了……"三步并作两步走进屋子，手里拿着万寿菊。

看到屋子里的情形琳芳张大了嘴，呆板地向陈允远和萧氏行了礼，然后如同乳燕般扑进二老太太怀里。

琳怡看向琳芳，琳芳在屋子里闭门思过好几天，一听说她家出了事，却立即跑过来看笑话，之前的惩罚一点用也没有。

"四姐姐我们出去吧！"琳怡看向琳芳。

琳芳刚在二老太太身边找了个舒适位置坐下，没想到琳怡提议要走。

"走吧四姐，让大人们说话。"

琳芳愤愤地看了琳怡一眼。

"小孩子家都出去！"二老太太董氏发话，琳芳只得从罗汉床上起身，和琳怡一起出了门。

两个人才走到院子里，身后的门就被丫鬟关上了。

琳芳的好心情一下子没了，刚才听闻林老爷来家里，本想打扮一番出来拜见，却没想到林老爷坐了会儿就走了，之后她就听说三叔父的事，就收拾停当来凑热闹，谁知道话还没听到一句就被琳怡叫了出来。

"六妹妹，"琳芳笑着向琳怡打听，"三叔父到底怎么了？"

琳怡皱起眉头："大人的事我们还是少问的好。"

琳芳冷笑，装模作样："六妹妹刚才不是还陪着三婶在屋子里么？"

琳怡奇怪地看了琳芳一眼："那是我父亲，我才焦急之下失了分寸，四姐这是为了哪般？"

琳芳被琳怡这话说得脸色一阵红一阵白，半晌才挤出几个字："六妹妹这话说的，我也是关切三叔父。"

琳怡和琳芳说话的工夫，谭妈妈已经按照琳怡的吩咐去提点那个戏子，给她指一条明路。

琳芳就和琳怡围在二老太太院子外的石桌上喝茶，连问琳怡："去郑家有什么好玩的？"

琳怡想到郑七小姐，脸上有了些笑意，琳芳赶紧凑上前来问。

琳怡鼓了好半天劲儿才说："也没什么。还是见那些人，吃了顿饭，看了场杂耍。"

说了等于没说。

琳怡笑了，琳芳想听到的是哪里有家世好有前程的公子哥。夫人们聚在一起经常说说这家公子，话话那家小姐，琳芳恐怕缺席错过良缘。

"对了，你不在家这两日，你的一个姨母过来了，带来了你的一个表兄。还说要请你和三婶去家里做客呢。”

看看琳芳幸灾乐祸的表情，就知道她那个表兄定是再普通不过。

“你去你姨母家，恐怕就赶不上给宁平侯家孙老夫人拜寿了。”琳芳眼睛闪亮嘴角噙着笑意，“祖母才收到的帖子，上面特意提了母亲和我呢，邀我们一定要过去，你不知道人家宁平侯家的小姐是京里有名的漂亮，大小姐是宫里的娘娘，三小姐嫁去了勋贵之家，五小姐也要嫁给宗亲了。”

原来琳芳又能出入显贵家了，怪不得这样急吼吼地拉着她说话。

琳怡拿起茶来喝，反应就和听到去姨母家做客一样。

真是个木头人。琳芳翘起染了凤仙花的长指甲，甩甩鲛帕，正觉得没意思想要起身离开，抬起头不经意地瞧见两个婆子押着个妇人推推搡搡地往这边走来。

琳芳眼睛一亮立时来了精神，眼看着那妇人被送进二老太太董氏房里，旁边的琳怡依旧不为所动，琳芳只得自己想法子：“妹妹坐着吧，我要回去了。”

其实是要急着去听墙根吧！

琳怡像模像样地挽留了琳芳一番，琳芳不大领情，大摇大摆地带着丫鬟走了。

去听吧，这时候也差不多了，许多新鲜的话等着她呢。

琳芳一走，玲珑上前道：“听说府外等着要钱的戏班子走了。”

琳怡点点头，定是长房老太太安排妥当了。

二老太太董氏让门房看住不准人进出，还好长房送她回来的青油小车却刚要离开垂花门。玲珑和门上的婆子嚷嚷说是有妆匣子落在长房老太太房里，门上婆子不准玲珑出去，两个人不免争执几句，这些话正好就落入长房跟车下人的耳朵里。

长房的下人定会回去和长房老太太禀告，长房老太太只要让人稍作打听，就能知晓二房这边到底出了什么事。况且赖大媳妇去长房找她的时候已经说了父亲出了事，长房老太太怎么会不上心询问？

长房老太太帮忙解决了大事，父亲一定会对长房老太太心怀感激，这样正好就拉近了两家的关系。

琳怡舒口气，人贵在知足，这件事能如此解决，已经是她想到最好的结果。至于父亲那不愿意和她们提起的秘密，也不知道会不会和长房老太太说。

琳怡这边想着，琳芳那边已经断断续续听到屋子里女人的求饶声：“听闻……二太太是活菩萨……又到处布施给穷人……我也是被班主逼得走投无路……请可怜可怜我……给我一条活路吧！”

琳芳听得眼睛渐渐睁大。

在陈家的主屋里，戏子小牡丹正诉说自己悲苦的身世。

“奴家七八岁就被家里卖给了人牙子，后来被领进通州老员外家里伺候，长到十岁主

母嫌奴长得娇艳，干脆将奴又卖了出去，这才转折到了戏班子，奈何奴嗓音不好，年纪又大了，不能出角，班主这才想出这种计谋，让奴靠上位老爷，求老爷赎了身子，将来进家门总是做个姨娘，也好安身立命。奴开始不肯，那班主就要挟将奴卖去妓坊，奴这才应允了，若是但凡有条活路，奴绝不敢如此，”说着不停地在地上磕头，发髻都散乱开来，“老太太是慈悲人，就抬抬手赏奴一条活路。”

二老太太董氏慢慢转动手里的金丝香薰球。

董妈妈上前问道：“你如何知道我们家里二太太是活菩萨？”

小牡丹不敢隐瞒：“是班主说的，说陈家二太太乐善好施，陈家总是拿出米粮开粥厂，不似那些凶神恶煞的富户贵门吃人不吐骨头。让奴放心，奴找上门定会受善待，就算不收留奴也会给些银钱。”

二老太太董氏不留痕迹地看了一眼旁边的萧氏。

萧氏不大会掩饰情绪，听得小牡丹这样说，脸上表情一变再变。

诧异，真被琳怡猜着了老爷是被陷害的。

惊讶，这些恶徒竟然看中了陈家仁善好欺负。

愧疚，自己冤枉了老爷。

董妈妈也看不出什么端倪来。戏子的话真真假假让人难以分辨，三太太又不似在耍花招。

“老三媳妇，你看这件事怎么办？”二老太太董氏突然开口问，若是整件事是萧氏安排的，萧氏心里总该有个章程，她就看看萧氏接下来要做什么。

“这……”扭送官府？戏子都这样求了，她也不忍心就这样白白要了她一条性命。就这样算了，老爷的声名要怎么办？萧氏也拿不定主意，半晌才抬起头，向二老太太董氏求助，“老太太看怎么办才好？我……我也……”

窝囊相又出来了，若是她的媳妇，她就要被活活气死。二老太太看也不想看小萧氏一眼，就算这前前后后有人安排，也不会是小萧氏。二老太太沉声道：“既然已经招认了，就送去官府，好让外面人知晓我们陈家也不是好欺负的。”

小牡丹听得这话一下子瘫在地上：“老太太……饶命啊……都是班主……跟奴没有关系……”

谭妈妈听得手心出汗，万一小牡丹经不起盘问又反口那要怎么办？

正思量着，外面传来婆子禀告的声音。

接着二老太太身边的沉香快步走进屋：“老太太、三老爷、三太太，前门传来话，戏班子的班主带着人跑了。”

小牡丹眼前一花出了一身的冷汗。显然班主将她一人扔在这里不顾死活，现下她已经无路可走。不能得罪陈家，只能将所有的错处都推给班主，否则陈家定不会让她有好下场。

谭妈妈听得这消息也松了口气，没有了后路，这小牡丹也该知道怎么才能活命。

“老太太，”小牡丹哭起来，“奴没有说半句谎话，那黑心的班主果然逃了。”

二老太太董氏确定这里面有人在捣鬼，大势已去她也不用再问了，于是挥挥手让董妈妈将小牡丹带下去。

小牡丹就算没唱出角，嗓子还是极好的，悲戚地哭喊：“老太太，救人一命胜造七级浮屠啊。”

门外的琳芳已经很多次从母亲田氏那里听到这句话，母亲每次说起，她就会趴在母亲膝头静静听母亲讲经。这一次，这话从这下贱的女人嘴里说出来，她说不出的恶心。

林大太太陪着林老夫人在东侧室里吃过饭，饭后一家人坐在一起说了会儿话。

林老夫人最喜欢听林正青背书，十年如一日。

林大太太笑道：“正青年纪不小了，换四爷、五爷过来背吧。”

林老夫人摇摇头，青哥长得和老爷年轻时最像，老爷成就了一身的功名，林家将来的责任就落在青哥身上，她活一日就要督促青哥一日。

青哥已经要考秋闱，老夫人还像是考小孩子功课一般。林大太太就算心里不愿意，也没有了法子，只得笑着让儿子进屋：“今日都学了什么，背给你祖母听。”

林正青进了内室，屋子里一下子静寂，所有的目光盯过来，林正青刚吃饱的肚子顿时翻滚。吃饱了饭就要让人满意，让人知道他的饭不是白吃的。

林老夫人考较完林正青的功课，林大老爷一家这才回到自己房里。

丫鬟端了茶上来，然后全都退了出去。林大太太忙询问林大老爷：“怎么样？陈家那边什么情形？”

林大老爷皱起眉头：“陈家有人出面要将戏子送去官府，班主吓得带人直接出了京。”

林大太太吸了口气：“你怎么没阻拦？”

林大老爷道：“我怎么拦？陈家人都盯着呢，这时候我让人出面，那不是自投罗网。”

一辈子就这样小心翼翼，窝窝囊囊什么事都办不成，林大太太冷哼一声：“我让你再看几日，找到陈允远的错处，你偏要从中推波助澜鼓动戏班子去害他，到了今天这个地步眼见就要成了，你却又缩手，那不是前功尽弃吗？那小萧氏的性子我还不知道，家里出了这种事如何能处置妥当，陈二老太太又是绝对不肯伸手帮忙的……你只要让戏班子盯陈家两日，就将陈允远盯垮了，到时候陈允远失意，你在身边相陪，还怕陈允远不将福宁的事透露给你？”

林大老爷的文人气质，在婆娘的教训下酸气上涌：“我早说这样不妥当，你偏不肯听，想要和陈家交好，就大大方方地去说亲，弄这些蝇营狗苟有什么意思。”

林大太太被骂得一怔：“你说谁蝇营狗苟？”说着眼圈红起来看向旁边的林正青，“我还不是为了青哥？娶了陈六小姐，青哥日后能有什么好前程？打垮成国公是整个林氏一族的事，怎么不让二房的人去和陈允远拉上关系？”

林大老爷咬牙切齿："还不是你听说陈允远手里有证据，你又和小萧氏是闺阁好友，这才自告奋勇……"

那是她听说陈家的爵位说不得能还回来，她又托人去打听陈允远在族谱上是嫡长子，可是现在……"此一时彼一时，"林大太太甩甩帕子，"我听说就算陈家爵位还回来，也落不到陈允远身上。"

林正青不沉默就会笑出声来。母亲是看上了陈二太太和她那故意要落水的女儿，因为陈二太太带来了会做生意的宋家，跟宋家人搭上关系，母亲娘家人的日子就好过了，眼前的利益驱使着她。不过父亲说的话是什么意思？林正青听了一会儿开口："陈三老爷行为不端让父亲发现了？"

行为不端，倒还没有，林大老爷表情有些不自然。

林大太太道："陈允远有机会就带着小厮去湖边的画舫，你父亲恰好撞见了。"于是顺理成章地帮忙付了账，要了个戏子陪陈三老爷一晚，第二天再不小心见到狼狈的陈允远。老爷不过就是顺水推舟而已，男人去画舫那种地方能是做什么好事。

真是聪明人。

两个聪明人在一起才能想到这样的主意。

林正青想到那天在陈家长房隔着竹帘看到陈六小姐。帘子里陈六小姐开始还和旁人说笑，当目光看向他时沉默又冰冷，一转眼却又毫不在意。

漠视。两三次的见面，他终于弄清楚陈六小姐的意思，陈六小姐那淡蓝色的眼白映着杏花红梨花白，唯独没有对他的喜恶。林正青很想弄明白其中的原因，不过现在还不是时候，他不能为了一个奇怪的女人，就放弃做个坏人。

林正青道："父亲就没想过，陈允远现在是三年考满，他怎么会冒着丢官的风险去画舫那种地方？"

林大老爷仔细想了想："也不是不可能，倒是有不少女眷因家道中落沦落去了画舫。"说到这里，林大老爷脑子中一道光闪过，"难不成陈允远是过去找人的？"

林正青道："这些年福建处置了不少官员吧？父亲打听打听那些官员中有谁的家眷在京里无依无靠，正室太太和子女不大可能，多问问那些得宠的妾室。"

说到打听女眷的事，林大老爷看向林大太太。

琳怡好好睡了一觉，梳洗穿戴好，到了东次间，长房老太太已经坐在临窗大炕上喝茶了。琳怡不禁脸红，明着是来侍奉长房老太太的，其实是过来偷懒的。

"我起来晚了。"琳怡笑着上前坐在长房老太太身边。

长房老太太亲昵地看着琳怡："年轻人就是睡不够，我记得我像你这般年纪，家里的长辈也惯着我睡觉，反正也是在家里，晚一个时辰也不打紧，不像将来出了嫁……"长房老太太说到这里笑着打住，转头吩咐白妈妈："让厨房摆饭吧！"

祖孙俩吃过了饭坐在炕上玩叶子牌。长房老太太不经意地提起齐家："还有没有来往？"

琳怡摇摇头，自从小牡丹找上门之后，齐家姐妹没给她写过信。

第二十五章　亲近·打算

长房老太太皱起眉头："书香门第就是这样穷酸腐气重，只要听到些风吹草动都要停下来看个清楚，生怕别人是乌墨染了他家的宣纸。"

这也是人之常情，琳怡并不在意："过阵子就好了。"

长房老太太慈祥地笑道："你这孩子倒是心路宽，"说着欣慰地点头，"这样好，能容得下人将来才能持家。"

任谁经历过她从前的事都会心宽起来，老天能给她重来一次的机会，已经是对她最大的恩惠，她只要快乐生活那就好了。再说，齐家姐妹能有多少思量，担忧的都是长辈罢了，她们闺阁中的小姐也只能听命于长辈，换作她也是一样的。

长房老太太道："那边怎么样？有没有人又提起小牡丹？"

大太太倒是明里暗里地提过几次，萧氏开始不好意思，后来也就见怪不怪随她去了，父亲虽说明面上被人陷害，毕竟是去了画舫，别人说得有凭有据，他们也不能个个去分辩，只要朝廷不追究，言官不弹劾就是最好的了。

二老太太董氏让董妈妈将整件事查了一遍，定是知晓了长房老太太暗中帮忙，每次她过去给二老太太董氏请安，董妈妈那双眼睛总要在她身上来回打量。她就算再低头温婉，恐怕二老太太董氏也不会相信了，从此之后她行事就要更加小心。

琳婉待她还是一样，甚至多有安慰她的话。琳芳就忙着准备去给宁平侯家的老夫人拜寿，每日读诗词歌赋，选衣料、头面、内外兼修，没时间来她房里找茬。

"宁平侯？"长房老太太想了想，"原来的轻车都尉，后来在围猎时救过当今圣上，他女儿进宫之后，他带兵去了南疆，回来之后封了一等侯。"

这是真真切切用女儿恩宠换来的爵位。

琳怡从前听说过宁平侯，那是因为宁平侯的五女儿许过康郡王做郡王妃，结果那位孙五小姐生了一场大病，将婚事拖了下来。后来听说真正的原因是，宁平侯为爱女五小姐觅得了比做康郡王妃更好的前程，宁平侯一家正左右衡量哪门亲事更好，这件事就被康郡王知晓了，康郡王也颇有些傲气，很快就从宁平侯那里脱身而出。

她临死前听林正青说皇上降旨赐婚给康郡王，大约是康郡王娶了当今太后娘家的侄女，是位才貌双全的小姐。

琳怡想到这里不由得想起来。前世父亲这时候已经认识了康郡王，康郡王和宁平侯家婚事出了岔子之后，父亲那时候和康郡王私交正深，这才有了康郡王欲纳她为妃的传言。其实父亲根本不敢高攀宗亲，她更是连康郡王府也没去过，婚事更加无从谈起，林正青新婚之夜拿出这件事，不过是折辱她。

二太太田氏和琳芳想要高攀宁平侯，这样的人家利益当头，田氏不一定能讨到多少好处。不过反过来想，宁平侯能请二太太田氏，是不是代表田氏也能为人所用？

长房老太太看一眼琳怡："二太太走动的勋贵家越来越多，我们不能不小心些。"

琳怡颔首，重活一世虽然过得轻松些，她没忘之前的教训，只要让二老太太董氏一家得了机会……必然还是和从前一样。

"那小牡丹……"琳怡想想也觉得后怕。

长房老太太沉下眼睛："没酿成多大的祸事，打了板子就可以放人了。"

放人？琳怡看向长房老太太冰冷的表情，脑子里可怕的念头一闪而过，无论怎么样都不能让小牡丹再胡说。尤其是二老太太董氏还虎视眈眈，长房老太太的处置法子没有错，只是："可以让人将小牡丹远远地带离京，若是谁再将小牡丹找出来弄回京里，那就是明摆着要陷害父亲。"

长房老太太低头看琳怡，这也不失为一个好办法。

琳怡慢慢道："小牡丹是小事，重要的是谁在害父亲。"

长房老太太仔细思量："我是想要弄清楚，就怕你老子将嘴闭得严实，什么也不肯说。"

那就想办法让父亲说。

到了中午，萧氏遣人来说，陈允远晚上下衙来看长房老太太。

长房老太太面上安稳，其实心里十分高兴。琳怡松口气，有骨气的父亲能向长房靠拢实在不容易。

下午陈允远和萧氏带着衡哥一起进了念慈堂向长房老太太请安。

长房老太太让衡哥和琳怡一左一右坐在身边，陈允远和萧氏坐在旁边的椅子上。

长房老太太满面笑容地和陈允远说起家常来："从前你每次过来，允礼都要厨房准备好八宝桂鱼和粉蒸排骨，这次我仍旧让厨房做了这两个菜式，不知道你是不是还爱吃。"

长房老太太一句话就让陈允远眼睛里泛起泪花，不但想到那个关怀他的大哥，更想起从前的岁月。

陈允远抑制住自己的情绪："这两个菜哪里做的都不如老太太这里的好吃。"

长房老太太笑起来："既然爱吃，一会儿就多吃些。"

晚饭陈允远果然多吃了些。

大家吃过饭聚在一起喝茶，琳怡先和衡哥去了西次间，不一会儿工夫萧氏也被支出来。

“妹妹见过齐二公子吗？”趁着萧氏出去张罗茶点的工夫，衡哥提起齐二郎。

她只是隔着帘子见了一次。

琳怡侧头看衡哥：“你见到了？”

衡哥点头：“见到了，”说着仿佛要哭起来，“借了我两本书，还留给我不少的课业。先生说有师兄指点课业是好事，可是那齐二公子比咱们父亲还要严肃。”

琳怡觉得诧异：“齐二郎怎么会到书院里去？他不是国子监进读吗？”

衡哥道：“因我是齐家写的推荐信，齐家哥哥正巧来找书院的先生，先生就将我叫过来让齐家哥哥平时多指点些，明年好参加府试。”

衡哥读书早，父亲也是盼着他能早点取了生员，想必将衡哥送进书院的时候与先生说了这一节。

衡哥垂头丧气道：“齐家哥哥板着脸说了，照我这样的进度，三年也考不过。”

琳怡愕然，齐二郎还真是心正口直，就这样把实话说了。

萧氏进屋看到衡哥的模样，慈母的心肠又泛滥，不停地安慰衡哥：“唉，慢慢来吧，三年就三年，那时候你也不大啊。”

衡哥听了萧氏的话，凄然地看着琳怡眼泪都要掉下来了。

萧氏这话是火上浇油，齐二郎说的是三年也考不过，没说三年保过啊。

内室里，长房老太太半靠在软榻上，撑着绿枝倭锻圆滚垫看着一脸羞愧的陈允远：“而今和从前不一样了，朝堂上换了几位阁老，文官就像一盘散沙，军权又握在少数几个宗亲、勋贵手里，朝廷局势乱作一团。我们这样的人家虽然被夺了爵，还是有不少族人在朝廷里供职，在外人眼里还是蒙了祖荫，多少人不服气等着揪你们的错处，万一你们有个闪失，就算族里帮忙也未必能渡过难关。”

长房老太太的意思陈允远明白。陈氏一族早就和中心政权无缘了，他这个从五品的官职熬到现在已是不易，想更上一层楼是没有了指望。如果再出些错漏……后果不堪设想。

长房老太太半阖起眼睛：“不管你想做什么，还是要想清楚了再下手，不想别的你也要想想衡哥和琳怡，两个孩子年幼，有我在时我必然庇护他们，我走了两个孩子就落在董氏手里，你可想过董氏会将他们如何？”

陈允远挺直的脊背顿时塌了下来。

长房老太太道：“若是你想留在京里，我想办法找人去疏通关系，哪怕做个部院郎中，也好在京里安身立命。”

听得这话，陈允远再也按捺不住，诧异地看向长房老太太：“您都知晓？”

长房老太太睁开眼睛叹口气：“我只知道你在福建官途不顺，福建的官员任免多看成国公，你是不愿意与成国公为伍吧。”

陈允远表情沉重，却有一股挡不住的锐气藏在其中：“不瞒老太太，我不但不欲向成国公谄媚，我更要告他，告他勾结海盗假扮倭寇烧杀抢掠无恶不作，更以此为借口向朝廷索要军饷空额，朝廷军饷开销巨大，只得加重各省赋税，本朝的赋税比太祖时高了两倍之多啊。”

长房老太太就算早有准备，仍旧不免攥紧了手里的佛珠，倒吸一口凉气：“成国公竟敢如此，”说着微微一顿，“你想要参倒成国公，也要想想京里握有军权的勋贵、宗亲哪个又干净。”

陈允远听得这话站起身，郑重跪下来，一头磕在地上。

长房老太太身边的白妈妈见状吓了一跳，忙退了下去。

“若是我有差错，求老太太帮衬我两个小儿，让衡哥长大成人，琳怡能嫁个好人家，我两个孩子从小被教得质朴、仁孝，将来定不会忘了老太太大恩。衡哥若是能出息是最好，若是不能，这几年儿子存的银钱可让他回乡购些田地度日，儿子打听过，萧氏族里的弟子不乏有在乡下家境还算殷实者盼能娶贤妻，琳怡能嫁过去生儿育女也可安稳一生。”

长房老太太皱起眉头：“这就是你为儿女想的出路？”

陈允远点头再叩倒：“大丈夫忠孝不能两全，儿子这次回京就没指望能全身而退。”

外面的白妈妈听得这话一瞬间汗透了衣襟。原来三老爷心里竟是这般的打算。再抬起头来看到屏风后脸色苍白的琳怡。

白妈妈惊讶地张大了嘴。

琳怡伸出手来示意白妈妈噤声。

长房老太太和陈允远并不知道琳怡借口溜过来偷听。

长房老太太接着问：“那小萧氏呢？”

陈允远黯然道：“若是我没了，她必然不出几年就要随我而去，我不必再为她打算了。”

“好，”长房老太太将手里的佛珠拍在矮桌上，“你大义，小萧氏能殉夫也算为我陈家争光添彩，你死那日我必然带全家老少跪拜祖先，为你风光送行。”

外面的白妈妈顿时慌了神。老太太真是糊涂啊，怎么能任着三老爷乱来，想要转身进屋，手臂上顿时一紧，白妈妈抬起头看到了摇头的琳怡。

琳怡此时心里也是一阵乱跳。按照父亲的安排，一切还会和她前世经历的一样。父亲入狱，萧氏病倒，哥哥任二老太太董氏摆弄，她嫁入林家当日就被活活烧死。

可是她相信，长房老太太经过了那么多事，不会眼看着父亲送死。

所以她才想方设法让父亲在长房老太太面前说出真话。

长房老太太乜着眼睛道：“我不知道那些牌位会不会高兴，我能确定的是你的那些敌人都会万分得意，在这之前你的一双儿女先要安排妥当，你死之后小萧氏不能做主，二老太太董氏自然一手安排，你留给你衡哥的钱财就算朝廷不抄没，董氏也会搜刮干净，咱们族里也有处置男丁的地方，绑在荒僻的院落几日便断了生机。琳怡更是简单，随意将她配了出去，不但能为其他姐妹换门好亲事，更能赚些聘礼，琳怡出了嫁就与你母亲一样失去娘家的保护，只能任夫家折辱，就算是正室身份嫁进去，日后说不得连妾室也不如，生下子女将来也是一样矮人一等。”

地上的陈允远感同身受，浑身颤抖起来。

“不要依靠我这个半截身子入土的老太婆，说不得明日我就会闭上眼睛，”长房老太太睥睨地看了眼陈允远，“你以为死得其所，我告诉你，你有三不如。一不如你母亲，你母亲在陈家度日如年却没想过要轻生，生你的时候稳婆都已经放弃，你母亲却拼掉性命将你生下来，她跟我说过，别人能生儿育女，她不比别人差，也要做个好母亲，宠爱她的孩子，看着她的孩子长大。老天虽然不给她这个机会，她却给了你生的机会。二不如你父亲，你父亲为了活命能从死人堆里爬出来，虽然不承认京里的一妻一子，却是董氏的好丈夫，你两个哥哥的好父亲，他死之前至少让爱妻接掌了陈家，让两个儿子都有了前程。三不如你女儿，六丫头小小年纪就知道事事为你周全，你惹了个戏子小牡丹回来，都是六丫头想办法给我消息，让我出面帮你将事压下来，否则你哪里能大言不惭地跪在地上跟我说这些。我们家虽然是武将出身，却也知道不能有勇无谋，你祖父立下规矩让陈氏子孙文武兼修，就是这个道理。没想到你不懂得这个，偏要做个莽夫，还要搭上一家子的性命。”

长房老太太一口气将这些话说出来，开始陈允远还有些不服，到了最后他已经脸色变了几次，整个人再也没有了半分锐气。

长房老太太道：“话到这个份上你也能明白我的意思了，若是你信得过我就将心里的事都说了，我们想办法谋条生路出来，你若是信不过我，想怎么做就怎么做吧！”

陈允远这才开口：“我怎么会信不过长房老太太，”说着迟疑了片刻，“老太太还记不记得莲花胡同的吴家？吴家长子任宣慰使司佥事，前年却因贪墨了抚慰银被抄家处斩。”

长房老太太点头：“朝廷处斩正五品以上官员本来就少，我略有耳闻。”

陈允远道：“吴大人是私下里查成国公才遭此大难。吴大人被押回京之前跟我说过，让我注意他的家书。后来我进京一次想方设法见吴大人的家眷，婉转说了家书之事，吴大人的家眷却说吴大人最近没有写过家书。我不死心想了又想，这才想到……吴大人身边有个妾室从前是官宦家的小姐，后来家里出事才沦落做了妾室。”

听到父亲这样一说，琳怡突然想明白了。外省任职官员身边不带正室，都有妾室服侍，如果吴家人没有说谎，吴大人提起的家书就可能在妾室手中。吴大人死后妻儿还有吴氏一族庇护，妾室就只有被卖的份，所以父亲顺藤摸瓜找到了画舫。

这就能解释清楚为什么父亲会瞒着家里接二连三去画舫。

“吴大人留下来的必定是重要的证物，能拿到就多一分把握，我这才……”

长房老太太脸色微缓，让陈允远起身坐下：“你一个男人能打探到什么？这些事还要交给女眷做。”说着想及小萧氏的无能，“我替你打听一下，若是没有你就想别的路子。”

陈允远又惊又喜：“老太太能帮忙那自然是……最好了……”

接下来的话，就是长房老太太问陈允远有多少把握。

陈允远这些年收集到了一些证据，还有几位福建官员联名的奏疏，现在问题是这份奏疏能不能递到皇上面前，又怎么能让皇上相信。成国公是每日面圣的，陈允远见皇上的次数却屈指可数，按照正常渠道递折子，成国公很快就能知晓，会联合重臣很快将陈允远等人一并拿掉，之前的吴大人就是例子。可是想要依托旁人，那个人还真的不好找。

这件大事说起来也是一筹莫展，不过陈允远总算答应长房老太太暂时不会轻举妄动。琳怡也松口气，至少最近应该不会突然听到父亲被抓的消息。

天黑下来，陈允远和萧氏带着衡哥回去了二房，琳怡依旧留下来陪着长房老太太。

长房老太太吩咐白妈妈去画舫那边打听吴大人的妾室。算一算一个女人沦落到画舫那种地方两年，就算有家书不知道她还能不能保管好。

长房老太太只能叹气："尽力而为吧！"

第二十六章　吵闹·消息

琳怡跪坐在大炕上用美人拳给长房老太太捶肩膀，没过一会儿老太太就不舍得劳累琳怡，而是让听竹过来伺候。

"都听到了？"

琳怡点点头。

长房老太太叹气道："没听到的时候想听，听到了又要跟着发愁。"这话是说给琳怡，也是说给她自己的，人清闲了这么多年，一下子听说这么大的事也觉得头皮发麻。

琳怡不说话，最差的结果她前世已经经历过了，现在听起来就没有那么惊心，不过会让她看得更清楚。

长房老太太道："我原本想着等袁学士回来，现在看来是来不及了，"说着顿了顿，"郑阁老毕竟老了，前怕狼后怕虎。陈老王爷在家赋闲之后，惠和郡主这两年也不像从前一样风光。"

琳怡也跟着思量，唯有和父亲同仇敌忾的文官，可文官又是一盘散沙。从前父亲选择了林家，事实证明是错误的。

现在除了林家偏又没有旁人肯上前。

长房老太太看着窗外："我也该出去走动走动了。"

第二天琳婉过来给长房老太太请安。

陪着长房老太太吃了饭，琳婉到琳怡房里说话。

琳婉心事重重，话就更加少了，半天才吞吞吐吐地说："二婶让我跟着一起去宁平侯家。"

只因上次大太太在二老太太董氏面前抱怨，应该带琳婉多出去见识见识。

不过偏就挑着去宁平侯家的时候带琳婉。众所周知，宁平侯家的小姐是闭月羞花之貌，凡是敢过去凑热闹的小姐长相都算出挑。

琳婉这个长相放在普通里算是一般，要是跟琳芳这些美人混在一起，就太明显了。

二太太田氏的心肠可真是慈悲。

琳婉身边的丫鬟冬和气得不行："好像是我家小姐占了多大便宜，其实谁不知道四小姐的心思。"

琳怡看着沉默的琳婉："大伯母怎么说？"

琳婉黯然道："母亲让我去。"

宁平侯这样的显贵家里是难得去一次，陈大太太就算知道要吃亏，也不肯放过这个机会。

琳婉哂然一笑："也没什么，总要有人排在最末，忍忍也就过去了，"说着期望地看着琳怡，"六妹妹去吗？"

二老太太董氏没有安排让她去，再说宁平侯家，去了也是是非多，她无心凑那个热闹，琳怡摇摇头。

琳婉有些失望地笑笑："看来过去之后，真是没人理我了。"

琳婉才走，郑七小姐就来信提起去宁平侯家做客的事，郑七小姐知晓琳怡不去，本也想赖着装病不出门，最后还是被惠和郡主抓上了车。

郑七小姐从心底里不喜欢以美貌著称的宁平侯家小姐，除了养个女儿做了娘娘，身上还有世袭的爵位外，宁平侯孙家里里外外就是个粗鲁的暴发户。

琳婉、琳芳当天参加宴会的情形，琳怡回到二房很快就被迫知晓了。

琳怡从内室里出来，琳芳便气冲冲地掀开帘子进了屋，一把握住琳怡的手腕："六妹妹回来得正好，你跟我去祖母面前说说，我对你如何？你怎么能这样害我？"

琳怡诧异地看向琳芳："四姐这是怎么了？"

说话间琳婉也急着跟了过来，琳婉正要和琳怡说起宁平侯府出的事。

琳芳哭花了妆面，眼睛里都是红红的血丝，发鬓凌乱："你还装傻，你跟郑七小姐说过什么？郑七小姐和三姐一条藤地害我。"

琳怡不明就里看向琳芳："四姐这是哪里的话，难不成是在宁平侯府上受了委屈？"说着让玲珑拿绢子给琳芳擦眼泪。

琳芳一下子将玲珑手里的绢子打了出去："你别在这里装好心，宁平侯家小姐说了小牡丹的事笑了一番，却关我什么事？"

琳婉终于找到机会插嘴："是郑七小姐气不过和宁平侯五小姐拌起嘴来，并非有意伤着四妹妹。"

琳芳转头狠狠地盯琳婉一眼：“平日里看你话不多，关键时刻却会煽风点火。”

琳婉被琳芳这样一骂不禁低了头，声音也小起来：“我还不是怕妹妹卷进去，回来免不了要受责骂。”

琳芳冷笑道：“我怕什么……宁平侯五小姐说的是小牡丹的腌臜事，沾也沾不到我身上。”

琳芳这话一出，橘红、玲珑两个齐齐变了脸。小牡丹的事好不容易遮掩过去，四小姐却在这时候冷嘲热讽地提起来。外面人说倒也罢了，自家人竟然也这样说，换了谁也忍不下这口气。更何况四小姐还要叫三老爷一声叔叔，这也太目无尊长了。

琳怡也抬起了眼睛。

琳芳这意思是，父亲给陈家丢了脸面，琳芳不能去指责父亲，就将这口气发在她身上。琳婉、琳芳在宁平侯家生了口角，回来不免要去二老太太面前说清楚，若是能将她连带上，二老太太董氏会是什么态度可想而知。

人在屋檐下不得不低头。

在二老太太董氏手里她是讨不得半点好处。

琳怡想着坐在炕边拿起茶来喝。

“你还有心思喝茶。”琳芳看着琳怡悠闲的模样，更加暴跳如雷。

琳怡将茶碗放在桌上施施然看向琳芳：“四姐说的话我都听着呢。四姐说的小牡丹是谁？”

琳芳立时气结：“你还装傻……还不是前些日子三叔父带回来的戏子。”

琳怡依旧不着急：“那不是旁人陷害给我父亲的么？四姐还当真不成？”

“你……”琳芳胸口又憋闷几分，“是宁平侯家五小姐说的。”

琳怡仿佛现在才听明白：“宁平侯家五小姐？”说着顿了顿，“当着三姐和四姐的面说我父亲的事？”

琳芳气得跺脚：“说了半天，你以为我在说什么？”

琳怡收回脸上懒懒的表情，目光一沉带着郑重：“这样说来，四姐以后还是少和宁平侯五小姐来往的好。当着你的面，不分青红皂白就说咱们家长辈的闲话，这样的人保不齐哪日也会跟旁人奚落四姐。”

为了巴结权贵，连长辈都不懂得维护的人，日后也会被人笑着骂不要脸。

琳怡说完话又道：“四姐若是觉得还不能出这口气，晚上等父亲回来，我与父亲说了，四姐总是为了父亲受的委屈。”

琳芳的脸色又红又白起来。她本想一不做二不休来琳怡房里大闹一场，大家打起来到了祖母面前，祖母只会向着她。宁平侯府的事揭过，她也能出口恶气，没想到琳怡也不生气，到了最后不咸不淡地说出这样一句话，更把三叔父抬出来。

琳芳才想到这里，只听外面道：“原来小姐们都在这里，倒让我好找。老太太请小姐们过去呢。”

董妈妈说着话进了屋。只见满屋子清亮，一应器物摆放齐整，六小姐笑着迎过来，脸上没有半点的火气。四小姐身边的丫鬟急匆匆地来传话说：“打起来了。”她怎么瞧着也不像。

琳婉站在门口等琳芳，琳芳却看琳怡没有动：“磨蹭什么，快走啊！”

琳怡笑着道：“两位姐姐先走一步，我还没有换衣服呢，去祖母面前可不是失礼？”

琳芳皱起眉头：“祖母要问宁平侯府的事呢。”

琳怡道：“那正好。两位姐姐先禀着。”

“你……”

“我过去也是没用。宁平侯府我没去啊！”人在屋檐下不得不低头，大不了她这时候就不去二老太太的屋檐下找晦气。

琳婉、琳芳跟着董妈妈出了门，琳怡去内室里重新梳妆换衣服，在长房老太太身边好几日，回来了要穿得体体面面拿着礼物去见二老太太才是，否则定会被人挑出错处。

橘红拿了月白色的锦缎给琳怡围上净脸：“多亏小姐聪明，要是奴婢早就忍不住和四小姐争起来了，那不是让董妈妈撞个正着。”

琳婉、琳芳刚从宁平侯府回来，偏急着到她房里来，能有什么好事？

就算琳芳不说得那么露骨，她也不会上当。

她从前只知道宁平侯一家势利，没想到宁平侯五小姐不折不扣是个被宠坏的娇蛮小姐，怪不得和康郡王的婚事会不了了之。

琳怡想及康郡王利用父亲博得圣心……这样看来，康郡王和宁平侯五小姐说不得是十分般配。

琳怡拿着做好的紫锻方口绣鞋去二老太太董氏房里。

二老太太房里十分安静，琳芳不在屋里，只有琳婉陪着二老太太董氏说话。琳怡微微一笑上前给二老太太行了大礼，然后将紫锻鞋拿过去给二老太太董氏试穿：“祖母看看合不合脚。”

二老太太董氏依旧慈祥地笑着：“你这孩子，一日也不闲着，伺候长房老太太还想着给我做鞋。”

其实这双鞋大部分是听竹做的，她做的那双如今在长房老太太脚上。

伸手不打笑脸人，二老太太董氏只是问了她长房老太太的身子如何，很快就将她放了出来。

出了屋子，琳怡觉得微风扑面十分宜人，恐怕琳芳这三五日感觉不到这样好的天气了。代替琳芳在二老太太董氏面前伺候的会是琳婉吧！

宁平侯府发生的事，没那么简单。

琳怡走得远了，二老太太董氏才将琳婉叫来身边坐了，满眼都是赞赏：“今日在宁平

侯府你做得对，否则你四妹妹要闯大祸。”

琳婉不好意思地低下头，怯生生地露出些笑容，她很少被祖母夸奖：“我也是怕外人看了我们陈家的笑话。”

旁边的董妈妈也觉得惊讶起来，平日里不显山不露水的三小姐竟然能说出这样的话。就算再不喜欢三老爷一家，都不能在外面表现出来，否则只能被人说是老太太的不是。

二老太太董氏也欣慰地点头：“是这个理。你四妹妹不懂事，以后在外面你要多提点着她。”

琳婉温婉地点头：“四妹妹性子都是极好的，只是当时事发突然……没想到宁平侯五小姐就说出那样的话来，郑七小姐又是个性子急的。”

二老太太董氏皱起眉头：“六丫头才来京多久，怎么就和郑七小姐好成这般。”郑七小姐竟然能在宴席上为六丫头争辩。

琳婉道：“六妹妹待人宽厚，礼数又周到，齐家小姐也和六妹妹常来往的。这次二弟能进白鏊书院，也是六妹妹出面请齐家帮的忙。”

这她倒是听说了。二老太太董氏摩挲着手里的金丝香薰球，六丫头做事滴水不漏，小牡丹的事长房那么快知晓，就是六丫头传出去的消息，之前她倒小瞧了六丫头。

“你也别心太实，”二老太太董氏看了琳婉一眼，“你与四丫头总是同一个祖父、祖母，你三叔父是赵氏所生，和我们隔着心……”

琳婉头一次听到祖母和她说这些，想开口又不知道怎么说才好。

旁边的董妈妈道：“三小姐就听老太太的吧，老太太总是为了小姐好。”

大媳妇外表不饶人，正经的却没有教女儿，二老太太董氏端起矮桌上的茶碗喝了两口茶：“这次在宁平侯府遇到些什么人？”

琳婉便将去宁府平侯的人说了一些。

二老太太董氏道：“可看到了康郡王？”

琳婉摇摇头：“没有，倒是听惠和郡主说，康郡王有公务在身。”

这么大的事康郡王这个准孙女婿竟然没到场，看来外面的传言有几分真了。

琳婉说了会儿话出去，二老太太董氏吩咐董妈妈：“等二老爷回来，让他过来说话。”

董妈妈应了一声。

二老太太又道：“将挨着宁平侯庄子的那一千亩水田的地契拿来。”

董妈妈一惊：“老太太真的打算将那水田送出去？万一宁平侯帮不上忙……”

二老太太半阖上眼睛：“康郡王爵是成祖追封的，高宗时坐事夺爵，当今圣上继位之后又复爵，虽然是宗亲并非显贵，在我们这些人眼里已经是高攀，宁平侯当时定下这门亲事想必也是这样思量，可如今，”二老太太睁开眼睛，“宁平侯不惜得罪康郡王也要将婚事再做权衡，这说明了什么？”

董妈妈想了想总算明白了：“宫里那位惠妃娘娘圣眷更隆，宁平侯才不将这门亲事放在眼里。”说着方才的疑虑去得干干净净，“这样说只要攀上宁平侯，将来我们家就不愁复爵。”

二老太太靠上身后的软垫，嘴角微微翘起来：“长房还以为我非要靠着她。都是陈家子孙，就看谁能压倒谁。”

郑七小姐和宁平侯五小姐这一架打得两个人都被家里禁足了些日子。

郑七小姐只能化悲愤为文字拼命给琳怡写信。

琳怡也十分抱歉，毕竟起因是她。郑七小姐却毫不在乎，没有半分悔改之心。本来罚抄了《女诫》、《女训》就要被放出来，却在郑老夫人面前豪言壮语：“就算没有陈六小姐家的事，我也老早看宁平侯五小姐不顺眼，京里的名门闺秀那么多，她孙五小姐能排上老几，做什么那般张狂，若是我，以后就不与她来往。”

结果当晚郑七小姐一双嫩手就吃了竹丝炒肉，足足三天没能握笔给琳怡写信。

长房老太太帮着陈允远查吴大人的小妾，没想到很快就查到了齐二太太身上。琳怡跪坐在长房老太太身边给长房老太太揉腿，听齐二太太身边的江妈妈抹着眼泪说：“我们是同一个人牙子卖的，雪兰年纪小长得漂亮又会识字就先被挑去了吴家，我就进了齐家。”

有句话说得好，同人不同命。

一个做了管事妈妈，另一个如今就沦落画舫。

江妈妈道：“吴家出事之后，我也想接雪兰回来，可雪兰要听吴家主母发落，”说着转头看向齐二太太，“我还请太太出面帮忙，谁知道雪兰是个倔的，说什么也不肯跟我进齐家。我听说吴家将雪兰卖去画舫，我也去找过……我找得紧，她就躲得紧，雪兰大概是因为吴大人惨死，心里过不去这个槛，所以不肯见相熟的人，我想着过些年说不得就会好了，隐约知道她在画舫上做下人……”

齐二太太也跟着叹气：“没想到吴大人倒是重情义，还托人照看家眷。”陈三老爷去画舫，难不成是为了这事？齐二太太越来越觉得之前冤枉了陈三老爷。

江妈妈说往事，琳怡忍不住听东次间里衡哥背书的动静。国子监和书院今日都大假，齐二太太就将几位小姐和齐二少爷一起带了过来。

东次间里衡哥从开始的流利变成磕磕巴巴。

江妈妈要说画舫的事，琳怡和齐家两位小姐就被赶了出去。

三个人到了外间说话。齐三小姐、五小姐和琳怡疏离了些日子稍有些不自然，好在琳怡并不计较，三五句话过后，几个人又回到从前。

过了一会儿，衡哥从东次间里出来，活像是从头到脚洗了个澡，隔着帘子向两位齐小姐行了个礼，然后去换衣服。

琳怡跟过去问：“怎么样？”

衡哥讪讪道：“齐二爷太严肃了，我之前会的都不会了。又拿来了几本书，说好了，之前留给我的课业我会背，这些书才会留下。”

琳怡略微思量，露出些笑容：“我教哥哥个法子，看看行不行。”

第二十七章　抢先·略胜一筹

衡哥擦着汗等琳怡说话。

琳怡笑着道：“让秋桐给你找身深色的直裰穿了，其他的我去安排。”

深色的直裰。衡哥抬起头看看头顶上的大太阳，五官皱在一起，那也太热了。

琳怡转头看看东次间：“齐二郎穿的是什么颜色的衣服？”

齐家哥哥。衡哥沉下头，是深蓝色。

深蓝色的直裰，一丝不苟地站在一旁听他背书，他汗湿了衣衫却没见齐家哥哥有什么异样。

琳怡道：“穿了深色衣衫，流汗也不会透出来，人前就不会失礼了，哥哥也不用总跑出来换衣衫。功课上不能过关，至少要有诚恳的态度，否则齐二郎说不得就不愿意教哥哥了。”

衡哥听着恍然大悟：“妹妹说的有道理，我这就去换件深色直裰来。”

衡哥换了身衣服回到老太太屋中，玲珑已经捧着茶等在那里：“六小姐说，让二爷将这杯茶端给齐二少爷。”

衡哥点了点头，亲手奉茶进屋。

玲珑顺着门帘缝隙向屋里张望了一眼。只见里面的齐二少爷目光深沉，脸上没有半点的笑容，见到二爷就将手里的书拿给二爷看，考问二爷：“这一段是什么意思？”

玲珑吓得缩回头，怪不得二爷会害怕。

青花瓷的盖碗送上来，陈二爷开始拿起书本来看，齐重轩也端起了茶轻抿了一口，清凉的茶水到嘴里，齐重轩不禁皱起眉头，这是什么茶，清凉中有些酸涩，乍一喝觉得奇怪，到了嘴里却满口生津。拿起盖碗将上面的叶子拨开，碗底沉着两颗梅子。

茶水虽然凉过却不冰，上面的叶子应该是薄荷。

一杯茶不知不觉就都喝了下去，系紧的领口仿佛也松解了些。跟着母亲来陈家，长辈面前不能失仪，加之要教习陈家二爷功课，身上的直裰要妥帖平整，就算汗透重襟也不能让人发觉。他虽然早已经善于忍耐，可是一杯茶却难免让他觉得舒畅。

这茶是谁安排的？门外隐约传来欢笑声。是两个妹妹在跟陈六小姐说话，陈三老爷出了事，母亲让妹妹暂时不要和陈家小姐书信往来，妹妹来之前还十分紧张生怕因此和陈六小姐生分了，如今来看陈六小姐倒是能容人。

齐重轩收敛心神，抬起眼睛，陈二爷身上也换了件深蓝色直裰，一脸的恭敬……陈二爷虽然功底不够扎实，却也算求学诚恳。齐重轩放下茶杯，看向陈二爷手里的书本："我便再给你讲一次，你要仔细听了。"

齐三小姐讲了个笑话，满屋子人都跟着笑起来。

"我说有白狐听墙角，我五妹妹还真的信了，晚上说什么也不肯睡觉，第二天早晨直和我说，晚上起来看到白花花一团东西，以为是来摄人魂魄的白狐。"

齐五小姐红了脸："谁叫你说得有板有眼，说但凡谁提到这个事，晚上白狐就会来找了。"

齐三小姐"扑哧"笑出声，拉着琳怡道："你瞧瞧，我要怎么说她好，真是越读书心越痴了。这故事可不是我起的，是郑七小姐说的，"齐三小姐说着压低声音，"我也是听说郑七小姐和宁平侯府小姐拌嘴的事，才想到这个故事。"

琳怡让玲珑沏了薄荷茶给齐家两位小姐，齐三小姐喝了只说好，让琳怡将妙方告诉她。琳怡故作深沉："将故事讲完了，我就让人将我做好的茶给你带上一些。"

齐三小姐道："那自然是好了。就因这个故事，郑七小姐和宁平侯五小姐才结了怨，我想要不是惠和郡主，郑七小姐是绝不肯去赴宴的。"

琳怡知道齐三小姐讲起这个是要宽解她，郑七小姐被罚的事想必大家都知晓了。

齐三小姐道："上次郑家做客，母亲就带了我过去，郑老爷是玩心大的，就将各家的老爷、公子凑起来出去打猎，没想到让康郡王一骑当先打到了只白狐，你们说巧不巧，京畿竟然也有这样的灵物。宁平侯五小姐听了就想要拿白狐来养，"齐三小姐说着一脸鄙夷，"大家都知道宁平侯五小姐说给了康郡王，不过也只是议亲而已，这宁平侯五小姐也太急了些，看到好彩头恐怕落下了她。郑七小姐看不过眼就讲了个白狐的故事，让宁平侯五小姐何不等到月圆的时候，案头放七七四十九只金锭子，管叫白狐自己上门。"

郑七小姐是间接说宁平侯家财大气粗吧！

齐三小姐扬扬手帕，忍俊不禁："满座小姐都笑了。郑七小姐说，你别不信，白狐是有灵性的东西，听到我们提它，正在听墙角呢。宁平侯五小姐气得面色铁青，撂下话让郑七小姐别太得意，小心哪日行礼闪了腰。"

齐五小姐也笑："人家将来做了郡王妃，我们自然要行礼了。"

宁平侯五小姐嫁给谁琳怡不知道，若是按照前世，宁平侯五小姐是嫁不成康郡王的，这白狐一事说不定要终身为憾了。

齐三小姐道："那只白狐被郑七小姐要走了，宁平侯五小姐只能吞下这口气。"

那是自然，总是郑家的东道，郑七小姐要下来顺理成章。

"后来宁平侯五小姐几次想要见康郡王的面，听说都没见成。这次宁平侯家老夫人过寿，康郡王又没露面，宁平侯五小姐定是心里不痛快，知道陈六小姐和郑七小姐走得近了，这才

拿了六小姐来出气。”齐三小姐摇摇手里的扇子，“我说的可都是实话，这是他们两家闹别扭，六小姐和陈家因此遭了殃。”

齐三小姐会劝人，她这样一说，琳怡心里不禁也轻松了许多，果然人人都是爱听好话的。

不过这场大战应该很快就会有结果了，康郡王和宁平侯五小姐互相不对眼，亲事彻底告吹。琳怡喝了半盅茶，齐二太太身边的江妈妈来叫琳怡几个进屋。

琳怡让着齐家两位小姐进了内室，刚要问橘红厨房的小点心准备得如何了，白芍就匆忙进屋里来。

白芍向琳怡行了礼：“六小姐。”

琳怡走到一旁，白芍才低声道：“林家那边有人去了画舫。”

琳怡惊讶地扬起眉毛，林家手脚这么快。既然让人去了画舫，定然是有了眉目。

白芍道：“奴婢已经让人跟着，若是画舫有了消息就会传回来。”

琳怡点点头：“我进去和老太太说。”

白芍应了一声退下去。

大家说了会儿话，琳怡扶着长房老太太去更衣，祖孙俩走到穿堂，琳怡低声将林家的事说了。

长房老太太皱起眉头：“你父亲的事八成是林家在背后捣鬼，否则他们怎地知晓了这些。好歹一个书香门第，后人竟然这般龌龊，”说着看琳怡，“幸亏没有将你许给那个林家大爷。”

长房老太太这时候说起她和林家的亲事，琳怡不由得一愣。

长房老太太道：“刚才我已经和江东媳妇说好了，让她明日就去找那雪兰，没想到林家先下了手。”

现在不好催促江妈妈帮忙，否则齐家也会起疑。

那要怎么办，不能眼睁睁地看着林家去跟雪兰要东西。

长房老太太捏着手里的佛珠：“林家贸然去了也未必能将东西要到手。”

可是雪兰毕竟已经在画舫里待了一年，谁也不知道她还能不能熬下去，但凡心志稍稍动摇，也会将东西交了旁人，父亲好不容易才打听到的证据，将来说不得要用来救命，不能就这样作赌。

琳怡抬起头：“孙女想到个法子也不知行不行。”

长房老太太知道琳怡聪颖，祖孙两个便走到长廊上：“说来听听。”

琳怡道：“我们找不到雪兰才会托江妈妈帮忙，现在既然林家已经找到了人，我们就让人跟过去瞧瞧。雪兰躲在画舫除了想守住吴大人手里的证据，也是怕连累旁人，只要让人说透这一点，雪兰就不会轻易将那封信交给旁人。日后江妈妈再去画舫，将吴大人请我们家照顾家眷的事说了，雪兰也能明白该相信谁。”毕竟父亲是福建的官员，吴大人生前和父亲又有交往。

六丫头说得对。平日里无人问津，突然两家找上门，那雪兰想必也会有个思量。

长房老太太点点头，“这个法子好，就让白妈妈选个妥当的人去办。”

祖孙俩安排好，这才转身回到屋子里，宴席过后，白妈妈回禀长房老太太：“暂时先将人稳住了，不过看样子林家不准备放手。”

林家既然掺和进去了就势在必得，长房老太太沉下眼睛，想捡便宜没那么容易。

大家又坐下说会儿话，齐二太太才起身告辞，齐三小姐向琳怡讨要茶。

琳怡笑着吩咐橘红：“去将我养的薄荷拿两盆给三小姐、五小姐。”

眼看着丫鬟果然端了两盆花。齐三小姐觉得惊奇。

琳怡道：“哪日两位姐姐想吃茶，就伸手将叶子摘下来泡了便是，里面的梅子也都是寻常的，姐姐喜欢我也奉上一罐。”

齐五小姐惊讶中不禁赞叹：“妹妹果然妙人，竟能想到这种雅事。”

送走了齐家人，衡哥还在感叹：“齐家哥哥好是好，只可惜通文不通武，我现在知道读书有诀窍，那骑马射箭也定然是有诀窍的。”

琳怡忍不住笑出声：“齐二郎没教会哥哥用功，倒让哥哥学会偷懒了，怪道人说辛苦了师父懒了徒弟。”

衡哥红着脸讪讪道：“我是受益匪浅。”

衡哥整理齐二郎留下来的书籍，不知不觉时辰已经晚了，萧氏打发人来问，衡哥反正带了衣物，就让婆子回禀萧氏：“就留在长房老太太这里，明日径直去书院。”

萧氏听说儿女都留在了长房，心里不觉得有些空。回京之后不用单独立院，许多事靠公中安排，手边的事就少了许多，围在身边的一双儿女就占了她大半心思。萧氏放下手里的活计，走到门口看了一会儿，这几日陈允远也迟迟不归。

萧氏刚要回去内室，谭妈妈端了萧氏平日吃的药膏子来。

“怎么去了那么久？”萧氏不经意地问起来。

谭妈妈略微迟疑，见萧氏捧起药盅又皱着眉头放下:“拿下去吧，吃了这么久也没有效用，以后也不要再做了。”

谭妈妈是跟着小萧氏陪嫁过来的媳妇子，如今熬成了管事妈妈，论对小萧氏的忠心，没有人能及得上她:“那怎么行，太太坚持了这么久万不能功亏一篑啊。”

萧氏黯然道：“大概是我命中无子，强求也是无用。”

谭妈妈不禁焦急：“不能这样说，咱们家大太太还不是没有生下子嗣，二太太生下了大爷和四小姐之后多少年，这才……”

萧氏听得眼睛一跳，抬起头来：“二嫂怀孕了？”

谭妈妈低声道：“奴婢也说不上来，不过看到二太太的丫鬟在熬药，那药的味道奴婢晓得，是保胎药。”

谭妈妈自家的媳妇一直吃保胎药才生下了小孙子。

萧氏先是羡慕然后是惊喜："二嫂这个年纪正是生儿育女的好时候，有了喜也是寻常。"

谭妈妈道："太太岂不是比二太太要小许多，"说着顿了顿，"奴婢说句没天良的话，二爷对太太虽好，可是太太也该有个亲生儿女在身边。"

萧氏没少听了这种话，特别是回到娘家，姐妹们也都提点。哪个女人不想有自己的孩子，她吃过了那么多药也是没有法子……好在衡哥和琳怡待她如亲母，萧氏苦笑："那又能怎么样？什么法子都试了。"

"也不一定，"谭妈妈将药盅重新放到萧氏手里，"太太去求求二太太。"

琳怡在长房老太太房里听白妈妈讲雪兰的事。

"真可怜，瘦成一把骨头，就在画舫旁边的小棚里住。开始老鸨也想安排接客的，谁知道病得不成样子，只吊了一口气在，哪里肯用了，好歹人是挺过来，就干些杂活。"

长房老太太道："吴家也太狠心，总是伺候过主子的奴婢，怎么这样糟践。"

白妈妈道："也不能怪吴家太太，听说是吴氏族里有人看上了雪兰，雪兰死也不肯去，这才被卖了……"

长房老太太又叹气："雪兰也是性子倔犟。"

琳怡也听过一些这样的话，家中出事，都是族里接收女眷，当年父亲进了大牢，她和母亲就只能听二老太太董氏和两位伯父的，萧氏在旁边若是说了话，立即就会被二老太太董氏训斥。

琳怡撇开思绪，也向白妈妈询问："不知道林家遣了什么人过去？"

白妈妈道："也是粗使婆子，见到有人来了，那婆子就悄悄溜了。"

她怎么忘了这一点，林家自诩书香门第，怎么能让人去画舫那种地方？

"伯祖母，现在就怕林家花言巧语骗人。"林大太太和林正青可是都长着好口牙。

长房老太太冷笑："明日江东媳妇就去了，看林家能耍出什么花招。"

她对林正青太过了解，那双眼睛看到别人痛苦会愈加明亮，平常人会知难而退，林正青不到最后一刻是不肯认输的。

林大太太气得手脚冰凉，花了多少银子才打听来的事，没想到竹篮打水一场空。总不能跟那粉头说，他们是安庆林家。

婊子无情戏子无意。林大太太道："让人去多给她些银钱。"

林大老爷皱起眉头："给多少是多？二百两？足够她去乡下养老了。要我看这般不识相便找上几个人去唬唬她，看她是要命还是要东西。"

不能暴露林家的情况下，也只能走这两条路。

林大老爷道："我明日就让人过去，矮棚那么点地方，大不了就翻过来总能找到东西。"

旁边的林正青听着笑了，难为他们一个两个想得这样周全。

林大太太正舍不得拿自己首饰出去押银子，看得夫君胸有成竹，也就想这样试试。

林正青喝口茶："过了今晚，只怕陈家就动手了，哪里还有我们的机会？"

陈家？应该不会这么快吧！

林正青道："父亲不妨想想，就将咱们是安庆林家的事告诉那吴大人的小妾又会怎么样？"

会怎么样？吴家在京城定居了那么多年，那小妾自然知晓林家。以林家的名头，足以让那小妾将证据拿出来。

林正青看着林大老爷的眼睛："父亲不就是想要拿到东西吗？"

林大老爷略微迟疑。

林大太太却一口否定："那怎么行，保不齐那小妾不会将这件事说出去，到时候闹得满城风雨，成国公必然会找上门。"

林正青仿佛不明白林大太太的意思，眼睛一亮侧过头去："为什么要让她将这件事说出去？"

画舫上日日都会死人，不过是个伺候粉头的下人，就算投了湖也不会有人在意。将来这件事揭开来，也只能说她是了却了心事，追随吴大人而去了。林大太太想到这里笑起来："我看青哥说得对，这件事还是早些办才好。"

林正青听完这话，带着丫鬟去书房里看书。那些证据母亲一定会拿到。凡事只要看透人的心理，就能达到想要的目的。吴大人的妾室能忍受这么长时间的折磨，可见她心里是多么渴望吴大人摘掉犯官的帽子，恢复从前的光鲜，这时候只要哄着她。乖，把东西拿出来，你就能救了吴大人，日后在黄泉路上见到吴大人，吴大人定会感谢你。吴大人能将东西托付给你，是因为他不光将你当作一个妾室，而是他真正爱着的人。

于是接下来的事，就是一命呜呼，也算死得其所。

女人看似聪明，其实是极愚蠢的东西。

收拾书房的丫鬟，看到大爷脸上如同春风般的微笑，一下子看怔了。

林大太太紧张地等待结果，整件事解决好大概要两个时辰。林大太太看着沙漏，她特意让身边的妈妈带人去画舫，就是怕那些人毛手毛脚出了差错。

"大太太。"

半个时辰之后，林大太太身边的妈妈擦着脸上的雨水说话："那个雪兰被人赎走了，说是回了老家。"

"什么？"林大太太站起身脚下一滑几乎跌倒。

没想到太阳一落山，外面就下起雨来。琳怡在碧纱橱里听长房老太太和父亲说话。

陈允远惊喜地看着手里的信函："多亏老太太安排，否则这封信函定然是拿不到了。"

长房老太太笑道："别谢我，都是琳怡想到的主意。那雪兰病得不成样子，倒是想要

落叶归根，若是她的病能好，我们也好资助她些银子，让她回乡置办田地度日。更何况我们为了找她，连齐家人都求了，她也知晓我们的用心。”

陈允远听得这话更加喜不自胜：“琳怡年纪小哪里懂得许多。”手里的信尚未打开，长房老太太连看也没看一眼。

陈允远感激的心里不禁带了些许愧疚，他小时候在家里受尽冷落无人问津，长大后对陈家人只有恼恨，没有半点亲近之心，长房老太太就算关切他，他也不甚在意，现在想想是他的错。“老太太，”陈允远跪下来郑重地磕了个头，“这些年都是我不对。”

长房老太太看着陈允远真心实意认错的模样，不禁红了眼圈：“好了，”长房老太太伸伸手让陈允远起身，“早些年你们在福宁，我想帮忙也是无能为力。现下你回来了，我们就仔细筹划筹划，将来这陈家的老宅，还要交到你手里。”

陈允远惊讶地睁大了眼睛，他万没想到长房老太太竟有这样的打算：“老太太，这……怎么好……我……”

长房老太太面容果断：“我心里认同的只有你母亲，难不成这份家业要交给董氏不成？”说着顿了顿，“你也不要太高兴，允礼去世后，我独自支撑这个家，现在除了这处祖宅，我手里的东西也只够给衡哥做份聘礼，琳怡嫁人添箱，旁的还要你自己去挣。”

陈允远又跪下来郑重地给长房老太太行礼：“老太太年纪大了，我自然愿意留在老太太床边尽孝，只是儿子听说，福宁水患，儿子可能要回福宁了。”

第二十八章　拜佛·审视

要回福宁？

外面的长房老太太一惊，碧纱橱里的琳怡也吓了一跳。

朝廷怎么会突然让父亲回福宁？

她记得福宁是又有了水患，不过回去赈灾的并不是父亲啊。

长房老太太道：“什么时候听说的？考绩还没完，福宁不是还有其他官员？怎么会让你回去？”说着让陈允远起身到椅子上坐下。

陈允远也是一脸踌躇：“儿子也是才听说的，这边才有了些眉目，这时候回福宁就是功亏一篑。”

“这件事和成国公脱不开干系，”长房老太太打断陈允远的话，“等你回去福宁，那水患不知泛滥了多少时候，偌大一个福宁都干等着你陈允远不成？”

“儿子也知晓，”陈允远叹口气，“那也是没办法的事，再怎么样儿子也不能违命。”

长房老太太转动着手里的佛珠，屋子里一时静谧下来。

“不能就这样等着。”长房老太太的话如同黑夜里一道闪电，带来了一线光明也让人惶恐，“到了这个份上，既然成国公已经知晓，就一定不会再留着你，你回到福宁必然会领罪。与其等死，不如趁现在谋划保命。”

琳怡静静地听着，这件事摆明了是冲着父亲来的，福宁那边说不定已经下好了圈套，父亲没有准备地回去，可不就是任人摆布。

长房老太太道：“我原本就想着托人将你留在京中任职，既然已经有了这事，我出去帮你走动走动。”

陈允远感激地又拜了长房老太太，母子两个又说了两句话，陈允远在门上没落闩之前赶回了二房。

陈允远走了，琳怡端着点心从碧纱橱里出来。

长房老太太看着孙女吩咐白妈妈：“以后就将六小姐的铺盖都安置在我房里，搬来搬去的也是麻烦，再挑几件漂亮的摆件，小姐的闺房哪里能像我老婆子的房里一般阴沉。”

白妈妈笑着应了，带着一干小丫鬟去安排。

琳怡坐在长房老太太身边，拿起羽纱的扇子给长房老太太扇风。

“本来要和你老子商量，让他们搬过来住，现在看来还是等你老子的仕途稳当稳当再说。”

长房要选继子必然经过族里，二老太太董氏不是省油的灯，族里那些耆老族人也不会安生，要是将这层窗户纸戳破，家里外面就会应接不暇。

琳怡在旁边捧着茶：“就没有人能对付成国公吗？”

长房老太太半眯起眼睛：“就是没有人敢挑这个头罢了，成国公是先帝钦命的辅政大臣，身上又有军功，历经三朝党羽众多。成国公在福建这样放肆，依仗的就是福建官员八成经他手，另外两成也是畏不敢言，好不容易出了吴大人这样的清官能吏，最后的下场却让人胆寒。”

所以父亲拿到的证据，恐怕难递到圣前。

琳怡喝了一小口水，抬起头来：“怪不得郑家也不愿意插手。”

长房老太太看着香炉里吐出来的袅袅青烟，“人人都怕被牵连，也只有死人……”说到这里长房老太太忽然想到什么，她怎么忘了这一点。高声将白妈妈唤过来，“你去，去二房找到三老爷，让他先不要拆开那封信。”

白妈妈看看窗外：“这么晚了，奴婢总要有个借口。”

琳怡道：“祖母不是一直想要母亲陪着去清华寺礼佛吗？明天可是好日子？”

白妈妈想了想：“正好初一。”

长房老太太点点头：“也好，就去跟三太太说吧。”

白妈妈带着两个粗使婆子亲自去二房。

琳怡将桌上酸枣仁做的糕点捧给长房老太太："酸枣仁能安神，伯祖母吃一些，晚上好安睡。"

长房老太太一把搂住琳怡："你这个孩子。"

吃了一块糕点，长房老太太漱漱口："我今天瞧着齐家的哥儿倒是学问大，衡哥能和齐家哥儿学倒是能受益不少。"

琳怡点点头："哥哥也这样说。"

长房老太太道："可见齐家哥儿的憨厚。眼看秋闱当前，还能抽出时间来教衡哥，极是不易了。"

听说齐二郎跟来了她也觉得惊讶，眼见只有两个月就要秋闱考了，她还以为齐二郎给哥哥找几本书已是尽了心力。

长房老太太瞧着琳怡思量的模样，嘴角浮起一丝笑意，却不再提齐家，伸手从抽屉里拿出一串梅花形九连环递给琳怡："听说是市面上新做的玩意儿，我知道你喜欢让人买了。"

九连环上刻着莲花纹，下面缀着小巧的琉璃珠，远远看去就像梅花开满枝头，比她平日玩的要精致许多。她最喜欢玩这些东西，是因为它们能变化成不同的形状，每次解开都会让她十分开心。

第二天，萧氏带着琳怡陪长房老太太去清华寺进香。琳怡这才真正了解二太太田氏的名头真是非同小可。

清华寺是京里香火最旺的寺庙，到了初一、十五，寺里就会聚不少达官显贵的家眷。认识人最快的渠道除了去参加宴席，大概就是进香之后聚在一起听经、吃素斋。

二太太田氏是每逢初一、十五都要到寺里听佛经的，这样坚持个几年，恐怕京里大小夫人就没有她没见过的了。加之田氏声名远扬，主动牵连一窥其面貌的女眷也有不少。

就连萧氏也和从前不一样起来，主动去听了田氏讲的佛法。谭妈妈则在一旁露出欣慰的笑容。不多一会儿，琳怡看到萧氏神秘地拿着三炷高香去了前面的内殿，谭妈妈紧紧跟了上去，琳怡打发玲珑去瞧瞧。

玲珑看了一眼就来回禀："太太在拜送子观音呢。"

没能为父亲生下一男半女，始终是萧氏最大的心结。琳怡一直等到萧氏出来，谭妈妈在一旁低声道："奴婢看到好几位夫人让二太太帮忙请送子观音了，太太何不也……"

萧氏看到琳怡，咳嗽一声，谭妈妈止住话。

萧氏上前挽住琳怡的手："是不是觉得没意思了？让人伺候你去厢房坐了，等到老太太吃了素斋，我们才能回去呢。"

"母亲，"琳怡低声道，"京里有不少杏林圣手，母亲何不让人请两个进府把脉。"信佛也不是坏事，她是怕萧氏因此被田氏左右。

萧氏顿时红了脸："你年纪还小不要打听这些。"说着让玲珑带着琳怡去厢房。

琳怡才应了，从禅房里走出一个穿着湖绸圆脸的太太，笑着上前拉扯了萧氏一起进了门。

想来是和萧氏一起听经的。

萧氏走了，陈家的下人就簇拥着琳怡进厢房休息，寺庙后院就是寺庙安排女眷休息的地方，在听说琳怡是陈家的施主后，六七岁的小沙弥在前面领路打开了一间厢房。

琳怡提起裙角刚迈进门槛，就看见琳芳和一个穿着杏色鸳鸯藤交领妆花褙子，梳着神仙髻，头戴累金莲花坠红蓝宝石花钿的小姐说笑。

看着那小姐细长的丹凤眼将她上上下下打量了两遍，琳怡已经想找借口离开。

琳芳却格外地热情将琳怡拉过来："六妹妹，这就是我跟你说过的宁平侯家五小姐。"

就算出门看黄历，也会遇见倒霉事，虽然上次她没去宁平侯府，可是和这位宁平侯五小姐已经有了不一般的关系。

琳怡半蹲行礼："不知道是姐姐还是妹妹。"

宁平侯五小姐屁股坐得稳，端端受了琳怡一礼，抬起头来笑容半阴半阳："我当是谁，原来是陈家六妹妹。"这陈六小姐在乡下长大，人长得也不见有多漂亮，郑七小姐竟然为了这样的贱人与她争辩。

话说到这里，院子里又传来莺莺燕燕的声音。

琳芳笑着道："我去将她们叫来，大家聚在一起说笑才有意思。"

宁平侯五小姐微微一笑，琳芳就欢快地起身跑腿，等到外面的小姐一个个进了屋，宁平侯五小姐才笑问琳怡："福宁那边有什么趣事？六小姐说来听听，我们大家也好跟着乐乐。"

宁平侯五小姐说到这里，琳芳一脸郑重："哪有什么趣事，福宁那边每年都有水患，到处都是灾民，我三叔父一家在福宁可没少受苦。"

宁平侯五小姐听到灾民一说，又来了精神，捂住嘴巴："听说那些灾民四处乱窜的，会不会……那也是难免的了。"一双眼睛直看琳怡。

是想说她有没有被灾民冲撞过吧！

所有人的目光都看过来。

如果当着这么多小姐的面说错话，她就只有回去自绝的份。

宁平侯五小姐兴致勃勃，琳芳一脸无辜，边上的小姐都等着看好戏。

早知道，今天她就不该来拜佛。

琳怡放下手里的茶笑着看宁平侯五小姐："五姐姐有没有给穷人施过米？"

京畿里富贵人家的小姐，哪个没有过这样的善举："自然有，不过那些是穷人不是灾民，这是两回事。"

琳怡惊讶地看着宁平侯五小姐："姐姐没听说过流民吗？那可都是因家乡受灾才迁过来的。我们在福宁就是和官里的家眷挤在一起避灾，灾民的事不过就是听父亲说说，姐姐们

见过的，我还没见到过。所以姐姐们自说趣事，妹妹只能从旁听听罢了。”

好个牙尖嘴利。宁平侯五小姐冷笑起来：“只怕我们便说，你也听不懂罢！”

其中几位小姐笑起来。

“说的是，”琳怡也提起帕子掩嘴，“我还是去旁屋听禅，众位太太讲禅法平日是听不到的。”并不是所有人都要向宁平侯五小姐谄媚，她正愁找不到借口溜之大吉。

没有受过冷落的宁平侯五小姐立时惊讶。

琳怡说走就走，玲珑正好在门前伸手推开了厢房门。

门一开，原本吵闹的厢房顿时静谧下来。

“我这是扰到你们说笑了。”一个圆盘脸的贵妇穿着紫红色金英蜀锦褙子，头戴观音坐莲金镶玉缠宝挑心，彩蝶戏花金簪，腰间五谷丰登纹的荷包上勾了东珠下面是黄穗子。身后跟了三个丫头两个婆子。

能用东珠的是宗亲，荷包又是五谷丰登纹，是仿照了礼服彩帨做的，大周朝国姓周，这位不是已嫁的公主就是位周夫人。

琳怡忙敛衽深蹲拜见。

屋子里的其他小姐也站起身行礼，宁平侯五小姐则走上前挤开琳怡娇嫩地道：“原是夫人来了，刚刚我听说夫人在前面听陈二太太讲经文呢。”

那贵妇笑道：“这几日身子不爽利，久了也坐不住，就出来走动走动。”

宁平侯五小姐挽起周夫人到一旁坐了，琳怡也不好就走开，只能陪站听周夫人和宁平侯五小姐聊天。

“这位是哪家的小姐？”

周夫人目光看过来，众人纷纷回头将视线落在琳怡脸上。

琳怡也有些惊奇，没想到周夫人会在芸芸众多的小姐中看到她。

不等她回话，争抢说话的琳芳已经道：“夫人，那是我六妹妹，跟着我三叔父进京考满的。”

琳芳说得详尽。

琳怡只得点头行礼：“见过夫人。”

周夫人和蔼地笑起来：“好孩子。”

宁平侯五小姐有些心急，不自然地问起：“今天夫人一个人过来的？”

周夫人笑道：“眼见就要到菩萨生辰，澈儿陪着我来添些香火钱。”

听到澈儿这两个字，宁平侯五小姐小脸粉红，琳芳眼睛里满是艳羡。

大家说着话，小沙弥进来道：“塔林那边已经清过人，夫人、小姐们可以过去了。”

宁平侯五小姐听得眼睛一亮，亲切地扶起周夫人：“我陪着夫人过去。”

周夫人拍拍宁平侯五小姐的手：“好。”

周夫人带着宁平侯五小姐出了门，一群莺莺燕燕立时跟在后面。等到一群人渐行渐远，琳怡才坐到锦杌上吩咐玲珑："倒些禅茶来喝。"

玲珑一边备茶一边道："也不知刚才那位夫人是谁。"

宁平侯五小姐对那位周夫人这般小心地服侍，还小心打听周夫人的儿子，那位周夫人八成是康郡王的母亲："那位夫人是宗亲，大家当然要围着和她说话了。"

"宗亲……"玲珑和橘红睁大了眼睛，自从进京之后还真的见到不少显贵，玲珑道，"那位夫人好和蔼，没有半点架子。"

和蔼的人不一定好相处，如果人人都像琳芳和宁平侯五小姐一样张牙舞爪，实在不用费太多心思去防范，倒是二太太田氏这般面上温和可亲的就要让人仔细琢磨。

这样算起来，琳婉更像是田氏的女儿。

她不是太过小心，只是林正青口中那个恭俭贤良的陈氏女着实不像琳芳。

琳怡喝过茶就要去看看长房老太太和萧氏，这时一个身穿青色比甲腰间缠着桃红腰带的小丫鬟进屋向琳怡行礼，又将手里的红木雕兰的盒子举过肩头躬身道："这是我们家夫人送给陈六小姐的礼物。"

这小丫鬟就是周夫人身边的其中一个。

琳怡将盒子打开，里面是一串祖母绿佛珠手串。

京城女眷出行向来会带足礼物，长房老太太和萧氏今天也带了些佛珠手串放在香木盒子里，不过没有周夫人准备的这般贵重。

长辈赐物，她不能不收，收下就要去谢礼。

"夫人此时在何处？"

小丫鬟道："还在塔林呢。"

塔林离厢房有一段距离，琳怡笑着道："烦请姐姐引路。"

周夫人正被宁平侯五小姐哄得直笑："等过些日子我身子好些了，定办宴席请你们过去。"

宁平侯五小姐就拍手："早听说夫人养的蔷薇最漂亮，到时定和夫人要几枝。"

"送你，送你，你若喜欢就都拔了去。"

宁平侯五小姐满脸都是笑容："夫人可不许舍不得。"

琳怡趁着这个机会上前谢礼。

周夫人笑道："也没什么送你的，难为你还来谢一回。"

琳怡道："夫人送的东西都是极好的。"

周夫人看着琳怡目光温和："上次在惠和郡主那里看到你绣的扇面，精巧又漂亮。"

琳怡谦虚道："都是普通的绣工，让夫人见笑了。"明明是第一次见面，周夫人却满是试探的意思。刚才能送的礼物非要等离开之后再让人另跑了一趟，这是为什么？

宁平侯五小姐依旧逗得周夫人笑。

琳怡却收回刚才的懒散，仔细起来。

周夫人身边的妈妈不时地将目光落在她身上，每当她抬起头那妈妈却又将眼睛挪去旁处。

不多时候，一个和周夫人身边丫鬟相同打扮的下人来回话：“郡王爷说先不过来了。”

周围都是失望的眼神。

尤其是宁平侯五小姐紧咬着嘴唇，目光幽怨。

周夫人却稀松平常：“这孩子，一忙起来就什么都忘了。”

第二十九章　宗亲・办法

周夫人要回去听住持讲佛法，小姐们也就逛逛塔林和身后的荷花池。

荷花池里种着紫睡莲。

琳芳想起去年夏天和田氏逛荷花池时的情景：“也就只有清华寺才有的，旁边还有道树，大家都系祈福带子，”说着转头看琳怡，“六妹妹不是也系了一条吗？”

宁平侯五小姐嗤笑道：“六小姐也懂得这个？是保全家还是求姻缘啊？”

“我没姐姐想的那么多，”琳怡四周看看，“就是看四姐系，我也跟着系条罢了。”

若是对方永远是一副不在意的模样，就算一针扎下去也不冒半点血丝。

宁平侯五小姐拉着琳芳要去看荷花。

琳怡不禁一笑，宁平侯五小姐今天是一定要见到康郡王了。宁平侯的算盘恐怕五小姐已经知晓，所以五小姐才想要看上康郡王一眼。康郡王长相俊朗五小姐定会将婚事坚持到底，若是康郡王其貌不扬五小姐就随了父母的心思推掉这门亲。

宁平侯五小姐要拉着琳芳去赏荷花，琳怡看了一眼跃跃欲试的琳芳。

田氏是一早听说了什么，所以安排琳芳去接近宁平侯五小姐。这个秘闻大概就是宁平侯五小姐和康郡王的婚事。凭什么田氏以为康郡王不要宁平侯五小姐会看上陈家？

“四姐姐，小心别再脚滑摔了。在我们自己家还好，这可是清华寺，周围不知道有多少人在呢。”琳怡好心提醒，也让陈家下人都听到。她若是不阻拦，万一琳芳出了事，陈家长辈要责骂她个冷眼旁观的连带之罪。

“你……”琳芳顿时恼怒地皱起眉头来。

“再说紫睡莲现在还没开呢，四姐姐过去看肯定要失望了。”琳怡说着问身边的小沙弥，“荷塘那边可清了人？女眷能否过去？”

小沙弥出家人不打诳语：“只是各位施主的家人四处提防，小寺不曾再去清理。”

“四姐你听，”琳怡一脸害怕，“姐姐去出了事，回家可要被责罚。”

宁平侯五小姐冷笑道：“身边这么多丫鬟、婆子跟着还能出什么事不成？真是小地方的人没见过大世面。”

琳芳不说话，宁平侯五小姐干脆将琳芳甩开：“跟你的六妹妹回去吧！”

宁平侯五小姐往前走，琳芳狠狠地瞪了琳怡一眼立即跟了过去。

该做的她都做了，她总不能硬去拉扯琳芳，以她的力气，拉也拉不住。

眼看着宁平侯五小姐和琳芳越走越远，琳怡向小沙弥合十：“还请小师傅将我们带回厢房。”

寺里的路九曲十八弯，走到半路隐隐约约就能看到当年她系红缎的道树，她前世临死前闭上眼睛最后看到的情景就是满眼的落英缤纷。

她那时就是想求一生平安喜乐，可是谁说这样的生活不需要动心思。

琳怡一路顺利回到禅房。

长房老太太已经听完佛法正站在院子里和女眷们说话，看到琳怡回来，长房老太太将琳怡带在身边介绍她认识许多京里的夫人。

萧氏也在观音殿求了签回来。

清华寺是前朝建的，前朝某位皇子在此修心养性的时候遇见了当朝宰相家的小姐来烧香拜佛求母亲安康，皇子感于宰相家小姐的孝心，就此喜欢上了这小姐，皇子回宫之后请皇帝赐婚，皇帝听得此事也就成全了二人。

宰相小姐嫁给皇子之后便是最孝顺的儿媳，老皇帝晚年旧疾缠身好在有佳儿佳妇在床前孝敬，老皇帝心中越来越偏爱这对贤夫妻，干脆临终之前换掉了皇太子，立这位孝顺的皇子为储君。老皇帝死后，经过一番腥风血雨，孝顺的皇子终于登基，这就是前朝中宗皇帝的故事。

中宗皇帝在位期间，上百次命人修葺清华寺，皇后宾天后，中宗更是在寺前建了“敬孝台”祭奠先皇后。

听起来这里是发生了一段绝唱的姻缘，其实就是场政权异变。不过经过了几百年的洗礼，这段故事倒是有了几分绚丽，引得京里的女眷甘心掏银子修清华寺，各家小姐更是前赴后继想要在此地“不小心”撞见如意郎君。

白妈妈就指着前面的大殿道：“那殿筹建的时候，我们家捐了五百两银子。”

怪不得长房老太太来上香，寺里的僧侣照顾仔细。

话说到这里琳芳还没有回来。琳怡就将琳芳去荷花池的事说了，长房老太太皱起眉头，“真是不知悔改，这样的性子就算现在不出差错，将来嫁了人在婆家有她的好日子过。”

长房老太太的话才说完，就看有知客僧匆匆忙忙地过来道：“往塔林那边出了些事，各位夫人、小姐们不要往那边去。”

众位女眷面面相觑。

等到宁平侯五小姐、琳芳和几个看荷花的女眷小脸煞白地跑回来，大家才隐约知晓出了什么事。

男客那边有人带酒上山，不知道是不是喝醉了。一个闲散宗室和颜家三爷两个互相看不对眼打了起来。

白妈妈道："听说早就起了口角，两个人推推搡搡到了塔林那边，先是被康郡王拦住了，后来康郡王也不管了，两个人结结实实地打了一架。那位宗室还动了刀子，两个人多少都吃了亏。"

外臣和宗室动手，闹出去总是外臣错处大。

不一会儿萧氏也走过来："还好琳怡回来得早，否则也要被吓一跳。"

这样算算还真是她才回来那边就动手了，这事她还要谢谢康郡王，没有他挡着，她也要跟着遭殃。

萧氏说着叹气，说着不知道从哪里听到的消息："那颜三爷是才提的步军副尉，颜太太就是因此来寺里还愿的，没想到颜三爷倒在这里伤到宗室，还不知要怎么样。颜太太人好，话也直……唉，真是飞来横祸。"

要说为人直率心地好，谁能比得上萧氏。

长房老太太道："好在我们家孩子没事，"说着吩咐白妈妈，"让下人套车，我们早些回去吧！"

寺里见了血，大家就没兴致再四处看景，女眷们心中多少都有些败兴，好不容易迈出家门就遇到这种事。一路上大家都在悄悄议论京中纨绔子弟和闲散宗室的坏话。

建国时间越长，闲散宗室越多，太祖直系子孙封王世袭罔替的就那么几个，剩下的都要降爵承继，经过了成祖、高宗和本朝之后，降爵出了奉恩将军和从前未被赐爵的宗室统统就叫了闲散宗室。

琳怡听长房老太太这样一说才知道，夺爵这样的事不光出在他们勋贵之家，在宗室里也会常来常往的。

前一任康郡王就因朝堂上凌辱大臣被夺爵。

当今皇帝终于要赦免一些罪过轻的宗亲，就找到了康郡王一支于是下令复爵。

长房老太太道："宗室爵位来得容易，不如我们勋贵靠的是军功。"

这意思是颇看不上宗室爵。

琳怡道："孙女今天见到了康郡王的母亲，大家都叫她周夫人。"说着将周夫人送她的礼物给长房老太太看。

长房老太太点点头："那是康郡王的婶娘，康郡王是他叔叔、婶婶抚养大的。"

怪不得周夫人没有佩戴正式的彩帨，而是类似彩帨的荷包，原来是无爵的宗室。

长房老太太看到红木盒子里的祖母绿佛珠一怔。他们家和康郡王家并没有往来，周夫人送给琳怡的礼物也太重了些。难不成是因为郑家？惠和郡主和康郡王家里走得很近。

"六丫头，你听过郑七小姐说康郡王吗？"长房老太太低声问。

琳怡摇摇头："没有。"

那就奇怪了。

长房老太太道："或许是郑七小姐在周夫人那里提起过你。"

周夫人倒是说起她送给惠和郡主的扇面。不过想到康郡王这三个字，她心里就自然而然地排斥，于是故意将这个话题避开了。若是想要拉近关系，她就会说给周夫人也绣一幅扇面。

"伯祖母，"琳怡靠在长房老太太身上，"有没有打听到有用的消息。"

长房老太太微微一笑："太后生辰要到了，命妇会进宫恭贺太后千秋。"

长房老太太说到这里故意停下让琳怡自己思量。琳怡也该知晓内宅里触及政事要怎么办。

琳怡静下来仔细想，豁然眼前一闪，她明白长房老太太为什么没有让父亲将那封信打开。

"伯祖母是想要将信呈给太后娘娘？这封信从朝堂上递上去，文武百官的目光就都会落在那封信上，递信的父亲就会站在风口浪尖。结果只会有两个，一是彻查成国公，二是定父亲污蔑之罪。"

长房老太太赞许地点头。

"成国公党羽多，输的八成是父亲。就算皇上相信成国公真的通敌卖国，也要顾及大局，不能处置成国公却引起内乱。毕竟通敌卖国是重罪，成国公为了保命不知道会做出什么事来。"

"可若是不声不响呈给皇太后就不一样了。没有局势所迫和群臣要挟，而且父亲没有将信打开，也不知晓里面的内容。皇上不用向任何人做出交代。"

长房老太太欣喜地看着琳怡："就算现在朝局紧迫不能处置成国公，皇上心里也会有个思量。"

琳怡彻底明白了："这封信是吴大人查出来的，就算皇上不相信也和父亲无关。"这样就保护了陈家和父亲。

长房老太太微微一笑："若是我们家还有爵位在，我就能直接进宫面呈太后。现在我们就要寻个妥当的人将信带进去。"

琳怡挽住长房老太太："伯祖母是不是找到合适的人了？"

长房老太太道："要说有，那就是太后的娘家了。太后不会有顾忌，我们也不必担心。"

琳怡点点头，现在就看太后娘家那边愿不愿意递这封信。

长房老太太道："我年轻的时候去过周家做客，这些年年底我都会送去一份礼物，也不算断了往来。不过真正想要过去，还要叫上郑家那个老东西。"提到郑老夫人，长房老太太眼中一闪笑意。

琳怡想了又想下定决心开口："还有一件事要请伯祖母帮忙。"

长房老太太笑道："有什么事难住你了？"

说到这个，本应该是萧氏张口，琳怡稍稍低头：“我母亲一直没能生下弟弟妹妹，福宁的郎中看遍了也没有起色，伯祖母能不能让人寻来京里看妇人病的郎中给母亲诊治。”

难得她十几岁的孩子要操心许多事，长房老太太伸手拍拍琳怡肩膀：“和我们家相熟的有位女郎中，我改日请她。”说着叹口气，“当年你父亲去福宁上任也是对了，否则你那母亲在京里……早被人拆吃入腹了。”

周夫人上了黑漆平头的马车。马车外面看着普通，里面却是处处雕花十分华美。周夫人坐下来，旁边的狄妈妈立即将软垫子塞在周夫人腰后。

周夫人半晌才道：“是不是陈六小姐？”

狄妈妈摇摇头：“奴婢瞧着不像。如果是陈六小姐就该和夫人亲近才是，怎么夫人都放下身段，陈六小姐却避开了呢。”

周夫人抬起眼睛：“你也看出她是避开了，而不是没明白我的意思。”

狄妈妈垂下眼睛：“要不是听到陈六小姐反驳宁平侯五小姐那番话，奴婢也不能肯定。”能说出那番话的人，心思极为机敏。

周夫人松口气：“不是她倒好了，我是愿意他娶宁平侯五小姐回来。”

既然郡王爷都那样说了，只怕是不会要这门亲事了。

周夫人讥诮地笑起来：“宁平侯五小姐还想要见他一面，殊不知他就是故意让五小姐看不到，这样拒亲也容易些。”

狄妈妈叹气：“现在也是没法子，怎么也没想到爵位真的落到四爷头上，夫人白白辛苦了那么多年。”

周夫人冷笑道：“你以为宗人府的官员都是吃白饭的，血脉上的事他们查得清清楚楚。”说着目光微闪，“慢慢熬着吧，总有一天能熬到头。现在给他成亲是最要紧的，别让人说我这个婶娘薄待了他。”

陈允远听完长房老太太的安排，虽然大丈夫的雄心抱负被冷水浇灭了一半，却也拿不出更好的方法，只得将手里的书信交给长房老太太。

长房老太太拿着信函问：“吴大人有没有跟你说是什么？”

陈允远道：“是海盗和成国公往来的一封信，还附有海盗贿赂给成国公财物的清单，这上面的东西很多都在成国公府。”陈允远最大愿望是带兵去成国公府亲手将这些东西捧出来。

长房老太太郑重地将信放在身边的匣子里：“难为吴大人能找到这样的证据。”

陈允远叹气，文官死荐武官死战，吴公死得其所。

政事暂时告一段落，长房老太太说起小萧氏：“让她明日过来，我请了个致仕的老御医好给她瞧瞧。”

陈允远笑着应了，又问琳怡可好，有没有给长房老太太找麻烦。

长房老太太笑着道："身边没有六丫头，我这日子都不好过了。"

陈允远道："那就让六丫头一直在您身边陪着。"

长房老太太满脸慈祥的笑容，喝了口茶又想起来："听说二太太田氏有了身孕。"

这陈允远倒是没听说。

"你要多劝劝三太太，她还年轻以后有的是机会。"小萧氏看到旁人怀孕，心里定会不舒服，就算心肠再直的女人，也受不了这个。

陈允远点了点头："老太太放心吧，我知道她的不容易。"小萧氏没有生下一男半女，多少人劝他纳妾，他都没这个想法。小萧氏不容易，刚嫁给他就来到福宁，从没学过家事，突然就要自己掌家，他下衙回来看到小萧氏要急哭的样子，只能劝她慢慢来。陪着他在福宁受了那么多苦，又将身边的一双子女养大，就算这辈子就一无所出，他也不会怪她。

陈允远回去二房，琳怡陪着长房老太太去歇息。

"明日写个帖子去郑家，后天我去看郑老夫人。"

长房老太太的帖子送去郑家，郑七小姐的书信随后就追了过来。

琳怡打开一看，郑七小姐还请了琳婉一起去。琳婉接到信受宠若惊，来问琳怡穿什么样的衣裙好看，看到琳怡要穿鹅黄色，琳婉就选了青色："免得和妹妹穿的重了。"

旁边的冬和道："这是我们家小姐第一次收到邀请呢。"

难怪琳婉要这般雀跃。

不过能去郑家确实是琳婉努力的回报。

琳婉走后，琳怡吩咐玲珑："去了郑家，你们看着点三小姐，若是冬和跟你们打听些什么……"

橘红插嘴道："小姐放心吧，我们一概不知。"

琳怡点点头，这段时间玲珑、橘红这两个丫头也谨慎了许多。

谁知道琳怡千防万防还是没挡住郑七小姐的快嘴。

郑七小姐去郑老夫人房里取蜜饯出来就眼泪汪汪地拉着琳怡："我听陈老太太说你要回福宁去了，可是真的？"

旁边插瓶的琳婉将手里的花掉在地上。

第三十章　看上·明白

看到琳婉惊诧的样子，郑七小姐道："原来你还没有跟三姐姐说。"

长房老太太本来就要想方设法将他们全家留在京里，再说这事涉及父亲的政途，要不

是郑七小姐无心听见，她跟谁也不会随便说起，更别提琳婉了。

“是妹妹听错了吧？”琳怡故意惊讶，“我怎么没听伯祖母提起过？就算是走也是等到父亲考满之后。”

琳婉听得这话像是松口气：“六妹妹好不容易才回来，怎么会这么快就走。”

郑七小姐亲昵地拉起琳怡：“你就不要走了，福宁有什么好玩的，留在京里多好。”

琳婉也微笑：“大家就是在一处日子过得才快。”

大家正说这话，郑二太太和郑三小姐、郑五小姐带着下人送来新鲜的果子，看到琳婉插的花，郑二太太笑着道：“快瞧瞧这花多漂亮。”说着挽起琳婉的手，“这手又软又长，怪不得这样的巧。”

琳婉不好意思地低头笑了。

郑三小姐撒娇地靠在郑二太太身上：“母亲就会夸各位妹妹。刚才还说我和四妹妹、五妹妹针线粗陋，不能见人呢。”

郑二太太眯着眼睛笑：“我可说错你了？陈三小姐绣的荷包才是真的漂亮，就算贞娘也是比不上的。”

提到贞娘，郑家几位小姐脸上都有不快的表情。尤其是郑三小姐几乎冷哼出声。

“贞娘呢？”郑二太太看向两个女儿。

郑三小姐挑起眉毛：“她走得慢，在后面呢。”

不多一会儿琳怡就看到身穿团花纱裙头戴一大一小两朵叠纱牡丹，捏着手绢款款而行的贞娘。

贞娘走过来便目光灼灼地看向琳怡，头上戴着累金掐花金盏顶簪，上面缀着一圈指甲盖大小的碧玺石，看起来极为漂亮，就连耳饰也是镶了碧玺的。贞娘知道碧玺的价格，立即黏上郑二太太：“太太前日还打了顶簪给两位姐姐，贞娘祖父、父亲没的早，都没见过这么漂亮的东西。”

郑二太太笑着道：“等过几日我也给你打一支。”

贞娘脸上立即横肉招展，笑起来：“那可怎么好。”眼睛里满是得意。

大家话没到几句，贞娘就又指着琳怡问起来：“陈家小姐，是哪个陈家？”

这要琳怡怎么说，既不是达官显贵也不是赫赫有名的姓氏，只低头笑道：“我们家祖籍京城，家里的老祖宗和郑老夫人是手帕交。”

听到手帕交，贞娘笑起来仰头看郑二太太：“这么一说，我祖母和郑老夫人也算手帕交呢，是不是？”

哪有这样问的，郑二太太还能反驳她不成？

郑二太太脸不改色，笑着拍贞娘的肩膀：“是啊，怎么不是。”

郑三小姐、五小姐就要将牙咬碎了。

贞娘娇滴滴地向琳怡解释，手帕交也有很多种，贞娘家里和郑家是带婚约比陈老太太这个手帕交更近了一层，而且这门亲事是郑阁老一早定下的。

琳怡很快将贞娘的事全都弄清楚了。贞娘的祖父致仕回乡途中被贼匪盯上了，全家男丁都没了，只剩下贞娘娘俩投靠族里过活，现在贞娘长大了，郑家忘了这门亲，贞娘和她母亲却正式找上门来。郑阁老自然落下不仁不义的骂名。

郑家长房郡主生的长子自然不能配了这门亲事，贞娘母女心里清楚得很，不去搬郡主这块大石头，直接就黏上了郑二太太。

郑二太太身下的三爷今年十五岁，正好也还算是能议亲的年纪。

难怪郑家几位小姐提贞娘变色。

郑三小姐看贞娘："妹妹不知道，陈六小姐也是才进京的。"都是在外面长大的，陈六小姐就落落大方，举止得体。

贞娘不买郑三小姐的账，用手绢擦眼角："陈六小姐有陈老太太疼着，也怪不得从里到外一换就跟京畿的小姐没什么两样。"

郑二太太眼睛里露出些冷笑来，如果人是简单的贪心也没什么可怕，就怕又贪心又会算计，贞娘母女两个就是这般，她真是悔不当初，就算哭闹也该拦着贞娘母子住进郑家打秋风。

郑二太太想着看向陈家两位小姐。

陈六小姐长得漂亮，人又胆大聪明，光凭她敢冲进大火救陈老太太，就知道她将来必定错不了。只是太聪明漂亮的媳妇，只怕不好把握，若是许给同儿，必定将同儿抓得牢牢的，将来指不定连她这个母亲的话也不听了。郑二太太又将目光转向陈三小姐。

陈三小姐年纪和同儿相仿，论理说大是大了些，可是性子温婉和善，读书不多，极善针线，将来也能听长辈的话。

郑二太太笑着拉过郑三小姐："你不是要向陈三小姐讨教针线吗？"

郑三小姐低头笑道："陈三小姐才坐下，我总不能就提起这个。"

郑二太太笑着看女儿："亏你还知道害臊，"说着话，郑二太太起身，"你们玩你们的，我去前面准备宴席。"

大家起身将郑二太太送走。

母亲走了，郑五小姐胆子也大起来，在琳怡身边坐了："陈家姐姐吃了大亏，让我姐姐瞧上了，这往后免不了要辛苦。"

郑三小姐羞怯地瞥了一眼妹妹："话再多，小心我撕了你的嘴。"

旁边的琳婉柔柔地笑："姐姐喜欢我的针线，我一定尽力教，左右我在家里也没有别的事。"

琳怡边喝茶边看琳婉。琳婉这么快答应下来，郑二太太一定会很高兴。这样一来，琳婉自然而然就成了郑家的常客。功夫不负有心人，琳婉终于达到了她的目的。

郑五小姐用帕子掩住嘴："姐姐不让说我就偏说。姐姐平日针线上不用功，眼见要嫁人了，怕去夫家连袜子也做不起来，这才临时抱佛脚，抱到了陈三小姐。"

琳婉惊讶地看着郑三小姐："原来姐姐要……"

就是想也想到了，前两次来郑家，郑三小姐躲着不见人，现在又笑着出来让琳婉教针线，不是备嫁是做什么？这次怎么不见郑四小姐？难不成因为上次在船上伤了脚就被关了起来？

郑三小姐脸红透了，长长的指甲指着郑五小姐："你这死丫头，看我不打你。"

两姐妹在院子里追跑起来，郑七小姐和琳怡在旁边说悄悄话："一会儿我带你去看我家的白狐。前些日子白狐生了两只小狐，我就想着送你一只。"

她虽然喜欢毛茸茸的小动物，可是康郡王猎来的白狐，她还是敬谢不敏。

琳怡笑着推托："那些东西我养不好的，你还是自己留着吧，再说它们在一起也是个伴儿，分开反而不好活了。"

郑七小姐有些失望："你看了一定喜欢，这可是难得的。"

旁边的贞娘耳朵尖，放下手里的茶站起身来："就是，我们一起去看看，我长这么大还没见过白狐呢。"

郑七小姐皱起了眉头，想要发作却被郑三小姐按了下来："贞娘想看，妹妹就带她去看看，反正瞧一眼也不打紧的。"

贞娘干脆起身笑道："还是三小姐大方。"

让贞娘这样一搅和，大家就结伴一起去小花园看白狐。

看到笼子里一脸警惕的狐狸，贞娘顿时失望起来："不是说白狐吗？怎么是灰黑色的，该不会是哪里弄来的狗吧。"

郑七小姐提起帕子笑："姐姐连这个都不知道，白狐到了冬天才会通身雪白。"

贞娘本要撇嘴说郑七小姐当作宝的狐狸也没什么大不了，没想到大狐狸挪动了身体，露出了身下的两只小狐狸。

小狐狸粉嫩的鼻头，通亮的眼睛，肉团似的身子立即将所有人的视线都吸引过去。

琳怡也不禁多看了两眼，真的很漂亮。

郑七小姐道："我就知道你会喜欢，才要送给你养着。"

贞娘不等琳怡说话："陈六小姐不是说不要了吗？既然她不要就送给我吧，等到了冬天这小畜生长大了，雪白的毛正好做我小袄的脖领。"伸手指那只抖耳朵的，"我就要它，"说着看那养狐的下人，"好好养，养死看不打你。"

郑七小姐脸色顿时变得铁青："谁说要给你。"

贞娘诧异地看郑七小姐："陈六小姐不要了，所以我要，我捡了别人剩下的还不行？你也太欺负人了。"说着眼睛里聚了一湾水。

郑家小姐都见识了贞娘和她母亲撒泼的功夫，大嘴一张声音能传到大门外。

郑家上下因此都不敢惹贞娘母子，这样闹来闹去郑家的名声就要坏了。

郑三小姐忙去看郑七小姐。

郑七小姐从得了白狐就每日都来瞧，要不是和琳怡要好也不会舍得将其中一只送了琳怡，如今听贞娘要宰了做围脖，哪里舍得就答应她。

贞娘眼看郑七小姐不应，立时就要哭起来。

郑七小姐正不知要怎么堵住贞娘的嘴，耳边传来琳怡的声音。

琳怡笑着拉起贞娘的手："妹妹不知这里的意思，难怪要委屈了。郑七小姐说要送我，并没说让我到冬天杀了做围脖，京畿并不产白狐，说不得是哪位达官贵人得了放生的，野狐聪明、机敏，平日里并不多见，更难得将它捉来，我们今日已是饱了眼福。"说着顿了顿，"我说不养它，是因为但凡聪明的东西就算将它圈起来也不是你的，何苦呢？不如等到哪日天气晴好，让它们一家还归林子。"

贞娘冷笑道："你们京里小姐做小袄还不是要用狐狸毛做领子，这时候倒慈悲了。"

琳怡莞尔："妹妹错了。那些狐狸是人养的，若是妹妹喜欢大可让人去庄子上买只回来，到了冬天仍叫下人做成围脖。"

郑七小姐抢着说："我这狐狸本来就是要放生，我送给陈六小姐也不过是让她看几日。贞姐姐若是喜欢就方便多了，天天过来瞧就是，反正贞姐姐就住在我家里。"

贞娘冷笑着甩开琳怡的手："我没你们口齿伶俐，"说着眼睛一转看向郑七小姐，"七小姐那把绣狐狸的扇子可是真真的好看。"

到头来郑七小姐还是免不了要破财。

贞娘拿着扇子跟着郑三小姐、郑五小姐、琳婉去学绣花。

郑七小姐嗤笑道："我就当更衣的时候扇子掉进了粪桶。"

琳怡忍不住笑起来。

身边没有了旁人，琳怡和郑七小姐干脆坐在小院纳凉。小丫鬟们去拿镇好的果子和酸梅汤。

吃着果子，琳怡随意问郑七小姐："我三姐姐什么时候送了府里的太太、小姐荷包？"

郑七小姐道："姐姐不知晓吗？就是前几日陈三小姐让下人送进府的。"

就算手再快也不可能一下子拿出那么多绣品来，这些东西是琳婉一早就准备好的，只等着时机成熟拿出来送人。

但凡有耐心的人胃口都大，郑家这样的亲事，能不能满足琳婉的胃口？

琳怡喝了口酸梅汤，该怎么提醒郑七小姐？琳婉对人谦和便是她也只是心里怀疑，并没有真正抓住琳婉的把柄。"妹妹平日里待人要留三分余地，"琳怡伸手帮郑七小姐整理腰间的配饰，"不管是对谁都要有些防备，小事上不说大事上就要多在意些，免得哪日吃了亏。"

不管对谁。郑七小姐抬起头看到琳怡郑重目光。

琳怡道："不害人，总要防人。"

郑七小姐似是明白了琳怡的意思："六姐姐这样一说，我倒想起来了，上次在宁平侯府我见到陈三姐姐说起了贞娘的事。”

所以琳婉才会将荷包送给郑二太太和几位小姐。

这就对上了。

郑七小姐皱起眉头想了想，一会儿又笑起来：“也有人这样说过我一样的话。”

琳怡下意识地问：“什么？”

郑七小姐就笑道：“十九叔也这样说。不害人，总要防人。一个字都不差。”

说到十九叔，琳怡正好想问：“你总说的十九叔，是郑家的长辈？”

郑七小姐笑道：“当然……”

琳怡正等着郑七小姐的下文，郑七小姐抬起头明显怔愣了片刻，嘴里的话已经改弦易辙：“十九叔。”

石青色的直裰被阳光一照露出精美的纹样，如同倾斜而下的溪流，到了腰间骤然收紧，划出窄窄的腰身，墨色的丝绦腰带上吊着一只花草香囊，香囊下桃红丝穗虽没有繁工结成各种结子，却只因这唯一的艳丽，在他清浅的笑容中添了几分颜色。

“十九叔。”琳怡起身上前行礼。

无论见了几次，她都是蹲身敛衽一丝不苟。

“起来吧！”

琳怡抬起头，眼前已经多了个绒球。毛茸茸的小狐狸睁着黑亮的眼睛歪着头瞧她。郑十九修长的手指一松，那团绒球自然而然就到了她手上。

郑十九脸上带着微笑：“再聪明的东西，只要找到它的弱点，它就是你的了。”

再聪明的东西……

琳怡一怔，郑十九是听到她刚才说的话？

郑十九看向旁边的郑七小姐：“你先去廊上，我有话跟陈六小姐说。”

郑七小姐带着丫鬟一溜小跑去了长廊，琳怡想喊住她却没来得及喊出声。

“十九叔，这样不合规矩。”琳怡向后退了两步。

“桐宁。”郑十九喊一声，廊下立即出来个青衣小厮。

那小厮原地行礼：“周围没有旁人。”

他的声音缓慢：“我不是郑家人，但是我行十九没错。你叫我十九叔也不算吃亏。”

淡淡的解释，对于琳怡来说就像一道闪电从她脑海中划过，她没有太惊讶，而是又行了礼：“谢十九叔。”

她的眼睛明澈如同清泉，却又十分幽静，比平日里格外多了层防备。

他站在阳光下眯着眼睛仔细端详了她一会儿。

她眼观鼻鼻观心，墨色的睫毛都不曾颤一下。

“陈老太太和郑老夫人大概要说完话了，快回去吧！”他神色自若地说完话转身。

琳怡欠身颔首，低声道：“是。”

事后郑七小姐笑着从长廊里跑过来，看到板着脸的琳怡，郑七小姐本来好奇的表情顿时跑得一干二净：“六姐姐，你不会生气了吧？”

关键时刻让人一句话就支走了。

郑七小姐忙解释：“我以为十九叔找你是有大事，你不是要回福宁了吗？问问十九叔他一定能想到法子。”

琳怡仍旧不说话，郑七小姐真的急了：“别气了……我下次……要不然你打我好了……我……”

郑七小姐说着话真的凑过来让琳怡打。

对着一团孩子气的郑七小姐，谁还能真的板脸生气。何况之前郑七小姐为了她还被关了好几日，再说就算换了旁人，被十九叔那样一说，八成也会不犹疑地走开。十九叔虽然笑着说话，却一样有股让人难以拒绝的威严，所以她一直就没有怀疑，十九叔是个长辈。

看到琳怡表情有所松动，经常惹祸的郑七小姐学会适时扯开话题：“告诉你一件高兴事，那个宁平侯五小姐的婚事就要告吹了，看她下次还怎么嚣张。”

宁平侯五小姐的事她不觉得稀奇，那位笑吟吟的周夫人才真正让人不能小看。明明知晓两家的婚事谈不成了，却在人前还将宁平侯五小姐宠得如自家的儿媳。

将来谁做了周夫人的媳妇，还真是要好好算计算计。还好这些事和她无关，她不过就做个看客罢了。琳怡将怀里的小狐狸塞给郑七小姐：“好好养着吧，别让贞娘宰了做脖领。”

从郑家回来之后，琳怡就躲进长房老太太内室里。

长房老太太转着手里的佛珠：“那老货过了几十年太平日子，就变得胆小如鼠。”

郑老夫人没有答应？

琳怡担忧起来：“伯祖母将吴家的事都说了？”郑老夫人不肯帮忙，这封信就不知道怎么才能送进宫。

长房老太太道：“那老货精明着呢，我不说她也能猜到始末，还不如就跟她说了清楚，反正郑阁老在朝廷对成国公也会有耳闻。我原以为她会爽快答应，谁知道她倒推三阻四，说太后的母家人不如前些年好交，恐怕中途出差错。”

那要怎么办？难不成她们自己找上周家？

长房老太太转着手里的佛珠：“我本以为这次要费些心思。谁知道那老货出去方便完，倒换了章程，一口应下来说要帮忙。”

原来郑老夫人答应了。琳怡忽然想到十九叔临走前说的话。郑老夫人突然答应，会不会和十九叔有关。

“等到下月，郑老夫人向周家递了帖子，我就和她一起去。”

事已至此，想多了也是无益，还是等着看看。

琳怡回过神来：“伯祖母出马总是事半功倍。”

长房老太太故意板脸："那可不一定，说不定周家不肯走这一趟呢。"

琳怡拿起矮桌上的茶给长房老太太。周家怎么会不肯，信是交给他们，对他们来说百利无一害，就算将来被成国公知晓，周家也可以推给郑家和陈家。

对付郑家和陈家还是对付太后母家，成国公哪里会算不清楚。

劳累了一天，长房老太太躺下来歇着，琳怡就在里屋的软榻上做针线。

长房老太太隔着琉璃帘子看软榻上的琳怡。六丫头才十三岁，就已经是一块璞玉，将来长大了再经雕琢必然能成大器。若不是她年纪太大了，一定要看着她成家立子。

今天郑老夫人的一句话委实吓了她一跳。那老货答应了去周家游说之后，突然就提起联姻两个字，她还以为老东西看上了琳怡，谁知道老东西倒是有自知之明，怅然地说："我们家勤哥虽好，却被郡主娇惯了些，文武都不出挑，想必你是看不上。"

那是自然，当时和袁家结亲，她也不是光看上了袁家家世。家世虽然重要，后辈不肯上进也是白瞎，更何况有个郡主婆婆在上面罩着，做媳妇的势必要委委屈屈。

郑老夫人又说："二太太生的两个你更是不会想了。我们家是不行，上面不是还有宗亲贵胄，你就没有想法？"

她就嗤之以鼻："宗亲能看上我们家？我们家可是被夺了爵的。"

郑老夫人目光闪烁："将来立了功，爵位自然还给你了，到时候你过继了三老爷，六丫头不就成了侯门嫡女。"

郑老夫人和她从小就玩在一起，互相都知晓对方脾性，郑老夫人不会说没影的话，只是她才试探打听，那老东西却再也不肯开口了。

莫不是真的有宗亲看上了六丫头？

第三十一章　陷阱·训斥

琳婉将贞娘的事说给大太太听。

大太太笑得开怀："郑家向来眼高于顶，这下好了招来恶人磨。"

琳婉从笸箩里挑了一根碧绿的彩线，要做五色络子给郑三小姐。

大太太道："还听到些什么？"

琳婉摇摇头："没有了。"

大太太不死心："郑七小姐和六丫头没说什么？长房老太太怎么又去了郑家？"

琳婉想了想："大概是好事。"她侧头看向门口，帘后隐约能看到一双青缎鞋。这双鞋是府里二等丫鬟红竹的。

大太太来了精神，看着女儿："怎么说？"

琳婉停下手仔细回忆："长房老太太从郑家走的时候挺高兴的，一定是有好事吧！"

大太太冷笑一声："这么说，长房老太太就一心等着老三养老了。"说着看向琳婉，"你也是，去了那么多趟长房，怎么就不能让长房老太太喜欢。"

琳婉黯然地低下头："我不如四妹妹和六妹妹，"说着劝大太太，"母亲，你就别争了，我们一家平平安安度日该多好。"

大太太看着不争气的女儿："你知道什么，人往高处走水往低处流，你不争别人不一定能放过你。你爹爹不过是个六品经历，连你三叔父也不如，你又没有兄弟，将来分了家可怎么办才好？"

琳婉只得安慰大太太："等母亲病好了，一定能生下弟弟。将来二叔父有了好前程，也定会帮父亲的。"

琳婉说完话，那帘后的青缎鞋慢慢退了下去。

红竹提着灯笼一路去了紫竹院。

"琳婉也就能说出这样的话。"琳芳躺在田氏腿上娇滴滴地道，"烂泥扶不上墙，给她机会也不能成事，母亲还让人防着她。"

二太太田氏拿了五两银子给红竹。

红竹很快退了下去。

二太太田氏抚摸着女儿的鬓角："也不能不防，稍一疏忽说不得就要坏事。"

琳芳得意地笑了："琳婉不敢和我争，瞧她长的那模样，哪家的太太能看上这样的儿媳。母亲不是说得好，怎么也要出得厅堂下得厨房。"

田氏好笑地低头看琳芳："你能下得厨房吗？"

琳芳顿时脸颊绯红："母亲打趣我，哪家还要主母亲自下厨，我又不是穷人家的小姐，还要学那劳什子。"

田氏道："那要看你父亲将来能不能拿到爵位，到时候林家就是想要反过来娶你，我都不一定依了。"

说到林家，琳芳想到林大爷，似是头发根根都立起来，多少天了，只要做噩梦就是那双流光溢彩的眼睛。琳芳半晌才道："那母亲要快些，别让长房老太太扶了三叔父上去。"

田氏嘴角翘起："放心吧，他们来不及了。你三叔父一家就要回福宁去了。"

琳芳沉闷的心情又愉悦起来："真的？那可太好了。"终于送走琳怡这尊瘟神。

"多亏了长房老太太，否则也不能这般顺利。"陈允远又是高兴又是气馁。

长房老太太看在眼里，撑起身子问："衙门里又有什么事？"

陈允远喝了口茶："只怕是让儿子回福宁的旨意马上就要下来了。儿子想了，只好先回福宁赈灾，再找机会进京。"

长房老太太皱起眉头，琳怡也没想到旨意竟然下得这么快。

长房老太太道："能不能请旁人周旋？"

陈允远想了片刻："只有请康郡王。"

琳怡眼睛一跳，停下手里的针线，这是她亲耳听到父亲第二次说到康郡王。

长房老太太沉吟着："康郡王也算是最近的新贵，在皇上面前也是说得话的。"

陈允远道："这次福宁灾患，皇上问了康郡王有什么良策，若是康郡王能推荐旁人赈灾，儿子就能脱身。"

琳怡眼前浮起十九叔静谧站在她身前的模样。

他故意不说话。

原来是早就算计好了父亲势必要主动去求他。

十九叔说他不姓郑，那一刻她就想到，郑十九应该是周十九。

怪不得郑四小姐会装作美女蛇，原来是想要攀上宗亲。

惠和郡主出面做媒，不是康郡王又会有谁。

能在郑家来去自如，自然身份高贵。面容如此让人惊绝，怪不得不肯让宁平侯五小姐见面。

她千方百计想要帮父亲避开康郡王，却一早遇到了"郑十九"。

她要笑是命运的安排，还是她实在不小心。

长房老太太道："康郡王是宗亲，未必和成国公有牵连，你准备份礼物上门说不得他会帮忙，"说着顿了顿，"康郡王的婶娘周夫人还送了一串祖母绿的佛珠手串给琳怡。"

长房老太太这样说……陈允远心中又多了几分把握："如今看来也只能如此。儿子也想不到第二条路可走。"

算无遗策，就是要人无路可退。

明知道与虎谋皮，却还要去依靠他。

长房老太太道："眼下也只好先过了这一关。"

前一天晚上长房老太太还在犹豫是不是能让陈允远先回福宁，等将信函呈给太后之后再向太后求情将陈允远调回京里任职，后一刻知晓陈二老爷陈允周补到了实缺，长房老太太立即拉着琳怡去库里挑选送给康郡王的东西。

白妈妈拿了一对前朝粉彩耳瓶给长房老太太看，长房老太太摇摇头："虽说前朝古物珍贵，康郡王毕竟是宗亲，不一定能看上眼。"

琳怡搀扶长房老太太到旁边的椅子歇息。

白妈妈垂手道："只要肯帮忙，不会在意我们送去什么。"

长房老太太侧头看琳怡："六丫头你说呢？"

琳怡整理好长房老太太的袖子："欠人情还不如用钱财去换，否则将来父亲要为人驱使。"凡是高攀都免不了这样的结果。只要有了人情往来，日后的事就不由自主，更何况是依靠那人。

长房老太太点头，难为六丫头想得透彻："将我箱子里那套上好的头面拿出来……"

白妈妈听得这话，立即变了脸色："那可使不得，那套头面是老太太压箱的宝贝，大小姐出嫁的时候，老太太都没舍得给呢。"

长房老太太摇摇头并不在意："六丫头都能想明白，你又有什么舍不得的。钱财都是身外之物，是你的就是你的，不是你的强留也留不住。"说着站起身来，"就那套十二花簪头面吧，康郡王已经议亲了，想必不久就能用上。"

十二花簪头面，花簪都是累金镶嵌宝，四支步摇用的是圆润的南珠，南珠上缠了金丝。两支顶簪上飞了蝴蝶，轻轻一碰那蝴蝶仿佛就振翅欲飞。

长房老太太看完，白妈妈将头面用镂空金盏花紫檀盒子装了，盒口封了对富贵鲤鱼锁。

长房老太太看着点头："等三老爷来了就让他拿去。"

白妈妈不明白："二老爷到底补了什么缺？"这些年她很少见到老太太如此着急。

长房老太太道："正五品三等侍卫。"说着话看向琳怡，"六丫头，你可知道我们大周朝的护卫、侍卫是怎么任职？"

琳怡颔首："在京三品以上，在外总督、巡抚准送一子，其余就是由王公、勋贵、世臣子弟充入。"

长房老太太让琳怡扶着沿着长廊回到房里，"你二伯父做了侍卫，将来我们家若是复爵，自然有人站出来推举他。二老太太董氏娘家也会从中帮衬，这爵位说不得就要落在你二伯父头上。"

所以长房老太太才会着急让父亲留在京中。

"这种事万不能侥幸，二老太太董氏一家得了爵位，就会毫无顾忌，一朝争得宗长之位，你父亲嫡长子的名分也要被更改。"

前世发生的事，现在被长房老太太全都言中了。

琳怡看向桌子上的盒子。不知道这份重礼，康郡王会不会收下。

她都能想到收人财物不如卖个人情，父亲耿直的性子定会全力回报，康郡王既然利用父亲打击成国公，自然要大方地给父亲些好处，照这样算来礼物是不会收了。

从来没送过礼的陈允远从长房老太太手里拿东西，臊得老脸通红，只匆匆看了盒子一眼就支支吾吾："万一不肯收怎么办？"

长房老太太道："不收下你就拿回来，在官场上也不是一两年了，怎么还怕这个，就当是过年过节孝敬上峰。"

旁边的小萧氏很直性子："老爷从来没给上峰送过礼啊。"

长房老太太看陈允远的目光颇为惊诧，干笑一声："难得你能在福宁这么多年。"竟然还没有被人排挤回家。

陈允远行得正坐得直，颇有些骨气。从前在福宁不送礼，是看不惯那些脑满肠肥的上峰，平日里吃喝嫖赌无恶不作，他怎么能将辛辛苦苦拿到的俸银孝敬给那些混账。关键是有求于人就要拉下脸皮，很多时候他宁可不受这番罪。这次若不是眼看弹劾成国公有望，他也不会去求宗亲，这两日他将康郡王的脾性打听了一番，康郡王看着温和，却很少有人私下里与他攀上交情。

这礼不好送出手，只有硬着头皮试一试。幸亏康郡王去过福建，他也不算没有话说。

谈妥了送礼的事，长房老太太让请来的女郎中进来给萧氏把脉。

白妈妈很快领来个梳着圆髻，面容白净，衣衫整洁的婆子。萧氏和琳怡都有些惊讶，没想到女郎中竟然是个五十上下的婆子。

长房老太太道："这位苗妈妈是宫里出来的女医教出来的，也是不好请的。"

苗妈妈立即笑弯了眼睛："哪里，都是老祖宗抬举我了。"转身从后面的丫鬟手里接过大大的诊箱，然后躬身笑着看萧氏："太太要随我到后面去诊。"

萧氏有些羞怯，侧头瞄了陈允远一眼。

陈允远端起矮桌上的茶来喝，琳怡趁机问衡哥这两日怎么样，总算打破了屋子里尴尬的气氛。

说起儿子，陈允远抿了一抹笑："你哥哥这些日子进益了。"

都说严师出高徒，看来也没错。

过了一会儿，苗妈妈从里间出来，长房老太太带了苗妈妈到外面说话，屋子里隐约能听到："看着无大碍……调养调养试试……"

萧氏红着脸笑吟吟地走过来，陈允远这才将手里的茶碗送回矮桌上。

长房老太太让白妈妈拿了方子交代给萧氏，又让苗妈妈每日都要进府伺候，萧氏从来没听过这样的事，委实怔愣了好一会儿。

苗妈妈温和地笑道："太太放心……都交给我就是了……"

脸红心跳的事过后，萧氏和长房老太太说了好一阵子话："我正好要请送子观音，长房老太太就请了郎中来。"

长房老太太道："怎么想起来请送子观音？"

萧氏笑："二嫂有了身孕，二嫂相熟的宁平侯夫人也有喜了，人人都说二嫂是送子观音呢。"

琳怡拿起十锦茶吊给萧氏倒水。二太太田氏本来就有观音相，而今又怀了身孕，可不是送子的观音？怪不得谭妈妈急着让萧氏去拜观音。

长房老太太不露喜怒："既然已经确认怀了身孕，怎么还四处讲经？佛香也是伤及腹中孩子的。"

提起这个，萧氏笑道："上次在清华寺禅房里讲经，二嫂特意嘱咐寺中僧人不要点佛香，众位夫人觉得奇怪就问了，我们才知道二嫂有了喜，二嫂说是行善才有的孩儿，为了孩儿也要多多讲佛经，不可懈怠了。"

真是慈悲的女菩萨。琳怡看萧氏扬眉说笑的模样显然也是被二太太田氏的话打动了。田氏素以善名为由头，就连琳芳嘴里也不离禅法，这两母女在女眷前孜孜不倦地教导人向佛，其实就是想让人信田氏罢了。田氏有了孩子不但没有让田氏行动不便，反而更有理由进各府内宅讲经了。

哪家的女眷不求子，就是心中不信田氏，谁又能得罪送子观音。

萧氏说到这里，长房老太太看一眼旁边的琳怡："六丫头先下去，我有话和你父母说。"

琳怡垂下眼睛，应了一声，站起身走了出去。

出了内室的门，琳怡靠在雕花隔扇上。眼见萧氏就信了二太太田氏，她却不能在萧氏面前明说二太太的坏话，她想了又想，只得搬出长房老太太，先请长房老太太寻个郎中为萧氏看脉，再在长房老太太面前提起萧氏拜佛的事。

她虽是为了防二太太田氏，却也免不了要让萧氏挨骂。

长房老太太已经冷声道："这么说你是信了你二嫂？准备让你二嫂为你求个麟儿？"

萧氏笑容僵在脸上，身边的谭妈妈见势不好忙笑着解释："老太太错怪我们太太了……"话刚说到这里，只见一道锐利的目光看过来，谭妈妈立即住了嘴。

眼看着谭妈妈一步步退下去，长房老太太挪开目光看向萧氏："你为人和善却也不能没个思量，怎么也是当家主母，怎么能连下人也管束不好。"

萧氏听得红了脸："是我管家不善……"

长房老太太半阖上眼睛："你可知道二老爷提了三等侍卫？那可是二太太活动来的，你夫君差点被御史弹劾，如今更是仕途不顺，二太太可问过你一句？人若是有善意，不光是嘴上，平日举手投足便能流露，二太太心机如此，你与她走那般亲近做什么？"

萧氏脸上一阵红一阵白。

"我们学的是大乘佛法，讲究的是大爱，虽然如此，帮衬兄弟妯娌岂不更加容易，何必到达官显贵的内宅里去。你耳根软本来就容易听信旁人，"长房老太太说着睁开眼睛看谭妈妈，"身边更要有人时刻提醒你要小心。"

谭妈妈听得这话，腿脚发软跪了下来，却不敢再插话。

陈允远皱起眉头，也训斥萧氏："你多听听伯老太太的话，日后也要学着多管管家事。"

陈允远话音刚落，长房老太太就看了过去："你也是，为人夫为人父，不能光是动动嘴皮子，要真正关切，你既然知晓这样的症结，怎么不早些寻女科郎中来诊治。"

陈允远面有惭色，垂下头来："您教训得是。"

长房老太太懂得教谕方法，训斥完之后脸色见霁，让陈允远和萧氏吃过饭回去二房。

想着萧氏不争气的样子，长房老太太叹气，真是让人不省心。将来等她死了，这个家剩下六丫头一个人撑着可怎么办。老三真的承了爵，小萧氏做了诰命夫人，这个家就更让人惦记了。

琳怡拿起簪头去拨灯芯，念慈堂里又亮了几分。长房老太太看着琳怡玉般精琢的侧脸，伸手摸摸琳怡的头发，她也只能尽量教六丫头，盼着她能一生平顺。

陈允远选了个日子，将礼物送去给康郡王。

天慢慢黑下来，琳怡坐在通炕上心神不宁，也不知道父亲现在到底是什么情形，以周十九的心思很容易就能让父亲将福宁的事全盘托出……虽然长房老太太再三叮嘱只让父亲求康郡王留在京里，可是谁又能知晓事情会有什么变化。

琳怡才想到这里，玲珑匆匆忙忙跑进屋："不好了小姐，出事了。"

第三十二章　图谋·鬼胎

有了消息，琳怡掉在半空的心反而落下来。放下手里的银薰球，琳怡抬起头问玲珑："怎么了？"

玲珑一路从念慈堂跑回来，有些气喘吁吁："太太让人来传话，似是老爷从康郡王那里拿了不该拿的物件儿，太太想问老爷是怎么回事，偏老爷醉得胡言乱语，说不出个究竟。"

父亲出去应酬从来没有喝醉的时候，父亲说过，只要喝醉了，难免要说出几句醉话，福宁有多少人想要探父亲口风。

琳怡皱起眉头："有没有说是什么东西？"

玲珑摇摇头："奴婢没听清，不过太太很是着急，问长房老太太有没有解酒的药。"

琳怡起身穿上氅衣让丫鬟、婆子跟着径直去了念慈堂。

念慈堂里长房老太太刚让人将药匣子交给戴婆子。

白妈妈嘱咐戴婆子："化三粒在小盅里，一口气喝下才好用。"

戴婆子躬身道："奴婢记住了。"

长房老太太沉着脸："告诉三太太，无论如何也要将老爷压住，不能让旁人看出端倪来，有事等到明日再说。"

戴婆子一脸苦相："奴婢们从没见到过老爷这般，别说吓坏了太太，奴婢们也是……"

长房老太太道："怕这个做什么？哪个男人喝醉了回去不胡闹。"

白妈妈也道："就是三太太没见过才慌神，吃药睡上一觉也就好了。"

戴婆子点头称是。

长房老太太道："快回去吧！"

戴婆子刚要走，琳怡快步走进屋子："伯祖母，"琳怡坐在长房老太太身边，"不如我跟着一起回去，万一有事也好有个照应。"二房那边就只有萧氏打理，她总是放心不下。

长房老太太转头看看多宝阁上的沙漏。

已经快到门禁，这时候琳怡一个未出阁的小姐不好轻易走动，长房老太太思量片刻："闹不出多大的事来，明日再让人送你回去。"

老太太已经这样说了，琳怡也只好留在长房。

"父亲很少出去应酬，在家里也从不沾酒。"这样推论父亲的酒量定是不佳。

长房老太太叹口气："怎么跑去康郡王那里喝醉了。"

她想过几种可能，也唯独没有这个结果。平日里一丝不苟的父亲，怎么就能醉醺醺地回来。琳怡道："父亲到底拿了什么东西？"

提起这个，长房老太太靠在松花引枕上半眯起眼睛："是条密蜡黄的黄玉玉带。"

黄玉……那是宗亲经常用的，虽然朝廷没有明文，本朝却以黄玉为尊，普通人就算有一两件黄玉的摆件也是小心翼翼藏在家里赏玩，不可能明目张胆地做腰带束在外面。

怪不得萧氏说父亲拿错了东西，黄玉玉带的确不像是康郡王的回礼。

长房老太太道："这条玉带说不得是旁人送给康郡王之物，你父亲也不知怎么就将这条腰带捧了回来。我们送给康郡王的那套头面，就算价值再高也高不过这条玉带。康郡王是宗亲，哪有回礼贵于我们的道理。"

琳怡跪坐在大炕上，不是父亲拿错了东西，是周十九一早就安排好的。

蜜蜡黄的玉带哪会那么巧就放在那里。

宗亲都以束"黄"带为荣，朝拜、大婚等重要的日子才会束玉带。

也就是说，这样的东西一定会保管妥当，不是谁都能随便拿到的。

周十九收下陈家的礼物，又还了这样一份重礼，父亲从来没有收过这样贵重的礼物，必然觉得心中亏欠，周十九让父亲做些事，父亲也会欣然而往，心甘情愿被人利用。

琳怡的心一下子沉了下去。

无论怎么小心算计，总是逃不出他的手心。

将黄玉玉带还回去就别想周十九出面帮忙，不还，就等于欠下了周十九人情。

周十九虽然送出一条玉带，真正为难的却是陈家。

周十九怎么就看上了他们陈家？

白妈妈送了戴婆子回来："老太太，我们该怎么办？"

琳怡仰头看向长房老太太。事到如今能怎么办，落入别人圈套越挣扎网缠得越紧，只有先平静下来，再看对方的动静。

长房老太太道："明日让你父亲去还礼物，若是康郡王不肯要，就要好好思量思量，康郡王到底要图什么。”只有小萧氏才会以为老三拿错了东西。

琳怡看一眼玲珑，玲珑和橘红躬身从屋子里退了下去。

白妈妈也跟着出去端茶，内室一盏羊脂灯前只有长房老太太和琳怡两个人。

“伯祖母，”琳怡低声道，“会不会是因为成国公？要扳倒成国公必然要有人出面，康郡王去过福宁，定是知晓父亲不肯与成国公同流。再说，福宁的事没有谁比父亲更清楚，父亲出面参奏成国公在福宁的种种，才是最顺理成章的。”

长房老太太不声不响地转动手里的佛珠。六丫头说得有道理，老三手里有的也就是成国公串通海盗的证据。

琳怡望着羊角灯上跳跃的火苗：“伯祖母说过，谁也不想和成国公正面冲突，康郡王想让父亲做出头的椽子。”出头的椽子先烂，宗亲惜命，言官惜名，真正出生入死的就只有父亲这般耿直的官员，古往今来莫不是如此，“之前已经有了吴大人，难不成父亲也要……”

长房老太太睁开眼睛：“要不要参奏成国公在于我们，就算你老子要出头，我也不能眼看着不管。”

戴婆子一阵小跑回到二房，进到萧氏的碧云居，就听到主屋那边仍旧隐隐约约传来笑声。三老爷从回来就一直笑，到现在竟也没有停，这样闹腾下来，三老爷酒醉的消息恐怕早就传去了二老太太那里，明日不知道二老太太要怎么为难太太。

戴婆子将手里的药交给谭妈妈。

谭妈妈忙拿去化好了端进内室。

陈允远坐在罗汉床上，抱着手里的茶碗，眼睛朦胧地看着前面，眯着眼睛笑成一团。

萧氏接过药碗端上前去：“老爷，将药吃了早些歇着吧！”

陈允远似是没听到一般，依旧嘟嘟囔囔：“我今天……心情……好……谁也……不要……拦着我……喝酒……听到没有……你们……”

谭妈妈在一旁赔小心：“听到了，听到了。”

“老爷先喝了药，我再去倒酒。”萧氏试着哄骗陈允远，说着话将手里的药碗拿近了些。

陈允远抬起眼睛看了一眼萧氏，想要说话却一下子斜摔在罗汉床上，伸手打翻了手里的茶。

萧氏吓了一跳，忙将药碗放在一旁，用帕子去擦陈允远湿了的衣衫。

陈允远看着忙碌的萧氏，半晌才道：“咦，酒……怎么……洒了。酒洒了……不过……说准了……就不反悔……咱们说准了……答应了……就不反悔。允直……允直哪里去了？”

“什么允直。”萧氏一怔，是老爷的哪位兄弟？

“字允直……不错……《尔雅》里说过，允，诚也，信也。直，正见也。”

萧氏趁陈允远歪倒下来，将药一勺勺盛给陈允远喝了。

陈允远边喝边说话："……就这样说定了……"

萧氏忙乎了半天陈允远终于倒在罗汉床上睡着了。

萧氏松了口气，想要起身，却脚下一软滑跌在地上。谭妈妈忙上前搀扶："太太没事吧？"

萧氏转头看看满屋的狼藉，提起帕子擦擦额头上的汗，苦笑道："没事，总算安静下来了，快叫几个人过来将老爷挪去内室休息。"

第二天琳怡早早起床陪着长房老太太用了早膳，长房老太太刚让人准备了青油小车，萧氏就从长房过来。

萧氏穿着紫色梅花衫，脸上施了重重的脂粉，仍旧不掩憔悴。看到长房老太太，萧氏眼睛红起来："老太太，您说这可怎么好，老爷将昨晚的事都忘了，也不记得从康郡王那里拿了玉带。"

人醉得糊里糊涂还能记得什么。长房老太太撑起身子看萧氏："昨晚老三都跟你说了些什么？"

萧氏仔细回想："老爷仿佛答应了什么……早晨我问老爷，老爷却也想不起来……"

虽然早有准备，长房老太太仍旧忍不住皱起眉头："老三呢？"

萧氏道："老爷吐到半夜，今天早晨才醒了酒，不敢耽搁差事去了衙门。老爷说，不敢收那玉带，要找机会送回给康郡王。"

陈允远早晨起来便对酒后失德悔之不及，说什么也要将玉带送还。

康郡王能将玉带收回最好了，若是不收……长房老太太看向琳怡："六丫头别回二房了，收拾收拾明日和我去太后母家做客。"

琳怡点点头。不管康郡王那边做什么打算，上折子的总是父亲。眼下只要康郡王能帮忙将父亲留在京里，接下来就要看能不能将信函送给太后。

六月的天气，炙热的太阳罩在头顶，闷得让人喘不过气来，好容易吹来一阵风，贴在脸上也是热滚滚的。陈允远坐在窗边写考绩的表格，才写了一页纸额头上就出了层汗，好不容易稳住心神将表格写好，也到了下衙的时辰。

陈允远迷迷糊糊地出了衙门，跨过门槛腿上一绊差点就摔在地上，多亏身边的小厮手疾眼快，上前将陈允远搀扶起来。顾不得休息，陈允远让人寻了康郡王身边的小厮桐宁打听消息。

那桐宁晚上刚好有空，陈允远欣喜若狂，选了僻静的地方，将拿了礼物的事说了："这怎么说的。我走的时候醉醺醺，不小心将东西拿了，小哥帮帮忙和康郡王说说，盒子里的物件我是碰也没有碰的。"

桐宁为难起来："您说的是什么礼物？"

陈允远嗓子一哑：“是条玉带。”

桐宁也有几分惊讶：“陈老爷说的可是那只乌木牡丹雕花盒子？”

陈允远点头：“正是。”

桐宁道：“小的也不知道那盒子里装着什么，既然郡王给了老爷，定是给老爷的回礼了。老爷若是将那礼物还回来，郡王定会将老爷送来的礼物也还给老爷。”

这是怎么回事？陈允远一下子怔愣在那里，那条玉带真的是康郡王送给他的？

桐宁站起身向陈允远行礼：“郡王从来不会随便收旁人的礼物，便是收了也一定会回礼，这是郡王的规矩，小的是不敢自作主张替陈老爷传话。”

陈允远不知道说什么才好，将礼物送回去那就是不识好歹，也就得罪了康郡王。不送回去，这份礼物……就像烫手的山芋……

“小哥，”陈允远喝了口茶水，问起昨晚的事，“我昨天在郡王面前有没有失礼？”

“那倒没有，”桐宁笑道，“老爷和郡王爷借着酒兴对诗，没想到喝了半壶酒老爷认输自罚舞剑，后来我们才知晓原来老爷醉了。郡王爷去搀扶老爷，老爷身子不痛快，吐了郡王爷一身……”

陈允远惊讶地睁大眼睛：“我吐了郡王爷一身？”那……那可怎么得了……

听得这件事，陈允远不敢再将还礼物的事挂在嘴上，桐宁也怕误了康郡王的事，起身告辞。陈允远忐忑不安地回到家中，萧氏忙上前问结果，陈允远只觉得口渴，连喝了两碗茶之后，木然地道：“将礼物妥善收好，再也不要提还礼两个字。”

萧氏“啊”了一声，怔愣在那里，好半天才似回过神，转身去拿梨花架上的熏炉，炉盖打开，熏烟扑面而来，萧氏被呛得立即咳嗽起来。

二老太太董氏让人在三足珐琅烧蓝花瓣口香炉里添了通窍的药香，不多一会儿，二老太太打了个喷嚏，这才挥挥手让人将香撤下。

“怎么样？”二老太太低声问。

董妈妈忙上前道：“听说三老爷是和康郡王饮酒。”

二老太太抬起眼睛：“康郡王？老三怎么会识得康郡王？”

董妈妈道：“该不是长房老太太求的郑家……”郑家如今连自己屁股上的屎都擦不干净，还有精神管旁人。

二老太太身子歪在罗汉床上：“也有可能。郑家也该为自己寻条出路。要知道郑阁老年纪大了，郑家子孙又没有出挑的人才，郑氏族里十年没有出过两榜进士，翰林院里后继无人，郑家光靠惠和郡主又能如何？要知道致仕的阁老有几个是善始善终？人走茶凉，就算在家中养老一样被人一本奏折参上去。”郑阁老在位十几年，没少得罪人，“要不然郑家怎么会小心翼翼，不敢明着得罪赖在她家里的褚氏母女。”

内室里的琳婉停下手里的针线，仔细听着外面说话。她早就让冬和出去打听了贞娘母女，原来贞娘的祖父任过户部尚书，且褚家是大族，贞娘母女能从新城府进京来都是族里人帮衬，如今褚家护送的族人就住在京里，郑家随意打发了贞娘母女，褚家定不肯干休，除非郑阁老出面，帮衬褚家后人搏个好前程。

若不是作此思量褚氏一族何必为孤儿寡母大费周章。

没想到郑家倒是一直容忍贞娘，让贞娘随意在家里撒泼。

二老太太董氏沉吟片刻，让董妈妈将屋里的琳婉叫出来。

二老太太低声吩咐琳婉："郑二太太不是让你去帮着郑三小姐做针线吗？你就过去，郑家有消息就小心地听回来。"

琳婉有些害怕："我还没自己一个人出去过。"

二老太太道："多带几个丫鬟、婆子就是，能和郑家小姐这般往来，是你的福气。"

琳婉这才勉强答应了。

二老太太露出欣慰的笑容，让董妈妈挑出几个得力的丫鬟、婆子拨给琳婉用，又嘱咐董妈妈叫来成衣匠，给琳婉多做几套衣裙。

一时之间又是头面又是屋子里的摆件儿，全都堆去琳婉的闺房里。陈大太太眼睛也看直了，老太太什么时候这样待过他们？大太太拿起蜀锦在琳婉身上比对，琳婉虽然长相平平，穿上这些好料子的衣裙也添色不少。

大太太笑眯眯地拉着琳婉在床边坐下："多和郑二太太说话，琳芳那些逗人的本事你也要学一学，别一门心思就帮郑三小姐做针线。"

琳婉柔顺地低头应了。

若是能攀上郑家这门亲。老爷还愁补不到实职？琳娇不过才嫁去了袁家。

送走了大太太，琳婉坐在床上接着绣花，冬和遣走房里的其他人，走到琳婉身边低声道："康郡王送给三老爷一条黄玉玉带。"

冬和噘起嘴来："一定是长房老太太帮忙让三老爷一家攀上了康郡王，长房老太太疼六小姐，二老太太疼四小姐，只有小姐最可怜。"

"不要乱说，"琳婉看了冬和一眼，"六妹妹对我是很好的。"

冬和冷笑一声："我的小姐，您就醒醒吧，六小姐对小姐好，怎么从来不和小姐说实话？小姐替六小姐说了多少好话，六小姐可曾帮衬过小姐？将来就算六小姐发达了，也不会照顾小姐的。长房老太太送给六小姐那么多好东西，六小姐可从来没给过小姐，倒是小姐时时刻刻将六小姐的好挂在嘴边。"

"六小姐不过就是不在人前奚落小姐罢了。"

"好了，"琳婉打断冬和的话，"你出去吧，我自有道理。"

琳婉从笸箩里拿出绣线，接着绣眼前的百福纹。中间一棵金线走边的白菜，四角绣的是蝙蝠，这样漂亮的绣品郑二太太看了就拿出去炫耀："心巧，手也巧呢。"

康郡王的婶娘周夫人在郑家做客，看到这特别的百福纹，也放下手里的茶去看："这是谁绣的？”

“还有谁，”郑二太太笑着道，“上次我跟您说过的陈家三小姐。”

陈三小姐？刚才向她行礼的小姐？长相平平，远远不如她两个妹妹。周夫人笑道：“怪不得，瞧着就是个仔细的孩子。”

郑二太太也抿嘴笑了。

周夫人喝了些茶忽然想到：“怎么不见惠和郡主？”

郑二太太脸上奇异的表情一闪而过：“跟着我们老夫人去了国姓爷家。”

国姓爷？周太后的娘家？

周夫人笑道：“我来得真不巧。”

郑二太太打发人去拿叶子牌来：“我们也不知道呢，老夫人走的时候也才听到消息，是跟陈家老太太一起去的，说是好久不曾会友了。”

郑老夫人带着陈老太太去周家，周夫人目光一闪，最近她频频听到陈家的消息。

郑二太太又道：“我们七小姐平日里是不爱出去凑热闹的，不过和陈六小姐要好，听得陈六小姐要去，也跟着一起去了。”

那个陈六小姐，人前进退十分有主见，这样的性子不是好摆布的。才进京几日就和郑七小姐要好，惹得郑老夫人不住嘴地称赞，更让陈老太太这般疼爱……打听到的消息越多就越让她惊讶。

这并不是件好事。

想到这里，周夫人笑了：“将几位小姐都请出来，我好久没听她们说话了。特别是三小姐……虽然就要出嫁了，都是自家人，不用非要避嫌吧！”

郑二太太笑道：“也好，就将她们叫来热闹。”

琳怡第一次到郑家的时候只觉得郑家的院子处处透着精致，一山一水都是仔细雕琢的，怪不得人人都说美。到了世袭一等兴晟公的国姓爷家，周家比郑家大了足足几倍的园子则透着一股的大气，亭台楼阁藏在郁郁葱葱的树木中间，更有深潭水幕，玉石拱桥彼此呼应又各成一景。

女眷们下了轿子，索性边看景色边往花厅里走，待客的周大太太就笑着道：“我们坐船去水坞里，我们老夫人听说有几位老祖宗一起来了，就一早在水坞里等着。”

郑老夫人笑道：“原是要给老夫人请安，没想到倒劳动了老夫人。”

“哪里。”周大太太笑着道，“老人家念叨得紧，只想找同辈人说话呢，早就看我们这些人厌烦了，只不过我们没脸面请各位老祖宗罢了。”

周大太太真会说话。越是家世显赫的女眷往往越是长袖善舞。

第三十三章 帮忙·小鱼

周二小姐将目光瞥向陈老太太身边的琳怡。这个就是闯进着火的屋子救人的陈六小姐。在她心里，能做出这种事的定然是长相粗厚性格直快的人，却没想到看起来如此清丽。

周二小姐正要去和郑七小姐、陈六小姐说话，惠和郡主便笑着看向周二小姐："一眨眼琅琅出落得这般漂亮了。"

周二小姐立即红了脸，微蹲身子向惠和郡主拜下去。

惠和郡主看着周大太太笑道："还是你有福气，不像我养了个猴儿在身边，每日都要被她闹得头疼。"

郑七小姐听得这话鼓起脸颊："没有我闹，母亲还嫌清净了呢。"

惠和郡主掩嘴笑："你们瞧瞧我可说错了？"

周二小姐如白莲般的脸上绽出一抹笑意。

琳怡也不禁多看了两眼，周二小姐这般才是真正的大家闺秀，气质沉稳、眉目疏朗，举手投足都透着娴静，是宁平侯五小姐不能比的。怪不得周十九会弃掉宁平侯五小姐求娶周二小姐。

到了湖边，早有家人准备好挂着宫灯绘彩的小船，踩着玉石台阶只迈一步就能到船上，几位来做客的小姐都觉得十分有趣。

船行到湖中央，抬起头正好能看清湖中的水坞。水坞四周挂了水青的鲛纱，被风一吹如同云雾缭绕的仙境。先帝在位时周太后就备受帝宠，加之母家的赫赫功名，国姓爷一家显贵一时，新皇登基前，先帝开始修剪外戚枝叶，周太后母家也就首当其冲。大家本以为新皇登基之后会再度起用周太后母家，却没想到新皇帝对外戚也避讳甚深，加之辅政大臣从旁作梗，周家也就渐渐和普通勋贵、宗亲没有两样。

周家虽然不如从前，园子里的景致却还依旧。

周老夫人穿着姜黄色妆花寿纹褙子，拄着瑞祥云头拐杖，让人扶着站在亭子里迎郑老夫人和陈老太太。

郑老夫人和陈老太太给周老夫人行礼。

周老夫人故意板起脸来："我们年纪大了不拘这个，没得让小辈们瞧着笑话。"

三位老祖宗笑说着话，女眷依次上前行礼。

第一次见琳怡，周老夫人特意多瞧了两眼，又说了客套话，让人拿了一个碧玉柄牡丹鲛纱宫扇给琳怡："娇弱的小女儿，千万别晒伤了。"

郑家待客周到，很快来赴宴的小姐手里都有了宫扇。

水坞用白石做基，上面是一大一小两间似船舱般的亭子，亭子四角用莲花香炉烧了驱

虫的香草，各家小姐行过礼之后就去小亭子里说笑，周二小姐做茶待客，大家都惊于周二小姐娴熟的手法。

“姐妹们想玩什么？”周二小姐抿嘴笑道，“起诗社还是斗棋斗茶，我已经让人筹备好了。”

泰安侯家的小姐道：“姐姐不如和我们一起做诗社。”

周二小姐笑着摆手：“我不过就读了些女书，哪里会作诗，还是姐妹们自己玩得痛快，我就在一旁伺候茶点。”

说话不卑不亢，周二小姐还真是很贤惠。

众位小姐和周二小姐凑趣笑谈。

琳怡正想要过去，郑七小姐将琳怡拉去一旁：“我们玩我们的，不与她们掺和。”

看着郑七小姐疏离，琳怡微微惊讶：“怎么了？”

郑七小姐瘪瘪嘴。

郑七小姐小孩的心性又发了，琳怡笑道：“该不是郡主夸得周二小姐多些，你就生气了。”

郑七小姐惊讶地瞧着琳怡：“你也觉得她好？”

周二小姐至少待人还真诚，并不是一味算计旁人，性子也温和又能识礼让人，现在她还没看出有什么不好，不过要断定一个人并不能只看朝夕。

周二小姐来叫郑七小姐和琳怡过去喝茶。

刚喝过一盅，周二小姐笑着问琳怡：“我听说你做了个鲁班锁的香囊，能不能给我瞧瞧。”

琳怡没有带香囊，郑七小姐倒是不离身的。

周二小姐看过之后温和地缓缓道：“我也要请六小姐帮忙做一只，之前我试了几次都没做成呢。”

琳怡笑着点头，“明日我就做好了让人送来。”

周二小姐笑道：“这可了了我一桩心事，我对这些东西本来就一窍不通，着实冥思苦想好几晚，却也不好冒失地去和陈六小姐要。”

琳怡和周二小姐相视一笑，“我也是坐车来京里的时候实在烦闷，才想出来的主意。”

话刚说到这里，只听周大太太笑着招呼周二小姐，宴席那边惠和郡主的眼睛透亮，也盯在周二小姐身上。

这样明显的意图，周二小姐红透了脸，站起身向郑七小姐和琳怡道：“两位妹妹稍坐，我去去就来。”

周二小姐离座，琳怡笑着看郑七小姐：“如何？”

郑七小姐负气摇头：“没见得就哪里好了。”

琳怡亲手给郑七小姐添了茶。看这个样子，周大太太也很满意这门亲事，否则不会和惠和郡主一拍即合。

周二小姐嫁给康郡王为妃，郑七小姐和周二小姐相处的日子还长着。

水坞不远高高筑了戏台。

女眷吃过宴席就回到水坞看戏。周老夫人和郑老夫人、陈老太太怕劳累，先回去了主屋说话。

宽敞的大堂屋里，几位老太太坐在铺着锦垫圆枕的高椅上。

周老夫人问起陈老太太的身体，陈老太太顺道提起了袁家："也是不省心，还好渡过了难关，等亲家老爷回来，一家人总算团圆了。"

周老夫人支起身子问："听说袁学士在尚阳堡办学编书目？"

陈老太太道："我也只是听姑爷说起。袁学士服完监刑，就出来办学。"

周老夫人似是十分敬服袁学士的作为："真是难得。"

是个好开头。至少能主动问起陈家的姻亲袁家。要知道袁学士被流放和朝廷上文武之争脱不开干系。周家这个外戚又何尝不是被先皇认定的辅政大臣压制，其中就有成国公的功劳。

郑老夫人端起茶喝了一口叹气："好在袁学士夫妻身子还算硬朗。"

既然话题已经引开了，陈老太太不留痕迹地这时候插话："我那姑爷被朝廷带走了，我们大姐儿跪在佛前三天三夜。"这些年朝局动荡不安，京城里的大户有多少被官兵进进出出，大家都做惊弓之鸟，就算周家是外戚也难免看着心惊。

下人端果子进屋之前，陈老太太正好说到吴家："那吴家小儿我从前还是见过的，一表人才，真是可惜。"

吴家的案子断得太快，杀人都没有等到秋后，京里好久没出过这样的大案。

说到朝局，屋子里的气氛凝重起来。

小丫鬟捧杯奉盏来回穿梭，也就打断了屋内的谈话。不一会儿工夫周大太太领着周家晚辈来给郑老夫人和陈老太太磕头。

几位老祖宗应付了好一阵，周老夫人让周大太太服侍着去更衣。

两个人进了外面的小院，周大太太按捺不住问起来："陈老太太是不是有事要求老夫人？"

周老夫人颔首："和福建的事有关。"

周大太太表情顿时凝重起来："会不会是要利用我们……"身为外戚，就要处处小心。郑老夫人也跟着来了，说明此事不简单，眼下这个节骨眼谁也不好相信，要知道这些年有多少人挖好了坑，就等着他们跳进去，御史的眼睛可都盯着她家呢。

"好办的事郑家就出面了，不会求到我们家。"周老夫人道，"前朝的事怎么能瞒过成国公，陈家这是要让我们求太后娘娘。"

后宫不得干政，这块板子砸下来，太后娘娘也要被牵连。到时候，吃亏的是他们家，得利的就不晓得是谁了。

周大太太道："不能答应啊，我们家隐忍了这么多年，不能就前功尽弃。"

说得是，不能前功尽弃。

周老夫人看向周大太太："陈家六小姐不是跟着来了？你去探探陈六小姐的口风。"

陈六小姐……那是十三四岁的小姑娘。

"陈家老太太是老人精，怎么可能说出实话。"

周大太太道："陈家不一定会将这些告诉六小姐。"

周老夫人抬起眼睛，意味深长地笑了："不见得，陈老太太将陈六小姐捧在手心里，老太太这次也是为了陈三老爷才出面，陈六小姐怎么会什么都不知晓。"

周大太太颔首："那媳妇就去问问看。"

周老夫人回到堂屋接着与郑老夫人、陈老太太说话，周大太太带着几个丫鬟拿了些晾晒好的花瓣做好的荷包送给各位小姐。

周大太太笑着道："都是园子里的花，开得最艳时取下来的，又用花粉撒上晾晒，闻起来更香些。"

味道都不大一样，大家笑着挑了。

周大太太说完看向郑七小姐："郑七小姐要不要鞭陀螺？"

郑七小姐原本坐着无聊，听得这话眼睛冒光："好呀。"

周大太太掩嘴笑："白露院里倒是有不少，我却不会挑，不知道你们喜欢哪种。"

郑七小姐笑着拉起琳怡："我们跟着大太太去选。"

郑七小姐性子直爽，听到这种事一定会上前，自然而然也会拉上身边的陈六小姐。周大太太笑眯起眼睛："好。"

"陈六小姐在福宁长大？"周大太太不经意地问起。

琳怡点头："我们兄妹两个很小就跟着父亲母亲去了福建。"

"福宁怎么样？"周大太太不经意地问起。

郑七小姐已经笑着挑了两只彩螺。

琳怡垂下头："不太好。"

周大太太不为人知地微抬眼睛，果然让老夫人料中了，陈六小姐八成会提陈三老爷差点被御史参奏的事，陈六小姐和御史家小姐不就是因此在郑家拌嘴。陈六小姐顺着这件事说起陈三老爷为官刚正不阿，好让她们在太后面前提起。陈家就是想借着太后寻个好出路。

琳怡也在思量，周大太太独自带着郑七小姐和她来挑陀螺，她就知晓周大太太有话要问她。

定是长房老太太那边不顺利，否则周家就不会来试探她的口风。

她是要装作一无所知，还是把握住这个机会为父亲争取？

毕竟只有这一次机会。

屋子里静悄悄的，琳怡的声音也格外清楚："福宁雨水重，到了夏天大半时间都要在屋子里，我们都还罢了，只要到了夏天父亲就要住去衙门，我们就要盼着雨快点停，父亲能平安回来。父亲因此落下了腿疾。福建的湿气大，父亲从小在京里长大，身子受不住这个。母亲就说若是能回京定然能找到好郎中，我们兄妹这才跟着父母一起回来。”

周大太太没有想到陈六小姐真的说起家常来。

旁边的郑七小姐也停下手来，眼巴巴地看着琳怡：“姐姐在福宁受了许多苦。之前不是说一直要搬家吗？”

平日里闲话的事，郑七小姐倒是记得。琳怡点头：“是啊，母亲这次回京还说，京里气候好，住得舒坦，还能时常见到长辈。”

周大太太眼睛一闪，小萧氏的娘家是京城的，在外这么多年，想家也是有的。不过陈三老爷就不一定了，考满评个优陈三老爷就要升正职，那可是有前程的实职。告倒成国公和福建一批官员，说不得就会做了知府，外官到了知府，已经是快要摸到天了。

周大太太不接话是想要听她往下说，还是对她说的话不感兴趣？

是不是她猜测错了，周家想要听到的是父亲官途不顺，陈家如同溺水的人，周家是最后一棵稻草。

琳怡停顿了片刻，慢慢沉静下来：“这几年父亲也总提落叶归根。”

陈三老爷想要留在京里？

“姐姐呢？”郑七小姐忍不住问。

琳怡期望地笑了：“我自然也是想留在祖母身边。”

郑七小姐从琳怡勉强的笑容里似是看到泥泞的院落，冒着雨搬迁，不时还有灾情传来，说不得晚上也睡不了安稳觉。果然还是留在京里最好。

琳怡这边说完话。

陈老太太也说到将陈允远留京的事：“我年纪大了，身边总不能没人照应，我这次来是想要求求老夫人，能不能想法子让老三在京里补个员外郎。”

各部员外郎，那可是不如知州的虚职。虽然同样是从五品，员外郎不过就是各部办事的小官，周老夫人惊讶：“好不容易做到知州，怎么就要回京了？”

陈老太太微微一笑：“不怕老夫人笑话，我年纪大了，身边总想有个人照应，老三在福宁这些年身子也坏了，想要讨个闲职……您也知道，我们陈家现在没有人能帮上忙。”

周老夫人叹口气：“现在的政局不简单，我晚上和公侯爷说说，看看能不能帮忙。”

“还有一件事。”陈老太太谨慎地看看左右。

周老夫人吩咐屋子里的丫鬟、婆子退下。

陈老太太这才敢说：“刚才我们说起莲花胡同的吴家后生，有一封呈给圣上的信函落在我们老三手里，我们老三避嫌就放在我老婆子这，我是没有见识的，不知道该怎么处置，就想着寻老夫人讨个主意。”说着从身边的妈妈手里接过带锁的盒子，用精巧的钥匙将盒子打开送到周老夫人眼前。

红漆封的信函，上面刻着献长两个字，显然是吴献长亲笔写上去的，是否真迹只要拿去皇上手里留封的亲笔字比对就知一二。

周老夫人眼睛一跳：“怎么人死了，这密信才递上来。”

陈老太太道：“我也不知，我们也不敢随便说与旁人。”

吴献长怎么死的大家都知晓，这封密信到底说了些什么却又猜测不出。

周老夫人微皱起眉头思量起来。

到了下午，琳怡带着五六个荷包，满车厢的香气回去陈家。

“周老夫人没将信收下。”长房老太太看着琳怡道。

琳怡不太着急：“伯祖母不是早说，周家不会痛快地收下。”

周家这样的外戚都警觉得很，绝不会轻易答应。

“周大太太还问我在福宁时的情形。”

长房老太太没有惊讶：“你怎么说的？”

琳怡露出委屈的表情，“孙女就说生活不易，父亲想要落叶归根。我想要留在伯祖母身边。”说着笑起来，“我最后一句话是真的。”

长房老太太笑着点头：“你怎么没说说你父亲在福宁官途不顺。”

琳怡笑着拿出毯子给长房老太太盖在腿上，“孙女也想过，可想想若是说了这些，将来吴大人的密信交上去，皇上办了成国公，那最大的功劳不就是父亲的？父亲忍辱负重在福宁这么多年，还不就是为了今天，周家顶多算是将密信递给太后娘娘。反过来，父亲没有在意这封信，就是周家大功一件。周家要冒险送信，也要图大利才行。”功劳几家分，周家不肯吃小的那份。

长房老太太点头，而后叹口气：“本来就是你父亲忍辱负重这么多年，就这样让人占了大头，你就一点不替你父亲委屈？”

琳怡摇摇头：“又不是一朝一夕的事，再说大鱼吃小鱼小鱼吃虾米，本来就是这个理。想要一下子独揽功劳也是要独自担风险，父亲在朝廷里没有特别的关系，很难将这件事做成。”

长房老太太会心一笑：“若你是男子，我们陈家将来就有望了。”

第三十四章　前奏·再遇

前面陈家的马车走远了，郑七小姐和惠和郡主也坐上了车，周大太太带着周二小姐在车前又再三挽留，惠和郡主干脆一鼓作气让周大太太母女来郑家赏菊，周大太太笑着应下了。

马车出了胡同一路驰上大道，惠和郡主叹口气，“不知道十九叔怎么想的，宁平侯要巴结五王爷已经让人进宫寻惠妃娘娘说项，万一这门亲事成了，丢了脸面的可是十九叔，现在既然得了消息，还不提前打算，要等着宁平侯先反悔不成？再说，宁平侯五小姐如何能及得上周二小姐。”

郑七小姐虽然不喜欢母亲整日将哪家小姐挂在嘴上，却对这句话深以为然，“母亲要暗自高兴才对。之前的宁平侯五小姐，也是母亲帮忙牵线的呀。”

惠和郡主哭笑不得，伸出手来点郑七小姐的鼻子，“竟然编排起你母亲来了。”惠妃娘娘胜过了当年贵妃娘娘的恩宠，谁不想攀上宁平侯府这个靠山。想着叹口气，要不是因辈分的原因，她就将小七嫁过去岂不是更好。

马车到了郑家，郑七小姐捧着一盒子陀螺兴冲冲地进屋要找下人鞭起来试试。下人来报，周夫人来家里做客。郑七小姐只得先去给周夫人请安。

惠和郡主扶了郑老夫人，周夫人笑着给郑老夫人行礼。

郑老夫人忙道：“这可使不得，我该给您请安才是。”

周夫人笑着：“我们行家礼。”

郑老夫人失笑，“就算行家礼，您也是长辈。”宗亲的辈分是最难算的，平日里也就马马虎虎算了，到了正式场合，七十岁的晚辈，十几岁的长辈那都是有的，这位周夫人正是辈分高，年纪轻。

周夫人打趣道：“那我和老夫人要论私交。”

郑老夫人拉着周夫人：“怪道人都说，您是一等和善的人。”

大人在堂屋里说话，郑七小姐应付了几句，就找了借口回到自己的院子里，看着下人鞭陀螺。

喝着冰镇过的酸梅汤，郑七小姐舒服地出口气，吩咐樱桃：“让人将这桂花酸梅汁给陈六小姐送去尝尝。”厨娘新调的味道，比往常的都要好喝。

樱桃道：“小姐什么都想着陈六小姐，这酸梅汁陈家怎么会没有，这样送去算什么，反正陈六小姐常来往，下次再让厨娘做来就是。”

郑七小姐叹口气，想及琳怡在国姓爷府上说的话：“陈六小姐在福宁可是受了不少苦呢。”

“你怎么知道？”

郑七小姐听到声音忙站起身，阳光从树荫处投下来，斑驳地落在那人的流云外褂上，秀朗的面孔上挂着清浅的笑容，无论谁站在他身边都会黯然失色。她是见惯了才不会大惊小怪。除此之外在十九叔面前能泰然自若的就是陈六小姐了。

郑七小姐上前行了礼：“是陈六小姐自己说的啊。”

“是在周家说的？”

郑七小姐点头。

周家这次定会答应将信函送去太后面前。想要周家帮忙，就要看透周家的想法。

这是她所长。

周十九眼睛扬起，里面的笑容无波无尘般清朗。她说的在福宁“受苦”不过是诓骗周家的说法罢了。福宁日子不好过，理所当然想要留在京里，陈家送信上门不求升官，只求在京里平安度日，周家是政场上的狐狸，想要让他们帮忙不简单。

有了陈家游说，就让他省了不少的心思。

陈六小姐。

第一次听到有人说起她，是他去福宁的时候拜访好友。好友的妹妹是鼎鼎有名的才女姻语秋，那年姻语秋做了女先生。

姻语秋名声极响，多少高门大户家的女子都想拜她为先生。姻语秋提出条件，斗琴赢了她的，她才肯教。哪个斗琴能赢姻语秋？不过就是托词罢了，没想到真的有人抱了琴上门。就此姻语秋就教了位家中故人的女儿。

那个学生就是陈六小姐。

耳闻相隔多年，直到那日才见到真人。

果然如他料想的那般聪慧。

私下里提起福宁，陈六小姐和十九叔一样，嘴角都是有那么一抹舒雅的笑容。

郑七小姐微皱眉头：“十九叔，你去过福宁，福宁那边到底怎么样？”

周元澈刚要说话，眼睛一扫看到不远处立着个身穿石榴衫的女子，周元澈不留痕迹地转身走开。

郑七小姐转头看到立在一旁的陈琳婉，惊讶地喊了声：“陈三姐姐，你怎么在这里？”

琳婉不徐不疾地向郑七小姐行礼：“听说妹妹回来了，我来和妹妹说句话。”

郑七小姐看着琳婉脸上甜美的笑容，就要上前亲近，一时想到琳怡提醒她的话，热情立即少了三分。

琳婉似是没有发觉，依旧声音悦耳：“我带来一条汗巾子，看看你喜不喜欢。”

蝴蝶逐花的式样，正好配她那条软金罗裙。

郑七小姐笑着拉起琳婉的手：“谢谢姐姐为我费心。”

琳怡也伏在长房老太太膝前说往事：“我哪里会弹琴，没办法就带了无弦琴去。我跟先生说，琴音由心生，我带了诚心，却怕输给先生，就没带琴弦。”

旁边的白妈妈听了也忍不住要笑。

长房老太太更是哭笑不得：“这样先生也肯教你？”

提起这桩公案，琳怡也有些不好意思：“求学就要厚脸皮。”

长房老太太肩膀一抖：“这是哪来的话？”

琳怡睁开黑白分明的眼睛：“父亲教的啊，父亲为了给我们兄妹请先生费了好多心思。”

在福宁的日子是很快乐的。

下雨的时候哥哥和她没有躲在屋子里，而是让人在后院憋池塘，放鸳鸯。下过雨后的天气格外清新，晚上可以放孔明灯，哥哥偶尔让小厮买些烟火，没有烟火他们就烧青竹，虽然没有京里生活舒适，却是无拘无束，所以来到京里，她才对外人少了份防备。

长房老太太叹气："现在就看周家的意思了。"

琳怡的示弱很快带来了好处，周家让人送来了一筐蜜桃。这个时节能吃到这么大的桃子实在不易。

长房老太太脸上总算有了笑意："看来我们要给周家回礼了。"

一筐桃子，换了封书信。

皇太后千秋，宫中设宴，内命妇、外命妇前去慈宁宫朝贺。一时之间宫门口异常繁华，琳怡听长房老太太说从前进宫时的情景。

"外命妇都要去的，从前宫里摆宴我都和郑老夫人、袁老夫人一道……"说到袁老夫人，长房老太太算算日子，"袁家也该被送进京了。"

祖孙两个正说着话，白妈妈带进来消息："林家出事了。"

琳怡放下手里的蜜桃，用旁边的软巾擦了手指。

长房老太太抬起眼睛："怎么了？"该不会是与吴家的事有关？林家之前派人去过画舫寻吴大人的妾室，若是被人顺藤摸瓜，势必要找到他们陈家。

白妈妈道："不知道林家老爷怎么认识的一群悍匪，在城外犯了事，将林家老爷招认出来，还说要替林老爷寻什么人。"

长房老太太神色不虞。

书香门第出了这种丑事，定会被人抓住不放，只要跟这事有半点牵连，都会被拽出来。

长房老太太捻动佛珠："好在这件事现在才闹开。"要是早一步，说不得周家就不能再送书信。

长房老太太吩咐白妈妈："让人多留意，有消息就回来禀告。"

白妈妈应一声快步出去安排。

"该来的还是要来，"长房老太太看一眼琳怡，"六丫头，你怕不怕？"

琳怡摇摇头："不怕。就算闹开了，前面还有周家、郑家和林家。"天塌了还有个高的顶着，他们一个小小的陈家肩膀窄身子弱担不起多大的重量。

长房老太太点点头。

琳怡沉下眼睛，有人撒网在前，如今是收获的时候了。

周家将信带进宫中之后，整个京城似是一下子静了下来。连续半个月的酷热天气院子里的竹子仿佛都无精打采。

终于迎来一场大雨，袁家管事婆子一边抹额头上雨水一边报喜："我们家老爷、太太

回来了。”

长房老太太将茶杯递给琳怡，笑道：“几时进京？”

袁家婆子道：“大约申时。二奶奶说，请老太太明日过去呢。”

长房老太太笑道：“好，明日我们一定去。”

袁家人走了，长房老太太吩咐白妈妈：“去准备准备，明日我和六丫头去袁家。”

圣上召袁学士回京的圣旨一下，袁家反倒如临大敌，平日里既不见客，更不出门赴宴，只等着袁家老爷、太太返京。如今袁学士踏进袁家大门，隐忍了许久的袁家，如同被扔进油锅的水滴，一下子炸开了花。

袁家远近的亲戚全都上门贺喜。

长房老太太和琳怡在袁家的垂花门下了车，抬头就看到笑容满面的林大太太。

林大太太虽消瘦了些，精神倒还好，上前给长房老太太请安：“老祖宗来了。”

长房老太太笑着看林大太太：“好久不见了，家中一切安好？”

林大太太表情僵了僵，仍旧强笑：“托老祖宗的福，都好着，只是青哥要临试了，我也是忙里忙外不得闲。”

父亲被戏子陷害的事八成是林家所为，难得林大太太在长房老太太面前还能泰然处之。

林大太太说完话又拉起琳怡的手：“瞧瞧，这才几日不见啊，陈六小姐出落得更漂亮了，真真是让人看了挪不开眼睛。”

林大太太滑腻的手，那双颇含深意的眼睛让琳怡浑身不舒服。

上辈子她进了林家门，拜长辈的时候，林大太太连眼皮也不曾抬一下。只是冷淡地吩咐喜娘将她扶进新房。而今却似将她当作亲生女儿般。

袁大奶奶在旁看了抿嘴笑：“林大太太在我面前不知道提了多少次陈六小姐。”

琳怡想起惠和郡主相看周二小姐的情形，可不跟现在正好相似，周围的女眷也都在瞧着林大太太和她，况且还有袁家人在旁边说项。

好在长房老太太已经知晓林家嘴脸，不会点头答应林家。

长房老太太看看袁大奶奶，不留痕迹地转开话题：“亲家老爷、太太可好？”说着话伸手让琳怡搀扶着向前内院走去。

琳怡轻巧地脱离了林大太太的掌控。

林大太太脸上笑容收敛了一半。

袁大奶奶道：“大太太瘦了一大圈身子骨不大好，大老爷精神倒是不错。”

长房老太太叹气：“任是谁被这样折腾都要如此。”

袁大奶奶拿帕子擦眼角：“可不是。大太太知晓二弟妹怀了身孕，这才宽慰许多。”袁大奶奶拿下帕子，“大老爷、大太太回来之后就念叨亲家老太太，若不是亲家老太太哪有我们袁家今日。”

袁大奶奶这般逢迎，是怕长房老太太在袁大太太面前说起袁氏一族对袁二爷夫妻不管不顾的作为吧！

琳怡扶着长房老太太慢慢向里面走。这些话哪里用得着长房老太太说，大姐夫也会向袁老爷禀个清楚。袁氏一族虽然太过世故，可也算不上是丧尽天良，大姐夫入狱，袁氏一族总算妥善照顾大姐。光凭这一点，大家也就睁只眼闭只眼算了。

长房老太太笑着道："这话严重了，我一个老太婆又能做什么。"

几个人刚要走到堂屋，后面有丫鬟道："陈二老太太和两位陈小姐来了。"

二老太太董氏带了琳婉、琳芳一路赶了过来。

"我去看嫂子，才知嫂子已经先走了。"二老太太董氏笑着道。

袁学士回京仿佛就变作了一块肥肉，无论是谁都想要凑过来咬上一口。毕竟这么快被朝廷从尚阳堡召回来的官员少之又少。

琳芳向琳怡努努嘴："六妹妹怎么也不回家，我和三姐都想妹妹了。"在外人面前琳芳总是要表现姐妹和顺，尤其是欲语还休的模样，让人觉得她仿佛受了多少委屈。

人前这种口舌之争，她实在没有兴趣，琳怡一笑而过。

进了堂屋，琳婉、琳芳、琳怡三个依次给屋子里的女眷行了礼，因袁家是亲戚，房里的人大多都沾亲带故，这样一来比去旁家做客随便了些。

然后便是各家女眷互相介绍，等到袁家子弟来请安时，琳芳的眼睛随处张望。

若是袁学士官复原职，袁家子弟会不会在二太太田氏择婿的范围之内？琳怡正想着，林大太太带着女儿过来坐下。琳怡和林五小姐闹出斗诗的事后，林三小姐总是不敢正眼看琳怡。

琳婉倒是和林三小姐说起话来，两个人提到琳娇："大姐有了身孕，一直在卧床养着，所以不能过来。"

林三小姐点点头，声音也轻柔："那我们一会儿去看看袁二奶奶。"

琳婉低声笑道："好。"

琳怡看向身边琳芳，自从看到林家人，琳芳就有些不自在，手一直紧紧扯着衣襟儿，林三小姐说话，琳芳装作不在意，其实是侧着头仔细地听。

琳怡收回目光，专注地拿起矮桌上的茶来喝。自从上次二太太田氏在长房讲佛经，琳芳跑去白堰池摔过一跤后，琳芳对林正青的热情仿佛减了许多，变成了如今的又惊又畏。

袁学士和袁大太太进了门。晚辈皆起身迎接。

琳怡抬起头去看袁学士，却不期然对上袁学士身边那双清亮的眼睛。

宝蓝色直裰，绾着简单的发髻，远远看去就像一根秀竹。

林正青，他的视线也不偏不倚地落到她身上。

琳怡像见陌生人一样避开了视线。

"袁学士给哥哥做过启蒙。"林三小姐已经在一旁说，"听说袁学士回来了，哥哥放

下书本就赶了过来。”

那双眼睛从她身上轻掠而过，嘴角一弯目光更加幽深，琳芳的手抖得更加厉害。林三小姐不经意瞧见：“陈四姐姐怎么了？”

“大概是衣衫穿得少了有些冷。”琳芳伸手去拽袖子，“前几日还是大热天，谁知道一下雨就会这般凉了。”

林三小姐拉起琳芳的手：“可不是，指尖都是冷的。”

“四姐喝些热茶吧！”琳怡指指矮桌上的茶碗。

琳芳这才被提醒，捧起茶碗来暖手。

袁学士毕竟是经过官场的人，应付这种劫后余生的场面十分自如，倒是袁大太太在被长房老太太亲切问候后，掉下了眼泪，大家这才知道，袁大太太走的时候怀了身孕，可惜没到尚阳堡孩子就没了，袁大太太的身子也被拖垮了不少，袁学士开始教学也是想给袁大太太看病筹银两，谁知道因祸得福。

孩子虽然没了，却救了未曾谋面的父母。

二老太太董氏也叹气，“这真是缘分，”说着拉起袁大太太的手，“你年纪不大，以后还会有的，老话说得好，是儿不死是财不散。”

这话听起来好听，不过袁大太太如今已经四十余岁，之前有孕是因保养得当，而今孩子掉了身子虚空，不可能再抱子了。

袁大太太看向陈家长房老太太：“我还要谢谢亲家老太太，要不是老太太照拂，我们袁家哪里会这么快又有了后人。”

袁大太太说这话，袁二爷又上前给长房老太太行了礼。

长房老太太笑道：“是你儿子媳妇有福气，我哪有什么功劳。”

大家正说到这里，外面传话，“国子监司业齐家来人了。”

齐二太太带着齐二爷，齐三小姐、五小姐进了门。

“瞧，就是那位国子监生。”旁边的小姐才议论完林家大郎，又去小声说齐家二郎。

这么多的远亲近邻聚在一起，大家就互相认认看，保不齐那天屋子里的后生就成了自家夫君。有了姻亲关系的几家，一般都会亲上加亲，如此一来两家关系更加稳当。如今满屋子的少年郎，最出众的就是今年参加秋闱的林大郎和齐二郎。

等到两个人取了举人，不知道又有多少家赶着去联姻。林大太太要不是想利用父亲，也不会将目光落在她身上。

琳怡也看了一眼齐二郎。仍旧是深蓝色直裰，板着脸一丝不苟，得了袁学士好阵赞赏。

齐三小姐行了礼，往四下看了一圈，琳怡迎上齐三小姐的目光微微一笑，齐三小姐、五小姐就坐了过来。

袁大太太不知说什么才好，看向屋子里：“我听二媳妇说，家里有个六姑娘。”

听到被提起，琳怡站起身向袁大太太敛衽行礼，屋子里所有人都瞧过来。虽说没有及笄且不曾有婚约的女孩在亲戚面前不用太忌讳，可是在这么多人前露面还是第一次。琳怡各家做客多了，渐渐明白，越被长辈提得的多越容易婚配。二老太太董氏就时常将琳芳挂在嘴边。

长房老太太慈祥地笑："这就是我们六丫头。"

袁大太太仔细端详琳怡："人长得漂亮，礼数也周到。怪不得这次回来二媳妇将这个妹妹挂在嘴边。"

二老太太董氏慈爱地笑了："可不是，我和长房老太太都喜欢这个孩子。"

陈六小姐起身，齐三小姐看到对面的二哥微抬了抬头，目光悄然飘过来。不由得抿嘴撞了一下身边的妹妹。上次陈六小姐送的薄荷，大半进了二哥的肚子，后来她又听下人说，二哥吩咐花房多种几盆薄荷来。要知道哥哥除了读书，对其他事很少过问的，能这般在意已是十分不易。

看着齐三小姐和齐五小姐颇有深意的眼神，琳怡不自在地垂下头。齐二郎她见得不多，却常听哥哥提起。哥哥嘴里夸赞的都是一丝不苟，举止严谨之类的话。

她心中好奇，也会翻翻齐二郎借给哥哥的书。父亲虽然不是出自书香门第，却也十分在意书籍，但凡看过的书都十分齐整半个字也不敢写上去。她以为书香门第里的书籍都是如此。看到齐二郎的书，她便不由得惊讶。书上满是蝇头小楷的注释，通篇规整，没有半个字含糊。

就连父亲将书本拿起来也要夸赞："用功深者，其收名也远，齐二郎这次大约能拔头筹。"

第三十五章　问名·输

照琳怡从前的记忆，考中解元的是林正青，不过齐二郎也该是上了桂榜的。

大约是看到两个妹妹的笑容，齐二郎立即挪开了眼睛。

齐三小姐这次忍不住用帕子遮嘴笑。

"什么有趣儿？"琳芳见状忍不住问。

齐五小姐看了一眼姐姐："我这个姐姐是人来疯，你不用和她计较。"

琳婉微微一笑，看了看琳怡。

旁边的袁大奶奶倒是反复瞧陈六小姐和林大郎。真是一对郎才女貌。林大太太托她去陈家说项，陈家当时没说出什么，女方家里多少要拿些架子，再说两次也就成了。以林大郎的才貌配陈六小姐，那是足配的。

齐二太太本要凑趣说上一句话，看到袁大奶奶脸上的笑容眉头一沉没有开口。

不多会儿，小姐们就坐去碧纱橱里。

林三小姐想要去看琳娇，琳婉、琳芳、琳怡让丫鬟带路一起过去。

琳娇本在长房老太太购置的小院子里养胎，谁知有天晚上见了红，袁家怕出闪失便将袁二爷和琳娇接到二房住。

琳怡进门，看到琳娇戴着葱色杏花遮眉勒，穿着杨柳小凤尾纱衫，外面罩着一层水银暗花无袖长罩衣靠在大迎枕上，见到琳怡几个来了，脸上挂满了笑容。

琳婉见琳娇脸上仍有病气：“大姐怎么样了？”

琳娇笑着颔首：“已经好多了，再养些时日说不得就能下床。”

琳芳在家里听见下人说了些闲话，这时候旁边也没人，就笑着道：“大姐还是要在意些，听说亲家太太生大姐夫的时候足足在床上躺了九个月。”

琳娇见到自家姐妹，本来憋在房里的坏心情一下子跑了大半，琳芳说出这样的话，更是惹得她直笑：“看我不打你的歪嘴巴，小小年纪说这个，没得害臊。”

到底是十几岁的女孩子，大家听得这话全都笑起来。

琳娇的肚子还没大起来，女孩子们也觉得新奇，很难想象过几个月琳娇就做母亲了。琳娇则吩咐丫鬟将屋子里的好吃的拿出来给各位小姐。

琳娇身上有了喜，全家就都要照应着，所有吃的用的都是最好的，可惜琳娇胃口挑剔，只吃些酸的，甜的、咸的一概不爱。

林三小姐直说：“会生个小外甥吧！”

琳怡也笑道：“这样一说，我们要做姨母了。”

琳娇听着甜蜜地笑着。就算婆家处处照顾，能说上话的还是娘家人。

大家说了会儿话，听说外面要放烟火冲冲晦气，几个人就要出去看烟火，琳娇单叫住琳怡：“六妹妹等一等。”

琳芳听得这话不由得撇嘴，刚才融洽的气氛顿时跑得一干二净。

等到屋子里的人都出去，琳怡坐在窗前的锦杌上。

琳娇低声道：“六妹妹，我听家里人提起三叔父要留在京城的事，如今怎么样了？”

按照父亲之前打听来的消息，父亲这几日就要启程回福宁。朝廷一直没有明旨，大抵是康郡王帮了忙吧！

“还不知道能不能留下。”

“我听说二叔父补了护卫。三叔父若是能留京是最好的，我听到消息还欢喜了一阵，原来还不做准。”

大姐也知道了家里争爵位的事。

琳娇叹口气：“你若是有事就问祖母，祖母那边没法子就让人带信给我，我能帮上忙的定不让你吃亏……”琳娇才说到这里，突然停下。

琳怡看到琳娇脸上奇怪的表情，不由得吓了一跳：“大姐怎么了？是不是哪里不舒服？”

琳娇僵直了片刻回过神来，脸上一抹红晕："我……刚才……感觉……好像在动了。"

动了。琳怡将视线落在琳娇小腹上。

琳娇笑眯起眼睛："看来他还真的喜欢你这个六姨母。"

琳怡从琳娇房里出来，让丫鬟指引了一段路，看到了花厅后的园子，便让丫鬟回去伺候琳娇，"前面的路我认识了。"

园子里传来抽鞭子的声音，也不知道谁和郑七小姐一样喜欢看鞭陀螺。

琳怡正要过去，眼前一黑，长长的人影一下子罩了过来，宝蓝色暗纹直裰，一双泾渭分明的眼睛。

林正青。

在林家没有遇见，在陈家没有遇见，偏偏在袁家不小心见到了。

琳怡心脏重重一跳，后退了几步，然后敛衽给林正青行礼。

"五步，"似笑非笑的声音传过来，"陈六小姐给人行礼需要退五步之多吗？"

琳怡垂着头低声道："让大爷笑话了。"

林正青意外地挑起眼睛，眼角细密的纹理如同伸出来的桃枝，葱绿、柔软且有芬芳："你知晓我是谁？"每次从他身上掠过的空洞视线，他还以为她瞧不见他这个人。

琳怡避在玲珑身后。

一副给他让路的模样，实则眼角轻翘，不愿再和他说半句。

如此疏离，真是让人心凉。

林正青挑起眼睛不准备离开："你喜欢齐二郎？"同是看过来的眼神，却带了几分的专注。

这次遇见不是巧合，是林正青故意在这里等她，琳怡沉下脸。

真实的心思前挡了一层云雾，似是无论如何也不会被激怒，这样的表情怎么就让他有一种熟悉感。

让他觉得现在的每一件事，奇怪的违和。明明会成功的却失败了，仿佛就是有人从中作梗。冥思苦想了几日，最让他好奇的就是眼前这个要逃跑的小女人。

琳怡不准备和林正青多说一句，转身就要另择路离开。好让林正青知晓，她并不是思慕他的琳芳，从此之后最好互不相看。

"阮阮。"

琳怡才踏出一步，听得这两个字身体不由得僵了一瞬。

"还真是阮阮。阮阮两字，是问名才能知晓的小字。"林正青微微一笑，笑容讥诮，却有些孩子气，"不用见到我就逃，不如仔细告诉我，我什么时候问过你的名。否则让我说出你的生辰八字，你是不是不要再嫁人了？"

生辰八字除了自己只有父母才知晓，如果被人当面说出来，不要说嫁人，大概她只能选了一条白绫以示清白。

琳怡攥起手帕。

林正青怎么会说出她的小字？

“我什么时候问过你的名。”

林家的确问过名，前世两家定下婚，换了庚帖，庚帖上写着她的生辰八字和小字。前世林正青是她的夫君，夫君唤她阮阮，她顶多埋怨他大庭广众之下不顾规矩，不会如同现在这般惊慌。

现如今她已经重生为人，林正青对于她来说不过是个不相熟的外男。

她要怎么阻止林正青……

火石电光中，琳怡慢慢吐口气，背对着林正青：“林大爷还有锦绣前程，我只当没听到过妄语，请大爷自重重人。”说完话举步向前。

拿前程来压他，她何以见得他非要看重前程。林正青本来闪烁的眼睛变得更加璀璨。这样的话换作别的女子只怕早已经惊慌失措，陈六小姐却当作没有听到一般，反而告诫他注意声名。难怪他从见到陈六小姐第一眼时，就觉得她有趣。

要不是那天看到堂弟递给女方和婚帖，他也不会想起来，从前仿佛在那里见过一张帖子，上面的内容不大清楚了，却记得有阮阮两个字。

阮阮。

他所识得的女人中，没有谁叫这两个字。

陈六小姐虽然没有承认，他却相信就是她。

奇怪。就像是一个人大梦一场，醒来之后冥思苦想却也只能记得残缺的片段。

而那个陈六小姐仿佛是记得整个梦的人。

林正青笑起来，笑容纯净如孩童般，微微露出雪白的牙齿，他应不应该放过她？

琳怡一路不停地回到堂屋里，袁大奶奶吩咐丫鬟端来茶果给东次间的小姐们，笑盈盈地嘱咐：“不要拘着。”

琳怡回到众位小姐身边。玲珑、橘红两个虽然惊魂未定，却也不敢声张。

“大姐跟你说什么？”琳芳凑过来问。

琳怡笑着道：“嘱咐我好好服侍长房老太太。”

琳芳一脸的不相信，既然是这样的话，何必避着旁人说。

齐三小姐正好找来了棋盘，一把将琳怡拉过去：“走，我们下棋去。”

琳怡心中思量着林正青的事，一个不小心就输给了齐三小姐。齐三小姐侥幸胜了便不肯再下，将位置让给了妹妹。

琳芳则带着琳婉去旁边小姐堆里说话。大家说说笑笑也很开心。琳婉经常进出郑家，也和大家有了话题，不再被冷落在一旁，不过很快就被琳芳抢去风头，自从陈二老爷被封了护卫，琳芳母女进出宗亲显贵家里更频繁。二太太田氏去做送子观音，琳芳就去做知心姐妹，宗亲家里的事很快就让琳芳知晓不少。

“最近大家都在说林家的事，妹妹听说了没有？”

琳怡颔首：“也不过只言片语。”

齐三小姐低声道：“听说那些匪人正好要抢京外一处庄子，也不知怎么那么巧，官兵正好从那路过。”

长房老太太让人去打听整件事，琳怡倒是听过类似的传言，琳怡道：“是哪家勋贵家里的庄院？”

齐三小姐摇头，“我听父亲和母亲说，就是个致仕的县丞买下的庄子。”

齐三小姐道：“京畿周围稍好的土地都被达官贵人买尽了，就算还有剩下的庄院地处也该是相对偏僻。听说那庄子是圈起来养牛羊的，也不知道怎么的就被匪人盯上了。”

长房老太太将吴大人的小妾安排离京，那些人大约是打听到了消息，一路追过去的。只是既然是追人，怎么又去抢了庄子。

那么偏远的庄院，应该会很容易得手才是，没想到就遇见了官兵。

琳怡从棋笼里拿出一子放在棋盘上。所以她才会觉得是有人故意安排。现在听了齐三小姐这样说，她就更加肯定……

林家是被人算计了。

自从知晓父亲要参奏成国公，她一直都很紧张。这次却破天荒地让她觉得开心。琳怡想到这里会心一笑。

偷鸡不成蚀把米，就是林家现在的写照。

林大太太好容易盼到屋子里的女眷少了些，这才拉上袁大太太和陈家两位老太太去内室里说话。

几个人才落座，林大太太就直奔主题：“几位老太太、太太大概是知晓我们家的事了吧！”林大太太说着去擦眼角。

长房陈老太太李氏伸手去拿茶来喝，陈二老太太董氏摆弄手里的银薰球。作为东道的袁大太太就避不开了，只得叹气：“我才回京里，也不十分清楚。”

林大太太捂脸满是悲伤：“这是有人要将我们家往死路上逼啊。我们老爷一病不起，便是亲戚中几个跟着青哥一起读书的子弟，也都找了借口不再登门，书香门第最重声名，若是沾了这种罪过，我们一家如何在人前抬头。”

长房陈老太太心中冷笑，若想人不知除非己莫为，既然开始做了这种事，就该料到有今日的结果。她让人安排吴大人的小妾离京，竟没有发现林家跟在身后。如果这里有人故意揭穿林家，那人还真是不容小觑。

袁大太太安慰林大太太几句，林大太太这才稳下心神，缓缓道：“上次袁二爷被冤进了衙门，我托了族里人打听，才知晓这事还是和成国公有关。”

袁二爷能被放出来，其中也不乏林家用了关系，林大太太这样一说，袁大太太脸上果然多了几分感激。

林大太太说着谨慎地看向周围，压低了声音：“袁老爷这次能平安回京是好事，只怕成国公那边……仍旧不肯放过。”

林大太太将这件事引到成国公身上，这样袁家就不能坐视不理。长房陈老太太抬起头：“难不成你们查到了什么？”

林大太太立即羞臊地道：“也是才开始查，没想到就有污水泼在我们身上。”

屋子里的人都是人精，就算听到林大太太这样说，也没有人随便接话。

尤其是长房陈老太太半阖目的模样，让林大太太有些胆怵，有些事大家心知肚明，陈家老太太不过是没有当场揭穿她罢了。还是青哥说的对，陈家得了好处，不会轻易将实情示人，这样她们也能假借成国公，将此事蒙混过关。

半晌，长房陈老太太叹气：“官府毕竟是有了凭据，想要大事化小小事化了也不容易。”

始终不开口的陈二老太太董氏也摇头：“已经进了顺天府吧，只好托托关系，重新审案了，”说着看向长房老太太李氏，“求郑家帮忙疏通呢？”

长房老太太李氏一脸为难：“郑阁老有致仕的意思，恐怕难帮忙了。”

几个人听得这话一惊。

袁大太太道：“这是什么时候的事？”

长房老太太捏着手里的佛珠：“郑家被人逼婚，也是步步艰难。褚家族人每日上门，郑老夫人正焦头烂额。这样的情形，我怎好上门去求。”

没想到郑家被褚家吃得死死的，林大太太一颗心顿时凉了大半，又抹起泪来，“老太太、太太，想想法子救救我们老爷吧！”

齐二太太和袁大奶奶说了会儿话就进东次间去看女儿。

齐三小姐、齐五小姐和琳怡下了五盘棋，除了齐三家小姐开始赢的一盘，其余四盘都输给了琳怡。

齐二太太在一旁看着两个女儿围着陈六小姐叽叽喳喳的模样，不由得又多看了陈六小姐几眼。自家的女儿她十分了解，不知哪里长得孤筋傲骨，轻易不能和旁人玩到一处，而今时时刻刻将陈六小姐挂在嘴边，是因陈六小姐确实有过人之处。

齐三小姐输了棋，干脆将自己手上的镯子摘下一个塞给琳怡：“快教教我刚才那盘棋的下法，这个只当是我拜师求艺。”

琳怡笑着不肯收：“我教你就是，这镯子就留着下次输给我！”

齐二太太眼睛一亮，这孩子倒是会说话。

齐三小姐只得将镯子收起来：“那我不是占了便宜，你教了我，我下次哪里还会输。”

琳怡抿着嘴笑。

齐五小姐道：“陈六妹妹赢了她的镯子，看她还有脸说大话。”

大家吃过饭各自上车回家。

琳怡坐在长房老太太身边。

长房老太太半眯着眼睛：“有人要让林家做急先锋。林家为了保住声名，将来也就有这一条路可走。”林大太太想求郑家帮忙，殊不知郑老夫人那个老狐狸早就拿了褚家人做幌子，窝在家里无病呻吟，表面上看来是没脸再见人，实则是想隔岸观火。

琳怡想到林正青说的那些话，微皱起眉头，她能从容地从林正青眼前走开，是因为她知道，以林正青的性子，知道她的生辰八字早就说了出来，不会给她留半点颜面。

林正青现在不知道，日后呢？林家是打探来的她还能防，若林正青是有从前的记忆……整件事就不会这么简单了。

她唯一能确定的是，就算林正青记得从前的事，她也不会妥协。

第三十六章 回福宁·康郡王

林家四处求人，终于找到顺天府，谁知道那群悍匪抓住林家不肯撒手，几十板子下去，还是将林大老爷主使他们做的坏事都供述出来。衙门里的官老爷不是吃素的，收了林家大礼，很快就发现这些悍匪是诬告林家，就要定下罪名，本来林家以为完事大吉，不知道怎么的林大老爷寻吴大人小妾的事就传遍了京里。

琳怡抬起脸问长房老太太：“那衙门往下就不会查了？”

长房老太太笑道：“林家总是大户人家，难道还会被几个悍匪咬住？只要让人打点一二就是了，官府不会给林家定罪，林家怕的不是这个，而是名声。林家出了这样的事，京中所有人都盯着瞧，但凡有半点风吹草动都会落到旁人眼睛里。”

林家暗中对付成国公的种种也会被查出来。

如此一来人人都知晓林家要对付成国公。

加上林家和成国公从前已经积下恩怨，林家这时候再想躲避开就没那么容易了。

吴大人那封信已经进了宫，林氏一族在官场多年，该知晓这时候揣摩圣意是最要紧的，皇上若是有心惩办成国公，林家正好争一份功劳。

现在的局面，这件事一时半刻烧不到陈家来，所以陈家和郑老夫人一样，真正的隔岸观火。

长房老太太亲手给琳怡梳理头发：“这两日我带你去族里串门，让族里长辈也好识得你。”

“伯祖母。”琳怡靠在长房老太太身上，自从她来到长房之后，为了他们一家能好过，长房老太太是费尽了心思。

长房老太太笑着道：“只要族里点头，你父亲、母亲就能搬来长房住。”虽然没他们的事，也要为下一步做打算。先要得到族里的支持是最重要的。老三这几年不与族里往来，真正有难的时候，有二老太太董氏中间作梗，不会有族人上前帮衬。她还想正式将老三收为继子，六丫头以后就是她的亲孙女。老三虽然脾气直倔，六丫头却争气，这样走动下来，想必族里的老东西会喜欢六丫头。

长房老太太想着扬起眉毛：“二老太太不是要争二房嫡长子吗？你父亲过来长房正好给她儿子让出位置。”

琳怡笑着看一脸快意的长房老太太，比起二房嫡长子，二老太太董氏更想让自己儿子入主长房，这样陈家两房就都落在二老太太董氏手里。

琳怡窝在长房老太太身边恶补陈氏直系族人的关系，哪家老太太和长房老太太走得近，哪家又对董家趋炎附势。

整个家族关系琳怡还没疏通好。就有消息传来，林氏族里在朝为官的被御史弹劾了。御史奏疏上说得好，与悍匪来往，便是匪类。

长房老太太讥诮地道：“林家确实觉得冤，被官府拿到的人哪里是什么悍匪，京里平日替大户人家跑腿办事的人不少，没见哪个办事途中做了强人的。不管怎么说，既然有人动了手，林家就不能束手待毙。”

林家人正忙着维护自家的声名。陈允远带来了好消息：“康郡王出面选了合适的人去福宁赈灾，将我留京了，我打听到鸿胪寺有个少卿的缺……”

真做了少卿，就成了半个闲散人。陈允远有些不甘心，黯然地叹了口气。

琳怡听得这话却眼睛亮起来。父亲的脾气，能少管些事，日后就少了担惊受怕。没想到留京这件事办得这般顺利。

长房老太太也十分赞同陈允远去争取鸿胪寺的职务：“不如让人活动活动，你这般年纪能取个少卿也是不错了，等到在京城稳当下来，再谋个好位置。”

陈允远仍旧迟疑，他在福宁勤恳了多年，对那边一草一木都有了感情，在任的时候想离开图个闲职，真正要走的时候却不想放手：“福宁还有许多事……儿子想……不如再等等……起码要有个交代。”

“有什么交代？”长房老太太道，“京中不是什么时候都有空职的，朝廷下了调任的公文，自然给你时间让你回去交接清楚。你这般年纪拖家带口，凡事都要谨慎，在官场上不图朝夕，但凡能熬到二三品的，哪个不是该忍的时候忍，该避的时候避。你若是这般瞻前顾后，就白费了我一番苦心。”

陈允远惶恐地跪下来："老太太不要生气，儿子听从就是。"

长房老太太点点头，问陈允远："康郡王那边又有什么话？"

听到长房老太太提起康郡王，琳怡停下打络子的手。

陈允远站起身坐在一旁："自从上次在一起喝过酒，就再没别的话，"说着顿了顿，"儿子倒是想着上门道谢。"

长房老太太点点头："听你这样说，康郡王倒是个可交的。要知道现在京里的达官显贵，但凡伸伸手都要让人千恩万谢。"

陈允远笑道："老太太说的是，儿子也是这般想法。"

琳怡眼前浮起周十九那让人捉摸不透的神情。光是钱财就能满足的人才更简单，周十九不是图小利的人。

考满得了中上的陈允远，很快就跟鸿胪寺少卿一职绑在一起。长房老太太难得地露出轻松的笑容。后来琳怡才知道，父亲能这么快从福宁脱身，是因为福宁赈灾去了一位严大人。

"那位严大人是最最耿直之人，当今圣上登基时重铸铜钱，这位严大人就当众顶撞过圣上，进了大狱。"琳怡听哥哥讲从书院里听来的事。

言官因谏言有进过大狱的经历，在文官中是最让人敬佩的。所以像父亲这般不顾性命前仆后继的文官才会这么多。

这位耿直的严大人是周十九推荐的，琳怡不自觉地想到父亲当年的遭遇，这周十九还真是会利用言官。严大人去了福建，福建的官员定会如临大敌，怪不得父亲这些日子这般清闲，仿佛被人遗忘在脑后。

陈允远很快启程去福宁和新任的知州交接差事。临行之前长房老太太再三叮嘱："只要将日常的公务交接完就快些回京，现在你已经是京官，要以京里的事为重。"

陈允远躬身道："老太太放心吧，儿子晓得。"

萧氏眼泪汪汪地将陈允远送出门，嘱咐家里的管事，一定要帮老爷将家里打点好，回家之后萧氏还拉着琳怡的手后悔："我应该和你父亲一起回福宁。"

带了家眷路上总是不方便。长房老太太在琳怡面前说，若是小萧氏是个精明的倒可以跟回去打理家事，小萧氏却是个耳根软的，跟去福宁恐怕还更添乱，不如就让管事的将一应物件原样搬来就是。

陈允远一走，萧氏的日子就数着过，每日在琳怡耳边就是盘算陈允远大概还有多少日到福建，这样唠叨下来，家里的气氛渐渐紧张，加之陈允远没有半封家书，萧氏更加坐立难安，长房老太太看不过眼，但凡有宴席干脆就带着萧氏一起去。

在郑老夫人房里，长房老太太终于听到了福宁的消息。

"听说严大人上了折子，朝廷发放给福建的赈灾款对不上数，"郑老夫人低声道，"如果这事是真的，恐怕三老爷不会很快回京。"

琳怡看向脸色苍白的萧氏。没想到福建的事要从赈灾款开始清起。

萧氏忍不住问郑老夫人：“那会不会牵连到我们老爷……”

这话要让郑老夫人怎么说，长房老太太皱着眉头扫了萧氏一眼，萧氏这才闭上嘴静静听着。

郑老夫人道：“我想这件事不是冲着三老爷来的，我们先不要着急，仔细等消息就是。”

长房老太太点点头道：“还是你消息灵通，自从老三走了之后，我们家还是一团糨糊呢。”

郑老夫人亲手端了果子给长房老太太：“你没来之前我还不知晓，也是刚刚康郡王来我们家，才说起这件事。”

长房老太太不由得惊奇：“原来是这样，”说着顿了顿，“我们老三能留在京里还多亏了康郡王帮忙，郡王爷可在府里？我们一家该拜见才是。”

郑老夫人微微一笑：“郡王爷和老爷在前院说话，我就让人去问问看。”

长房老太太笑道：“那自然是好了。”

琳怡听到这里，郑七小姐忽然凑上来：“你上次不是问我十九叔是不是我们郑家的亲戚……其实他并不是我的十九叔，而是母亲这样称呼，我便也这样叫开了，为了这件事母亲没少训斥我，不过还好十九叔也不在意。”

琳怡垂下眼睛点头：“我已经知道了。”周十九就是康郡王。

大家正说着话，丫鬟进来禀告：“老太爷和郡王爷过来了。”

长房老太太听得这话忙起身，萧氏和琳怡也跟着站起来。

石青色四爪蟒纹片金绞边袍服，腰间系着黄玉花草蛟首相扣腰带，团团金花暗绣从腰带上一路攀爬上去，到了肩膀豁然撑开又慢慢缩紧到系紧的领口。

琳怡从来没看过周十九穿正式的行褂，平日里如深泉般宁静、悠远的面容上顿时多添了几分高贵的气势。

连旁边的郑七小姐也惊讶道：“咦，十九叔穿得这般正式。”

挺直的鼻子如同七月里伸出的花枝，嘴唇软润，勾起的笑容温暖，将他身上让人不敢注视的贵气缓和了些。若不是如此，大概谁也没有勇气多看他一眼。

长房老太太就要上前行礼。

周十九伸手一托将长房老太太扶起来：“老太太安坐。”

清泉般的嗓音美好得让人忍不住叹息。

七月的天气炙热，白玉般宛妙的身姿便似一阵清风，让人豁然舒畅。琳怡低下了头，敛衽蹲下行礼，周十九这样细针密线又长袖善舞怪不得会让旁人赞不绝口。

长房老太太道：“多亏了康郡王帮衬，我们家老三才能留在京里。”

周十九一笑，十分温和：“是恰好能帮忙。”

是恰好能帮忙，还是早就算计到陈家会去求他。她之前也以为因父亲求周十九帮忙，周十九才举荐了旁人，可是听到严大人是个名声在外的言官，她就觉得周十九帮了父亲，还真是周十九说的“恰好能帮忙”。

顺理成章的事，可不就是恰好。

父亲不上门去求，严大人还是会去福宁。

周十九含笑拿起茶来喝，对面的陈六小姐低着头，眼睛里露出不一样的神采。

屋子里进了宗亲，萧氏有些紧张，可是看到康郡王和蔼的样子，也慢慢放下心来。

“之前听陈大人说，陈老太太身子不好。”周十九似是不经意地说起陈家的事。

这样随意，长房老太太说不得就要打听父亲的事，琳怡抬起头来，恰好对上那双灼灼其华的眼睛。那双眼睛有意又无意地将她的目光收入眼底，然后化作清风般的笑容。

长房老太太笑道：“已经好多了，劳郡王爷惦记。”

周十九拿起手边的茶碗稳稳地喝了一口：“陈大人托我寻个好郎中，太医院的洪老御医和我有些交情，老太太让人拿帖子去太医院请洪老御医来看脉吧。”

郑老夫人在一旁笑道：“洪老御医专治旧症的，宫里的太妃都是老御医照应，听说平日里也是忙得脚不沾地，难得郡王爷能出面请来。”

长房老太太从前就听过洪老御医的名声，却知晓请来不易，也就没有多问：“老身谢过郡王爷。”说完这话，长房老太太心里一动，“老身还有件事求问郡王爷。”

琳怡扫向周十九。

长房老太太不开口，周十九也知道接下来要说到什么。

周十九要是卖关子，长房老太太大概也不会多问什么，周十九直接说起陈允远，倒让长房老太太和萧氏心中满是感激。

自从见到周十九，琳怡学到许多做事的法子。

周十九放下手里的茶碗：“陈大人公事交办得顺利，照理说应该很快就有家书回来。”

就是因为没有家书，长房老太太才有些焦急了。

周十九眼睛晶亮，神情自然：“京里的消息陈大人还是照常上任。”

政事不便议论太多，周十九的话已经很明白，福建的事没有波及父亲。

长房老太太这才松了口气，萧氏脸上也有了笑容。

郑阁老和长房老太太、萧氏说了几句话。不便妨碍女眷说话，周十九起身告辞，女眷都起身行礼。

郑阁老和周十九出了门，长房老太太看向郑老夫人：“怪道你总和我说康郡王不一般。”

郑老夫人含笑：“我可说错了？”气度从容，一切了然于胸，没有宗亲的半点浮夸，如今年纪还稍嫌稚嫩，再磨砺个几年谁也看不透他的心思，大周朝开国皇帝原本就是前朝皇亲在地方任留守，却能在奉天起兵，十几年的工夫平定各地叛乱，逼退前朝程乾皇帝，开国几年大周朝开疆拓土，皇族周氏血脉一度让人闻风丧胆。虽然历过几十年，闲散宗室开始被养廉银子养得精神颓败，毕竟仍旧有高贵聪慧的龙子凤孙。

大家正说着话，只听门口传来郑五小姐的声音：“看没看到贞娘过来？”

丫鬟回了话，郑五小姐几个进了屋。

琳怡抬起头看到郑四小姐红着脸，琳芳神情迷茫仿佛大梦了一场尚未清醒，要不是身边有琳婉仿佛连路也不会走了。

长房老太太带着萧氏和琳怡过来郑家，正巧琳婉也被请过来和郑三小姐说话，琳芳陪着琳婉一起来了郑家，显然是二老太太董氏安排过来打听消息的。

郑老夫人看向郑五小姐：“贞娘呢？”

郑五小姐看看姐姐，这才低声道：“刚才在花园里扑蝴蝶，也就走散了。”

郑二太太听说老夫人和陈家老太太说完话了，也带着下人拿新鲜果子过来。

郑二太太刚笑吟吟地进门，郑老夫人吩咐道：“快去让人找找贞娘，一会儿就要开席了。”

琳婉和琳芳几个坐到座位上，琳婉端起茶给琳芳，琳芳没有在意不小心一挥手让茶洒了下来。青花瓷的小碗顿时落在地上摔碎了，琳婉也被烫得惊呼一声站起身来。

长房老太太正和郑老夫人低声说话，看到吓了一跳：“这是怎么弄的，有没有烫到？”

琳芳看到茶碗碎了这才回过神来，忙道：“我没在意。”说着也去看琳婉的手。

“没事，没事，”琳婉笑着挥手，“我只顾得看多宝阁上的自鸣钟了，不关四妹妹的事。”

琳芳松了口气，惊讶的表情立即变作了理所当然的安心。

这样一闹，屋子里的丫鬟、婆子倒是忙起来。

琳怡看向琳婉的手指。丫鬟端上来的茶不会太热，泼下来也不过就是吓了一跳，最要紧的是琳婉的衣裙湿了，要去换下来才是。

琳怡不动声色地将软巾递给琳婉。

萧氏拉着琳婉的手看了半天，又是上药又是凑在嘴边吹凉风。

琳婉的手总算没有大碍。

“我带姐姐去换下衣裙吧，”坐在一旁的郑四小姐忽然热络地上前，“我才做了一套纱裙正好没上过身，姐姐的样子和我也差不多。”

两个人的身高差不多，琳婉更加玲珑有致些。

郑二太太笑道：“也好，换了衣裙宴席也就好了。”

这番安排也是妥当，郑老夫人笑着颔首。

郑四小姐领着琳婉下去。

郑老夫人笑看长房老太太：“三小姐贤惠、四小姐漂亮、六小姐聪颖，你是福气不浅啊，等几位小姐到了说亲的年纪，只怕陈家的门槛都要被踏破了。”

“可不是，”郑二太太笑得眼角也起了弯弯的皱纹，“这次进宫，周夫人还夸陈三小姐的手艺好，”说着捂住嘴巴看向郑七小姐：“我们家七小姐的流苏绣在寿宴上拔了头筹，还要谢陈三小姐、六小姐帮忙。”

郑七小姐想到在太后面前被拆穿的情形立即红了脸。

郑老夫人也憋不住笑了："常来常往的，谁不知我们家七小姐最不善女红，偏偏这次七小姐争气绣出了双面绣，太后便直接问是出自哪家小姐之手……"

琳怡绣了最简单的双面绣竟然也没能帮郑七小姐蒙混过关，看来郑七小姐的名头实在是大。琳怡转头看郑七小姐。

郑七小姐吐吐舌头，她和陈六小姐约定好，怎么问也不会将陈六小姐供出去。十九叔的婶娘周夫人却说起陈三小姐善女红，太后端详了她两眼，便直接夸，陈家小姐有几分闺门之秀，她是恨不得当着太后娘娘的面说陈六小姐会的还不止这些呢，想一想琳怡交代不要在宫里提及陈家，十九叔看过琳怡帮她做的流苏绣，也嘱咐她进宫之后不可多言，她这才没有将那些话说出口。

郑老夫人接着和长房陈老太太说话，郑五小姐去帮衬郑二太太摆箸。

琳怡和郑七小姐说话，琳芳偶尔过去说上两句。只等着琳婉和郑四小姐回来。

郑老夫人不经意地看了眼自鸣钟，这换衣服时间也太长了些。

琳婉在郑四小姐房里换好了衣服，出门却没见到郑四小姐，就在园子里转了转，走到芙蓉碧荷，只听得有娇滴滴的声音道："郡王爷……我……我做了只荷包……郡王爷看看喜不喜欢……"

琳婉转过青石甬路，看到不远处那抹颀长的背影。石青色的衣衫如同和花池里荷花连成一片，一直延伸到天际，听得郑四小姐的话，漫不经心地转身离开，衣袂被风一吹，上面的四爪金蟒就要冲天飞起。

郑四小姐咬咬嘴唇，下定决心不能就这样放弃，待要追上前，只听身后传来陈三小姐的声音："四妹妹，你怎么在这里，我们快去花厅里吧，想必大家都等急了。"

康郡王和宁平侯五小姐的婚事已经谈了许久，再不争取恐怕就要来不及了："郡王爷……你知不知道宁平侯要将五小姐许给五王爷，您还蒙在鼓里……"

"四妹妹，那是前院还是别过去了。"琳婉焦急地去拉郑四小姐。

娇弱的四小姐，手上却十分有力气，推了琳婉一把，琳婉脚下不稳顿时摔倒在地。

旁边的冬和脸色苍白，忙上前扶起琳婉："小姐有没有摔着？"

郑四小姐也发觉自己的失态，依依不舍地看了康郡王一眼，这才上前去看琳婉。

琳婉见周围没有旁人，红着眼睛心疼地看郑四小姐："好妹妹你怎么这样傻，妹妹说话郡王爷定是听到了啊，妹妹再追上去又有什么用，平白搭上了自己的好名声。"说着拉起郑四小姐，"我们快过去，免得被人发现。"

"我……"郑四小姐眼泪掉下来，"都是我对不住姐姐。"

琳婉拿起青紫双鸟逐花绣的帕子给郑四小姐擦眼泪："自家姐妹不必这样说。"

郑四小姐和琳婉两个说着话上了长廊，才走过府里的一片栀子花树，就看见两个丫鬟匆匆忙忙从西边园子里跑出来，郑四小姐和琳婉都看出端倪来。郑四小姐让丫鬟去问，丫鬟苍白着脸过来禀告："三爷……三爷身边的庆儿说，褚家小姐……杀了……柳香。"

贞娘杀了三哥的通房丫鬟柳香……

郑四小姐惊讶地张大嘴，表情僵在脸上："祖……母知不知道？快……快去跟祖母和母亲说。"

小丫鬟听了，忙跑去找人传话。

郑四小姐和琳婉还没离开，只看西园又跑出一个人。

是表情茫然的贞娘。

贞娘已没有了往日跋扈的模样，张着手满身鲜血地往前走。

郑七小姐让人拿了桂花酸梅汁，笑眯眯地看着琳怡喝了："怎么样？是不是很好喝。"

琳怡颔首，加了桂花味道多了些甜腻。

"可是还和在你那里喝的不一样。"

琳怡又抿了一口："我让人多加了些山楂，我们老太太苦夏，喝了能多吃些饭食。"

郑七小姐拍手："怪不得，只是让人用乌梅、甘草却没有山楂。"

郑七小姐话音刚落，只听外面"啊"了一声，郑老夫人身边的段妈妈慢慢退了出去，段妈妈不一会儿回转，走到郑老夫人身边低声说了几句。

郑老夫人睁大眼睛，随即皱起眉头。

大家还在猜测出了什么事。

只听外面有丫鬟惊声道："陈三小姐，您这是怎么了？"

郑二太太吓了一跳，先撩开帘子出去看，萧氏也按捺不住起身出去，琳芳、琳怡、郑五小姐紧跟在后面。

大家陆续到了院子里。看到眼前的景象都吓了一跳。

琳婉脸上、身上、手上满是鲜血，目光惊恐地看着郑二太太。

郑二太太和萧氏过去拉起琳婉的手来看："这是伤到哪里了？"

琳婉半晌才反应过来："不是我……是……是……贞娘……是贞娘……"

听到贞娘这两个字，郑二太太眼睛一闪将琳婉抱在怀里："慢慢说，到底怎么了？"

琳婉含着眼泪被郑二太太揽进怀里"呜呜"地哭起来。

旁边的郑四小姐缓过神来："我们……瞧见……贞娘满身是血……听说是杀了三哥身边的柳香。"

"啊……"郑七小姐不敢置信地拉紧琳怡的手，"贞娘怎么杀人了……"

郑四小姐还要说话，郑二太太忙打断女儿，吩咐身边的婆子："去看看怎么回事，是不是女孩子动了口角？"

一时间花厅里的婆子去了六七个。郑二太太又让身边的妈妈亲自带着受了惊的陈三小姐去梳洗。

家丑不可外扬，郑家有收敛的意思，琳芳虽然想看热闹也只能到此为止，盼着日后再打听消息出来，琳怡只是惊讶了一番就再无动于衷。贞娘在郑家作威作福，早晚要落得今天的下场。怪不得长房老太太说，杀人的刀子不一定要有锋。不过再怎么样，也是白白搭上了一个女孩的性命。

宴席开了大家随便吃了些，中途又说贞娘和柳香的家人闹起来，郑二太太只得离席去处理贞娘的事。

贞娘早就忘了当时是怎么将剪刀刺进柳香心窝的，只觉得旁边有人说了什么，她就心火难平，如今出了事，大家都用异样的目光瞧着她，更有柳香的家人口口声声要告去官府，贞娘乱了手脚，想起在族里的时候没少见过被打死的丫鬟，便撑起腰，大声道："这样的狐媚子我见到一个打一个。"

琳怡这边听到的话与贞娘说的有些出入。只听小丫鬟哆哆嗦嗦地道："褚小姐说，要将柳香剥了皮扔去乱石岗，这样打死算便宜了她。往后谁想往三爷房里钻都是这个下场，便是柳香家里人告她也不怕，她还要说柳香恶奴欺主，将柳香一家都送进大牢去。"贞娘这样年纪的小姐不大可能说出这种恶毒的话，不过现在也只能任郑家将话传出去。再说除了郑家人，琳婉主仆也亲眼看到贞娘浑身血淋淋的模样，日后但凡出了事，也算是个见证，所以郑二太太会欢喜地将琳婉搂在怀里。

其实郑二太太大可以不必着急，郑老夫人是不会眼看着贞娘这样的人进门的，处理这件事不过是个时机，再说郑家现在需要贞娘母女在府里搅一搅。

琳怡临走前跟着郑七小姐去看白狐。笼子里的母狐狸雄赳赳地在琳怡眼前来回地蹦跳，不时龇牙咧嘴，尖尖的嘴叼住铁笼子，发出"呜呜"恐吓的声音。郑七小姐正要想法子让下人引开母狐去看小狐，琳怡眼前的母狐突然哀嚎一声抿紧了耳朵、尾巴缩去了角落里。

琳怡转头看到了双黑缎面云靴。

郑七小姐欢快地叫："十九叔。"

琳怡只得按照参拜宗亲的礼仪，敛衽深蹲一拜不起。之前周十九没有说穿他是宗亲，她干脆就假装不知晓，简单行礼就是，现在身份已经揭穿，她也就不能再装下去。

然后听到那声音道："起来吧！"

琳怡这才站直了腿。

周十九不知什么时候身侧佩了剑，细长的手指轻敲剑鞘，腰间的丝绦不时地缠上他的指尖："陈六小姐有什么想问的？"

周十九怎么知道她有事相求。琳怡已经来不及多想，又深深蹲身："郡王爷是不是要去福建，能不能请您捎封家书给家父？"

他舒逸的眉角轻轻展开，嘴边一汪笑容更深了。

第三十七章　对手·小议

周十九穿的云靴比平日里厚上一寸，是要出门穿的快靴。严大人在福建查赈灾银子的事郑阁老都不知晓，周十九却清清楚楚，若是周十九自己打听来的，以周十九的性子不会轻易对郑家和陈家讲。

周十九做事是很周密的，他的一举一动都别有深意。

她想来想去，应该是皇上授意周十九去福建细查，周十九才会来和郑阁老通消息，以便于谋划下一步。

再说周十九算计了这么长时间，说服郑老夫人帮忙引荐国姓爷家，将书信呈给太后娘娘，又让林家走投无路与成国公为敌，一步步安排得这样缜密，圣上不可能不对福建动手。

成国公和大多数勋贵都有关系，文官已经有了不怕死的严大人，再派人过去，周十九这样不大不小去过福建的宗亲该是最佳人选。

也不知道她想的对不对，但是想要求周十九帮忙，干脆不动太多心思，直来直去地说，反正论算计，她算计不过他。

"起来吧！"

听到周十九的声音，琳怡长长出口气，看来她猜对了。

表面上对他是礼数周全，其实心里该是万分不情愿。看似恭顺，其实心里喜好分明，这样的性子将来要到什么地位才能随着自己的性子，少了许多这样的重礼。

他微微一笑，目光莫测，表情却十分随意："我即要出京，你的书信可写好了？"轻易答应了，她倒不一定敢让他送信了。

她果然皱起眉头。

琳怡迟疑片刻，郑七小姐第一次带她去找周十九帮忙何尝不是这种情形，可是到了最后也是被他利用。

转念思量，现在父亲已经在福宁，没有第二条路可选："郡王爷稍等片刻，我这就去写来。"

"好。"他一口答应下来，却眉头浅陷，让人猜不透这话后面还有多少深意。

琳怡微微抿嘴，既然下定了决心就不能犹疑，周十九工于心计不一定与她一个小女子为难。

琳怡转头看郑七小姐："我跟妹妹去房里写信。"

郑七小姐颔首。

琳怡跟着郑七小姐走上翠竹夹道，听着竹叶沙沙的声音，看着秀竹婆娑，琳怡忍不住回头看过去，青纱帐外那抹身影负手而立，她快步向前，竹叶飞落在她衣裙上，她不由得停下来抖下落叶，竹林中恍惚看到那人脸上浮起极淡的笑容，飘忽如晴空中的云朵，明明能看得清，却又不知离得到底有多远。

琳怡侧头吩咐玲珑去寻长房老太太：“悄悄和老太太说，康郡王要出京，我想捎封家书给父亲，请父亲早些回京。”

玲珑颔首匆匆去了花厅。

等到玲珑回来，琳怡的家书已经写好，玲珑上前行礼道：“老太太说了，既然是家书，让小姐看着写。”

琳怡将信笺拿起来吹干墨迹。

郑七小姐这才过来帮忙：“要不要我去拿漆油来，你有没有随身带印章？”

琳怡笑道：“只是家书，就用香糨封好就行了。”她没有用漆封，想必周十九也不会打开来看，周十九能利用她，她也能利用周十九的骄傲。

周十九能在众人中一马当先猎到白狐，想必骑术了得，哪里有比他更快的信使。再说，就算家人送信不经过周十九，想必周十九也能知晓。既然避不开，不如就不避。

没有漆封的信函交到周十九手上，周十九没看一眼就收入怀中：“信我会送到。”

那声音悠扬好听，是因为每个音调都拿捏得极准，所以悦耳。

琳怡再要行礼。

周十九却轻笑一声，那笑声仿佛能洞悉她心里所想，让人不由心虚，在琳怡没抬起头之前，他已经举步离开。

回去陈家的路上，长房老太太靠在芙蓉圆枕上看着琳怡。

琳怡缓缓道：“之前和伯祖母说的郑七小姐的十九叔，就是康郡王。”

长房老太太略感惊讶。

琳怡试试小箩里的茶碗温度，双手递给长房老太太：“我一直以为是郑家的长辈，没想到是宗亲。”

长房老太太喝口枣茶，垂下眼睛：“难怪你想不到，郑七小姐叫叔叔，怎么可能是惠和郡主娘家人。”

琳怡颔首。她也是被郑七小姐误导了。

“康郡王的祖父是太祖九子，成祖时封了康郡王，历经高宗和本朝，康郡王在宗亲中自然辈分大。惠和郡主论理是该喊声十九叔，只是之前康郡王没有复爵，大家相处的时候便随意了些，郑七小姐性子直率，跟着惠和郡主一起乱叫也是有的。”

琳怡能理解这个意思，就算都是宗亲，也要看谁的身份更尊贵，一个获罪被夺爵的宗亲，平日里相处时也就随意些。

长房老太太抬起眼睛：“怎么想起来让康郡王捎信？”

琳怡低下头："孙女也是猜康郡王可能去福建于是就多问了一句，没想到果然就是……"琳怡说着顿了顿，"在福建的时候，父亲和福建的清流多有来往，这次严大人到了福建查出赈灾款错漏，对清流来说是莫大的机会，我害怕父亲会因此被福建的事绊住不肯回京。"等到了多年等待的机会，父亲不一定就肯置身事外。她怕的是父亲回福宁交代公务也是周十九的一步棋，父亲回到福建之后，顺理成章要帮衬严大人对付成国公，只要陷进去就再也拔不出来了，兴许富贵险中求是对的，只是父亲耿直的性子不会明哲保身，只怕将来不小心引火上身。

比起一味追求富贵荣华，她更期望一家人能平平安安地在一起。

"伯祖母，都是我自作主张。"琳怡想和长房老太太说清楚再行事，只是在郑家不好行事且时间紧迫，福建的事既然有了头绪，就要火速处理，拖延时间越长越给成国公掩盖的时间，周十九不会耽搁公事来等她。

长房老太太仔细地看着琳怡，似乎从琳怡身上看到了允礼的影子。陈家能做勋贵，也是因为陈家祖宗有过人之处。大约是老天给了陈家太多富贵，后人反而不继。允礼从小就聪明，她还以为陈家靠着允礼日后会重新兴旺，没想到允礼早早就没了："信上是怎么写的？"

琳怡睫毛微微颤了一下："我只是写京里有变，伯祖母让父亲速归。"紧急的家书不能写太多。

长房老太太赞赏地看一眼琳怡："这样的家书，即使半途被人瞧了也没什么。"

她就是抱着这样的心思。

她既要请周十九帮忙，也要防着周十九。

长房老太太叹气："不参与此事，你父亲难免心中遗憾。可是你父亲的脾气也确实难成大事。"

琳怡低下头："父亲不可能不参与福建的事……我只是想，参与少一些更好。"她只是盼着时间紧迫，父亲能有所保留，要知道成国公是一块大石头，不可能一下子就能击碎。

长房老太太动动身子："这些都是谁教你的？"

琳怡轻声道："姻语秋先生平日里说过一些。"

"你这孩子，姻语秋没白教你，"姻家可是出过帝师的，看来姻语秋不只是个会琴棋书画的才女。不过好先生重要，没有好学生也是无法施展才能的，长房老太太将琳怡揽在怀里，干脆多教琳怡一些，"严大人参奏成了，也会有你父亲一份功劳，就算你父亲全力而为，也不过如此。"出面担当的人不多，等着分一杯羹的人却不少，"官场上，要始终给自己留一条后路。"

琳怡颔首。政事她知道的也只是皮毛而已，等父亲官途顺了，她也就不用再多想这些。

康郡王果然是悄悄去的福建，之后两日京里依旧没有类似的消息。琳怡没想到能第一时间掌握了福建的局势。不知文武百官如何，京城内宅妇人的眼睛此时此刻都落在郑家。诸家小姐手里多了条人命的事不胫而走。

郑家本来已经要定下褚家小姐给郑三爷，谁知道褚家小姐知晓郑三爷有通房之后，二话不说便一剪子在通房丫鬟胸口穿了个洞。杀了通房丫鬟，还要杀郑三爷两个二等丫鬟，多亏被陈三小姐和郑四小姐拦下来。陈三小姐因此惊吓过度，回到陈家就一病不起。

就此琳怡才知晓，琳婉身上的鲜血是因为阻拦贞娘而来的。

到底是不是为了救两个丫鬟才出手帮忙，只有琳婉自己清楚。

萧氏原本是想回报之前几位太太的宴请，却忘了八月初就是秋闱的日子，家里有应试子弟的太太全都没有过来。倒是萧氏娘家来了不少的亲戚。

琳怡比以往每次宴席都要忙，让几个姨母手把手传着看了一番，然后低头多叫几声表哥。长房老太太的意思是，这样也好，一来让琳怡适应适应过几日去族里也是这样的情形，二来在长房办宴席，也是间接让族里知晓，长房有意过继后人了。

给二老太太董氏四下活动的时间，让董氏将手段都使出来，免得日后磨人。

长房老太太听说琳怡在园子里快被揉搓成团，当即就笑起来："多亏六丫头年纪还不算大，否则真要被折腾坏了。"

白妈妈给长房老太太捶腿："这也是好事，说明咱们六小姐将来不愁嫁。"

假称身子不舒服在内室里偷闲的长房老太太喝口茶："哪个好人家的嫡女愁嫁，不过就是嫁的门头高底，姑爷品行好坏有区别罢了。我倒是不赞成做什么姨表亲，小萧氏是个不压人的，多了一层亲戚更是负累，平白就拖累了六丫头。"

琳怡进门恰好听得这话，长房老太太偶尔会提起她的终身大事，但是没有直接表露过喜好。想到萧氏被几个姨母说得哑口无言的模样，琳怡悄悄松了口气。

琉璃帘子作响，琳怡踏进门，南北的窗子都开着，屋子里一阵凉风吹来，让人舒畅许多。

长房老太太笑看琳怡的模样，吩咐白妈妈："去打水给六小姐重新梳洗。"

都已经是秋天了，还这么热。

琳怡顾不得别的，让丫鬟先拿了西瓜青煎的茶伺候长房老太太喝下。

长房老太太长了口疮，所以才不愿意去花厅和大家说话。

琳怡拿起一只小盒子："还有西瓜翠烧成的药灰，伯祖母吃过饭再敷上，应该很快就能好了。"姻语秋先生总说她正才没有歪才有余。她是觉得大病还有郎中在，平日里小病就不用劳烦郎中了。对于长房老太太这样不愿意整日让郎中来请安的长辈，她的歪才还真的用上了。

祖孙两个说着话，衡哥一溜烟地跑进门，额头上满是往下淌的汗珠，看来几位表哥跟着姨母一起回去了。

衡哥进了白氅书院，识得的人说到这个都是一脸羡慕。

"齐家哥哥要入场了，我想明日去送只福包。"衡哥扬着手里的福字荷包，里面是初一那日衡哥一早去清华寺求的香灰。秋闱要开场，清华寺的香火比往日不知要旺了多少，加之初一的香火难求，衡哥足足用了一整日的时间才弄到。

长房老太太慈爱地道：“这份功夫也算是尊师重友。”

也不知道齐二郎这次能不能考过林正青。

说了会儿话，衡哥和琳怡兄妹两个去前面帮衬萧氏收拾残局，长房老太太歪在罗汉床上歇着，半晌才微睁开眼睛：“去池塘里采两朵红莲，再备上一份笔墨纸砚送去齐家。”

白妈妈笑着道：“奴婢这就去办。”老太太大约是看上了齐家二爷。

长房老太太拢拢袖口：“族里要入场的子弟都送去贺礼了？往年有遗漏也就罢了，今年三太太帮忙打理长房的家事，不能有疏忽的地方。”

白妈妈躬身道：“您放心，昨晚六小姐已经对过单子，差不了，直系族人不说，稍远些的亲戚也都有呢。”

听到是琳怡办的，长房老太太放下心来，抬眼看到白妈妈脸上深意的笑容，屋子里没有旁人，长房老太太干脆也不避讳：“你觉得齐二爷如何？”

白妈妈打发了屋子里的小丫鬟：“奴婢虽然见人不算多，不过也能看出来齐家二爷品行是一等一的好，要不然也不会教我们家二爷读书。别的不说，这门亲事，三老爷是第一个愿意的。”

长房老太太坐起来，让白妈妈服侍着穿鞋：“他自然愿意，我之前问过他，他是想找个书香门第的后人做女婿，从前在福宁的时候，他还想过姻家，只是姻家的子弟过于随性，不一定是良配，他就想着若是没有合适的书香门第，倒不如去乡下找家境殷实的。”

萧氏已经吩咐下人将院子整理好，琳怡没有什么可伸手帮忙的，就回到长房老太太房里，门外的小丫鬟知晓长房老太太凡事不避讳六小姐，也就没有阻拦。

琳怡进门没想到听到长房老太太说起这个，好奇心让她没有出声打扰，而是静静地听下去。

白妈妈正好笑起来：“六小姐可不适合做个地主婆。”

琳怡听得这话，忍不住要笑起来。转念想想地主婆也没什么不好，守着田地吃穿不愁。要不是长房老太太说她：“你以为小地主不会被官府压迫吗？家里没有官到哪都难言，这种日子你是没有过过。”她哪里不知道，只是撇开坏的想好的罢了。

长房老太太道：“老三从小没少和武将子弟打交道，知道武将为人粗鲁，怕琳怡嫁过去受委屈。我大周朝一度重文轻武，有些本事的武将都张狂得很。我为六丫头打算，也要顾及老三的意思。”

琳怡偷听到这里，再也不好意思听下去，伸手去撩开帘子，乖乖坐到长房老太太身边。

白妈妈见状抿嘴笑着，将瓜果给祖孙两个摆在矮桌上，忙着去给齐家送礼了。

长房老太太知晓刚才的话琳怡一定听到了些，也就顺理成章多说了几句：“女人嫁人之后就要仰仗夫君，”长房老太太端详着琳怡，“女孩子出生在哪家不能选，夫婿却是能挑的，你长姐出嫁的时候我也是精挑细选，家事、品性固然很重要，脾性也要合得来，日子才能长长久久，能给你找门好亲事，我也就安心了。”齐二郎别的都很好，只怕性子太憋闷，不过六丫头和齐家两个小姐相处得融洽……夫妻之间的缘分谁也说不准，长辈也只能瞧个大概，日后如何还要他们成亲之后才知晓。和齐家的关系干脆就维系着，还要看齐家有什么动静。

琳怡回到房里，玲珑已经打听出来，白妈妈千挑万选找了两朵最漂亮的莲花，包了份笔墨纸砚一起送去齐家。

莲花是如意花，是祝齐二郎登上桂榜。

这是重生之后家里长辈第一次对她的婚事做出安排。琳怡想到这里忍不住一阵心跳，抬眼看向窗口的桂花，如果让她选，她真不愿意嫁出去。她也知道，这不过是不切实际的想法，哪个女孩子能一直留在家里，就算姻语秋先生也是因婚事出了差错，这才下定决心不出闺阁。经过了前世的婚事，就算她再看开，那场大火在她心里还是留了一片阴影。

可终究早晚也是要嫁的。

一转眼，参加秋闱的生员很快入场。七天之后考完了三场，衡哥这些尚不够资格入试的，提前跑去贡院门口感受一下气氛。贡院里忐忑了七日，出来的人多是走路一深一浅，唯有林正青一人轻松潇洒，提前交了考卷。

齐二郎斟酌到了最后才出贡院。

这样的消息和琳怡前世听到的只言片语差不多。

林正青这场秋闱过后，名声更甚从前。

不出几日，乙榜放出来，齐二郎第三十八名，林正青中了第一名解元。家里有子弟上了乙榜的都免不了一阵庆贺，中了举人就代表有资格为官。京里立时又掀起一轮议亲热潮，对象基本都是这次桂榜有名的。

林家自然不必说，齐家也是屡屡有人上门。以林、齐两家的家世，即使春闱上不能提名，也足以入仕。

齐二太太亲自登门给长房老太太回了份礼，笑着打听陈允远的消息：“三老爷快回京了吧？”

长房老太太拿着盖碗拨动茶叶：“算着日子是快了，回来之后也该走马上任。”

齐二太太低头笑着：“以后三老爷在京里任职，也能多多照应老太太。”

长房老太太笑笑：“是啊，人老了，身边总要有个人依靠。”

旁边的琳怡看着齐二太太的笑容，眼睛一跳，齐家是因为父亲能留京且长房老太太有意过继父亲才会与他们亲近！这也没什么不对，婚事本来就是要仔细琢磨，男女双方都要互相掂量家世，而后才是各自品性。

说是两个人的婚事，其实是两家的相看。

初步的好感，只是个开始。

齐二太太伸手将琳怡叫过来：“我们家三姐儿、五姐儿常常说起六小姐，”说着笑了笑，“过些日子请六小姐过去坐坐。”

琳怡低头笑了。

齐二太太也亲切地笑道：“三姐儿还欠你一只镯子呢。”

秋闱过后，考生们松了口气，陈家的气氛倒是紧张了些。

萧氏苦着脸：“也不知道老爷那边怎么样，还没有书信捎回来。”

长房老太太捻着佛珠：“再等等。福宁到京城路途遥远，半路耽搁了也是有的。”

琳怡将茶果送到萧氏眼前。萧氏说得对，父亲耽搁的时间有些长了。

第三十八章　出事·打探

又过了五六日，京里为新一批举人老爷庆贺的热情仍旧不减。琳怡陪着萧氏出去买脂粉，芙蓉阁前堵了好几辆马车，萧氏本就心情不佳，见到这种情景便吩咐赶车的下人：“不买了，回府吧！”

萧氏话音刚落，外面就有人恭敬地喊了声：“戴姐姐好久不见。”

马车外的戴婆子也应承了两句。

那人立即隔着车厢向萧氏和琳怡问好。

萧氏吱一声就再没别的话。

马车开动了，戴婆子才小声回禀：“是林家的管事婆子，说来拿脂粉的，奴婢瞧着林家的小厮抱走了好大一只八角盒子。”

那么多女眷登林家的门，林家自然要准备大批回礼。萧氏听了抬抬眼睛不以为意，现在她没有心思多想别的。

琳怡为了陪萧氏就从长房搬回来住。

琳芳在园子里遇见琳怡笑得花枝乱颤：“呦，我还以为不出去宴席就见不到六妹妹了呢。”

琳怡笑着回口：“看四姐姐说的，不过就是隔条胡同罢了。”说着将新做的蜜饯儿递给琳芳，“四姐姐尝尝，酸甜可口。”

琳芳跟着琳怡到香叶居小坐，顺道吃了琳怡做的蜜饯儿：“咦，这里放了什么？”

“甘草。”琳怡坐在一旁，“甘草清热解毒，姐姐不妨多吃些。”

看着琳怡笑眯眯的样子，琳芳总觉得琳怡话里有话，却又挑不出刺来：“我问你，三叔父去了福建这么长时间，怎么也不给家里捎个信？”

琳怡喝了口薄荷茶，直言不讳：“我也不知道，许是福建水患路不好走耽搁了。”

琳芳顿时失望。琳怡赖在长房不回来，不知道在长房搞什么神神鬼鬼，前些日子又在长房设宴，俨然将长房当作了自己家：“你少去长房老太太那里，老太太年纪大了，哪有精力照顾你。长辈不说你心里也该有个数。”

琳怡惊讶地看向琳芳：“四姐姐不知道长房老太太的病好多了么？上次我们一起去郑家，四姐姐没仔细瞧？”

琳芳皱起眉头刚要驳斥琳怡，想到郑家遇见的那人……一时之间心跳加快，脚又软了些。她从前以为林家大郎已经是最俊俏的男子，却没想到这世上还有如此那般让人痴迷的面容，五官精致疏朗又贵气得高不可攀，在郑家匆匆见了一面，她便时常不由自主地想起。

琳怡瞥了琳芳一眼，真是中毒已深，琳怡就要将琳芳眼前的甘草蜜饯儿收起来。

琳芳挑起眉毛：“你不是给我了么？拿回去做什么？”

琳怡失笑：“我以为四姐不要了。”

琳芳让四喜将蜜饯儿盒收起来，然后去吃琳怡桌上摆的，好半天磨磨蹭蹭进入正题：“你认识康郡王？”

父亲请康郡王帮忙留京的事陈家该是传遍了。

琳怡摇摇头：“不认识，只是上次在郑家见过一面。”她也不算说谎，之前认识的是郑十九，充其量后来变成了周十九。她给康郡王行宗亲礼，还不就是在上次。

琳芳有些放心，刚才面对琳怡阴郁的表情，晴好了一些：“听说康郡王和宁平侯家谈婚事。”

这话琳芳不应该拿来提醒她，琳怡抬起头：“姐姐和宁平侯五小姐关系不是不错吗？”

平日里提起宁平侯五小姐，琳芳都要笑成一朵花，而今再提琳芳脸上有了反感的表情：“不过就是相识罢了。”定是宁平侯和康郡王两家说亲的时候透露说康郡王俊俏，宁平侯五小姐才要亲眼见识。琳芳想到这里，暗地里冷哼，宁平侯五小姐急切的表情，真是上不得台面，怪道人家私底下说宁平侯一家就是勋贵中的暴发户。

如果和琳怡再亲近些，琳芳定会在琳怡面前讲宁平侯五小姐的坏话。

琳芳在琳怡屋里坐得没趣，不一会儿起身告辞。

琳怡穿戴好去给二老太太董氏请安。

二老太太董氏难得热络地让琳怡坐在身边，又吩咐董妈妈：“六丫头回来了，晚上多加些菜，”说着看向琳怡，“正是长身体的时候，可马虎不得。我这才几日不见怎么就瘦了。”

琳怡笑着：“可能是天气太热吃不下饭。”

二老太太董氏眯着眼睛听了，轻微颔首：“一会儿让人熬了解暑的药给你送去。”

说完话，董氏看看沙漏慈祥地拉起琳怡的手：“回去闭闭眼睛歇一会儿。”

琳怡起身向董氏行了礼。

董氏如同每日见琳芳般，笑容始终挂在脸上：“快去吧！”

琳怡出了门。董妈妈端了茶给二老太太董氏喝："上次奴婢去长房送东西，远远就听到长房老太太和六小姐有说有笑的，要不是三老爷迟迟没有回京，六小姐也不会回来二房陪三太太。"

二老太太董氏抬起眼睛。

董妈妈道："我们家这些年对长房也是不错，没想到长房老太太放着正经的陈氏子弟不喜欢，偏疼上三老爷一家。"

二老太太董氏喝了口茶，站起身来："让她们先得意几日，"说着顿了顿，"族里那边要抓紧办，晚上让二老爷过来说话。"

董妈妈应了扶着二老太太去歇着。

在二房度日不如长房痛快。

就是每日听二太太田氏诵读佛经也要耳朵长茧。更何况随着时间越来越长，琳怡也开始担心父亲。

萧氏沉闷得干脆病倒了，晚上衡哥从书院回来，琳怡就拉着哥哥去萧氏床前背圣贤书。

萧氏这才稍觉宽慰。

晚上萧氏和一双儿女聚在灯前说话，三个人看着跳跃的灯火总算有了些睡意，萧氏正要吩咐下人安排少爷和小姐去歇着，谭妈妈掀开帘子进门，声音比往常提高了两分："太太，老爷从福宁回来了。"

病得恹恹的萧氏一下子从床上撑起来："是……是……老爷……回来了……在……在哪里？"

突如其来的消息让琳怡也十分惊讶。

谭妈妈道："听门房传来的消息，应该要进门了。"

琳怡和衡哥上前扶了萧氏，谭妈妈又拿了氅衣给萧氏穿上，三个人刚走到门口，就看到满脸胡须，一脸憔悴的陈允远。

"老爷，"萧氏高兴之余，声音也哑了，"您总算回来了？"

陈允远看着满嘴水疱，让子女搀扶着的小萧氏："怎么病成这样。"

一家人回到内室，谭妈妈嘱咐下人去烧水来给三老爷梳洗。

陈允远简单清洗过后，刮掉厚重的胡子，露出清瘦的脸颊。

趁着陈允远清洗，琳怡低声吩咐玲珑："你和橘红去外面看着，让那些小丫鬟先去歇了，这里不用她们伺候。"

不一会儿工夫，陈允远换了身干净的长袍出来。

虽然进家门多时，灯光下，陈允远的表情是悲伤、悔恨、惊魂未定，神情似是比死了还难受。

陈允远人回来了，萧氏终于能安下心，琳怡却悄悄攥紧了手帕，父亲是爱将心事藏起来的人，现在整个人像垮了般："父亲，福建出了什么事？"

温温的茶喝进肚，耳边传来女儿软软的声音，本来就已经承受不住的肩膀，一下子就矮下来："我是没事，康郡王却遭了暗算。"

所有人都因这话惊呆了。

周十九，难不成……琳怡从来没想过会听到这样的消息，周十九的身影从琳怡眼前一掠而过。

萧氏张大的嘴迟迟没有合拢："那康郡王……"

陈允远道："福建的清流要将这些年收集的证据一起交给康郡王，谁知道康郡王乘的船在江中沉了。这件事本应该我去办……"说到这里陈允远眼睛红得冒火，拳头也紧紧攥起来，身躯又复高大，"这是要杀人灭口。回京这一路，我就想，如果能平安进京，说什么我也要参奏成国公。"

萧氏这才惊惧起来。

琳怡怕的就是这个，父亲能回来，并不代表就会平安："父亲，康郡王他……"

陈允远道："我们在岸上找了几日都没找到，这个时节上游下着雨，水流很急，就算是会水的人也难脱身，更何况康郡王的小厮说，康郡王不会水。"

康郡王的小厮？琳怡觉得奇怪："那小厮怎么没跟着康郡王？"

陈允远道："康郡王让小厮跟着我进京，该是吩咐了些要事。"

不可能周十九就这样被人陷害死了。她前世记忆里康郡王一直好好的，而且前世记忆里也没有落水这一遭。

萧氏缓过神来："成国公连郡王都敢……何况老爷，老爷这不是要……"说着泪水涟涟，"老爷千万不能做傻事。"

见到周十九被害落水，父亲侥幸逃脱，哪里还会顾自己的安危。萧氏这样劝只会让父亲铁心追求气节。

现在的症结在于康郡王。

"父亲，康郡王有没有让您回来参奏成国公？"

陈允远心思已乱，半晌才摇头："康郡王让我回京什么也别说，可是今非昔比……"

琳怡连忙劝说："父亲还是思量思量再作打算，若是轻率决定反而做了错事，那不是更加雪上加霜。现在还不急参奏，找人才是最正经的。"

琳怡话音刚落，只听门口传来丫鬟的声音："二老太太来了。"

二老太太董氏进了门，仔仔细细打量了陈允远一番，然后心疼地道："出去了个把月怎么这般狼狈。"

让二老太太董氏知晓成国公的事，就相当于让二老太太握住父亲的把柄。

借刀杀人这样的伎俩，连琳怡都已经司空见惯。

陈允远在官场打滚这么多年，再怎么样也不会犯太大的错误，更何况陈允远本身对二老太太董氏有十足的戒心："福建连日大雨……误了行程，怕回京迟了就连夜赶路。"

二老太太董氏不动声色："回来就好，以后出去要送平安信回家，你媳妇儿担惊受怕连身子都熬坏了，在外面博功名重要，这个家也不能不管不顾。"

旁边的董妈妈也话道："老太太刚才已经安睡了，忽然就做了噩梦大喊三老爷，奴婢们都吓了一跳。"

琳怡端茶的手顿了顿。

二老太太董氏惊吓过后仿佛真心想和儿子、媳妇话家常："你们父亲那时候，我也是整日睡不着觉，总是梦到他身受重伤，虽然现在你们没有走从戎这条路，可是朝廷局势也是瞬息万变的，稍不留意那可要大祸临头。"

萧氏听得这话想及刚才老爷要参奏成国公的神情，深有感触地掉下眼泪来。

董妈妈看了目光一闪。

琳怡站在一旁，现在的情形再明显不过，二老太太董氏定是察觉到了什么。

这件事遮掩不住了。

陈允远受教恭敬地道："儿子知道了。"

"小事我不管，万一遇到大事你可要找我和你两个哥哥商量，"二老太太董氏深深地看了陈允远一眼，"我老了，不如你们年轻人还有心劲儿，我就想盼着家宅安宁，到了我这把年纪，你就知道半截身子入土的人，还能求什么。如果你们父亲能活着，什么富贵荣华统统不要也罢了。"

小萧氏眼泪直掉，陈允远死里逃生也颇受感触。琳怡上前拉起萧氏的手。

旁边的董妈妈叹气道："二爷和六小姐还小，不晓得三太太心里的苦。人都说得好，不当家不知柴米贵，不养儿不知父母恩。"

董妈妈这句话都戳在萧氏的胸口，将衡哥和琳怡都拉开了些。

哪个女人听得这话不感触。

萧氏露出幽怨的眼神。

坐了一会儿，二老太太董氏这才让董妈妈扶着回去歇着。

陈允远夫妻带着一双儿女将董氏送出去。

二老太太走上长廊一眼看向董妈妈："看出来没有？"

董妈妈点头："三老爷是在福宁遇到了事。"

恐怕不是小事。二老太太董氏皱起眉头："再去问问看，有没有人和老三一起回来。"

董妈妈道："奴婢这就去安排。"

看老三的样子不像是小事，虽然总是遮掩不住，早晚要说出来，还是越早知道越好。看小萧氏那个样子，稍不留意，老三就要大祸临头了。

二老太太萧氏一定会很快打探出父亲和康郡王的小厮一起回来的消息。

要想安稳过这一关，不是件容易的事。

琳怡轻握手里的锦帕，仔细思量父亲的话。按理说没有找到康郡王，就该一直在福建找，怎么康郡王的小厮倒提出来送信回京。

周十九那么聪明，该不会这样轻易就被人暗算死，主子没了踪迹小厮就这样回京……

屋子里没有了旁人，陈允远说起福建的事：“福建的官兵不敢惊动，怕是就算找到了，也不会给生路，只得让几个相熟的官员调动家人沿着江边往下流去找，我们就送信进京。”

在江边熟知水性的人都知道，只要三日内找不到，基本上就没有了活路。

福建每水患，生不见人死不见尸的不知有多少，从前有一位和父亲要好的河道就是被大水卷走了，出动了许多官兵也没能找到尸首，家里只能埋了一套官服做衣冠冢。

大概是父亲知晓康郡王定是没了生路，这才……

或生，或死，怎么都能说得通。

因为前世种种，她总是怕父亲和康郡王有牵连，难不成她一直小心防备的人就这样死了？

那日周十九从郑家走时明明把握十足。

“父亲，”琳怡忽然想到，“康郡王有没有说怎么去了福建？”

陈允远表情有些意外：“康郡王去公干，正好路过福建给我带家书。我看家书上是你的笔迹，你不知晓？”

说是为了带家书……并没有将实话跟父亲讲，也就是说周十九从头到尾怎么安排的，完全没有告诉旁人。

那很有可能落水也是假象。

琳怡豁然想透这一点，周十九是皇上密派去福建的，如果这么快就被害死在福建，皇上定会勃然大怒。

更何况周十九不是一般人，是宗亲。

连宗亲都敢杀，岂是贪腐那些罪能比的。

周十九若是早有谋算，就能借着这件事将成国公越拽越深。

周十九是为达目的不择手段的人，从前世他用父亲邀功的事就能看出来。但他却断不会拿自己的性命做赌注。

“父亲先别急，明日还是找伯祖母商量一下。父亲不是总跟我们说，遇大事时不能慌。”

陈允远看着目光明亮的女儿，想着往日对一双子女的教训，叹口气，女儿说的也有道理。

大周朝开国时，将京城最好的地段大多赐给了宗亲。康郡王的祖父是太祖九子，自然和闲散宗室不同，要另赐府邸。

后来被革了爵位，就连正统宗室也算不上了，只能记在被革爵宗室册上。

革了爵位的宗室没有朝廷的养廉银，不如普通的官宦人家。

周夫人端着四色牡丹小盖碗，尝着碧螺春，长长的暖玉护甲不时地轻触碗底。

“郡王爷实在不该和夫人分心，”申妈妈在一旁低声道，“要不是夫人，郡王爷哪里能承继爵位，当年夺了爵连府邸和田地一并收了回去，老郡王一家过得拮据，还不是老爷和夫人救济，亲兄弟骨肉也无非如此，何况老爷和老郡王并非出自同支。”

周夫人放下手里的茶：“外面都说我们是高攀了，老郡王一家是嫡裔宗室，我们这些闲散宗室将来是要迁去盛京的。”

申妈妈用美人拳给周夫人敲小腿：“连太后和圣上都说了，要郡王爷仔细孝顺老爷和夫人，还说老爷、夫人宅心仁厚，宗亲都如此，周氏子孙只会越来越兴旺。”

周夫人眉眼舒展开，却也叹了口气：“话是这样说，谁又能看得到将来，或许澈儿成亲之后要自立府邸，翅膀硬了总是要飞的。”

申妈妈笑眯眯：“那还不是夫人说了算，郡王爷毕竟年轻，娶来的郡王妃能多大，中馈可不是小事，还不是要夫人手把手地教。”

周夫人听了不置可否，只是眼角轻翘：“娶了媳妇儿忘了老娘，更何况是婶娘。澈儿那孩子心思又重，只盼望将来成了亲之后，能有人和他心贴心。”

申妈妈一脸谄媚：“那也要是性子温良，懂得孝顺长辈的，就算不像宁平侯五小姐那样直性子，也要像太后母家的二小姐那般……”

周夫人轻笑一声：“你是想得好，儿大不由娘……我看他和陈家最近走得亲近，恐怕是真的要自己选媳妇儿。”

那个陈六小姐主意大，万一进了门要搅得家宅不宁。这样的灾星千万不能要。申妈妈道：“奴婢前些日子才问了郡王爷屋里的姚妈妈，姚妈妈说没发觉郡王爷有什么……”

一个老妈子问也是没用。要知晓也是元澈身边伺候的大丫鬟，偏那几个丫头没有一个争气的，哪个都没能让元澈入眼。

周夫人刚想到这里，丹桂跌跌撞撞地进屋，走到周夫人跟前：“夫人不好了，桐宁回来了，说是郡王爷在福建出事了。”

周夫人怔愣片刻，一脸诧异：“澈儿什么时候去了福建，”转头看申妈妈一眼，“去将桐宁叫来。”

桐宁哆哆嗦嗦跪在地上，哭得伤心：“郡王爷吩咐小的去买些东西，第二日好离开福建，谁知道郡王爷坐的船就出了事。”

周夫人脸色突变几乎要晕厥过去：“你……你说什么……郡王怎么样了？”

桐宁头发散乱，衣服上都是污渍，眼泪、鼻涕汇到一处，嗓子几乎哑得说不出话，不知道哭了几场：“郡王爷的船翻了，小的和陈家三老爷寻了好几日也没找到郡王爷。”

听到这里，屋子里的人脸色都变了。

周夫人似是没听清楚，待要起身再问，身子刚坐直却突然歪了下去。

申妈妈吓得脸色苍白，上前就去看周夫人："快，快去请郎中……夫人……夫人……"

周家一下子乱成一团。

屋子里始终回荡着桐宁的话，郡王爷的船翻了。

内室里，周夫人靠在杏黄金丝小凤尾大迎枕上，垂下眼睛喝了两勺申妈妈递来的药。

"奴婢问了，郡王爷是路过福建，要去见几个相熟的朋友，这才渡江……郡王爷带出去的官兵还在江边找，桐宁和陈三老爷是回京报信的。"

周夫人听着抬起头："福建衙门呢？衙门有没有派人出去找？"

申妈妈摇头："桐宁一路回来已经过了这么久，福宁到底怎么样……也不知道。"

"既然消息回来了就要及时报上去，"周夫人看了申妈妈一眼，"实情到底如何，还要问陈家。"

第三十九章 被抓·冲撞

第二日天刚亮，陈允远刚想去长房商量对策。

二老太太董氏让董妈妈来请："老太太请老爷、太太过去呢。"

琳怡顶着大大的黑眼圈刚进了萧氏的屋子，正好对上董妈妈的笑脸："六小姐起得好早啊。"

看来二老太太董氏是打听清楚了。

趁着大老爷、二老爷没有出门，大家都聚在董氏的房里。

本来大家平日里起得就不晚，在听说三老爷九死一生地回来，便都想探个究竟。二太太田氏这个长期茹素念佛的人，也提着佛珠过来。

琳芳见到琳怡就问："三叔父怎么了？"

琳怡摇摇头。

琳婉向陈允远和萧氏行了礼之后也和琳怡道："三叔父瘦了许多。"

大家都找位置坐下，等到二老太太董氏喝了些清茶，缓缓地看了陈允远一眼："老三，福建的事别瞒着了，让你两个兄长给你出出主意吧！"

陈允远看到这样的阵仗也知道消息再也瞒不住，抿紧了嘴看着满屋子投过来的目光，不知道怎么说。

大老爷陈允宁紧锁眉头："福宁出了什么事？"

二老太太不等陈允远回话，叹口气：“我只问你一样，康郡王失踪的事和你有没有牵连？”

二老太太董氏的话音一落，琳芳手里的茶水顿时泼了一半在石榴裙上。

四喜吓了一跳，拿着帕子上前去给琳芳擦裙子，提出要去换裙子时，琳芳却攥紧了裙角狠狠地瞪了四喜一眼，说什么也不肯起身离开。

二老太太的话如同一个惊雷，屋子里的人都耳边嗡鸣声大作，谁也没有注意琳芳这边。

陈允远好半天才道：“跟儿子没关系……”

琳怡暗自舒了口气。

陈允远垂下头，接着说：“是儿子眼看着康郡王的船翻在江里。”

琳芳的手抖成一团，嘴唇几乎咬出血来，握着裙子看向身边的琳怡。

琳怡垂着头，看不清楚脸上有什么表情，

二老爷陈允周惊讶地扬起眉毛：“三弟说康郡王出了事……我怎么没听到半点消息。福建衙门调动官兵，总要有加急文书传回来。”

陈允远道：“是我和康郡王的家人一起日夜兼程将消息送回来，福建的公文大概还要等些日子。”更何况怕成国公一党接着害人，他们开始并没有通知衙门，他一路回京也像是虎口逃生一样，拿着康郡王的腰牌累死驿站不少马匹，觉不敢睡饭不敢吃……

二老爷陈允周一怔：“三弟糊涂啊，你这样回来怎么能说得清楚。这件事说小了是你失职，说大了康郡王的事与你有关也未可知。康郡王万一有事，都察院是定要干涉的，三弟可想好了如何写奏疏？”

陈允远从福建回来时一心想着参奏成国公，一切都是因严大人彻查福建的赈灾款而起……可如果不参奏成国公，里面的许多脉络也就理不清楚。他更无法解释康郡王出事之后，为什么没有立即知会当地衙门，而是跌跌撞撞回京送信。

陈允远想到这里顿时汗透衣襟。

父亲而今的情形是进退两难，身边又有虎狼盯着，走错一步万劫不复。琳怡想到那日她托周十九捎信，周十九嘴边展开的笑容。

她的疑心没错，如今就是棋无好局。

父亲在福建那么久就算做了京官也不能甩甩袖子撇个干净，所以她才明知会被利用，还要去求周十九帮忙，至少能因此求得平安。

琳怡侧头去看脸色苍白的父亲。

知道了十九叔是康郡王之后，她尽量躲避与他交谈，没想到却因此漏问了清楚。

在聪明人面前凡事问得越清楚越容易被他左右。

她不多问，周十九也就不说，是因为周十九早就料到会有这一日。

琳怡攥了攥手里的鲛纱，她想了一晚也才想透。

大老爷陈允宁也看出形势不对：“莫不是三弟真的……不能交代清楚？”

陈允宁的话音刚落，董妈妈出去一趟进来道：“长房老太太来了。”

二老太太董氏略微一怔，随即脸上又惊又喜，起身亲自迎到门口："嫂子来了，正有件事要和嫂子商量。"

二老太太董氏说完看看董妈妈。

董妈妈笑着走到琳婉几个身边："时辰不早了，小姐们先去用膳。"

这是要让她们避开。

琳婉和琳怡起身，琳芳却皱起眉头："我没胃口，三姐和六妹去吃吧！"

涉及政事怎么可能留她们在场。琳芳是想多听听康郡王的消息吧！

琳婉和琳怡先走一步，董妈妈看着琳芳没法子，倒是田氏走过来安抚女儿："身上不舒服就回去歇着，"说着看看琳芳的衣裙，"这裙子什么时候湿了，快回去换条干净的。"

琳芳见留下来无望，这才磨磨蹭蹭地起身出了屋子。

三个人到了院子里，二老太太董氏的房门立即关了起来。

琳婉向琳怡问荷包的配线。

琳怡说了几种鲜亮的颜色，琳婉道："六妹妹说的对，全用素色也不好看。"

琳芳匆匆换了裙子回来听得这话，一屁股坐在椅子上："都什么时候了，你们两个还想着绣什么荷包，"不等琳怡说话，琳芳接着道，"三叔父的事怎么样了你就一点不担心？"

琳怡将手里的荷包递还给琳婉："担心能怎么办？只有在这里听消息。"

琳芳冷笑："你倒是安稳。"

就算做了热锅上的蚂蚁，又能解决什么？

琳芳半晌黑着脸问琳怡："你说人掉到江里，还能不能活着？"

琳怡摇摇头："四姐问问那些见过世面的婆子。"这次从福宁来京里走过不少水路，跟着伺候的婆子都说掉到江里一准没命，船行深处遇到水鬼，尸骨无存。

琳芳坐了一会儿真的找了婆子来问。

那婆子在水边长大，净会讲一些哪家的小子去捉鱼淹死了的话，提到汛期翻了船，那婆子道："哪里还能活命呢，水冲下去什么也寻不到了。"

琳芳听到这里没了话，偏头过去，用绢子擦眼睛，皱起眉头看四喜："开那么大窗子做什么，虫子飞进来迷了眼睛。"

屋子里的小丫鬟忙去关窗子。

好半天二老太太的门总算开了，陈允远忙换官服准备去衙门。

长房老太太临走之前去萧氏屋里小坐，嘱咐陈允远夫妻："这事不容易过关，我们一家人要咬紧牙关。"

陈允远本就抱着必死的心思，倒不惧这个，害怕的是萧氏。

长房老太太看向陈允远："你记住，康郡王奉密令去福建，除了皇上和康郡王本人，谁也不能知晓这里面的事。"

陈允远浑身一抖，顿时来了精神："琳怡说的是真的？所以老太太才让琳怡写了家书，让儿子回京。"若不是琳怡昨晚说起这件事，他也不会在这样的逼问下守口如瓶。

琳怡在一旁伺候长房老太太喝茶。她昨晚将周十九去福建查案的事和父亲说了，就是怕父亲沉不住气真的去参奏成国公。

父亲的性子，凡是涉及朝廷的事就会立即露出文臣的风骨。

长房老太太道："圣上想要查清此事，定会派人去询问你，到时候你再说不迟。"

陈允远应下来，向长房老太太行了礼，拿起官帽大步出了门。

萧氏眼泪汪汪跟到门口，一直看到夫君笔直的身影消失在眼前。

待到萧氏回来，长房老太太叹口气："你也要准备准备，一会儿消息传开，康郡王家里人说不得要让你们过去。"

萧氏怔愣片刻："那，我要怎么说……"

长房老太太淡淡地接过话茬："你夫君都不知道的事，你一个妇人能晓得什么？无非是多安慰周夫人，说些宽心的话。"

萧氏点头道："媳妇知晓了。"

长房老太太道："莫要被人套去什么话，成国公更不要提，只有上下口径一致，这关才能过去。"

萧氏第一次遇到这样的大事，一时手脚冰凉。

长房老太太沉声道："你毕竟是当家主母，就要能撑起事来，在福宁天灾人祸都过去了，还怕内宅这些勾心斗角，出去之后少说话，要知道祸从口出，你夫君能不能回来还要看你的。你的儿女还没有乱，你就怕起来，这个家要靠谁？"

萧氏听到这里满面羞愧："老太太说得是。"

长房老太太说完话起身："好了，我也回去想想法子。"

萧氏和琳怡送走了长房老太太，不多一会儿传来消息，陈允远被扣在衙门里问话不能回家了。

萧氏彻底尝到害怕的滋味。

这事还不算完……

琳怡才服侍萧氏躺在软榻上歇一会儿。

绿萼轻手轻脚地走进来，曲膝禀告："康郡王家里来了位妈妈，要见三太太。"

来了。

琳怡看向绿萼："你去将那位妈妈请进来，我去叫母亲。"

内室里的萧氏听得这个消息，忙起身让谭妈妈伺候梳洗。

萧氏换上葱绿色暗纹褙子，将唐妈妈请进屋。

唐妈妈进门给萧氏行礼："三太太，三老爷有没有捎信回来，我们家夫人让我问问，太太知不知道到底是怎么回事，我们家郡王爷还能不能……”说着用袖子去擦眼睛。

萧氏忙将唐妈妈让到一边坐了：“老爷去了衙门，再没了消息，我们家两位大伯去了好几次也不让见的，真不知道……”

唐妈妈掩不住失望和难过：“这可怎么办才好。”

两个人说了两句话，唐妈妈提起要去拜见二老太太董氏。

萧氏将唐妈妈领去二老太太房里。

二太太田氏正好伺候二老太太吃药，看到唐妈妈，慈悲的脸上落下眼泪。

二老太太董氏将唐妈妈让在旁边坐了：“周夫人如今怎么样？”

唐妈妈黯然道：“我们夫人最是疼郡王爷，昨天听了消息就背过气去，连夜请郎中诊了好几次，郎中说只怕急火攻心怕有痰壅之症。天不亮老爷一边上了折子一边去衙门问，谁知道什么也打听不出来。我们家郡王爷出了事，却还对我们家里瞒着……老爷、夫人也实在没有了法子，才让我来您这里打听。”

二老太太董氏听着难过，用帕子擦了眼角：“这是什么事。好端端的怎么就有这样的灾祸，”说着看向萧氏：“你跟着唐妈妈过去安慰安慰周夫人，我们家老三毕竟是和康郡王在一起的，现下周夫人最想见的就是你了。”

唐妈妈感激地看着二老太太董氏：“老太太说得是。我们怎么劝夫人也不肯听，饭也不吃一口，水也不肯喝，眼见就要将身子熬垮了。”

田氏最听不得这些：“夫人从前听过我讲佛经，我也跟着三弟妹一起去看看夫人。”

唐妈妈颔首：“这样最好不过，奴婢就回去候着了。”

田氏和萧氏将唐妈妈送了出去，回来后听二老太太董氏嘱咐：“周夫人问什么就照实说，如今老三被扣衙门，定是被猜疑和康郡王的事有关，周家才会对我们起了疑心，在周夫人面前但凡有半句吞吞吐吐，老三都不一定能顺利回来。”

田氏这才明白过来：“老太太的意思，周家是要兴师问罪？”

萧氏听得兴师问罪几个字，心里不由得一抖。

二老太太董氏捏着银薰球眉毛皱在一起：“不然能有什么。恐怕是老三在福建做得不妥当被周家知晓了，康郡王出事那么久，老三都没有上报当地朝廷，就这一件事足够被御史弹劾。”

萧氏本来就强撑着身子，一根羽毛落下来都要垮掉，更何况这样的话。

琳怡在房里听说了二太太田氏和琳芳也要跟着去周家。

二老太太董氏怕周家威吓不够，还要让田氏这个煽风点火的也去，只是这火要煽得恰到好处，又不能任由萧氏乱说，将整个陈家都牵连进去。

橘红道：“这可怎么办？”

能怎么办，长辈的安排还能反对不成？

外面下了雨，玲珑拿了件青色金盏花小氅衣来："去康郡王家里，我们要怎么准备？"

琳怡道："就像平日里去宴席一样。选件素淡的褙子，"然后指指头发，"还是梳个双螺髻吧！"

大家收拾妥当，门房传话马车也备好了。

琳怡陪着萧氏一起往外走，毫不意外地在垂花门遇见了二太太田氏和琳芳。

琳芳穿着鹅黄色晓月云阳斓边镶珠交领褙子，梳着单螺髻用蓝田玉的双蝶簪固定了，下着白芙蓉宫裙，苍白着脸不施胭脂，比往常娇弱得可怜。

相比之下，琳怡的穿着就普通稚气。

几个人一起坐马车去了周家。

马车到了东城，赶车的下人便不敢大意，要知道附近住的除了宗室就是勋贵，冲撞了哪个都担待不起。

好容易到了周家，几个人下车进了门。

周家内宅安静得吓人，所有的丫鬟、婆子全都垂着头走路，谁也不敢多说什么。

唐妈妈将陈家女眷迎去应春堂。

走过长廊，需要上三段台阶才上了抄手走廊，到了廊上微微眺望就将下面的小花园收在眼底。

唐妈妈道："这是我们郡王爷书房，夫人一早就过来了，说什么也不肯走。"

听到是康郡王的书房，琳芳不由得多看了几眼周围，种的都是挺拔的翠竹和奇异的草木，果然不见花团锦簇。琳芳看着微怔，上次从郑家回来，她就偷偷去和母亲打听康郡王，她想着哪日会来康郡王家里做客，却没想到会是这样的情形。

唐妈妈悄悄地抬起头看陈家两位小姐。

陈六小姐脸上没有什么表情，陈四小姐将帕子捏成一团，红红的眼睛四处张望。唐妈妈一怔，和她想的有些出入。

到了书房门口，琳芳就看得更加仔细了，谁的书房，外面的题字就是谁的笔迹。

外头的竹帘轻轻掀开，屋子里传来一阵叹息声，然后是谁在劝说："夫人可要看开些，外面传来的消息也不一定作准，说不得过几日郡王爷就回来了。"

周夫人声音沙哑："好端端的船怎么就翻了。我梦见澈儿浑身水淋淋的，等着我们救呢。"

唐妈妈通报了一声，周夫人才知道是陈家女眷来了。

周夫人虚弱地半躺在贵妃榻上，面容憔悴显得有些消瘦。

琳怡跟着萧氏向周夫人行了礼。

"快起来吧，"周夫人眼看着萧氏，"陈三太太请过来坐。"

萧氏这才坐了过去。

周夫人瞧着萧氏，就又想起康郡王，拿起帕子遮着嘴唇呜呜哭起来。

萧氏忙上前去劝："夫人您可要保重身子。"

周夫人一把拉住萧氏，抬起头来，眼巴巴看着萧氏："陈三太太有没有听陈三老爷说起来，到底是怎么一回事，我们元澈怎么就去了福建，三老爷是不是亲眼看着船沉的？"

周夫人好像一无所知的模样。

这么简单的问题，萧氏不可能回答不出，只得照着长房老太太嘱咐的唱本，说出来："昨晚老爷回来只说康郡王落水了，要奏报朝廷，其余的什么也说不出来，就连我们家老太太问了，也是没问出什么……到底是怎么样……我也不知晓……今早老爷又匆匆忙忙去上衙……我们一家也是等着老爷回来再问……衙门里却传来话说……老爷被扣下了。"

周夫人无力地靠在引枕上，轻喘着气，半晌才问起来，"听说是三老爷一早就和元澈说过福建的事，三太太也不知晓？"

康郡王和父亲都不在场，没有人能和周夫人对质，周夫人说什么就是什么……

萧氏心里发虚，转头看了一眼琳怡和二太太田氏。

二太太田氏不明所以地看过来，反而让屋子里更加静寂。

"这是什么时候的事，我怎么没听老爷说过？"萧氏干脆一问三不知。

周夫人抽噎道："看来这事只有陈三老爷自己知道了。三老爷来找过元澈几次，恐怕是和福建有关，听说这次去福建赈灾本来是陈三老爷回去，是元澈推举了严大人……"言下之意是父亲求到了康郡王，康郡王才从中周旋。

这样说下去，就将父亲推到风口浪尖，福建的事就成了父亲一手操控。

琳怡看了一眼萧氏，萧氏沉着头什么也不说。

她在姻语秋先生和长房老太太那里还听过些政事，萧氏却对这些一窍不通，自然不知晓即使闭口不言也会大祸临头。

单周夫人这一句话，足以害死父亲。

琳芳不知道什么时候凑了过去，拿起帕子给周夫人擦眼泪。

周夫人拉起琳芳的手："四小姐……也是……慈悲心肠。"琳芳心中更是难过，若是康郡王没出事，她定然会得周夫人喜欢……

门口隐隐约约传来一阵窸窸窣窣的声音。

周夫人说这些话的时候果然有人在外面。

琳怡刚想及这里，屋子里的丫鬟就要出去迎客。

这时候再不说话，就来不及了。

琳怡用袖子一遮眼睛顿时红得掉了眼泪。

周夫人才低头喝了口茶，就听得一个微弱的声音道："周夫人，您就给我爹爹一条活路吧！"

周夫人顿时眼皮一跳，睁开眼睛看向屋子里跪下的陈六小姐。

门外的脚步声也停下来，想来是在侧耳仔细听吧！

琳怡呜呜咽咽地哭，她一个小小的弱女有什么话是不能说的，周夫人再厉害也不能和她一个十几岁的孩子争辩，琳怡这样想着哭声变得无比的惧怕："我爹爹在福宁落下腿疾才想要回京休养，所以长房老太太求人在京里给父亲谋了个职位，爹爹这次回去只是要与新任的官员交代公事，所以才没有回福宁赈灾，康郡王去福建断不是我爹爹害的啊。"和康郡王能撇多清，就撇多清。

康郡王是王孙贵胄，他们不过是没落勋贵，周家有意压他们一头，他们也只得跪下求生。

第四十章　结果·甩不掉

哽咽的哭声如此刺耳，盖过刚才她隐忍的哭声。无论谁进屋来看，都是十几岁的女孩子因父亲的事吓得手足无措。

琳怡的眼睛越揉越疼，眼泪更是止不住地流："父亲从福建回来报信，就被衙门扣住了，夫人现在又这样一说，我父亲不是没有了活路。"

"我父亲已经是京官，福建的事和我父亲没有了半点关系。父亲在福宁公事已经交代好，返京途中遇到郡王爷，郡王爷的船翻了，夫人没见过汛期的时候，江水湍流别说是人，就是房屋也能被冲散的……顺着河道一转眼就没了……父亲不管不顾地找了几日也没找到……"

外面的人应该能从她的话中听出里面的意思。父亲是主动要辞去福宁的差事进京的，父亲若是一心系着福建的事，何必走这一遭。

周夫人的话说得不清不楚，干脆她也说得迷迷糊糊。

周夫人要说成是康郡王被人陷害，她就偏说说汛期水灾……

人为陷害可以将父亲和康郡王绑在一起，天灾却是谁也意料不到的。

周夫人说那些她们无法辩驳，康郡王出事时的情形，周夫人也不能随便猜测。

周夫人目光一闪冷峭，却立即变成了哀伤："这孩子快起来……外面的事你小孩子哪里知晓，就连我……也是被蒙在鼓里……"

琳怡摇摇头："平日里……我定是不敢求夫人……事关父亲……我们好不容易回了京……"说着去看田氏："和祖母、两位伯伯一家人还没团聚几日……就……就……父亲早晨走的时候……还托两位伯伯一定要照看家里……今天早晨父亲说的话二伯母也听到了……"说着仰起头来向二太太田氏求助，"是不是二伯母？"

"二伯母还说念经能消灾，大家诚心求拜说不得郡王爷就回来了。"周家人本来没请二太太田氏，田氏跟着过来还不是打着要念经的口号，既然如此关键时刻就要尽人事，而不是作壁上观。

田氏还没说话，旁边的琳芳坐不住了，拿起姐姐的威风："六妹妹你怎么能顶撞夫人，大人的事你哪里懂得，夫人怎么说，你听着就是了，哪有我们插嘴的份儿。”

琳怡这才抬起怯生生的脸：“夫人您听……连我四姐姐都这样说了……”随便谁都能训斥他们一家。

琳芳大怒还要说话，却被二太太田氏看了一眼，只好忍下来。

二太太田氏一脸为难。

萧氏起身去搀扶琳怡：“夫人不要生气，我不会说话……我家六丫头也是担心她父亲，这才冲撞了夫人。”

陈二太太田氏以慈悲为怀，也该关心照顾弱者：“六丫头年纪小不懂事，夫人千万别生气。我们不过是私下里说说，最终都要看朝廷怎么处置。”

方才的言辞激烈，变成了现在的随便说说。田氏还真的会解围。

田氏想要和周夫人交好，便拿身边的人做棋子。

和宗室交好能如何，还不是与虎谋皮，哪日不小心就要陷进去。她现在虽然得罪了周夫人，却没有落人口实，怎么算都划得来，将来周十九回来，那就是他们自家的事。

周夫人温和地道：“六小姐快起来吧，地上凉，年纪小的女孩子哪里受得住。”

萧氏掉着眼泪将琳怡扶起来，两个人才坐下。

外面的丫鬟就来道：“宁平侯夫人和建国侯夫人来了。”

原来外面的是两个侯爷夫人，勋贵之间都有联系，周夫人那番话是想要透过两个夫人传到成国公耳朵里。

琳怡想到这里不禁叹气，周十九真是悲哀。周夫人关键时刻只是想着要怎么在这件事里获利，完全没有担心周十九的死活。

陈家女眷向两位侯爷夫人行了礼。

两位侯爷夫人边安慰周夫人边不动声色地打量屋子里的陈氏母女。

一个懦弱，一个幼小。周夫人是有意要将整件事赖在陈家头上。

建国侯夫人忽然想起来问萧氏：“三太太，你们在福建那么多年，有没有被水冲走却安然无恙的？”

萧氏急忙迎合着点头：“有……有……有的。”

琳怡也跟着道：“发了洪灾，有不少被冲散的家人，后来又聚在一起的。郡王爷吉人天相……”

听得这话，周夫人忍不住又掉下眼泪。琳芳在一旁奉茶倒水俨然一个称职的媳妇。

不一会儿田氏提出要讲经，正合了周夫人心意，这样在周家一整天，田氏母女俩和周夫人亲近了许多。

从周家回来，琳怡径直去了长房。

“怎么样？”长房老太太递了一碗银耳莲子羹给琳怡。

“虎穴狼窝，”琳怡将周家的事说了，“周夫人不像表面那样喜欢康郡王这个侄儿。”

长房老太太并不意外，“那是自然，不是亲生的儿子又拿了爵位……要知道宗室里的爵位，没有了嗣子是要从旁支过继的，康郡王这支没有了后嗣，爵位会落在谁家可想而知。康郡王若是死了，周夫人只需撇清弊处，坐享其成。现在最大的弊处莫过于和成国公为敌，周夫人说成是你父亲拉着康郡王查福建，也就是说不是周家在算计成国公，顶多算是受你父亲蒙蔽才做出这样的举动。”

琳怡揉揉酸疼的眼睛，虽然洗掉了辣粉可还是不舒服：“所以这是要置父亲于死地，父亲若是死了，整件事一了百了。”琳怡说完担忧地看着长房老太太，“就算我反驳了周夫人，父亲在衙门仍旧危险。”

“那也未必，”长房老太太伸手整理孙女的衣衫，“康郡王出了事，郑家和林家都似惊弓之鸟，皇上那里他们自然会去说。”

虽然琳怡也知道这个道理，心里仍旧担心害怕。

长房老太太夸赞琳怡：“你这一跪，跪得好。好让周夫人知道，我们家虽然没落了，也不是那么好欺负的。”

琳怡想到今天周夫人看她的眼神，总之这件事过后，大家还是少见面的好。

长房老太太看着琳怡将银耳莲子羹放在一边，恹恹地道：“这是父亲最喜欢吃的。”

长房老太太叹气：“你老子这次就算能安稳回来，也要掉层皮。”

周夫人坐在透亮的黑木椅子上，除去脸上厚厚的脂粉，顿时没有了憔悴的模样，只是微皱眉头，表情深沉。

申妈妈弯腰道：“陈四小姐向奴婢问这边有没有郡王爷的消息。陈六小姐倒是什么也没说，”说着目光闪烁，“奴婢瞧着那六小姐不是好相与的，句句与夫人针锋相对，仗着年纪小就一哭二闹三上吊。”

能跪下来说出那些话，她从前真是小看了她。周夫人眼睛翘起来：“她能这样胆大八成是得了消息……”

申妈妈转转眼睛：“莫不是郡王爷没事？”

周夫人冷笑：“他什么时候和我有过真话？就算是要给成国公设圈套也不会事先知会我！”

申妈妈束手道：“那要怎么办？”

周夫人道：“等着看吧，戏做足了自然会有消息。”

康郡王在福建落水的消息传开，京城里一下子炸开了锅，不时有人悄悄向陈家下人打听消息。衡哥在书院整日被人围着问，萧氏向娘家求救也不见有什么成效，陈允远自从上次进了衙，就再也没能回家。

有人说康郡王是被人陷害，也有人说犯了鬼神，各种各样的消息扑面而来。

郑七小姐哭了好几次，给琳怡写的书信也都是康郡王从前的事，琳怡这才知道康郡王的身世挺坎坷的，所以说王孙贵胄也有伤心的事，不过是表面风光罢了。

惠和郡主因此大病了一场，郑家唯一的好事是，贞娘在第二次打骂郑三爷屋里的丫鬟，差点让丫鬟跳了井之后，郑老夫人忍无可忍将贞娘母女送回褚家，贞娘在郑家作威作福的日子到头了。

郑家的意思是选妻选贤，若是褚家顾着两家婚约，就从族里选品性贤良的女子来和亲，到时郑家绝无二话。

褚氏族里果然有人想要攀这门亲事，却不想被贞娘母女知晓了，贞娘母女骂族里人为了眼前利益与郑家一起欺负她们孤儿寡母。褚家的事一时之间也闹得街头巷尾人尽议论。褚氏族里打成一团，郑家反倒落得了清净。

长房老太太和琳怡提起此事："那老东西当了多少年的主母，这点事还能难得住她？"

这事要是发生在父亲被关之前，琳怡大概会有精神欷歔一番，现在琳怡却没有了这个精神，只等着福建的事出结果。

好在没有让人多等。伴着一场秋雨，从京城调去福建寻找康郡王的官兵奉皇命打开福建几地的官库，看到的是只放了半库的库银。

福建的案子正一步步被揭开，陈允远终于从衙门里回来了，和陈允远一起来陈家的还有位不速之客。

陈允远被折磨了个把月，面容清瘦，身上的官袍宽大得像面袋挂在身上，走起路来脚下虚空，三步一晃，再见到萧氏和一双子女，恍如隔世般。

想到在衙门里听到的种种传言，朝廷里有位大人死谏，请求圣上彻查福建一案，直指有些勋贵把控地方，实则要分离大周土地。那言官从太祖带着亲信浴血奋战征讨得来江山，说到成祖亲征三次稳固大周，高宗守业艰难，若是大周土地有半点差池，上不能面对几位先皇，下对不住黎民百姓，直到将当今皇帝说得也流了汗，这才肯罢休。

就是这样的言官，同样被人当场泼了污水，说他为了博得言官名声不敬皇帝，那言官当日下朝在宫门口足足跪了三个时辰，直到暴晒晕厥。

陈允远不禁心里感叹，论口才论坚韧的心志，他的确比不上言官。言官直言不讳没错，关键时刻还要靠满嘴的伶俐语保命，长房老太太说得好，没有清流的骨头，他还是要乖乖做他的没落勋贵。

这次在衙门里见到皇上遣下来的使臣，他也是以陈家从前的功勋做保，发誓说自己忠心耿耿，在关键时刻吐出康郡王在福建是为人所害的真言，得到皇上的庇护，熬了些时日，终于平安归家。

陈允远在套间里看着萧氏为他换衣衫，坐在椅子上又喝着女儿亲手分的茶，满足地叹

息一声，还是回家好啊。

陈允远这一次，虽然开始差点选了条死路，好在他不是个关键时刻点不透的人，在长房老太太仔细分析之后，选了一条能活命的大道。

琳怡给父亲奉了茶，又给客人也倒了一杯。

椅子里的客人气质绝佳，穿着文士长衫，举手投足都透着书香门第的风姿，全然让人想不到能够雇佣贼匪做出下贱的事。鉴于上一次林大老爷将父亲送回家引出了戏子的风波，萧氏这次多了些提防，生怕林大老爷又带来什么波澜。

林大老爷只是一味夸赞陈允远："陈兄好风骨，这几日大家私下里都在夸赞陈兄，要知道福建的事能被查出来，都是陈兄的功劳。"

话说得这样露骨，像是知晓所有来龙去脉。

"哪里……哪里……"陈允远摇手，"和我没有关系，那是严大人参奏了福建，皇上明察秋毫，动用了亲兵，这才有了这样的结果。"

林家开始就被裹在其中，仗着在朝廷里的关系也算是能捞到些好处，只是在众多参奏的清流言官中就不算出挑，毕竟林家闹出了和贼匪有牵连的丑闻，难怪林家这时候出来套关系。

琳怡坐在旁边听父亲和林大老爷寒暄，冷不丁地看到林大老爷向她看了一眼："陈兄养了一双好儿女，听我那口子说，陈六小姐和我家三姐儿年纪相仿。"

这句话让琳怡的血液一下子从身上褪了干净。

林大老爷在前世说了一模一样的话，而后就听说，林家正式来向父亲提亲。

林家暗示了几次，她都想法子拒绝了，怎么从前的事仍旧会照常发生。

似林家这样的书香门第，没有些把握家里的长辈不会出面谈及婚事，特别是身为一家之主的林大老爷。

因为一旦拒绝两家就要交恶，甚至还会影响两族交往。

陈允远也是一怔。

林大老爷接着道："陈兄好好休养几日，过些时候我来请陈兄过府深叙。"

这次连萧氏都听出不寻常来。

林大老爷起身告辞："青哥这几日病得厉害，否则也跟着一起来拜会了。"

多重要的话要临走之前单提起来。

林正青又用了什么手段。

送走林大老爷，陈允远进了内室，萧氏跟过去服侍，衡哥和琳怡多时不见父亲，也在一旁凑着说话。

萧氏端详着陈允远精瘦的脸颊："老爷这几日可是受苦了。"

陈允远叹气道："你们也都瘦了。"

这样一句话就让萧氏红了眼睛。

萧氏这个把月虽然度日如年，却也算是承受住了二老太太董氏施加的压力，闭口不提陈允远的事，没有闹出乱子来。陈允远看在眼里悄悄感叹，小萧氏终于有了些亡妻的作风。

萧氏拿了软靠，想要陈允远躺下来歇着，陈允远却摆手拒绝，提起精神来问衡哥的功课，本以为衡哥会受这件事影响课业少不了退步，谁知道结果却大大出乎陈允远意料，衡哥反而因此奋发，比从前进益了不少。

一场事过后，家里所有人多多少少都有些改变。

为了要陈允远歇着，衡哥和琳怡各自回去房里。

萧氏就坐在一旁给陈允远揉捏小腿，想及这次的牢狱之灾，陈允远眼睛微涩，过了好一阵子才缓过神来。

萧氏看在眼里："老爷怎么和林大老爷一起回来？"

"林家有个故交之子在皇上面前保我出来，林大老爷大概是这样得的消息……"

萧氏颔首："那我们倒是欠了林家的人情。"

"林家长子今年秋闱拿了第一，怎么听说好像得了郁症。"陈允远突然提起这件事。

萧氏倒是没听说类似传言："老爷从何而知？"

陈允远道："林大老爷在我面前说的。"

林大老爷临走之前第二次提起林家长子的病，陈允远就觉得更奇怪："琳怡和林家长子可见过面？"

萧氏道："见过几面，都是在宴席上。"

陈允远思量了一会儿，"有工夫你问问琳怡，别是这里面有我们不知道的事。"

萧氏立时明白过来，忙摆手："不可能，老爷安心吧，琳怡向来持重，连长房老太太都夸她，这些日子要不是琳怡帮衬，这个家哪里能这样平安。"

陈允远哪里不知晓女儿的脾性，只是："问问也无妨……"他总觉得林大老爷意有所指。

萧氏颔首："老爷心里不踏实，我还是让人去林家打听打听。"

陈允远想了想："也好。"

琳怡回到房里将玲珑叫来道："你干娘对京里可都熟悉了？"

这段时日琳怡有意让玲珑的干娘注意京里各处的动静，多认识些各家的下人。将来以便于出去打听消息。

玲珑道："上次听干娘说，识得了不少同乡，还出去聚在一起吃过两顿饭。"说着话给琳怡换了件杏黄色的软缎衣裙，"我去将干娘叫过来？"

琳怡坐在炕上。让玲珑的干娘去林家？琳怡几乎要拿定主意，最后关头却反悔："以后再说。"

这时候不能轻易动作，万一被人察觉反而落下把柄。

林大老爷说出这样的话，父亲、母亲该会去打听。

前世她嫁进林家，也是林家人先说服了父亲，她要好好想一想，当时到底是怎么一回事，林家仿佛托了陈家的长辈，到底是哪位长辈帮了忙。

琳怡慢慢思量，她始终没有将前世所有的事都理清楚。

林正青烧死她后要求娶的陈家女是谁。

林家到底在盘算些什么。

陈允远回来了，二老太太董氏欣慰地点头："是陈家祖宗保佑。"

琳芳拿了荔枝在碧纱橱里吃，不时地飞眼看琳怡，过一会儿终于忍不住低声道："我父亲这些日子忙得脚不沾地，三叔父这才放了出来。"

二伯父还真是本事不小，本来在一旁看热闹，听说父亲放回来了，立即就做辛苦状，当着父亲的面将他这些日子跑的关系说了一遍："能托的人都托了，总算是功夫不负有心人。"

二老太太董氏更补充，二太太田氏不眠不休地在佛堂里祷告，也是佛祖显灵。

任谁听得这话都会相信。

有了二老太太董氏不住嘴的夸赞，陈氏族里定会有人称赞二伯父这个兄长做得好。二老太太董氏早就想好了，就算父亲能回来，也要捞上些好处。

怪不得二老太太董氏会喜欢二太太田氏，二太太田氏的佛经总是能关键时刻给整件事添些颜色。

琳芳嫌弃丫鬟剥荔枝慢了，将盘子递给琳怡："帮我剥一些。"

琳怡只得挑了一个最大的荔枝放在手里细细地剥。

琳芳脸上扬起一抹得意的笑容。

难得这时候还有荔枝吃，家里得了一盘荔枝传下来的话是给几位小姐都送去些，食盒送去她屋里，提篮子的妈妈却笑着道："这是四小姐最爱吃的。要说这荔枝火性大，旁人还吃不服，只有咱们府里的四小姐能有这口福。"

玲珑、橘红两个丫头立时气得七窍生烟，荔枝也没有留下。

玲珑见到琳怡就说："谁没见过呢，我们在福建有的是荔枝吃，犯不着和她治气去。"

琳怡将胖胖的荔枝剥好，琳芳伸手来接。

琳怡却一伸手送进自己嘴里，边吃边皱眉："太甜了，这盘都吃了腰上又要粗两寸。"

本来要发作的琳芳听得这话，盯着琳怡瞧："当真？"

旁边的玲珑接话道："四小姐不知道，三老爷同僚家的小姐有位爱吃荔枝的，那腰身足有水桶粗呢。"

琳芳皱起眉头，立即放下手里的荔枝，拿起旁边的软巾来擦。

琳芳这段时日一直心情不佳，从昨日起却突然高兴起来，琳怡不经意地提起来："四姐姐今天好像挺开心。"

提起这个，琳芳脸上一红拿起帕子笑起来："你不知道……听说康郡王……"

第四十一章　危机

琳芳眉飞色舞，说到关键时刻刚好住了嘴，扶扶鬓间的宫纱小芙蓉，端起旁边的茶来喝，等着琳怡主动来问。

那只小芙蓉的纱花，周围不是用金色丝线镶边，而是真正嵌了层金箔，这样精致的头花琳怡在周夫人头上见过。

周夫人送来这样的东西，琳芳又这般开怀，像是喜事要来临了般，看来周十九有了下落，大概过不了多久满京城都会知晓。

看着琳怡自在地挑梅子来吃，琳芳不觉有些扫兴："周夫人说要请母亲和我过去做客呢，"说着眼睛一亮看向琳怡，"没请六妹妹吗？"

琳芳笑吟吟的模样，看来周夫人将周十九能平安回来，归功于二太太田氏的吃斋念佛。

不见琳怡配合捧她，琳芳眼睛越瞪越大："我跟你说话呢。"

琳怡转头看过去："四姐小点声，长辈们还在外面议事。"

琳芳气得差点将水杯扔在地上，碍于有长辈在场又不好发作。

还好琳婉做了和事佬："四妹妹还吃不吃荔枝？丫头已经剥了一碗了。"

外面长房老太太正好将话说到点子上："有空我们去趟宗长家里，你这次，族里也没少帮忙，总要过去谢谢。"

陈允远自然应承。

外面说完话，碧纱橱里的小宴也该散场。

琳怡几个才走出来，长房老太太又想到一件事，问萧氏："我听袁家大奶奶说，你和林大太太走得近些。"

萧氏道："媳妇和林大太太从小识得，所以……一起聚了几次。"

长房老太太不置可否，将身边的帖子递给萧氏看："林氏族里来帖子了，要宴请我们一家，二房老太太那边应当也接了帖子，"说着看一眼琳怡，"林老夫人很少办这样大的宴席，你们夫妻俩要好好准备准备。"

萧氏难掩错愕，陈允远虽然也惊讶，这时候却不敢表露出来。

夫妻俩不说话，众人将目光齐齐挪向了琳怡。

陈大太太放下一盘子蜜桃，直起身来："林大郎不是今秋的解元吗？"说着嘴角一弯，酸酸地看着萧氏，"这么多的举人老爷，才出一个解元，真真的前途无量。"

靠着科举上位的书香门第，最是重读书好的子弟，怪不得林老夫人会出面。二老太太董氏道："书香门第规矩大，你们小心些。"

萧氏心思本就七上八下，听得二老太太董氏的话，出了一头的冷汗。

众人说了会儿话出去。

大太太扶着二老太太董氏去歇着："林家这样大动干戈，真的就看上了六丫头？"

二老太太董氏坐在软榻上轻眯起眼睛："老三回来的时候也是林大老爷送回来的。"

大太太仍旧不甘心："三叔什么时候攀上的林家，竟然走到了长辈议亲这一步，林大郎将来定会考中进士，进了翰林院就是储相，三叔有了这样的女婿，那将来……老太太您可不能不管啊。"说着想起自家的女儿，"六丫头才多大，上面还有两个姐姐没有议亲，怎么就先一步……老三一家是故意打我们的脸啊，老三没有将老太太这个母亲放在眼里，老太太怎么还能忍气吞声……媳妇在外面听说，有些人家将老爷和二叔当作庶出，否则林家怎么敢绕开老太太……琳婉在长房陪着长房老太太那段时日，长房老太太不是不喜欢琳婉，而是……"

二老太太董氏向来不喜欢大媳妇这张只会哭丧的嘴，可是听到最后也扬起眉毛："而是什么？"

大太太这才吞吞吐吐："长房老太太时常和六丫头说起赵氏的好处，说赵氏名声好，陈家的晚辈都跟着脸上添光。"

说别的二老太太董氏还能忍，提起赵氏二老太太再也听不下去，一掌拍在矮桌上："赵氏以未亡人的身份嫁入陈家，那是因为她前面的姐姐在新婚之夜没有落红被退婚，赵氏一族的女子眼看就要都去做姑子，赵家才想出这样的法子逼着她做贞妇，"说着冷笑起来，"名声？他们赵家的女人都是做了婊子还要立牌坊。这么多年，老三怎么都没去陈家认亲？还不就是怕被往事脏了身。要说名声，不过是没有人去揭从前的伤疤罢了。"

大太太脸上一喜："那就揭出来，这样林家就不会要六丫头了。"

听着不争气的媳妇出的主意，二老太太董氏道："那是上一辈的事，你恐怕旁人不说我们董家为了正妻的名分，抹黑赵氏。"

大太太整个人蔫了下来："那要怎么办。"

怎么办？二老太太沉下眼帘："还没真的嫁过去你怕什么？"

琳芳负气趴在田氏怀里。

龚妈妈在旁边笑着道："四小姐小心些，太太肚子里还怀着小少爷呢。"

琳芳紧紧地抱着田氏："母亲有弟弟不要琳芳了。"

龚妈妈谄媚地笑着："哪会呢，太太知道四小姐爱吃荔枝，又让人去西市买了一盘回来，正在次间里冰镇着呢。”

提起荔枝琳芳更加气愤难平：“一盘荔枝，就那么一个又红又大的也被琳怡抢去吃了。”

龚妈妈亲自伺候琳芳脱了鞋：“六小姐怎么能这样，明知道荔枝运到京里比金子还贵的，她吃什么。”

“现在不只是要吃荔枝，”琳芳眼睛里满是红血丝，“她还要嫁去林家了，将来林大郎有了前程，琳怡还不定要如何嚣张。”

想起林正青，琳芳就忍不住发抖，若是将来林正青和琳怡成亲，将她故意落水一节说了，琳怡还不拿出来说？到时候她脸面往哪里摆。

“母亲，说什么也不能让琳怡嫁给林大郎。”

萧氏悄悄将琳怡带去内室问：“你见过林大郎吗？”

琳怡颔首：“都是在长辈房里，所有人在一起见过。”她自然不能提林正青叫她小名一节，这样萧氏恐怕也要乱起来。

萧氏叹气：“奇怪，林家怎么会一门心思要和我们家结亲。”

到底为什么。琳怡道：“会不会是因为政事，父亲这次算是立了大功，将来说不定能得了赏赐。”

琳怡正说着话，陈允远撩开帘子进屋。夫妻俩显然有话要商量，萧氏让琳怡先回去歇着。

屋子里没有了旁人，萧氏忙过去问，“老爷，你说怎么办才好，听说请了不少的人，我们又不能当众拒亲。虽说琳怡年纪小，林大郎年纪也不大啊……”

陈允远皱起眉头：“去林家打听清楚没有？林大郎怎么病了？”

“听说是族里子弟一起出去吃酒，回来路上受了风，所以一直在房里养着，林家这段日子也是大门紧闭拒不待客的，这会儿才好了些，”说到这里，萧氏紧张地猜测，“该不会是要娶我们家琳怡冲喜吧！”

陈允远沉吟不语，半晌才道：“明日你还是带着琳怡去趟长房，看长房老太太怎么说。”

琳怡和橘红一起做了会儿针线，到了晚上玲珑才从长房带回了消息：“林大太太做寿，所以摆宴，听说请了不少的人，京里的达官显贵有好几位，只是咱们家最全，几位长辈都下了帖子。”就算林大太太做生辰，也不用把亲朋好友都请去林家祖宅。

长房老太太这两日本要带她去族里串门的，林家这一请只好耽搁下来。

“长房老太太说明日小姐过去，再仔细商量。”

琳怡点点头，让玲珑和橘红撤了灯去歇着。

这件事不简单。

像是一个请君入瓮的局。

琳怡想了想又爬起来，将玲珑叫进屋。

随着灯光越来越近，屋子里的阴影渐渐退散。琳怡心里油然生出一个奇怪的想法，是不是她被前世的事左右，反而猜偏了呢。

“玲珑，四小姐那边怎么样？”

玲珑想起来就痛快：“四小姐回去发了好大的脾气，连荔枝也不吃了，全都便宜了丫鬟。”琳芳向来看她不顺眼，这也合乎情理。

琳婉不用说了，从二老太太董氏那里回来，一直跟她在香叶居小坐，提也没提林家的事，只是偶尔露出羡慕的表情。

表面上看来，家里的一切再正常不过。

琳怡道：“从二老太太房里出来后，家里有谁出去过？”

玲珑一怔：“这奴婢没有问。”

琳怡前世见识了二老太太董氏一家的手段，现在不得不小心：“明日早晨你将屋子里的被子拿出去晒，顺便问一问。”

玲珑打听消息的本事越来越厉害。

第二天琳怡临去长房之前，玲珑果然打听清楚：“大老爷出去过，很晚才回来。”

大老爷陈允宁……

二老太太董氏明显喜欢二老爷陈允周，现在陈允周拿了护卫一职，按照长房老太太的想法，二老太太董氏争到爵位也会给陈允周。

家里只有大太太表面上不服气，陈允宁仿佛并不在意似的。

万一陈允宁背地里也在争爵呢？

也许林家不是为了要议亲，而是要让她出丑。林正青攥着她的把柄，怎么会手下留情，只会用来换取更大的利益。

萧氏让人将新做好的小袄、褙子、石榴裙拿给琳怡，玲珑从其中选了件青色石榴红妆花褙子给琳怡穿上。

琳怡让橘红去拿来昨天让人新做的酸枣仁酥皮点心，一盘盘的吃食很快就将食盒放满了。玲珑低声道：“小姐去长房才像是要回家。”

琳怡带着两个丫头去垂花门坐车，走到园子里，琳芳正和三四个丫鬟玩花球，几趟跑下来，琳芳已经香汗淋漓，自从收到周夫人的请帖，琳芳的饭量大减，变着法地在花园里洒汗，这般费心思，是想要宴席上惊艳，博君一笑。

萧氏和琳怡到了长房老太太房里，萧氏迫不及待地将林家宴请的事说了。

琳怡在一旁低着头，说不发愁是假的，林家弄出这么大的动静，三两句话是打发不掉。

小萧氏虽然木讷，却十分听话，长房老太太干脆也不绕圈子，当着琳怡的面直接问萧氏：“你们夫妻俩怎么打算。”

小萧氏道：“要不是林大老爷夫妻心术不正，其实这门亲事还算不错。”说着看了一眼琳怡，林大郎毕竟前程不错啊，至少在外面大家都会羡慕她寻了个好女婿，只是老爷眼睛里揉不得沙子，她也怕琳怡过去之后要受委屈。

多少人家卖女搏前程，琳怡在福建也听说过官宦家巴巴将自己家的庶女送去配了商家子弟，换来大笔的聘礼打通关系升迁。好多大户人家都有共识，生了女儿就是做这般用途的，辛辛苦苦将孩子养大，总不能做了赔本买卖，父亲对这种行为向来不齿，小萧氏少算计也是她的好处，从来都是对他们兄妹仔细照顾，琳怡庆幸有这样的父母。

长房老太太握着佛珠仔细思量：“回去了先不要声张，我来想想办法。”

萧氏听得这话微微松了口气，长房老太太这样说，大概就是有主意。萧氏坐了一会儿就回去二房。

琳怡扶着长房老太太去了内室。

长房老太太喝口茶，抬起头来正色看琳怡：“六丫头，你说实话，你有什么把柄落在林家手里？”

长房老太太对她向来和颜悦色，鲜有这样严厉。长房老太太现在还只是猜测，若是知晓林正青能喊出她的小名，不知道是会相信她，还是会对她失望。

她要怎么说……

琳怡低头道：“上次我们一起去袁家，孙女在园子里遇到林大爷，林大爷突然喊出孙女的小名，还让孙女解释为什么会时时避开他，更威胁孙女假以时日要知晓孙女的生辰八字，当众说出来，让孙女嫁不得人。”

长房老太太惊讶地握住手里的佛珠：“混账……林氏一族怎么出了这样的子弟。”气到急处顿时咳嗽起来。琳怡急忙上前拍抚长房老太太后背，长房老太太脸色从苍白到异样的潮红，额头上起了一层冷汗。

长房老太太身子不好，琳怡就怕会这样。

白妈妈闻声过来忙要去拿药丸。

长房老太太说不出话只是挥手，半晌才顺过气：“下去吧……我还……死不了。”她怎么也想不到林大郎仪表堂堂，竟能做出这等事来。

六丫头的五官皱在一起，眼眶下还有黑黑的眼圈。长房老太太知晓琳怡的脾气，小事从来难不倒她，这次是真的犯了愁。若是私相授受绝对不会有这样的神情。

长房老太太长出几口气，阖了阖眼：“怎么不早些跟我说。这都过了多长时间了。”

“孙女以为是因之前拒过林家，他气不过才危言耸听，胡乱羞辱人的，以为不搭理就能过去了。后来听说他考中了解元，多少好亲事等着他，想必不会再来威胁我，以后只要防着他就是了。我始终不知晓我的小名他如何知道的，所以我也不敢轻易和长辈说。”这是实话，她心里也知道林正青不肯罢休，早晚要有这一趟，却也不知道该怎么说。

琳怡说着郑重地道：“孙女宁可青灯古佛，也不肯嫁这样的人。而且……我觉得林家不是真的要说亲……否则怎么还会请那么多客人上门。”

长房老太太长叹一声：“那你准备怎么办？争个鱼死网破？真的丢了名声？”

琳怡将头靠在长房老太太身边的大炕上：“我才没那么傻。他们要害我，我就迎头受着不成？性命是自己的，和他们鱼死网破太不值得了。”

可是要脱身谈何容易。

琳怡恹恹地道：“林家若是正经要结亲，我们家也只能答应了。”

长房老太太道：“将来要面对那样的公婆和品行不端的夫君……”

琳怡道：“好在知己知彼，也好防范。”说着端茶给长房老太太。

长房老太太看着琳怡调皮地吐吐舌头，忍不住失笑：“你这孩子倒会编排祖母了。”

琳怡将话说得轻松，是怕长房老太太气坏了。

长房老太太道：“昨日我就想了，林家想要结亲，不如我们早一步和齐家谈好了亲事。”

“祖母看上了齐家，可是齐家眼睛高，不会让流言蜚语染身，这个时候他们不会答应的。”齐家的规矩是比较大，琳怡早就想透了这一点。

长房老太太颔首，她担心的也是这个，齐家什么都好，就是一窝子酸儒。

“总会有法子的。”琳怡脱掉鞋上了炕，帮长房老太太揉捏起腰来，前世她让林家欺负了这么久，该是反抗的时候，让林家尝尝她的酸甜苦辣。

长房老太太半眯起眼睛：“既然有了主意还不快说。”

琳怡垂下脸：“我也是才想到。”要不是经过了前世她还记不得。

前世成婚时，她生母身边的妈妈主动找上门要陪着她嫁去林家，也算是照应她的身子，萧氏听了那妈妈的话，冲喜能将身子冲好，也就应允了林家提前半年将她嫁去了林家。

当时她就知道，那陆妈妈实则是想跟着她这个弱女发财。否则当年生母亡故，她们举家要去福宁，那陆妈妈怎么哭着闹着要留在京里，碍着萧氏的面子她本想成婚后找机会发落陆妈妈，谁知道进了林家陆妈妈事事听从林家安排，她被烧死那日，她就乖乖领着房里所有丫鬟去吃酒席了。

“我的小名是母亲临终前取的，母亲身边的妈妈该是记得。”

长房老太太眼睛一亮：“你说的是……”

琳怡道：“我们去福宁前，放出陈家的那位陆妈妈。”

林家要泼在她身上的脏水，她敬还给林家。

“好，”长房老太太整理琳怡的发鬓，“我就帮你演这出戏。”

不只是要渡过这一关，更要让林家断绝了利用她和父亲的念头。前世她挡了林正青和陈氏女的好姻缘，这世她就远远地躲开，好让林正青与他心仪的陈氏女早日送做一堆。

长房老太太从头到尾布置一番，吩咐妈妈打听那陆妈妈一家的下落，中午吃了午膳，长房老太太才打发撑着眼睛的琳怡：“快去睡觉吧！”

琳怡欢快地跑去休息，一闭眼睛就睡到了晚饭时。

吃着最爱吃的松鼠桂鱼，看着碗边用糖稀打的小麻雀，还是在长房的日子最好过。长房老太太瞧着琳怡餍足的表情，嘴边不由自主地弯起笑容。

吃过饭，祖孙两个在一起说话："郑七小姐有没有给你写信？"

琳怡摇头，惠和郡主病了之后，郑七小姐的信就少了许多。

"听没听到康郡王的消息？"

琳怡道："听琳芳说了半句，仿佛康郡王有了下落。"

"这个人不简单，上了一封奏折，给福建的官兵叫苦呢。"长房老太太吃了口工夫茶。

给福建官兵叫苦……

不是应该彻查福建的军饷吗？怎么反而替福建说起话来了。

"要知道福建官府虽然吃军饷空额，可是福建的兵士加起来也比普通的省份要多，要是一下子被人鼓动起来，那可是大事，"长房老太太道，"康郡王说福建的兵士所拿的银饷才是别的省份的一半，询问朝廷是否知道此事。"

康郡王是要扰乱军心。

长房老太太接着道："还问朝廷，福建军官没有朝廷分发下来的住所，朝廷是否知晓。这样一来，被蒙蔽的福建军官，反抗朝廷之前定要弄个明白。孤身一个人在福建，端的是这份勇气，别说宗亲，就算当朝重臣又有几人能做到。"

老太太说的对，琳怡剥南瓜仁放在嘴里，永远不会算计漏的人，最会利用人心，在他身边说不得哪日就沦为他的棋子，他的那盘棋太大，需要牺牲的棋子实在太多。

一将功成万骨枯，谁都想当将军，谁来做白骨。

到了晚上琳怡正准备早些上床睡觉，玲珑也抱着香香的枕头傻笑："小姐那只杏花枕，翻出来的时候满屋子香气呢，将箱子里的枕头都染了味道。"

橘红拿着羊角宫灯过来，笑着道："快别冒傻气了，没看到小姐都困倦了。"

躺在床上，琳怡舒服地叹口气，长房老太太特意让人做了新床，大约知晓她睡姿不好，床是加宽加大，她睡上去格外安稳。

玲珑刚要将灯端下去，出去送水盆的橘红又返回来："小姐，三老爷来了。"

琳怡从床上爬起来，这么晚了父亲怎么会来长房？琳怡让玲珑伺候着穿好衣服，提着灯去长房老太太房里。

白妈妈在门口拦着，只让琳怡自己进了内室，撩开帘子，琳怡就看到屋子里有个人被裹成了粽子的模样。

这是谁……父亲带了什么人过来。

没想到屋子里还有旁人，琳怡正想要不要退出去。

那人转过头来，拿着手帕捂嘴打了个喷嚏。

琳怡忽然想到《西京杂记》中一段话："东海都尉于台，献杏一株，花杂五色，六出，云仙人所食。"那人墨黑的发鬓松散，面色稍显病态的红润，眼睛清澈如被洗涤般，青色的长袍露出半边，当真是白非真白，言红不若红的一朵杏花。

周十九不该是正站在五色云朵上，展展衣袖呼风唤雨的么，怎么会堆坐在她家椅子上。

琳怡上前端正地向周十九行礼。

周十九好听的嗓子不在了，而是带着浓浓的鼻音："起来吧。"

被这人算计了这么久，父亲甚至为此受了牢狱之灾，终于有一日看到他这般狼狈。不知怎么的心里难掩舒畅。

周十九第一次看到陈六小姐嘴角轻翘，表情是难得的痛快。再想及下人来向他回话。陈六小姐在婶娘面前跪下委屈地哭喊，说是陈家和他没有半点关联。他才"出事"她就撇了个干干净净。

她心中真切的想法只有一瞬写在脸上。

周十九收回目光："回京的路上，看到了董长茂董协领。"

董长茂，长房老太太看向陈允远："你舅舅进了京？"

陈允远一怔："这……没有啊……舅舅没来家里。"

董长茂是二老太太董氏的弟弟，在京外任协领职，怎么会突然进京里来，或许是奉了密诏，这样就不能和京中家人来往。

周十九咳嗽了两声。

长房老太太急忙道："郡王爷先去歇着，我这就让人去请郎中过来。"

周十九微微一笑，不客气地看向琳怡："听闻陈六小姐师承姻语秋先生，我和姻家大郎相识，知晓姻语秋医术了得，我回京一事旁人并不知晓，还是不要请郎中，陈六小姐随便开张药方让人煎来就是。"

这是发号施令，让她连拒绝都不能。

琳怡才要开口，陈允远已经道："小女只是会写小方子，恐怕耽搁郡王爷的病。"

周十九不疾不徐地拒绝："只是淋了雨没有大碍，还是福建的事要紧。"说着眼睛里闪烁出璀璨的神采。

第四十二章　药·宴群芳

玲珑去磨了墨，琳怡坐上炕帮长房老太太添了些茶水："伯祖母，康郡王要住在我们家？"

长房老太太颔首："康郡王回京的事外面人不知晓，怕消息透露出去，你父亲只能连夜将他带进我们家。等到福建的事有了底，也就好了。"

周十九在京里应该有许多去处，难道一个堂堂的郡王爷连个庄子也没有？再不济惠和郡主也能照顾他周全，怎么偏偏来到陈家？

“伯祖母，”琳怡服侍长房老太太吃了口秋梨膏，“孙女觉得在我们家里不妥当，”说着向外看了看，“只怕到时候二房会知晓，万一误了郡王爷的大事，我们不是成了罪魁祸首？”

长房老太太半眯着眼睛：“听兰我已经让人看起来了，现在又是入夜，你父亲悄悄带人进府，郡王爷始终遮着脸，应该无大碍，只是将郡王爷安排在偏院的西宅子怕是委屈了，”说着看了琳怡一眼，“这件事对你父亲有好处，福建的事成了少不得你父亲一份功劳，你没听到郡王爷说董氏的弟弟进了京，董氏一家就是那秃鹫，向来是不肯落了好处，我们再不争恐怕要被姓董的吃了。”

周十九就是这样，一开口就能咬住别人的脉门。

明知道他们家对董氏一族极度防备，就有意无意地提起。

现在连长房老太太对周十九也十分感激。

“去吧，去写方子，让人早些熬了。”

琳怡这才挥笔写了疏风解表的小方子，广藿香、菊花、连翘、地黄、板蓝根、地骨皮，这样的缓药，妇幼皆宜。

方子才写完，跟着去伺候康郡王的雪禾来道：“客人有些咳嗽，老爷让奴婢拿些小姐做的梨膏过去。”

那是她亲手熬给长房老太太的，放了不少的冰糖、蜂蜜，一个大男人吃什么梨膏。

琳怡抬起头：“梨膏哪里管用。”

玲珑看着自家小姐从开始的漠然，到现在的关心，不知道怎么的小姐这样的变化，让她背后有些发凉。

“厨房里还有猪肺吧？”

猪肺。

雪禾和玲珑都是一怔。猪肺倒是有，那是买来给院子里的野猫吃的。

雪禾道：“今天早上吴三媳妇才留了一个。”吴三媳妇是一等心善，最喜欢照顾流浪的小动物。

那可是治病的好东西：“家里不是还有南杏和北杏仁吗？放些南杏、北杏仁、姜，煮好了给郡王爷送去。”

北杏仁是苦的，要泡好几日才能做小咸菜用的，平日里下人都吃不了两口，拿来给客人吃……这……雪禾面有难色。猪肺和酸杏、苦杏仁煮在一起，味道可想而知。

“这是止咳的好方子，煮好之后让客人一口气吃了，多盖几床被子，等到汗出透了，人也就好了。”

雪禾还站在一旁愣着。

琳怡露出温和的笑容：“福建那边但凡咳嗽都吃它养着，是极好的。良药苦口利于病，这总比药好。”

看着和善的六小姐，雪禾松了口气，笑着道：“也就是六小姐，旁人说了，奴婢可不敢去做。”

等雪禾走了，玲珑才悄悄问：“小姐，咱们什么时候喝过猪肺汤啊？”闻起来又腥又臭的东西，谁能喝得下？

琳怡将方子上的墨迹吹干，这个只能去问周十九了。前世父亲出事，她多少次遣人求见周十九，周十九连门也不曾开个缝，现在他自己找上门，她当然要盛情款待。

一碗带着异样味道的汤送来。

康郡王身边的陈汉皱起眉头：“这是什么东西。”

本来要蒙混过关的雪禾，只得硬着头皮道：“是猪肺汤。”

看着眼前大块头脸色黑下来，不敢置信地看着雪禾：“你们府里吃猪肺？”

谁吃猪肺……

雪禾急忙解释：“药膳……是药膳呢……寻常吃不到的，用温火炖了好久，六小姐说了，客人吃了出些汗也就好了……您就放心端过去吧。”

眼前的人不为所动。

雪禾只得接着道：“我们家老太太平日里吃的酸枣仁点心，秋梨蜜膏都是六小姐嘱咐我们做的，长房老太太吃了之后身子好了许多。我们家小姐是有名的女先生弟子，听说客人也是知晓的。”不然怎么能让小姐开方子呢？

听到屋子里咳嗽的声音，陈汉嘴角一抽将汤接过去，让小丫鬟退下。

雪禾不多话，只在外面的鹿顶房子里守着。

灯光下，裹在被子里的人昏昏欲睡。陈汉将汤送上前：“郡王爷，要不然小的尝一尝……”

一双眼睛霎时睁开，阴影下的面容带着浓浓的倦色。能做酸枣仁点心，秋梨蜜膏，桂花酸梅汤，到他这里就做了猪肺汤，陈六小姐对他还真是格外关照。

“爷，这……吃不吃得？”

客随主便，看到康郡王点头，陈汉盛了一勺送到康郡王嘴边。

盐也没有放，真难喝，俊秀的眉毛微皱起来，不过似是有杏仁和生姜，的确能驱寒止咳。一口气将汤喝了，才知道原来到了肚子里的汤汁也会不停地顶到喉咙上。

周十九裹紧被子，眉毛舒逸地展开，仿佛丝毫不在意：“陈汉。”

廊下的人立即出来躬身道：“爷。”

“去谢谢陈六小姐，一定站在廊下，亲口谢完才能回来。”

“是。”陈汉的身影越走越远。

被折腾了一圈，长房老太太特意交代让丫鬟送一碗甜汤给琳怡。

喝过汤，肚子里暖洋洋的，琳怡也躺在枕头上一觉梦周公去了，睡到半路，玲珑却来道："康郡王让人来谢小姐。"

她的梦再一次被打断："让他回去，说我知道了。"

玲珑吞了口吐沫："他一定要在廊下亲口向小姐道谢……"

故意的，知道她睡下了还这样安排。

"不管他。"

问题是那大块头沉着黑锅底的脸，一直站在院子外，想想都觉得可怕，这一晚谁也别想睡了："小姐，他一直在那里，会不会被人发现啊？"

长房既然接待了康郡王，就要负责保密，当然不能闹得人尽皆知。琳怡无力："让他进院子来吧！"

不一会儿低沉的声音从院子里传来，"我们爷将汤全都喝下了，多谢六小姐款待。我们爷说，进了陈家就要随着陈家的规矩……"

这话……分明是来传达什么意思的，却只说了半句……

第二天早晨，长房老太太让听雪去煮什锦鸡片粥，琳怡才想起来那碗鸡片是她昨天煨好冰在泉水里要孝敬给长房老太太的，这下好，便宜了贵客。

吃过饭，祖孙俩在屋子里说话。

过了正午，长房老太太派出去的人才回来禀告："没有打听到舅老爷的消息。"

从三品的外官进京如果不是被皇上传召，那就相当于是死罪，舅老爷已经不惑之年不会这样做出这种危险的事来。

那就是被传入京。

琳怡想到一件事："前天晚上，大伯父独自一人出去过，不知道与这件事是否有关系。"

说到陈允宁，长房老太太微微扬起眉毛："董家人自然是喜欢你大伯父，"揽着孙女细细说，"二老太太董氏和你祖父在川陕时，生怕不能回来京里，将来也就只能依靠董氏一族，所以董氏早早就给你大伯在董氏族里找了门亲事定下。后来董氏回来京里，看到京里的闺秀花了眼，就想着给你大伯讨门更好的亲事。董氏的心思是，娘家那边打断骨头连着筋，京里她们一家却无依无靠，若是能找门好亲家，对她和你大伯都是有益。"长房老太太说到这里轻笑起来。

"毕竟是一家人，最是了解对方的心思。董氏一族连招呼也不打，就将没有及笄的女儿送来京里，反正是姑表亲，就让二老太太将你大伯母又当媳妇又当女儿，在二老太太董氏面前侍奉两年就和你大伯成亲。二老太太董氏没法子也就将侄女留下了，想着过两年若是有好亲事给侄女说了，侄女嫁个高门，你大伯也能再说亲事，结果没想到你大伯是个痴情种，将你大伯母认作了未婚妻般看待，两个人花前月下有了牵扯，二老太太董氏只得咬牙将这门亲事做了。"

想到陈允宁成亲那天，董氏笑得抽筋的样子，长房老太太就觉得痛快。

琳怡道：“所以董氏一族就喜欢大伯一家。”董氏族里既然嫁过来一个女儿，就不能白白浪费了这个关系，董氏一族当然愿意让大伯承爵。

她前世临死前也不知道到底是哪位伯父拿了爵位，莫不是二伯父和田氏都失算了？这样想起来琳婉父女还真是相像，平日里都是不声不响。

推算下来，林正青要娶琳婉就合情合理了。

说完话，琳怡陪着长房老太太去花园里散步，其实是看西宅里的食客。

那食客经过一晚的休息，又复神清气爽起来，只是眉毛很好看地弯了一下，然后看着桌子上的官服：“在福宁的时候刮破了，还不知道要怎么修补。”

琳怡沉下眼睛装作没听到，四爪的蟒纹缺了条腿也没什么，不正好见证康郡王是如何艰苦地死里逃生，想到这里，琳怡抬起头脸上多了笑容：“白芍姐姐手艺好，让白芍姐姐看看能不能绣补上。”

周十九仿佛早就知晓她会如此说，漆黑的眼睛故意沉下来思量：“让许多人知道不太好。”

琳怡早有准备，将玲珑叫过来：“我的丫鬟也会，郡王爷不弃，就让玲珑在院子里简单补好了再回去。”在她的地盘上就要听她的安排，为周十九补衣服，日后说出去还当她想要攀龙附凤。

长房老太太道：“丫头手艺糙，还望郡王爷不要嫌弃。”

“哪里，”周十九似是想到了什么，含笑道，“这官袍是落水才坏的，来之不易，补个五六成就好。”

周十九轻翘的眉角如同黑夜里的月光，又似枝头将要化开的冰雪，半暖还凉。

林家宴请的日子很快就来到了。这段时日福建情形紧张，京里的气氛也压得人透不过气来，终于听说解元爷的母亲办生辰，大家都铆足了劲儿要在宴会上露个脸。

长房老太太在门口看到长长的宾客名单，里面未出阁的小姐就占了一半，林府里更是莺莺燕燕聚在一起，满眼的香衣鬓影，哪里能顺风顺水地将亲事谈成。

琳芳添了不少的衣装头面，大大的牡丹挑心溜着金边，花心是一大块宝石，垂底用璎珞做了流苏，还好琳芳脖子够粗，否则真要被压断了。

琳婉穿着青色妆纱氅衣，远远看去如烟似雾般，脸上施了粉，颜色比平日里亮几分。

琳怡还像平常一样，只是身边多了个能说会道的陆婆子。

三个人一起簇拥着长辈进了林家，林家老宅用青石雕了影壁墙，上面没有吉祥的图案，而是写满了林家子孙的题字，林大太太拿着鲛扇，笑指影壁墙上右上侧的一块：“这是留给青哥的。”

旁边的夫人笑道：“如今大郎是桂榜排首，将来定博个两榜出身。”

话是这样说，从前也有人得了解元却在春闱落榜。

听着周围人都在夸赞林正青，琳芳看向琳怡的目光不时带刺，琳婉恭谨柔顺只陪在长辈跟前眼睛连周围也不敢多看一眼。

琳怡颇有些不放在心上。

林大太太皱起眉头看陈六小姐，表面上像是个木头做的人其实更能做出下作的事，青哥也不知道到底是怎么想的，竟被陈六小姐迷得团团转。

林家后院看似没有怎么修葺，实则处处透着文人雅士之情，一处竹林竟然就在园子中央，里面摆着漂亮的石礅，已经有一群小姐围在石桌前喝茶。

琳怡抬眼看过去。

冤家路窄，海御史家七小姐正和一位穿着蹙金纱芙蓉衫的贵小姐说笑。

那位贵小姐抬起头来。

宁平侯五小姐。

大家都凑在一起了。

到了花厅拜见过林家和各位长辈，屋子里的女眷大多是和林家有些交情的，袁家、齐家不在话下，还请了不少的显贵，如宁平侯孙家。

林大太太早早就将宁平侯夫人让在林老夫人旁边的主位上。宁平侯夫人笑得仰起头："这么多夫人在，我怎么好坐过去，还有几位老太太呢。"

众人将视线扫向陈家两位老太太。

长房老太太先笑着道："您是诰命夫人，我们还能跟您争不成，您踏踏实实坐就是，看谁敢说出二话来。"

屋子里的女眷都笑了，海御史夫人道："我反正是不敢，就算敢也是心里想想，说不出口啊。"

宁平侯夫人故意板起脸："瞧瞧，这位置坐了还烫人呢，大家都编排起我来了。"

林老夫人穿着海棠色枝叶妆花褙子，头戴酱色抹额，旁边簪着梅花万寿簪，手上是一串碧玺佛珠，看起来慈眉善目，琳怡前世嫁给林正青前就听说林家老祖宗最是和蔼。

林老夫人果然笑道："夫人放心安坐，软垫上长不出一副牙齿来。"

宁平侯夫人就被逗得提起帕子捂嘴笑。在场的女眷道："还是林老夫人英明。"

女眷陆陆续续进门，半天才算齐全了。

宁平侯夫人和众人寒暄之后，眼睛一转目光落在陈六小姐身上，笑着向长房老太太道："听说老太太身边添了个妙人，还真是又漂亮又温婉。"

漂亮、温婉这两个词用在琳怡身边的琳芳、琳婉身上正合适，琳怡被两人一左一右夹在中间，哪能在这上面出挑。

琳怡对上宁平侯夫人的目光，仿佛看到宁平侯五小姐翘着小脸告状的模样。

长房老太太却和蔼地笑起来："我这福气是从弟妹那里借来的，都是弟妹教养得好，将六丫头送到我跟前，平日里多亏六丫头在我床前奉药，我这条老命才又结实了。"

长房老太太这样一说，二老太太董氏也不得不开口："老嫂子说笑了。"

大家说着话，林老夫人单看着琳怡笑眯眯地伸手："我还是第一次见陈六小姐，好孩子过来，让祖母瞧瞧。"

这话一出，就算来之前不知道怎么回事的，现在也看出端倪来。

琳怡握着团扇走上前去，当着众人面敛衽向林老夫人轻轻下拜，身形端正平稳，端的是好礼仪。

林老夫人笑着点点头："好孩子，果然出息。"

长房陈老太太露出满意又欣慰的笑容。

女眷们看着林、陈两家长辈脸上的神色，再看陈六小姐那不敢看人的眼睛。林、陈两家这门亲事八成要成了。

周十九坐在院子里翻书。

陈汉抹着汗气喘吁吁地跑过来，"爷，阮婆子打听清楚了，陈家两位老太太、太太、小姐都去安庆林家仿佛是为了两家的婚事。"

林、陈两家的婚事。

难怪陈家上下天刚亮就起来忙碌。

陈家长房老太太那般在意，林家相中的应该是陈六小姐。

"爷……要不要再去打听……万一到时候陈家依靠旁人……"

长房老太太临走前来向他说明，当时旁边的陈六小姐目光是一片清澈，在提起林家的时候，她的嘴唇微微上扬，那笑容傲气中带着自信，显然已经有十足的把握。

"我们等着就是。陈允远耿直，不会做出表里不一的事，所以福建那些清流才会相信他。"这就是清官的好处。

"老夫人，大爷、二爷、四爷、五爷来拜见了。"

林氏族里来了好几个男子。

屋子里的小姐们都被请去碧纱橱里。

林老夫人身边的妈妈将琳怡领到最前面坐了，林家几位小姐陪着坐在一旁，琳芳脸色更加阴沉下来，趁着众人不注意狠狠地盯了琳怡两眼。

小姐们开始捂着嘴窃窃私语，主题都是这门亲事能不能谈得成。

琳怡握着扇子，想及前世时，她也是如此张望了林大郎一眼。

当日她就是握着扇子挡在脸前，羞怯、忐忑地看到那抹不真切的影子。若是从前的一切果然在林正青脑海里留下一抹痕迹，那么她就尽可能让林正青记起更多些。

外面响起脚步声，丫鬟、婆子将竹帘缓缓放下。

琳怡拿起扇子遮住脸颊。

林正青请安的声音传来，琳怡心里一慌不小心掉了手里的帕子，帕子落在地上，丫鬟急忙去捡，琳怡接过来轻声道谢，却羞得不敢抬起眼睛。

林正青起身看了一眼碧纱橱。

影影绰绰地看到陈六小姐，一柄花开并蒂扇，四周镶着细细的羽毛，那只未染丹蔻的手紧紧握着扇柄，似是十分紧张，和从前几次见面大不相同。

大约是知晓了婚事才会如此？

女人的心思无非是那些细小的算计，要么仗着胆子靠过来，要么欲擒故纵，他从来没有认真去想过。

陈六小姐的举动他只是觉得奇怪，原来也是这样的伎俩。这样的情形才和他预想的不谋而合，就该是这样。

碧纱橱里，琳怡松开紧攥的手指。前世林正青登门几次苦苦求亲的时候，她以为林大郎果然对这门亲事有几分在意，她还当她是何其幸运，而今她要将这些都还给林大郎。

林家男子回去前院，小姐们才从碧纱橱里出来。

林大太太换了件嫣红小凤尾妆花褙子笑着张罗："小姐们不要拘着了，我让人在碧云亭里摆了宴席，请小姐们自去玩吧！"

在长辈面前就要一丝不苟，大家自然都不愿意一直陪坐到开了宴席。听得这话，屋子里的莺莺燕燕就都出了门。

汉白玉式的高台加筑在池塘里，上面盖了八角小亭，林家虽然处处高雅，却也不忘记奢华，读书的根本还不是要求高官厚禄。

琳怡才坐下，周围就又响起窃窃私语声，齐家两位小姐也不似往常一样看着她眉开眼笑，而是表情有些沉闷。

长房老太太才和齐大太太表露了结亲的意思，没想到林家却闹出定亲的事来，也难怪齐家人会觉得面上难看，虽说婚事是结两家之好，万一出了纰漏两家就断了往来这样的例子也是常有的。

琳怡和齐家两位小姐很谈得来，主动过去和齐三小姐说话："姐姐最近如何？"她写了两封信给齐家小姐，齐三小姐只回了一封。

齐三小姐终究爽利，叹了口气："还不是那样。哥哥秋闱没有考好，被父亲教训了一顿，就关在房里准备春闱，我们姐妹也被限制在家，少了出来。"

以齐二郎是该考得更好，可是乙榜第三十八名也不算差了，别人家都张灯结彩大宴宾客，没想到齐二郎倒挨了骂。

"父亲说……"齐三小姐想要说话，却被齐五小姐拉了一把，齐三小姐也就住了嘴。

有林家在中间，终究是多了层隔阂，看来只能慢慢消减了。

琳怡干脆换了话题："我做了两只蝴蝶荷包，"说着从玲珑手里拿来，"是给两位姐姐的，用的是编好的五色线，上次道婆来我们家里说，今年用五色线是极好的。"

齐五小姐看着那精致的荷包，脸上一红，歉意地看着琳怡："其实……我和姐姐……"

琳怡颔首，微有些严肃："我知晓，无论什么时候我们都是好姐妹。"

齐三小姐怔了怔，笑了："看看你们俩，要酸死个人呢。"

齐五小姐和琳怡相视而笑。

几句话过后，齐三小姐还是忍不住漏了底："我父亲说，哥哥前程未定，不准提旁杂的事让他分心。"

所谓的旁杂事，就是婚事吧！

对于书香门第来说，科举比什么都重要，这样说话也是无可厚非的。

琳怡这边和齐家两位小姐说话。

田氏带着琳芳、琳婉认识了许多做客的女眷，宁平侯五小姐穿了一件葱绿碎花缎边裙，看起来十分俏丽，琳芳笑着在旁边夸赞："五小姐穿什么都好看。"

宁平侯五小姐最喜欢旁人夸她美貌，每次她穿新衣装京里的贵族小姐都要效仿，现在琳芳当着众人面夸她的新裙子，自然说到她的心坎里。加上往日的情谊，两三句话过后，宁平侯五小姐和琳芳就拉起手一起去园子里赏花，琳婉自然而然也跟在她们身边。

宁平侯五小姐突然想起来："听说林家看上了你们家的六小姐是不是真的？"

琳芳顿时一脸黯然："是真的。林大郎现在是解元，将来定会中了进士，能有这样的夫婿，六妹妹好福气。"说到这里，琳芳特意乜了一眼宁平侯五小姐，宁平侯五小姐的眉毛果然拧了起来。

琳芳和宁平侯五小姐相处久了，颇了解宁平侯五小姐的脾性："……林大郎仪表堂堂，听说京里没有哪家公子能及得上……林家长辈说我六妹妹性子温婉贤淑，不愧是大家闺秀，配得上读书人的门第。"

宁平侯五小姐竖起眉毛，冷笑："她还温婉贤淑……"

陈六小姐还温婉贤淑？

上次在清华寺，陈六小姐刺耳的声音仿佛还在宁平侯五小姐耳边回荡。

一个在乡下养大、没有半点规矩的小姐，竟然有了这样一门让人羡慕的亲事。

"就算要结亲，也该是你们姐妹俩。"宁平侯五小姐一脸怒其不争的表情看着琳芳。

琳芳哂然一笑："五小姐知道，我向来是嘴笨的，不讨长辈喜欢，六妹妹出口成章旁人谁能及得上，我做事也没有六妹妹大方，自然是……再者六妹妹纤细，比我面貌姣好。"

说到面容纤细，宁平侯五小姐不是最厌弃自己稍圆的下颌？

"四妹妹，"琳婉谨慎地向周围看，"你不要乱说。六妹妹人很好的。"

看着琳婉一副唯唯诺诺的模样，宁平侯五小姐心底更是冒出一股邪火。当日郑七小姐还不是这样维护陈六小姐，才让她在众小姐面前出丑。

最重要的是，陈六小姐若是温婉贤淑，她就是骄横跋扈，陈六小姐占尽了风头，假以时日她还不沦落成别人笑柄。

她不能让陈六小姐好过。

“你们就这样等着让人欺负？”宁平侯五小姐睁大一双杏眼，“枉你们还在京里长大。”

琳芳垂下头：“我们在京里长大的，确实不如她们在旁处的见识广。我这妹妹可是林家主动来提亲的呢，家里的长辈也是吓了一跳。”

宁平侯五小姐似是听出了什么：“难不成……是……”

琳婉吓得脸色苍白：“宁平侯五小姐可不要乱说，我们家的女子都是本本分分的，绝不会有别的……宁平侯五小姐快别说了，就当是我求求你，”说着看琳芳，“四妹妹你还愣着做什么。”

“急什么急，”宁平侯五小姐笑道，“你们又不是亲姐妹，你怕什么。我听说六小姐的亲祖母，名分也是不清不楚的。”

琳婉怔愣在那里，不知道说什么才好。

宁平侯五小姐这时候整理一下衣袖，十足的兴致：“走，去看看你们那位春风得意的六妹妹。说不得今天我们还有好戏看呢。”

琳怡和齐家小姐正说笑，头顶传来懒洋洋的声音：“呦……远远看来我当谁那么显眼，原来是陈六小姐。”

琳怡梳了单螺髻，上面配了套金盏花的头饰，乍看过去不显眼，仔细看来那金盏花的花瓣却随着琳怡的动作在轻颤。

果然是精心打扮。

宁平侯五小姐和琳芳、琳婉与琳怡同桌坐下。

林家的丫鬟很有眼色，忙又摆上两盘蔬果。

宁平侯五小姐翘起嘴唇低声道：“六小姐来京里时间不长，倒是觅得了一门好亲事。听说林大郎才貌双全，六小姐与我们说说，你们是何日相识的？”

若是手帕交的小姐私下打趣儿还算寻常。

琳怡惊讶地看向宁平侯五小姐和琳芳：“宁平侯五小姐是听我四姐姐说的吧，我没怎么见过林大郎，倒是四姐姐出去宴席的时候见过几次，四姐姐还见过康郡王呢……”

说起康郡王，琳芳立时变了脸。

宁平侯五小姐也是一怔。

“宁平侯五小姐不妨问问我四姐姐，周夫人这两日还请了四姐姐过去做客。”

第四十三章　入局·自作自受

琳怡看着宁平侯五小姐诧异的表情，想着前几日琳芳在她面前笑着看她的模样，一丝不差地传递给宁平侯五小姐："周夫人没请五小姐吗？"

宁平侯五小姐的脸色从惊讶到愤怒，旁边的琳芳吓了一跳回过神来忙去向宁平侯五小姐解释，手刚放过去就被宁平侯五小姐甩开。

琳芳尴尬地左右看了一下，低声下气："我还没来得及和姐姐说。"

琳怡没想到惹了祸，忙改口："宁平侯五小姐不要生气，前些日子康郡王下落不明，我四姐姐去劝慰周夫人，这才……"话不说到底，剩下的就让宁平侯五小姐自己去问琳芳。

琳怡眨着眼睛去看琳芳，琳芳敢在宁平侯五小姐身边煽风点火地害她，难道是认准了她不会反抗？

琳芳不是没来得及说，而是压根不想告诉她，宁平侯五小姐冷笑，她还奇怪林家要陈六小姐做媳妇，琳芳怎么没有一点难过，原来琳芳早就攀上了高枝，自认为能比陈六小姐嫁得好。

琳怡不想在一旁看戏，就拉起齐家两位小姐："我们去那边玩丢花球吧！"

齐三小姐立即同意："好呀，我和妹妹好久都没有玩了。"

齐五小姐抿了口茶，站起身来随着琳怡和齐三小姐一起走了。

眼看着琳怡和齐家两位小姐说说笑笑地离开，琳芳的眼睛都要瞪出来了。

琳怡没有邀请琳婉一起去，琳婉只得在一旁陪坐，看着宁平侯五小姐向琳芳发问："四妹妹好重的心思，我在你身边竟没有看出来呢。"

琳芳勉强笑："五姐姐宁愿相信六妹妹，也不肯信我？难得我们这般要好一回。"

宁平侯五小姐不动容，琳芳作势去擦眼睛："我要怎么说……"琳芳想哭却又不敢哭，恐怕被旁边的女眷看到，日后在人前抬不起头来，可是若是让宁平侯五小姐认准她要惦记着康郡王，定不会善罢甘休……

琳婉开口解围道："五小姐，你错怪我四妹妹了。"

宁平侯五小姐乜了琳婉一眼，"你们都是姐妹，我是信谁的是。"说着目光转向琳芳，"你倒说说，你六妹妹说的话是不是真的？"

琳怡说的自然是真的。

琳婉伸手去拿桌子上的茶杯不敢说话。

宁平侯五小姐看也看出端倪来。

琳芳倒是想出了好借口："周夫人要听我母亲讲佛经，我是陪着母亲去的。上次看到康郡王是在郑家，"说着拖上琳婉，"三姐姐也在那里，我们只是遇到了低头行礼，后来才知道是康郡王。”

琳婉轻轻颔首：“是……这样。”

陈三小姐太过老实，根本不会撒谎，要不是想要帮陈四小姐也不会勉强应下来。宁平侯五小姐暗自冷笑一声。

亭子里的小姐玩起花鼓来，鼓声中夹杂着欢声笑语。

这般情景可不是正好说话嘛。

琳芳低声哀求，使出浑身解数，总算让宁平侯五小姐开怀一些。

两个人远远走开一旁，宁平侯五小姐道：“你倒是说说，康郡王长相如何？”

宁平侯五小姐终究敌不过好奇。

要说实话？那宁平侯五小姐不就是听到传言说康郡王长相英俊这才想要看的么？琳芳道：“和外面的传言……”说到这里鬼使神差，“姐姐应该看过林大郎，比起林大郎……”

宁平侯五小姐听了半句话，追问：“怎么样？”

琳芳支支吾吾：“差不太多……”

差林大郎不太多？

“呦……这么说，你那六妹妹可捡到宝了，”说着不忘了讥讽琳芳，“你可要仔细些，别贪大丢了口中食，做个饿死鬼吧！”说着将帕子甩在琳芳脸上。

平日里听到宁平侯五小姐恶毒地说旁人，琳芳总觉得心里舒畅，而今这话落在自己身上，也是心头发堵，都是琳怡那个死丫头害她。

“你的准妹夫刚才我也没瞧到。不过依我看，你那六妹妹倒是被迷住了。”

那个人也不是不好，只是让人想起来就颤抖。

虽然目光阴森可怕却有一张漂亮的面孔，说话虽然冷漠吓唬人的时候却像小孩子一样，嘴角边的笑容一时讽刺一时如沐春风。

“你六妹妹会不会和林大郎私下见面？”

宁平侯五小姐突然问起这个，琳芳很快头脑一转：“说不得会啊！”看琳怡在碧纱橱里娇羞的模样她总觉得六妹妹和林大郎不似表面上这般……他们私下里见过也不一定。

宁平侯五小姐叫来身边的丫鬟：“你去盯着，有消息了回来告诉我。”

琳怡拉着齐家两位小姐游园，林家的丫鬟在前面热情地指路，生像是要将整个林家都带着游一遍。中途小丫鬟指着一处桃林：“府里最清净的地方，里面修了亭子，有曲水流觞，是我们家老老太爷建的呢。”

曲水流觞，这样的地方是供家里男子作诗玩乐之处。

“小姐们要不要去瞧瞧？”

琳怡笑着拒绝：“还是算了。”

似是看出小姐们的担忧，那丫鬟很贴心地道：“小姐们别怕，家里的少爷们都在前院，

不得进后宅呢，不会有人打扰。”

那种地方，太清净，谁能说得好。

“还是算了，”琳怡挽起齐三小姐、齐五小姐，“我听那边有鼓声，想来是大家玩传花了，我们也过去凑个趣儿。”

齐三小姐赞同，“对了，我还带了彩头来，”说着拽起袖子露出里面的镯子来，“我们下棋去。”

那丫鬟也不深劝，又引路将琳怡几个带回去。眼看就要走回亭子，丫鬟笑着蹲下身给琳怡擦绣鞋上的尘土：“六小姐，奴婢叫蓝蝶，就在旁边伺候，你有事就嘱咐奴婢无妨，奴婢一定办得妥当。”

林正青用她的小字和生辰八字来要挟她，若是她肯乖乖地答应这门亲事，林正青是不是就不准备旧事重提？

就算婚事顺利谈成，都还是要见上一面问清楚妥当。

寻了个机会，琳怡看向身边的玲珑：“你去和刚才伺候的丫鬟蓝蝶说一声，一会儿我要去曲水流觞看看。”

玲珑应下来。

琳怡问橘红：“陆婆子呢？”

橘红冷笑道：“已经和林家的婆子说上话了，奴婢瞧着她还收了人家好多东西。”什么镯子、钗子一并收进怀里，“逢人就说，她是看着小姐长大的，是小姐身边最亲近的人，也不嫌脸红。”

自从陆婆子“想起”陈家六小姐，就弯弯绕找到小萧氏，在小萧氏面前说起萧氏这个亡姐，两个人都掉了眼泪，从此之后陈家大门就向陆婆子敞开了。这一点和琳怡前世经历的一般无二，只不过提前了些时日。

陆婆子到琳怡身边，就常说起琳怡生母的事，动辄就掉下伤心泪。琳怡因此也敬着她，让她进屋伺候，就算玲珑、橘红也要经常听陆婆子唠叨，这样下来陆婆子的气焰愈发嚣张，不管不顾起来。

琳怡点点头算是知晓：“别让她做出什么出格的事。”园子里女眷多，手脚不干净会给陈家丢脸。

琳怡和众小姐一起做了几首诗，偏是不巧这几次都落到崔御史家小姐对下阕。宁平侯五小姐放下鼓槌：“哎呀这可怎么好。所幸我们崔二小姐也是位才女，定能对得出来。”

崔二小姐有些郁郁寡欢，诗兴也不如平常，不免对得有些零散，宁平侯五小姐捉住了把柄笑着道：“遇到了大才女，小才女就有些时运不济了。”

崔二小姐怨恨地看了琳怡一眼。

海七小姐就冷笑一声：“那是因为崔家姐姐身子不适。”

琳怡和海七小姐有口舌之争时，崔二小姐在旁边帮衬海七小姐。可如今看来崔二小姐好像更加恨琳怡。

琳怡前世要嫁给林正青之前，可没少听到林正青被众女视为如意郎君的传闻。这位崔二小姐不会是其中一员吧！

谁叫最近京里的纨绔子弟太多，林正青这头大蒜就格外熏人。

宴席摆好了，女眷们各自落座。吃过饭后，小姐们聚在一起笑话，哪位小姐宴席上出了丑。

崔二小姐和丫鬟说了几句话，不一会儿撇开众人独自行动，琳怡看向玲珑。

玲珑上前伺候琳怡去更衣。

宁平侯五小姐和琳芳互相看看，难掩眼中的笑容。

在琳怡身后的丫鬟穿了身深蓝半臂，格外显眼，宁平侯五小姐拉着琳芳悄悄地跟了过去。

这样躲躲藏藏，终于到了曲水流觞，宁平侯五小姐和琳芳藏在一丛牡丹花后，等到前面脚步声越来越远，琳芳觉得压制不住胸口“怦怦”乱跳的心脏，想起她私会林大郎的事来。

六丫头和林大郎私会让宁平侯五小姐撞见了，宁平侯五小姐定会说出去，六丫头名声受损也就罢了，难免会牵扯林大郎……林大郎对她那般举动，她想过多少次若是能报复，心中也是痛快，可真的到了这时候，她又害怕，林大郎会不会当着众人面将她那件丑事揭出来，就算无凭无据，她也不敢和林大郎对质。生怕从那双黝黑的眼睛里出来一只小动物，龇出森白的牙齿狠狠地咬她一口。

琳芳正在犹豫，宁平侯五小姐已经等不及，一把抓起琳芳，往曲水流觞走去。刚走到旁边，只听里面传来娇滴滴的女声，隐隐约约仿佛有：“大郎，你不知……”

宁平侯五小姐眼睛立即一亮，不管三七二十一就要往里面闯，琳芳向后退了一步，两个人来回拉扯，琳芳顿时摔在地上。

宁平侯五小姐看着摔倒的琳芳，脑子一乱方才仿佛听到里面提起“康郡王”，却没有将整句话听了清楚。

康郡王怎么了？

宁平侯五小姐竖起眉毛正瞧着地上不争气的琳芳。

里面传来长长的“啊”一声。

又有惊讶的声音道：“这是怎么回事，大爷，你怎么在这里？”

琳芳刚站起身，就被宁平侯五小姐扯了过去，两个人进了曲水流觞，果然看到一身青袍的林正青皱着眉头负手而立。

林正青旁边用帕子捂着嘴的竟然不是陈六小姐而是崔二小姐。

另外一旁的是帮忙办宴席的林二太太和陈家长房老太太。显然刚才问林正青为何会在这里的是林二太太。

这样的场面完全出乎宁平侯五小姐意料，琳芳更没想到在这里遇见长房老太太。

琳芳还没上前说话。

陈家长房老太太低沉的目光已经扫过来。

宁平侯五小姐环顾了一圈，曲水流觞一下子聚了这么多人，偏偏就没有陈六小姐。

陈六小姐去哪里了？

崔二小姐手足无措地立在那里，精致的脸上都是惊惧和羞愤，狠狠地打了个寒战仿佛才清醒过来，可还不知道要怎么办才好。

林二太太正要说话。

陈家长房老太太已经道："四丫头扶我回去歇着。"显然是不想再掺和这件事。

林二太太心里一凛，立即想到林、陈两家的婚事，如此看来是谈不成了。

林正青看看压着怒气的陈家长房老太太、抽噎哭泣的崔二小姐、迷惑不解的宁平侯五小姐、惊讶的陈四小姐，再想想蓝蝶来传的话，他眼前浮起的竟然是陈六小姐紧紧握住扇柄的手。

他以为陈六小姐对他冷淡是欲擒故纵，却没想陈六小姐今日从头到尾都在仔细谋算，要的就是现在这一幕。

陈家长辈目睹了他和崔二小姐私会，定不会再答应这门亲事。

女人就算再聪明对他来说也不过渺小得是只小老鼠，他自以为抓住了那只小老鼠，却被它狡猾地逃脱了。

第一次他真正尝到了被女人陷害的滋味。

崔二小姐想要夺路而逃，却发现两条路被人堵得死死的，满心的羞愧，让她颤声辩解："我也是……赏花……才遇到……大郎。"

刚才崔二小姐哆哆嗦嗦说的话已经落到林二太太和陈家长房老太太耳朵里，现在再强辩也是没用。

陈家长房老太太不置可否，让陈四小姐搀扶着慢慢走出了曲水流觞。

崔二小姐用帕子蒙住脸也呜呜咽咽地冲了出去。

这下子只剩下宁平侯五小姐和林二太太面面相觑。

林二太太目光闪烁，声音尽量平和："宁平侯五小姐和崔二小姐一起来的？"

这样一来崔二小姐私会林大郎就变成了她们不小心在园子里遇到林大郎了。宁平侯五小姐急忙否认："不是，不是，我们是听到这边有声音才过来的，"说着向林二太太行了礼，"二太太没别的事，我就……走了。"

真是一副高台看戏的模样。

宁平侯五小姐带着丫鬟离开，林二太太将目光扫向林正青："青哥，这到底是怎么回事？你不是喜欢陈六小姐，要娶陈六小姐的吗？怎么偏和崔二小姐……还让陈家长房老太太瞧见了，这婚事可如何谈是好。"

二婶不是一直盼着他出丑吗？好了，好了，不用演戏了，他都知道，用不了一炷香时间，这些事就会传到祖母耳朵里，然后震惊整个林家。修身齐家治国平天下，他连修身都做不到，就算考上进士又能如何。

陈家想得周到，这时候没忘了利用林家的内斗。

君子不立危墙，无论他怎么解释，这里面都会有他的干系。

“怎么回事？”林老夫人变了脸色，“是真的？青儿真的和崔二小姐……”

林二太太话说得恰到好处：“青哥倒是没说什么，坏就坏在这事正好被陈家长房老太太撞见……我们就是想遮掩也遮掩不过去。”

陈家长房老太太吃了宴席后就觉得身子不舒服，想要活动活动消消食气。林大太太是寿星，自然不能跟着过去，帮着摆宴的林二太太就去作陪。

林老夫人勉强稳住心神：“怎么就去了曲水流觞？”

“是因为，”林二太太低声道，“陈家长房老太太想向我打听青哥身边的事。”长辈相看了孙女婿，免不了还要向人打听孙女婿的性子、喜好，这都是无可厚非的，说这样的话自然要挑安静的地方。

“媳妇就想着边走边说，就……走到了园子里。半路上还看到陈六小姐急着来寻陈家长房老太太，想必是听到了陈家长房老太太身子不适，过来问安的。”

林老夫人想起陈六小姐紧张、羞怯的模样：“那陈六小姐也看见了？”

“那倒没有，陈家长房老太太让陈六小姐回去前面看杂耍，陈六小姐就离开了。”

林二太太皱起眉头，表情有些苦涩：“光是陈家长房老太太看到了也还好，大不了我们求求陈家不要将事说出去。我们两家也是要谈亲的，说不得陈家还能谅解，只是……没想到，被宁平侯五小姐和陈四小姐碰了个正着。”

林老夫人惊讶地坐直了身子：“你说什么？让宁平侯五小姐看到了？”

宁平侯家可是出了名的破嘴，无论到哪里都要嚼旁人的舌根，上次宁平侯五小姐就是讥讽陈家才和郑七小姐吵起来。

林二太太面有愧色：“都怪我没有看住……这才出了这种事。我提点宁平侯五小姐出去不要乱说，不过……”

林老夫人抬起眼睛：“她没有答应。”宁平侯家就是看戏还要四处吵嚷的人。

林二太太叹气道：“早知道不该请宁平侯夫人和小姐过来。”

请宁平侯夫人和小姐的是林大太太。

大媳妇向来自以为是，想从别人身上算计到好处却要惹出一身臊。从前她为了算计二房，从府里挑出长相出挑的丫鬟要讨得老二喜欢，没想到那丫鬟却和老大有了首尾，否则哪里来的庶子庶女。

林二太太为难地四周看看。

林老夫人厌弃道：“有什么话你就说，遮遮掩掩的做什么？”

林二太太这才道：“媳妇也不是搬弄是非的人，只是……媳妇听说，大哥、大嫂不是想聘陈六小姐。”

林老夫人抬起眼睛：“这话是怎么说的？不娶陈六小姐来议亲做什么。”

“大嫂的意思，那是因为青哥和陈六小姐私下里……大嫂才被逼无奈。之前为了对付成国公，您到处托人，最后想到了个法子从福建入手，还是大嫂自告奋勇要去和陈三太太攀关系，没想到这事最后变成了大哥怂恿贼匪作恶，没有拿到半点功劳。”

提起这个林老夫人就气不打一处来。本来是两家联手的好事，却将林家置于尴尬的境地。

林二太太道：“我们家后代子孙中难得青哥有出息，家里人哪个不想护着青哥。所以揭发成国公这样危险的事本应该我们老爷去办，就算有罪过下来我们老爷也想担下，可是大哥、大嫂不肯相信我们，生怕我们抢了功劳。”

林老夫人沉着脸看着锦席上精美的花纹。

“大嫂说要为青哥聘了陈六小姐，我还以为大哥、大嫂是想要缓和与陈家的关系，没想到另有缘由在。我听大嫂说，陈家立了功说不得要复爵，青哥怎么也要娶个勋贵家的嫡女，陈六小姐算不得什么。要知道陈家二老太太的娘家在川陕可是赫赫有名的，福建的事动用兵马还是要动用边疆的。”

“住嘴，”林老夫人震怒，一掌拍在矮桌上，“她竟然打这样的主意，还将我蒙在鼓里，陈家争爵与她有什么干系，她要做这样下作的事。”

“您没看出来，陈家长房老太太有意要将陈六小姐留在身边吗？陈家的爵位是长房承继的，说不得大哥、大嫂和陈家族里有了往来。”

怪不得大媳妇刚刚和她说这门亲事恐怕做不得了，林家从来没有娶过少妇德的女子进门，原来是抱的这个心思，今天宴请了这么多宾客，大家都知晓了林家要聘陈家六小姐，若是亲事不成，大家自然会打听原因，到时候将陈六小姐失德的话传出去，陈家族里哪里会容得这样的女子做长房长孙女。

林老夫人冷笑道：“去将你嫂子给我叫来，我倒要听听陈六小姐失德之处在哪里。”

不一会儿工夫，林二太太将林大太太领进屋。

林大太太吃了酒脸上一抹嫣红，显然一直在宴客的她还不知晓到底发生了什么事。林二太太悄悄退到屏风外，仔细听着里面说话。

林大太太笑吟吟地轻扶鬓间的纱花。

林老夫人看似漫不经心：“喝了多少酒，不怕外面人笑话。”

林大太太笑着乱颤：“是宁平侯夫人非要我喝，我总不好驳了她的好意，要知道宁平侯夫人第一次来我们林家做客呢。”

大祸临头尚不自知。

林老夫人半阖着眼睛：“你觉得陈六小姐怎么样？”

这话一出，如同惊雷般在林大太太头上炸开，林大太太立即垂头丧气起来：“我正要和老夫人说，这门亲事还是看看再说。”

林老夫人故意挑起眉毛：“你这话是什么意思？不是已经看好了吗？”

“媳妇也是才知道的，原来陈六小姐和我们家青哥早已经相识，轻易就将自家的小名告诉了青哥，您也知道我为什么急着给青哥说亲，就因为青哥前些日子喝醉之后，回家嘴里总念叨一个女子的名讳，我还以为青哥跟哪个丫鬟做了不齿之事，慌忙将青哥屋里年纪稍大的丫鬟都换了一遍。老爷说青哥长大了恐对那些事有了好奇，干脆就定下亲事，再给他正经收个通房，以免将来被什么狐媚子迷了去，媳妇这才想到了陈六小姐，”林大太太说着顿了顿，“刚刚青哥才跟我说了实话，青哥嘴里念念不忘的女子，竟然就是陈六小姐。陈六小姐的小名就叫阮阮。”

林大太太说到这里眼睛红起来：“青哥将来还要挣个前程，若是娶了这种品行不端的女子，将来闹出丑事来可如何是好啊。”

原来他拿了陈六小姐的小名做文章。

林老夫人压住怒气：“这么多宾客都知道了我们两家要结亲，你就将婚事搁下，日后怎么向旁人解释。”

林大太太眼角冰冷起来：“陈家自己女儿做出的事，陈家该是知晓，否则怎么会痛快地答应了结亲，别说现在我们没有定亲，就算定了亲悔婚又如何，谅陈家人也说不出什么。”

想得那么简单，林老夫人冷笑起来：“你是今天才知晓陈六小姐的小名？你是刚刚才有了这样的打算？你以为陈家赶着和我们家结亲？恐怕就算你跪着求陈家，陈家也不会答应将陈六小姐嫁进我们家，今日你请来的宾客，不是看陈家的笑话，而是看我们家的笑话。”

第四十四章 跪下·处置

林大太太轻蔑的表情立即僵在脸上，诧异道：“娘，您这是在说什么，我们家里哪有什么笑话，就算有青哥的错，也是咱们青哥年少不更事。”自古以来错的都是女人。

林大太太还在得意，只听脚下“啪”的一声，粉彩蜜桃小捧碗掉在地上摔得粉碎，林大太太立时吓得一激灵。

林老夫人道：“一个两个都是人家小姐的错，你儿子就行止端正。人家陈六小姐没有规矩，崔御史家的小姐也是不顾廉耻。”

林大太太险些呛了气：“娘，媳妇不明白……”

“不明白……”林老夫人冷笑，“青哥和崔御史家二小姐在园子里私会，被陈家长房

老太太、陈四小姐、宁平侯五小姐撞见了，你还洋洋得意地和宁平侯夫人说旁人闲话，明日你就要成了旁人的饭后余谈。”

林大太太脱力地沉坐在椅子里，睁大了眼睛：“娘，这……是谁说的……我怎么……”

林老夫人沉着脸：“等你听到，恐怕满园子女眷都知晓了。你还想说陈家姑娘的错处，这门亲事谈不成，陈家正好将你儿子的好事抖出来，你还是想想，是去求陈家答应亲事，还是问问崔御史夫人，崔家二小姐有没有许配旁人。”

林大太太一下子酒醒了，脸颊苍白没有血色：“我……我……我去求宁平侯夫人……别将话说出去……青哥和崔二小姐……”

林老夫人不声不响，半晌才道：“那你就去问吧！宁平侯夫人答应帮你保守秘密那是最好。”

林大太太想想宁平侯夫人在人前说的那些闲言碎语，也知道此事行不通，哭丧着脸看林老夫人：“娘，青哥可是我们林家将来的希望，您不能眼看着不管。”

这还没有封侯拜相就闹得整个林家颜面扫地，就算将来有了出息，这样的爹娘在身边恐怕也没有什么好事，陈六小姐看起来聪明伶俐，不卑不亢又谦和恭谨，青哥若是能娶了陈六小姐，说不得前程还能平坦些。

林老夫人神色一凛：“你看上了陈家哪位小姐？”

林大太太脸上一僵：“这……媳妇……”

果然有其事。

“那你就去和谁商量，闹到这个地步该怎么收场。”

林大太太立时哭丧着脸僵在那里。

最终还是林二太太出面将陈家长房老太太、陈家二老太太、萧氏请去林老夫人房里。

两位老太太坐稳了，林二太太笑着将琳怡领去外间吃茶果，琳怡看着林二太太眉眼中的笑意，显然这件事林二太太没少煽风点火。

琳怡先在外间歇着，里面两位老太太笑着说起话来，萧氏和林大太太偶尔交流一个眼神。林大太太酒气上撞只觉得耳边嗡嗡直响，几乎听不清楚林老夫人说的话。

陈家长房老太太开始沉默不语，而后慢慢道：“老姐姐，今天我就说了实话，六丫头在我眼里不似旁人，我老东西只要有一口气在，我都要照顾她周全。”

陈二老太太董氏也笑道：“老三一家在福宁受了不少苦，总算回到京里来，一双儿女都极讨长辈欢心，六丫头又是极出挑的，将她几个姐姐都比了下去。”

陈二老太太这样一说缓和了屋子里紧张的气氛。

陈家长房老太太却不是面子软的人，目光一闪：“六丫头年纪小，我还想着多留在身边几年。”这话一出拒绝的意味已经十分重了。

陈家长房老太太先声夺人，陈二老太太也有些惊讶，仿佛对这里面的事一无所知，奇怪地看向对面的林大太太。

自从青哥考中了解元，上门巴结她的不知道有多少，哪个不是小心翼翼地试探。陈家算是什么东西，陈三老爷不过是有从五品的官职，现在落在京里也是讨个闲差，她肯要陈六小姐做媳妇已经格外委屈，没想到陈家却还拿捏起来，别以为是握住了青哥什么把柄，陈六小姐也不是什么清白的闺秀，这样故作姿态，不过是想多要些聘礼。林大太太想到这里，微微一笑："陈老太太放心，我们家是大族，自然是亏待不了六小姐的，将来等到青哥金榜题名，高头大马地街上一走，那是拿什么也换不来的。"林大太太不由自主地将自己心里期盼的场面说出来。

看林大太太眼角轻贱的模样，还以为陈家非要高攀林家不可。

林老夫人望着酒后失德的大媳妇皱起眉头来，陈家好歹曾是勋贵之家，哪里能受得了这般奚落。

陈家长房老太太轻笑一声："林大太太的话未免有些大了，大爷能金榜题名，那是林家的福气，旁人可是沾不来的。"说完就要拂袖起身，萧氏见状已经上前去扶。

两家结了亲，也是陈家的风光。林大太太刚要说话，林老夫人已经开口打断道："大媳妇今日生辰多吃了几杯酒，老太太万要见谅，"说着想起青哥俊秀的外表，陈家长辈看着，说不得还会改变心意，就喊身边的妈妈，"将大爷叫过来。"

陈家长房老太太就摆手："我身子不适还是早些回去歇着，林老夫人千万莫要惊动他人。"

林老夫人心里不由得叹气，这门亲事看来是做不得了。陈家这边不行，只得再想别的法子。

眼看着陈家人就要大摇大摆地离开，林大太太头脑一热："要不是为了两个孩子，我也不会做这个主，孩子们做出荒唐的事，我们做长辈的才要担待着。"

这话是什么意思。

陈家二老太太董氏抬起眼睛看向林大太太："林大太太，这样的话可不是乱说的。"

林老夫人狠狠地瞪向林大太太："这是喝多了，竟然当着客人面要起酒疯来，"说着吩咐身边妈妈，"快扶着大太太去歇着。"

林大太太却不管不顾起来："娘，这话要说透了，否则对谁都不好，我们青哥将来要名声，陈六小姐也要嫁人不是。"

萧氏脸色也变了，软软地开腔："林大太太你这是什么意思？"

陈家长房老太太也握住佛珠盯着林大太太。

林大太太抢着将林正青"病"了的事说了："我还以为是自家出了乱子，后来才知道青哥喊的女子小名竟然是陈六小姐的。"

萧氏手也颤抖起来："你说的小名，是什么？"

林大太太道："听说是阮阮，也不知道是不是这两个字。"

女子取的小字和男子的小字差不多，不过女子的是父母取好平日里并不往外叫的，为的是换名的时候写在庚帖上送去夫家。

二老太太董氏目光不由得一闪，六丫头的小名她仿佛记得是六丫头生母萧氏取的，大家也叫过一阵子，就是这两个字。她抬起头看向小萧氏，平日里怕事的小萧氏脸上更多的是惊讶、疑惑。

萧氏抬起头道："大太太这是从哪里听说的？怎么就认定是我们家六姐的小名？"说着向陈家长房老太太和二老太太董氏讨主意。

陈家长房老太太道："这事非同小可，自然要说个清楚。"

二老太太董氏也是这个意思。

萧氏这才转头问林大太太："这件事大太太可向旁人说起过？"

林大太太见陈家人态度软下来，得意地翘起嘴唇："别说妹妹和我是从小的姐妹，就算换作了旁家，事关女子声名，这种话我自然不能出去说了。"

萧氏第一次看到林大太太这般嘴脸，心里也发凉，却攥住帕子稳下心神："六姐的小名不能轻易说的，可要弄清楚。"思量片刻，萧氏似是想起什么，从腰间解下一只金丝镶边的荷包，"这是我一直贴身佩带之物，我们家的两位老太太都是见过的，我们才来京里的时候，六姐生了大病，我去清华寺添香火，给两个孩子各求了支平安签，回来的时候就绣了小名放进荷包里，清华寺的僧人嘱咐要随身佩戴明年才能拿下来。我口说无凭还是请几位老太太看看，我家六姐的小名是什么。那平安签上有朱砂写的日期，那时候我们六姐可还没见过林大郎。"

萧氏问林家人要了剪刀将荷包拆开，拿出里面的平安签给几位长辈过目，林大太太也想去看，萧氏已经将平安签收回来。

林老夫人目光复杂，二老太太董氏看了也是一怔，倒是长房老太太嘴边露出笑容来。

"我家六姐的小名确曾想叫阮阮，那是老爷和姐姐给取的，在京里也叫过些时日，老爷上任去了福建，六姐屡屡生病，有一次万分凶险，我就请了当地的阴阳先生来瞧。阴阳先生说六姐没了生母，命格上缺一数，需添小字添威壮气才能顺利养大，于是老爷就将六姐的小字改了。"

林老夫人想着陈六小姐的小字。元元。元字可不是元气的意思。陈三老爷顾念亡妻，在原来的字上改过才成的。

萧氏口气一改："媳妇现在倒是疑惑，六姐弃之不用的名字是谁传出去的。"

林大太太没看过那支平安签，萧氏的话也就听得糊里糊涂，于是看向林老夫人："娘……"

林老夫人被气一梗，脸色铁青，厉声道："跪下。虽是自己当了主母，却连规矩也忘了，人前失礼让人笑话，这事若是不向陈家长辈说个究竟，你就别起来。"

林大太太瞪大眼睛看林老夫人，林老夫人威容不减。

陈家长房老太太拿起茶来喝，萧氏忙旁边伺候。

屋子里静寂无声，林大太太哀戚地喊了两声：“娘。”

林老夫人也不答应。

萧氏垂下眼睛，林大太太安排今日的宴席，分明是不想给琳怡活路。只要想到这一点，萧氏也装作视而不见。

直到林大太太真的要跪在地上，陈家长房老太太才道：“算了吧，林大太太也是一时失察，现在大家说了清楚也就罢了。”

林老夫人一脸歉意：“都是我平日管教不严。”

陈二老太太董氏笑着道：“老夫人平日里已是不易，年轻人哪个还没犯过错。”说着示意身边的妈妈将林大太太重新搀扶回椅子上。

陈家长房老太太临走之前拉住林老夫人说了几句贴心话：“亲事虽没谈成，两家情谊还在，若是有什么风声，还要林家帮忙周旋。”这话的意思，林大郎和崔二小姐的事，陈家不会主动传出去。

林老夫人满脸感激：“只是委屈了六小姐。”

陈家长房老太太道：“老姐姐放心，此事我自有计较。”

林大太太满身冷汗，咬牙将陈家两位老太太、小萧氏送出门，转头就忍不住吐了一身的污秽。

林老夫人嫌恶地挥手：“将大太太送回屋里好好养着，别再出来吹风。”然后吩咐身边的妈妈，“刚才说的话谁也不准传出去半句，否则绝不轻饶。”

琳怡赢了齐三小姐的手镯，齐三小姐又要押了自己的发钗，齐五小姐笑着拖了姐姐：“好了，好了，姐姐别把衣物都输了，可要没法见人。”

时辰不早了，林家开始送客，齐三小姐大呼不痛快，拉着琳怡：“这里地气不对，我是属火，这里三处环水杀了我的士气，明日去我房里，定要输翻了你。”

琳怡听了忍不住笑：“好，我一定去你房里，瞧瞧你都读些什么杂书。”

看着琳怡跟着陈家长辈离开，齐三小姐悄悄叹口气，拉着妹妹低声道：“陈六小姐要是做了我们嫂嫂该多好啊，这么好的媳妇，父亲、母亲还要犹豫，要是便宜了别人，将来必定后悔。”

齐五小姐看看左右，拉扯姐姐：“莫要乱说，小心坏了六小姐声名。”

齐三小姐听得这话免不了垂头丧气。

回去的马车里，长房老太太拉着琳怡的手：“我看这件事和你两个大伯父脱不了干系。林家不会无缘无故地害你。”

林正青是攀上了二老太太董氏那边，所以才会对她下这样的黑手。

这种情形可不和前世发生的事正好吻合？

长房老太太道："崔御史家二小姐怎么会在曲水流觞？"

这也是她没想到的。

长房老太太看向琳怡："崔御史家小姐提起康郡王。"

说到康郡王，琳怡抬起头来："崔二小姐和林大郎说康郡王？"这是闹的哪一出？

不可能将所有事都算计周到，今天琳怡只防着海御史家的小姐，没想到崔二小姐却跳了出来。

崔二小姐不知道从哪里得来林大郎的消息，独自一人悄悄靠过去私会，这下子倒是让琳怡少费了周折。崔二小姐和林正青也因此被长房老太太和林二太太堵个正着。

长房老太太道："崔二小姐说，你父亲和康郡王交好，现在局势不明，让林大郎小心被牵扯其中。"

这崔二小姐也是个重情重义的，没忘了这时候通风报信。

不过以崔二小姐的性子，只是找了个借口去和林大郎说话，她想想也知道，林家若是准备和陈家结亲，自然已经将这些想了进去。

"这件事过后，外人更会将你父亲和康郡王划成一党，"长房老太太说着看向琳怡，"我看康郡王是宗亲中难得的俊才……六丫头你怎么想？"

琳怡看着长房老太太颇有深意的目光，说出自己的心里话："我觉得父亲还是离康郡王远些才好。这次虽然有了康郡王帮忙，我们家才能平平安安，可是以后呢……父亲为人耿直，很容易就被人利用，康郡王是有宗爵的人，这样的人经手的事必然都是十分难办的，跟着他做好了也不一定会前途无量，做不好定会下场凄惨。"

长房老太太听得叹气："这就是女人和男人的不同。女人只想家宅安宁，衣食无忧就算最好的了，男人却永远想着更高的位置。"

琳怡拉着长房老太太的手，帮长房老太太揉捏虎口："孙女看来，和康郡王能远就远些。"

六丫头这话也不是没有道理。不过哪个长辈不想给自己的儿孙说门好亲事，这次康郡王来家里躲避，她也能看出来康郡王对六丫头印象不差，既然六丫头没有这个心思，也就罢了。可恨的是齐家，总是躲躲藏藏，这次听到些风声，干脆来问也不问，灰着一张脸生像陈家欠了他们什么。齐二太太没有坏心却生了一副小肚鸡肠。要不是六丫头生就宽怀大度，她还真就不会考虑齐家。

琳怡岔开这个话题，说起林大太太："照祖母这么说，林老夫人确实恼了林大太太。"

长房老太太冷笑："就算再恼，心里到底还是护短，林老夫人这般发放林大太太，无非是想让我们息事宁人，林老夫人也知道我不会真的让林大太太跪下，否则我们两族日后就真的要断了来往。再说，就算我不开口，二老太太董氏也会做这个好人，我就算千般不愿，也不能便宜了董氏。"

看着长房老太太脸上的笑容，琳怡也能想到刚才在林老夫人屋里，二老太太董氏怕被林家牵连，话也不敢说的样子有多让人痛快。

“这下好了，你母亲回去就能正大光明地收拾房里的几只耳朵。”

家里出了这么大的事，为了以防万一，萧氏会将身边不放心的下人通通赶出去，这一件倒是借了林家的光。

萧氏在人前真正做了回主母，将平日里装神弄鬼的林大太太吓得冷汗直流，这一次是对付了林家又对付了二老太太董氏一家，让她没想到的是琳婉从头到尾都十分冷静，没有参与琳芳的事，更没有打听林正青。

难不成琳婉不想嫁去林家？

陈家的马车越走越远。

林正青在林老夫人房里听训斥。眼前却浮起陈六小姐低头垂目的影子，眼睛含着微笑，挽着陈家长辈，眼睛不抬地从他眼底下走开。

“所幸崔二小姐身上还没有婚约，既然如此，你就娶了她。”

娶了崔二小姐。

林正青心里一笑：“孙儿有错，就凭老祖宗安排。”

林老夫人看向旁边的林大太太：“明日你去趟崔家，问问崔家长辈的意思。动作要快，免得让丑事传出去，青哥还有几个月又要下场了。”

林大太太揪着一块帕子使劲地揉：“娘……就……没有别的法子了？青哥不过只是见了崔二小姐一面，并没有别的……”

林老夫人眼睛轻翘冷笑：“你既然看不上陈六小姐，现在不是正合了你心意？还是你想攀上陈二老太太娘家做靠山。与杀人不眨眼的武夫谋利，你就不怕哪日糊里糊涂做了刀下鬼。”

林大太太还想辩驳，看看一脸铁青的林老夫人，隐忍地吞了一口唾沫。

最终崔、林两家的事在宁平侯夫人卖力讲解下，弄得满城皆知。

众人唏嘘这位解元公的婚事真是一波三折。

林家上下打点，崔家也没闲着，崔御史训妻教女的戏码不间断地上演，一会儿传崔二小姐被打死了，一会儿传崔二小姐悲愤之中投缳自尽，一会儿传崔家又准备了马车要将崔二小姐送去寺里修身养性。

一日之间就有三种不同的传言在下人嘴里传开。

被此事波及的三家中，陈家最为安稳。陈三太太回去之后整治了内宅，在陈六小姐的贴身婆子身上搜出了林家的东西，陈家立即差人将东西物归原主，然后将那位陆婆子赶出陈家。

要不是念及陆婆子曾在陈三老爷正室身边伺候，陈家早就动用了家法。

林家也行动迅速，林老夫人出面，崔、林两家正式谈起了婚事。在京里土生土长的崔

二小姐总比从福宁来的陈六小姐强。

林家虽然担些名声，也不算太吃亏。崔家小姐有错在先，崔家的嫁妆定会不少。

林家、崔家在台上扮角，陈家慢慢也成了看客。

琳怡张罗着给长房老太太布菜，长房老太太没忘了问她一声，西园子里的客人怎么样。

琳怡道："是咱们府里年长的厨娘做饭，每日按时送去，您就安心吧！"长房老太太从前就是吃这厨娘做的饭菜，直到琳怡过来长房照顾，长房老太太才让白妈妈另寻了手艺好的新厨娘。

新厨娘虽然手艺好，但没有从前的老人嘴严。琳怡觉得还是稳妥些为妙。

最年长的厨子，那不是就会几道老得变不出花样的京菜吗？长房老太太眼睛微抬，看着自己面前精致的八段素什锦、翡翠丸子、果仁切鸡、蟹黄豌豆，吩咐白妈妈："将这几个菜悄悄送去西园子。"

那可都是她督着厨娘做的饭菜，琳怡道："祖母，咱们这样送过去，恐怕被人生疑，还是让客人忍几日，毕竟京里的风声紧着。"

长房老太太想想觉得有道理。

于是长房老太太的每日一次游西园，就变成了晚饭之前。

病人早就扔掉了厚重的被子，张扬地在院子里石桌上画山水。乌黑的长发松松地绾成髻，眯着眼睛似笑非笑，动作却十分郑重，右手执笔左手掩袖，不论笔锋如何游走，只是手腕摆动，身体立如山松。

陈允远早早就给琳怡兄妹请了先生，琳怡提笔练字的时间并不少，却自认做不到这一点。

周十九放下手里的笔。

琳怡上前去见礼。

大家见面多了，稍稍随意起来，琳怡伺候长房老太太在旁边的锦杌上坐了，然后站在一旁垂头敛目。

长房老太太刚要询问康郡王的病如何了，眼睛看到石桌上的画卷，脸色也变得难看起来："郡王爷这是画的……"

周十九清澈纯净的眼睛一瞥，笑道："我看西园子长廊上雕了一半的图案，似是郑国馨的《青山留春图》，这幅图我在宫中见过两次。"

提到这个，长房老太太眼睛有些红。

允礼也是见过郑国馨的真品，才想描下来让工匠雕在廊上，结果画没描完，允礼就病了，允礼没了之后，她也没有精神再修西园子，就将允礼画了一半的画让工匠雕上去，这西园子就锁了起来。

长房老太太说起这个眼睛有些发涩，用绢子擦了擦眼角，才道："唉，一晃都是好多年前的事了，”说着又去看康郡王描的《青山留春图》，“市面上见到的尽是赝品，听说与真品实有出入，郡王爷是看过真品的定错不了，可否留与我让人仿一张。”

周十九笑得亲和：“是我闲来无事才仿作的，老太太若是喜欢就留下。”

这可正对长房老太太的心思。长房伯父没画完的画，请外人来续长房老太太觉得心里不是滋味，族里的年轻人长房老太太又不想去托。择日不如撞日，这次园子一开，也全了画作，就像老天送来个慰藉般，这比他们晚辈说多少吉祥福寿的话都有用。

从前长房老太太对康郡王是因对待宗亲，必要恭敬、小心，经过这件事似是多了些私里的交情。

陈允远再次在长房老太太面前夸赞康郡王时，琳怡明显看到了长房老太太的认同，只不过长房老太太做事郑重，嘴上不会轻易说罢了。要不然本来想要康郡王搬去庄子的话，长房老太太说说就罢了，没真的就去安排。

琳怡拿着小夹子剥松仁，给长房老太太做的松仁点心送去了西园，周十九个大男人看到糕点竟然也不推辞，这果仁都是她用筷子沾蜜亲手卷的，为了孝敬老太太她只能又让玲珑拿些材料再做些。

琳怡将糕点卷好放在苏子叶上，装好盒子送去长房老太太房里。

长房老太太房里气氛有些低沉。

陈允远坐在椅子里皱着眉头喝茶。

长房老太太吩咐白妈妈收拾行装。

第四十五章 危险·涌动

父亲什么时候来的，她怎么一点没听到消息？

琳怡将盒子递给白芍，向陈允远行了礼，然后跟着长房老太太进去内室。

长房老太太坐在紫檀椅子里，转着手里的佛珠，看着琳怡：“明日一早我们就去族里住些时日，我要和族里宗长商量过继之事。”

琳怡坐在长房老太太身边：“是不是福建那边有了消息，所以我们要躲出去？”

长房老太太叹口气：“什么都瞒不了你，你父亲说福建来了官员，晚上就会悄悄过来，让我在府里打点一二。”

福建过来官员，那是为了见周十九？

鎏金纹福葫芦开口吞吐着安息香，长房老太太的手微攥圆头云纹的扶手：“你父亲听说是福建报急，具体如何还不知晓。”

福建报急，是成国公动手了。

周十九这般算计，还是没能悄悄将成国公拿下。

长房老太太叹气：“成国公三代元勋，手握兵权，又是我们大周朝中少有善水战的武将，京里多少达官显贵只能逢迎他，你父亲偏挑了这么一块硬石头。”

琳怡奉茶过去：“也不能怪父亲，父亲到了福建之后，只能选要不要投靠成国公。”不投靠就是死敌。

长房老太太轻挑起眼睛：“朝廷不准官员结党，但凡六品以上的官员，哪个不站位，就算不依附权贵的，也给自己划做清流，不说别的，联姻还不就是这般……早晚要经此一劫。”

前世她们一家没能闯过去，不知道这次能不能换来好结果。

长房虽大，伺候的下人并不太多，这些年长房老太太留在身边的大多是世仆，于是有些事安排起来也容易些。

到了晚间掌灯，陈允远领着人从后门进了陈家长房。

琳怡想要去听听父亲和那人都说了些什么，长房老太太思量片刻让白妈妈将琳怡领去屏风后。

虽然陈允远和那人说话的声音低，琳怡还是听了大概。

这段时间又有倭寇来犯，福建彻查赈灾款，福建官员人人自危，驻军也是人心涣散，结果硬让一百倭寇攻破临海的一座城池。福建水师没有了成国公指挥就像一只纸老虎，不能再为大周朝效力。

朝廷是要对付倭寇还是要整顿福建。若是要对付倭寇如今就离不开成国公。于是现在的局势很明显，国家还需要成国公，如严大人、陈允远这样想要参倒成国公的人只能是死路一条。

“就算朝廷另派武官去福建，不一定能指挥动福建水师。培养水师不是一时半刻的事。”言下之意，成国公拿福建水师威胁朝廷，陈允远等人绝无胜算。

琳怡从屋子里出来将里面的话说给长房老太太听。

长房老太太道：“怎么不接着将话听完？”

琳怡摇摇头依偎在脚踏凳上给长房老太太捶腿：“康郡王在我们家里这么长时间，等的就是来报信的人吧！福建的清流毕竟还是信父亲的。”所以但凡肯有人来通消息，必然会来寻父亲。

所以接下来自然是要将西园子里的贵客说出来。

“康郡王是利用父亲和福建清流的关系。”

长房老太太颔首：“我何尝不知道如此，事到如今我们家也只能依靠康郡王。”

光靠父亲，更不能顺利渡过难关。

父亲这时候也该将康郡王抬出来了，否则福建那边就真的没有心思再和成国公周旋。

那边的陈允远果然听到甄向晨道："康郡王之前上折子给朝廷，可真有替福建军士叫苦之意？"

说到这个，陈允远不假思索地点头："是真的，这些年福建受成国公之苦。水师辛苦，朝廷每年多拨银子犒赏，发到军士手里不过十之一二，福建军士还要感念成国公的恩情。康郡王上了折子一直在暗中等消息。"

甄向晨眼睛一亮，仿佛又看到了希望："陈兄此言当真？"

陈允远道："那还有假，我此刻便可向你引荐。"

陈允远在家里谋划大事，琳怡伺候长房老太太休息。

白妈妈低声道："六小姐去歇着吧，这里有奴婢就好了，西园子那边恐怕一晚都没个结果呢，六小姐这样要熬坏了身子。"

说得是，干等着也是无用，琳怡点点头，顺手将剥好的松子仁放进嘴里，出门的时候才发觉，吃进去的是松子壳。

就算回去休息，谁又能睡得着。

第二日玲珑早早让厨房煮了鸡蛋给琳怡敷眼睛，琳怡哪有这个心思，多补了些粉去长房老太太房里听消息。

陈允远熬了一夜，反而比昨天多了些精神，经过周密安排，甄向晨在陈允远珍藏的小绢子上按下血手印："甄向晨总是武官，回去之后四下联络定能有所收获。"

长房老太太已经猜到这个结果，"那你决定要怎么做？"

"如果，"陈允远抿了抿干燥的嘴唇，"朝廷要成国公平倭，成国公定会以我们这些人做由头百般推诿，可眼下国事为重，儿子就想上了奏折，只要成国公能大获全胜，儿子就任凭成国公发落。"

之前陈允远就说过类似的不成功便成仁的豪言壮语，不过当时被长房老太太劈头一阵责骂，这时陈允远再说出来，仍旧心有余悸。毕竟自己若是不能回来，萧氏和一双儿女还要长房老太太照应。再说长房老太太在他心里已经是唯一的长辈，不得长辈应允，就算硬着头皮去做，也始终有所顾虑。

琳怡捏着帕子心跳如鼓，眼睛也觉得酸涩。

长房老太太想得出神，半天才道："从前你是有勇无谋，现在总算明白了个中道理，大丈夫不到最后一刻如何也不能舍弃自己的性命，就算大义捐躯也是权宜之计。"

陈允远道："长房老太太安心，就算是有一线生机，儿子都不会放弃。"

退一步让成国公自以为阴谋得逞，成国公能否从福建得胜归来，最终要看陈允远等人的计谋能不能达成。

这件事又系在康郡王身上。

陈允远说完话，就有丫鬟来报："西园子的客人来了。"

周十九换了件青蓝银边长[illegible]，腰上镶金边绣纹嵌玉锦带，高大的身影遮挡住半边阳光，进屋坐在陈允远对面，离琳怡不过几步之远。周十九嘴角含着微笑，气度从容，仿佛一切尽在掌握。作为旁人仰仗的人物就定然要有足够的沉静、果敢，泰山崩于前而面不改色，否则难免要让追随者恐慌。

是以这世上出身高的人不少，做成大事者确实不多。

陈允远也收起了之前稍显软弱的表情。

周十九现在伤养好了，人也等到了，是准备走了吧！

周十九不主动说，长房老太太也不好问起周十九的打算。

琳怡站起身主动去一旁摘了窗前的薄荷叶，滚水冲泡了壶薄荷茶，用点彩梅朵青花茶碗盛了，又用梅枝筛漏碗撒了碾碎的桂花花瓣在茶面上做出梅枝的图案，亲手奉给周十九、长房老太太和陈允远。

大周朝已经不兴喝茶沫，可是谁又能拒绝带着清香软糯的花瓣。周十九一进门就看到陈六小姐站在角落里神色恹恹，活像是一只被拔了爪牙的老虎。

大约真是喝茶润喉，周十九放下茶杯，声音清澈："我会自请跟着成国公去福建。"

长房老太太脸上难掩惊讶，去福建那比在京里还要凶险，福建有战火，刀剑不长眼，万一有了"闪失"那可和成国公无关。

琳怡目光中也一闪惊讶，在她印象里最后关头冲锋陷阵的都是小人物，宗亲、重臣只会躲在后面受利，就算前面出了差错也会有替死鬼。康郡王前世不就是这样让父亲担下所有的过错……

琳怡抬起头正好对上周十九那双光亮、清澈的眼睛。

西园子的客人要收拾包裹离开。

琳怡带着丫鬟将长房老太太交代的礼物送上去。

一大盒礼物，看样子是精心准备。就像之前送了一套难得的头面请他帮忙。

看着她心甘情愿地蹲身行礼，像往常一样将礼数做得标准周到，脸上更没半分轻诮的意思。

这样的殷勤其实是想要他一句准话。

周十九表情随意，一时笑容文雅俊美，面容如玉不掺杂色："我会让人在京里照拂你父亲，直到我从福建回来。"

琳怡恭谨规矩地再向周十九行礼："陈家感念郡王爷恩德。"

和之前在郑家时一样，既谢他又和他保持距离。

琳怡眼观鼻鼻观心："郡王爷放心，父亲耿直不会出半点差错。"

意思让他不要将陈允远当作弃子。

周十九干脆坐下来，挥挥手让身边的陈汉先退去一旁："这里是陈家，有话可以直说。"

琳怡轻抿嘴唇："我父亲为人直率，郡王爷上次在江里遇险，我父亲就没能理解郡王爷的苦心，回来差点就直接参奏了成国公，若是那时贸然行事定是坏了郡王爷的大局……这次郡王爷去福建，还请多叮嘱我父亲。"朝廷的事周十九毕竟知晓得最多，周十九不说，到了紧要关头父亲拿什么自保。

"你是气我没有和你父亲明言？"

既然都已经站在同一立场，许多事就该说个清楚。

"我是想和你父亲说，只是没料到那日就落江，"周十九眉梢一翘，眼眸幽深，"而后碍于身边眼线干脆不做解释。"

陈家长房老太太是见过世面的人，想必陈允远就算参奏成国公，陈家长房老太太也会阻拦，何况陈允远还生了这样一个良善柔和的女儿。

那么周十九是真的落江了。琳怡用怀疑的眼神去询问周十九身后的随从。

黑脸大块头果然有恼怒的表情。

这事是真的。

陈六小姐总是知晓怎么才能打探到实情，周十九假作什么都没察觉："情势转瞬即变，谁也不能担保不会出差错。"这次光靠和他撇开关系已经不能自保，想到这里他目光中带了些许轻笑。

琳怡做了个万福："那就祝郡王爷福建之行平稳安全。"

这次是不带任何虚言。

朝堂上很快开始热议倭寇。从山东到福建、广东沿海，倭寇出没无常，前朝抗倭本见成效却因后期国力衰微前功尽弃。大周朝在福建、广东组建水师，是为了彻底剿灭倭患，这些年国家投入大批军力就为了打击倭寇和与倭寇勾结的海盗。

朝堂上的老臣听说福建又遭倭寇骚扰，全都老泪纵横，张口就能说出前朝倭患肆虐时流劫数省，所到之处烧杀抢掠无恶不作的惨剧，跪求皇上前车之鉴。要行海战，朝廷上可用的人才不多，加上成国公安排妥当，朝廷想要点将抗倭，一时竟然无人可用，天子震怒之下，朝堂上开始有人将矛头指向在福建查贪墨的严大人。

从朝堂到内宅，人人谈倭色变。内宅里的婆子吓唬小丫鬟都说，倭寇就是厉鬼变的，所以刀枪不入，许多小丫鬟听了这样的话到了晚上不敢睡觉，第二天无精打采。琳怡屋里的小丫鬟就因此差点将开水泼在玲珑身上，让玲珑好一阵训斥。

琳怡挥挥手让玲珑算了，既然害怕就调到外间守夜，反正要整夜亮着灯，小丫鬟忙叩谢琳怡，从此之后就在琳怡屋里专心伺候，琳怡给她取了名叫胡桃。胡桃虽然胆子小，人很机灵，长房老太太带着琳怡去族里，琳怡就将胡桃一起带上。

若论大宗，琳怡所在的是陈氏三房。宗长由长房的伯父担任。陈氏族人不在外任官的大多迁去了通州三河县。

琳怡跟着父亲长期在福宁还没去过大族里，就算是琳婉、琳芳也是极少去的。这次二老太太董氏干脆让长房老太太将琳婉、琳芳都带上。

因还要请族人出面保下陈允远，萧氏也就一同跟着。

这一路上萧氏心神不宁，长房老太太就将萧氏带在身边。琳怡和琳婉、琳芳同一辆马车。

琳怡临走之前接到郑七小姐的信，在马车上总算有了时间翻看，才知道原来郑七小姐的哥哥也考中了举人，不过就是排名不大靠前罢了。惠和郡主看到康郡王全须全影地回来了，痛哭一场，只念周家祖宗保佑，身上的病也渐渐好了。

信到末尾，郑七小姐向琳怡问松子酥的做法，琳怡想到每日送去周十九跟前的点心，吓了一跳，转念一想郑七小姐也吃过她做的松子酥，应该是个巧合。

琳婉偶尔和琳怡说上几句郑七小姐，琳芳在这方面没有话题，不过倒说起了崔二小姐和林正青的婚事："那种人真是不要脸，还能巴巴跟人成亲，早该选条白绫吊死算了。"

听到死这个字，琳婉脸色变得难看："四妹妹快别胡说。"

琳芳讪笑："我可是说真的，"然后看了眼琳怡，"我前日在宁平侯府做客时，宁平侯五小姐还说，崔御史这次又要参奏三叔父呢。说三叔父和福建那个严大人一样，为了追名逐利陷害忠良。"

崔家这次又是被谁鼓动？难不成是姻亲林家？

琳怡不动声色地看了琳婉一眼，琳婉正侧着头仔细地听琳芳说话。

总算到了通州，已经有族里人来迎接。

琳怡几个简单整理一下衣裙就下车行礼。

来的是族里的一位兄长，在族中行七，琳怡几个都要叫他七哥，还有长房的两位伯母。

长房的伯父因事缠身就没能过来，大家就回去族里一并见了。

陈氏一族在三河县已是很有名了，大片大片的房屋几乎连在一起，只要进了县城见到的大多都是沾亲带故，就算是有意记着也是认不全人，只得留着脑子记主要的族人。

县城里没有京城繁华，却是景致极好的，族里的女眷也都看着亲切，琳怡几个很快被让到堂屋里和几位族中姐妹说笑。

长房屋里叫琳霜的姐姐和郑七小姐性子差不多，听说琳怡几个来了，拿着鞭子就径直来见，大家看到她时，她下身还穿着长裤。长房的三太太李氏忙吩咐丫鬟给琳霜换衣服。

琳霜笑着道："有什么打紧了，都是自家姐妹，我还能吓着她不成。"说着眼睛滴溜溜地在琳婉、琳芳、琳怡脸上打转，然后伸出手指，"让我猜猜三房长老太太要过继谁做亲孙女，"话音一落就指在琳怡身上，"一准儿是这位妹妹。"

三太太李氏将帕子打在琳霜手上："这猴儿，越发不像话了，随便拿手指指点点也不怕几个妹妹笑你。"

琳霜吐吐舌头笑着跑出去："我换衣裙也就是了。"

琳芳是做足功课来的，打听了一下琳霜行几，就小声和琳婉、琳怡说："瞧她那粗俗样，怪不得要嫁给乡野村夫了。"

陈家的女儿哪至于嫁给乡野村夫。琳霜是说给了通州一个家境殷实的员外家，那员外家里养着大片果林又有良田千顷，是货真价实的小地主。虽然没有嫁给什么名门望族，可是远离勾心斗角生活起来才更自在惬意。

第四十六章　功亏一篑·菩萨

陈家的大房一直守着祖业过日子，琳怡此行才真正知晓宗长的辛苦，将所有族人笼络在一起过并不容易，不是东家有事就是西家需要帮忙，单说祖宗分下来的田产，到了春秋两季，宗长也要帮忙张罗，若是哪家不及时播种，有时候需要宗长寻人去雇长工、佃户，更别说平日里生计琐事，琳怡才到了一会儿就有两个族人来找长房人评理的。这样比起来还是走出去搏功名的族人过得惬意，功成名就可以衣锦还乡，还不会被族人拖累。

现在琳怡几个就是族里姐妹羡慕的对象。

琳霜换好了衣服，陈三太太李氏吩咐琳霜带着琳婉几个逛逛祖宅，琳婉、琳芳不是第一次来，对琳霜的解说不感兴趣，只有琳怡结合实际将陈氏一族的发展史听得津津有味，坐在马车上走了个时辰，才大致将陈家走了一圈。

大家从马车上下来，族里同龄的姐妹又迎出来几个，彼此互相东拉西扯地介绍，一下子好不热闹。

领头的琳丹是宗长的女儿，和琳芳相同年纪，生得眉目清秀，人也格外高挑，笑着走过来就道："别净围着人，三房的姐姐妹妹一路上也累了，先请进屋里歇一会儿。"身边的姐姐妹妹听了话都住了嘴，将琳怡几个领进院子里的东厢房里歇着。

丫鬟、婆子新熏了被褥，将琳怡三个安排在同一个屋子里。

琳丹道："好歹靠一靠，一会儿还有得闹呢。"说完笑着去拉琳婉说话。

琳怡和琳芳在里间里换衣裙，听得琳丹在外面笑出声："你总算是来了，你托我养的鱼都大了许多……我上次让人给你带的东西，你可用了？"

琳婉将腰间的香囊拿出来："用了，自己家染的线极好，"说着塞了琳丹些东西，"我还给你带了东西……"

琳芳在一旁撇嘴冷笑："瞧瞧人家，比自家姐妹还热络呢。"

琳怡几个歇了一会儿又换了衣服出来，也快到了宴席时间。

陈家大宅里张灯结彩，族里的堂屋不知摆了多少桌，光是互相拜见就闹了几个时辰，吃过宴席后，小姐们拉着手私下里说话。

这时琳怡才发现琳婉在族里不是一般受地欢迎，一会儿就听到有人喊：“婉姐姐帮我看看针线，上次你教我的花我还绣不好呢。”

然后是一阵奚落的声响，琳婉用帕子掩住嘴笑个不停。

憨憨的少女道：“不管，这次再教我一回。”

琳芳自然也有要好的姐妹，族里好诗书的都来找琳芳，不一会儿琳芳就被拖去诗会了，大家本要拉琳怡一起去，在琳芳灼热的目光下，琳怡笑着拒绝：“我不太会作的，姐妹们先去玩。”

琳芳这才露出了笑容。

诗会上琳芳要保持独占鳌头。

最后琳霜和琳怡两个说悄悄话。

因要成亲了，琳霜屋子里搬了半空，琳怡悄悄地问：“婚期定在什么时候？”

琳霜道：“明年开春。”

这么快，琳霜才满十五岁。

琳怡安慰琳霜：“不是嫁得不远吗？听说两家以前也是认识的。”这样的话，私下里应该是见过面的吧！

琳霜也不瞒琳怡：“平日里虽然走动得好，谁知道嫁过去又会怎么样。就算互相见过，也不过是在长辈面前说几句客气话，真正的情形还要以后才知道，你不在族里不知道，就算沾着亲的，成亲之后也是打打杀杀，远的不说，二房的姐姐才嫁给堂哥三年，前两日被夫家送回来，病得已经剩下一把骨头，”说着叹气，“总觉得没有多少好日子过了。”所以干脆将没有玩够的都变着法地玩了痛快。

琳霜说到这里，让丫鬟找了条新做的裤子给琳怡：“我们去跳石子路。”

客随主便，琳怡就穿上了裤子，陪着琳霜去了院子里。

琳霜笑道：“一见面就知道你是个爽利的，三房长老太太眼睛辣得很，定是要你做孙女。你那个三姐装神弄鬼，四姐骄横跋扈，都不是什么好相与的主。”

看穿琳婉的不止她一个啊。

长房老太太则坐在大房老太太屋里说话。

大房老太太道：“我看弟媳身子骨倒是好多了。”

长房老太太欣慰地点头：“多亏了六丫头在我跟前解闷。”

说起这个，大房老太太眼睛一亮：“这么说，你是下定决心要过继老三一家？”

长房老太太也不瞒着：“上次我给老嫂子写信就是这个意思，说什么我也要让宗长答应……族里总不能眼看着我们三房长房绝了嗣。”

大房老太太沉吟片刻，脸上露出为难的表情："恐是不大容易，你们那支二老太太董氏……"

长房老太太冷笑一声："我这可是在帮她，她不愿意，就将族谱拿来说道说道，看她生的那两个儿子到底是嫡出还是庶子。我们家的老太爷若是尚在，怎容她这般祸害陈家。"

陈氏三房的这桩公案闹了几十年都没个结果，三房长房一棵独苗没了，二房也只留了一个独子，就算当年二老太太董氏不带着两个儿子回京，恐怕陈家族里也要出面将二房的两个儿子接回来，总要有子孙传宗接代，现在二老太太董氏再不济也是继室，长房要过继二房的子孙，也得要二老太太董氏一起商量。

两个老太太说着话，宗长陈允宽进屋里来。

陈允宽向两位老太太行了礼，坐在一旁。已经当了七八年的宗长，陈允宽身上已经有了宗长的稳重和威仪，虽然身为晚辈却也能掌握住大局："明日祭祖的事宜都准备好了，就等老太太发话。"

长房老太太道："我哪里敢做主，都要听宗长的，宗长安排，我老太太跟着就是。"

陈允宽笑了笑并不接话："怎么不见三房的弟弟？"

长房老太太冷笑："不用跟我打谜语，我就直话直说，祭祖之后就将族谱请出来，按照上面的排行，我要给长房过继继子，既然你们不肯听我的，就按照规矩来。"

大房老太太拿起矮桌上的茶来喝，只等陈允宽说话。

"老太太，您准备怎么安排？是要过继哪个弟弟？这件事还要知会族里耆老族人，要族人都点了头，这过继的文书才能写成。"

长房老太太干脆半阖起眼睛："族谱顺位写的是谁，那就是谁。"

陈允宽为难地道："老太太您要想了周全，按照族谱顺位写的承继，嫡长子不能做继子。"

长房老太太抬起眼睛看向陈允宽，"那我问你嫡长子是谁？若是三老爷，就让族里的长辈在场，将三老爷陈允远的名讳后写上嫡长子，那么他的两个兄长就是庶子。"

一下子将所有问题都推给族里。

要么同意立了陈允远为继子，要么将二老太太董氏生的两个儿子陈允宁、陈允周作庶子。

这怎么行。

陈允宽半晌不能开口："老太太，现在二老太太已经是继室……"

"继室在正室牌位面前还是妾。那就在宗祠祖宗牌位前问问二老太太，陈允宁、陈允周、陈允远，哪个是嫡长子。"

陈允宽和母亲对望了一眼："既然老太太这样说，那就……"话音刚落，只听外面传来焦急的声音："我们三房的长老太太在这里吗？"

是大太太董氏，董氏怎么到族里来了？

丫鬟上前打帘将董氏让进屋中，董氏给老太太和陈允宽行了礼，然后焦急地道："老

太太不好了，三叔……三叔被朝廷抓了。”

陈允远被抓了，这是怎么回事……

长房老太太脸色顿时变得难看。

大太太董氏道：“我们家老太太已经四下托关系救三叔，可……这次的事非同小可，老太太让我来族里找长房老太太商量，看看能不能求求郑家和惠和郡主帮忙。”

大太太董氏话音刚落，萧氏脸色苍白地进屋：“老爷……怎么了……”

大太太董氏急急地道：“还是福建的事。现在御史、言官纷纷上折子，说三叔等人陷害忠良，三叔听了消息就上折子喊冤，更指成国公十条罪名。成国公听闻此事病在家中，不能去福建平倭。朝廷现在正是用人之际，平倭之事没有旁人能上任，三叔又上了折子，说成国公有意拖延战事，就是要以此威胁天子……这折子一上，三叔就被罢职关进了大牢。”

萧氏听得这话脚下一软几乎站立不住。

长房老太太也惊得几乎不能言语。

大太太董氏还要说话。

大房老太太忙阻拦：“让老太太缓口气再说。”

正说到这里，让人搀扶着的小萧氏似是反应过来，声音沙哑：“老爷……我要回去……”说着伸出手，“快……快来车……送我回去。”

萧氏哭得厉害，大太太董氏劝也劝不住。

长房老太太皱起眉头训斥：“哭有什么用，你回去就能见到老三？”

萧氏紧紧地攥住大太太董氏的手：“老太太，那要怎么办？您可要想想法子啊。不如我们现在就启程……回去。”

启程回去，恐怕现在也是于事无补。

长房老太太想静下心来好好想想，奈何旁边的小萧氏不能安生：“你说，我们就算赶回去能怎么样？”

小萧氏又没有主意。

长房老太太怒其不争。

大房老太太只得安慰小萧氏：“既然已经到了族里，大家就坐下来商量商量，总比你们这样胡乱赶回去强。”

陈允宽也忙起身：“我让人去打听着消息。”

长房老太太让大太太董氏扶着小萧氏去歇着。屋子里没有了旁人，大房老太太道：“要不然问问董家呢？”好歹董氏还有个三品致仕的老父，说不定能和成国公说上话。

刚才她还要压着董氏，现在却又要求到董家。长房老太太紧闭着嘴一言不发。

大房老太太劝道：“不如过继的事先缓一缓，怎么也要将允远救出来。”

陈氏族里刚刚还喜气洋洋，一下子却又气氛低沉起来。大家还在羡慕京中做官的族人，没想到眨眼工夫传来消息说族人不但丢了官还进了大牢。

琳霜也没有了玩心在一旁安慰琳怡：“总会有法子的。”

大家担惊受怕地等了一晚上，到了第二天终于有了新消息，陈允远写了封血书，若是成国公真的有本事平倭，他甘愿一死为成国公这个忠臣正名。小萧氏听了当时就晕厥过去，屋子里的妈妈、婆子又是掐人中又是灌药，总算将人救了回来，三房长老太太那里也旧疾复发咳喘不止。

琳怡劝说完小萧氏又照顾长房老太太，大太太董氏干脆就留下来帮衬。无论琳怡怎么劝，小萧氏都是一脸愁云惨淡：“原本是好好的，老爷怎么又做出傻事来……早知道我就不该出来。”小萧氏用帕子遮住嘴，呜呜咽咽，听说三房长老太太病情稳下来又去求着要回京。

长房老太太最终还是答应了，请大房三太太李氏将小萧氏送回京里。

小萧氏路上不敢耽搁，进了京和大房三太太李氏一起径直去了二老太太董氏房里。

小萧氏二话不说就跪在二老太太董氏面前：“娘，老爷不能回来，我们一家要怎么过活啊。”

二太太田氏上前将小萧氏扶起来：“三弟妹，娘已经在想法子了，这不是一时半刻就能有消息的，你先稳稳神，明日娘还要出去托人。”

听说二老太太董氏帮着出去托人，小萧氏止住了些哭声眼巴巴地看着二老太太董氏。

二老太太董氏这时叹口气：“你啊，允远出了事，你更不能垮了，否则这个家要靠谁呢。”

萧氏和族里大房三太太李氏坐在一起和二老太太董氏说了会儿话。

二太太田氏就安排两人去歇着。

吃过晚饭，家里安静下来，二老爷陈允周、二太太田氏才去了二老太太董氏房里。

“怎么样？”二老太太董氏询问儿子，“还有没有缓和的机会？”

陈允周抿着嘴摇摇头，然后眼角一翘彻底将沉闷变成了笑容：“三弟这次是自己给自己拴了个死扣。”

二老太太董氏点点头，脸上不动声色：“论为官，你们三个谁也及不上你们父亲，你三弟更是不懂得能屈能伸的道理。”

陈允周喝了口茶，又满面笑容地看了田氏一眼，田氏满面红光这些日子因怀了身孕有些微微发福。算命先生说他三十六七开始发迹，命数好得难以想象，而今看来还真是应验了：“三弟可算是出了名，成国公一党正要寻他的把柄，他就将自己的小命交到成国公手里，您说三弟这些年在福宁怎么当的官。”

二老太太董氏看了一眼陈允周：“总是你弟弟，让人听了成什么体统。”

陈允周微微一笑不以为意：“这不是在家里，在外面我哪敢如此，但凡有三弟的消息

我都会远远避开，免得被他牵连。”

二太太田氏看了一眼丈夫：“母亲说得对。今天族里大房还来了嫂子……”

陈允周抬起眼睛：“我当长房老太太怎么带着三弟妹、六丫头急匆匆地去了长房，原来是要用族里来压我们，不过这事还要看朝廷，我们家又没有人封侯拜相，哪有本事救三弟，”说着将茶碗放下，“还是怪长房老太太，若是她将我过继去长房，舅舅早些寻关系让陈家复了爵，我就是广平侯……”

看着嬉皮笑脸的儿子，二老太太董氏挥挥手：“好了，事情没有一定之前不要胡说。”

陈允周道：“母亲太过小心了。”福建的事已经闹大了，皇上权衡利弊不会在意陈允远几个人的小命，就算要处置成国公，现在已经不是最好的时机，陈允远这次是死定了。

二太太田氏站过去给二老太太董氏揉肩膀。

二老太太董氏将二太太田氏拉到身边坐下：“有了身子的人不要太劳累，只要好好将养着，将来为我们陈家再添子嗣就是大功一件，”说着叹口气，“你大哥房里没有子嗣，你们能多生几个，也算是有个照应。”

大老爷身边的柳姨娘好容易熬到了生产，没承想又生下个女儿。二老太太董氏听了消息，一连好几日都没有睡好。

二太太田氏有些担忧：“也不知道大嫂在族里怎么样了。”

二老太太董氏道：“我已经嘱咐过了，出不了什么大格。”要不是二媳妇怀了身孕，她又要在京里听消息，也不会让大媳妇去族里拦着长房过继老三一家，大媳妇临走时她已经说清楚了，不是她不想让老大去长房，而是继子必须有子嗣，老大连个庶子也没有，陈氏族里那关也过不去。就算不能承继爵位，将来二房的家产还不是给老大的。除了差个爵位，二房的底子可比长房厚。

从二老太太董氏房里出来，二老爷陈允周和二太太田氏一路回到紫竹院，进了门遣走了丫鬟，陈允周突然跪下来双手将田氏的腿紧紧抱住。

田氏吓了一跳几乎叫出声来。

陈允周满面笑容，仰起头又是虔诚又是哀求：“好菩萨，赐我一滴甘露让我富贵荣华享受不尽，我下辈子与你做牛做马。”

田氏靠着身后的书案，眉心的朱砂又红又亮。

琳霜将闺房收拾出来，让琳怡跟着她一起去睡。

长房老太太的身子不好，琳怡不放心，还是住在长房老太太屋里的碧纱橱里。晚上祖孙两个就在炕上说话。

虽然一切都照预想的一样进行，只要想及陈允远的处境，琳怡的心立即就被拽了起来。人生虽然重来了一次，可是父母、长辈还是只有一个。

“成国公和康郡王还没有去福建，你父亲现在应该还算安全。”

琳怡点点头，伯祖母心里只会比她更紧张。

长房老太太叹气："你父亲在牢里为国事愁，我们这个家事也不好办。"

按长房老太太的想法，既要保住父亲嫡子的名声，又要将父亲过继来长房，这样将来父亲才好斗二老太太董氏一家。

"这才刚开始，我们要好好谋划谋划，一步都不能走错。只要过继文书写好，你父亲这次又立了大功，我们陈家一旦复爵，这爵位就会落在你父亲身上。"

长房老太太靠在软垫上，捻着佛珠："你大伯母这次是有备而来，只怕二老太太董氏也被蒙在鼓里。"

"孙女也有一件事弄不清楚，"琳怡看着长房老太太大胆猜测，"身下无子的不能作为继子，大伯父没有子嗣要怎么争继子呢。"

长房老太太眯起眼睛看向琳怡："那你觉得呢？"

琳怡道："孙女觉得，大伯父在外有庶子，"长房老太太说过，一旦家里没有嫡子，别说庶生，就算是奸生子也会被招回来承继家业，"而且八成是被董家照拂着。"所以大伯母腰板才会挺得这样直。

长房老太太颔首："我总算没白教你。这次二老太太让你大伯母来拖住我，其实不知道你大伯母心里另有一番打算。只要我颔首，再有董家帮衬，你大伯一家就能承继长房。"

董氏一家认为父亲必死无疑，才会这样有恃无恐。

"你父亲若是因成国公冤死，将来等到假以时日成国公被扳倒，朝廷定会追述你父亲之功。"

琳怡接口道："到时候因父亲获利的就是我两位伯父。"董氏一家是坐收渔翁之利。

琳怡的话音刚落，白妈妈进来道："三小姐来了。"

长房老太太躺下，琳怡穿鞋下了炕。

琳婉见了琳怡："我来看看伯祖母，"说着顿了顿，"妹妹的床大不大？我来和妹妹做伴可好？"

第四十七章　亲近·网

长房老太太歇下，琳婉、琳怡两个梳洗之后躺在床上。

两人面对面地躺下，琳婉道："族里将我和四妹妹分在一个屋里，四妹妹嫌房子小，不能和族里的姐妹一起写诗作画，我自己搬去别的房间住又觉得冷清……"说到这里和琳怡

相视一笑。

琳芳的性子是这样，不论到了哪里都要拔尖。

两个人正说着话，琳霜带着丫鬟过来，看到琳怡、琳婉两个，琳霜不客气地坐在床上："你们城里的丫鬟还不如我们乡下的见多识广，只会那些膏啊、粉啊给你用，"说着笑着看琳怡，"我这里可有宝贝，管叫你明日眼睛上的肿消了。"

琳霜让人拿出了小碗。

琳怡、琳婉好奇地去看，只见碗里有两张薄薄的面团。

琳霜道："面团冰过了，快敷上好得快呢。"

琳怡还没说话，琳霜手快地拿起面团就要按在琳怡脸上，三个女孩子这样推来推去，闹成一团，琳怡本来沉重的心情倒是一时开朗。

琳霜将面团像模像样地摆在琳怡眼皮上这才善罢甘休。

胡桃正好进来，看到这个样子吓了一跳："奴婢才给六小姐缝了茶包呢……"

屋子里的闹声吵来了去看长房老太太的大太太董氏。

董氏走过来笑着坐在床前："几位小姐快睡吧，明日祭祖还要早起呢，"说着去看琳怡脸上的面团，"这样行不行？"

琳霜笑道："婶子放心，明日担保没事了。"

大太太董氏这才点头，亲手给琳怡、琳婉盖了被子，然后将琳霜送了出去。

玲珑将屋子里的灯拿走，琳婉伸出手来拉住琳怡的手，似亲生姐妹一样依偎着说话："其实我母亲从前是很好的，只是这些年……没能生下个弟弟，脾气才时好时坏……"

大太太董氏进门第二年就怀了身孕，生下了一个大胖儿子，谁知养了一年就夭折了。听说二老太太董氏遍寻名医给大太太调养身子，后来大太太就生下了琳婉。

生了琳婉一年后大太太董氏又怀了孕，不过这次孩子没能足月就小产了，和第一次一样也是个男婴。大太太董氏因此落下了病症，再也没能有孕。

这些都是萧氏说给琳怡听的。之后大伯父屋里就抬了周姨娘、柳姨娘，周姨娘生了个庶女，这次柳姨娘生下的仍旧是个女婴。

大伯父在外面若是果然有庶子，大太太董氏平日里就是故意在家中露拙，好让二太太田氏对她疏于防范，侄女了解姑姑，大太太董氏定是看穿了二老太太只会偏疼小儿子，干脆来了釜底抽薪，向董氏一族求助，不声不响地暗中争爵位。

二太太田氏聪明，看似笨拙的大太太董氏也不差啊。

第二日陈氏族人齐聚长房跪拜祖先，迟来的衡哥赶上了仪式的尾巴，衡哥不掩身上的风尘仆仆，整个人仿佛比平日里长大了许多，上过香之后，在陈氏族人面前挺直脊背："在书院里不少人私下里说，父亲是忠正之士。"眼睛里虽然满是红血丝却没有半滴眼泪。

长房老太太都夸赞："衡哥出息了。"

大太太董氏在一旁看着羡慕："我们这些女眷还不如个孩子。"

大房长老太太拉着衡哥看了两眼："好孩子，一路上累着了，快去歇歇。"

衡哥只带了个小厮过来，大太太董氏生怕丫鬟伺候不周，起身跟着去忙，不一会儿衡哥洗掉一身的尘土回到堂屋里。

大房长老太太道："允远生了个好儿子。"

大太太董氏也道："看到衡哥就想起了……"说着声音一顿，怯生生地看了一眼长房老太太。

大太太董氏没有将话说全，但是大家都想起了长房老太太的长子陈允礼。长房老太太这些年一直没有过继子嗣的意思，一直到了陈允远带一双儿女回了京，长房老太太才做了这样的打算，长房老太太喜欢的是孙子孙女。

族里的长辈去堂屋里说话。

琳怡几个坐在长廊下等着，衡哥询问琳怡这几日的情形，也简单说了京里紧张的气氛，成国公的病一波三折，皇上御赐了药物才渐渐好转，照这样下去应该很快就会去福建。

听着衡哥和琳怡兄妹沉闷的谈话，琳霜想起一件事："一会儿老太太要带着我去庄子上，你们跟着一起去吧！"

琳霜要成亲了，就要向长辈学学将来如何管庄子。

琳霜道："咱们家的大嫂子是这方面的能手，家里有几处庄子硬是让她管活过来了，祖母说让我好好与大嫂子学学，反正将来你也要学，不如一起去吧！"

琳怡将琳霜的话说给长房老太太听，长房老太太也赞同："难得有这样的机会，就多带些人一起去看看。"

庄子离族里居住的地方不太远，还有族里的几个哥哥跟着，一路上十分太平。琳霜为了给琳怡解闷，就撩开马车帘子向琳怡讲讲风景。

路过望不到边的水田，琳霜道："这原来可是咱们陈家的田地，后来陈家有了难就将这一大片都卖给了旁人，这些年族里可是一直想要将田地收回来，可是那边狮子大开口，怎么也谈不拢价钱，"说着指右边，"尤其是这边和长房的庄子挨着，这边借用了河水灌水田，若是能将这里的田地买下，长房的庄子上也能借了水，种上水田啦，你夏季时来就好了，那时候最好看了。"

琳怡透过车帘向外看，目光所及处是一大片水田，琳怡正要收回目光，田埂上依稀看到了一个熟悉的身影。

那人大大的块头站在阳光下，一丝不苟地看着渠沟里的水流，然后向田地里的人吆喝吆喝，也不知道都说些什么。

马车到了庄子上，族里的大嫂子开始给琳霜、琳怡几个小丫头讲庄子上的事宜。

这个庄子就是琳霜的陪嫁，大嫂子将庄子的账目拿到手里，手把手地教琳霜。这处庄子靠山，因此养了不少的活物，野鸡、兔子不用说，狍子、獐子、鹿子不知有多少，还有年底用银子置办的年货，琳霜越看越欣喜。

大嫂子道：“这是咱们族里附近产物最好的庄子了，这庄头能干，那年别处都受了饥荒，这处庄子还出了百千两银子。”

琳怡、琳霜听着大嫂子讲了半天，最重要一条陪嫁的庄子不能让夫家人插手，选的庄头也要是极为可靠的，偶尔遇到灾荒要善待庄上的佃户、长工，每年要仔细对账不可马虎。

族里的几位哥哥带着琳怡、琳婉、琳芳几个在庄子上转了一圈，本来没有兴致的琳芳渐渐也喜欢起庄子。庄头更是殷勤地送上些野味，琳芳最喜欢看庄上的锦鸡打架，掐羽毛咬脖子很是泼辣。

“长房老太太在这附近也有庄子呢，那庄子比这个还要大些，”大嫂子笑着道，“每年收成也是极好的。”

庄子上的婆子也道：“可不是，那边家里没有要这些个野味，就养起来了，我们这边不过有这些，那庄子上的鹿也足有一大群，鹿茸、鹿角卖了药材就是不少。”

琳霜就在一旁笑：“说不得长房老太太会带妹妹过去瞧呢。”

看到琳芳竖起了耳朵，琳怡道：“我哪里懂庄子上的事，我们出来的时候，伯祖母下人顺便去趟庄子，让庄子报账给大伯母听。”大太太董氏毛遂自荐要为长房老太太解忧，长房老太太挂着父亲的事无心问庄子，就将庄子的事交给大伯母打理。螳螂捕蝉黄雀在后，作为小虫子她也有必要提醒螳螂，后面还有黄雀呢。

琳芳顿时竖起了眉毛，一眼看向琳婉。

琳婉垂着脸好像什么也不知道，凡是和琳婉相处一段时间的人都说琳婉恭谨大方。

从庄子上回来，琳婉很快被族里的姐妹迎进屋里问针线，琳霜拉着琳怡去说话，一下子将琳芳冷落在长廊里。

琳芳哪里尝过这种滋味，赌气回到房里歇着，正翻来覆去睡不着觉，这次带出来的楚婆子来道：“四小姐，奴婢瞧着这势头不对啊，长房老太太好像有过继大老爷的意思，这……是不是让人回去和太太说一声。”

“什么？”琳芳顿时一惊，“这话你是从哪里听来的？”

楚婆子道：“今天几位老太太在房里说话，长房老太太接到郑家的信，郑阁老在圣上面前为三老爷说话，结果受了训斥，如今休养在家呢。长房老太太听了就又急起来。大房的大老爷就说，文官和武将向来不和，若是有门路还是托武将去说情的好。长房老太太就说，大太太给娘家写了信，请董家帮忙呢。”

琳芳睁大了眼睛，大伯母请董家帮忙……

楚婆子道：“当时咱们跟着来族里的时候，老太太只说让大太太盯着长房老太太不要在族里写了过继的文书，却没说到这一节啊。”

琳芳听出楚婆子话后余音：“还有什么？”

楚婆子又上前一步低声道：“大房长老太太给长房老太太提醒，若是三老爷救不回来，剩下这孤儿寡母可怎么得了。”

“长房老太太就叹气说，三太太的性子太软恐是撑不起这个家，二爷和六小姐年纪又小……将来总要族人照应着。”楚婆子说到这里顿了顿，“奴婢就想，大老爷今年已经三十有九尚无子嗣，大太太对二爷又那般殷勤，会不会是有心思要……要……”

大伯母难不成还能过继三叔家的儿子？

“四小姐，您看长房老太太喜欢二爷和六小姐的模样，如果三老爷有个好歹，长房老太太能不为二爷和六小姐安排吗？”

琳芳正好想到这里，难怪长房老太太要让大伯母去打理长房的庄子……原来……原来……

“要奴婢看，大老爷没有子嗣，正中长房老太太下怀。长房能过继子嗣，大老爷就不能过继子嗣到身下？”

若是大伯过继子嗣，首先要在亲兄弟里选合适的人，三叔父没了，就剩下了衡哥。琳芳捏起帕子，这也不是没可能的事，想到这里眼前浮起大伯母亲昵地将琳婉和琳怡搂在怀里的模样：“你让人回去一趟给母亲通消息。”

琳怡眼看着琳芳阴阳怪气地进屋里来，坐在旁边不时地看琳婉打结子的手。从来都是琳芳盯着她和她吵闹，这次她也尝尝作壁上观的滋味。

前世在二老太太董氏的安排下，她们一家可没有还手的机会。这一次有了长房老太太撑腰终于也能反抗了。来族里之前，长房老太太将一切安排妥当，故意让萧氏在族里哭闹，然后被送回京里，这样萧氏一来能在京里听消息，二来萧氏的软弱恰好衬托了大伯母的能干。

琳怡听着族里的长辈夸赞哥哥学问好，族里读书的子弟都来听哥哥说京里书院的事。

长房老太太道：“允礼从前修西园子，就是为了族里有上进的子弟去京里读书好过去住。允礼一没，我也少了心思打理，还是老三看后又提起来，还是修修好……”说着眼睛红起来。

大太太过去劝长房老太太：“您先别急，衡哥不是说了吗，京里许多人都为三叔抱冤呢。”

长房老太太却没将大太太的劝说听进耳，眼巴巴地看着衡哥和琳怡。

第二天这场大战终于有了些结果。琳怡在长廊里纳凉，京里传来消息，成国公不日就要动身去福建平倭，和成国公一起去的还有康郡王。

不知怎么的，听到这话，琳怡悄悄松了口气。

周十九这样能算计的人不会轻易落败吧！只要周十九能安然回京，父亲从狱里出来的机会就很大。

可如果输了要怎么办？周十九只会自己保命，父亲自然就……这时候只能不去想最坏的结果。

前有狼后有虎。琳怡合起双手闭上眼睛，能争取的都去争取了，这时候只能求老天有眼，让周十九将成国公这个大奸臣收拾了。

琳怡坐了一会儿，玲珑赶来给琳怡送披风：“这边比京里凉，小姐还是多穿些衣服。”

玲珑才说完话，琳怡就提起帕子打了两个喷嚏。

玲珑道：“这可怎么得了，还是让厨房做些热汤吧！”

她也算不上是着凉，不过是被风一呛，鼻子痒痒的。不过这样也好，让厨房忙乎一下也像回事，晚上琳怡成功地用一碗苦汤药将琳婉赶出了房间。

长房老太太摸着琳怡的额头：“还是吃些药防防，女孩子的身体马虎不得。”

琳怡抱住长房老太太的胳膊：“我的身体好得很，在福宁就算淋了雨也不会生病的，伯祖母放心，我不是还小通医理吗？”

“上次你提醒我的事，我让人去查了查。”长房老太太靠在迎枕上慢慢道。

琳怡上次跟着琳霜去庄子的时候，路过那片水田看到田埂上的人，仿佛是周十九身边的随从。

“没有打听出来是谁家买的。”

竟然没有打听出来。

长房老太太道：“不过田地却是易主了。”

琳怡觉得奇怪：“孙女听说族里不是一直盯着这块田地，怎么会……卖给了旁人。”

说到这个，大房长老太太还痛心疾首，盯了那么多年的田地，一眨眼的工夫就被旁人挖了墙角，现在好了还不知道卖的是谁。

长房老太太捻着佛珠，“如果是康郡王买的，这样瞒着倒也可能。毕竟康郡王是被叔叔、婶婶养大的，在外置了产业难免要遮掩着，不过他小小年纪能攒下这样一笔银钱也是不容易。要知道宗室因罪革退了爵位的，比平民百姓还不如，朝廷收回封赏的土地不再给养廉银子，不能科举、不能经商谋生……是以勋贵、重臣家都不愿意和寻常宗室结亲。”

“康郡王这般为自己安排，是为了以防万一，”长房老太太说着点头，“能有这番眼界，也是从前受过苦楚。”

周十九买哪里的土地不好，怎么偏偏买到了陈氏一族附近的田地。置办田地有点不符合周十九的性子，周十九攀上太后母家这门亲事，也算是有了靠山，不比置买田产强多了。

琳怡正要服侍长房老太太安睡一会儿，白妈妈拿着托盘进来脸色有些苍白：“奴婢过来的时候听说三小姐从园子里小山坡上跌下来了。”

长房老太太皱起眉头：“怎么上去了小山坡……都有谁在那里？”

白妈妈道：“四小姐，还有大房宗长家的二小姐。”

白妈妈话音刚落，玲珑撩开帘子急急地跑进屋：“二爷，二爷被蛇咬了。”

下

云霓 著

重庆出版集团
重庆出版社

目录 CONTENTS

第四十八章　打架·看戏

长房老太太一掌撑在炕上，一鼓作气地坐起来："什么蛇咬的……现在怎么样了？"

白妈妈道："也是在小山坡那边，那蛇已经被二爷捉了，家里人已经去寻当地的土郎中……"

听得这话长房老太太眼前发晕，既然去寻郎中那蛇肯定是有毒的。

好好的园子里怎么就进去了蛇，千防万防总还是有防不住的。

"园子里人太杂，这几日来回走动的族人又多，还有许多旁支子弟……"白妈妈边伺候老太太穿鞋边道。

"快……快……我们都带了什么药，都……都拿去……"

琳怡稳住心神想起柜子里的丹露丸："有解毒的功效，不如带上吧！"

白妈妈颔首亲自去拿药。

琳怡搀扶着长房老太太沿着长廊一直走到离小山坡不远的梅居。

族里已经有不少长辈聚在那里。

看到床上的衡哥精神尚好，长房老太太松口气，这才觉得脚下软起来，琳怡忙将长房老太太扶坐在床边。

大太太董氏看着衡哥的腿，抹抹眼泪："伤口肿了起来，这可如何是好。"

旁边的婆子道："已经敷了草药应该无碍，奴婢识得那蛇毒性并不强的，多亏身边人先将血放了出来。"

衡哥安慰长房老太太："伯祖母不用担心，孙儿没事。"

说话的功夫家里人已经将先生请了过来，先生在外见过那打死的蛇，又看看衡哥腿上的伤："这种蛇我们这边常见的，已经有解毒的药草，内服外敷担保无虞。"

大太太董氏道："快请先生开了方子，我让人煎来。"

先生开好了方子，又亲自捣药给衡哥敷好，再三担保没事，大家这才放下心来。族里的长辈松口气，忽然又想起来："这，三房的三小姐怎么样了？"

旁人提起琳婉，大太太董氏仿佛才想到跌下山的女儿，整个人怔了怔。

长房老太太看董氏："三丫头怎么样了？"

大太太董氏这才支吾："媳妇只顾得看二爷，还没去看三姐儿。"

琳怡悄悄看了一眼大太太董氏此时憨厚的表情，若是萧氏在这里顶多也是这个模样。大太太董氏竟然这样疼衡哥胜过自己亲生的女儿。这样的品行真是令在场的人都要汗颜。

大太太母女在族人面前演得可真像啊，可惜一心向善的二太太田氏没来，否则又该是

怎么热闹的场面。

长房老太太挣扎着起身：“快……快跟我去看看三丫头。”

大太太董氏这才急忙跟了出去。

众人到了侧室里，丫鬟掀开帘子，琳婉正苍白着脸让丫鬟搀着往外走。

大太太董氏看到女儿眼睛更红了：“你这是要做什么？”

琳婉一脸急切：“我去看看二弟，二弟怎么样了？”

“郎中已经给开了药，”大太太董氏急忙将琳婉安置回床上，“你们两个真是要吓死我了。”

母女之间这样真情流露也就罢了，口口声声离不开衡哥，琳怡这个亲妹妹倒成了局外人。族里的人陆续来看琳婉，琳怡四下里看看，平日爱出风头的琳芳缩在角落里，一双大大的眼睛不时躲避着旁人的目光。

能干出这么蠢的事也就是琳芳了。

不过比起琳婉的沉着，大太太董氏还是有些欠火候，不过这样更显出琳婉的贤淑：“旁边的人也不知伺候着，好端端的怎么就摔下来。”

琳芳抿着嘴唇有些紧张。

琳婉眼睛微微一颤，平凡的脸上浮起一抹娇弱的神情：“不是下人的错，是我自己要去看风景，脚下被石头一绊这才摔了下来。”

脚下被石头一绊，这借口找得好，虽说园子里留着小山景是为了看着自然，但族里这么多下人怎么可能让乱石伤了小姐们的脚。大家听得这话都会心领神会。

旁边的琳芳倒是又活了过来。

琳婉伤了手肘和膝盖，上了药水也就好了。

族里管事的奶奶不好意思地向长房老太太告罪：“都是我没有安排妥当。”

屋子里的人都安静下来听长房老太太说话。

孙子、孙女都受了伤，恐怕不会善罢甘休，一定要查个清楚。

“哪里的话，都是一家人，这样说就见外了。”长房老太太慈祥地劝说管事奶奶。

屋子里有人惊讶，有人松口气。

这事怪罪给族里，族里也只能受了。

琳婉用了药躺下，大太太董氏又去张罗衡哥那边的事，直到将两个人都安置妥当了，这才回去歇着。

族里的长辈都夸：“平日里看着厉害，心肠却是一等一的好，再说管家哪有不泼辣的，否则也镇不住下人，那麻利劲儿是好主母。”

长房老太太也点头：“这些年越发老成了。”

琳怡听得这话，整颗心都要跳起来。从前他们就是这样被摆布，外面人看来二老太太董氏和两个伯父对她一家都是极好的，想尽法子救父亲出狱，又给她安排一门好亲事，二老太太董氏还给她添了箱，萧氏重病在床都是两位伯母照应，怕哥哥被父亲牵连还送去了乡下避风头。

二老太太一家用的手段，现在又一一展现在她眼前，只是这次她却不再任他们摆布。大伯母和琳婉联起手来想要蒙蔽族里人，好让大伯父争做长房继子，她就帮她们添把火，让她们知道手里握着的是烫手的山芋。

琳怡去衡哥房里看到衡哥的伤口肿起来："也不知道什么时候能消肿。"

就算用了药也得有个过程才能好转。

"郎中都说没事了，"衡哥笑着安慰妹妹，"咱们在福宁也不是没见过被蛇咬伤的下人，比我这个重多了。"

"怎么会有蛇呢？"琳怡皱起眉头，长房老太太已经让人看着大太太、琳婉、琳芳了，并没有发现她们有这样的动作啊，看来单纯的防范还是防不住。

"可能是亭子里挂的鸟笼将蛇引了过来。"

琳婉知道哥哥喜欢逗鸟。

琳芳是藏不住心事的人，她想要算计琳婉定然会让琳婉发觉，琳婉趁机拉着哥哥一起去看鸟，哥哥定会在前面走，这样一来可能遇到蛇的就是哥哥。

琳婉做事小心翼翼，就算害人也不会让人捉住把柄。

利用别人是琳婉一贯的作风。

不知道她的猜测对不对。

这件事总要证实。

琳婉屋子里没有了旁人，琳芳讪讪坐过去说话："我不是故意要将你推下山。"看到衡哥走在前面，她生怕之前安排的蛇吓不到琳婉，又生怕那蛇忽然来到她脚下，她正是神情恍惚的时候，琳婉偏拿出族里老太太给的荷包要分她一只。

琳婉眼睛晶亮的样子像是在施舍。不过是只荷包罢了，谁又稀罕。可是难免火气上涨，琳婉又拿出姐姐的谱教训她多学针线，她这才和琳婉拌起嘴来。谁都知道她擅长的是诗词歌赋，琳婉偏说："族里的长辈说了，小姐们大了就不要痴迷这些东西，还是学学女红正经。"她这才失了分寸。琳芳想着仍旧惊魂未定。

"我知道，"琳婉提起帕子轻触鼻尖，然后睁大眼睛，"我们是姐妹，我知道你是无心的。"

"那三姐不会将这事告诉长辈？"

琳婉摇摇头："当然不会，我若说了不是要四妹妹挨骂。"

两个人话刚说到这里，门口的隔扇被打开了，接着是快步进屋的琳怡。

琳怡一脸诧异地看琳芳："是四姐将三姐推下山的？大家都是亲姐妹，四姐怎么能下得去手，就算是做景致的小山，那也是很高的，万一三姐有个好歹，四姐也准备不声不响地

蒙混过关？”

琳芳想开口说话，琳怡不准备给她这个机会：“我听外面的丫鬟议论是四姐要去山顶看风景，这件事该不是四姐早就算计好的吧。我要去告诉长房老太太和大伯母，四姐太肆意妄为了。”

旁边的四喜拼命求情：“六小姐行行好，我们家小姐不是故意的。”

琳怡不听这些，转身要走，手腕却被琳芳捉住，琳芳神色慌张：“你敢……”

琳芳陷害她不是一次两次了，在林家甚至还联合宁平侯五小姐准备看她的笑话，前世她要嫁给林正青之前，琳芳来她屋里不知高台看戏笑了多少回。这次好不容易身为局外人，她连帮忙敲锣打鼓都不敢吗？

琳芳咬牙切齿：“三姐好端端的没事，你要害死我不成？”

琳怡抬起头看向琳芳：“要害死四姐的是四姐自己。三姐这样了还顾念姐妹之情，四姐听到就不嫌脸红。”

“好了，好了。”琳婉要伸手劝说，却不小心将床边的药碗碰落在地。

碎瓷的声响将屋里、外面的人都吓了一大跳。

“这是怎么回事。”

长房老太太的声音传来，琳芳的脸色彻底变了。

长房老太太目光锐利：“四丫头，你倒说说看，你三姐是怎么摔的？”

琳芳咬紧嘴唇不肯说话。

长房老太太坐在椅子上：“你不说，我就让族里人去查，直到查个水落石出。”

琳芳再也扛不住，肩膀开始抖动起来。

“伯祖母，我真的不是有意的，我只是要让三姐看那些鸟儿，一下子不小心……”琳芳说着去看琳婉，“三姐，你说是不是。”

琳婉张嘴说话却不小心岔了气，咳嗽着点头：“伯祖母，是真的……四妹妹不是有意的，您就饶了她吧！”

“要想人不知除非己莫为，”长房老太太沉着脸，“推倒一个人需要多大的力气，无意的能将你三姐推下山？你三姐替你遮掩，你却没有悔改的心思。六丫头要将实话告诉我，你还说她要害死你。你可知道，若是你三姐伤到脸还怎么嫁人？今天下午你三姐说话遮遮掩掩我就知道这里面有不实之处，否则也不会过来要向她问个清楚。”

琳芳听得这话心又沉下去几分，微抬起头怨恨地看向琳怡。

“我问你，你是不是还当是别人的错？就算你六妹妹不来告诉我，你以为我就查不出来？丢人丢到族里来了，族里长辈都看着呢，我们这一支的女儿竟然心肠如此歹毒。”

琳芳几欲瘫倒在地上。

长房老太太不给琳芳喘息的机会：“你怎么想起来要去山头看风景？”

琳芳仍旧糊弄："是恰好走到那里，说新漆的亭子漂亮，就想上去瞧瞧。"

长房老太太冷笑一声："所以你身边的婆子早就等在亭子旁了。"

院子里本来就见到了蛇，让身边的婆子将蛇放在那里吓唬琳婉，也只是想出口气，没想到琳婉会叫衡哥去赏鸟。

"多亏你二弟没有被蛇咬实，否则哪里有命在。"长房老太太看向琳芳，"你选条路，是自己回去向你祖母说清楚，还是我将你交给族里长辈，看看族里什么说法，看看是否是我冤枉了你。"

琳芳看已经无路可走，跪在地上哭道："孙女错了，孙女是跟三姐拌了嘴，这才推了三姐一把，那蛇是怎么回事，孙女确实不知晓啊。"

长房老太太道："别的我不知道，你最好求着你身边的婆子做事没有纰漏，这是族里的地方，让族里瞧出半点端倪，我是帮你遮掩不过去。"

琳芳想想族里这么多人，这才慌了："伯祖母……您一直都疼孙女的啊，这次一定要帮帮孙女，孙女真的没想害人。"说着真的哭起来。

长房老太太沉下眼睛："你以为我愿意让你在族里丢了脸面，真的丢脸的是你自己。说不得闹出来还要牵连你的姐妹，若是我不疼你早在族里长辈面前质问你，如何能等到现在？"

琳芳见再没有办法推脱，恐怕族里万一发现了，长房老太太不伸手帮忙，哭哭啼啼地道："伯祖母说的是，孙女以后再也不敢了。"

长房老太太叹气："当着我的面给你三姐赔礼道歉。要论性情你比你三姐差远了。"

琳芳咬牙看向床上的琳婉，琳婉靠在床边红着眼睛软软开口："伯祖母，这事不怪四妹妹。"

长房老太太皱着眉头看琳芳："我从前以为你很懂事，经过这件事……你要向你三姐好好学学，以后才能有你的好日子过。"

长房老太太这话说得一点不假，琳芳再这样下去只会自食恶果，相反的，琳婉的手段才算高。这一点传到二太太田氏耳朵里，田氏一定不觉得陌生。

琳芳脸上没有半点的血色低头向琳婉赔罪。

琳婉吓了一跳光着脚就下床，也替琳芳求情，长房老太太亲手扶起琳婉："好孩子，我也是要给四丫头一个教训，让她知晓姐妹之情，将来你们各自嫁了人，还要互相帮衬。你越替她遮掩越是害了她，这件事你不说出来，我没有早些安排，万一被族里先一步弄了清楚，你说四丫头日后要怎么做人？宗长说话哪个族人又敢不听，将四丫头送回京里也是这个意思，离开反而会好些。"

琳芳听得这话出了一身冷汗。

长房老太太看向琳芳："你回去问问你祖母就知道了，族里有没有惩治过女眷。"

长房老太太说到这里，只听白妈妈道："大太太过来了。"

大太太董氏走进屋看到跪在地上的琳芳：“这是……怎么了……”

长房老太太要说话心里却一阵慌，白妈妈忙上前给长房老太太顺气。

“大太太今儿出了这件事……我也惩罚过四丫头了，俗话说家丑不可外扬，在族里我们还要替四丫头遮掩……你让人在族里打听着，但凡有什么消息都要压住，”说着顿了顿，“我老了，这些事你要帮衬着。”

大太太董氏听得这话心里一喜，连忙颔首：“老太太放心，媳妇一定想办法打听。”

长房老太太又看向琳芳：“四丫头以后再有这般事，我第一个不答应。”

床上琳婉目光微微闪烁。

琳婉现在该是有所察觉了，长房老太太之前训斥琳芳倒像是为了让大太太董氏息事宁人，先一步惩罚了琳芳又替琳芳说话，其实是为琳芳着想。

就算琳芳看不透这点，回去总会和田氏说了清楚，田氏那么聪明能不明白这里面是谁捣鬼。大太太和琳婉想要装好人，就让她们好人做到底。

这样一来就等于将大伯父想要过继去长房的心思摆在了明面上，接下来就要看二老太太董氏和二太太田氏准备怎么做。

“我说找个妥当的人先将琳芳送回京里，你怎么想？”长房老太太干脆与大太太董氏商量起来。

“这……媳妇……”大太太董氏看着长房老太太深沉的目光，仿佛是在考量她治家的能力。

这是一个两难的选择。琳怡垂下小脸只管在旁边坐着，放松情绪神游太虚。往常都是她紧绷着神经，这次就换琳婉母女仔细思量吧！反正无论怎么选都是个错。琳芳回去京里，族里能不知晓原因？琳芳不回去，万一族里闹起来怎么收场？

大太太董氏再厉害，还能比得上长房老太太？

结果大太太董氏选择了将琳芳送回京城。在大太太董氏看来，琳芳一走，长房老太太身边剩下的可都是自己人了。

琳婉蹙着眉头道：“这样单让四妹妹回去不好吧！要不然我跟着四妹妹一起回京。”

长房老太太沉着脸：“你刚摔伤了腿，这一路马车颠簸怎么能受得住？就说京里来信了，二太太身子不适，四丫头着了急要回去看母亲。”长房老太太说着问琳芳：“四丫头是想留下来还是想回京。”

琳芳吞咽了一口：“我……还是回去……”

琳芳的性子，关键时刻只会想起那个做观世音的母亲。

既然如此大家就达成共识，由大太太出面安排将琳芳妥善送回陈家，正好族里要去京里办买书籍，如此一来安排倒省了事。

大太太董氏在族里上下打点，琳芳的事还是像手缝里的沙子般慢慢渗了出去。对琳怡一家影响最大的是董氏对衡哥照顾得太过周到，衡哥每日都要向琳怡皱眉，好在衡哥有个好忍性，一天天地磨了过来。

这些消息慢慢送到京里，到了二老太太董氏耳朵里，彻底有了眉目，琳芳抽抽噎噎地在田氏怀里哭：“祖母，孙女说得没错吧！”

二老太太董氏一眼盯向琳芳：“你到底有没有推你三姐？”

琳芳已经被二太太田氏教育过了：“我和三姐姐扑蝴蝶不小心……真的是不小心……孙女哪里会有这种心肠，在长房老太太面前孙女也辩解，可是没有人肯听……”

二老太太董氏目光闪烁：“你说你和三丫头说话的时候，恰好六丫头闯进去……外面就没有丫鬟守着？”

琳芳用帕子擦了眼泪：“孙女也奇怪。”

这是早就安排好的了，故意让四丫头在族里闯下大祸，这样一来让老二做继子的话她就说不出口。

二老太太董氏一眼看向琳芳：“从今天起不准你再出屋。”

琳芳委屈的表情一下子从脸上消失得干干净净，变成了惊愕：“祖母……祖母……孙女……”说着拉起田氏的手向田氏求助。

田氏还没说话，二老太太董氏已经道：“都是平日里太过娇纵你，才让你做出这种事来。”

这件事眼看是压不住了，若是不惩治琳芳，在族里更没有立场说话。

“祖母……孙女是气不过啊，大伯母和三姐她们暗地里……”

二老太太董氏恨铁不成钢：“谁教你这样就可以害你姐姐？”

琳芳张大了嘴再也发不出半点声音。

二老太太董氏看向坐在一旁的陈允周：“你说句话，是要让琳芳在家里修身养性，还是送去家庵里学学规矩再回来？”

琳芳听到家庵两个字顿时瘫倒在地上。

陈允周脸色一阵青红，看向琳芳厉声道：“不想明白就别出房门。”

琳芳哭着被拉去房里关上。

回到房里陈允周将桌子上的东西都摔在地上：“大哥这般可恨，我去不成长房，我也不能让他得逞。”

第四十九章 泼妇·毒计

琳怡在长房老太太身边听京里的消息。

“大老爷和二老爷一起出去了一趟，之后两个人就不说话了。”

长房老太太哼了一声："到了紧要关头，亲兄弟也要明算账。"

大伯和二伯是断定父亲不会活着回来了。这样长房老太太就要从他们中间选出一个做继子。

白妈妈接着说："二老太太气得不轻，家里已经请了郎中。四小姐也被关在房里思过。"现在二老太太董氏一家是鸡飞狗跳。

在族里的大太太董氏和琳婉也不轻松，白妈妈低声道："二老太太让人捎信过来请大太太回去侍疾呢。"

长房老太太笑一声："就让她们姑侄两个慢慢合计吧，"说着顿了顿，"二老太太定会让人去族里求帮忙，你让人跟住了，看看是谁帮着二老太太捣鬼。"

白妈妈道："老太太放心吧，咱们布置了这么久，关键时刻奴婢哪敢疏忽。"

趁着这个机会，她也要看看族里和董氏串通在一起的是族里哪一支。

白妈妈下去安排，长房老太太才将小萧氏捎来的信打开，京里的情形十分紧张，郑家偷着捎信给小萧氏，陈允远在狱中虽然受苦，但是性命无碍。

长房老太太将信收起来："这也算是好消息。"

琳怡点点头，接下来就等着福建那边一锤定音。

除了萧氏的信，家里还送来了齐三小姐和郑七小姐写给琳怡的信。

琳怡去内室里拆开信看。郑七小姐在信中说，惠和郡主每日都埋怨康郡王，放着轻松的差事不干却要去接福建的烫手山芋，一边担心一边让人出去打听，希望康郡王能顺利回京。郑七小姐又问琳怡通州怎么样，说到陈允远的事，郑七小姐安慰琳怡，别太担心，一定会好的。琳怡不由得一笑，别看郑七小姐性子直率，却最不擅长说这种安慰人的话，就连写到纸上都嫌晦涩，但比起琳婉收发自如的善心，就是这种晦涩的言语才让人觉得心里暖暖的。

琳怡读完信就要将信装回信封，却发现信封里还有一张折好的字条，琳怡将字条打开，里面的字迹和郑七小姐的完全不一样，笔力刚劲，字形却俊秀，上面只写了一行小字：接到信后，十五日内到福建。

十五日内到福建。

琳怡眼前忽然浮起周十九的影子。

这个人托郑七小姐给她传消息……他是知道她就算心里不愿意也肯定会看字条，这个人一言一行就离不开算计。

琳怡看看郑七小姐寄信的日期，那就是还有七八日就会到福建。

收起郑七小姐的信，琳怡端起茶来喝，好半天才想起来齐三小姐的信还没拆开。

齐三小姐的信不长，就是问候琳怡，请琳怡回京之后去齐家做客。

接下来的日子，琳怡就是数着过，好在这里的空气还算清爽，琳怡和衡哥跟着长房老太太又看了几场大戏。

二老太太董氏让人给族里的五老太爷送了柄玉如意，二老太太董氏为了心爱的小儿子陈允周不惜花费银子，大太太董氏不甘示弱，频频和四老太爷家的媳妇走动密切。五老太爷到宗长家做客，四老太爷也跟着去了，两家一来二去打起擂台来。

老太爷在宗长家发威，两个老太太就私下里轮流找长房老太太说话，一开始衡哥和琳怡还在碧纱橱里听一听，几次下来两个人就都失去了兴致。

衡哥出去和族里的兄弟约玩，琳怡一边做针线一边打瞌睡，琳霜见琳怡无聊，干脆将她拖出去："走，帮我去选陪房丫头。"

前世琳怡嫁去林家时也经过这样的事，不过那时候她只带了玲珑和橘红，其他的都由萧氏帮着安排。

"身边的两个大丫头肯定是要带的，还要选两个姿色好又老实的二等丫头。"

姿色好又老实的。

见琳怡一怔，琳霜低声道："将来是要留在屋里做通房的，这样嫁过去之后才能万无一失。"

琳霜竟然连这点都想好了。

两个人走到僻静处，琳霜才支支吾吾地道："我母亲让人打听了，他屋里有两个近身的大丫头，都是颇有姿色的，这样一来从前家里帮我准备的就差了些，这次再选一两个放身边。"

想得是好，可是做了通房的丫头能跟主子一条心吗？

琳霜在十个女孩里选了两个家生子，琳霜道："家生子好，老子娘都在娘家这边，她的卖身契也攥在我手里，就算闹也闹不出大天去。"

妾室再怎么样也越不过主母去，就看她是跟谁一条心。

琳怡跟着琳霜提前接受了些做主母的经验。成亲之后先要想方设法将夫君留在自己房里，哪怕是利用身边的丫鬟，等到怀了身孕生下子嗣，正室的位置就算坐稳了。

女人只要嫁了人就要想方设法稳住自己的地位。

以琳霜的性子最后都听得垂头丧气，靠在琳怡肩膀上："你说我连他正经的性子都不知道，就要想着怎么才能投其所好，不但要将我嫁过去还要选几个美貌的丫鬟给他……平常就觉得母亲惩治那些姨娘手段太残忍，现在轮到自己……真是让人恨啊，"说完仰起头看琳怡，"你将来会嫁个什么样的？"

琳怡苦笑，这谁能说得准，长房老太太看上齐二郎，她心里也能接受，只是齐家躲躲闪闪，看样子是要等到齐二郎春闱过后有了功名再提婚事。

琳霜说着开始细数自己的几个姑表亲："程二好色，李三懦弱，李四……小气，性子又怪，动不动板着脸人鬼莫近，看到他就晦气。算来算去就是这几个烂头蒜，没有一个能配得上你。"

琳霜提起李四明显比别人说得多。

琳怡试探着问："李四郎是谁？"

琳霜眼睛更多一层阴郁："我姑母家的庶子，整天满口要争前程，就他那样及不上你哥哥半点，竟然还敢学别人……不过就是乡巴佬，还要和大户人家的子孙相比。"

原来琳霜心里想的和最终嫁的是两回事，怪不得琳霜会觉得委屈。正经人家的嫡女配了旁人家的庶子会让人笑话，陈家的长辈是不会答应的。

琳霜不声不响地掉着眼泪，琳怡只装作不知晓紧紧拉着琳霜的手。

琳霜擦干了眼泪，拉着琳怡往回走，到了长房老太太的住处，白芍上前给琳怡、琳霜见了礼道："长房老太太去大房了。"

琳怡低声道："是不是有什么事？"

白芍道："四房、五房两家的媳妇打起来了，听说动了手流了血，长房老太太过去劝架……"

琳霜本来绷紧的脸一下子有了笑容，拉起琳怡："走，走，走，带你去开开眼界，你们三房长期在外做官，哪里见过这个。"

琳霜是大房的孙女，自然最是了解周围地形，带着琳怡走过几段弯弯曲曲的路，就看到大房老太太的院子。

琳霜和琳怡蹑手蹑脚地靠近，然后在长廊处停下来走到廊下，正好眼前有一丛花草能挡住两个人的身形。

琳怡伸出头去看，就见到一个妇人捶着胸口大哭："我哪里还有活路哟，这明摆着是有人撑腰就欺负人，今天干脆就在族里说清楚，宗长不管就去见官。"妇人身边有人伸手去搀扶，那妇人彪悍一手将那人打开，接着哭，"今日之事就别想不声不响地就算了，谁也别拦着……"

那妇人转过头来，琳怡看到妇人的大襟儿上血红一片，远远看去好不吓人。

琳霜道："这是五房家的奶奶，别看长得娇弱，其实就是个破落户。她那鼻子从小摔跤留了病，不小心碰到就要淌血，她是故意留着那些血迹吓人的。"

屋子里传来妇人不服输的声音："不过就是你自己碰流了血，你还要见官，去啊，咱们就去，看到时候谁丢脸。仗着娘家有几个臭钱就肆意妄为……陈家的祖宗啊……你们睁开眼看看……现在真是变了天……什么东西都能进我们陈家的门啊……"

这可真是……

京里大宅门里的妇人，不过就是翘着眼睛明里暗里讥讽。在福宁时偶尔能听到妇人骂人，那也不过是一句半句，今天这样的情形琳怡还是第一次见。

最后还是大房老太太发了怒："谁要是再说一句就给我撵出去。"

两个妇人才住了嘴。

人说清官难断家务事，不过这事放在长房也是司空见惯了，大房老太太将二人都骂了一通，两个人在屋里低了头，出来之后又眼神交锋了一阵才各自离开。

琳怡和琳霜无戏可看，手拉着手慢慢退了出去。

到了晚上，长房老太太才从大房回来。

看到长房老太太脸上的笑容，琳怡脸上一喜：“伯祖母，族里答应要立我父亲为继子了？”

长房老太太道：“二老太太董氏两个儿子将族里搅得天翻地覆，亲兄弟之间为了这个位置大打出手，我过继儿子是要养老的，不是要惦记我的家财，就凭这个我也不能过继他们其中一个，目前的情形，族里支持董氏哪个儿子都要得罪另一方，倒不如卖我一个人情，我和大房说了，若是你父亲有个差池，我就干脆不再过继子嗣，将来百年之后将长房的家财全都给族里。”

这样得利的就是族里，族里自然会答应。

“对外面只说先过继你父亲，出了差错我再重新选继子。”

长房老太太的缓兵之计正对大伯和大太太董氏的心思，在董氏心里，长房老太太是为了她和哥哥着想，就算父亲不能从狱中出来，长房老太太也想照顾他们兄妹周全，长房老太太再选继子的时候，应该会选没有子嗣的大伯。

“就算你大伯外面没有庶子也真的不能再生儿子，我也不放心将你哥哥交给他，”长房老太太说着顿了顿，“若果然你父亲有个闪失，我就带着你们一家，虽然属于陈家的田产我会交还族里，我的陪嫁却能给你们兄妹两个。”

琳怡听得心里发热，长房老太太也是没法子的法子，二老太太董氏一家没那么好对付，若是不争取宗长的支持，父亲不会顺利成为继子。

二太太田氏的手段绝不会这么简单。

果然第二天，这段公案有了结果，原来二老太太董氏送给五房的如意是求子用的，还有田氏亲手抄的经文，五房一家如获至宝，然后开始大力宣扬二太太田氏这位活菩萨的善心，二老太太董氏病在床上，二太太田氏怀着身孕却要床前侍奉，反观大太太董氏留在族里，为的就是争长房继子，大太太董氏和琳婉的仁善、恭孝都是表面上的。这样一传，大太太董氏和琳婉在族里立即抬不起头来。

琳婉善名早就在外，这些日子又低声低气帮族里姐妹打了不少络子，族里的姐妹安慰她的居多，大太太董氏借着女儿的光在族里哭了一次，也获得了些许同情，不过还是抵不住族里女眷求子的热情。

大太太董氏就使出杀手锏，以自己为例，平日里她跟着二太太田氏没少拜观音，念佛经，却怎么肚子一直不见动静。

琳怡托着腮看云起云落，二太太田氏在京里操控都能压住大太太董氏，可见确实是佛光普照的结果。

衡哥在族里整日在外面跑，又是骑马又是射箭又是捉鱼，很快就比以前黑壮了不少，打了几只兔子献宝似的给琳怡看过之后，衡哥感叹：“书生无用，男子还是学些武好。要是

齐二郎能学些武也就不会在秋闱时生病，说不得能取头筹呢。”如果他学些武就会比蛇快一步了。

琳怡这时才知道原来齐二郎是因为生病才考了第三十八名。

琳霜从教引嬷嬷那里出来就去找琳怡，学着教引嬷嬷的样子甩甩帕子教琳怡，怎么样才能让婆婆欢喜，让夫君满意。琳霜说着说着就蔫下来：“其实我觉得还是两个人脾性相近的好，这样不用多说就能知晓对方的意思，人说琴瑟和谐，就因为两个都是弦乐，这才能好，如果对牛弹琴，互相不知道说的是什么，又有什么意思。”

琳怡红了脸拿着帕子羞琳霜：“以后再也别拿教引嬷嬷的话来跟我掰理。”

琳霜也臊起来，却鼓着脸强辩：“你早晚还不是要知道。”

其实琳怡觉得没必要脾性相近，人人都说她生母萧氏聪颖才和父亲夫妻和顺，可是现在小萧氏实诚直率，父亲屋里不是照样太平亲睦。她从前喜欢十分聪颖的人，总觉得那样的人一笑之间就能让人敬服，从容淡泊，理智自制，却又让人捉摸不透，如切如磋如琢如磨，任岁月雕琢只会越来越明亮。

所以前世她才会欢欣地嫁给林正青。

可是经过了前世的种种，她对这样让人把握不住的人还是敬谢不敏。这样的人需要旁人给他添光加彩，而她更想谨慎生活。

女子少读些书，少些盼想未必就是坏事。

琳怡起身整理好裙摆回去睡觉，第二天琳怡就听到京里送来的消息，崔御史因贪墨被抓，家里也被都察院查抄。

琳怡立即回想起前世新婚之夜那场大火。

崔二小姐甚至连林家门都没进就被林家利用算计了。崔御史参奏父亲，里面一定有林家的推波助澜，否则彼此将为姻亲为什么不加提点。

林家不必推脱这门亲事，是因为林正青知晓崔二小姐不可能嫁入林家。

京里开始动作，就证明离结果已经不远了。

长房老太太看向琳怡：“我们也该收拾东西回京了。”

在这之前自然要族里开会，耆老族人齐聚一堂正式说说过继之事，只要族里能通过，就要立下文书，将父亲记入长房老太太名下。

族中大会一开，堂屋里聚满了耆老族人，过了两个时辰，大门打开人才陆续散去，长房老太太将文书拿好，笑着看琳怡：“这下你能喊祖母了。”

祖母而不是伯祖母。

琳怡搀着长房老太太的手，开口喊了声：“祖母。”

长房老太太笑着点头：“好，这样就好。等你父亲平安回来，亲手写上他的名讳，这张文书也就成了。”

父亲虽然还没有被放出来，可是有了这张文书，长房老太太和琳怡心里都安稳了些。

下午白妈妈领着丫鬟开始收拾行装，琳怡去琳霜房里告别。

琳霜撅着嘴对琳怡依依不舍：“再住几日吧，怎么突然就要走。”

琳怡也舍不得琳霜，两个人在一起久了，琳怡感叹身边没有这样的姐妹：“等你成亲的时候，我再过来。”

琳霜道：“那时候也说不准……”没出阁的小姐都是跟着长辈才能走远路，不知道那时候长房老太太有没有时间。

琳怡忽然想到：“等你成亲之后，不是就可以走动了？”

这也是成亲的一大好处。

琳霜、琳怡两个互相看看相对一笑，却也没能化开愁绪。

第五十章　回京·拒绝

又在族里缠绵了些时日，长房老太太才带着媳妇、孙子、孙女回京，来的时候带了两大车礼物，走的时候车上又装满了山珍野味。

衡哥坚持要骑马去渡头，长房老太太见衡哥骑术也娴熟了，就吩咐家人跟着护着衡哥慢慢地走。

大太太董氏坚持要侍奉长房老太太就和长房老太太同乘，琳怡和琳婉一辆马车。

琳怡和琳霜聊了一晚，上车之后就让玲珑拿着软垫靠着半睡，睡醒一觉睁开眼睛时，看到琳婉亲切的笑容：“睡吧，一会儿到了我叫你。”

琳婉这样一说，琳怡反倒困意全消，拿出琳霜送她的九连环在玩。琳婉则抓住一切时间做针线。这次绣了抹额，也不知道打算送给哪位夫人。琳婉不但有心机还很努力。

上了船之后琳怡才有机会和长房老太太说话，有大太太董氏和琳婉在，琳怡就撇开京里的事不提，和长房老太太闲话家常，时间久了偷听的人也觉得没趣儿，走到一旁歇着了，琳怡这才说起琳霜的事：“那边的人品祖母知晓吗？”

长房老太太点点头：“听长房的婶子提过，人很是上进，将家里的田产打理得不错，还在山里种了药材，不是那种不务正业的子弟。”

琳霜说起那人的通房，总觉得日子不太好过。

长房老太太就叹气：“没有十全十美的婚事，我看琳霜那孩子性子不算执拗，时间长了也就想通了。”

整日里要对付通房，还要学着怎么将夫君留在屋里，成亲之后就要求子……这样的日子……也是她将来要经历的吗？

马车径直到了长房，三太太萧氏已经在垂花门等着，接下长房老太太和大太太董氏，然后去看一双儿女。

衡哥黑瘦了些，人仿佛也长高了，萧氏关切地问："腿上伤怎么样了？"

衡哥笑着道："已经好了，母亲安心吧！"

萧氏看过衡哥又去看琳怡，"怎么也瘦了？"说着低声道，"我特意让人炖了你爱喝的汤，一会儿多吃些。"

族里吃食上可没有亏欠她，她不过是一边担心京里一边被琳霜拉着满族里跑，这才瘦了下来。

安顿好长房老太太，大太太董氏才带着琳婉回去二房，长房老太太让人将族里送的东西分了一半让大太太带回去给二老太太董氏。

将粘肚皮的大太太董氏母女送走，长房老太太直起脊背长长地出了口气。白妈妈关上门，衡哥和琳怡缩在东炕上听萧氏讲京里的事。

"二伯有三日没有回家了，媳妇也是才让人打听到，二伯这次可能要从戎……"

这时候从戎？

长房老太太很吃惊，却转眼就想明白了："我就知道董氏向来是有手段，更何况她还有那么一个交游广阔的好儿媳。"

长房老太太面色不虞："有人在前面卖命，到了捡好处的时候，谁也不愿意落后。"

二太太田氏长期与达官显贵结交，关键时刻自然有这样的能耐。

提起这个，萧氏赧然："之前我一直让人注意着，只是没发现什么风吹草动，二嫂还是照常出去讲经，二老太太就是一直打听族里的事，没想到……"

"不怪你，"长房老太太喝了口茶，"这样的大事，她们自然要做得滴水不漏。"她为了将老三做继子还不是这般安排。

萧氏听了这话，向长房老太太屈膝行礼："老太太为了老爷的事奔忙辛苦了。"

长房老太太伸手让萧氏起来，"这里面也有你的功劳，"说着顿了顿，"郑家有没有消息传来？"

萧氏摇摇头，目光一转看向琳怡："郑七小姐昨日倒是给琳怡写了封信。"

琳怡从盒子里拿到郑七小姐的信，看看旁边没人才将信打开，先看信封里有没有小字条，然后才去看信函。

周十九的一张字条，就改变了她的习惯。

打开信，里面却夹了一棵草。

钩藤。

在福建经常会见到的。

这是周十九托人捎回来的。

萧氏看到族里写好的文书，脸上也浮起丝笑意："若是老爷回来看了定会高兴。"说到这里，萧氏目光又沉下来。

萧氏服侍长房老太太躺下歇着，然后帮着琳怡整理箱笼。

琳怡将族里的事讲给萧氏，听到族里的媳妇因二老太太董氏两个儿子打起来，萧氏也抿嘴一笑："怎么会这样？"

"家里倒是没有这般，"萧氏拉着琳怡坐在一旁，"只是你四姐姐没关两日就病了，你二伯母就将她接去紫竹院让她边养病边学规矩。"

说病了其实是借口，二太太田氏就是想给琳芳解围罢了。

"母亲不用担心。"琳怡见萧氏忧心忡忡低声劝解。

萧氏叹口气："我这几日睡觉也提心吊胆，生怕有什么坏消息。"

这担心也快到头了，既然周十九让人将钩藤捎进京，就是福建那边已经有了消息。

第二日琳怡给郑七小姐和齐三小姐回了信。

齐三小姐一再请琳怡去齐家，长房老太太也就应允，让婆子陪着琳怡去齐家做客。齐三小姐、五小姐将琳怡接进府就开始问个不停。

琳怡就将通州府的风光和齐家两位小姐说了。

齐三小姐听着羡慕起来："可惜我们就没这个机会出去。"

齐二太太吩咐丫头端了果子过来，然后亲切地与琳怡说了几句话，有了开场白，接下来的话就顺理成章："听说长房老太太这次去族里，是要将你父亲作为继子？"

琳怡颔首："不过还要等父亲安然回来。"

齐二太太眼睛一闪笑了，"也该这样，长房老太太年纪大了，身边总要有个人帮衬，"说完这话，齐二太太遮遮掩掩，"听说长房老太太的咳嗽病好多了。"

琳怡抬起头看到齐三小姐嘟了嘟嘴，齐五小姐微蹙眉头，显然是对母亲的做法不是很赞同。

到底有什么话不能明说。

琳怡微微一笑："是好多了。"

"姻家祖上曾在太医院任职，家里有不少的医书，没想到后代子孙却不喜这个，倒是出了位女医，可惜女子只能私下里看些病症，"齐二太太说着叹口气，又笑着看琳怡，"你跟着姻语秋先生学了不少药理吧？"

换做旁人琳怡不会直言说起，齐二太太明显是有所求，她和齐家不是第一次来往，她也算是诚心相待："会一些，先生教了我些方子，我平日会变着法做些药膳。祖母有咳疾，我就做了梨膏，祖母服了一阵很是有效。"

齐二太太听着脸上一喜："不知道这种梨膏好不好做。"

只问她梨膏好不好做，却没说是谁需要。

琳怡想起齐三小姐说齐二郎生病的事，齐二太太是为齐二郎要这方子吧！

不明说，是不想让齐二郎和她牵连过深。

“好做，”琳怡干脆地应下来，“一会儿我写下来给太太就是，其实祖母的咳疾并不重，我做的梨膏也只是应应景，真正的病症并不好用。”

齐二太太脸上难掩失望之色。

“不过，先生给过我一张药方，对咳疾十分有效。”齐二太太是早就打听好了，姻家善治肺弱之症，所以才会来问她。

琳怡面上不动声色：“只是其中有味药并不好求，太太可能要费些功夫。要用到化州府的橘红。”

“化州府的橘红是贡品，外面是买不到的，太太想想办法去匀一些也就是了。”贡品一般都会赐给勋贵、重臣、宗室一些。

不但告诉她方子，还告诉她应该从哪里求药。陈六小姐还真是性子好，要不是陈家正值多事之秋，陈家门头虽然稍低些，也不是不行，齐二太太拉起琳怡的手：“好孩子，你可是帮了我大忙。”

琳怡笑笑装作并不知晓内情：“我也就是恰好知道罢了。而且，我这方子，太太也要找郎中来看，万一哪里不合适也好调方子。不过那制膏的方法，太太不要告诉旁人，没有禀过姻语秋先生，不好大肆传出去。”

齐二太太点头，眯着眼睛：“我知晓了。”

琳怡第一次单独出来做客，不好停留时间太长，早早就让人准备了马车回去。

送走琳怡，齐三小姐皱着眉头埋怨齐二太太：“母亲这是弄的什么事，母亲真当陈六小姐听不出来？我和妹妹真是羞也羞死了，之前明明要和陈家说亲，现在不但不提还要防着人家，我们家好歹也是书香门第，说出去不怕人笑话。”

齐二太太皱起眉头：“这话怎么说？我也是为了陈六小姐好，是老爷说要等到你哥哥春闱之后才提亲事……”

齐三小姐眼睛一翘，刚要说话手就被齐五小姐拉了一下。

“这话不说是要憋死我，”齐三小姐负气甩开妹妹的手，“父亲、母亲是想攀高门罢了，眼睛只往高处看，不要摔了跟头再后悔。”

齐二太太气得脸色铁青，就要寻东西去打齐三小姐。

齐三小姐也不躲闪：“母亲觉得女儿错了，就打死女儿也好解气。”

齐二太太的脸一下子涨红了，眼泪也蓄满了眼眶：“你以为我愿意？陈家现在什么情形，你哥哥寒窗苦读容易吗？难不成没有入仕就要站位，陈家没落了我们家也要一起被牵连？”

齐三小姐不肯服软：“那一开始就不要频频和人家走动。”

齐二太太恨得咬牙切齿：“你这个没心肝的东西，我养你还养出仇了，竟然帮着别人数落你母亲。”

齐五小姐忙上前劝齐二太太："母亲别生气了，你还不知道三姐的脾气，我们又和陈六小姐要好……"说着拼命向齐三小姐使眼色，齐三小姐这才乖乖回了自己房里。

齐二太太拿帕子擦眼角："真真是要气死我。"

到了晚上齐二老爷回来听说这件事也吹胡子瞪眼睛数落齐二太太："早让你别捡那便宜你就是不听，安心等自己儿子有出息你自然也有了出头之日，偏学人家出去拉关系，我早跟你说如今政局不安，一步都错不得，轩儿年纪不大考中了举人，怎么就不能等到春闱之后杏榜题名再说门好亲事。"

齐二太太软下来，"我也是怕万一这次考不上……"要想官场顺什么都要考虑周到，"大哥家里的兴哥还不是只中了举人，要不是在春闱之前和耿家订了亲，哪能娶到耿家的小姐。我也是听说陈家长房要过继陈三老爷，陈三老爷又做了京官……从五品的官职虽然不高，可人家从前是勋贵，老爷也说这两年皇上复了一些勋贵的爵位，说不定陈家……"

"就听那些妇人嚼舌，"齐二老爷重重地将茶碗放在桌上，"既然你这样想了，就和陈家将亲事定下来，怎么还闹出林家这场事？这门亲事还没正式谈，就让我们家丢了脸面。"

齐二太太脸上一红，她刚和老爷说起陈六小姐，没想到就有消息传来林家要和陈家结亲。老爷当时就说："林大郎那是解元公，你儿子不过是寂寂无名的举人罢了。"可见陈家也是一心想要攀高。

可是后来林家和陈家的亲事出了差错，林家要娶的是崔御史家的小姐。她也打听过了，不想结亲的是陈家，心里这才舒坦了些。

"陈六小姐品貌都不错，我这才动了心思，"齐二太太道，"宇哥儿的婚事是老爷定的，孙家闺女是好，却是个闷葫芦，和三姐儿、五姐儿都搭不上一句话，我也是想相看个得心的，将来老了身边也有个说话的人。"

齐二老爷皱起眉头："所以说你是头发长见识短，哥儿的前程重要还是你的小算盘重要？"

齐二太太无话可说，想起陈六小姐写的药方递给齐二老爷："陈六小姐是姻语秋的徒弟，这药方写起来可是不含糊。"

齐二老爷看着纸上的小楷，笔墨圆润娟秀，女子能练出这样的笔法委实不简单，不禁捋着胡子细瞧："可见姻语秋先生才女之名不假。"

齐二太太脸上有了些笑容："老爷都说好，那就是真的好了。"

齐二老爷放下手里的药方："我看这药方不错，让先生看了就给轩哥儿吃上，轩哥儿的婚事还是等到明年再说。"

齐二太太知道老爷也是为了家里着想就点了头，儿女婚事不能急，特别是有前程的儿子，起码要拿到个最终结果才好去结亲。

齐二老爷站起身，"我去看看轩哥儿，"说着转头看齐二太太："改天你去陈家谢谢陈家长辈，这样偷偷摸摸要方子也不像样，三姐儿说得没错，别让人看不起我们家。"

齐二太太听得这话只好低头。

齐三小姐和五小姐在屋里坐了。

齐三小姐愤愤不平："我看父亲、母亲是越老越糊涂了。父亲为人师也像外面人那般势利，人老了反而怕事，二哥不过就是考了个举人，眼睛就长在了头上。"

齐五小姐给姐姐端了杯茶："好了，好了，不要说哥哥们的婚事，就算是我们自己……一样没有说话的份儿。"

齐三小姐跺了跺脚："陈六小姐的父亲还福祸不定，母亲生怕和人家有牵连，既然如此就别向人家要东西，我说的可有错？"

齐三小姐话音刚落，门口传来一阵咳嗽声，齐重轩皱着眉头看两个妹妹："你们……在说什么？母亲怎么了？"

齐五小姐不想说遮遮掩掩，齐三小姐负气去了内室，齐重轩本来已经听出些端倪，来到齐二太太房里，再见齐二太太让人拿药方让人去请郎中，那药方上的字婉约，明显是女子所写，再想及今日陈六小姐来做客立即明白了几分。

齐重轩眼睛一沉，表情紧绷："母亲这药方怎么要来的？"

齐二太太笑道："你别管了，是我想办法打听来的，一会儿再让先生……"

齐重轩抬头鬓间隐隐冒着青筋："母亲还是将方子送回去，不能坦然和别人交往，就别遮遮掩掩。"

儿子虽然平日里不爱说话，可是也少见发脾气，不过是一张药方，怎么就……

"你这是做什么……"

齐重轩又咳嗽起来，干干的咳嗽声听起来吓人。

齐二太太又忍不住心疼："你这孩子上什么火，都要春闱了，身子调养好才是正经的。"所以她才千方百计地寻法子，还是三姐儿说在陈家看到长房老太太吃一种膏子止咳，她这才想到治肺弱之症的姻家，可是姻家一门脾气怪得很，他们哪有面子去求，这才不得已去求陈家。

陈家长房老太太精明得很，她也不敢随便去开口。

向陈六小姐要方子，她也觉得没什么。

总不至于全家人都要因为这个与她生气。

齐重轩脸色更加难看："就因为给我治病……求人家……还要打人家的脸面……母亲凭什么……"

这……有没有这样严重。

其实话说出口的时候，她也觉得不妥，陈六小姐水晶心肝的人，怎么会没有察觉。让她没想到的是，陈六小姐痛痛快快将方子说了。

"你先将病治了，日后我再上门去谢。"轩儿还从来没和她红过脸。

“母亲，”齐重轩抬起头，“母亲不正经去陈家求，我就不吃药。”

齐二太太错愕，这是做什么。

琳怡回去将药方的事说给长房老太太听。

长房老太太皱起眉头：“齐家怎么能做出这等事？”

细想起来确实让人觉得不舒服。

“进士虽然可贵，也不是就他一家的哥儿能考上，要不是看他家哥儿本分，我也不会和他们家亲近。”

琳怡给长房老太太揉肩膀：“其实也没什么就是要张方子。”

长房老太太松开眉毛诧异：“你倒是想得开。”

亲事就是你情我愿的事，没有这一层，齐二太太说起她还能不帮忙？

她和齐二郎的婚事也没正式谈起，经过了林家那件事，齐家本来就对她家有了隔阂……琳霜说过，选亲事大家都是挑挑拣拣，本来连口头约定也没有，遇到事了会躲开也无可厚非。

“祖母不是也看上齐二郎品行好……”说开了还不是这样，做人坦然点没什么不好。

长房老太太笑道：“你这孩子就会说话让我宽心。他们家要等春闱，我们也等着看杏榜，到时候青年才俊有的是，反正你年纪还小，我也舍不得早早将你嫁出去。再说，你父亲平安回来定然立下大功，到时候门当户对的人就多了。”

陈家长房一片平和，二房却正值多事之秋，大太太董氏从族里回来，二老太太就避而不见。

大太太董氏只得用杀手锏，在二老太太董氏房外跪了三天，又哭又闹甚至将娘家搬出来好歹见到了二老太太董氏。

二老太太董氏紧握银熏球，脸色阴沉：“长子就该留在家里守业。陈家二房将来还不是要交到你们手里，你何必与你弟弟争着去长房。长房的爵位能不能复还是后话，就算是复爵那也要立功争取才是，你瞧瞧允宁哪里是做官的料子？你二弟才做了护卫就结交了不少勋贵子弟，做官那是要八面玲珑的人，否则就会像老三一样，不但不能升迁还会有性命之忧。都是我的儿子，手心手背都是肉，我希望你们都能富贵荣华，并不是所有人都要走为官这条路，那不过就是个名声。”

看着二老太太董氏一脸正经，厉色教训她的模样，大太太董氏心里发冷，既然是个名声，为何还要花费那么大的力气争夺：“姑母您是冤枉媳妇了，媳妇哪里不想让长房老太太过继二叔，只是……琳芳出了那种事，族里都遮掩不过去，长房老太太冷了心，还跟族里长辈说，若是三叔不能回来，就从族里选人过继，媳妇就想与其便宜了外人，倒不如先担下来再说。”

第五十一章 掏心·喜讯

二老太太董氏冷笑，这时候还跟她说假话："我早让你给老大多纳几个妾室，将来妾室生了子嗣过继到你身下，你就是不肯听，如今老大三十有九身下无子，你怨谁。"

早知道老太太会说起这个，董氏跪行几步："娘，媳妇已经想好了，大不了将来过继二叔家的孩子，这样一来，还不是一样……两房都是二叔的儿子承继……娘，您说这些年媳妇求过什么？旁人都说姑作婆，媳妇有福气，姑母对媳妇好，媳妇心里明白，现在这把年纪还为自己争些什么，不过就是儿女。媳妇这辈子没能给陈家生下子嗣，唯有一个女儿……偏偏琳婉生得不算出挑，就连才来京里的琳怡都有林家看上，琳芳更是讨得京里的夫人们喜欢，将来不愁婚嫁，唯有琳婉却无人问津，媳妇的娘家远在川陕，哪个也依靠不上，连给女儿谋门亲事也不能。姑母，媳妇身边的亲人就唯有您啊？"

二老太太董氏无论去哪里做客都要带上琳芳，二老太太偏疼小儿子是京里众所周知的，虽说她是二老太太的娘家侄女，这些年却没有讨得半点好处。

大太太董氏故意不提这些："媳妇生了两胎儿子却都夭折了，姑母给媳妇访了名医回来，不知道喝了多少汤药却也不见成效，姑母又帮媳妇请了道婆，道婆断定媳妇命中无子，媳妇就照姑母说的给老爷纳了两个妾室，结果妾室生下的还是女儿，这些年媳妇都是听姑母的啊，媳妇行事就等于姑母行事。老爷虽没有二叔伶俐却十分听姑母的话，这些年老爷可有忤逆姑母？倒是二叔，姑母说过多少次，让二叔和董家多些来往，二叔却跟岳家走动甚密，您想想这份家业还不是董家帮衬才有的，难不成将来要姓了田？"

二老太太董氏听得这话，不由得心里一沉。

"姑母，"大太太董氏伏在脚榻上哭，"我才进京的时候，没有哪家小姐愿意和我结交，都是因为我说了一口的家乡话，姑母当时安慰我说，总有一天要让她们瞧瞧，我们虽从川陕来，却不比京里的女眷差，那些人不过就是仗着生在京城才自以为是，总有一天要让她们瞧瞧我们的厉害。从那时起我就将姑母当作自己母亲般看待，才一心想要做好姑母的媳妇。我并不是要和二叔争，我只是不甘心，好不容易来到京里，受了不少的磨难，怎么就不能出人头地，让大家都瞧瞧，我们董氏女能压过所有人做诰命夫人，让那些看不起我的人都要向我行礼。让别人提起来，我们董氏也没白来京城。"

二老太太董氏眼睛重重一跳。大媳妇的这些话全都说到了她的心里。初到京城的时候，她一口的家乡话曾是旁人的笑柄，她偷偷请了婆子来就是为了能学到正统的官话，当着众人面惟妙惟肖学官话的时候，生怕一不在意蹦出乡音，心里的滋味只有自己知晓。这么多年了，她本是老爷娶的正室夫人，却要被一个死了的赵氏压住不得翻身，历尽艰辛才将这个家管起来，受了再多委屈，只要想想总有一天要将那些说风凉话的人踩在脚下，心里就会开阔许多。

大太太董氏掩面哭泣，借着手帕的空隙悄悄观察二老太太。

二老太太显然已经动容。

“现在二叔和三叔都是从五品的官职，老爷就算再混也混不过他们，老太太要多疼疼老爷才是啊。”

大太太董氏断断续续哭了半天，二老太太董氏皱着眉头让她起身：“我就是对你们太过纵容，才让你们如此。一个个都不听我的，干脆哪日都分家出去独过。”

大太太董氏知晓二老太太是气话，忙道：“离开姑母，我们一家真的要过不下去了。”

二老太太董氏脸色依旧阴沉：“三丫头的伤怎么样了？”

大太太董氏故意将话说得严重：“几处见了伤，恐要留下疤了，可怜三姐儿还没有出阁，也不知道会不会有碍。”

二老太太眼睛一沉：“去将三丫头叫过来我瞧瞧。”

大太太董氏忙吩咐身边的丫头去叫琳婉。

琳婉脂粉未施面色憔悴，因脚腕扭伤走路还稍有些不适，二老太太董氏见到不禁心疼，问起琳婉当日的情形，琳婉替琳芳一阵遮掩，二老太太董氏嘴里也恨起琳芳来：“太不懂事。”

二老太太董氏这关总算过了，大太太回到房里拉着琳婉的手一顿称赞：“真是我的福星，要不然还真不知道要怎么样。”

“母亲还是别争了，”琳婉垂下眼睛，“等到二叔立功回来，陈家就算复了爵位也是二叔的。”

大太太董氏笑起来：“这你就不知道了，这次的功劳不都是你二叔的，要奖赏是少不了你外公一家。”

琳婉错愕地看着董氏。

大太太董氏拿起身边的药油亲手给琳婉抹上：“傻丫头，你就等着瞧吧！你三叔是马前卒必然是要死的，你二叔不过就是那虾兵蟹将，乱兵一起还是要看谁带兵平乱。”

京里各处开始传各种消息，大太太董氏整日陪着长房老太太说话，给琳怡和衡哥两个挑选布料做新衣服，主动帮衬起三太太萧氏来。

长房老太太也就放任大太太董氏去做，渐渐地整个陈府都觉得三老爷肯定是回不来了。长房老太太带着琳怡去相熟的几家做客，回来之后大太太董氏将认识的一个道士带到长房老太太跟前，长房老太太花了不少的银子请道士好好做了场法事，又去寺里捐了银两。

大太太董氏终于觉得长房老太太是黔驴技穷了，这才不再跟着折腾。倒是三太太萧氏这段时日开始不思饮食，人也消瘦下来。大太太董氏跟着着急让人请郎中来看，萧氏却怎么也不肯看病症，只是整日卧床外人一概不见。

这样的情形让陈家长房如同笼罩了愁云惨雾。

就连玲珑和橘红也听到有小丫鬟私下里议论，若是三老爷回不来，恐怕三太太萧氏也撑不了多久了。

琳怡听着玲珑的话，又想想之前道士在长房老太太面前直言，家里会有血光之灾……父亲在福宁惊动了水神，现在将灾祸带来了陈家，若想陈家平安必要做场法事，长房老太太花了银子做法事之后那道士又说："老太太和家里的少爷、小姐无虞也。"

这话真是让人哭笑不得，长房老太太做法事前说得清楚，是要救父亲，哪里和家里女眷有什么关系。

问到那道士父亲怎么样，那道士一本正经："贫道法力至此，若不是老太太相求，此事也是管不得的，如今只能救了老太太和少爷、小姐，至于三老爷……那要看天意。"

那道士在京畿十分有名，内宅妇人们口口相传十分灵验。就连消息灵通的道士都认定父亲没救了，可见旁人的想法。

长房老太太拉着琳怡的手道："这次就让你看清楚这些神棍的嘴脸。"

神棍的嘴脸她是看清楚了，她更看明白了大伯陈允宁一家人。前世的种种再现，也不知道大伯一家人的心境是不是也如从前。

第二天一大早，大太太董氏没能来长房，倒是齐二太太带着礼物登门。

礼物放在桌上，齐二太太脸上带着羞臊。

长房老太太请齐二太太坐下，齐二太太和长房老太太说了会儿家常，不见琳怡过来，心里明白了几分，不好意思地开口："怎么不见六小姐？"

长房老太太待齐二太太明显不如从前热络："家里换四季衣服，六丫头去帮忙选布料。"

齐二太太扶了扶头上的纱花，表情不自然："上次问六小姐要了个止咳的方子，就想着哪日登门道谢，这些日子家中有事耽搁了，还请老太太不要怪罪……"

长房老太太似笑非笑，捻着佛珠："不过是个方子，二太太言重了。"

"总不好不声不响的，"齐二太太微抬眼睛，"之前在六小姐面前不好说起，是我家哥儿生了病，吃了郎中的药总不见好，我才到处问方子。"

长房老太太哦了一声，脸上却不见惊讶："如今哥儿的病可好转了？"

齐二太太吞吞吐吐："咳疾久了恐成了顽症，就是现在不见好转，我这心里才着急。"

长房老太太这才跟着点头："眼见就要到春闱了，加紧治才好。"

"可不是，"齐二太太拿起帕子轻触鼻尖，"贡院那种地方，每年不知道抬出来几个，身子弱的恐是坚持不下来，秋闱的时候……也是这样才考得差了些。"

"那也不错了，"长房老太太拿起矮桌上的茶来喝，"榜上几百人，府里的哥儿总是取在了前面。"

齐二太太抿抿干燥的嘴唇："让老太太笑话了。"陈家长房老太太的话是两层意思，一层是轩哥儿确实已算不错，另一层意思怪罪他们目中无人，要知道中了举人的可是几百人。

从前两家没有隔阂自然是坐得久，现在生了些嫌隙，齐二太太早早就告辞。长房老太太让人包了回礼给齐家，下人客客气气地将齐二太太送走，只是陈六小姐自始至终也没有露面。

坐在马车上的齐二太太松口气，陈家也算是宽宏大量，没有为难她。

“看来消息是真的了，齐家的哥儿不肯吃齐二太太向你讨来的药方。”长房老太太眼睛里流露出些许欣慰，“能违逆母亲做到这一点也算不容易，可见人品确实端正。”

琳怡将烧好的葛根、昆布水给长房老太太喝。齐家也并不是做事不择手段的，哪家人不是为自己考虑，从避祸的袁家到装聋作哑的郑家，只要触及政事大家都是深思熟虑。官场是非多，文官就是事事考虑周到，武官这一点就比文官重义气。

“咳疾就怕过季，一直缠绵下来不要说春闱了，只怕入仕都难，好不容易考上的举人，谁能比齐家哥儿自己着急……”说到这里，长房老太太点了点头，“齐家哥儿，是个好孩子。”

长房老太太连着夸了齐二郎两句，琳怡这下知晓，长房老太太是真的喜欢齐二郎的性子。老人家眼睛毒辣总是能将许多事看透。

长房老太太喝完了汤，暂时将齐家放在一旁问起萧氏：“你母亲怎么样？”

琳怡摇头：“我做了些点心送去，母亲也吃不下去。”

长房老太太叹口气：“等你父亲回来那时应该会好些了。”

家里诸事都要等着父亲平安归家啊。

平倭大捷的军报传到京里，没有像往次一样人人面露笑容，对陈家来说就如同雪上加霜。捷报到了京里，三日内京里就有不少官员入了大狱，参奏的折子更像雪片一样落在皇帝的御案上，被参的人无非都是曾跟成国公有过节的官员。

朝廷上一片混乱，内宅的女人们手足无措。

铲除异党的好时机到了，袁家也上门问长房老太太，该怎么解救陈允远才好。表面上看这次成国公赢了。朝廷要给屡立战功的成国公一个交代，就要输掉和成国公对立的官员，陈允远就是其中之一。

长房老太太在屋里苦思对策，琳芳也被放出来看热闹，和琳婉一起赖在琳怡房里。

大太太董氏当晚偷偷给陈允宁做了一桌好菜，夫妻两个对饮三杯，然后双双去了内室，大太太满脸绯红：“等到三叔死了，三弟妹病得不成样子，两个孩子就要我们照顾，到时候老爷就是要风得风要雨得雨，再也不用受二叔的气。”

陈允宁看着怀里的娇妻不免眉宇飞扬，床帏落下，夫妻两个在大汗淋漓中盼着噩耗早些传来。

大太太董氏房里灭了灯，二老太太董氏则跪在佛龛面前念叨赵氏：“都是你这个不祥人，否则陈家哪会沦落到今日，老天有眼，你生下的儿子也算是为你还了债，他这一死倒给陈家带来了富贵。”只是这富贵从头到尾和你赵氏母子没有半点关系。

不论瞧到了多少血腥，佛龛里的泥胎都是一如既往的沉默。

袁家正筹划以言官之名救陈允远时，福建八百里加急送来消息，成国公在福建谋反，京里的情势顿时急转。索性朝廷怕倭寇之乱蔓延，一早密令各封疆大吏调集兵马去福建，这下正好对福建成合围之势。

这样的消息传到陈家，一半人欣喜一半人惊诧。

虽然福建的战事还没有结果，陈允远等人终于从大牢里出来。

二老太太让大太太董氏搀扶着迎了出去。看到瘦骨嶙峋的陈允远从长廊另一头慢慢走过来，虽然陈允远狼狈又憔悴，整个人却是活生生的，大太太董氏第一个心酸地掉下眼泪。

在刑部熬了这么长时间，陈允远这个模样已经让长房老太太十分欣慰。

陈允远换了衣服定下神来："没有动刑，每日饭菜也多有照拂，这几日被抓的人突然多起来，我还以为……真就出不来了。"

长房老太太笑着道："我也怕是这个结果，请袁家出面写了奏折，不少人愿意具名，想来想去只有用言官之名保你出来。奏折还没递上去，福建就递进京成国公谋反的消息。"

这一次真是九死一生。陈允远虽然早做好了准备，重见天日那一瞬间还是不免湿了眼睛。尤其是大家聚在刑部外面，所有人看到他都向他抱拳，那一刻他觉得这些辛苦都是值得的，他本没有聪敏的心思，能做成这样的大事何其幸运，所有人都用羡慕的目光看他。

陈允远道："现在也没有福建那边的消息，不知道到底乱成什么样子，若论凶险，康郡王那边比我凶险多了，大家议论起来我才知道，康郡王身边连个亲信也没带，成国公既然敢谋反，就是什么也不顾了。"

琳怡听得这话端茶的手顿了顿，想到周十九让人拿出来的钩藤。

周十九知晓她通药理，此种钩藤的药用在根上。

她猜测周十九的意思是要连根拔起。

既然连根拔起，就免不了要费一番周折，京里也就随着动荡。要不是平倭大捷的消息传进京，京里那些成国公的党羽就不会这样齐整地冒出来。她一心只想着父亲早些归家，福建那边的事还真的没和长房老太太一起说过。

陈允远叹口气："但愿朝廷能早些平乱。"

琳怡送上茶站在一旁，父亲能平安回来，也是周十九请人照拂，她也希望周十九能顺利将福建的事办妥当。

二老太太也道："总之多亏陈家祖宗保佑，老三总算是全须全影地回来了。"

"还有一件好事，"长房老太太笑道，"今日请郎中来给老三媳妇诊脉，老三媳妇身上有孕了，算算已经有三个多月。"

陈允远似是被巨大的喜悦冲得迷糊起来，半天才缓过神："这……这是真的？"

长房老太太含笑点头："是真的，你又要做爹了。"

屋子里其他人也是才回过神，二老太太董氏表情变了又变："这孩子……怎么现在才发现。”

第五十二章 逆转·求子

大家正说着话，陈允宁慌张地进屋，一眼就盯在椅子里的陈允远脸上。

陈允宁的表情五味杂陈，就像刚刚大太太董氏一样，如同经受了重重的打击，这消息来得太快了，一瞬间京里的情形大变，即将被处死的罪官一下子都被放了出来。

“三弟，”陈允宁稳住情绪，担忧地看向陈允远，“你的身子怎么样？朝廷也不说一声，好教我们去接你。”

陈允远将陈允宁让到一旁坐下：“我也是突然知晓，这就被放了出来。见到袁老爷子和大姑爷我才知道成国公谋反了。”

怪不得长房那边没有任何动静，原来是有袁家人在外接应。

陈允远瞥向旁边的大太太董氏。早上还笑靥如花的妻子，现在就似个木偶般傻傻坐在一旁。

平倭的捷报和成国公谋反的消息竟然只差了五日。哪怕再拖上几天，陈允宁微攥手指，皇上都要先杀掉一些人稳定朝局。

为了争长房继子，他和二弟已经闹开了，在母亲面前备受责难……现在陈允远回来了，这些日子的努力一下子付诸东流，哪怕他早知晓半日，也可寻人想办法让陈允远进不得这个家门。

“朝廷也知晓我们老三忠义，专门请了顶官轿还让官差跟着送了回来，这般从刑部出来的还是头一份。”二老太太董氏缓缓看了陈允宁一眼。

陈允宁心中再次惊讶，脸上却不得不露出笑容来。两种情绪交加下，表情让人看着怪异非常：“这……可是皇恩浩荡……”

陈允远脸上也有了些笑容。

不一会儿工夫陈琳娇的夫君袁延文登门。

袁延文向长辈们行过礼就坐在一旁说起打听来的事：“多亏沿途两个驿站的马匹管理不当，平倭的捷报晚了几日进京。”

看到陈允远侥幸的笑容，陈允宁胸口如被压了一块大石，带了火牌的军报文书，就算掉了脑袋也不敢传递有误，这一路上却接连几个驿站出了问题，这种事大周朝也是从未有过，说是巧合谁能相信，定是一早就安排好的。

是有人故意让捷报晚进京，这才让陈允远等人保住了性命。

是谁有这样的本事，在成国公眼皮底下还能动手脚。

是康郡王，虽然年纪轻轻却敢和成国公一起去福建，没有人将刚复宗爵的郡王爷看在眼里，没想到却做出这样的大事。

陈允宁道：“听说成国公谋反的奏折是康郡王递上来的。”

竹帘后的琳婉、琳芳、琳怡几个也在静静地听屋子里说话。琳芳本来心情沉闷，屋子里提起康郡王几个字，琳芳的眼睛骤然亮起来。

袁延文道：“要不是康郡王跟着，消息不会传回来这么快。”

能将消息送回京，单凭这一点就不能让人小看。

琳芳激动地握住手里的帕子，不停地去看屋子里的二太太田氏，仿佛要从田氏眼睛里找到些同样的喜悦。

康郡王，康郡王的婶娘周夫人是很喜欢她的，琳芳想着咬住嘴唇。

大家说了会儿话，二老太太吩咐大太太董氏去张罗宴席，琳婉、琳芳、琳怡几个也从屋子里出来，走到廊下，琳芳再也忍不住：“你们说，叛军能被压下去吗？”

琳婉看着琳芳水灵灵的大眼睛：“这……朝廷都出兵了……肯定能……”

琳芳低下头眼睛里透出阳光初照般的明媚：“这么说……康郡王定是大功一件了。”想到这里，琳芳就心跳加快。康郡王才二十岁，就立下这样的功劳，将来仕途定会顺利。

琳婉收拢身上的披风，似是无意中说起：“康郡王就是和宁平侯五小姐……”

琳芳哼一声：“宁平侯家已经开始和五王爷谈亲事了。”

琳芳母女向来是消息最灵通，何况宁平侯五小姐和琳芳还算走动得近，自然会第一时间听到风吹草动。周十九和宁平侯五小姐的婚事谈不成，琳怡倒是不奇怪，前世也是这样的结果。

“宁平侯家嫌康郡王养在婶娘家，当年康郡王这支失了爵位，家里田产就全都上交了，现在虽复了爵位，家底也是薄得很，哪里比得上五王爷，”琳芳边走边说，“宗室子弟那么多，真到了挑的时候还要分出远近。”

听琳芳的意思对宁平侯家的作为甚是不屑，这事如果换做二太太田氏和琳芳，也会这样选择，人的欲望是无止境的，得到好的就想要更好。靠着惠妃谈成的婚事，里面就有牵扯不开的政事在里面，将来还不定会怎么折腾。

三个人说着话刚过了白玉拱桥，就看到门上的妈妈领着一个婆子进了府，那婆子背着个箱子正东张西望。

琳芳嘴最快，皱着眉头看了看那婆子：“这是做什么来的？”

门上的妈妈低头回道：“是进府看病症的。”

话说得遮遮掩掩，那婆子又是一脸奇异的笑容，琳芳更加好奇：“给谁看病？”

门上妈妈暧昧地笑道：“小姐们不知道的。”说着福了个身，带着那婆子走了。

这话一出，琳芳豁然明了，转头看着琳怡：“是来看胎相的吧！也不知道你将来会有个弟弟还是妹妹。”

前面走的婆子耳朵极灵，听得这话满脸堆笑向妈妈道：“原来太太已经有孕了，我就说我的药极好用的。”

那妈妈低斥一声：“莫要乱说。”

那婆子才算住了嘴。

琳芳目光一闪看向琳怡。

琳怡只当作没有听到，接着向前走去。

眼看着琳怡和琳婉走远，琳芳低声吩咐身边的四喜：“去打听打听，三婶到底求了什么药。”

玲珑给琳怡换了手炉，没想到转眼天气就冷下来，吃过晚饭之后天空更飘起了雪花。小萧氏感叹多亏陈允远现在回家了，否则在大牢里还不要冻病了。

家里请了郎中来，陈允远坚持要给小萧氏先看脉，郎中看了之后开了一服调理胎气的药，陈允远拿着药方看了半天也不能决定到底是抓药还是不抓。

琳怡这才从长房老太太嘴里知晓，原来生母萧氏怀哥哥和她的时候也是这般症状，从怀孕到生下孩子家里就一直没有断过药汤。现在小萧氏好不容易怀了身孕，陈允远就更加郑重，最终还是在长房老太太的决定下，暂时先不要给小萧氏用汤药。

长房老太太道：“女人怀孩子总是难熬的，过了头几个月只会越来越好，只要孩子大人都好，多找几个厨娘来变着法做些吃食试试。”

二老太太董氏倒也是慈眉善目：“就算用药也要多找几个郎中来看看再说。”

郎中又给陈允远看了脉，只开了些补养身子的药。

药方最终送到大太太董氏手里，几个月的筹谋，她得到的就是一张给三叔补身子的方子……真是……天大的笑话。

陈允远没有死，病得奄奄一息的萧氏也摇身一变成了身怀有孕。她平日里要照顾田氏，现在又多了个萧氏。

她最终得到的就是这个。

大太太董氏想到这里只觉得喉咙一阵腥臭，胃里如同翻江倒海，忍不住的恶心。慌忙用帕子捂着嘴，冲了出去。

旁边的妈妈见了忙去拿痰盂。

“这是怎么了？”二老太太董氏最先反应过来，看了眼身边的董妈妈。

董妈妈忙跟了出去，不一会儿回来低声道：“大太太吐了，也不知是不是……”

二老太太董氏眼睛里闪过欣喜。

陈家好久没有孩子出生，现在二太太、三太太都有了身孕，这喜气说不得也传到大太太董氏身上。

二老太太董氏忙吩咐董妈妈：“快，快……将郎中追回来好好给大太太看看。”

长房老太太也笑道：“这可是我们家的大喜。”

陈允宁一团死灰的心又燃起了些希望。

二老太太董氏看向儿子：“还愣着做什么？”

陈允宁这才忙着去将大太太董氏扶去侧室里坐下，夫妻两个面面相对，陈允宁拉起董氏的手：“是不是身上有了？”

大太太董氏此刻更是半梦半醒般：“我……月事是推迟了……”

旁边的方妈妈就笑道：“那就是了，大太太的月事向来准的。”

虽然不能做长房的继子，只要自己身上有了孩子比什么都强……大太太董氏迟疑地摸向自己的小腹。

方妈妈走到门口张望，看到郎中匆匆忙忙让人带过来，放下帘子笑吟吟：“太太，奴婢伺候您躺下。”

隔着手绢，郎中仔细诊脉。

大太太董氏盯着郎中的表情，刚刚三弟妹诊出喜脉的时候，郎中挑起了眉头贺喜。刚刚还羡慕他人，现在就轮到了自己……

只要有了子嗣，她在陈家就能抬起头来，老太太就再没有了借口压制她。

郎中放下手，眉毛微皱：“大太太是内伤饮食，可是吃过肥甘不洁的东西，”说着顿了顿，“可否将呕吐之物让在下看看。”

大太太董氏耳边顿时一阵嗡鸣声响。

呕吐之物，她刚吃的东西……是婆子送来的助孕药。

大太太董氏只觉得心中如被火炭烫了般说不出的难受，弯下腰又将刚刚喝下的茶水也吐了出来。

二老太太董氏听得这个消息，脸上的喜悦去得干干净净：“这是怎么弄的，好端端的就吃坏了东西。”

董妈妈眼睛一眨：“这些日子大太太家里家外地忙，定是胃气弱……”

二老太太董氏掩不住脸上失望的表情：“让郎中好好开些药，要仔细将养。”大太太董氏这般年纪，恐怕是不会再有孕了。

大太太董氏的病有了结果，长房老太太起身要回长房，临走之前和二老太太笑着道：“老三回来了，过继的事也该定下，族里还等着文书呢。”

二老太太董氏目光闪烁：“这事不急，老三才回来，三媳妇又怀了身孕，总要稳当稳当……”

这是要拖延时间，她好不容易走到这一步，怎么可能再让人算计了去，长房老太太笑着道：“我们长房好久没有人气了，我是盼着老三媳妇将孩子生在长房，给家里冲冲喜。刚在族里写了文书，老三媳妇就怀了孕，可见我们长房气数不该绝，”长房老太太说着用帕子擦擦眼角，“我们老太爷泉下有知也该闭上了眼睛。二弟妹，你为我们陈家立了大功啊。”

高高的帽子戴下来，就算压也要将二老太太董氏的嘴压住。二老太太董氏再不甘心，也不敢闹到族里去，细究起来董氏还是继室。

事已至此，二老太太没了话。

族里的过继文书顺利地到了陈允远手里，陈允远看着文书紧皱眉头。萧氏、衡哥和琳怡悄悄退了出去，让陈允远自己思量。就算陈允远对二老太爷没有父子之情，这样一下子去了长房，终究还是要想到生母赵氏。

琳怡坐在炕上和萧氏说话。

不一会儿工夫谭妈妈让人端了汤给小萧氏，小萧氏喝了两口就觉得一阵恶心，谭妈妈忙让人将碗撤下去。

“外面正说大太太呢。”谭妈妈低声道。

小萧氏皱眉道：“什么事？”

谭妈妈不好说：“说起来怕太太膈应，还是等太太好一些再说吧！”

“能出什么大事，”小萧氏埋怨了谭妈妈两句，“就算你不说，家里一闹总要到我耳朵里。”

谭妈妈看了看琳怡，然后躬身道：“不知道大太太从哪里找的婆子，买的求子药。”

琳怡借口去端茶，穿着鞋出了门。

谭妈妈这才道：“是用红糖、紫河车……刚成形落下来的男胎，熬成膏子……”

小萧氏听到这里，脸色苍白得如同一张白纸般，弯腰对着痰盂就吐起来。想及自己也曾不择手段地求子，幸好被长房老太太拦住了。

小萧氏漱了口，问谭妈妈：“家里的人都知道了？”

谭妈妈道：“二老太太大发雷霆，说大太太疯魔了。”

就算求子也不能吃那种东西，让外面人知晓了可是丑事一件。“二老太太让家人去捉那卖求子药的婆子，正好遇见不知哪家的女眷上门求药，那婆子居然将大太太的事说出来，还说大太太吃了这药已经有了身孕，这下子要闹得满京城都知晓了。大太太说，开始她也不知道是什么，以为是鹿胎膏。可是家人去了那婆子处，看到水桶里放着……正准备熬呢。”

小萧氏更觉得酸气上撞，勉强才忍住了。阿弥陀佛，真是老天保佑，她差点也吃了这些东西。

弄清楚来龙去脉，琳怡才知道原来二太太田氏算计的是这个。田氏身上有了孕，大太太董氏和萧氏都着了急，开始各自私下里打听助孕的药方，若是长房老太太没请来正经的女医，萧氏八成要和大太太董氏一样去寻秘方。

这不择手段的求子，传到外面去，深究起来，那来路不明的男胎是从哪里来的？就算想方设法撇开干系，名声也坏了。

悲天悯人的女菩萨，真是杀人不见血。

陈允远签好了文书，长房老太太让人看了好日子，让陈允远一家搬进长房。

待到陈允远带着妻儿正式给长房老太太磕了头，就算是正式过继了。

长房老太太将东园子的跨院给了陈允远和萧氏住，衡哥住在旁边的侧院里，琳怡就住在之前来长房住的院子，琳怡看着自己的东西都被搬进院子，再想想前世的遭遇，真有点恍如隔世的感觉。橘红将小丫鬟都叫去一处训话：“以后见到长房老太太就要叫老太太了，不能叫错，见到二房的老太太就要喊二老太太。”

琳怡和玲珑听到橘红一本正经的腔调不禁笑起来。

橘红让小丫鬟散了，端了茶给琳怡喝：“奴婢教得不对？从今天开始，长房老太太就是咱们的老太太，称呼上自然要变了。”

变的不止是称呼，也是心境，来到长房让人安稳了许多。

陈允远和萧氏带回京的下人不多，长房老太太吩咐管事妈妈向牙婆子买了些下人来让萧氏选。

萧氏养胎之余选了三个丫头进屋，管事的妈妈则用了世仆。这样忙碌下来一晃就是六七日。萧氏在长房是越住越舒坦，在家休养的陈允远却开始有些闲不住了，正准备要四处问问消息，朝廷升迁的明旨来了，陈允远补了吏部员外郎，去的是文选清吏司。圣旨一下即刻上任。

陈老太太道：“能去吏部是朝廷信任你，不过这可不比在旁处，定要少说话，你那倔脾气也该收敛收敛。”

陈允远低声称是：“母亲放心吧，儿子不敢乱来。”

陈允远去衙门里报到，陈老太太跟琳怡叹气：“本来我想着去礼部最好，谁知道却去了吏部，真是前程不好让人担忧，前程好了也让人放心不下。”要知道吏部是六部之首，里面的官员都是从司官慢慢熬上来的，如今老三进去就任员外郎，离堂官只有一步之遥。

陈允远将去上任，陈老太太让白妈妈包了礼物，让陈允远去袁家拜会袁老爷，袁老爷能做到学士自然熟知京里官吏之间的各种关系，经过袁老爷的指点，陈允远小心翼翼地去上任了。

福建的战事未平，朝廷仍旧是不安稳，陈老太太带着琳怡去郑家做客，郑老夫人热络地将陈老太太迎进屋内：“听说进了文选清吏司，那可是一等一的好差事。将来选去福建的官员，谁能比三老爷更清楚。”

陈老太太道：“还不知道这一仗要打到什么时候，再说不过是员外郎，只是从旁做些辅助罢了。”

郑老夫人笑意浓浓：“要想晋升去吏部那是最快的了。”

陈老太太喝些茶，然后叹气：“老三为人耿直，我就怕他应付不过来。”

郑老夫人眼角的笑纹更深了：“别在我面前愁眉苦脸，你现在儿孙满堂不知道心里有多得意，如今只怕是喜鹊整日都在你头上叫了。”

琳怡坐在陈老太太身边听两位老祖宗话家常，不一会儿工夫就被郑七小姐拉到一旁，两个人走到门口处，郑老夫人正好说到康郡王：“真是年少有为，要不是成国公靠着几艘大船，早就被绑缚送进京了。”

周十九这份功劳让人看着眼红，但是能拿到手却不容易。

郑七小姐拉着琳怡到了清静的花房坐下，这才试探着问琳怡：“怎么这段日子也不给我回信？”

说到这个，琳怡板起脸。

郑七小姐心里发虚慌起来：“你也别气，我是想将福建的消息传给你知晓，干脆就……你去了通州，我又没法子告诉旁人，只得写信，我想在信里写清楚，却怕你那个祖母或是二伯母什么的瞧了反而不好，就想将字条粘在信封内里不容易被人察觉。”这是真心话，两次接到消息都只是只言片语，她是生怕传递不当，毕竟陈六小姐的父亲还在大牢里呢，“那天十九叔让人捎回消息，祖父、祖母才知晓福建那边的形势比想的要紧张，我听祖母和母亲说，若是福建那边不顺利，祖父也要致仕了，一家人就要回老家避避。母亲便急着带我进宫去见太后，我这样跟着一忙就没想周全。”早知道她就空手抄一份再放进去，那封信送出去之后她就后悔了，她一心想要帮忙，没想到男女之防上面。

那字条上也确实没有旁的话，只是这样送到她手上总是不妥，她却又不能向祖母说，否则郑七小姐难免要因此受罚。

大难临头，大家都是想方设法自保，郑七小姐还惦记着她已是不易了。平心而论，那封信让她踏实了不少日子。

郑七小姐拉起琳怡的手：“下次绝不这样了。”

郑七小姐一心为她，她也着实气不起来：“下次……”

郑七小姐吐吐舌头：“真没下次了。”

郑七小姐拉着琳怡说话，郑老夫人向陈老太太说起陈二老太太娘家的事：“这次董家是少不了大功一件，你心里也要有个数。”

陈老太太颔首，这是避免不了的。

郑老夫人道：“你可知道是谁举荐的董家？”

这一点陈老太太只是隐约听到传闻，却不是十分清楚。

郑老夫人目光闪烁：“林家没少上下打点，你没看上林家这门亲事，董家人可看在眼里，”说到这里顿了顿，“成国公倒下之后，林家子弟必然选回朝廷任职，眼见就到了春闱，林家的后生若是连中三元定会被选入翰林院，说不定还会进南书房。你别忘了，林家祖宗就是近君侧才发迹的，现在文士以进南书房为荣，林家好不容易有了出挑的后代，自然会这般打算。”

经过这件事，许多人家的情形都会大不同了。

第五十三章　做媒·对眼

朝堂上的事和家宅中的也差不多，不是西风压倒东风就是东风压到西风。这次老三能得朝廷重用，旁人自然也能受器重。

陈老太太冷哼一声：“如今老三已经过继到长房，董氏那边，她走她的阳关道，我们过我们的独木桥……”

郑老夫人笑道：“气话不是，谁叫你们家还有没复的爵位，你不想争可管不住别人。”

陈老太太提起爵位不免横了郑老夫人一眼：“莫不是你有什么好主意？”

“谁能比你心里更明白，”郑老夫人将眼前的黑枣子递给陈老太太吃，“要不然你再想想林家的亲事。”除掉了成国公一党，朝廷政局眼见就要变了，林家也是今非昔比，算是门好亲事。

陈老太太道：“谈不拢的婚事何必再去费精神。”林家后生品行如此，就算将来封侯拜相，她也不稀罕。

郑老夫人笑着道：“我可是给你提个醒，如今三小姐、四小姐都到了要婚配的年纪，你就不怕她们结了好姻亲。老三一家虽有你护着，可是终究双拳难敌四手啊。”

这件事她不是没想过。她不想卖儿卖女去结亲，却有人能不择手段往上爬。陈老太太眼前浮起琳怡的笑脸，叹了口气。

郑老夫人喝了口茶：“前段日子，齐二太太上门向我们家求要化州府的橘红，我才知道原来齐家后生病得不轻，若是这病能好了，说不得春闱倒是能取上好名次，将来也会有好前程。”

她的心思从小玩到大的郑老夫人自然能察觉到，齐家后生是好，只是齐家三番两次的试探让她不耐烦。

看到陈老太太没有像从前一样接过话茬来说，郑老夫人微一低头：“怎么了？可是出了什么岔子？”

陈老太太不愿意将话说得太详细：“六丫头年纪还小，三丫头、四丫头还没嫁，不妨再等等。”

郑老夫人颔首，似是忽然想起了什么：“宗室男子定亲都早，六小姐年纪正好适合。”

陈老太太眉头一皱：“你是说……”

郑老夫人笑了，“康郡王啊，能不能配得你家六丫头，”说着顿了顿，“我知道勋贵之家向来不愿意和宗室结亲，大多嫌弃的是宗室子弟空有爵位游手好闲，可是康郡王你也瞧见了，日后的前程必定是错不了的。”

陈老太太没料到郑老夫人会和她提起康郡王，怔了怔，屋子里一下子静下来。

郑老夫人耐心地看着陈老太太的神情。

陈老太太半晌道："不是说康郡王与宁平侯五小姐要过明路了？"

这是揣着明白装糊涂，郑老夫人道："若不是这婚事吹了，你家二房的二太太田氏能和康郡王的婶娘走动得那般近？"

看来二太太田氏真是想要攀上康郡王，否则这事怎么都传到了郑家来。陈老太太思量片刻："这可不是我们乱说的，康郡王立了功回来，不知道多少人想要攀这门亲呢。"

郑老夫人笑道："哪家好女儿不是人人争着娶，哪家好儿郎不是人人争着嫁。当年我和老爷的婚事一早就口头定下了，我二婶却还来挖墙脚，当时你怎么劝我的？你说不争不抢不是好亲事。怎么到你这里就变了章程。"

陈老太太想想从前目光一远笑起来："说起来就像是昨天的事，不知不觉地我们都老了。"

晚上吃了宴席，惠和郡主让人拿了石榴给郑七小姐和琳怡吃。丫鬟拿着小巧的银勺将晶莹剔透的石榴籽一个个拨进碗里。

郑七小姐拉着琳怡去内室里坐下说闲话。

"过几日母亲要带我去清华寺上香呢，你也一起跟着去吧！"

琳怡道："眼见就要过年了，外面冷得很，怎么这时候去上香。"过几日寺里就会有人上门取年疏，自然就会送些寓意吉祥的玩意儿。

郑七小姐鼓起脸："母亲说最近诸事不顺，哥哥要参加春闱了，去去晦气。"

哪来的晦气，未免太言重了些。

看琳怡不信，郑七小姐道："是真的，母亲好不容易给哥哥相看的婚事，没想到却八字不合，请来的阴阳先生说硬要做亲，不是刑人就是伤财。我母亲却先看上了人家的小姐，这样一来心里舍不得，你没瞧见如今嘴上的水泡还在呢。母亲说，这次错过了，日后不知道还能不能寻到这样好的闺秀来。"

究竟是哪家的小姐让惠和郡主这样喜欢，琳怡道："是哪家的闺秀？"

郑七小姐想也没想："就是周琅嬛啊。"

琳怡听得这话一怔，国姓爷家的周二小姐。惠和郡主不是说给周十九的吗？怎么反倒是……琳怡想到惠和郡主和周琅嬛的母亲周大太太宴会上目光闪烁的模样，那时候是她理解错了？惠和郡主不是给周十九说亲而是相看儿媳妇。

郑七小姐道："母亲本来气不过宁平侯家，要给十九叔再寻一门亲事，十九叔不肯要，母亲想到哥哥的年纪差不多了，也该说亲了，这才给哥哥张罗起来。"

郑七小姐说完话见琳怡半低着头恍若未闻般："在想什么？"

琳怡这才回过神："没什么。"前世经历的事一件件都变了，周十九的婚事和前世不一样也不足为奇，"周二小姐性子好，怪不得郡主会喜欢。"周二小姐是正统的大家闺秀。

郑七小姐撇撇嘴："我可不想有那样的嫂子。"

琳怡笑起来，是啊，有那样的贤良淑德的女子比着，郑七小姐也要收起好玩的性子。

送走了陈老太太和陈六小姐，郑老夫人靠在贵妃榻上歇着。

惠和郡主遣走了屋里的人，坐在锦杌上和郑老夫人说话：“娘，您看能不能成？”

郑老夫人半阖着眼睛，摇摇头：“你要是想做这个媒人恐怕不容易，能推就推了吧！我那老妹妹对孙女宝贝得紧，康郡王是叔叔、婶婶抚养长大，光凭这一点郡王妃就不好做。”宗室之间关系杂乱，想做主母不容易，陈老太太又不是一心想要攀高，求的不同，别人眼中的好婚事，她不一定愿意。

从郑家回来之后，琳怡总觉得老太太有什么话要跟她说，可是每次都是欲言又止。

不几日，齐二太太带着两位小姐来看萧氏，还送了幅童子图，几个人看图的时候，将琳怡几个支了出门。

琳怡无意中听婆子说起过，这时候送的图，上面画的是穿着肚兜光屁股的小童子。寓意是一举得男。

“我哥哥的咳嗽好多了，”齐三小姐不加遮掩，“母亲让我们姐妹将方子记住，日后有用时再拿出来，不过不要外传。”

姻语秋先生虽然不大见人，可是但凡有人求问琳怡要些方子，姻语秋先生都不阻止，有时候还会帮琳怡参详参详。其实姻家人都喜欢安静，所以交往的人不多，才让人觉得性子孤僻。

齐三小姐道：“京里就没有那么好的女先生，还是你有福气。”

要说这个，琳怡就要脸红，她可不是一个好学生，换作旁人恐怕早就能给人开方治病了，哪像她就会做些药膳罢了：“我从先生那里抄了些古籍上的方子，你若是喜欢就借给你看。”

齐三小姐听了欢喜：“那自然是好了。”

经过了上次药方的风波，齐家两位小姐和琳怡倒是更亲近。齐三小姐更是想开了，不管陈六小姐能不能做她的嫂子，这个手帕交她是结定了。

“海七小姐定亲了，”齐三小姐道，“听说对方还是宗室，这个月下定，明年开春就要嫁过去。”

动作这么快，海御史定是为了自保找了个靠山。

“海七小姐嫁妆定是少不了的，”齐三小姐说着笑起来，“海七小姐眼高于顶，就因为家里有钱，这下好了，如今她嫁了人，钱也跟着一起嫁了过去。”

这话的意思，这门亲事是买来的。

玲珑给齐五小姐换了手炉，齐五小姐跟着姐姐笑：“这下妹妹出去宴席再也不会遇到海七小姐了。”

说到这个，齐三小姐沉默下来，五小姐和姐姐对视脸上也有几分黯然。

齐三小姐也到了出嫁的年纪。嫁了人姐妹再也不能朝夕相处，到了婆家就要处处小心，要哄着公婆高兴，不但要伺候夫君，还要想法子早生子嗣。

琳怡笑着道："我腌制的梅果如今好了，我让人生了炭火我们自己来煮梅子茶喝。"说着吩咐胡桃："去厨房里拿一盘我新做的茯苓饼来。"

齐家小姐走的时候带上了一罐青梅，一盒茯苓饼，一盒豌豆黄，齐二太太看着精细的糕点，也禁不住赞叹："陈六小姐性子真是豁达。"

自从上次在齐家做客之后，陈六小姐很少在她面前露面，却还和两个女儿如从前般来往，做事不卑不亢，自有一分大气。

"等春闱过后，我再跟你们父亲提提，"齐二太太道，"就怕到时候陈家看不上我们家了。"

齐三小姐回到家里，看着哥哥吃了蜜膏子，亲手送去一碗汤药。

齐二喝了一口微皱眉头，刚吃过蜜，药就格外的苦。

齐三小姐和齐五小姐笑道："瞧瞧，咱们家大才子的嘴也被养刁了，日后看到黑漆漆的药恐怕都吃不下去了。"

齐五小姐拉起齐三小姐："还是让哥哥读书吧，一会儿被父亲知晓我们又要挨骂了。"

齐三小姐将从陈家拿来的糕点摆在旁边的小案几上："父亲说得好，只差这几个月就要进贡院，这时候谁打扰哥哥读书可是大罪过。"

看到齐二脸上露出无可奈何的表情。

齐三小姐吐吐舌头拉起齐五小姐出了门。

关上屋门，炭火烧得正旺，齐二站起身走到炭笼前烤手，眼睛不由自主地看向案几，白瓷盘里的糕点看着软糯适口，眼前不由地浮起那个笑容温暖的陈六小姐，静谧的时候让人觉得清雅细致。

掌心炙热齐二才发觉手触到了炭笼，不由得收手，这一惊嗓子痒起来又咳嗽几声。

外面的丫鬟听到动静忙将手里的针线放下低声问："二爷，是不是屋里的炭笼太热？"

齐二收敛袍袖，重新走到书桌前提起笔，板起脸又咳嗽一声，声音沉静："没事。"

外面传来离开的脚步声，齐二松口气，手一颤笔尖上的墨滴落下来脏了衣襟儿。

琳怡和玲珑分了线要绣顶梅花帐子送给琳霜。长房老太太的意思是过年之后带着全家回族里。

"再有三两日帐子也就绣好了，"橘红进屋边看边笑着道，"这梅花像真的一样，仿佛一摇晃就有香气似的。"

玲珑道："那还用说，要不然四小姐怎么会千方百计要抓我们小姐帮她绣荷包，好在勋贵、宗室女眷面前长脸呢。"

福建那边频频告捷，陈允周走的时候任的前锋参领，回来之后定然升官，二太太田氏和琳芳在京畿女眷中就更加受欢迎。

玲珑道："真正立功的还不是老爷，我们家太太、小姐也没像那般招摇。"

这就是做官了，有人能四两拨千斤，父亲是实打实的辛苦，一不小心还要豁上一条性命。这是不能比的，父亲的性子只有无愧于心才能睡得安稳。

琳怡放下针线去老太太房里陪老太太吃饭。

祖孙两个吃过饭，开始张罗府里过年的事，长房老太太将过礼的单子整理出来让琳怡看，这些全是长房这么多年攒下的关系。

送礼和收礼是同时进行的，长房老太太让琳怡写下往来的礼单，到了晚上祖孙两个在灯下指着名单一个个地细说。

大家忙着筹备过年的当口，京里和成国公党羽有关的斩首上演了好几场，可见皇上对成国公的深恶痛绝，海御史家小姐没等到开春就抬去了夫家，可还是没有买到海御史的性命，海御史等人喷下一腔热血之后京里总算慢慢安静下来。

朝廷有意召袁老爷官复原职，袁老爷以身体老迈，力不能支为借口请辞，皇帝一再挽留，成全了君臣之礼，最终准了袁老爷所请，让陈琳娇的夫君袁二爷补了正七品内阁典籍。

袁家的庆贺宴刚刚摆完，陈琳娇顺利生下了个大胖小子，过了年十五，袁家摆满月酒，陈家作为姻亲浩浩荡荡去了袁家。

"人家都说我们家是大难不死必有后福，"陈琳娇笑着向陈老太太道，"其实我知道，要不是祖母帮衬，"说完又看着琳怡，"六妹妹帮忙，哪里有我们的今日。"

琳怡弯腰看着摇车里的小宝宝，红红的脸蛋睡得正熟，乳娘轻手轻脚给他换包布的时候，他才挣扎着哭起来，那声音十分洪亮。

琳怡试着伸出手去逗他，那小得可怜的手一张一合抓住了琳怡的手指，却很有力气。

陈老太太低声道："皇上要召回袁学士，袁学士怎么请辞了？"

陈琳娇扶扶头上的护额，让身边的丫鬟退下去，这才低声道："公爹说经过了这件事君臣之间已经有了隔阂，就算再回去也不一定就落得善终，不如趁机帮二爷争个前程。"

原来是这样。到底还是老奸巨猾懂得怎么算计进退。这样既保全了名分，又为自己儿子铺好了官路。

陈琳娇说完话看了看摇车里的儿子："我听公爹说，找个机会要寻几个人想办法进言复我们家的爵位，不过这也要看时机，现在南书房行走的近臣皇上最信任的就是安道成，那是和林家有渊源的，要请到他就要让林家递话。可是这安道成好像……"

安道成向皇上进言启用陈二老太太董氏娘家，显然是和林家站在了二老太太董氏那边，怎么也不可能帮父亲的。

陈老太太沉吟片刻："这种机会可遇不可求，还是等一等不着急。"

陈琳娇点头，要有十足把握才好，免得给他人做了嫁衣。

小同哥哭起来要吃奶，陈老太太和琳怡就回去堂屋和众女眷说话。

小萧氏坐在软椅上，虽然冬天穿的衣服多还看不出肚子，但是大家早已经知晓，趁着这会儿都去贺喜，袁大太太更是将小同哥穿过的肚兜送给了小萧氏。

小萧氏笑得脸颊通红。

这会儿工夫只听小丫鬟道："林大太太来了。"

大家转头看过去，穿着杏红小袄披着石青刻丝灰鼠披风，抱着手炉的林大太太笑着走进门。

女眷们见了礼，袁大太太道："你家青哥就要进贡院了，我就捎信让你别来，免得误了正经事。"

林大太太颇为自信地笑了："都安排好了，青哥这些日子天天去书院请教博士，早出晚归的，我就算在家也不能帮衬什么。"

说到这里，许多人露出羡慕的神情。科举之事林大太太有本钱骄傲，前世琳怡嫁给林正青时，林正青就考中了同进士。

琳怡端了小盖钟给小萧氏，小萧氏拿过来喝了些，红枣、枸杞、姜沏茶，喝到肚子里暖和舒服，小萧氏怀了孕后总爱恶心，喝了这个倒是好多了。林大太太看着小萧氏梳着圆髻脸色红润泛着桃红色的模样，扬起嘴角看着小萧氏："家里的二爷要考乡试了吧？"

衡哥最近课业比从前进益多了，是该参加乡试。小萧氏颔首："可不是。"然后颇为不自然地沉下眼睛去看长长的手指甲，这样僵硬的动作让女眷们都看出端倪来。林大太太恨不得在琳怡脸上烧出两个洞。

琳怡半低着头，参加乡试要有廪生推荐，廪生是乡试、府试头名才能当得的，林正青就是难求的廪生之一，林大太太是想要压小萧氏一头。不过年年都有乡、府试，廪生再少也不至于差林正青这头大蒜。

小萧氏就算再没有脾性，只要想到那日林家打听出琳怡小名做文章，就不想多加理睬林大太太。

小萧氏不善言辞的性子，倒是给林大太太当头一棒，看着林大太太五彩斑斓的表情，琳怡心里悄悄地笑。

屋子里果然静谧下来，女眷们都在喝茶整理手帕。

林大太太硬硬地咳嗽一声，陈大太太董氏笑着开口："我娘家有一个哥儿，正好要到了参加乡试的年纪，您家大爷是廪生，还想求您家里的大爷写封举荐信。"

林大太太这才松开眉毛和陈大太太董氏心有灵犀地相视一笑："您开了口还有什么好说的，我回去就让青哥写了。"

林大太太说完话笑着看琳婉，琳婉对上林大太太的目光脸颊微红。

林大太太道："陈三小姐是越来越漂亮了，那眉眼精致得就像画上画的。"

陈大太太董氏侧头看女儿："让您见笑了。"

众人从这只言片语中已经听出端倪，只是想到林家开始属意的是陈六小姐，目光就在

琳怡脸上徘徊，琳怡还是表情依旧，大家才失去了探寻的兴趣。

前世琳婉就算计着要嫁给林正青，这世她远远地躲开，瞧着他们两个如何顺利地结成连理。

长辈们说话，小姐们去花房里看皮影儿。

这次演的皮影儿戏琳怡没有看过，讲的是一门郎才女貌的好亲事，被当地恶霸活活搅散，最终县太爷做主发落了恶霸，仍旧是男娶女嫁两家欢喜。

琳怡正看到恶霸被打了板子，琳芳就凑过来道："六妹妹你知不知道，三姐姐要说给林大爷了。"

琳怡嗯了一声仍旧看皮影。

琳芳皱起眉头："我看他们是早有谋划，否则怎么会这样突然就到了这一步……林大爷那是状元之才，不知道多少人想攀这门亲事，大伯母却不声不响就算计到手，大伯母之前对你好，那是为了讨长房老太太欢心，你怎么还像没事人似的？"

那她要怎么做。琳怡转脸看向琳芳："四姐姐是不是也想要这门亲事？要不然四姐姐怎么会这般上心？"

琳芳听得这话脸一红，随即瞪圆了眼睛："你真是不识好人心，我是为你抱屈罢了。我怎么会看上林大爷……我……"

第五十四章 凯旋·探听

琳怡知道琳芳想说什么。

琳芳想说她如今攀上了宗室，想要嫁给康郡王，林家早就不在她眼里。

"好了四姐，"琳怡冲着皮影戏努努嘴，"还是坐下来看戏吧！"好不容易新年清静几日，何必庸人自扰。

琳芳冷笑："谁像你，没心没肺。"说着甩甩手里的绢子。

琳芳在琳怡这边没讨好，想要和她说话的女眷却不少。将琳芳拉过去问东问西。琳芳这一身蜀锦袄裙绣着金鱼边，袖口拢着金线，这样的手艺寻常成衣匠是做不出来的。头上戴的纱花层层叠叠随着动作颤颤巍巍就像真的一样，脚下穿的是璎珞玉底鞋，走起路来发出清脆的声响。从头到脚每样东西都不寻常。

"是周夫人送我的。"琳芳红着脸道。

"周夫人？哪位周夫人？"

琳芳开始不肯说，后来才遮遮掩掩："康郡王的婶娘。"

小姐们眨眨眼睛，抿抿嘴唇，更加羡慕起来。

袁家人明显待琳怡更好，旁边的丫鬟抢着和玲珑、橘红两个伺候琳怡，一场皮影戏演完，琳怡意犹未尽，旁边的管事婆婆忙将戏折子送到琳怡手里，笑眯眯地道："太太说了，让小姐们点喜欢看的呢。"

琳怡和袁家小姐点戏，大家说说笑笑，袁家小姐都觉得陈家六小姐和气好相处，几个人点了两场热热闹闹的戏，琳芳凑过来看一眼，就嘟着嘴："一看就是六妹妹点的戏，这样打打杀杀有什么意思，粗俗得很。"

琳怡在人前要堵住琳芳的嘴，将戏单送到琳芳眼底下："那四姐姐点两出你爱看的吧！"

琳芳点的戏着实没有意思，台下小姐们聊天的声音比影幕后的声音还大，琳芳开始还装作听得津津有味，后来也放弃了，和大家一起出去看烟火。

因怕惊吓到琳娇生下的小宝宝，袁家准备的烟火并不多，下人来报说放完了，大家正要回花厅去，袁大太太听了管事婆子的传话，笑着看几位老太太："家里准备了不少烟火，咱们再看一些。"

陈二老太太道："这……不好吧，别惊了孩子。"

袁大太太眉眼里淌着无尽的笑意："就算我们家不放，一会儿工夫京里就会烟火四起，既然如此，我们家倒不如跟着一起应个景。"

在座的老太太略微思量袁大太太的话，立即明白过来。

陈老太太手一攥，佛珠到了手心："难不成福建的战事平了？"

袁大太太笑着点头："老二刚刚出府听到喜讯进京了呢，应该很快就会传开。"

大家听得这话一阵欢喜，沉闷了好几个月的天空终于被捅出了个洞，让人喘息都觉得畅快起来。

袁家将烟火拿出来足足又放了半个时辰。真像袁大太太说的那般，很快京城便笼罩在一片烟火之中。

琳芳仰着头边看边拍手笑，五彩斑斓的火光映着她春桃般的脸颊。

直到琳怡搀扶着陈老太太回到房里，烟火的声音还在此起彼伏。

陈允远打听了消息回来："康郡王将成国公就地正法，福建的一干犯官都被拿住，不日就要押解进京。"陈允远说着还爽朗地笑几声。

陈老太太也连着叹息："真是不易，真是不易啊。"

"成国公勾结海盗、倭寇和当地巨富，今天衙门里还议论不知道要耗多久，福建临海，海上有不少岛屿都是海盗落脚之地，成国公若是逃去了那边，怎么也不可能捉回来了，"陈允远说着捋起下颚的美须，"要不是成国公被就地正法，这场仗还有得打。"

琳怡抬起头看外面的火光，年都快过去了，现在才真正热闹起来。整个京城都在为康郡王凯旋庆贺，这些烟火其实是为平叛大军而放的。这时候琳怡也不得不赞叹，周十九真是很厉害。

“做成了这件事，日后我就别无所求了。”陈允远难得地让小萧氏准备了些酒菜，在儿女面前独酌。

小萧氏满脸笑容：“看老爷说的。”

“你懂什么，”陈允远将衡哥叫到旁边坐下，“修得文武艺卖与帝王家，你知道一年里有多少人入仕？又有多少人想要做件为国为民的大事，男人没有这点抱负，怎么能十年寒窗苦读，不是任何人都能有这样的机会，当时我在牢里就想清楚了，只要最终成国公被扳倒，我就算死了也不亏。这样的奸臣，死了一个能救多少福建百姓。”

小萧氏停下手里的针线，望着灯下的夫君，琳怡也坐在一旁看桌子上一盘盘小菜。

不能说父亲的看法不对，人与人不会完全一样。有人一心想要得利，有人只想着实现自己心中的抱负，要不然父亲也不会在福宁苦这么多年，不过最重要的是要保住自己的性命，不能在官场上进退自如，真的是很危险。

“人不能太贪心，以后我就不求别的了，”陈允远给衡哥夹了一块粉蒸肉，“咱们家就要看你的了。”

周家，周夫人捧着手炉拿着掐丝捏翠的小夹子，拨弄手炉里的炭块：“这么说澈儿要回来了。”

申妈妈道：“可不是，外面都传郡王爷神武呢。一开始大家以为取下成国公首级的是哪位勋贵子弟，却没想到就是郡王爷本人。”

周夫人微抬眼睛，要说他年少气盛还是胆子大，竟然敢和旁人一样冲锋陷阵，万一有了闪失，他就不怕福建的事功亏一篑。镇压叛军的功劳已经不小了，他还要冒险争更大的功劳，凡事他都有算计，这次又有了什么安排，周夫人动动慈母的口唇，半埋怨半心疼：“真是胡闹，出了差池可如何是好。”

申妈妈随着周夫人的意思：“就是说，奴婢听了也吓一跳，都不知晓咱们郡王爷还会武功呢。”

这也不新鲜，养他那么多年，她也是近两年才知晓他会骑射，而且在勋贵子弟中无人能敌，否则也不会在围猎中被皇上发现。

周夫人慢慢道：“让人将库里的烟火都拿出来放，咱们家的喜事总不能让旁人压了下去。”

申妈妈弯起嘴角：“夫人放心，奴婢已经去安排了。”

周夫人点点头。

不一会儿工夫周家的烟火四起，周夫人让申妈妈扶着去门口看烟花。

鹤氅压在身上，周夫人慢慢动着温软的手指，好似不经意：“你说，郡王爷立了这么大的功劳，我要去宫里求些什么恩典呢？”

申妈妈躬身笑起来：“夫人去给几位爷求个差事？”

周夫人摇摇头："郡王爷年纪不小了，可还没有正经的府邸。"

家里的园子不小，可是二爷、三爷相继成亲就显得局促了许多。可是要赐府邸应该有个说法。

"澈儿立了大功又到了要成亲的年纪，若是皇上能赐婚那是最好不过的。"周夫人说着回到房里。

申妈妈目光闪烁："太太是看好了哪家的小姐？"

周夫人笑容温和，不管是谁，定不是他心里想的那一个："我也是为了澈儿好，至少要寻个贤良淑德的媳妇，将来媳妇在家有所依靠，澈儿前程也好更顺利些。"

战乱过后，就是恩威并济。成国公一党浩浩荡荡进京，一起赶赴法场在黄泉路上结伴而行。

陈允周虽然挂了彩还是平安地回到家里，二老太太董氏抱着儿子又是欢喜又掉眼泪，直说是祖宗保佑，一起进京的还有二老太太董氏的娘家人。

大军凯旋之后，由统兵主帅上奏官兵劳苦情形，以分军功。京里因此进入了一轮宴席高峰。

奖赏功臣，如今是武将占了重头戏。

"去了福建的严大人做了总督。"陈允远伺候陈老太太喝茶。

陈老太太点点头："你有什么想法？"

"儿子现在吏部已是祖宗保佑，别的也就不求了。"陈允远语调平平不见波动，他向来不会争抢功劳。

"也好，"陈老太太安慰陈允远，"现如今你刚去吏部，还是做好差事要紧，别的可以暂且放一放。"

陈允远颔首，没想到二老太太董氏娘家因此一战备受器重，传言董氏的弟弟要提为副将。

"先看他们要怎么折腾。"

陈允远坐下来："勋贵的爵位是军功晋身，二哥在营里立了大功，带兵的参领已经递了功牌上去。"

陈老太太沉下眼睛："老二从戎前就已经安排好的，他说受伤又没有御医来验……军功……就算他在后面吃喝，也照样会有的。现在就怕你大哥那边丢了名声，董家人干脆一起支持老二，到时候我们陈家的爵位复了，十有八九就落在老二身上。"

琳怡坐在旁边听着。大太太董氏应该不会随便放弃，董家定会斗上一阵子，不过就算这样，目前看来爵位落在父亲身上的可能性也不大。

陈允远生怕陈老太太太过劳累坏了身子："母亲为儿子已经思虑太重，现在看来……有些事也不能强求……还是顺其自然吧！"

好不容易盼到了大晴天，玲珑让丫鬟将箱笼里的衣裙都拿出来晒晒。琳怡陪着长房老太太去库里看有没有用得着的东西，恰好这时候大太太董氏来看长房老太太，大太太董氏喝了一杯茶，才等到长房老太太祖孙两个从后面回来。

琳怡手里捧着一只斗彩鸡鸣富贵花瓶小心翼翼地放在窗边的长几上。

大太太董氏余光一扫便知这花瓶是前朝古物，目光一闪却不动声色问起长房老太太身体："不知道老太太身子最近怎么样了，可还舒坦？"

长房老太太笑道："从前到了冬日都不出来见人，今年算是好多了。"

这话不虚，前两年她见到长房老太太时，总觉得长房老太太时日无多了，今年却和往年大不相同，长房老太太似是一下子活过来般。大太太董氏道："家里也是十分热闹，我们老太太让我来请长房老太太和三叔一家回去呢。"

自从二老太太董氏娘家弟弟来京之后，陈家二房门口就没断了车马，就连陈家族里的子弟也来求去川陕从戎。

大太太董氏捏着帕子，"斌哥明日也要回来了，要来给长房老太太请安，"说着顿了顿，"斌哥年纪不小了，最近宴席上不少人提起斌哥呢。"

大太太董氏是来报信的，二太太田氏要趁着这时候给儿子结亲。

长房老太太垂下眼睛颔首："斌哥在外求学有两三年了，是该回来京里。"

"可不是，"大太太董氏眼角微涩，"已经到了奔前程的年纪。二弟妹好福气，身上怀了身孕，二叔又立了大功，斌哥听说在外面也闯出了些名堂，琳芳也是一女众家求呢，真是让人羡慕。"

"外面好不容易给琳婉提了门亲，却还有人说是琳婉挖了她妹妹墙脚。"

这层窗户纸终于捅破了。

长房老太太眉毛一扬，装作不知晓："提的是哪家？"

大太太董氏仿佛小心翼翼恐怕长房老太太会生气似的："是林家的大爷……我也在犹豫……之前说给六丫头的。"

长房老太太道："这倒无妨。六丫头年纪尚小，我已经回绝了林家老夫人。"

大太太董氏笑容一下子展开："老太太这样说，那我就给琳婉看看，说不得就般配了。"

说着话三太太萧氏进了门。

大太太董氏瞧着萧氏保养得当，脸颊圆润起来，心里不由得不是滋味，视线再挪到萧氏的肚子上，要不是冬天的袄裙厚，大概就会很明显了。老天真是不公平，就连十几年没有动静的小萧氏都已经怀孕，她吃了那么多药不但没能得偿心愿，反而沦为了旁人笑柄，这样的丑事出来，她一步也不想踏出家门，眼巴巴地看着二太太田氏每日带着礼物四处奔忙。

大太太董氏坐了一会儿就离开，刚起身就听到外面丫鬟禀告："三老爷回来了。"

大太太董氏一怔，表情十分意外，见到陈允远笑着道："三叔怎么回来了，听二叔说，五王爷在新府邸上宴请功臣，二叔都已经过去了。"

今天下朝之后，众人就在议论五王爷之事，五王爷定下了正妃和侧妃，今年五月份就要成亲，皇上为此赐下府邸，王府刚收拾完，五王爷就得了犒赏功臣的差事，正宴定在后天，今日是小聚。

小聚赴宴的才是和五王爷更亲近的臣子。

陈允远道："我当值，一会儿还要处理公文。"

大太太董氏一脸了然："原来是这样。"

小萧氏和琳怡将大太太董氏送出门。

走到月亮门，衡哥下课回来，见到董氏向董氏行礼："大伯母。"

董氏眉眼飞扬："快起来！"说着看向小萧氏："还没过完年，天气又这么冷，亏你舍得让哥出去读书，我看既然在京里定下来，还不如请个西席就在家里进学。"

小萧氏伸手整理衡哥的衣襟："不是我催着他去，他是自己吵着要去书院。"

衡哥边笑边呵手，大太太董氏将手里的暖炉递给衡哥："快暖暖手，你母亲还真下得去狠心，才多大的孩子，晚几年再考童试能耽搁什么，又不是只有一条科举的路能走。"

衡哥推让董氏的暖炉："大伯母不用了。"

小萧氏也道："他一个男孩子还用不惯这些呢。"

大太太董氏目光一软："那就快进屋去吧，我这就上小车了。"

衡哥应了一声带着书童去给长房老太太请安。

话说到这里，大太太董氏颇有深意地看了琳怡一眼："衡哥是找了个好先生，齐家多少年就出博士，有齐二郎帮衬课业自然进益得快些。"

小萧氏知晓大太太董氏的意思，也就含含糊糊："都是亲戚也就托了他们的福。"

大太太董氏似笑非笑："真正的亲还在后面呢。"

琳怡假作神游太虚，听不见大太太董氏的打趣。

大太太董氏上了小车，车缓缓向前行，方妈妈隔着帘子低声道："看样子长房老太太并不在意，许是真的为六小姐安排好了婚事。"

自然是安排好了。过年时齐家就送给长房不少的礼物，最近两家走得又十分频繁，想必齐家是要等到齐二爷杏榜题名就会说起亲事。

方妈妈道："真不知道长房老太太怎么就看上了齐家，齐家不过就是出了几个博士，远远不及林家啊。"

大太太董氏冷笑一声："你以为林家能看上六小姐不成？林家之前没落就是因为不和武将之家往来。但凡文官出了事，除了几个清流能出来说几句话，别人全都缩起来求自保，林家吃过亏，就知道要卖乖。我父亲要来京里做官了，林家自然赶着来与我们联姻。听说三老爷不愿意找武将做女婿，长房老太太再厉害又能挑出个什么花样来？别看六小姐的婚事闹

得凶，到头来定是竹篮打水一场空，”说着捏起帕子，“可恨的是二太太攀上了康郡王的婶娘周夫人，我听说这次斌哥的婚事就要请周夫人做保山。”

方妈妈惊讶地半晌说不出话来。那岂不是十分的风光。

大太太董氏一走，天空中就飘起了雪花。

玲珑几个在炭笼里加了银霜炭，长房老太太和陈允远说了会儿话，就让人摆了晚饭。吃过饭陈允远考较衡哥的功课，衡哥对答如流，听得长房老太太也露出了笑容。

陈允远眼睛里方有了些笑意，这次的题目他故意出的稍简单些，好让长房老太太听着高兴。

长房老太太笑着道：“我看这次的童试定能过了。”

衡哥听到长房老太太的话忙躬身：“童试虽小，孙儿也不敢怠慢。”

长房老太太颔首，这孩子倒是有了出息：“齐家的哥儿又教你了？”

衡哥颔首：“今日里书院里不忙，齐家哥哥就给我讲一些，齐家哥哥说了，下一次就要等到春闱之后。”

齐二郎待人真诚，自从拿了她的药方，就时刻惦记着，只要遇到衡哥就是帮着讲功课。

“好了，你们也累了回去歇着吧，我这里有衡哥和六丫头陪着就行了。”

陈允远和小萧氏起身行礼出去。

外面的婆子开始点廊下的灯笼，陈允远看着飘荡的灯笼穗子叹了口气，小萧氏抬起头道：“今天天冷，老爷刚才又没吃什么，我让人去准备些酒菜，让栀子伺候老爷……”五王爷府上热闹，没有人请老爷一起过去，老爷嘴上不说心里也会不舒服。

小萧氏怀了孕，就寻了个为人老实的丫鬟做通房，陈允远皱起眉头：“不用了，我还有公文没看。”说着快行几步，出了老太太的念慈堂。

夫妻两个一前一后地走着，过了长廊，就看到管事的婆子急行几步过来。

婆子向陈允远和小萧氏行了礼：“门上来了一位客人，说是找老爷的。”

陈允远皱起眉头思量片刻却没个结果：“有没有说是谁？”要是来拜见的应该不会这么晚，再说也该有张拜帖。

那婆子道：“没说。不过门房看着不像寻常人。”

“那……”陈允远道，“先将人请进来。”

琳怡和衡哥两个陪着长房老太太说了些话，长房老太太想起西边的书房有几本衡哥现在能用上的书，吩咐白妈妈让人寻来。

衡哥从来没去过西书房就想跟着去瞧瞧。

长房老太太道：“白日里你也没空，现在过去看也使得，只是那边没有地笼要多穿氅衣，让人撑着伞，拿上手炉才好。”

衡哥应下来，琳怡也想去看书，两个人就都穿了氅衣让人提着灯笼往西园子去。兄妹两个一路上说说笑笑。衡哥道："齐家哥哥的咳疾还没好全，随身还带着你配的蜜膏子，咳嗽紧的时候吃一口，我闻着香香甜甜的……下次……"

衡哥的话忽然止住，紧接着脚也跟着停下来。琳怡诧异地看了眼身边的哥哥，然后转过头看到了那个人长身玉立地站在树下。

第五十五章　赐名·躲

那人眉眼修长目光鲜亮，穿着的青色长袍上已经积了雪，外面却连件氅衣也没穿，手上拎着一只酒坛，如同一个性子随意的贵公子，鬓间落着的雪花映着他显得有些疏懒、疲倦，笔挺的身姿又不乏英气。

站在树下，似是比雪还要耀眼。

"康郡王。"琳怡上前行礼。

衡哥紧接着也拜下去。

"起来吧，不必多礼。"

平日里在她面前都是公事公办的腔调，旁边多了人就变得平易近人起来。

衡哥道："郡王爷怎么来了？"语气中很是熟络的样子。

这里有什么事是她不知道的吗？哥哥几时见过周十九。

周十九眼睛一抬，那目光正好落在琳怡脸上，笑容缓缓从嘴边流淌而出："从五王爷府出来，不知不觉就走到这里。"

这样的借口……周十九侧头看陈六小姐。

那双仔细揣摩他来意的眼睛倒是一怔。

她气势一弱，他的笑意便又深几分。

让她觉得恼，却不知道这恼意从何而来，只得微微皱起眉头。

他还是第一次见她微蹙眉角，从前眼底的神色都是飘忽如雾气让人看不清也捉不住。

周十九畅然一笑。

"郡王爷是来找家父的吧！"衡哥再次恭敬地道。

周十九收敛嘴边的笑容："听门房说陈大人在家。"

话音刚落，不远处丫鬟提着灯笼匆匆迎过来，然后是陈允远的声音："郡王爷……"

陈允远上前行过礼，惊愕地看着康郡王身上的衣衫："这可……怎么好，怎么连个氅衣也没穿。"

周十九的声音如流水般随意洒脱："过来的路上看到老翁卖猴儿酒，身上没带银钱，

就将氅衣换了猴儿酒。”

陈允远惊讶，又打量康郡王连个小厮也没带：“这……我让家人将郡王爷的氅衣拿回来。”

周十九阻止陈允远：“已经让小厮拿银钱去赎了，陈大人不必挂怀。”

陈允远想到康郡王一路只穿了袄袍过来，伸手向前让：“这边就是暖阁，郡王爷移步过去。”转头嘱咐小萧氏：“快备些酒菜。”

家里来了贵客，本来要歇下的下人又都忙碌起来，陈允远没想到康郡王会丢下五王爷的宴席买了酒来陈家，心里一高兴想起女儿的手艺，嘱咐小萧氏将琳怡做的小点心拿出来，小萧氏送上了点心，又恐怕小桌酒席准备得不周到，让给长房老太太做饭的厨娘想几道好菜。

冬日里新鲜的蔬菜不多，巧妇难为无米之炊，新鲜菜不好寻，厨娘做了几道家常爽口小菜，就惦记起琳怡屋里裹了蜜的果仁，要了半碗果仁，又问琳怡能不能用一张晒好的荷叶，蒸好了荷叶，厨房干脆包起了蜜圆。

陈允远很少在家中宴客，小萧氏也是难得伺候酒菜，忙了一阵子刚拿出针线坐在外间，内间的陈允远就扬声频频叫筛酒，小萧氏不禁心中惊讶，老爷怎么这般孟浪，对面可是郡王爷啊，若是像第一次一样喝醉酒可如何是好，可是当着康郡王面她又不敢劝阻，只得让厨房做几碗解酒汤送去。

解酒汤喝下却不顶用，陈允远量浅几杯酒下肚，脸已经红起来，心情比往日也要愉快许多。

小萧氏偷偷去瞧，怪不得老爷做不得武将，康郡王年纪不大喝起酒来却不含糊，举杯一抿酒即见底，老爷用尽力气皱着眉头才进半盅。小萧氏立即想到衡哥过年时偷喝酒一节，哎呀，看来以后也不要管太严，适当喝些也是锻炼啊。

“陈大人可还记得上次我们一起喝酒时，大人帮我取了小字允直。”

听得这话，陈允远惊讶地张嘴立即呛了风，弯腰剧烈地咳嗽起来。

外面的小萧氏也吓了一跳，差点就发出声音。

这……是什么时候的事？

“陈大人说，《尔雅》里写过，允，诚也，信也。直，正见也。允直两个字是极好的，”周十九微微一笑，黑缎般的长发束在玉冠里，深邃的眼眸沉静如神湖，映着廊下的华灯，“那日我有些微醉，回去之后才发觉‘允直’两字不妥。”

小萧氏只觉得鼻尖都出了冷汗。康郡王这样一说她就想起来，老爷那日喝醉回府说过这样的话。

也就是说，这是真的。老爷真的醉得忘形，给康郡王取了小字。现在好了，康郡王酒醒之后就找上门来，小萧氏胸口如翻江倒海般涌动。

陈允远也酒醒了一半：“郡王爷说的是，大约是我一时糊涂，这小字……”

“允字和陈大人排行相同，我名讳中有元字，不如改做元直。”周十九伸手斟酒给陈允远，

“陈大人觉得可好？”眉角挑起一个上扬的弧度，嘴角却抿着让人感觉到几分威严。

小萧氏攥紧了帕子，老爷竟然闹出这种乱子来，好在康郡王不追究，只是改了一个字。

陈允远脑子麻木，不假思索：“郡王爷觉得好，就好。”

周十九面容舒展：“就这样定下了。”

陈允远拿起周十九递来的酒杯喝了半口，这才发现自己已经汗透重襟。

在外面的小萧氏也觉得心惊肉跳，从屋子里出来闻到凉凉的风，仿佛这才透过气。

小萧氏让丫鬟打着灯，不自觉走到琳怡房里，琳怡正靠在床边看书。

小萧氏胡乱说起来：“这仗打得不容易，我看着康郡王似是瘦了两圈。”

在外面行军打仗定是要风餐露宿。

小萧氏道：“你哥哥还是考科举的好，将来做个文官总比武官要强许多。”

只要提起武官，小萧氏就会和战事、流血联系起来，所以这些年极是赞成衡哥读书，将来好走科举这条路。

小萧氏让琳怡早些睡了：“你父亲今晚恐怕是又要喝醉。”这样的情形是劝也劝不住的，干脆就放任自流。

怪不得很少沾酒的父亲上次让人搀扶着送回来。

小萧氏慌张地要走，琳怡看看身边的玲珑，伸手拉住小萧氏的手：“母亲，您这是怎么了？是不是身子不舒服，怎么头上都是汗？”

琳怡用帕子给小萧氏擦汗。

小萧氏支支吾吾：“大概是刚才走得急了。”

小萧氏的心思最好猜，全都写在脸上，不可能是没事。琳怡道：“要不然让人去请郎中给母亲瞧瞧。”

小萧氏攥起帕子，半晌才下定决心抬起眼睛：“你父亲给康郡王取了小字。”

什么？琳怡怔愣了片刻，心里突然咯噔一下。小萧氏说的小字该不是她想的那个，是授业恩师或长辈才能……

小萧氏向琳怡点点头：“是你父亲上次喝醉的时候乱说的，要不是今天康郡王提起你父亲都忘记了。取的小字允直，康郡王说不妥，要改成元直。你说说现在康郡王是没有责怪，可是万一传出去倒成了什么，你父亲这是不敬宗室啊。”

萧氏说了会儿话，这才忧心忡忡地走了，这样一来，琳怡就没了睡意，叫来玲珑：“你让院子里的婆子悄悄去听听那边都说了些什么，明日来告诉我。”

玲珑应下来，琳怡这才安稳地躺在床上。现在成国公已除，父亲对康郡王来讲也再没有什么利用的价值，周十九闹这一出是为了什么？

琳怡闭上眼睛依旧辗转反侧，终于迷迷糊糊睡着，梦到黑暗中伸出一只大手紧紧攥住她的手腕，她怎么也挣脱不掉，这样手脚乱推乱踹就将自己踹醒了过来。

玲珑端水进来吓了一跳：“六小姐您这是怎么了？”

琳怡喘口气，不过就是做了个噩梦。

玲珑边伺候梳洗边道："婆子来回话了，老爷和康郡王说了一晚上，不过都是些诗词歌赋，老爷说到兴起将咱们在福宁的事说了些，还说到小姐调皮从秋千上摔下来的事。杂七杂八的没什么要紧的话。"

真的是喝酒闲聊。可周十九从来不做没用的事。

琳怡抬起头来："昨晚康郡王没走？"

"没走，"玲珑道，"老爷刚去睡，康郡王也才去厢房安歇。"

周十九这人的心思……表面上看似简单，其实难懂得很。

琳怡换好衣服就要去陪着长房老太太吃饭。

祖孙两个坐下来还没说上几句话，外面的婆子就送帖子来："是族里来人了，要见长房老太太。"

长房老太太将帖子打开，递给琳怡看。

大房的三太太和琳霜要来京里，琳怡抬起头："琳霜不是最近就要成亲了吗？"要出阁的小姐怎么还能到处乱走？

难不成是婚事出了问题？

长房老太太吩咐白妈妈："去安排家人去接族里的女眷。"

大房三太太李氏和琳霜坐船过来，应该在通州换车马。

琳怡奉茶给长房老太太。

长房老太太叹气："年初就这样不安生。好好的一桩婚事不知道又出了什么差错。"

"帖子已经送来，看样子这两日就能到京里。大房三伯母和琳霜能来，就是一切都还有挽回的余地，祖母先不要伤神，到时候再想办法。"琳怡轻软地劝说。

长房老太太觉得孙女说的十分有道理，若是板上钉钉了，大房的人就不会过来求帮忙。

"但愿没有大事，否则，那边闹着争爵位家里正是一团糟。"

琳怡笑道："琳霜像是有福气的。"这话也就是给长房老太太宽心。琳霜陪着大房三伯母一起来，这事定是小不了。

长房老太太让琳怡扶着起身去吃了饭，然后祖孙俩坐在暖阁里，琳怡慢慢说起昨晚小萧氏提的事。

长房老太太抬起眼睛，转佛珠的手指也停下来："竟有这种事？"

琳怡颔首。

长房老太太皱着眉头思量片刻："六丫头说实话，你怎么想？"

琳怡握紧手里的茶杯："看样子不是要害父亲，否则早就动手了不会等到今日。若说攥住了父亲把柄以图后用……父亲这些年在福宁，也就是知晓福建的事，成国公一倒，也身无长物，所以我不明白……"

身无长物。长房老太太忍不住嘴边浮起笑意："亏你敢这样说你父亲。"

琳怡小声解释："我是说父亲刚正不阿……"

长房老太太会心一笑，半晌又抬起头看琳怡："现在正是争爵的时候，如果康郡王能站在你父亲这边，我们胜算就大了许多，反之，如果被你二伯先攀上了，我们恐怕就一点胜算都没有了。"

琳怡没有垂下头也没有闪躲，反而抬起头对上长房老太太的眼睛："祖母，除了父母、长辈，什么人都靠不住，大伯、二伯争得再凶，我们也不一定会输。"

长房老太太仔细看着孙女，十四岁的女孩能想得这样通透着实不易："你有什么好法子？"

琳怡靠在长房老太太身边："不管他们怎么变，我们还是按照之前想的按部就班。"慢慢跟他们斗。

长房老太太喝了口茶，白妈妈这时候进屋，走到老太太跟前低声道："六小姐猜得没错，二房的大老爷真的在外面偷着养了外室，"说到这里顿了顿，"不过，那女人却没有生下子嗣，这样就算闹去二房也不会有太大波澜……老太太，这件事是不是还要透露给二老爷一家？"

长房老太太缓缓思量，看一眼琳怡。

琳怡这才接过话："大伯母志在必得的样子，大伯定是在外有子嗣。这次我们虽然没有找到大伯的庶子，孙女觉得反而更好。没有子嗣的外室，大伯母若是知晓，定会接进府放在眼底下。"这个外室，大伯母八成不知道。

大老爷夫妻如今是夫妻齐心，现在就看看两个人之间是否真的毫无隔阂。

琳怡捧来暖炉放在长房老太太脚底，治病就要下猛药，一心想要害她全家的人，她不会心慈手软。

服侍长房老太太歇下，琳怡就要出门。

白妈妈忙拿了烤好的昭君套递给玲珑："老太太特意吩咐让六小姐别着凉，冬天最容易寒了身子。"

琳怡笑道："谢谢白妈妈。"

"六小姐这样就是要折煞奴婢了。"

琳怡穿戴好了出门，白妈妈转身回到内室里，炕上的老太太叹口气，白妈妈忙上前听话。

"你说六丫头心里怎么想的？什么事都能想透，唯有自个儿的婚事……"

白妈妈道："奴婢瞧着也是着急。大约是六小姐自己有主意。您给提的齐二爷，六小姐不是就没说什么吗？林家那门亲事，六小姐也是说什么也要拒了的。六小姐心里还是有数。"

长房老太太半阖着眼睛："这点我瞧得出来。六丫头就是想要找个踏实、本分的，日后平平安安……"

白妈妈笑道："那就是了，这样的人难不成还不好找？"

长房老太太听得这话睁开眼睛，看向白妈妈："那你说，哪个合适？"

哪个合适？庸才看不上，但凡有些本事的谁不求功名？

白妈妈踌躇起来："这左思右想还真是……"六小姐的年纪不大，女孩子到了十四岁提亲的人就会陆续上门，到时候定要有个章程出来。

琳怡带着玲珑去小萧氏屋里，才知道小萧氏去了花房。

西院新盖的花房，里面的花种得全，小萧氏怀了身孕后就很少过去，这次是要给康郡王准备宴席，生怕下人选不好插瓶。

"太太让人去寻过六小姐，才知道六小姐去伺候老太太了。"

琳怡点点头，一路去西园。

天气很好，下了一晚的积雪开始融化，在腊梅的枝头颤颤巍巍，被风一吹立即就四散了，飘到脸上一阵冰凉。琳怡抬起头正看枝头的梅花，不远处传来一阵琴声。

"太太给小姐买的琴，是琴师在试琴呢。"

琳怡在小萧氏面前提起姻语秋先生教过她琴后，小萧氏吩咐家人去买古琴，好让琳怡没事的时候弹上一会儿。

现在听这琴声该是用上等的梧桐木做的好琴。

琳怡顺着琴声走过去。

到了半途，那琴音却戛然而止，让人意犹未尽。

不一会儿工夫，管事婆子带着笑容满面的掌柜出来，见到琳怡两个人上前行礼。

那笑眯眯的掌柜便道："家里的少爷好本事，能弹上这么一手好琴呢，可惜就有半曲，倒是让人听着不够，要是老身将店里的……"

衡哥哪里会弹琴。

管事婆子目光闪烁，看了掌柜一眼，那掌柜住嘴再也不敢多说话，两个人又躬身行了礼才走了。

玲珑道："要不然奴婢去问问婆子方才是谁……"

陈家就没人有这样的本事。

用不着去问。

琳怡抬起眼睛看看不远处的东坡亭，转过身去："走吧，还是去花房。"

花树间的那抹红色的身影渐渐走远，周十九缓缓一笑整理袍袖走下亭子。

小萧氏插好了花斛，让人送进花厅里。

琳怡接过花斛："插花的事母亲还是交给我。"

小萧氏温和地笑道："哪有那般娇贵。"伸出手去抚摸微隆的腹部。

母女俩还没说到正题，谭妈妈进屋禀告："贵客要走了，请门房备马呢。"

怎么突然就走了。小萧氏忙让人去喊陈允远："快去和老爷说一声，康郡王要走了。"

林家此时一阵静寂。

林正青坐在书房里从窗口看打翻墨盒的小厮。

小厮哆哆嗦嗦地跪在地上："小的错了，大爷饶命。"

林正青反复瞧那小厮的脸，过了好一会儿招招手让他进门。

"我问你，"林正青声音很轻，似是心中有了难题，"我怎么样才会连一榜进士也考不上？"

那小厮不明所以，期期艾艾说不上话来。

林正青看向身边伺候的丫鬟："去跟太太说……墨盒让人打碎了。"

那小厮跪下不停地磕头："大爷，饶了小的吧！小的说就是了。大爷就算闭着眼睛也会考上进士。"

狗屁。林正青如沐春风地笑了："想出答案，否则就滚回你的马厩去。"

"大爷，大爷……"那小厮连忙表起决心，"那定是朝廷看卷有误，或是有人贿赂了考官，或者……小的……"小厮泪眼婆娑，"小的真是想不出来了。"

"或者考到我不擅长的题目，"林正青漂亮地一笑，"我说得对不对？"

那小厮哀求地看着林正青，不敢说话。

如果他真的只考上了同进士，那会是什么题目，莫非是仁君治国。人人都会做美梦，他却仿佛一再做噩梦似的，竟然梦见自己只取了同进士。林正青笑，让他做噩梦，他就让别人做噩梦。

林正青用手指在桌子上画圈，忽然吩咐小厮取了氅衣："去国子监。"

将要考试，去国子监找书看的人很多，大爷从不去嘈杂的地方，大爷讨厌和许多人说话，可现在……

"那……那……小的去跟太太说一声。"

滚吧，什么都要禀告的狗腿子。

林正青挥挥手，走出门，忽然发现天气很好。

车马到了国子监，林正青拜见了博士，去了书阁找自己想要的东西。

临窗的位置，猎物坐在那里。

"齐二兄。"林正青先开尊口。

齐重轩抬起头看到满脸漂亮笑容、儒雅又风度翩翩的林正青："林兄今日怎么来国子监？"

"寻本书。"林正青缓缓道，十分有耐心地和齐重轩攀谈，他知道他非常卑鄙，可显然，他就是要坏到极点，才能让自己得到安宁和解脱。

第五十六章　闹·主意

齐重轩和林正青两个人说了会儿话，林正青端起茶来喝，无意中提起海禁："我一时想不起来，齐兄博览群书，知我华夏几百年，海禁了多少次？"

海禁。

这时候提起海禁。

齐重轩立即想起成国公勾结倭寇叛乱之事："难不成林兄觉得朝廷会海禁？"

林正青皱起眉头："不瞒齐兄，我也只是有这样的想法，我们虽还没有入朝为官，却也不能两耳不闻窗外事，一心只读圣贤书。"

就算要海禁，朝廷也不会向他们问意见。齐重轩道："眼见就到了春闱，除了应考其他都该放一放，多看些书才是。"

"正是因为如此，"林正青表情略带些焦急，"齐兄可记得嘉熙十年的春闱，出的题目便是朝堂上难解的政事，皇上据此取才定了前三甲。"

他怎么不记得，那次考试落榜的是齐家子弟。那时候整个齐家都觉得会出一名状元，谁知道却漏出了头榜。

"我是担心，"林正青叹口气，"万一出了这样的题目，若是不能迎合圣意，说不得就会落榜。所以想来寻些此类书籍好好研学。"

听得这话，齐重轩也略微思量。

林正青微扬眉角，站起身："既然如此，我就不打扰齐兄了。"

齐重轩起身还礼，林正青开始在书阁里寻书。

林正青忙碌了半天，找到了两本书，坐在角落里演习了半日，这才跟着众国子各自回家。

马车走到僻静处，外面的小厮忍不住询问："大爷猜测的题目为何会和齐家爷讲？"

家里藏书最多的就是这次的主考官，齐家和主考官颇有些渊源，齐重轩若是想了解海禁，八成会去向主考官借书。

齐重轩可是在他眼里有状元之才的人，林正青笑一声并不答小厮的话："回去和太太说一声，这几天我都要来国子监。"临考之前，他要仔细和齐二郎谈谈，那些可能会出的偏题，他都要听听齐二郎的见解，他不会的齐二郎总会，齐二郎不会还有齐家那么多博士，林正青想着眼睛越来越光亮。陈家看上了齐二郎，是因齐二郎会有好前程，若是齐二郎科举出事再也不能入仕，看陈家还会不会谈这门亲事。

陈六小姐……这只狡猾的小老鼠，就算他不把她抓回来，也要放在爪子上好好地玩，不会让她一不小心顺心如意。

琳怡拿着夹子挑了几块银霜炭放进鎏金金盏花手炉。

“今年真是冷，”玲珑让丫鬟扫掉她身上的积雪，又暖了暖手才进屋里来，看到琳怡看炭笼，一手将琳怡拖过去，“我的好小姐，你就让我省省心，万一烫到了我们就是万死也换不回来。”

琳怡笑着道：“不过是一盆炭火罢了。”

“小姐说得轻松，”玲珑说着埋怨地看了一眼橘红，“这一冬天烫伤的人不知道有多少，小姐可比下面的使唤丫头利落？”

胡桃将炭笼打开让粗使丫鬟加炭。

玲珑还婆婆妈妈说个没完，琳怡只得投降：“好了好了，我下次再也不动了。”

玲珑这才满意，捏着帕子去端茶水。

橘红道：“瞧瞧，瞧瞧，越发不像样子，连小姐都敢编排，这样下去可怎么了得。”

琳怡抿嘴笑了。

玲珑端着茶进了屋，板着脸看橘红：“昨晚听说崔二小姐的事，我现在还心惊肉跳，看到小姐在炭盆面前，我是魂飞魄散。”

昨天崔御史家的消息传来，玲珑和橘红两个丫头听着害怕，琳怡也吓了一跳。

崔御史处斩，家眷被流放。

发配的时候崔二小姐哭闹着不肯走，结果不小心打翻了炭盆，脸被烫伤了。罪魁祸首还是林家。

琳怡去小萧氏屋里，小萧氏也在说这件事：“崔二小姐想要委身做妾，让林家抬了走，两家总算是已经明着谈了婚事，林家是一口答应要帮忙。崔家这才有了希望，没想到到头来还是……”

如果开始就死心了，崔二小姐大约会就此认命。

“真是可怜，好好的一个小姐，伤了脸面，”小萧氏说着嘱咐琳怡，“现在屋里摆着炭盆，你也要小心。”

琳怡笑着将玲珑的话说了。

小萧氏笑起来，伸出手来点琳怡额头：“我看数落得对。”

母女两个说说笑笑，准备去长房老太太屋里请安。

谭妈妈进门，走到小萧氏跟前：“二房那边闹起来了，大老爷在外面养了外室，现在外室找上门给肚子里的孩子要名分呢。”

不但在外面养了外室还让外室怀了身孕，小萧氏道：“有没有和老太太说？”

谭妈妈点点头：“门上的管事妈妈已经过去禀告了。”

小萧氏带着琳怡一路到了长房老太太房里，管事婆子说得正兴起：“虽然隔着胡同，我们家这边都听到吵闹的声音。”

长房老太太半沉着眼睛，不动声色：“有没有让她进门？”

这是最重要的，按理说外室没有给正室端过茶，连妾也不如，这样不顾礼数地闹起来，哪家主母也不会让她进门。

“进门了，”管事婆子道，“挺着大肚子，在门口哭得惨，说生了孩子或是自缢或是做了姑子，绝不拖累府里。”

这样的话也敢说。

长房老太太冷笑一声，可见被陈允宁惯成什么样子。如今又怀着身孕，二老太太董氏不在乎大人却放不下她肚子里的孩子。

让这女人进了门，真正难受的就是大太太董氏。

“让她们去闹吧，我们也好清净几日。”免得大太太董氏三天两头就来长房消磨时间。

大太太董氏在二老太太董氏面前捂着脸痛哭出声：“我也不是不给老爷纳妾，老爷怎么能偷偷摸摸地在外面养外室，这下好了让那贱人闹到家里，这前程还要不要。娘，这件事您可不能不管。”

这时候让她管，之前争着想去长房的时候怎么不来和她商量。

二老太太董氏缓缓开口：“让她大着肚子在外面哭成什么样子，让外人知晓了还当你善妒不准老爷纳妾。”善妒是小事，没有子嗣才是大事。

大太太董氏恍若未闻般不停地擦眼泪。

二老太太道：“怎么也要先让她将孩子生下来。”说着淡淡地看大太太一眼：“你之前真的一点不知晓？”

“姑母，我哪会瞒着姑母……有什么事我不是找姑母商量……”

大太太董氏正说话，只听外面一阵嘈杂的声音：“我只想和老太太说句话……求求你们了……让我过去……我什么都不求，只是想要肚子里的孩儿……平安出生……这是老爷的骨血啊……”

大太太董氏像是抓住了稻草般向二老太太董氏求救：“姑母您听听，这样的女人就算在家宅里也让人不得安宁，老爷真是糊涂，养什么样的女人不好，却让这种女人沾身。”

二老太太董氏静静坐着，对外面的呼喊声充耳不闻，半晌才微睁眼睛：“按理说，你们屋里的事我不该插手，这些年我也放任你们去做，整个家我都渐渐交给了你们，你们却还不知足。”

大太太董氏哭声渐渐停了，二老太太董氏最后半句话让她微有些怔愣，可是片刻她就立即明白过来。

屋外又是一阵慌乱……

“你这是要做什么？”

“快拦住她……”

凄厉的声音又传来：“这孩子……生在外面不能认祖归宗，我真的不如一头撞死，好歹也是死在陈家，不至于做了孤魂野鬼。”

大太太董氏顿时出了一身的冷汗，抬起头来正好迎上二老太太董氏讥诮的眼神。

“老太太……您不知道，您在外面……还有一个没有归家……的孙儿啊。”

大太太董氏心中最后一丝侥幸也跑得干干净净：“娘，她这是什么意思？我……”

“你会不知晓？”二老太太董氏端起矮桌上的茶来喝，“你从十三岁就来我身边，这么多年我都没能看清你，你竟然瞒着我做出这种事。老大在外面养外室，你帮着他在外养大了一个儿子，怪不得你们要争着去长房，原来手里还有这么张牌。”

大太太董氏浑身的力气似是一下子被抽光了。

二老太太不再理睬大太太董氏，而是吩咐身边的董妈妈：“去跟她说，让她安心将孩子生下来，我会让孩子认祖归宗。”

大太太董氏肩膀一抖，抬头去看董妈妈，董妈妈匆匆忙忙退了出去。

悲戚的声音传来：“谢谢老太太周全。”一阵脚步声过后，四周死一般的静寂。

老太太屋外有人蹑手蹑脚地离开，一路走到二太太田氏的紫竹院，将情形说给二太太田氏听。

二太太田氏正念佛经，好半天睁开眼睛叹口气：“我也是要自保啊。”

“就您心善，”旁边的沈妈妈道，“要是奴婢早就忍不下去了，就将这里面所有的事都和老太太说清楚。”

二太太田氏埋怨地看了沈妈妈一眼：“毕竟是大伯、大嫂，闹出这事来，我躲在这里，不去帮衬大嫂说话已经是不对，我们这边不能有任何话传出去。”

沈妈妈眼睛一暗：“这叫什么事啊，大太太想方设法算计咱们，咱们却还不能有二话，不是奴婢说，就算太太这般心善，大太太那边也未必领情，还当是我们害她。”

“跟我们有什么关系，”琳芳眼睛里都是笑容却还皱着眉头，“这种事又不能瞒一辈子，母亲就安心养胎，不要为这些事操心，”说着伸出手去摸田氏大大的肚子，“母亲还有两个月就生产了。”

二太太田氏仿佛这时才放下心来，“也只能这般了，”说着仍旧叮嘱沈妈妈，“还是要吩咐下去，不准任何人谈论大老爷的事。”

沈妈妈应了：“奴婢就去安排。”

琳芳嘟起嘴仍旧不甘心：“大伯、大伯母害我们家的时候可没想这么多。”

田氏慢慢捻佛珠，“我们不能和别人比，”说着用手轻点琳芳的额头，“你啊，也不要想这些事了，该是学些规矩的时候了，我托人去找个宫里出来的礼仪嬷嬷，从今往后你就要跟嬷嬷好好学。”

宫里出来的礼仪嬷嬷。只要想到学规矩琳芳心里就五味杂陈，说不清什么滋味，又是期待又是害怕辛苦：“母亲，你怎么舍得让我受这样的苦？”

田氏拉起琳芳的手："那也是没法子的事，想要嫁进高门大户，就要礼仪周到。你瞧你六妹妹在长房老太太身边学得越发有模样了，早将你这只猴儿比了下去。"

听到田氏说琳怡，琳芳心里就有无名之火轰轰烈烈地烧了起来："她那叫什么规矩，都是算计人的小心眼，如果我也和她一样不安好心，早就让她见不得人了。"说着委屈地靠在田氏肩膀。

"不管怎么样你都要好好地学，能托到宫里的嬷嬷不容易……"田氏说着似笑非笑地看琳芳。

琳芳脸颊一片红晕："母亲不用再说，我学就是了。"

二太太田氏立即着手安排琳芳的礼仪嬷嬷，仿佛对大太太那边的事充耳不闻。

大太太董氏房里，满地狼藉，两个丫头上茶时撞在一起，大太太顿时发了脾气将桌架上的香炉也砸了。

"一个个都下去好好学学规矩，这点事都做不好，我是留不得你们了，赶明儿来了牙婆子将人领出去。"

两个丫头跪下来不停地求饶。大太太盯着两人粉嫩的脸颊，肉皮紧绷，身段纤细，年轻的女人无论怎么看都漂亮，就像刚才跪在地上的那贱人，哭得眼睛红肿，自是我见犹怜。她年老色衰也有自知之明，这些年也容忍了老爷纳妾。没想到，她真的没想到，这辈子事事为老爷着想，老爷却背着她养外室。

无论丫鬟怎么磕头，大太太还是铁石心肠，淡淡地吩咐方旺媳妇："现在就去找牙婆子。"

看着两个丫鬟脸上都是惊恐被婆子拖拉下去，大太太董氏冷眼旁观，心里说不出的痛快。空有好年华能怎么样，只要她一挥手，这些花骨朵就会被踩在烂泥里。

不一会儿工夫方妈妈进屋，低声向大太太董氏禀告："听说巩氏是知晓了大老爷在外面还有庶子没进门，这才动了心思来家里闹。"

老爷有庶子的事老太太还被瞒在鼓里，一个小小的外室如何能知晓。难不成是老爷亲口说的，大太太董氏这样想着，眼睛越来越红，几十年的糟糠之妻比不上一个来历不明的贱人。大太太董氏看向方妈妈："让人去门口等老爷，看老爷是要这贱人还是要我。"

方妈妈刚要去，帘子一动，琳婉掀开帘子进门："母亲要三思啊。母亲这样安排，恐怕父亲在舅老爷面前抬不起头来，母亲不是说了吗？昨晚二叔父和舅老爷在一起吃宴十分高兴，回来的时候舅老爷还夸奖二叔父。"

经琳婉这样一说，大太太董氏顿时想起这件事，转念之间却冷笑："我哪件事不是为了你父亲着想，到头来落得妒妇的名声，恐怕等到你父亲做了爵爷，立即就会休了我。"

"母亲怎么会这样想。"琳婉上前扶着大太太董氏坐下，转头看了眼旁边的方妈妈，方妈妈轻轻颔首悄悄关上了排插。

屋子里就剩下大太太董氏和琳婉两个人。

“我一路过来看到不少下人聚着闲话，女儿也不敢去听，这倒是小事……舅老爷好不容易来趟京里，万一被他听到……赶在这个时候，母亲只好先忍一忍。”琳婉轻声轻语地劝说。

大太太董氏豁然从这话里听出些端倪来，看样子老爷养外室不是一日两日了，怎么偏巧在这时候闹出来，老太太刚才的神情分明是先一步知晓了老爷有庶子……这里面是有人故意安排，就是要她和老爷现在跌跟头。

会是谁？大太太董氏脑子一转，想到了二太太田氏。是她，定是她。

琳婉不知说什么才好：“母亲，现在已经到这个地步了，咱们家不能再乱了啊。”

再乱就会被人看了笑话，就会让他们如意。

无论如何这口气她都要忍下来。

夺爵的机会只有一个。大太太董氏抬起头：“定是你二婶一手安排。”只有二叔才不愿意看到董家支持老爷。

琳婉道：“女儿觉得，不论是谁……祖母总是知晓了，眼下弟弟要怎么认祖归宗最重要。母亲快想想法子，怎么才能让祖母消气。”

怎么让老太太消气。

“女儿记得相士不是说过，父亲的子嗣不能养在身边……”

大太太董氏眼前一亮，这不乏是个好法子。这样一来她瞒着老太太是因听了相士的话，到了外面她也有了说法，只要为了老爷的子嗣，她受再多委屈也值得。要忍一时之气，否则就会功亏一篑。

大太太董氏高声唤方妈妈：“去巩氏在外面住的小院，将巩氏的东西都接进家里。”既然人已经进了家里，就别想再图后路，这些年巩氏从老爷手里捞去的财物，她要全部收回来。

至于二叔和二弟妹，也别想站在一旁看笑话。

大太太董氏这边想得通透，却没想到事情办起来却没那么容易。

琳怡在长房老太太房里正往墙上的梅花填色。

白妈妈就将打听来的事讲给长房老太太听：“大老爷养的那个外室巩氏，找上门之前早就有准备。大太太去收拾巩氏的行李才知晓，大老爷本为巩氏买好了田产和房屋，结果全被巩氏变卖了，而今那房子不过是向买家租住的，就连大老爷也被蒙在鼓里，大太太气急了去找巩氏，那巩氏撒泼起来，说是为了保住腹中的孩儿，被什么跛脚的道婆骗了钱财去，请大太太一定要捉住那道婆，将财物要回来。”

真是个天不怕地不怕的浑人，竟然能想到这样的理由。

“巩氏进门身无长物，大太太也没了法子。那些银两不知去了哪里。”

长房老太太道：“那巩氏是什么人？”

白妈妈道："从前也是妾室，后来被送给了大老爷。"

那就难怪有这样的手段，可见是要为自己留条后路。可怜天下父母心，无论是谁都一样，拼了命也要为自己肚里的孩子争个名分。

白妈妈将屋子里的丫鬟遣下去，在长房老太太耳边低声道："大太太如今已经盯上了二太太。"

琳怡坐去长房老太太身边，夹了块窝丝糖给长房老太太吃。

长房老太太吃得眼睛微眯。

白妈妈道："这几日我们家这边的眼睛倒是疏忽了许多，没有人在背后盯着，就连奴婢做事也觉得轻松了。"

要不然长房老太太和郑老夫人频频通信的消息早就传到二老太太董氏耳朵里了。

长房老太太拿起淡茶喝了一口，眉毛一低声音低沉："若是果然被他们惦记到了，我情愿陈家的爵位不复，否则不但不能光宗耀祖，恐怕还要为祸族亲。"

长房老太太这话虽然说得轻松，可是琳怡知道陈家爵位来之不易，长房老太太是盼着诰封铁券放回陈家祠堂里，过年大家拜祠堂，长房老太太一直瞧着原来供放铁券的地方。就连父亲每每提到也说，只要陈家能复爵就好。

白妈妈又想起一件事："二太太给四小姐请的礼仪嬷嬷进门了，从现在开始四小姐就要学习各种礼数了。"

长房老太太一笑，不置一词。

第五十七章　害人·打死

琳芳第一天跟着嬷嬷学礼数，几个时辰下来就觉得吃不消，好不容易找了借口去园子里歇歇脚，刚刚坐在锦垫上，远远地就看到琳婉迎面走过来。

大家碰了个正着，琳婉的脚步停顿了片刻，还是走上前去，叫了一声："四妹妹。"

琳芳被礼仪嬷嬷管得周身不舒坦，见到琳婉更是没有好脸色，甩甩帕子就要走。

"四妹妹，"琳婉不明所以有些慌张，"这是怎么了？"

旁边的四喜上前解释："我们小姐要回去学礼数了，三小姐这边坐吧。"

琳婉颔首一脸羡慕："二婶能请来宫里的嬷嬷教四妹妹，这京里统共也没几家小姐能这样。"

琳婉软软的话，让琳芳心里痛快起来，停下脚步，嘴角漾着笑意，伸手去扶鬓花，"三姐姐最近也好，听说林家那边已经答应了，"说着拿起帕子捂嘴，"林大郎将来高中，自然有姐姐的诰命夫人做，这一点我是比不上的。”

琳婉的脸登时红了，“妹妹怎么这样说……我……不论成不成……四妹妹将来只会比我更好。”说着垂下头看到琳芳湿了的鞋，“四妹妹鞋子都湿了，我们还是去暖房里坐下，让丫鬟拿了羊皮靴子来换上才好走。”

四喜道：“也好，小姐过去坐了，奴婢这就去取鞋子。”

琳芳瞄一眼琳婉，一直都是唯唯诺诺胆小怕事的模样，就算说话也是大音不敢出，更何况琳婉刚刚几句话正捧得琳芳舒服，琳芳也就欣然前往。

两个人走进屋子,让丫鬟伺候着脱了鞋,坐在临窗的大炕上,丫鬟在旁边蓄茶给琳婉、琳芳吃，吃过四五盅，琳婉想起小时候和琳芳两个编辫子的事：“我身下和妹妹身下都是庶妹，年纪差得多又不大来往，我只当四妹妹是亲的，过年时拜祖宗都要和妹妹梳一样的发髻，那年妹妹编了一头的辫子，让我好生羡慕，我却没有那么多的头发，只得加了条假的上去，后来还是被妹妹发现了，好一阵笑话。”

琳芳皮肤生得细白又有一头黑亮的长发，是谁也比不上的。

琳芳顺着琳婉的话，隐隐约约想起旧时的情景，祖母赏下来的物件儿，若她喜欢琳婉定是不吝啬给。

琳婉满脸殷切，鹿眼一眨，长长的睫毛覆盖下来像一把扇子：“我是盼着妹妹好的，妹妹将来好了，我也能依仗，所以没有想要争什么的意思，将来父母老了，我们各自嫁去了夫家，也唯有我们姐妹相互守望，有什么烦心事，就是姐妹之间常吐烦郁，不知道我说的对不对妹妹的心思，我是这般想法。”

琳芳听得这些话自然心里欢喜，脸上却不动声色：“还有六妹妹呢。”

琳婉似是没听出琳芳话里的讽刺意味：“六妹妹也是贵人。”

贵人……这两个字挑中琳芳的神经：“她算是哪门子贵人，你想一想到头来她不过就是攀上了长房老太太，就连林家也是最后选了你不选她，她哪点好？”

琳婉从不编排旁人：“四妹妹别这样说，六妹妹也……名声很好，我们在外面听别人说起六妹妹，脸上不是也跟着增光？若是没有两个妹妹的好名声，林家也不会来挑我。”

好名声都是母亲在外讲佛偈，她和各府小姐吟诗作画换来的，和琳怡哪有半点关系。

琳婉说起琳怡紧张地看看周围，仿佛生怕有人将话传去琳怡的耳朵，琳芳看着就更加怒火高涨：“姐姐真是好出息，坐在自己家里还怕别人。”

琳婉不自然地垂下头。

琳芳道：“就连齐家都不愿意痛快地将琳怡娶过去。”说着冷笑：“高门大户的女眷个个精明，许多人都是表面上迎合罢了。要是没有长房老太太，六妹妹能不能嫁出去还要另说呢。”

听得琳芳这样说，琳婉的表情渐渐松下来。

两姐妹又说了一会儿这才换上靴子各自回去屋里。

琳芳走上青石路，身边的四喜低声道：“看样子三小姐是真的想要依仗四小姐。”

琳婉也不傻，这时候自然要攀着她，琳芳想着冷笑一声，“她向来胆子小，不愿意得罪人，来和我说好话，不过是怕琳怡，”脸上浮起不屑的神情，“琳怡有什么好怕的，将来……”

琳芳刚将话说到这里，楚婆子一路寻过来，见到琳芳笑逐颜开：“小姐，宁平侯家送帖子来了，宁平侯五小姐请小姐过去吃宴呢。”

琳芳接过帖子，飞眼看四喜：“帮我的人来了。”

在林家捉奸没想到捉到了崔二小姐，宁平侯五小姐提起这个就恨得牙根痒痒，和琳芳说，下次定要撒个大网，捉住琳怡这条鱼，看琳怡还能神气。

琳芳带着丫鬟欢快地去了田氏房里：“母亲，您说明日我穿什么去宁平侯家好？”

二太太田氏放下佛经将女儿拉到身边坐下：“新做的几套衣裙都很漂亮。”说着吩咐屋里的妈妈将首饰盒子拿来，她亲手给琳芳挑了套点翠的首饰。

母女两个忙活了一阵，田氏嘱咐琳芳：“自己出去赴宴要事事小心。”

琳芳颔首：“母亲安心吧！”

田氏又道：“我让沈妈妈跟着你，在外要听话，不要惹出什么乱子来。”

琳芳眉开眼笑：“去宁平侯家也不是第一次了。”

“要听听宁平侯五小姐怎么说……”二太太田氏谨慎地看一眼沈妈妈，沈妈妈亲自去门外守着。

“现在大家都在打听皇上准备怎么犒赏功臣，”田氏让琳芳扶着在屋子里踱步，“宁平侯家是外戚，多少能比旁人知晓得清楚些。”

琳芳不明白：“还能怎么犒赏，无非就是财、物，打听也就是这些话。”

田氏笑着看女儿：“那可不一定，皇上正值春秋鼎盛，犒赏功臣也可选女入宫啊。”

选女入宫。琳芳睁大眼睛，从前不过是听旁人说说哪家的小姐被选进宫去，这次母亲说起来……“母亲的意思，琳怡可能会进宫做娘娘？”

“哪有那么多娘娘，”田氏坐下来舒口气，“宁平侯五小姐你瞧见了，惠妃娘娘可比她妹妹更漂亮三分呢。”

所以说平常的姿色，进宫可不是件好事。琳芳听着就高兴起来：“那我可要好好向宁平侯五小姐问问。”

早春二月开杏榜，应试的都是举人老爷，贡院大门关上之后，京里一下子安静下来。

齐二太太带着齐家小姐来陈家长房做客，琳怡和齐家小姐一起挑线做起针线来。

齐五小姐看着齐三小姐认真的模样，提起帕子掩住嘴边的笑意：“我还当姐姐不会有今日。这针啊线啊，姐姐向来瞧着麻烦。”

齐三小姐红着脸打妹妹。

往常都是齐三小姐口直心快，今天倒是换了个。

齐五小姐低声向琳怡道：“母亲今天一大早就求神拜佛，求着能双喜临门。”

齐三小姐听到这里啐了一口：“看我不缝了你的嘴。”

齐五小姐忙求饶：“都是我说错了，我该说这杏榜飘香，但愿我们家能攀两枝。”

琳怡笑着看齐三小姐，看来齐二太太给齐三小姐说了门好亲事：“什么时候过礼？”

齐三小姐听得这个忿忿地道：“你也跟着她顽笑我，枉我平日里那么待你。”

琳怡捂嘴笑：“我可是好意，想着赶在姐姐出嫁前，送姐姐一条亲手做的衣裙，姐姐这样说，我倒是省下了。”

齐三小姐红着脸叉起腰：“那怎么行，快点给我绣好，要是赶不上，我定不能饶你。”

琳怡和齐五小姐相视而笑。

送走了齐家太太和小姐，长房老太太半躺在软榻上喝茶，看着满桌子的礼物：“有不少举子因病上不了场，齐家送礼物来也是应当。要不是齐二太太话说得客气，我还真就不再和齐家来往。”

长房老太太对上次齐家的作为始终耿耿于怀。

旁边的白妈妈听着笑了：“齐二太太说，不管齐二郎能不能考中，都定不能忘了我们家的恩情。”当着六小姐面她不好直说，齐家这是来套近乎了，不过倒是老太太怎么也不表态，待齐家倒是稀松平常，都说好事多磨，不知道老太太心里到底是怎么想的。

琳怡正准备服侍长房老太太歇着，门房上来报：“族里的太太和小姐来了。”

长房老太太颇为惊讶：“怎么跟来信说的日期不同？”

琳怡也觉得奇怪，明明说好是二月底的，家里的车马都没有去通州接应。

长房老太太要更衣，琳怡先带着人去门口。

大房三太太仍旧是笑容满面，眼底却藏不住愁楚。琳霜更是和之前不同，消瘦了许多，脸色蜡黄，眼睛也肿起来。

琳怡给三伯母行了礼，挽起琳霜的手，琳霜想说话却咬咬嘴唇最终忍住了。

大家一起去长房老太太房里。

礼数过后，琳怡和琳霜进了暖阁。琳怡亲手倒了热茶给琳霜，待琳霜表情微微舒缓下来，琳怡才问：“到底出了什么事？”

琳霜听得这话眼睛一下子红了。

琳霜在屋子里哭：“他打死了人，已经押在大牢里了。都是因为我们家被人欺负，他强出头才会这样。”

打死了人？要知道贞娘打死了郑家的丫鬟，还是褚氏一族出面求了郑家，下人们假证是丫鬟举剪子自戕这才糊弄过去。郑家要不是为了摆脱褚氏也不会这样安排。内宅里出了人命都是这般花钱遮掩，可若是在外面就……

琳怡试探着问：“那要怎么办？有没有花银子打点？”

琳霜黯然地摇头："这些日子族里人没少为这件事奔劳，可是那边发下话来，非要官府决断不可。"

琳怡道："打死的是什么人？"谁会在满是陈氏族人的地方欺负陈家人，这样的人肯定来头不小。

想起这个琳霜又生气又委屈："是宗室家里的下人，所以才……怎么都没用。"

得罪了宗室。琳怡睁大了眼睛，宗室怎么会去三河县那种地方？

"都是那些田庄惹的祸，"族里的三太太在长房老太太面前垂头丧气地说，"原来咱们家那边的庄子是从宗室手里买来的，老太太大约也记得，您的那个庄子也是……现在宗室突然来到族里，要将田产收回去。"

宗室子弟游手好闲，靠朝廷养廉银子不能过活，就将之前祖宗买来的田产也败了出去。要知道宗室手里的都是好地，当年听到宗室要卖地，陈氏族里就动了心思，果断地将大片土地都购置在名下。

长房老太太那庄子能旱涝保收，也是因土地好才会如此。

长房老太太皱起眉头："当年卖地是做好的文书，现在怎么能说收就收回去？"

族里的三太太心里更加委屈："可不是。就算是宗室也要按照文书上的来，再说这件事已经有二十多年，原来那些田庄买来的时候都是无人打理，现在山上已经种了果树，地上也做了暖房，那些人又要按照当年文书上的银钱买回，这……怎么也不行啊。"

琳怡和琳霜走到隔扇，正好听到这些话。琳霜这些日子已经听习惯了这些话，并不为所动，琳怡就忍不住皱起眉头。就算是宗室也不能这样无法无天。

长房老太太隐忍着怒气，仔细地问族里的三太太："那葛家的哥儿怎么会打死人？"

族里的三太太道："宗室里来的那位爷不听我们说话，就要将庄子上的家人撵出来，葛家的哥儿交游广阔，就想从中说和，结果……"说着顿了顿："不知怎么的就说到我们家姐儿身上，大概是言语很是不干净，葛家哥儿一气之下推了宗室家的下人一把，当时那下人只是摔伤了脸面，并没有其他，谁知道第二天就说死了，官府立即就去拿了葛家哥儿。"

当时没事过后死了，这样竟然也能判打死了人。

长房老太太道："就没有人替葛家哥儿作证？"

族里的三太太摇头："开始都是肯的，到了公堂上就都换了说辞，一下子就定了案。"

这是早就安排好的陷阱，就等着陈家人跳下去，琳怡看看身边的琳霜，怪不得琳霜会这样着急，整件事本来和葛家哥儿无关。

族里的三太太嗓子略哑："那是个好孩子，琳霜没有进门，就算他不帮忙我们也不会埋怨他。"

琳霜手指攥得越来越紧，琳怡伸手过去拉住琳霜的手，琳霜手一松掌心都是湿冷的汗。

这里面的曲折长房老太太不用去打听，陈家定然是用尽了法子，否则也不会求到她跟前：

“那家宗室打听清楚没有？是哪家？”

族里的三太太道：“听说是兴祖三子一支，原是封为辅国将军，递降到闲散宗室。”

太祖登基之后，追封祖父为兴祖，兴祖的三子那是远亲。这样的远亲宗室大周朝不知道有多少，还不至于这样明目张胆地害人，背后定是有人支持。

陈家最近哪里得罪了宗室？

族里的三太太道：“我们实在没法子了，只能上京来看看还有没有转机，总不能就眼看着葛家哥儿就被……就被……”三太太忍不住的眼泪掉在手背上。

不会那么容易就将事解决了。

长房老太太听着叹气：“族里有没有想出个章程？”

琳怡将琳霜拉到一旁的锦杌上坐着，听外面说话的声音。

族里的三太太道：“我们老爷和宗长说好了，只要葛家哥儿能回来，族里的土地都还给宗室，我们家名下的田地自然不必说，旁人家的，就由我们家来补银钱。宗长这些日子就是四处奔走安排这件事。”三太太从身后妈妈手里将盒子拿出来递给长房老太太：“已经收上来大半……”

双鱼锁一开，长房老太太看到厚厚的土地文书。宗室无非要的就是这个结果，不花费任何银钱就将这么多土地收入囊中。拿出这么多田地，族里三老爷、三太太一家该是用尽了银钱。

一条人命，换来这个结果，无论是谁都会见好就收。

只是这未免太冤了些。

大周朝总有法度，就算宗室也不能乱来。

族里的三太太喝了口茶，茶流过嗓子火辣得如同割肉般难受。

长房老太太看看族里的三太太：“你先去歇歇，我就让人去打听打听，再想法子。”

族里的三太太听说老太太能帮忙，感激地千恩万谢。

长房老太太道：“我们都是陈家人，用不着这样客气。”

白妈妈领着族里三太太去歇着，琳霜劳累了一路也打不起精神自去睡一会儿，屋子里就剩下琳怡和长房老太太。

不能当着族里三太太的面说的话，长房老太太和琳怡说起：“这件事不简单，看来是必然要用银钱才能买葛家哥儿的命了。”

遇到这种事，把柄攥在别人手里……

“不光是要那些田地，否则在宗长出面时就该有些眉目了，不用等到族里找到祖母。”琳怡伸出拳头给长房老太太捶肩膀。

长房老太太颔首：“你和我想到一起去了。”

“现在人在大牢里不能硬碰硬，否则真的闹开来，葛家爷性命难保，我们陈家从此之后也无立足之地。”

庄子是身外之财，不比性命重要，琳怡心里就是有一种不好的预感：“只怕是就算花银钱，这件事也不会十分顺利。”

长房老太太握住手里的佛珠：“明日我托人去打听打听再说。”

晚上琳怡和琳霜睡在一处。

琳霜盯着床上的帐子，好半天才幽幽地叹气：“我已经想好了，若是他死了，我也没脸活在世上，干脆一条绫子吊在梁上也算还了他的命。”说着嘴角弯起淡淡的笑容，“只要这样想，心里就会舒服很多。”

琳霜直率的性子，不是随便说说罢了。

琳霜说完话觉得痛快多了，起身从矮桌上拿了一块玫瑰山楂糕吃。

琳怡劝她慢慢吃别噎着。

琳霜却越发吃得快了，几口下去果然嗓子不舒服，琳怡忙从玲珑手里接过茶送到琳霜手里，琳霜喝了茶，转身盖了被子呜呜咽咽哭了一个时辰才算止住。

琳怡让玲珑将屋里的灯撤下，两个人手拉着手躺在床上。

琳霜道：“人这辈子难不成就这样了吗？”

琳怡也不接口，仔细听着琳霜将苦闷倾诉完了，才安慰琳霜睡下。

有些人一念之间，就能毁掉别人的一生。这种事琳怡感同身受，所以她这辈子才会小心翼翼，尽可能不让自己出错。

可，不是不出错就不会被人害。

康郡王的婶娘周氏每日卯时起身，梳洗干净之后先喝一杯淡茶，然后听申妈妈讲家里的事。

周大太太甄氏也会早早上门请安，说些周夫人爱听的话：“娘用了御赐的蜜粉，这些日子眼角的皱纹也似没了似的。”

周夫人微微一笑：“哪有这么夸张，人还能返老还童不成？”

周大太太捂嘴笑：“谁说不能，娘还不是活生生的例子，等到下次宫里再赏了，我定要向娘要几盒粉来用。”

周夫人看向申妈妈：“瞧瞧，明着向我要东西。”

“别人的东西媳妇还不要，”周大太太目光闪烁，“也就是您屋里的东西，我都好好用着呢。”

周大太太说了会儿话，就起身告辞。

申妈妈这会儿上前道：“郡王爷今儿没有上朝，看来是有话想和夫人说。”

回来了好些日子，终于肯来说实话了，周夫人端起茶润润喉：“那边的事如何了？”

申妈妈道：“听说陈家族里人已经上京了，现下就住在陈家长房里。看来陈家长房老太太要出面帮忙了。”

这是预料之中的事："让人听着消息，别大意了。"

申妈妈躬身，"您放心吧，"说着顿了顿，"您说郡王爷回来这些日子天天往南书房跑，忙得脚不沾地，会不会自己向皇上提起婚事。"

周夫人摇摇头："郡王爷不是性子唐突的人，无论谁也不能不经长辈在婚事上自作主张。郡王爷从来不做没把握的事。"再说，只要她不出面，就算元澈自己说了，皇上也不会准的，到头来，元澈还是要来求她。

第五十八章 交锋·提亲

周夫人道："我真不愿意做这个坏人。只是儿女年纪小，不懂得识人，这是一辈子的事，哪里能大意呢。"

申妈妈深以为然："奴婢在内宅里听得、见得的事多了，太有心机的媳妇哪个不是将家里弄得不得安宁？"

周夫人叹气，"我自己的媳妇不用担心，就是郡王爷，管得深了不是，浅了也不是。不知怎么的，郡王爷就是跟我隔着心，"说着翘起眼睛，"不信你瞧着，郡王爷绝不会跟我直说。"

说来也是，这些年夫人吃喝穿戴从来都是紧着郡王爷，可毕竟是隔着肚皮，表面上客客气气，其实生分的多。就像这次去福建，郡王爷就没和夫人说实话。

主仆两个正这样坐着，只听外面丫鬟打帘，周夫人从背靠上直起身，一脸慈爱的笑容迎接周十九："快过来坐下，有没有吃饭？"

不等周十九说话，申妈妈接口道："夫人听说郡王爷没有出门，就等着郡王爷一起用饭呢。"

周十九穿了一身淡蓝色锦缎暗纹长袍，如蛟爪般的花样在阳光下时隐时现，头上扣着秀竹的玉冠，翠绿的颜色让他看起来笑容更加宁静，让人想不到他银甲披身时站在成国公对面是什么模样。

周夫人端详周元澈，从进了这个家门，她大多数见的都是周元澈满脸笑容，那笑容止住后会是什么光景，她就没见过。

周十九道："我陪婶娘去用膳。"

周夫人惊讶地眼睛一亮，申妈妈也欣喜地抿嘴笑，仿佛这样是多么难得般："奴婢这就去安排。"

周十九将周夫人扶起来，两个人到外间吃过饭，母子两个进了内室里说话。

案桌上的花斛里插着几枝迎春花，申妈妈带着几个丫鬟在旁边剥了水果送上，窗子半开着送进一阵阵的微风，连着几日下雪，难得换了好天气，让屋子里的气氛也分外好，周十九亲手端茶递给周夫人，然后才坐在锦杌上："侄儿有件事想求婶娘。"

周夫人笑着将茶放在一旁："那可要说来听听，看看我有没有这个本事。"

周十九眉目舒缓气质如高山流水，声音清澈，秀长的眼眸里敛着光华，"婶娘自是能的，"说着顿了顿，"婶娘能不能进宫请皇太后出面，求皇上赐我门亲事。"

开口就先封住了她的嘴，若是她说不能，她这个做长辈的就不算尽力，他正好名正言顺地自己筹谋。

周夫人笑容僵在脸上，半晌才回过神："这是……怎么说的……郡王爷看上了哪家闺秀，我这个做婶娘的怎么都不知晓。"这样半玩笑半真切地说话，虚虚实实地试探，就是要他自己说出实话。

却凭她怎么说，周元澈脸上的神情都没有丝毫变化，若不是之前她让人打听出些消息，周元澈定会掩得滴水不漏，直到婚期定下她才会知晓到底是哪家闺秀要进她周家的门。

周十九微微一笑道："婶娘说笑了，还要看皇恩浩荡。"

皇恩浩荡，在福建立了大功，赐婚这样的赏赐自然不在话下，对待为朝廷出生入死的宗室，朝廷是极其慷慨大方的。

周夫人叹口气，"你还记不记得三年前荣郡王在边疆立了大功，皇上开恩晋了他的爵位，你家这支是太祖之子，封爵时爵位本就低了，我想趁着这个机会托人帮忙看看能不能给你晋爵，再将从前朝廷收走的宅子和田产要回来，"说着眼睛一红，"你父亲临终时还念念不忘祖上传下来的宅子，你既然复了郡王爵，也该有个郡王的样子，家里外面是一样也不能少的，等一切准备妥当，哪家的小姐不愿意嫁过来，到时候再去求亲还不是顺理成章。"她就是要提醒他，就算是想要娶妻也要先对得起祖宗。

"婶娘安心，这件事侄儿没忘记。皇上已经着人安排，要赐下康郡王府。"

周夫人微微一怔，惊喜得半天才说出话来："你这孩子……怎么才说起……"

"侄儿推辞了。"周十九放下手里的茶碗，顿了顿，"侄儿之功不足以让圣上这般眷顾，就是五王爷也是先定了婚事后赐的府邸，侄儿不敢逾越，所以才会退一步，请婶娘进宫帮侄儿求皇上赐婚。"

原来在这里等着她，只要向她说起，就势必要让她进宫求亲，真是安排得滴水不漏。

这何尝不是正对她的心思。

周夫人双手合十念了句佛："不管怎么样，这下子你父亲、母亲可心安了。这几日我就去宫里求恩典，但愿我们家到时能双喜临门。"

周十九面带微笑黑亮的眼睛却一深："等旨意下来，我去祭祖告慰祖先。"

提起周元澈亡故的父母，周夫人眼睛涩起来："如此甚好。"

周十九说完话去了衙门里。

周夫人就带着申妈妈去花房挑盆景。

“您说，郡王爷真的就那么喜欢陈六小姐，竟然想到了要皇上赐婚，”申妈妈道，“论才貌，陈六小姐可都不出挑，还不如陈四小姐。”

周夫人看了申妈妈一眼：“郡王爷挑媳妇可不是看才貌，女人相夫教子最重要，支起内宅才貌算得上什么？能有个人在背后帮他算计才是主要的。要说郡王爷喜欢陈六小姐倒不一定，这些年你见他对什么人上过心？不过就是权衡利弊罢了，陈六小姐的性子透亮得很，眼里揉不得半点沙子。”之前听说郡王爷的死讯，就是这个陈六小姐在她面前做戏遮掩，陈六小姐在她面前那一跪，她现在想想还颇受不起。京里这么多名门闺秀，哪个有这样的本事。

申妈妈低声道：“郡王爷是故意要跟您分心……”

“他是这样想，我这个做长辈的却不能任着他胡来，怎么也要拢住他的心，一家人就是一家人，不能就这样生分过去，陈六小姐不安分，又有一个护短的祖母，和郡王爷实在不是良配。我答应了郡王爷进宫求恩旨，郡王爷却没有说明要求哪家的小姐，真是皇上赐婚，圣旨上写的是谁，谁就是郡王妃，旨意不是儿戏，郡王爷还能抗旨不成？”既然他要权衡利弊就随他去，是前程重要还是一个女人重要，难不成他还能跟皇上分辩，“再说，陈家长房老太太大约也不愿意攀这门亲事，男婚女嫁说起来容易，有几个人能顺着自己的心思。”

申妈妈笑道：“还是夫人想得周详。”

一步步都按照她安排的进行。周元澈就算再聪明也不能弄清楚内宅的事。至于陈家，还有件大事等着她们。

长房老太太出去打听消息，琳怡就留在府里陪着琳霜。

琳霜神情恹恹地坐在廊下，琳怡怕琳霜受凉，干脆将她带去大厨房里为长房老太太准备糕点，两个人做了一大桌小菜、点心，长房老太太总算回到府里了。

大家在堂屋坐好，长房老太太喝了茶润润嗓子才道：“我从前也识得不少的宗室，这两年我不大出去，这段时日才算通了消息。”说到这里眼睛一沉：“该说的我都说了，那边的主母答应去说项，若是能成，那边会说死了的小厮从前就有些病症，是回到家后病发死的，不是被葛家哥儿当场打死，这样一来打死人变成打伤人，葛家哥儿顶多挨上一顿板子，这件事也就了了。”

琳霜听得这话紧紧拉住琳怡的手。

这样已经算是最好的结果。

族里的三太太也是千恩万谢：“多亏了老太太帮忙，否则还真不知道要如何办。”

长房老太太将茶放在一边：“先别谢我，那边还没去说，不知道是什么结果，你们也要想清楚，万一油盐不进该怎么办？”

琳怡眼见着欢喜从琳霜眼睛里退得干干净净，琳霜抬起头向琳怡求救。

琳怡抿抿嘴唇抬起脸问长房老太太：“祖母，不知道这样去说项，有几分把握？”商

量了一日，总该有些眉目。

长房老太太叹口气，眼睛里有些疲惫，可更多的是忧愁："说不好，带着小厮去三河县的叫周永昌，从前就是欺男霸女的人物，这次康郡王在福建立了功，宗室子弟脸上有光，比往常更加跋扈起来。死的那个人是周永昌身边得力的小厮……这事想要谈和恐怕要费些周章。"

族里的三太太也紧张起来。

长房老太太道："不过，你们也放心，既然周永昌会闹，定是有所图，那些人无非是要些钱财之物，我们就等着他开条件就是。"

这种情况只要想救就没有救不回来的。

可是事情就是这样，想的是一回事，最终往往会出乎意料。

长房老太太隔了一日又去周家，回来的时候气得脸色铁青，手也跟着抖起来。

琳怡将长房老太太扶去内室里坐下，又亲手泡了杯热茶送到长房老太太嘴边："祖母，您喝些热水稳稳神。"

长房老太太强喝下半杯茶闭着眼睛躺在软榻上。

族里的三太太知道情形不好也就不再询问长房老太太，带着琳霜退了出去。

大约过了一炷香的时间，长房老太太才算顺下这口气。

"真是欺人太甚，"长房老太太只要想着胸口那团气就往上撞，"原来他们惦记着我那个庄子，这也就罢了……"说着看了一眼身边的琳怡，"竟然张嘴就要求娶六丫头。"

琳怡想过不少种可能，却从没料到会是这个结果。

旁边的白妈妈也愣住了："要求娶六小姐？是哪个宗室子弟？"

长房老太太冷笑一声："真是不自量力，别说不过是个无所事事的纨绔子弟，就算他是正经上进的，从前已经娶过正室，让我们六丫头去做继室……也是妄想。说是不打不相识来结亲，其实我看是早有预谋。"

按理说她和父亲才从福建来京里，她又没有特别的名声，不可能随便引来人求亲，之前林家来求那也是因为要利用父亲，再有就是陈家或是萧家的远亲，那都是有缘由的。

为了救人可以用银钱，却不能拿六丫头的终身大事开玩笑。

长房老太太道："我已经回绝了，让他们断了这个念头。"

长房老太太从来没动过这么大的气。

"我们家好歹是立过战功的功臣，也被这些闲散宗室欺负成这样，可想而知平头百姓见到他们会如何，从前我那庄子旁边也是闲散宗室家的田地，他们是动辄就来我那庄子上借用长工、佃户，到了年关，只要我那庄子上收成好了，那些宗室的下人必定去我那庄子上又吃又拿，逢年过节，庄头最怕的就是这些人。这些我都忍了，谁叫我们家一早贪了好土地，没想到现在他们是得寸进尺……"

琳怡总算知晓为何长房老太太听到宗室两个字就皱眉头。可现在不是宗室打死人，而是葛家的少爷打死了宗室的下人。

到了晚上，长房老太太婉转地将整件事的结果告诉族里的三太太和琳霜。

琳霜听得脸色苍白，“霍”地一下站起身，走到长房老太太身边跪下，咬了咬嘴唇：“求老太太再去说说，只要他们能放了葛家少爷，我……我愿意嫁过去……”

族里的三太太听得这话也站起身来：“傻丫头，你说什么胡话？”

琳霜抬起头来，表情坚定，“我是说真的，这件事本来就因我们家而起，若是这样就能解决，不光是葛家少爷能放出来，我们家在三河县也能抬起头，”说着凄然一笑，“否则我们缩在一旁，将来又有谁敢与我们家来往，我嫁过去，最坏的结果不过是被休回娘家，难不成族里的兄弟还不能养我余生？我……不是随便说说……我是真的愿意。”

族里的三太太万念俱灰的脸上满是泪水。

长房老太太一掌拍在矮桌上：“胡闹，我们陈家还真被人这样拿住不成？送上田地不说，竟到了卖儿卖女的地步……”说着一急咳嗽起来。

琳怡忙去给长房老太太顺后背。

大家说着话，陈允远下衙回来，坐在长房老太太旁边的椅子上：“幸而葛家和陈家都打点过，这案子暂时压在了通州，若是定了案报来顺天就麻烦了。”

会不会定案，如今就看宗室那边还会不会死咬着不放。

琳霜道：“老太太，趁着现在还来得及，老太太再出面……”

琳怡不等琳霜将话说完，上前将琳霜搀扶起来：“祖母还有别的法子，你先不要急。”

族里的三太太向琳怡投来一个感激的眼神。

琳霜几乎将嘴唇咬出血，抬起头央求地看琳怡，琳怡摇摇头将琳霜拉到一旁坐下。

陈允远道：“我托人去通州衙门里说了，别的不敢说，这案子有了情况我们家总能最快知晓。”

族里的三太太道：“那就劳烦叔叔听着些。”

大人在屋子里还有事要商量，琳怡将琳霜拉去房里，琳霜看着琳怡：“我有话也不瞒妹妹，就算嫁过去我也不会后悔，现在就怕人家不愿意娶我。早知道会牵连老太太和妹妹，我和母亲说什么也不会过来。”

琳怡摇头道：“他们是早就算计好的，你们不来，祖母听到这个消息也会出面帮忙，寻常人求来尚且如此，何况是自己的家人。”长房老太太的庄子是他们一早看好的，她的婚事也是有人在算计。

搞不好整件事一开始就是冲着祖母和她来的。

小萧氏请了郎中来给长房老太太调了顺气的方子，琳怡服侍长房老太太吃下，又让白妈妈将屋里的香炉搬开：“祖母这几日还是不要用香了，免得咳嗽得更厉害。”

长房老太太点点头：“已经用惯了香，一时撤下还不习惯。”

琳怡笑道：“祖母从前也爱吃酱菜，如今已经有几个月不碰了。”

白妈妈也在旁边应和：“老太太就听六小姐的吧，准是没错。”

待到白妈妈和房里的下人退下去，长房老太太叹气：“你说这件事要怎么办才好？”

琳怡听得这话也垂下了头：“祖母心里也是左右为难，我也是想不出个结果来。”

长房老太太微阖眼睛：“你这个丫头就是我肚子里的蛔虫。我想什么你全都知道。”说着伸出手去整理琳怡的鬓角。

琳怡道：“现在越来越清楚，这是早就挖好的陷阱，就等我们家跳下去，轻的是要走祖母的庄子，重的还不知道会牵连什么。若是平常，祖母定会对这件事三缄其口，还要父亲远远避开，以求自保。可是现在牵连了族里，闹不好就是葛家少爷和琳霜两条人命，祖母就不能充耳不闻。”

长房老太太听着直叹气：“人还是糊涂些好，现在你心里明白了也会不好受。你父亲现在官途正顺，若是我们家能平平安安，再有袁家和郑家的帮衬，别的不说，你父亲至少能取了堂官做。”

就算没有这件事，恐怕也没那么容易。

“我想来想去，宗室里面我们得罪过的人……”

长房老太太话没说完，琳怡就道：“是不是康郡王的婶娘？之前孙女顶撞了周夫人。现在二伯母又要将四姐说给康郡王。”

既然要结姻亲，自然就会站在一条绳上。

“有本事冲着我老婆子来，现在却连你也算计在内。”

琳怡安慰长房老太太:“还不是一样,眼下大伯、二伯那边就怕祖母给我寻了门好亲事。”将琳婉和琳芳比下去是小，万一靠上棵大树，大伯和二伯的谋划就算不落空也会十分艰难。

在两个伯父眼里，最好她不能嫁人，就算嫁人也要为琳婉和琳芳铺路。

长房老太太拉起琳怡的手，“换做别人大概早就为这个愁死了，你平日里看着都还欢喜，心里却这样明白，”说着长长地叹口气，“你父亲刚才说了，这次奖赏功臣，皇上要从功臣中选女入宫以示恩赐，”长房老太太说得极慢，“从前就有过这样的惯例。”

琳怡睁大眼睛，也就是说她很有可能被选入宫。

“进宫之后就是骨肉分离，你父亲刚才说了，在旨意没下来之前，要将你的婚事定下来，以免将来措手不及，”长房老太太说，“我原本是想你年纪还小，慢慢帮你挑门好亲事，可眼看是来不及了，我就问你一句，齐家的哥儿你觉得如何？”

第一眼见过齐二郎，就觉得他是平心持正的人，后来经过齐二太太要药方一节，她就更知他性情。

琳怡不说话，长房老太太也就点头：“以齐家哥儿的性子别的不好说，有了事定会全力护你周全，若不是如此，你出嫁前我也不会和齐家再来往。”齐二太太不来陈家赔礼道歉，齐二郎就不吃药，单这一点，长房老太太就对齐二郎很满意。

琳怡听得这话只觉得脸颊发热。

长房老太太道：“等你出嫁之后，你父亲的事我再想法子，你父亲也是这个意思，不肯用你的婚事来攀高。等到杏榜一发，不出意外齐家就会上门提亲，到时候我们两家换了庚帖，宫里选人，也就选不到你身上。”齐二太太对琳怡是越看越喜欢，最近频频向长房老太太说项，就怕经过上次，长房老太太不肯答应这门亲事。

而且现在陈家的情形和从前已经不一样，陈允远已经做了吏部员外郎又过继到了长房，就算齐二郎上了杏榜和齐家结亲也不算是高嫁。

她的事是筹划好了，琳霜却要怎么办？

知道琳怡的想法，长房老太太道：“人都是有私心的，这件事若是牵连你，我是第一个不肯……”

“祖母，”琳怡轻声道，“我有个法子，不知道能不能行得通。”

第五十九章 意外·恶心

长房老太太看向琳怡：“什么法子？”

琳怡道：“那周永昌仗着是宗室到处作恶定不是第一次，祖母不如让人去打听一下，从前那些事都是怎么了结的。”

这话……长房老太太听着缓缓点头：“说的是，既然那么不好谈拢，我们只有想别的法子。”

只有手里攥着东西才好和旁人谈条件。

琳怡道：“我是觉得，既然他们是冲着我们家来的，也就不要遮遮掩掩，该做什么就做什么。”知晓了来龙去脉，还将族里和琳霜推在前面挡着，于情于理都说不过去。

考生从贡院里出来，有的精神焕发，有的痛哭流涕，有的怅然若失。齐重轩就属于最后一种，在贡院里挥笔疾书，时间一到写满字的卷子被收上去，全身的精力也似是被一起带走，身心只余一片空白。

齐重轩回到家里，二话不说一头扎在炕上，疲累得不想和任何人说话，齐家上下也都不敢打扰，直到深夜，齐重轩才昏昏沉沉地睡着。

这一睡就是两日。

齐五小姐来到陈家做客，这些日子她已经习惯了安静，乍一出门还不适应，只空坐着喝茶，都不敢说话，仿佛还在家里似的，半晌才笑道：“你不知道我母亲紧张成什么样子，

家里的茶盏不小心被摔了几套，晚上给我父亲洗完脚，就将换下来的袜子又给我父亲穿上，我父亲无可奈何，让我母亲去相熟的人家说说话，免得憋出病来。”

齐五小姐说着和琳怡相视一笑。

儿女奔前程，最紧张的就是父母。

齐五小姐道：“三姐也想跟着来，母亲让三姐在家里备嫁不准她出门。”

只要是订了亲的小姐，就不能再出去抛头露面，整日里在闺房里绣花。

“这么说，要见到三姐姐只有等三姐成亲之后了？”琳怡展颜一笑，“好在是嫁到京里，否则还真不知道什么时候才能再聚在一起。”

齐五小姐点头：“可不是。”

琳怡将琳霜拉过来和齐五小姐认识，开始琳霜还心事重重，说到后面也展开了笑容。

“人生不如意的事太多，”齐五小姐安慰琳霜，“有时候没法子，也只能看开些。”

琳霜垂下眼睛，对齐五小姐十分感激。

不一会儿工夫齐二太太过来，进门看到两个烧旺的炭盆：“天冷，也要当心别着了炭气。”屋子里白日停了地龙，烧的是银霜炭，窗子都让开了个小缝，不至于会被炭熏到。

齐二太太这样的关怀透着一股深意，就连旁边的琳霜脸上也有恍然明了的表情。

送走了齐二太太和齐五小姐。

琳霜笑着拉起琳怡：“那个齐二郎怎么样？这次定能登上杏榜吧？”

科举的事谁能说得清楚，前世她对齐二郎没有关注过，只依稀记得会元郎并不出在京畿，林正青只是取了贡士，到了殿试不过点了同进士。

葛家哥儿还在大牢里，琳怡也不好和琳霜说太多齐二郎的事，几句话就岔开了，带着琳霜去选几块料子做衣裙。

杏榜飘香，朝廷连连传出喜报，陈家气氛低沉了许久，现在终于有了云开见月明的感觉。

白妈妈笑着向长房老太太道：“齐家少爷取了头名会元。”

意外之喜。

长房老太太原觉得齐家二郎能挂榜中贡士，却没想到一举取了会元。

最近的事，件件让琳怡觉得意外，前世的一切到这里终于全都变了。林正青虽然没有像前世一样连中三元，齐二郎却一下子从众考生中脱颖而出。

白妈妈已经向长房老太太恭喜：“还是老太太有眼光。”

长房老太太责怪地看了白妈妈一眼：“别人家二郎中会元，你跟着高兴做什么？”

白妈妈急忙笑着告罪：“是奴婢多嘴了。等到下个月殿试过后，一准儿会取了进士，咱们大周朝又多了位储相。”

长房老太太似笑非笑地看琳怡一眼：“瞧瞧，亏得她还知道什么叫储相。”

只要想到要和齐家谈定婚事，琳怡就心里突突乱跳。

不一会儿工夫，齐家报喜的人来了，长房老太太照例挑了块端砚送过去。

陈允远回到家，说起这个也捋着胡子直笑，标准的丈人模样，口中连着夸赞："齐家哥儿真是不错，我听说那文章写得众多学子无人能及，会元郎是名副其实。之前春闱结束之后，我听说这次考题偏了，还心里着急，没想到成全了他，若不是博览群书有深厚的底子绝不会有如此的结果。"

小萧氏抿着嘴看陈允远："看把老爷高兴的，这门亲事还没定下来呢。"

"我看八九不离十，"陈允远笑道，"前几日遇到齐老爷，齐老爷还请我吃了顿酒席，席上说起两个孩儿……"

小萧氏放下手里的针线，埋怨地看了陈允远一眼"老爷也真是，怎么没和我说起这事。"

陈允远正色起来："这怎么能乱说。"他也是瞧着老太太应允了这才提起。

小萧氏听得眼睛发亮："琳怡也是好福气，最好能做了状元夫人。"

"妇人真是贪心，你知道考上进士有多不容易，还想着状元。"陈允远虽这样说，眼睛里却掩不住笑意。

小萧氏想及儿女长大了将来要各自成家，儿子不用说自是在身边，六姐儿……不禁叹气："殿试过后，我们两家也就要过明路了，照这样算明年六丫头就要出嫁了啊。六丫头明年才及笄，我真是舍不得。"

舍得舍不得倒还是其次，陈允远道："只要六姐儿顺顺利利地嫁了人，中间别出差错就好。"

小萧氏想到族里三太太的女儿琳霜出嫁前出了这么大的事，也是心惊肉跳："老太太安排得那么周详，一定不会有差错的。"

陈允远和小萧氏在屋里说话，琳怡听着外面的爆竹声响，想到齐二郎在春闱上一枝独秀地拿到会元，总觉得心里不大踏实。琳怡吩咐玲珑："将我的氅衣拿来，我要去哥哥屋里。"

衡哥正在屋子里写字帖，琳怡撩开帘子进屋，就闻到满室的墨香。

衡哥见到妹妹献宝似的将墨拿给妹妹瞧："新得的老墨，知道妹妹喜欢，特意留了一块给妹妹。"说着将手里青缎盒子递给琳怡。

琳怡低头看，墨色深而不化，是上等的老墨。

"这是谁给哥哥的？"

衡哥抿嘴笑道："爹爹今天难得高兴，就将康郡王送来的老墨匀了两块给我。"

陈允远有一大爱好就是收集老墨，搬家的时候嘱咐小萧氏，什么都可以不要，那些他收集的陈年旧墨，要一个渣都不落地给他带回来。

"父亲说，郡王爷虽是武将却颇通文墨，真正的文武双全，郡王爷不但挑了几块老墨，还送了幅前朝孟春的《枯木逢春图》给父亲。"

陈允远吃过饭神秘地捋着胡子将衡哥叫去房里，原来就是得意地将得来的书画晒给儿

子瞧。陈允远喜欢的都是书画中的异类，平日里得来的书画都不对他的心思，这次终于得偿所愿，丫鬟端了茶杯进书房，陈允远都沉下脸让人将水端出去，生怕那些水泼到画上去似的。赏完画又再三嘱咐小萧氏一定要收好。

提起父亲，衡哥津津乐道：“父亲可比在福建的时候开怀多了。”

自从前些日子康郡王平叛回京，五王爷宴请功臣之后，陈允远的处境就明显比从前好了许多。

陈允远也是最近才知晓原因所在。

归根结底还是因康郡王的缘故。

琳怡和衡哥去小萧氏房里。陈允远正对这件事津津乐道：“我才知道那晚郡王爷是醉了酒要回府的，不知怎么的就走到咱们家来。周家不见郡王爷去五王爷府去寻，着实找了好一阵子。”

周十九喝醉了酒？那晚周十九上门明明是再清醒不过。

小萧氏埋怨地看了陈允远一眼：“郡王爷醉了，老爷还和郡王爷喝酒，老爷也真是……”

那晚其实真正醉的是父亲，父亲第二日连衙门里也没去，周十九却神清气爽地在亭子里调琴。

周十九在王爷府醉酒还想着来陈家，这样的传言散出去，怪不得人人都要高看父亲一眼。父亲本来没有被王爷请去宴席而失意，这样一来却塞翁失马焉知非福。

陈允远道：“侍郎大人说，等我熟悉了吏部，年底就要提名我做吏部郎中。”

小萧氏睁大眼睛：“老爷这么快就要做堂官了。”

陈允远又高深莫测地一笑：“在吏部有那么多的员外郎，按理说我的资历可是不够，不过是侍郎大人栽培。”

在别的部院还好，在吏部任正职那是多少人削尖脑袋也钻不上去的，就算父亲有功劳在身，可以进其他部院。

吏部的堂官是一般人不敢得罪的。祖母就说若是父亲能在吏部熬到堂官，至少会让人有些顾忌。没想到转眼这话就要实现了。

陈允远说完这些看向衡哥：“过来有什么事？”

衡哥道：“想问问父亲这次春闱的试题。”

陈允远听得儿子说这话，顿时两眼亮光，夸赞衡哥：“果然是长进了。”

衡哥被夸了好一阵子，总算将试题要到手，八股文的题目总是弯弯绕得人头晕，陈允远慢慢解释道：“对海外国家是要施仁政还是加强兵力，要看过许多关于海论的书，才能引经据典写出文章。”

真的偏题了，她记得父亲说过，科举的题目诸子百家治国策论居多。

陈允远道：“齐家二郎考上会元，这次的主考大人可是高兴得不得了，齐家二郎春闱发奋，算是弥补了上次秋闱的遗憾。”

琳怡忍不住插嘴："主考官为什么会高兴？"

陈允远喝了半盅茶："主考大人和齐二老爷是同科。"

琳怡听着这话皱起眉头，不是她想得太多，只是认识主考官又在偏题的情形下取了头名，说到外面会不会让人起疑？

琳怡才将这样的忧虑说给长房老太太听，族里就来了人说起庄子上的事："实在是欺人太甚，庄子上的东西不准我们动一分，葛家哥儿不放出来，庄子如今也成了他们的。葛家也是，只听那边松了口，就送去了大把的银子，结果人说了，只保证不牵连陈家，葛家老爷一下子就被气昏了过去。"

好歹毒，长房老太太几乎将手里的佛珠都要捏碎了："这样葛家人还以为我们陈家上下打点是为了不被牵连。"

葛家和陈家本来同仇敌忾，现在葛家心里却被撒了一把沙子。

琳霜听了这话，心底唯一的希望被浇灭了。

就算葛家哥儿被放出来，这门亲事恐怕也是再也做不成。

长房老太太实在没法子，又请惠和郡主帮忙去周家说项。一日的功夫惠和郡主打听出消息，周永昌家和康郡王的婶娘周夫人有些走动。

恰好赶上康郡王的婶娘周夫人做宴，长房老太太和琳怡过去送了份礼物。

周夫人见到陈家长房老太太十分亲切，将长房老太太请去上座，让人用粉彩的寿字盖碗盛了龙井茶。

周夫人的大媳妇，周大太太甄氏亲切地待客，见到琳怡拉着手好一阵子瞧，当着花厅里众位夫人笑道："陈家的小姐个个长得漂亮，我可是见了好几个了。"

这话一出，琳怡立即感觉到落在她身上的视线多了起来。周大太太甄氏话里带着深意，是在间接地说陈家女儿都惦记着进周家大门。

周家宾客众多，大家你一言我一语说了半天才渐渐散了，长房老太太好不容易找到机会和周夫人单独说话："这次来是想托您去说说，葛家哥儿是有错在前，可是说到故意打死人可绝没有这个心思，葛家后辈中可全都靠他，葛家急得不行，总也要谋条活路出来，我是厚着脸皮过来请夫人帮忙。"

周夫人脸上始终带着笑容，听到最后也没有迟疑太久："老太太这样说了，我怎好不帮忙，一会儿永昌的母亲甄氏过来，论辈分她也该叫我一声伯母，我这个长辈既然当着，就问问她到底要怎么样才肯罢休。"

这话说得十分漂亮，让人挑不出半点错处来。

每一次见到周夫人，琳怡都觉得周夫人的心思真是深不可测。

花厅里的戏开演了，众夫人笑着聊天看戏。

长房老太太怕冷，琳怡陪着在厢房里小坐，不一会儿工夫周夫人带着一位穿着水银小凤尾裙子，满头碧玉蝴蝶簪，圆盘脸下挂着双下巴、鹰钩鼻上一颗大大的黑痣几乎占满了鼻

头，杏核眼兼长眉入鬓，走起路来摇摇摆摆的夫人进了门。

那夫人跟着周夫人走上前几步，大大的眼睛骨碌转到长房老太太脸上，然后又去斜旁边的琳怡。

从那高高在上略有几分得意的目光里，琳怡猜出来这位就是周永昌的母亲甄氏。

长房老太太和琳怡起身向甄氏行礼。

甄氏笑着甩帕子：“您瞧瞧这般多礼做什么，大家又不是外人。”说着用胖胖的手去拉起琳怡。

周夫人和甄氏落座，丫鬟们端上茶水。

甄氏的目光再三落在琳怡身上。

长房老太太强浮起笑容和甄氏客气几句。

甄氏慢慢应着，仿佛感兴趣的只有眼前的琳怡。

直到周夫人提起葛家的事，甄氏才恍然大悟：“那件事啊！”说着看向陈家长房老太太，“您之前托人来和我说，我就已经说了，这事不要紧，都已经过去了，您就不要放在心上。”

甄氏话说得轻松，如今葛家哥儿还在牢里，着急的是陈家和葛家。

甄氏的话到这里，不等长房老太太开口，甄氏又道：“只是可怜那个孩子，跟着我家昌哥这么多年，说没就没了，我家昌哥身边就这么一个得力的，唉……这就像砍了左右手，要说不疼，那是我胡说呢！陈老太太您说是不是？”

既然是来求人家，还能当众反驳不成？

长房老太太道：“这也是飞来横祸，大家都不想的啊。”

甄氏也不反驳，单去看琳怡：“这家里少了一个，若是能多一个补上，我们家昌哥的心情好了，我还有什么好说的。”

长房老太太没想到甄氏会这样直接说出口，惊讶地看着周夫人好一阵子没反应过来。

周夫人也怔愣了半天才明白：“这……可要从长计议才好。”

甄氏却不受挫：“陈六小姐明年就要及笄了吧？我们家昌哥可是正经的贵胄，”说着顿了顿，“陈老太太您心里也要有个数，不能光听旁人说三道四，毕竟人心隔肚皮，您这里帮葛家说话，您不知道葛家怎么说陈家呢。”

长房老太太脸色渐渐阴沉，皱起了眉头：“夫人这话是怎么说的。”

甄夫人拿起帕子捂嘴笑：“陈老太太，不知道您在三河县的庄子上是不是产御用的粳米呢。”

御用的粳米就算是有也是御赐的，哪家敢私自屯这个。

“陈老太太，您在京里还不知晓，三河县的官差可都去您的庄子上了，只怕几日查下来就要有个结果。”甄夫人说着眼睛又看在琳怡身上，“瞧这身子单薄得，要吃些药调养调养，将来也好有个好底子。”

第六十章 逆转·抓

看到甄氏眉开眼笑的模样，长房老太太攥起手指强忍着怒气，可仍旧嗓子一紧剧烈咳嗽起来。

琳怡忙上前拍抚长房老太太的后背。

周永昌的母亲甄氏和周夫人的大媳妇甄氏娘家是本家。加之大家都是宗室住在宗室营，平日里来往自然不少，甄氏能在周家这样明目张胆地说话，自然有周夫人背后支持。

琳怡拿出随身带的药膏子服侍长房老太太吃了些，长房老太太这才觉得胸口舒爽了许多。

“瞧瞧，”甄氏一脸笑容，“我早就听说陈六小姐是姻语秋先生教出来的，”说着去看周夫人，“我家老夫人身子素来不好，陈六小姐若是能帮我们家老夫人调养一二，那就是最好的了。”

琳怡只觉得长房老太太后背又绷起来。

之前将她和小厮一起比，而今又让她充当郎中，甄氏握住了陈家的把柄，就以为她不会拒绝。

“夫人高看了，”琳怡对上甄氏的眼睛，微微展颜，“我不过是在祖母、父母面前动些心思做药膳罢了，对着旁人别说是开方子，就算让我说些药理也是不能的。”

甄氏惊讶片刻瞬即轻笑起来：“这话是怎么说的，我倒没这个脸面了。”

琳怡的声音依旧清亮，不卑不亢：“不是夫人没脸面，我跟着姻语秋先生学药理是要尽孝道的，旁的就真是不会了。”

学药理是尽孝道用的，也就是直说甄氏是外人和她没有半点关系。

好尖利的嘴，周夫人抬起眼睛看着陈家长房老太太身边的女孩，素净的脸孔，目光明亮纯粹如晴好的天空，安安静静地站在一旁，花月般的脸颊上却隐含着一股坚韧的神情，如同柔软花瓣上伸出的刺，只要伸手去却揉搓它，就会被它狠狠地刺上一下。

长房老太太听得孙女不软不硬的话，觉得比吃了薄荷还要舒坦，这才是救急的药丸啊。

甄氏甩甩帕子，脸色阴沉起来：“看到这些孩子，才发觉我们这些人都老了，”说着叹气，“活了这么大岁数，心里哪里还能装下别的，也就是他们好了，我们心里才能痛快。老太太这般待孙女可知天下父母心了。”

这话意有所指。葛家还不是为了葛家少爷才拼尽全力，这是要提醒她们，葛家要告陈家不是说说而已。

都说宗室仗势欺人，这次琳怡算是见识到了。

“颜家班的小菱仙也该上场了，”周夫人恰好这时候插嘴，“桂芳不是最喜欢看小菱

仙的吗？”

甄氏这时才想起来：“真是，别误了大事，”说着整理自己的马面裙，“好不容易请到小菱仙，要是没有将戏听全可是得不偿失。”

葛家人命关天，到头来不如一场戏重要。

甄氏抬脚就要出门，周夫人起身请陈家长房老太太：“老太太，您也去听听。”

长房老太太摇头拒绝：“我还是在屋里歇歇脚，免得不舒坦搅了你们的兴致。”

周夫人倒是周到，留下丫鬟、婆子服侍，又好一阵子说：“我去前面待客，一会儿就来陪老太太说话。”

长房老太太去侧室里歇脚，白妈妈笑着将屋子里的丫鬟、婆子都迎出去说话。

琳怡拉起长房老太太的手：“祖母，您身子怎么样。”

长房老太太摆摆手：“没事，还不会让她们气死，”说着抬起头来看琳怡，“你可看清楚了？”

琳怡颔首，看清楚了，周夫人谋划将她嫁给周永昌。

长房老太太叹口气：“你准备怎么办？”

琳怡笑着安慰长房老太太：“能怎么办？解铃还须系铃人，宗室我们惹不起，可是总要有人来收拾他的烂摊子，要不我们来周家做什么。”

周夫人在前面走，甄氏紧紧地跟在旁边：“别瞧陈六小姐牙尖嘴利，只要到我手里，看我不将她收拾得服服帖帖。”

周夫人埋怨地看甄氏一眼：“你是要找儿媳妇，可不是别的，要想着一家和睦才好。”

甄氏撇嘴一笑：“您就是摊上了我那妹妹做媳妇，事事百依百顺，要是遇到这般的，您的性子还不让她骑到您头上去。”

周夫人微皱眉头：“总不好就这样逆着来，万一生分了那可怎么得了？”

甄氏眉飞色舞：“那就休妻，或是再续弦，只要儿子好端端的，还怕好好的梧桐树招不来金凤凰？”

周夫人停下脚步：“看你这张嘴。”

甄氏似是大受打击：“我也就是自己宽心罢了，我没有您的福气，您就要和有名的菩萨结亲了，她那个女儿貌似天仙啊，将来您是有享不尽的福。”

提起陈二太太田氏和陈四小姐，周夫人满意地点头：“那孩子是不错，和她母亲一样有一副好心肠。”

周夫人进了花厅，甄氏刚要跟着进去，周夫人的儿媳周大太太一把将娘家姐姐拉到一旁，低声问：“怎么样？”

甄氏讪诮一笑：“现在还扛着，早晚要自己找上门来求我们，到时候可少不了嫁妆。”要不是妹妹提醒陈家长房有不少的田产，陈家长房老太太又极疼陈六小姐，她还想不到这个法子。

周大太太跟着笑。

甄氏道："你放心，将来事成了，我少不了要谢你。"

周大太太忙摆手："要谢就谢观音大士点化了你，我也是无意中听到陈二太太田氏说起的。"

甄氏得意了一会儿，想到陈六小姐冲撞她的话又冷笑："要不是冲陈家长房有了底子，我才不要她。乡下养大的果然是没规矩。这满园子的客人，除了皇亲就是显贵，她们也来浑水摸鱼，要是我早就臊死了，竟然还端坐在那里，真是不嫌丢人。"

等到甄氏去看戏，周大太太吩咐身边的丫鬟："陈家老太太和小姐用过的杯子都收起来，将来拿去打发穷亲戚。"

丫鬟知晓周大太太素来爱干净，忙应了："您放心，那些茶碗都单放着呢。等客人走了，奴婢们就取水来刷地，保证弄得干干净净。"

周大太太赞许地看那丫鬟一眼："这样最好。"只要看到陈六小姐，她就像闻到了一股土腥味儿，心里说不出的膈应，凡是陈六小姐用过的东西，最好远远地丢开，免得坏了她的心情。

看完了戏，天色虽早，陈家长房老太太带着孙女告辞。周永昌的母亲甄氏，捏着帕子意犹未尽地学着小菱仙唱一句，立即博了个满堂彩。

甄氏看一眼陈六小姐，陈六小姐依旧不受教，没有半点迎合她的意思。

甄氏情绪越发高涨，笑着看周夫人："上次叶子牌玩得不尽兴，今日要多玩几圈。"

周夫人故意笑甄氏："输了的可不许打赖。"

甄氏难得的大方："就是多输几个又何妨，只要夫人高兴就是了。"

众女眷谈笑："不知她发了什么财，这样财大气粗起来。"

发的财，无非就是葛家和陈家。

大家心有灵犀，嬉笑着看好戏，甄氏也仰着头不加遮掩。

长房老太太气得手发抖，却不敢说出半句不是，走到僻静处，才使劲将拐杖拄在地上："仗着老天不收人，就无法无天。"

宗室可不是就有天在护着。

留下来摸牌的毕竟是少数，周家门房开始准备车马送客人回去。

陈家的马车牵过来，琳怡才要扶着长房老太太上车，只听门外传来一阵凄厉的呼喊："陈老太太，我们家哥儿可是为了护着你陈家的田庄才被人陷害，你们陈家不知报恩，一心只想着置身事外，真让我们没了活路，你不知道，他们还让我们告陈家私藏贡米，你真当他们是什么好人，他们是吃人不吐骨头啊。"

门外这样一闹，长房老太太看向身边的白妈妈，白妈妈急忙出了门，琳怡扶着长房老太太，祖孙俩静静地等着，总算听到白妈妈的声音："您是……葛家的太太？葛家太太……

您冤枉我家老太太了，我家老太太也是为了葛家少爷才会……在这里的呀。”

话音刚落，只听得一阵马蹄声响，有人大声呼救，紧接着有人抽鞭子的声音：“不要脸的东西，这时候敢调理爷们儿。”

又是鞭子落下来的声音，外面的人一声惨叫。

之前说话的葛家太太已经变了声调：“这里还有没有王法……就算宗室也不能……”

“我就是打死你，也没人敢捉我……”

旁边的甄氏听到自己儿子的声音刚要招呼人出去瞧，只听刚才威风凛凛的声音透出一股惧怕来：“郡王爷……叔叔……您这是要做什么……侄儿……”

只是微微停顿，琳怡听到周十九的声音。

“步军统领衙门的人跟着吗？”

有人回道：“已经到了宗室营。”

“将人交过去说清楚，看衙门的人怎么说。”

周永昌顿时慌了神：“叔叔……侄儿没做错事，那些人怎敢拿我，叔叔去说一声也就是了。”

周十九不再说话，外面传来周永昌求饶的声音。

甄氏刚刚学戏子时跷起的兰花指也放下，鲜亮的面容一下子灰败起来，忙求助地看向周夫人。

周夫人看向身边的妈妈：“去瞧瞧是怎么回事。”

长房老太太也松开琳怡就要带人出门去看葛家太太，人走几步刚要出车门，迎面传来一阵脚步声响。

金黄色前后左右开裾，领袖石青色织金缎镶边，绣九蟒蟒袍。黑色包头云纹靴迈进来，腿上袍裾忽沉，上面的巨蟒顿时舒展开鳞爪，在阳光下翘着首威风凛凛，院子里一下子安静下来。

周十九脸上依旧带着淡淡的笑容，门外的哀求仿佛和他没有半点关系。

众人上前行礼，周十九先伸手托起长房老太太：“外面正乱着，老太太还是一会儿才出去。”

周夫人眉毛微皱，现在还不到下衙的时辰，康郡王怎么倒回来了？

是凑巧还是早就安排好的？康郡王的脸上却又让人看不出半点端倪来。

周夫人还没想出个结果，周永昌的母亲甄氏却已经按捺不住，一步上前：“郡王爷啊，我家昌哥怎么了？您说步军统领衙门……难不成要将我们昌哥捉去衙门里吗？”

周十九的目光极清澈，笑容就在嘴边：“永昌太不小心，在外面惹了事被人告去了衙门，恐怕要去走一趟。”

话说得轻松，有一半女眷已经松口气。

宗室子弟就算去衙门无非走个过场。

“安心吧，”旁边的夫人劝甄氏，“不过委屈昌哥一下，说清楚也就好了，步兵统领衙门的人还将辅国公家的三爷也抓了起来，最后还不是给送了回来，办事的官差还被辅国公骂了一顿。”

另一个夫人也道：“那些人谁不好捉，偏要来盯上宗室，现在的步军统领衙门，实在该好好整一整。”

在宗室堆里听到的也只有这些话。

这话虽然让旁人听了刺耳，却安抚了甄氏。

甄氏打发婆子：“让小厮跟着点昌哥，去衙门里别吃了亏，”说着看向康郡王，“郡王爷帮帮忙，让人过去说句话。”

从始到终没有人问起周永昌到底惹了什么乱子。

周十九道：“还是听衙门里怎么说。”

话说得云淡风轻倒让人无法再追问。

外面周永昌也不再叫喊，甄氏这才想起要出门看儿子，却只来得及看到周永昌的影子。

周十九转头看向陈家长房老太太身边的陈六小姐。

陈六小姐脸上一片清明。

周十九笑容更深，看着她一步一步离他越来越近。

琳怡扶着长房老太太上马车，眼观鼻鼻观心没向周十九看一眼，她在算计，他也在算计，他总是出其不意打乱她的计划。

这次葛家的事是周夫人一手安排，既是针对陈家也是在害她，这一切的根源还是因周十九。周夫人对她的关注实在太多，以至于着手安排她的婚事，她不怕被人算计，但是厌烦这种本来和她毫无交集的人，千般手段都用在她身上。

遇到这种事，她绝不会不反抗。

琳怡深深地看了周夫人一眼，周夫人能害她，她就能想方设法自保，但愿经过这一次之后，周夫人能明白，她这支带刺的花不愿意放在周家花斛里，周夫人也不要想方设法去摘来扔掉，否则很有可能扎在手里扔不出去，将来两看相厌，日日煎熬。

待到马车车帘放下来，长房老太太听到孙女叹了口气。

自从见过周十九，不论怎么计划周详，她也从来没有完完全全地赢过一次。

和宗室扯上得越多，陈家越不好脱身。

长房老太太也是目光深沉：“和我们之前想的不大一样。”

琳怡点头。

之前只想抓住周永昌的把柄，父亲请周十九帮忙从中调和，用些银子将葛家少爷换出来。

周永昌好赌，一年前因输光了银钱，就在赌坊杀过人，后来花银子让人顶罪扛了过去。这次葛家出银子，周永昌有了银钱傍身，赌性大发，醉醺醺地去了之前杀过人的赌坊，东家

怕出事客气地花五十两银子要将瘟神打发走，周永昌腰边别着财神哪里肯甘休，这样你来我往地几句话，就将当年的事引了出来。

本来当年周家上下打点就颇费了些功夫，尤其是赌坊这种地方鱼龙混杂，消息极难遮掩。葛家若是被逼急了，难免会鱼死网破，将周永昌从前和现今的恶事一纸诉状告上去，就算告不赢，周家也要再打点一次，周永昌还要收敛作为，要知道去年好几个月周永昌都躲在府里。

但凡纨绔子弟都好逸恶劳，能顺利拿到银钱，何必要绕上一圈，这样拖下去很有可能双手空空还惹一身骚。

周夫人想逼她嫁给周永昌，其实周永昌身边美妾居多，并不在乎要不要续弦。只要周永昌不愿意再周旋，一个巴掌拍不响，这件事也就了了。甄氏算计极多，想要捏住陈家做摇钱树，怎奈她儿子不是这块料，就算坏也不会坏得高明。

宗室子弟犯事的也不是一两个，不管是葛家还是陈家直接面对宗室都没有胜算，为了保住葛家少爷的性命，只能与宗室周旋。她和长房老太太去周家示弱，也是要众人知晓，周永昌借着葛家连陈家都要拿捏，周永昌的恶名扬得越远越好。

这样的安排琳怡讲给长房老太太听，长房老太太也是十分赞许，祖孙两个连同葛家一起安排了几日，总算好戏开锣，只可惜这戏只演到前半截，后面全都变了味道。

周十九忽然冒出来。

整件事不再照章程来演，就要重新打听消息。

长房老太太回到房里，陈允远也刚好下衙。

说起今日的事，长房老太太才从陈允远嘴里知晓，今日的变故是陈允远安排的，长房老太太皱起眉头："你怎么敢这样乱来。"

陈允远知道自己先斩后奏有些不妥当："是康郡王要帮忙，否则儿子也不敢。再说那周永昌委实无法无天，我们就这样忍气吞声也不是办法。"

长房老太太将整件事想了一遍："看样子，康郡王是要帮我们家。"

陈允远深为赞同："康郡王为人正直，就算是宗亲也应该不会维护，否则怎么眼看着步军统领衙门将人带走。"

周十九为人正直……他是精于心计，长袖善舞才对。

周十九这样轻易地让父亲信任他，由此可知，将来无论周十九有什么事，父亲都会首当其冲。

葛家在周家门前闹得人尽皆知，却也不一定就能将周永昌拿住，周十九定还有别的打算。

长房老太太仔细思量："等葛家那边传来消息，就能弄清楚。"

话才说到这里，小萧氏快步进屋道："老太太，葛家人来送消息了，说是那周永昌将步兵统领衙门砸了。"

长房老太太听得这话坐直了身子："真是吃了豹子胆……竟然连步兵统领衙门也敢

砸。”

陈允远的表情从惊讶变成了欣喜：“这样说葛家哥儿定能救出来了，我立即去找御史言官，看看能不能明日就递折子上去。弄出这么大动静，就算是宗室也遮掩不过去，更何况之前还砸了赌坊，又在赌坊前打葛家的人。”

长房老太太嘴边也浮起淡淡的笑容：“就算宗室也别想全身而退。葛家哥儿还是有福气的。”

这一切都是周十九安排好的。

周永昌先是在赌坊闹得天翻地覆，又满街追打葛家人，然后砸了步兵统领衙门，这一步步都是周十九事先设好的陷阱，就等周永昌踏进去。

陈家这边松了口气，周永昌的母亲甄氏听了消息整个人就似掉进了冰窟，睁大了眼睛半晌才哆嗦着：“这孩子……疯了……不成？竟然……敢在……步兵统领衙门……”

传话的小厮用袖子擦擦额头上的冷汗，声音也沙哑：“爷说了，是康郡王身边的人让爷自己想法子从步兵统领衙门出来，剩下的事康郡王会出面……”

甄氏不知该不该相信，指挥下人：“快，快准备车马，我要去求问周夫人。”

葛家人很快从衙门里出来，琳怡安排下人收拾出一进院子好安置葛家太太。

琳霜平日里十分关切葛家，这次葛家太太来陈家，她倒藏在屋里不肯出来。

琳怡看着琳霜笑，琳霜急起来：“等那个齐二郎来了，看我不笑你。”

琳怡故意向窗外看一眼：“这……葛家太太来看你了。”

琳霜的脸一下子红了，忙伸手整理鬓角，半天才回过神来知道是琳怡耍戏她，抬起头看到琳怡满眼的笑容，就要作势打琳怡：“你这个坏丫头……”

话音刚落只听外面的婆子道：“葛家太太来了。”

琳霜怀疑地看了琳怡一眼。

琳怡笑着摇头。

外面一阵脚步声传来，右手缠着软布的葛太太进了屋，琳怡和琳霜上前行礼，葛太太先是将琳怡扶起来，然后才去看琳霜：“好孩子，这段时日让你受苦了，可让我怎么说才好。”

琳霜鼻子有些发堵：“都是因为我们家……”

“说这个做什么，不论是谁我们家哥儿都会去帮忙的。”

琳霜感激地看了葛太太一眼，葛太太的目光里没有埋怨只有欣慰。两个人这样看着眼圈都红了。

琳怡寻了借口退了下去。

这样看来琳霜真是寻了门好亲事，葛家哥儿秉性好，葛太太为人聪明心又善，大家一起经过生死，情分也就不寻常，琳霜嫁过去定不会被夫家刁难。

琳怡将这番话和长房老太太说。

长房老太太笑着看了孙女一眼："你也别羡慕她，将来你的婚事也差不了。再说这次算是九死一生，若是没挺过去又当如何？世上的事就是这样，一生平平淡淡会让人觉得过得太寻常，可是要让人羡慕，就难免要经过旁人没有的挫折。你说哪个好？"

哪个好？

前世的经历不可能不给她留下阴影，重生之后那一瞬间她情愿一生平淡，嫁个踏踏实实的人，儿女绕膝，享受天伦之乐。

看到孙女心事重重，长房老太太道："要不然我也给你找个土地主嫁过去。你和琳霜正好做个伴。"

琳怡靠着长房老太太笑了。

第二日，御史将周永昌一本参了上去。有人开了头，紧接着奏折就像雪片般飞到御案上。

见事不好，周永昌的母亲甄氏如杀猪般在周夫人面前嚎哭。

周夫人被磨得没法子将周十九叫来问情形。

周十九超乎寻常地直言不讳："我是要他在衙门里认个错，我也好寻人说情。现在弄成这样，谁出面也是没用。"

甄氏听得这话，眼睛一翻昏了过去，周大太太看到族姐这般忙过去掐甄氏的人中，甄氏浑浑噩噩地醒过来，还是觉得胸口发闷，顿时一呕，将污秽都吐在周大太太身上，周大太太也跟着一阵翻腾。

白妈妈绘声绘色地讲这一节，没去周家的小萧氏也觉得解气。

宗室比强盗恶霸还要厉害，小萧氏暗地里决心，日后出去赴宴席见到宗室一定要小心，免得不知不觉就被算计了。

周永昌闹得满京城人尽皆知，皇上为此龙颜大怒，很快就下旨，将周永昌杖责四十，开除宗室籍，收回赏赐的田产，发配奉天，永世不得回京。

这桩案子在京里很多人没反应过来之前就尘埃落定。康郡王将周永昌扭送去衙门，皇上大为赞许，夸康郡王不包庇族亲。

葛太太从来没遇过这样的大事，心惊肉跳地好几日没合眼，直到听到下旨这才安心："在周家门前闹完我就后悔了，当时我一心想着我家小儿被周永昌害得那么惨，不知道哪里来的胆子……"说着顿了顿，"还要谢三老爷，没有三老爷请动康郡王，哪里扳得动周永昌。"

是陈允远传话让葛家下人想方设法激怒周永昌，葛太太当家这么多年，也应付过些地痞无赖，这次发现宗室也不过尔尔，让他上当也不那么难。

第六十一章 舞弊·见死不救

葛太太这话也就是关起门来说，在外人眼里，周永昌是过于嚣张才会落得这个下场。

“哥儿也该出来了，”长房老太太看着葛太太，“太太还是早些回去打点。”

葛太太笑容满面：“那边有老爷照应呢，前几日去书信和老爷说好了，若是生哥能从衙门里出来，先要来京里谢过长房老太太。”

葛家连这样的事都想在了前面。

长房老太太道：“孩子刚受了苦，怎么能这样折腾他，这样来京里我是不见的，”说着看看身边的琳霜，“日后我还怕少了他的礼不成？”

琳霜揪着帕子低下头，嘴边漾着羞涩的笑意。

葛太太和族里三太太都笑了。

“说的是，”葛太太看向族里三太太，“若没有这个差错，两个孩子的事早就妥当了。”

听到葛太太说这话，琳霜掩着脸去了里间，琳怡也就陪着过去说话。

中午琳怡和琳霜两个小睡了一会儿，琳怡正起来洗脸，玲珑进门道：“二房的二太太生了。”

田氏生了？

玲珑接着道：“是位小少爷呢。”

二太太田氏也算是多子多福，又给陈家添了男丁。不过生男生女是二老太太董氏最在意的，琳怡只是在盘算等二太太田氏出了月子，是不是又该四处活动了。

琳霜也从床上爬起来：“打这以后，你那个二伯母更要猖狂。”

长房老太太得了消息，第二日带了小萧氏、族里三太太、衡哥、琳怡和琳霜去二房看小宝宝，粉嫩的孩子包在银红色的锦缎里睡得正香。

二老太太董氏好久不曾见过家里有孩子出生，满脸都是欢喜，让长房老太太过来瞧瞧：“是不是像我们老二。我们斌哥像母亲，这兵哥若是像老二就齐全了。”

刚出生的孩子哪里能看得出来像谁。

长房老太太向来不习惯逢迎，就扯开话题：“已经取了名字？”

二老太太董氏笑着道：“是蔡参领给取的。”

旁边的董妈妈也笑着插嘴：“我们二老爷说，兵者，国的手脚……奴婢虽不识什么大字，却也知道是了不起的话，再说四少爷八字好，是文武近君王的贵命。”

二老太太董氏无可奈何地看一眼董妈妈：“什么兵者，国的手脚。明明不懂还学着人拽文。是兵者，国之爪也。”

这孩子才落地，竟然连命也批算好了，可见二老太太董氏有多喜欢这个孙儿。相士之说先放在其次。要论引经据典，《老子》里说兵者，不祥之器。陈允周给儿子用这个字是为了讨好蔡参领。

从二太太田氏房里出来，玲珑将听来的事讲给琳怡和琳霜听。陈允宁的庶子敦哥在外养得不成样子，做了弹弓打鸟却打到了大爷陈临斌的大丫鬟杏儿。娇滴滴的小姑娘一下子就少了只眼睛不能再在陈临斌身边伺候，当晚就被拉出了陈家。

杏儿一走，陈临斌身边少了人，夜里看书感了风寒，到如今还没有好利索。

琳怡听了这话没说什么，琳霜就忍不住："恐怕不是看书感了风寒吧！"贴身的大丫鬟，十个有九个等主子成亲后被抬通房，说不定那个杏儿没守本分，二太太田氏想出了这样的法子……

琳霜抬起眼看琳怡，两个人的目光不约而同地撞在一起。

陈允宁的庶子敦哥八成是替罪羊。

二太太田氏既抹黑了侄儿又解决了心腹大患，这是一石二鸟之计。

说曹操曹操就到，门房来传："蔡参领和夫人、小姐来了。"

陈允周忙带着陈临斌匆匆忙忙地出了二门，不一会儿工夫琳芳也盛装打扮挪步出来。

见到琳怡，琳芳止住脚甩甩帕子笑道："六妹妹怎么瘦了许多。"

琳芳身上穿着樱桃色褙子外面罩了件系着粉色带子的小褂衫，看过去就像一朵含苞欲放的杏花。

真正瘦下来的是琳芳。

经过了一冬天，琳芳的双下颌没有了，薄薄的春衫显得腰身格外的细，身段堪比琳婉，可见这段时日下的功夫不小。

琳怡道："四姐姐穿得少，小心着凉。"

琳芳心情很好也跟琳怡应承几句，然后看向琳霜，"不知道族里怎么想的，我们陈家结亲找个有一官半职的并不难啊，真是可怜姐姐了。"

言下之意，葛家被欺负是因为家中无人在朝为官。

琳霜脸色一僵，琳芳这才捏着帕子走了。

"瞧她得意的，不怕将脸笑抽了，"琳霜说完转头看琳怡，"脸上扑了那么多粉，活像你做的糯米糕。"

琳怡掩嘴笑，怪不得她看着眼熟呢，还是琳霜先想到。

蔡夫人和小姐来到陈家，送了兵哥一对玉麒麟，一对金锁，一对金镶玉的项圈，还有一双虎头鞋，一包金瓜子，可谓是礼物齐全、周到。

看过小宝宝，很快蔡夫人将注意力转到陈临斌身上，蔡家小姐也偷偷地打量陈临斌，陈临斌长相俊俏，蔡夫人觉得满意，蔡家小姐也很欢喜，不时地拿鲛纱扇子扇风。

琳怡将蔡家小姐和陈临斌放在一起比较，要说般配……就差了点，陈临斌瘦高，蔡家小姐就有些过于矮胖，陈临斌文质彬彬，蔡家小姐好像太过直白。

众目睽睽之下，一门亲事就这样做成了。

蔡家小姐就将陈家当作了自家，拉着蔡夫人抓紧时间游园，临开宴席之前，蔡夫人婉转地向二老太太董氏说明，陈临斌的院子太小了些。

二老太太董氏笑道："等斌哥成亲了，就将旁边的二进院子收拾出来给他住。"

蔡氏母女这才心满意足。

琳芳就在一旁撅嘴，等到大家都去了花厅，琳芳在琳怡旁边小声嘟囔："等将来他们就知道其实是高攀了我们家。"

走到没人的地方，琳霜憋不住问琳怡："那个蔡参领是多大的官职？"

琳怡道："正三品武官。"

琳霜惊讶地张大嘴："那……琳芳还说……是人家高攀了……"

因为……

琳怡没说话，旁边的玲珑道："二太太要将四小姐嫁给康郡王呢。"

也就是说，这块糯米糕是将来的郡王妃，琳霜有一种喝了油的感觉，不知道康郡王本人会不会恶心呀。

宴席上气氛很和谐，除了大太太董氏有些心不在焉，一切还似寻常，二老太太喝了些桂花酒有些微醺，琳婉搀扶着老太太回屋子，要说二老太太董氏对陈允宁一家还有什么好感，也就是琳婉了。

陈允宁和大太太董氏因庶子和外室没少吵闹，琳婉去劝说慌乱中被推倒在地，琳婉没顾上自己反而伸手抱住董氏的腿苦苦哀求："父亲、母亲要顾着这个家啊。"二老太太董氏听后觉得这个孙女非常懂事。

因为琳婉，陈允宁夫妻和二老太太董氏之间的关系才没有弄得太僵。

吃过宴席，大家一起回到长房。

众人才下了马车，门上的管事就弯腰来报："家里有客，老爷吩咐小的去得月楼买了些饭菜，如今老爷正和客人在堂屋里说话呢。"

陈允远说有公事才没去二房，怎么倒早早就回来了。小萧氏忙去照应客人，长房老太太吩咐白妈妈："快去瞧着点，太太月份大了，要小心些。"

琳怡和琳霜去了长房老太太那里，不一会儿白妈妈来道："是康郡王来了，说是因齐家少爷的事。"

琳怡心里一沉，侧头看长房老太太。

长房老太太皱起眉头："齐家哥儿怎么了？"

白妈妈道："奴婢也只听了一耳朵，到底是怎么回事还不清楚呢。"

长房老太太打发白妈妈："弄明白了过来告诉我。"

白妈妈飞也似的去了，琳怡和琳霜就陪着长房老太太玩叶子牌。祖孙几个闲闲地打发时间，很快就等到白妈妈折返回来。

白妈妈进屋四处看看并不说话。

长房老太太看一眼琳怡，“真有事也是瞒不住，六丫头听听也无妨。”

白妈妈这才道：“朝廷查出主考官有泄露考题之嫌，齐家少爷这个会元取得不实。如今主考官已经被抓起来了，齐家少爷恐怕……”

长房老太太只觉得额头“嗡”的一下，手脚一阵酥麻：“康郡王过来是说这件事？”

白妈妈摇头：“奴婢瞧着不像，只有老爷着急似的，一直追问康郡王，康郡王只是说现在情形不明，也不能料到结果。”

长房老太太皱起眉头，康郡王不想管这件事，不过也情有可原，康郡王毕竟是武将，科考舞弊涉及的都是文官。

长房老太太正想着，小萧氏让人扶着进门：“老太太，”小萧氏神色仓皇，“听说齐家二郎被抓起来了。”

这样的事只要入了大狱就会严刑拷打，一般的士子哪个能经得住这个，只怕是凶多吉少。

长房老太太侧头看着孙女，波折真是一件跟着一件，好不容易一切安排妥当，齐家哥儿却又……

不过是几杯酒，就引起陈允远对前程的担忧。成国公是奸臣，打倒了他却不等于朝廷就从此一片太平、祥和。

福建平乱之后，文官借机打压武将，皇上奖赏立功将士的折子压在内阁，最终只是先奖赏了一部分兵士，很多立功武将的资历都在吏部压着等着授职。

陈允周就是其中一个。

朝廷上处处都是争斗，稍不小心就会被牵连。

陈允远外放多年，大多时间在外奔忙，现在做了京官，就是整日案前喝茶勾心斗角，没过多久就开始觉得头脑不大灵活。

这次主考官曹子清以编修起家而今是翰林院掌院学士，做过学政、乡试主考官、会试总裁官，为官勤恳，交往广阔，又有满腹的好文工，书法也尽得皇上喜欢，这样的人竟然还被下了大狱。

“曹大人有个远房侄儿，另有一个拜在他门下的学生，这次都中了贡士。现下两人的试卷被拿出来复审，确不能列为上等。御史折子里说，此二人的字迹曹大人再熟悉不过，从众多试卷中挑出来易如反掌。”灯下，周十九放下手里粉彩莲纹酒杯。

陈允远接触曹子清并不算多，只知道曹子清将被提为协办大学士，陈允远摸摸自己的胡子：“郡王爷看，这事当不当真？”

周十九眼睛清澈，仔细看起来，却似有淡淡的云雾慢慢舒卷：“大人还是不要插手的好。”

这话的意思，八成要定案了。

康郡王做事向来谨慎，他说不要插手，那就是没有回转的余地。

陈允远下意识地去拿酒杯，又糊里糊涂地放在嘴边浅酌一口。

科场舞弊是极重的罪，莫说主考、同考要被处以严刑，涉及舞弊的考生死在狱中的也有不少，就算侥幸被放出来，也是再也不能参加科举，一生的前程就此被毁，三代受牵连。身为文官，陈允远还是深知其利害。

“我们家与齐家还算交好，我也不能不管不问。”陈允远叹气，齐家哥儿的文采真是好，要说齐家哥儿舞弊，他是如何也不肯信的。

周十九缓缓道：“陈大人身在吏部，还是谨言慎行，若是贸然帮忙对齐家、陈家皆不利。我身为武官利害轻些，倒可以帮忙打听。”

陈允远惊喜地露出笑容：“郡王爷帮忙，那自然甚……好。”

晚上天色忽阴，下起了小雨，琳怡怕小萧氏奔劳着凉，特意让小厨房煮了碗暖汤，和琳霜挽手一起送了过去。

小萧氏刚喝了女儿送来的暖汤，谭妈妈推门回来道：“贵客要走了。”

小萧氏忙起身安排人送伞过去，转念一想又觉得不妥，就让谭妈妈打伞她也过去送送。

琳怡和琳霜陪着小萧氏一起出门，没等周十九出来，琳怡、琳霜避嫌去了旁边的耳房。听到外面撑伞的声音，琳霜觉得好奇就要过去往外望：“我还没见过正经的皇亲国戚呢，”说着调皮地笑笑，“看看是不是和一般人长得不同。”

琳怡被琳霜逗笑了：“还能有什么不同，一个鼻子俩眼睛。”

琳霜低声嘟囔：“好不容易有这样的机会，错过这个村就没这个店了。”

玲珑、橘红两个也低头笑。

玲珑上前将窗子拉开一条缝，琳霜有些胆怯硬拖着琳怡一起到窗前。第一次偷看外男，琳霜很是紧张，将琳怡手指抓得格外紧，琳怡想要说话又怕被外面的人听到。

细雨顺着缝隙洒进来，湿润又有些冰凉，琳怡躲在窗后等着琳霜。

琳霜“咦”了一声，琳怡下意识地转头，恰好一丝雨飞进了琳怡的眼睛，琳怡猛地闭眼。

雨急打在伞上声如蹦珠般响，伞下的人缓步前行。

琳霜去看琳怡，不小心手上一滑让窗屉落下来，顿时吓了一跳忙又将窗屉撑起。

慌张的声音传到院子里。

周十九脚步微停。

琳霜吐吐舌头，以为行踪败露正不知道怎么办才好，伸手去拉琳怡。

琳怡颔首吩咐玲珑去关窗子，一阵风吹来，大雨突然如幕，本来已经黑下来的天空瞬间如晨光初现，天地都浸在万峰雨色中，唯有院子里周十九撑着的伞下一片安宁。

琳怡和琳霜两个人身上都被水淋湿了，玲珑和桑叶忙去拿干净的衣服。

琳霜道：“这么大的雨拿来也是湿的，我们只是湿了衣袖，过会儿再换也就是了。”

“我的好小姐，”玲珑拿着雨伞，“可让奴婢们省省心吧，万一着了凉可如何是好。”

琳霜知道是自己错在先，瘪瘪嘴也就听从丫鬟们的安排。

两个人换完衣服，雨也缓下来，琳霜去琳怡房间里睡觉，两个女孩挤在床上嘻嘻哈哈地说话。

“好像比旁人高大些，”琳霜仔细想着说，“又不胖，不像我哥哥长得肥肥壮壮。”

这样说自己的哥哥，琳怡眼前浮起琳霜哥哥憨厚的模样，只觉得好笑。

琳霜半带认真：“人说贵游公卿子弟，鲜衣怒马，气势煊赫，是不是指的就是这样。龙子凤孙就是与普通人不同。”

琳怡道：“要说龙子凤孙，那个周永昌也是。”

提到周永昌，琳霜的好心情顿时跑得无影无踪：“他不是被除籍了吗？那就不是了。”

还有这种说法，琳怡不由得又发笑，琳霜这是在想方设法地逗她，好让她不要多想齐二郎的事。

不过出了这么大的变故，琳怡不可能不去想。

周十九这次来陈家是故意透露消息？周十九胸藏城府，智谋又深，让人看不清也猜不透。

第二天琳怡顶着黑黑的眼圈去长房老太太屋里。

长房老太太显然也是一晚没有安睡，早早就将陈允远叫过去问话。

陈允远决定还是听康郡王的，观望一下再说。

长房老太太颔首：“这样也对，科场舞弊可不是小事。你在吏部许多眼睛都瞧着，不能行错一步。”

陈允远吃过饭就去上衙。

长房老太太拉起孙女的手：“我们就等着听消息吧，现在的事不是我们妇孺能插手的。”

这样的大事一般都扯着党派之争，她们能做的也就是向袁家、郑家问问情形。琳怡给齐三小姐、五小姐写了封信安慰两姐妹。

齐五小姐的信很快回过来。齐家如今乱成一团，齐二太太病在床上，她们两姐妹和嫂嫂轮流床前侍疾，里面没有要请陈家帮忙的话。

琳怡将齐家的信递给长房老太太看。

长房老太太也叹气，都是好孩子啊。

齐二郎的事陈家不好明目张胆地去管，琳怡坐在长房老太太身边也只是偶尔插嘴：“照哥哥说，齐二郎一直都是埋头苦学，怎么会注意海上的事。”

衡哥以为琳怡猜疑齐重轩真的是科场舞弊，张口辩解：“齐家哥哥聪明绝伦又博览群书也不是不可能啊。”

琳怡不是这个意思，外面都说齐重轩临考之时去主考官家借书，哪有这么巧合的事，这就说明齐重轩可能是被人陷害。

长房老太太倒听出琳怡的话外弦音，偏头看向琳怡：“那你就替我写封信，提醒齐家一下，让齐家想方设法去刑部问问齐家哥儿，这里面说不定有别的缘由。”

衡哥这才知晓是自己想偏了。

长房老太太的信送到齐家，齐家只是回信言谢就再没有了消息。

又过了两日，刑部传出消息，主考官曹子清门下的学生先招认，他送了曹子清五百两银子为了让恩师抬手让他考上贡士。

长房老太太接到消息，心里透凉，曹子清的罪名定下，齐家哥儿也算是完了。

陈家长房一片沉寂，琳芳倒是托着香腮格外的开心，沈妈妈说得绘声绘色，琳芳觉得比看戏还要过瘾。

戏台上毕竟是假的呀，这可是货真价实。

琳怡还以为捡到了金子，谁知道竟然是赝品，实在太好笑了。

“要是让琳怡嫁给了进士，我都不甘心。”琳芳挑了块桂花糖放在茶水里，捧起来尝尝。

好甜，可见琳怡煮的桂花茶也不过如此，真是没见过世面。

二太太田氏抱着兵哥摇晃，宠溺地看女儿一眼：“不要乱说。”

琳芳撇撇嘴唇，虽然她看不上进士出身，可不等于琳怡就能配得上，进士好歹也是储相，琳怡不是和琳霜要好，还不如让族里也给她找个员外的儿子嫁了，长房老太太也好搬去乡下陪孙女。琳芳又想到齐家小姐每次和她针锋相对的模样：“齐三小姐的婚事也该告吹了吧！”

旁边的陈临斌有些坐不住了，怎么离开家段时间，妹妹变成了这个模样，“妹妹，凡事要给人留些余地，给别人留余地也是给自己留余地。长房虽然和咱们家关系不好，可毕竟都是陈家人。六妹妹和我们还是同一个祖父，就算平日不互相照应，也不至于要做成仇人。”

琳芳怔了怔，哭丧着脸向田氏求助：“母亲，您看哥哥，怎么能帮着外人来说我。琳怡害我的时候哥哥怎么知道，要不是因琳怡在长房老太太耳边说我坏话，我如何连长房都去不得了？上次去族里，琳怡还陷害我将三姐推下山坡又让婆子在亭子里放蛇，让我在祖母面前跪了好几日，又被罚关在屋里思过，要是这事闹出去，我才是走投无路的那一个。”

陈临斌看妹妹皱着脸哭得伤心，不由得微微动容：“害人之心不可有，妹妹下次防着六妹妹也就是了，不要说出这样的话，让人听了还以为妹妹……”

田氏接过儿子的话：“你哥哥也是为你着想，就要嫁人了，有些话不能张口就说，这是在娘家，将来去了夫家，难免要被人捉了把柄。”

说起琳芳的婚事，陈临斌道：“今日我还见到康郡王，真是仪表不凡。”

二太太田氏脸上浮起温暖的笑容。

琳芳红着脸低下头，却还忍不住看向哥哥，期望哥哥能多说些康郡王的事。

不过康郡王仿佛并不知晓两家要结亲，陈临斌介绍自己是谁，康郡王就像对待旁人一样礼节性地笑笑。

陈临斌思量片刻，在二太太田氏没有将话题引到蔡家小姐身上之前，先站起身告退回房。

陈允远一直等着康郡王的消息，康郡王始终没有插手帮忙。直到朝廷下发公文此次春闱成绩作废，三个月后重新再考，众人皆知科考舞弊案已经尘埃落定。

小萧氏道：“老爷说了，齐家二爷始终没有招认舞弊。”

长房老太太早知道齐二郎好风骨。

长房老太太让白妈妈给小萧氏揉肿了的腿脚，小萧氏还有些不好意思，等到脚上舒坦下来，整个人才放松多了：“不过朝廷里已经有文官开始替齐二郎说话了，往年题目泄露，雷同试卷至少有几十份，这次独有齐二郎一份，再说曹子清不曾承认将题目卖给齐家，同样也没有真凭实据证明齐家贿赂主考官，国家栋梁之才难求，望朝廷不要草草结案。”

看来是齐家上下活动了，只是不知道能不能奏效，还是差一个皇上信任的人在旁进言。

待到小萧氏走了。

长房老太太满腹心事地和白妈妈说话：“我是不是将六丫头的婚事张罗得太急了？”

白妈妈道：“老太太也是怕六小姐被选进宫。”

这是其中一个原因，尚有一个理由她谁也没提起：“我觉得康郡王中意我们家琳怡。”

白妈妈惊讶地睁大眼睛：“老太太……您……这是怎么看出来的。”

“活了一把年纪，再没有这点眼力，那就是老糊涂了，”长房老太太靠着软垫躺下，“不过六丫头不喜欢康郡王。我也觉得康郡王心思重，家里又没有长辈支撑，那周夫人是唯恐天下不乱，为了掌握康郡王是绝不会让康郡王称心如意的。”

要知道当家主母支撑的是后宅乃至整个家啊。

第六十二章　算无遗策·赐婚

葛家少爷从大狱中出来，身上多少染了些病症，葛太太接到消息去向陈家长房老太太辞行，族里三太太和琳霜也一起回三河县，长房老太太让人准备了四辆桐木漆翠幄车，挑了几个家人、婆子跟车送去通州坐船。

送走了琳霜，琳怡也没有了精神，在长房老太太屋里瞌睡，长房老太太看着孙女好笑，干脆让玲珑服侍琳怡去内室里睡觉。

琳怡上了炕，闭上眼睛踏踏实实地睡了两个时辰，醒来之后，郑家正好送信过来。郑老夫人请陈老太太和琳怡去郑家做客，信里说郑七小姐整日念叨琳怡，要不是惠和郡主请来嬷嬷让郑七小姐学规矩，郑七小姐早就来陈家了。

最近京里仿佛盛行请嬷嬷学规矩似的，琳怡看了郑七小姐的信才知道，请嬷嬷风波是因周二小姐周琅嬛而起。

周琅嬛人前礼仪周到原来是和宫里的嬷嬷学的，惠和郡主没能讨到周琅嬛做媳妇，只盼着郑七小姐能比上周琅嬛一半温婉，也就心满意足了。

郑七小姐满篇抱怨，说嬷嬷将她的鞭子、陀螺、花球全都收了起来，还逼着她学针线，现在她满手全是针眼，真是苦不堪言。

惠和郡主这是望女成凤，琳怡十分庆幸长房老太太和小萧氏对她要求不是很高。细算她每日拿针线的时间也不是很长。

琳怡给郑七小姐回好信，陈允远也正好下衙来给长房老太太请安。

喝过一盅茶，陈允远不知是报喜还是报忧："母亲，儿子上峰尚书大人晋为大学士，加衔太子少保，主管这次会试，儿子也被晋为郎中，不日就要有正式旨意。"

这么快就又晋升了。

连坐在一边的琳怡都抬起头来。升这一职是万分难的，父亲却在员外郎上任职不到一年就提了郎中。从前是平职留京，大家还不至于惊讶，而今这样想不让人注意都难，最重要的是赶在这时候……

陈允远皱着眉头："原来是有人密告科场舞弊，是皇上命我们尚书大人去查阅的试卷。"所以因此立了功，现在备受皇上信任，连同他们几个也跟着沾光。

长房老太太知晓陈允远的意思："外面人还当是你们查出了科场舞弊。"说着抬起头看陈允远，"这次牵连的人不少吧？"

陈允远叹气："对于科场舞弊案来说，已经是很少的了，其实这事也就是我们尚书大人经办，否则换了旁人不知道要有多少人获罪，但是外面人却不这么想，特别是齐家……齐二老爷见到儿子，脸色都怪怪的。"

屋里安静了一会儿。

琳怡想起周十九让父亲不要过问舞弊案，微微抿起了嘴唇。

长房老太太道："看来齐家二爷不被放出来，这误会也就说不清楚了。"

不但是现在说不清楚，将来恐怕也很难释怀。吏部尚书做了出头的椽子，父亲更不能插手科场舞弊的案子，弄不好坏了自己也翻了一船人，既然开始沉默，升职了就更要沉默到底，没得选择。

做堂官是天大的喜事，可是随之而来还有不少的小烦恼。

长房老太太淡淡地道："在朝为官就是这样，不可能所有关系都顾及到，你祖父、父亲在官场上不知道得罪了多少人，光鲜的时候自然有人捧着，没落了不踩一脚已经是有交情在，不必想得太多，还是多思量日后要怎么做官吧，该打点的要趁早打点，别上任之后被人出了难题。"

陈允远仔细听着长房老太太训诫。

陈允远开始还觉得这官来得有些不是时候，他在吏部的资历尚浅，最好的时机是再过

个一年半载……可是第二日他就庆幸，多亏他提前一步做了堂官。

陈家二老太太董氏的弟弟，舅老爷董长茂因在福建立功被人荐为热河都统。

长房老太太听得这个消息坐直了身子，董家世代武将出身，在川陕熬了多少年，终于被朝廷重用。跟着太祖爷打江山的勋贵这些年因事被罢免了许多，倒是那些开始并不显眼的功臣子弟逐渐壮大，董家能世代守城也是被朝廷信任，说不定哪一日就会一步登天，这是长房老太太曾经想过的，只是如今听到仍旧免不了惊讶。

长房老太太看着陈允远："这么说你走文官的路子反而是对了。"否则更是羊入虎口，董长茂做了都统，那已经做到武将最高职，那是谁也得罪不起的。

长房老太太说着叹口气："咱们家的爵位保不住了，哪日复爵了也是被董家所用。"老爷泉下有知也不会怪她吧，她一个老太婆是用尽了手段。

这句话正中要害，陈允远听到消息心里放不下的也是陈家的爵位。

长房老太太手肘一弯靠在光滑的紫檀扶手上："朝廷什么时候给你授职？"现在是能顺利向前走一步就要走一步。

陈允远道："礼部正在准备，三日之后面圣。"

时辰不早了，母子两个说完话，陈允远回去歇着。

长房老太太倒是睡不着觉了，让孙女陪着两个人玩叶子牌，琳怡故意让着，老太太还是一连输了三把。

长房老太太将叶子牌丢在桌上："人老了就是不中用了，算也算不过你们这些年轻人。"

祖母说的算，不是指叶子牌，而是被人算计。

琳怡低声道："是祖母拿的牌不好。"

长房老太太笑一声，摸摸琳怡的头："就是牌太好才会被人惦记着，"说着伸手让白妈妈扶着去休息，又嘱咐琳怡："前几日琳霜那丫头在，你也不得休息，今天早些睡了吧！"

琳怡点点头，人不用和自己为难。

第二天琳芳从田氏嘴里听到消息："咱们家有一品大员了？"

二太太田氏颔首。

琳芳几乎从椅子上跳起来："那……父亲呢？我能不能做上侯府的小姐？"想到宁平侯五小姐平日里被人簇拥的模样，琳芳一颗心都要从嗓子眼蹦出来。

二太太田氏似笑非笑地看了女儿一眼："又在胡说，让你祖母听了看不骂你。"

琳芳得意地笑道："我刚去给祖母请安，祖母还夸我越来越有样子了。"光给长辈行礼一节她就不知道做了多少遍。

二太太田氏笑了笑："还是要抓紧学。"

琳芳坐过来腻在田氏身上："有什么要紧，只要周夫人喜欢我，我无论怎么做都是好的。"

"你呀，"二太太田氏一手戳在琳芳额头上，"最让我操心的就是你了，若是再不听我的话，将来吃了大亏可不要哭着回来找我。”

琳芳抱住田氏：“吃了亏不找母亲找谁。”

母女两个说说笑笑，董妈妈带着丫鬟捧着汤药进屋，琳芳皱着鼻子去闻汤药，“这些药母亲要吃到什么时候？”

董妈妈笑容满面：“就快了，”说着顿了顿，“老太太家里来信，说是舅太太已经从川陕启程进京来看老太太。”

等到舅太太到了京里，舅老爷任命的文书也该发去川陕了。

舅老爷上任的热河离京不远，按理说驻外都统家眷都要留在京城，那么以后两家就可以频繁走动。

琳芳笑着拍手：“这可太好了，到时候我带着舅太太和妹妹将京里转个遍。”

董妈妈说了会儿话就退了出去，几乎是前后脚，二太太田氏身边的沈妈妈带消息来：“康郡王的婶娘周夫人让人送红鸡蛋过来。”

二太太田氏忙让沈妈妈将人请进屋。

来送鸡蛋的妈妈就站在帘子外，笑着道：“我们夫人本也想来的，刚得了消息太后娘娘不自在，几位夫人一起进宫请安去了。”

太后年纪大了，身上经常有不自在，命妇们轮流进宫侍疾。

不过现在这话说出来倒有些别的意思。

二太太田氏笑容满面让人拿了如意小银锭赏了妈妈。

琳芳竖着耳朵仔细听，生怕听漏了半个字。

等到那妈妈走了，二太太田氏笑着看女儿一眼：“听到了？还不下去和嬷嬷学规矩？整日里腻在我身边算什么？”

琳芳脸颊红得像扑了一层厚厚的胭脂，埋怨地看了田氏一眼：“母亲得了四弟就不喜欢女儿了。”说完提着帕子抿着笑意匆匆忙忙地出了门。

二太太田氏看向身边的沈妈妈：“瞧瞧都说女大不中留。”

康郡王的婶娘周夫人段氏正坐在锦杌上。

慈宁宫台阶上的陈鎏金铜香炉向外飘着檀香，似一条丝带飘飘忽忽地飞向双交四椀菱花隔扇窗。

老太后半躺在临窗的大炕上，好一会儿才笑着看周夫人：“康郡王是在你眼底下长大的，你虽说是婶娘，依哀家看和亲娘也没什么两样，不过有一样，孩子长大了，他的心事做长辈的未必能猜得透。”

周夫人心中一凛，脸上已经笑着道：“太后娘娘说的是。”

年纪大的人看透世事，想要让人如意其实也简单得很。康郡王诛杀成国公立下大功，她就做一回人情也没什么，老太后半抬眼睛：“康郡王年纪不小了，差不多的宗室子弟就算没有大婚也都定下了。”

几日的暗示终于起了效用，周夫人自然而然露出慈母的笑容来：“可不是，都怪我东挑挑西看看耽搁了时间。”这话的意思很明了，不是自己亲生的孩子就会更费心，生怕会不如他的意。

老太后笑道：“有没有看上哪家的小姐？”

周夫人想了想才谨慎地开口：“太后娘娘，您可知道原来的广平侯陈家。”

广平侯陈家。

老太后仔细思量：“我是年纪大了，一时也想不起来了，你说的广平侯……”

周夫人又道：“如今广平侯的爵位已经没有了。”

被夺爵的勋贵？

老太后眼睛一亮，像是想起了什么：“你说的是陈家六小姐吧？最近我可是时常听到这个名字，听说在火堆里救了祖母，是难得的孝顺孩子，他父亲是个清流，之前因成国公的事下了大狱，而今提了吏部郎中。”

周夫人心里绷起的琴弦豁然断了，脑海里瞬间一片空白，太后怎么会这样了解陈家的事，再看太后的表情十分满意。

旁边的女官笑着向周夫人使眼色。

这是提醒她该求太后做主成全这门亲事。

早就布好的网，就等着这时候收起。

婚姻大事乃父母之命，赐婚只有长辈去恩求，她以为抓住这一点主动权就在她手里，却没想到……

周夫人回想起周元澈请她进宫求赐婚时的情景。

周元澈只说：“请婶娘进宫帮侄儿求皇上赐婚。”

求赐婚，却没说求的是哪家的小姐。

她怎么就疏忽大意，还以为周元澈不懂内宅里的事，正好让她一手安排。

原来只是个诱饵。

不引着她，她怎么可能卖力气来宫里求赐婚。

一点一滴都仔细算计。

养了他这么多年，才知道他的心机远远超出她所想，他就让她看着，然后慢慢地动手脚。

若是她这时候说陈四小姐，就像驳了太后的好意。

如今箭在弦上不得不发，一切由不得她。

周夫人觉得胸口发沉，嘴角如同被吊了石块，想要弯起露出个笑容是那么的困难。

慈宁宫，不是她能主宰的地方，她和旁人一样要小心翼翼察言观色。

周夫人稳住心神，她这些年见的风浪也不少，不会一下子被打垮。这条路不能走，她自然有别的法子。

周夫人想着跪下来，毕恭毕敬地拜下去，将脸贴在细密的锦缎上。

从宫里出来，周夫人看向身边的申妈妈："放口风出去，皇上要给郡王爷赐婚了。"

申妈妈颔首："奴婢一定安排妥当。"

赐婚的消息很快就传到陈家。长房老太太听了攥住手里的佛珠："打听清楚了？要给康郡王赐婚？"

白妈妈道："二房那边已经炸开了锅，二老太太、二老爷、二太太高兴得不得了。四小姐要嫁给康郡王不说，而且还是赐婚，这可是求不来的风光。二房那边的妈妈过来说，好事成双呢。"

这是故意说给她们听的。

四小姐得了好亲事，长房那边下人议论的也多起来。说四小姐天生富贵，命好是求也求不来的。言下之意长房老太太早就为六小姐安排亲事，却一再出差错。白妈妈心里不禁叹息，六小姐的婚事也是太坎坷了些。

白妈妈将打听来的事一股脑说给长房老太太听："听说是周夫人亲自进宫求来的。"

这就难怪了，长房老太太重新转动手里的佛珠，周夫人喜欢二太太田氏，琳芳又频频去周家做客，周夫人看上琳芳的传言早就有，只是……自从她见过康郡王之后，就觉得田氏想谋这门亲事不容易。

所以她才会觉得出乎意料。

白妈妈道："您看，会不会是因为董家？"

董家。

在情势面前，所有一切都变得薄弱起来。

现在的局势，显然陈家长房不如二房，不论是谁要结亲都会这样掂量。

长房老太太半阖上眼睛："可能。康郡王是武将，攀上董家对他有利无害。直接和董家女结亲又太过显眼，这样绕开些倒合乎宗室结亲的习惯。"

白妈妈情绪有些低落："您说说，这也太……四小姐这就做了郡王妃。日后二太太那边还不知道要怎么欺负人。"

小萧氏也觉得这不是好事："我们老爷和郡王爷总算有些交情，若是郡王爷就成了二伯的女婿，那日后……"成亲之后，自然丈人近了，"娶哪家闺秀不好，怎么偏是到了咱们家。"

消息传了几日，这门亲事越来越有步入正轨的感觉。

二房那边开始筹备琳芳的嫁妆，因婚事还没有公开，二太太田氏的意思不要闹得众人皆知，还是慢慢办才妥当，琳芳却觉得衣橱太空荡，非要现在开始做衣裙。这样就用到了专门给陈家做衣衫的成衣匠。

以至于琳怡要做的夏衫都赶不出来。成衣匠再三赔礼道歉：“若是小的不来一趟就是哄骗老太太、太太、小姐，四小姐要的衣裙都要小的亲手来做，小的只有一双手，真的做不来。这样定会耽搁六小姐穿新衫。”

白妈妈十分不高兴，琳怡倒是觉得没什么，去年她还有做好的夏衫没穿呢，再说成衣匠又不是只有这一个，长房老太太也不想在这上面惹气，挥挥手就将成衣匠放走了。琳芳的衣裙就开始轰轰烈烈地做起来。

琳芳的风光还不止这一件。

琳芳屋里的女红做不完，家里的庶女分担了一部分，另外一些就到了琳婉、琳怡手里。

琳婉先拿了绣品让琳怡挑，剩下的她来做：“有一件是要双面绣，我实在做不出，只能帮六妹妹打下手。”

指明那双面绣就是专门给琳怡准备的，旁边的玲珑皱起眉头。

琳怡将矮桌上的绣品挑几件让玲珑收起来：“那我就帮忙绣这些吧！”

等到琳婉走了，玲珑才负气道：“小姐就是好说话，凭什么我们帮忙绣这些东西，二房专做针线的下人不知道有多少，哪个不能绣了？”

琳怡喝了一口水抬起头看玲珑：“所以，你生气做什么？”

玲珑看着小姐满不在意的模样。

“我挑的这些都是家里的丫鬟能做的，让她们来做也就是了，至于双面绣，本来就不容易，我怕累了眼睛，放旁边有空的时候磨两针，”说着顿了顿，“听竹和白芍姐姐不是都想学双面绣吗？我就用这个慢慢教。”

玲珑听得这话心里舒服了些，可还是被逼得爆发出来：“这就叫一人得道鸡犬升天。”

旁边喝茶的橘红一下子呛出水，看到书就头疼的玲珑，竟然也能说出这样的话。

也不全是坏消息。

陈允远下衙回来将齐家二郎的情形说了：“明日就要放人，受了些皮肉之苦，命总算保住了。”

长房老太太微露笑容：“人放出来就好，其他的倒可以从长计议。”

这消息若是在陈允远做吏部郎中之前得知，长房老太太定会非常高兴，可如今陈、齐两家的误会还没解开，长房老太太心里就是另一番滋味。

陈允远也觉得提起齐家，心里的那层隔阂挡在那里就是不舒坦。不过齐家二郎保住性命倒是让他松了口气。

长房老太太最终也发话：“咱们家本来就不欠齐家的，既然是误会，就等将来顺理成章地解决。”

陈允远深为赞同，通过这次的事，他是觉得齐家这样的书香门第实在不大好交往。相处深了不是浅了也不是，话不能直说就是一味的猜测，再加上书香门第天生的那股傲气，陈允远几次抓住机会想要和齐二老爷解释，结果都没能拉下脸皮。

第六十三章　惊变·嫁不嫁

小萧氏身子太重不能随便走动，所以去二房宴席的只有长房老太太、陈允远、衡哥和琳怡。

第二天一大早二房的妈妈就开始来催，生怕长房老太太会变卦般。

琳怡将新绣的抹额给长房老太太戴好，长房老太太又伸手扶了拐杖，祖孙两个走出门迎上衡哥。

长房老太太看着孙儿道："你二伯家富贵了，我们也过去凑凑热闹，免得让人家说我们不知情理。"

琳怡冲哥哥吐吐舌头，衡哥跟着一起笑。

二老太太董氏这时候摆宴席是想要借着董家之力帮陈允周谋个好差事，请来的人不必说比平日里宴会时多了几倍，门口换了偌大的宫灯十分喜庆，下人、小厮全都换了新衣衫，只要和陈家沾了亲的全都上门给二老太太董氏请安，宾客女眷也是满脸笑意，话语中多带了奉承，二老太太董氏目光烁烁，众星捧月似的坐在众人中间。

看到长房老太太，二老太太董氏起身将长房老太太迎来坐下，众人开始应付着打招呼，礼数过后，琳婉拉着琳怡去一旁坐下，大家还没说两句，琳芳穿着品红金盏花金线镶边褙子，柳绿百褶裙和一位小姐说说笑笑走进花厅。

琳芳和众人寒暄完，走到琳怡身边笑着将身边的小姐介绍给琳怡："这是昌信伯家的三小姐，是五王妃的手帕交。"

五王妃，也就是宁平侯五小姐，月前才和五王爷成了婚。

琳怡抬起头来看到昌信伯三小姐好奇的目光，那双大大的眼睛上上下下地打量她，然后翘起嘴角，颇有些不认同似的。

琳怡微抬眼睛，昌信伯三小姐的态度有些奇怪，仿佛在遮掩着什么事。

不过琳芳对昌信伯三小姐的反应十分满意。看到琳怡受冷落，琳芳心里一甜说不出的愉悦，琳怡自从进了京就处处与她攀比，总想要心机将她压下去。人贵在有自知之明，琳怡却从来掂不清自己的分量，仗着有长房老太太就以为能飞上天，这次就让琳怡知晓，人生来就是分了三六九等。

琳芳掐着小帕子，压住嘴边笑："我们去那边说话，大家可都等着呢。"

这次陈家将所有的小姐都聚在一起，更加方便了琳芳在里面炫耀。

琳怡是没有多大兴趣听众人说长道短，就寻了个相对安静的地方喝茶下棋，正巧有个堂妹也喜欢清静，主动坐在一边要和琳怡对弈。

琳芳人逢喜事精神爽，笑声比往常格外清脆。

丫鬟们才摆上果子、点心，就有位小姐道：“陈四小姐最近忙什么呢？我是下了两次帖子也没能将你请来做客。”

昌信伯三小姐就笑：“原来你不知道，陈四小姐如今是躲在闺房做针线，要不是陈家老祖宗摆宴，她是决计不会出来的，否则若是没练就一手的好针黹那可是大事了。”

琳芳脸色绯红埋怨地看了昌信伯三小姐一眼：“三小姐就会笑话人。”

许多人还不明所以。

昌信伯三小姐故意一本正经：“我是说真的，难不成日后什么都要假手丫鬟来做。”

之前的话算是开了个头，这句就更加明显。

大家立即明白过来，都嬉笑着看琳芳。

琳芳道：“若是再这样，我就……”羞得话也说不上来。

“我的好姐姐，”昌信伯三小姐伸手拖起琳芳，“这可是好事呢，不知道多少人看着眼红，你遮遮掩掩做什么，这里的都是亲友，哪个也不用瞒着。”

琳芳故意嗔怒，端了矮桌上的点心递给昌信伯三小姐：“吃些点心也好堵住你的嘴。”

昌信伯三小姐转头向琳婉求救：“瞧瞧，这还不是郡王妃呢就开始欺负人了，将来那还得了，我们连话也不敢说了，”说着捏起帕子端端正正行了个大礼，“我错了，郡王妃今儿就饶了我，下次我可再也不敢了。”

昌信伯三小姐惟妙惟肖的模样将所有人都逗笑了。

还是有消息不灵通的压低声音打探：“是哪位郡王？”

“就是才立过大功的康郡王，陈四小姐真是有福气。”

“可不是让人羡慕，陈家的几位姐姐、妹妹都是好福气，来说亲的不是才俊就是宗室。”

这话本来是无所指，说话的人抬眼看到琳芳的脸色难看，顺着琳芳的目光就看到了旁边下棋的陈六小姐，心中不由得细想，这才知道自己说错了话。

昌信伯三小姐倒是好心，眨眨眼睛，关切地走到琳怡身边：“陈六小姐这会儿下什么棋，大家好不容易聚聚，还是一起说说话吧。”

现在琳芳身边少了个调节气氛的人。这种好事琳怡还是敬谢不敏：“妹妹晚说了一句，四姐姐新置办了羊脂玉的棋盘，我们可要下一盘试试。”

下棋没有下半局的道理。

琳怡说完话，眼睛就瞄到棋盘上去，一颗棋子落下堵住了对方的棋路，堂妹只唉声叹气，“六姐姐眼睛真是毒，我这片棋子可白做了。”

昌信伯三小姐无功而返，琳芳当着众小姐的面无声地叹息。

不多时候，女眷这边的宴席开了，陈二太太田氏将兵哥带出来走了一圈，周围又是一阵羡慕声。

二老太太董氏让人上了桂花酒，请女先生敲鼓玩传花，一下子闹得好不热烈。

琳怡喝了两口甜酒，脸颊有些发烫，就带着玲珑出去透透风，转了一圈回来遇到董妈妈，差点就撞在一起。

董妈妈脸色苍白，嘴唇青紫慌张得像撞了鬼般，见到是琳怡狠狠地错愕了一下，脸色是酸甜苦辣咸全都涌了出来，好半天才挤出个笑容：“六小姐，您怎么出来了。”

琳怡神色自然：“去了净房，正要回去。”

董妈妈不知道从哪里来的关切，与从前的态度大大不同：“天色晚了，风凉得很，还是让丫鬟将氅衣拿来穿了，小姐们身体娇贵马虎不得。”

柔声柔语不要说琳怡不适应，董妈妈自己也仿佛颇不习惯。

董妈妈一路将琳怡护着进了门，这才慢慢地挪去二老太太董氏身边。

二老太太董氏刚喝了口酒，微笑着听董妈妈将话说完，气息混乱顿时咳嗽起来。

陈大太太董氏忙过去拍抚二老太太的后背。

二老太太董氏咳嗽了一阵，脸上一片异常的绯红，眼睛也不抬：“人老了，酒也喝不得了。”说着向周围一看，吩咐大太太董氏：“不用管我，让厨房多上些点心，吃些甜的解酒，免得大家和我一样。”

待到下人端了点心上来，琳怡才发现，琳芳不在屋里。

董妈妈慌张的模样定是和琳芳有关。

二老太太董氏除了笑容少了些仍旧和桌上的女眷话家常。不过这样的变化就算能骗过旁人，也不可能瞒住十几年的妯娌。

长房老太太让人扶着去净房，琳怡带着玲珑跟了过去，祖孙俩走到长廊里，长房老太太吩咐白妈妈：“去打听打听到底是怎么了？”

好一阵子白妈妈才回来：“奴婢也没打听出什么来，只知道四小姐不知道吃了什么肚子疼呢，家里闹着要请郎中。”

刚才还活蹦乱跳的琳芳转眼就吃坏了肚子。

白妈妈接着道：“好像二老爷也喝醉了，从前院的酒席上退了下来。现在前面是大老爷和我们三老爷撑着呢。”

处处都透着一股子奇怪。

“奴婢听说康郡王也在前院，按理说，二老爷至少也陪着康郡王……”

陈允周还真是面子不小，连女婿也请来了。

白妈妈道：“奴婢再想法子去打听打听……”

“算了，”长房老太太摇手，现在宾客都在，二房只会想尽法子遮掩，打听也是没用，好事不出门恶事行千里，弄清楚不过是早晚的事，“我累了，戏就不看了，我们早些回去吧！”

白妈妈躬身应了：“奴婢去门房让人准备车马。”

长房老太太带着琳怡去和二老太太董氏辞行，二老太太董氏挽留两句就让大太太董氏送了出去。

马车在垂花门等了好一会儿，长房老太太和琳怡都上了车，衡哥才姗姗来迟。

衡哥钻进车厢向长房老太太道：“父亲让我和祖母说一声，前院的宴席没散，父亲不能脱身。”

长房老太太诧异地扬起眉毛，陈允远素来不愿意应酬，今日怎么倒一反常态。

回到长房，琳怡先去看了小萧氏，然后就去陪长房老太太喝茶说话。

长房老太太正觉得有些困了，才要让人服侍着梳洗。

陈允远从二房回来给长房老太太请安。

坐下来喝口茶，陈允远仍旧保持一脸的迷惑：“母亲，您说奇不奇怪，礼部的一位大人向我贺喜呢。说是皇上赏赐的单子已经定好了，赐婚的明旨这两日就要颁下来。”

这是什么意思。

长房老太太微皱眉头正在思量。

陈允远接着道：“康郡王将我送回来，我请郡王爷来坐坐，郡王爷却说这段时日不好登门……”

长房老太太的表情豁然惊诧，转过头看身边的琳怡。

“不是说赐婚的是四丫头吗？”二房才这样大张旗鼓地摆宴，四丫头打扮得花枝招展，仿佛明日就要出嫁一样，怎么礼部官员反过来说到他们家。

“我也觉得奇怪，我还以为那位大人是借着二哥的喜来和我应酬，可是康郡王的样子，就真的像……像是我的女婿。”之前他还担心康郡王做了陈允周的女婿会和他疏远，这次宴席陈允周又张罗得紧，康郡王来了他也就没往前凑，而是看着陈允周和康郡王寒暄。

按理说，见到丈人，康郡王总会人前逢迎些，陈允周也做好了被捧着的准备，谁知道，众目睽睽之下，康郡王绕开陈允周，先来和他说话。

他是惊讶得半天回不过神来，陈允周的脸当时就很难看。

要说刚才琳怡还没将整件事想清楚，现在听得父亲说这些，心中那些不确定全都清晰起来，周十九要娶的人不是琳芳而是她。

父亲做了吏部郎中，齐、陈两家生了误会渐渐疏远，这就像一张网，不知道从什么时候开始埋下，算计了他们家，瞒过了周夫人和陈二太太田氏，最终达到了他的目的。

琳怡抬起头迎上长房老太太的目光。

祖母的神情诧异多过任何一种情绪，而父亲好像松了口气，眼睛里甚至隐隐带着些许高兴。

经过了这几次的风波，家里的长辈不同程度上对周十九都有些满意。只有她心里似被压了块石头，沉甸甸地重。城府极深的周十九，一心想要打压她的周夫人，还有那些闲散宗室，无论哪一件都不是她想要的生活。

周十九娶她大约是看中她敢于和周夫人搏斗。那种螳螂斗母鸡的生活她是一日也不想过。

长房老太太第一次看到孙女低沉地垂下了小脸，心里也是叹了口气。

陈允远将话说开，最高兴的当属小萧氏："没想到我们家六姐儿能有这样的好前程。"说完还眼睛里含泪，想要将琳怡捉过来感怀一番。

"太太先别高兴得太早，"长房老太太泼来盆冷水，"你想想今天的情景，在外面人看来，我们陈家可是丢大了脸面，两房的女儿争一门亲事。"

小萧氏仍没转过弯来："可这是皇上赐婚，又不是我们家去周家说亲。"

"还不是一样。"长房老太太伸手去拿茶杯。

白妈妈这才发现自己听得太入迷，忘记了去给长房老太太换热茶。

"别人握在手里的东西却被咱们伸手夺来了，就等于在二房脸上打了一巴掌，这个仇就算是结下了。"从前两房就不愉快，现在是仇上加仇，恐怕已经红了眼睛，"而且，太太也该想想，皇上赐婚给琳芳的消息是怎么传出来的，若是周家故意传出这样的消息说明什么？"

说明什么？

琳怡摩挲着茶碗上的小仙桃，说明周夫人不愿意让她这个儿媳妇进门，这样将事闹大，是要陈家思量要不要将她嫁去周家。

赐婚圣旨未下之前，会有礼部官员上门问询家中长辈，此女是否待字闺中尚无婚约，然后取她的八字，若是八字不合这婚事自然就不用谈了，皇上会另寻他人。

皇上赐婚非同小可，只要皇上有了此意就会宣礼部官员着手安排，所以礼部官员才会向父亲贺喜。

周夫人不愿意。小萧氏知晓了这个意思，深受打击："那怎么好。虽说周夫人是康郡王的婶娘，却和亲娘没什么两样啊。这样的话琳怡嫁过去哪里会有好日子过。"

没受过婆婆刁难的人不会明白这里的辛苦，小萧氏在闺中时就从姐姐萧氏嘴里也听到过奉养非亲婆婆的无奈。所以她嫁到陈家之后，听到陈允远要外放，立即就收拾行装一溜烟从二老太太董氏眼皮底下逃开。

长房老太太让陈允远和小萧氏回去歇着："让我再想想。"

屋子里没有了旁人，长房老太太和孙女坐在罗汉床上商量："六丫头这是你的婚事，你心里怎么想？"

她早就感觉到周十九的算计，只是没料到康郡王会花这么大的力气。

当时听说周十九要娶琳芳，她也觉得顺理成章，周十九是利益当先的人，董家气势如虹，能间接和董家攀亲也是一步好棋。

可是经过今晚她却一下子想通透了，"大抵是利益冲突，康郡王不能选显赫的武将结亲，"琳怡抬起头看长房老太太，"祖母说过，皇上不会将军权交给同一家，"让军权集中是大忌，"康郡王和董家靠上关系，董家越风光康郡王越被掣肘，所以表面上看似是一门好亲事，实则后患无穷。相反的和文官结亲才是上上之选，父亲官声好，却没有太多牵连，在京中能立

足也只有靠康郡王，虽不能帮衬康郡王什么，却能让康郡王掌握在手中。”

所以不是她妄自菲薄，周十九看重大局，就算其中有她的原因，分量也是不多。

“现在的情形是木已成舟，退也不能退，让也不能让，”琳怡缓缓道，“虽然说礼部官员下来询问，仍旧有一线变数，可是大周朝这么多年，可有赐婚中途出差错的？”明显是没有，周夫人不想违逆君上，就逼他们来退婚，到时候他们想出法子避开，说不定就会有人告他们个欺君之罪。

琳怡说着去拿八宝攒盒里的榛子仁，还没有拿到就垂下了手。

别人是早就算计好的，她在网中眼见也逃不脱，挣扎也是没用，还是……养养精神，琳怡长出一口气，让慌跳不停的心跳慢慢缓和下来，这才穿鞋下地服侍老太太去歇着，“祖母早些安歇吧。”

长房老太太这边歇下了，琳怡也转头看着帐子里精致的花纹闭上了眼睛，理智地分析，这门亲事不能拒了。否则弊大于利。被周十九精心算计的好处是，不会随便就被舍弃，父亲和周十九已经站在同一条船上，就算不结亲将来应该也会一起沉浮，周十九心思缜密多数时候能化险为夷……加上日后她只要小心……

这些就是她能想到的周十九全部的好处，再往下她就想不下去了。

虽然一遍遍地安抚自己，可是心口的沉重仍旧不减。

前世的婚事是任由长辈安排，这世自己争取了却也没能如意，也许是她想要的太多……

琳怡静下心想起昌信伯三小姐看到她时的神情，昌信伯三小姐和五王妃要好，应该早就知晓赐婚的是她而不是琳芳。

所以昌信伯三小姐故意在众小姐面前叫琳芳郡王妃，实则是要眼看着琳芳丢尽脸面，等到赐婚圣旨一下，琳芳就成了笑柄。

琳芳自然而然会将这笔账算在她头上，琳怡翻了个身，这条路看似锦绣，其实遍地都是刺。

琳怡没能睡着，琳芳的闺房也是一片灯火通明。

琳芳哭得眼睛红肿，二太太田氏用冰过的帕子给女儿敷脸，屋子里伺候的沈妈妈半点声音也不敢出。

二太太田氏抿着嘴，垂着眼睛让人看不出神情，半晌才道：“老爷下手也太重了。”

琳芳的眼泪一下子又涌出来，她叫小丫鬟将康郡王引到二门上准备远远地看一眼，最好能说句话，谁知道她等来的是父亲，父亲二话不说瞪着眼睛就甩了她一个耳光，恶狠狠地骂她：“不嫌丢人。”

她长到这么大，还从没被打过。捂着脸回到房里还没来得及哭，就又听说一个坏消息，皇上要赐婚的是琳怡不是她。

这怎么可能。

琳芳到现在也不能相信，定是有人在里面造谣生事：“这婚事是周夫人去求的，再怎么样也轮不到六丫头身上，母亲你说是不是？”

看着女儿一脸的期盼，田氏只得柔声道：“圣旨还没下，你先别急，明日我再让人去打听打听。”康郡王在宴席上对三叔多有恭敬，大家心里已经有数，加上礼部官员不小心说漏了嘴，这事八成已经清楚了。

琳芳静谧了一会儿，紧紧握着手里的帕子：“如果真是琳怡，我又该怎么办啊？母亲，您说说，我要怎么办才好？人人都知道我要嫁给康郡王，现在……现在……如果是这样的结果我情愿就死了算了。”

沈妈妈听得脸色煞白：“好小姐，您可不能这样想啊，您要是有了差池就是要了太太的命啊。”

二太太田氏抿紧了嘴唇：“不准胡闹，我们总能想个法子。”

琳芳眼睛撇到床头挂着的香包，正是她向琳怡要来的，心中顿时“腾”的燃起一股火，伸手就去扯，狠狠地扔在地上，不顾一切地用脚去踹：“让她死，只要她死了就不能嫁了，让她死，让她死。”

第六十四章　承诺·谜题

琳怡在炕上翻来覆去一晚没睡，天放亮时好不容易昏昏沉沉闭上眼睛，屋檐下不知道哪里飞来了只鸟儿，兴趣极高地一直引颈歌唱，将琳怡的睡意顿时赶得干干净净。

看着强打精神的孙女，长房老太太直叹气。

琳怡泡了几遍茶，看过书，练了字帖，中午小憩了片刻，到了下午终于有了胃口吃饭，琳怡让厨房将饼贴成干的，脆脆的掰下来拌在银丝豆芽里，上面撒一层芝麻，放了糖淋些醋，吃起来清脆又酸甜。

长房老太太眼看着孙女吃了一碗饭，放下心来。

晚上，陈允远回到家中，将面圣的事说了，开口还略带激动：“没想到皇上会召见儿子。”陈允远也不是没见过圣颜，只是这样被单独叫去谈话还是第一次，南书房的门不是随便谁都能进的，“皇上夸儿子忠正，就是有儿子这样直言不讳的清流，才能让成国公那样的奸臣伏法，让儿子在吏部上多做事，日后定然还有大用。”

琳怡起身去分茶，父亲一心为朝廷，听得这话难免要动容。

长房老太太跟着点头：“可见皇上还是念着你的功劳。”

何止是念着他的功劳：“皇上说，本想将我放去福建，京里确实是缺人手，我在京里

资历不够，做个郎中也好先慢慢适应。”

这话的意思是，将来还能升迁。

长房老太太听到这里觉得有些惊讶：“是吏部尚书在皇上面前夸奖你了？”

陈允远摇摇头：“是康郡王。康郡王说若不是儿子帮忙遮掩，上次他去福建并不能将成国公通倭的证据拿到手。还问儿子是不是给康郡王取了小字。康郡王在宗室中本来辈分算是高的，这样一来倒成了儿子的晚辈，皇上因此想到婚配之事，正巧太后娘娘也说好，这才……”陈允远有些心虚，“儿子就说六丫头待字闺中，年纪也算合适，当时就谢了恩。”

这个恩谢得还真快。

既然如此反悔是不可能了。

长房老太太看向身边的琳怡，琳怡想到那封递给太后娘娘的密信，恐怕也在这里起了作用。

再加上郑家和惠和郡主的关系，两下权衡，这门亲事就顺理成章了。

陈允远道：“儿子看，康郡王不但有宗室爵位，还是朝廷难得的人才，皇上颇为信赖，要是算起来，我们还是高嫁了。”

陈允远一被夸，整个人就轻飘飘起来。长房老太太板着脸看了陈允远一眼。

陈允远不好意思地摸摸鼻子：“我之前还不小心收了宗室用的玉带，正不知道如何是好呢……”经过一天反复思量，他对这门亲事是越来越满意，现在就是要说服老太太。

长房老太太微皱眉头：“你做老子的都同意了，我还有什么好说。等着礼部来要六丫头的八字吧！”

陈允远脸上立时难掩喜色。

第二日长房老太太带着琳怡一起去郑家。

见到郑老夫人，长房老太太趁着屋子里没有旁人，张口就问：“你个老东西是不是早就知道，也帮着瞒我？”

郑老夫人笑道：“我可是早就提醒过你，谁叫你不吐口。”

长房老太太瞪大了眼睛：“原来是真的，你也在中间帮忙。”

“可别冤枉我，”郑老夫人连忙否认，“是康郡王托我家媳妇做保山，我知道你不愿意，就没让媳妇开口，至于皇上赐婚和我们家可全然没有关系，”说着眼睛一扫，“要怪就怪你们两家走动得也太近了，康郡王为了陈家连宗室都得罪，这可是传得沸沸扬扬，陈大人又耿直，皇上才成全这门亲事。”

长房老太太沉默不语，陈家出事康郡王确实没少帮忙，不过琳怡的婚事究竟是让她不如意，怎么想都别扭。

郑老夫人忙趁热打铁讲康郡王的好话：“从小没有父母，却能将家里丢了的爵位拿回来，光凭这一样谁能做得到，长相更别说，我还没瞧见哪个才俊能比上，学识上你是不知晓，要不是宗室不能参加科举，这状元郎定是非他莫属，这样的孙女婿你还有什么不满意？”

长房老太太冷哼一声：“你若是喜欢，你身下不是还有孙女。”

“哟……真是站着说话不腰疼，”郑老夫人道，“我若是有像你家六丫头那样出彩的孙女，还能轮到你们陈家？我自然早就想方设法去联姻了。再说，康郡王常在我家来往，你以为我不愿意让他在郑家选个媳妇，我家媳妇比康郡王还要小一辈，我哪有脸将自家的孙女贴过去。”

这话倒是实话。

长房老太太心里略微舒坦些。

郑老夫人眼睛一闪：“你是怕六丫头嫁过去受委屈？”

长房老太太拿起眼前的茶来喝。那是自然，她希望琳怡这辈子能生活得舒坦，才要寻个可靠的人家。

“这次你也看了，”郑老夫人叹气，“你看好的齐家哥儿不明不白就被夺了会元名位，就算这次没有灾祸，也保不准将来能不能遇到沟沟坎坎，你我活了这把年纪，难不成还不知晓，天有不测风云的道理。你陈家的族人在三河县还不是遇到周永昌，依我看六丫头就是这个命，以她的聪明去了周家也没有她的亏吃。”

话说得好听，周家那地方就是虎穴狼窝，嫁过去难免要累心啊。

琳怡被郑七小姐拉扯着一路到了湖边。

看着郑七小姐亮得发光的眼睛，琳怡不用猜也知道，郑七小姐要说什么。

郑七小姐话到嘴边，又想到了什么，脸一下子憋了下来，伸出两根手指，“你嫁给十九叔，就要比我高上两辈啦。”

郑七小姐怪异的表情让琳怡不笑也难。

郑七小姐拉着琳怡在园子里转了转，然后让下人弄来蚯蚓两个人钓了些鱼儿，琳怡发现这次的鱼儿比上次来郑家时肥多了。

“这只白额头，这只小花猫，这只黑泥鳅，”郑七小姐数着给鱼取的名字，“都是我们上次放生，现在终于长大了，我一直没有来钓鱼就等着你一起玩呢。”

之前将鱼钓上来嫌小放生了，现在变成了大肥鱼又不舍得拿来吃。

所有的事都是无时无刻不在变。

在郑家吃过了饭，郑七小姐神秘兮兮地将琳怡拉去梅园里。

琳怡本来不想去，转念想想许多话也是该说清楚。

为了怕节外生枝，郑七小姐带了机灵的小丫鬟守在外面，跟着琳怡一起坐在廊下，琳怡才喝了口茶，就看到走过来的黑缎面云纹快靴。

郑七小姐熟练地一溜烟退下去。

琳怡向周十九行了礼，两个人面对面悄无声息地站着。

知晓周十九是康郡王之后，她有意地算计着闪躲，可是每次都躲不过去，不过她无时无刻地表达着自己的立场，不希望父亲和周十九走得太近。

昨夜她也问自己，若是没有前世的事，她会不会对周十九这样地排斥。

结果是，还会。

面对周十九她总觉得像是站在镜子前，从周十九眼睛里总能照出自己。谁也不想自己的心思被旁人一眼看透。

周十九微侧着脸，脸上是一种难得的安宁和平静，仿佛放下了所有思量，表露出来的只是纯粹的神采。

眉宇舒展，嘴角微微上扬，平日里都是敷衍的笑容，而今却是如释重负般轻松。

为什么呢，她想问，却没有问出口。

“求则得之，舍则失之。”周十九眼看着琳怡。谋算自己的婚事顺理成章，就像陈家长房老太太看上齐家，陈六小姐的默许一样。只不过男子多了些自由，他就胜了一筹。

琳怡抿抿干燥的嘴唇，眼睛仍旧明亮如星辰：“我和周夫人见过几次面并不愉快。”

不加遮掩地将话说出来，娶她就是要躲过周夫人的种种算计，让他家宅安宁，她因此必定会明里暗里用尽心思。

所以他算计她用的苦心，仍旧不及将来她的辛苦。

周十九微微一笑，气息放得缓慢些，声音格外清澈：“你放心，我会尽力护着你和陈家长房周全。”

这也是她必须要知晓的，以后路途难行，不先得一个承诺她如何心安。

琳怡向周十九慢慢蹲身。

看着陈六小姐渐渐走远的身影。周十九脸上是轻畅的笑容，陈六小姐就算知晓要嫁他仍旧没有委曲求全，没有自怨自艾，仍旧似从前，极力争取，目光中满是坚韧，绝不肯轻易放弃。

这样的女子不多见。

陈琳怡也只有一个而已。

陈允远被皇帝召见之后，康郡王和陈六小姐的婚事进展非常迅速。钦天监批了八字之后，圣旨就发下来。

钦天监算了个好日子，定在来年三月。

陈允远算了算日期，时间不宽裕现在就要着手安排，才能赶得及。不过这已经算好的了，要不是皇上另赐的康郡王府周家要好好修葺，议定的日期还要提前。

小萧氏也一边掉眼泪一边说：“好在那时候琳怡已经及笄了。”

琳怡的婚期一定，长房老太太也忙个不停，要挑选陪嫁的下人，还要准备琳怡的嫁妆，余下时间就是教琳怡如何管理家宅。

小萧氏临盆在即，是一点也帮不上忙。

陈允远倒是每日都乐呵呵的，在外面的应酬越来越多，京里的大人也结交了不少，晚上正和小萧氏说宴席上的笑话，小萧氏扶着腰在屋子里来回溜达，刚走到矮桌前要给陈允远倒茶喝，就觉得肚子一沉，一股暖流瞬时流下来，哗啦湿了裤子和鞋。

小萧氏还茫然不知发生了什么事，陈允远也在怔愣时，旁边伺候的婆子立即惊叫道："三太太，三太太这是要生了，快，快去叫稳婆……"

外面的绿萼正要端汤盅进屋，正好和婆子撞在一起，顿时汤盅落地摔得粉碎。

琳怡扶着长房老太太等在隔间，长房老太太指挥丫鬟将陈允远的被褥搬去念慈堂，"让老爷去那边歇着，在这里也是碍手碍脚，还容易冲了胎气。"

一切东西都准备妥当，就等稳婆过来。琳怡模模糊糊地听到帮忙接生的婆子道："先破水不好生……要加紧了才是……幸好我们请的稳婆是京里极好的，不会有什么问题。"

陈家人忐忐忑忑等了一晚上，小萧氏终于将孩子生下来。

报喜的婆子笑着道："是位小姐，模样长得极漂亮。"

长房老太太脸上露出笑容："母子平安就好。"说着让琳怡扶着去看小萧氏和小宝宝。

小萧氏吃了养身的药迷迷糊糊睡了过去，琳怡就在旁边逗小妹妹，小粉团看着非常眼熟，嘴巴像小萧氏，鼻子下颌像父亲。

不一会儿工夫小萧氏醒过来。

琳怡隐隐约约听到里面说话。

小萧氏没能生下儿子觉得愧对陈家。

长房老太太笑着安抚："儿女都是缘分，孩子、大人都平安已经十分难得了。多少人家连个女儿还求不来。"

小萧氏想起姐姐萧氏，虽然拼得全身力气得了一双子女，却早早就没了，比起姐姐，她已经是福厚。

陈允远本来只想看女儿一眼，只是软软绵绵的小女儿立即吸引了他的注意，陈家好久没有孩子出生，加之衡哥和琳怡出生时萧氏病重不久即撒手人寰，陈允远没有精力看一双儿女，也就没有印象刚出生的孩子到底有多大，手伸过去捏捏小女儿，陈允远就皱起眉头："这，是不是太小了些？要不要请郎中来看看。"

靠在迎枕上的小萧氏差点就吓得流出眼泪来，在福建时听说有个武将家的妻妾连着生了五个女儿，那位大人一气之下将第六个女儿一脚踹飞了。陈允远刚才有模有样地皱眉头，真真将她吓得魂飞魄散："我的好老爷，刚出生的孩子能多大，乳娘说咱们家的小八已经算大的了。"

旁边的乳娘忙迎合地点头。

陈允远脸上露出惊讶的表情，眼睛扫了摇车一眼，紧跟着又是一眼，乳娘看出些门道笑着上前："要不然老爷抱抱八小姐，奴婢在旁边帮衬着不会有事的。"

听到"抱"字，陈允远挥挥衣袖："君子抱孙不抱子。"

小萧氏听得这话忍不住笑起来。

自从有了八姐儿，衡哥和琳怡每日都要去逗小妹妹，琳怡更是将绣好的小袜子、小鞋子一股脑地往八姐儿身边堆。

小萧氏看了埋怨玲珑：“这些针线不要让小姐来做，将出嫁时用的备好了才是要紧。”

琳怡刚将一只拴着五色线的荷包吊在摇车上，“给八妹妹做的东西小，不费功夫的，母亲就放心吧！”

“可不能马虎，”小萧氏提起这个就内疚，这些日子她也没能帮上忙，等到出了月子她就要好好给琳怡张罗张罗，“你是要抬去康郡王府的，做出来的物件儿不讲究要被人笑话，宗室那些夫人都仔细得很。”

她虽没准备在周夫人和众亲戚面前一味低头作小，但是晚辈和新媳妇的本分她还是会做好，新房里用的绣品是她的面子，自然不能让人给打回来，琳怡嘟起嘴来逗摇车里的八妹妹，不过眼前这个小妹妹也同样重要呀。

小萧氏将要出月子了，贡院才重新开张，陈允远带回来了好消息：“齐家哥儿能参加会试了。虽然没有明言齐家哥儿是被牵连，不过朝廷没有禁令的名单下来，大家也心知肚明。”举子进贡院，陈允远就让人盯着，待看到齐家二郎顺利地走进去待考，他这才松了口气：“要说齐家哥儿，性子那是真的……外面闲话那么多，换做旁人定不敢立即再去应考。”

长房老太太缓缓点头：“这才是心里坦荡。”这一点最让她看重，要是没有赐婚，琳怡嫁去齐家她要比现在高兴许多。

陈允远道：“儿子看，只要主考不刻意将试卷挑出来，齐家哥儿八成还会上榜。”

不管能不能上榜，总是齐家的态度，书香门第靠的就是这份骨气。

琳怡听着外面祖母和父亲的话，不由自主就想起琳霜劝她，也许齐二郎也和葛家少爷一样能化险为夷，其实琳怡心里一直也都是这样想。

只可惜像琳霜和葛家少爷这般没成亲前就共患难，实是可遇不可求。

会试结束，举子等着放榜，陈家也开始准备八小姐的满月宴。长房老太太让管事的把最近来送贺礼的名单拿来。听竹和白芍两个将名单扯开拉着，长房老太太看着密密麻麻的名目也皱起眉毛：“还是请族里的媳妇来帮忙张罗，太太才出了月子不能劳累，六丫头闺中待嫁又有不能照顾的地方。”

白妈妈笑道：“奴婢瞧着也只能如此。”

白妈妈才下去安排，二房那边就捎来话，大太太董氏和二太太田氏要过来帮忙办宴。

“就让她们来。”长房老太太道，“在外面看来，我们是占了二房的便宜，二房都能放下身段来言好，我们又怎么好计较太多，我们毕竟在自己家里，还能怕她们不成。”

白妈妈仍旧有些担忧，就将长房老太太的话和琳怡说了：“六小姐还是劝劝老太太，就算要强也不是这个时候，起码要等到小姐顺利嫁去周家再说。”

琳怡脸上浮起笑容：“我看祖母说的有理，妈妈就放心去安排，咱们家里又不是没办过宴席，无非是待客要两位伯母帮忙，出不了乱子。”现在就怕成这样，将来她嫁去周家要怎么办？

看着六小姐安然的笑容，白妈妈也放下心来：“既然小姐也这样说，奴婢就去办。”

林正青从贡院里回来，林大太太领着一群下人等在垂花门，林正青应付完林大太太，洗完澡就躺在床上。

微风轻吹着床帏，林正青睡得迷迷糊糊。

远处传来一声惊雷，紧接着是木叶沙沙的声音，不多一会儿大雨瓢泼而下，丫鬟们忙着关上门窗。

床上的林正青皱起眉毛，梦到满地都是银色的白，漫天大雪盖住了地上所有的痕迹，他仔细地妄图从上面寻到些蛛丝马迹。

他蹲下来仔细地瞧，上面是一个女子小而纤细的足迹。

那个让他困扰的人，让他将情绪带到梦里的人，竟然是个女人。

林正青眼前一花，突然烧起火来，火焰越烧越旺，放眼望去满是红色，红红的喜字被火烧得蜷曲起来。

火光中依稀有个平静的脸。

他出生的时候，比他大两岁的哥哥从树上掉下来摔断了脖子。小时候每当到了他的生辰，京城都会下起大雪，他站在院子里背书，其实一直希望冻到手开始发僵的时候，母亲能冲他招手，“来，喝杯姜茶。”

他一直等，却从来没有等到过。

相反的，到了大雪天，所有人只会想起那个夭折的哥哥，都会说他生得不是时候，大家都忙着太太难产，下人一时疏忽才会出了这样的祸事，没有人说是哥哥太调皮，要爬去树上看雪。

不知怎么的，林正青开始觉得沉闷，就像闷了几日的天空，始终阴暗着却没有一滴雨落下。

林正青豁然从梦中惊醒，大口大口地喘气。

门口的丫鬟听到声音进屋来伺候。

林正青皱起眉头：“谁将窗子关上的？”

丫鬟吓了一跳，天气不热，大爷额头上却满是细碎的汗珠，“大爷，怎么了？是不是做梦了？”

梦，就像是一场奇怪的梦，只能让他迷迷糊糊地梦见些情景，却不能让他知晓始末。不过万事都不是只有一条路能解决，就像是用一把带钩的刀子，一刀砍下去总能带出血肉来。

第六十五章　舍得·夺婚

第二天，陈家长房的小八姐儿被小萧氏抱着给众位贺喜的女眷传看。不一会儿陈八小姐的斗篷里塞满了金的、玉的各种吉祥挂件。

二太太田氏送了只金镶玉的项圈，陈八小姐似乎偏爱这只项圈，握在手里笑得十分开心。二太太田氏慈祥地笑："我们八小姐喜欢这个呢。"

小萧氏要出去待客，琳怡就留下和乳母一起逗着八妹妹，不到一盏茶的时间，族里的姐妹笑着结伴而来："六妹妹的婚期在明年呢，就不要避着了，我们在一起也好说说话。"

琳怡笑着和姐妹们一起去了花厅旁边的宜春阁，大家才坐下，外面就传来郑七小姐的声音："我先去瞧瞧小八妹在哪里。"

不见其人，先闻其声，屋子里的小姐们都笑起来。

郑七小姐好不容易出来一次，早就在家里盘算好了都玩些什么，先让琳怡将从三河县带来的陀螺拿出来让她挑，然后又选了一条系着铃铛的长鞭，让琳怡寻了个安静处就在院子里耍起来。

琳怡嘱咐跟着的丫鬟、婆子："看着些，别玩得手软，一会儿连筷子也不能拿，叫郡主看出来。"

郑七小姐的丫头樱桃笑着道："也就陈六小姐知晓我家小姐的脾性。要是没人拦着，别说一会儿筷子拿不起来，大约好几日都不能自己吃饭了。"

琳怡回到宜春阁，发现琳婉、琳芳也来了，琳芳不像从前一样坐在一群小姐中说说笑笑，而是阴沉着脸远远地避在一旁，抬眼看到琳怡，眼神中顿时带了几分凶狠。

琳婉在一旁笑着遮掩："六妹妹，我们大家正说到你呢，听说你那里有御赐的贡茶，我们能不能讨来尝一尝。"

琳怡笑道："就是一小盒余姚瀑布茶。"

"那已经很了不起了，"帘子一掀，国姓爷家二小姐周琅嬛和齐五小姐一起走进门，周琅嬛接着道，"会稽茶唯卧龙与日铸相亚，其次余姚之化安瀑布茶，陈六小姐肯拿出来，我们倒是有口福了。"

周琅嬛说完和琳怡对视，两个人颔首互相见礼。

齐五小姐也笑着道："若说品茶我及不上众位姐姐，若是泡茶我倒是能帮忙。"

琳芳向来是见到贵人就话多，见到周琅嬛倒也不再拉着脸，蹭着上前说话。

琳怡吩咐玲珑去端茶来，然后和齐五小姐拉着手到一旁说话："三小姐的婚事准备得怎么样了？"

齐五小姐笑道："已经要过嫁妆了。"

一转眼大家都要嫁人了。

琳怡道："我绣了两条鸳鸯藤的汗巾，姐姐拿回去给三姐姐。"

齐五小姐抿嘴笑："好。"

两个人都没说到齐二郎，屋子里有丫鬟们端茶盏的声音，齐五小姐看着陈六小姐脸上还似从前般亲切的笑容，没有半点做作，想及几个人从前无话不谈："这次是国姓爷家帮忙，哥哥才能从牢里出来，这次会考哥哥虽然拼着去了，只是……耽搁了这么长时间没有看书，又……背着罪名，也不知道能不能考得上。家里人都心里害怕，可谁也不敢问哥哥一句，生怕就将他压垮了……这段时日对哥哥来说真是……什么都没了。"

琳怡听得手指一颤，不由自主地抿起嘴唇。

看到琳怡脸色不好，齐五小姐强颜欢笑："妹妹别嫌我话多。"

"哪里，"琳怡道，"我还怕你不肯跟我说话呢。"

婚事是父母之命媒妁之言，更何况这次是皇上赐婚，谁也没有法子，父母说到这个虽然愤愤地骂上几句，她和姐姐还是为陈六小姐抱屈的。外面传言都说这次舞弊案是为了扳倒主考早就算计好的，陈家为了立功连他们齐家也蒙在鼓里，否则通个消息让哥哥远离主考官，何必如此。还有人说，哥哥有今日也是被人利用，陈三老爷因此升职是脱不了干系。直到哥哥会考完，父亲去打听消息，才知道陈三老爷一直暗中托人照应哥哥。

"哥哥回到家中只说这件事都怪他，临考前不应该去主考官家借书。"齐五小姐提到这个，强忍着胸口的酸楚，不知道哥哥在狱中是怎么过的，回家之后身上的傲气都没了，特别是听到陈六小姐被赐婚给康郡王的消息，脊背也沉下去，话也不再多说一句。

别看姐姐平日里性子直率，可是未必能看透哥哥的心思，齐五小姐嘴里发苦，哥哥想取个好名次，也是想顺利和陈家结亲。人人都有私心，早知道是这个结果，她和三姐真不该在哥哥面前时常提起陈六小姐。

"你哥哥一定能考上的。"琳怡看向齐五小姐，只有考上才能证明自己的清白，齐二郎不善言辞就算有再大的冤屈都憋在心里，这次借着会考定会全都发放出来。

齐五小姐点头："我也是这样想，只是不敢在母亲面前说，生怕有个万一，母亲承受不住，"说着顿了顿，"哥哥今天也跟着父亲一起来了。"父亲专程来谢陈三老爷，两家的误会总该解开，日后才好往来。

琳怡和齐五小姐送茶回去，宜春阁里周琅嬛被人围着写诗句，从前琳怡只知周二小姐是礼数周到的大家闺秀，没想到还是个才女，就连平日爱跟人争个高下的琳芳，也是站在一旁哑口无言。

琳婉凑着说两句，很快就有小姐和周琅嬛对上诗文，琳芳不甘落后也应半首，这样一来就像众星捧月般，将周琅嬛映衬得更加出挑。

前世周十九娶了周琅嬛，那是郎才女貌十分般配。

这世她努力改变一家人的处境，倒连周十九和周琅嬛的婚事也跟着变了。

郑七小姐总算在丫鬟劝说下放下鞭子，见到琳怡就拉起琳怡的手：“上次你做的蟹黄酥还有没有呢？我还要一盘苏叶糕。”

“都给你准备着呢。”郑七小姐在吃喝上面总能和琳怡合拍。

郑七小姐不喜欢周琅嬛也是因为吃喝玩乐不能同流吧！

女眷吃过宴席，男人那边酒肉正酣，女眷们仍旧拉着说话，琳怡吩咐厨房去煮青果茶来给女眷解酒，回来的路上橘红一路小跑过来：“小姐，老爷带着……来贺喜的几家少爷给长房老太太请安了。”

来贺喜的几家少爷……橘红将话说得遮遮掩掩。

是在说齐二郎。

橘红目光闪烁。

她和周十九的婚期都已经定了，哪里还能见外男。

看着小姐眉头微皱，埋怨地看她一眼，橘红就知道是自己出格了，看到齐家二爷，她是吓了一跳，好端端的人如今比竹子还瘦，就忍不住向小姐说……小姐为齐家二爷担惊受怕了好几日……她觉得齐家少爷也是这个意思，否则进了念慈堂，齐家二爷也不会抬起头来悄悄打量。

橘红的意思是现在不见以后就不可能再见到。

琳怡脚步停下来，看着廊下飘曳的宫灯穗子。

齐二郎是好不容易熬到宴席结束去给祖母请安的吧！换做是她，在会试成绩没下来之前，大概也没有多大勇气来接受这么多双眼睛的打量。

琳怡提起裙角试着后退一步。

再见一面又如何，时间不能倒退，结果已经注定，挣扎也是徒增烦恼，她早就已经让自己向前看，开弓没有回头箭，她为自己争取过，输了就要承担最终结果。

到此为止是最好的选择。

琳怡微闭上眼睛长长地出口气，将心中所有的烦郁都一扫而光。

“掉河了……掉河了……”刺耳的声音突然之间传来。

琳怡刚走几步又停下。

只见一个慌张的媳妇子边跑边叫：“快……快……快……是四小姐……了不得，要出大事了。”

琳怡看向橘红：“快问问是怎么回事。”不过是一眨眼的功夫，琳芳又出事了，她记得上次琳芳就摔在白堰池堤上。

这样一闹，三四个媳妇子都跑过来看：“怎么了……四小姐怎么了……在哪里？”

“白……白堰那边……我只听噗通一声，四……四小姐的丫鬟就说……小姐掉进池塘里了。”那媳妇子结结巴巴将话说全。

下人听了不敢延误，忙去禀告长房老太太和各位太太。

大太太董氏和二太太田氏才慌张地迎出来。

众人还没走到南院，又跑来下人道："救上来了……林家大爷将四小姐……救上来了……"

二太太田氏脸上又是惊讶又是庆幸，还夹杂着其他别的情绪，在旁人还没打量出来之前，已经一闪而过，吩咐身边的妈妈："快去看看。"

沈妈妈立即明白二太太田氏的意思，提着裙角忙碎步上前，只是还没走过寿山石，就看到媳妇子们抬着浑身湿透了的琳芳，后面还跟着一样狼狈的林正青。

二太太田氏的嘴角一瞬间沉下来。

小萧氏先想到将身上的斗篷拿出来，二太太田氏二话不说忙给琳芳遮掩上。

林正青似是此时才想起男女之防，向众位女眷行了礼慢慢地退了出去。

琳怡抬起头，刚好看到林正青微微闪烁的眼睛。

裹在斗篷里的琳芳像筛糠一样地颤抖。

琳芳灌了一肚子水嘴唇青紫气也喘不过来，让人又捶又颠吐出几口脏水，才惊魂未定地哭出声。旁边的婆子也松口气："好了。"

众女眷这才都放下心，大太太董氏有话想问，张张嘴没有发出声，旁边的林大太太也目光深沉。等郎中给琳芳把过脉，众人才陆续散了，留下二太太田氏抚慰女儿。

出了门，陈大太太董氏和林大太太对视一眼，本来是准亲家，却不想闹出今天的事来，大太太董氏诧异，林大太太更是手足无措。

还是林大太太身边的龚二媳妇提醒："太太，咱们去瞧瞧大爷吧，大爷水性也不好，别也淹着了。"

林大太太才缓过神来，这边问不出话来，总能从儿子那边打听……

大家立时分头行事，在场女眷也各自想方设法打听消息。

这样一闹，宴席只得草草散了，小萧氏和心不在焉的大太太董氏张罗着将宾客送出门，长房老太太想要留着琳芳和二太太田氏在长房休息一晚，二太太田氏惦记着兵哥，琳芳又离不开母亲，小萧氏只好让下人抬来肩舆将琳芳抬上小车。

回到陈家二房，二太太田氏将琳芳安置在紫竹院，遣走屋子里的下人，田氏这才明着问琳芳："你怎么去了白堰池堤？"

琳芳平日里有事就不避讳母亲，今天吃了大亏，不知道怎么办才好，也来不及细想："我听说康郡王送了礼物来……以为能在那边偷看上一眼……谁承想就遇见了林大爷……我……我……"往后的事还没敢说出来。

只觉得脸颊上一痛，二太太田氏已经一巴掌扇过去。

琳芳瞪大了眼睛，眼泪挂在长长的睫毛上，方才吓得已经丢了一魂一魄，现在剩下的也全都飞散，只剩下僵直的躯壳。

二太太田氏手握着佛珠，细嫩的手腕如同白瓷一样光洁，脸上却再也没有了悲天悯人的神情，而是万分的失望："我早跟你说，让你沉住气不要乱来，你却不听我的闹出今天的事，现在就算六丫头这门亲事不作数，康郡王也不会娶你。"

琳芳仿佛连呼吸也忘了，一双眼睛大而无神。

"被人这样从池子里抱出来，除非林大郎不要你，否则你就别想再嫁他人。"

琳芳眼前闪过林正青的笑脸，康郡王的笑容是淡淡的清雅，风仪举止让人不敢逼视。林正青是极致的漂亮，纯粹，当他那幽黑的眼睛愈发明亮时，让她不敢挪开目光，就像一道墙死死地将她堵住，让她无处可逃，她只能后退，不停地后退，一直摔到湖里，睁大眼睛从水花里依旧看着岸边的林正青微笑的表情。

听到她的呼救声，林正青不为所动，只是眼看着水花四溅，看着她渐渐地说不出话来。

直到引来了人，林正青才一跃而下。

她要嫁给林正青。

琳芳胸口似是被重重一锤，仰头倒了下去。

大太太董氏一路将琳婉拉扯到二老太太董氏眼前："娘，您给三丫头一条活路吧！要过明路的婚事眼见就吹了，我们娘俩是没法做人了。二叔升官发财，将来再做了广平侯，他这个一母同胞的哥哥连个女儿也嫁不出去，同是陈家的子孙如何差别就这样大，我小心翼翼地为琳婉挑选，磨破嘴皮说尽了好话才让鸿胪寺卿刘太太做保山，二弟妹若是早就看好了这门亲事，我说什么也不敢和她抢，大家是同一个锅里吃饭的，有什么事非要遮遮掩掩，真要将人逼到绝路上才肯甘休？我是和二叔一家抢过长房嗣子，从前我是不好说出口，我就是怕将来没有娘帮衬着，我们一家留在二房没有活路，这才生了去长房的心思，人人都说二弟妹是菩萨心肠，我也不敢反驳，可是在菩萨眼皮底下讨日子着实不容易，家里的下人个个念二弟妹的好，我为了缩减开销，少了下人的银子，下人一个个背地里说我黑心肠，哭闹也到二弟妹那里去，坏的我是全担着，好的半点也轮不到。"

大太太董氏说着抬眼看二老太太董氏："娘，您是我的姑母，您心里还不是也看不上我这个媳妇。自家人都是如此，更遑论他人，您说得对，自从我嫁到陈家来，就没有给陈家添半点光，我从十几岁熬到三十六岁，大半时间在姑母身边，姑母也是眼瞧着我酸甜苦辣样样尝过，只有琳婉这一个女儿是我的心头肉，偏是嫁人都一波三折。"

"我苦也就算了，我认了。琳婉将来也要跟我一样不成？"

二老太太董氏刚才已被琳芳的事气得发抖，看到大太太董氏声泪俱下的控诉，就算铁石心肠也动容了，更何况三丫头琳婉确实无辜。

董妈妈见状忙上前劝大太太董氏："太太，您别急，老太太心里有数，您总要让老太太缓缓，老太太的病还没好呢。"

经董妈妈这样提醒，琳婉也从惊诧中回过神帮着董妈妈安慰董氏。

看到女儿的孝顺，大太太董氏更加难过，掩面放声痛哭。

二老太太董氏只觉得胸口慌跳不停："事情还没定，你现在哭有什么用，这个家还有我做主，谁也别想乱来，"说着看向琳婉，琳婉眼睛红肿想来是之前已经哭过，"三丫头还有我这个祖母，我自然让她风风光光地嫁出去。"

陈家二房闹成一团，陈家长房送走了宾客，慢慢清净下来。

琳怡陪着长房老太太说话。

一旁的玲珑将琳怡、郑七小姐和周琅嬛剪的窗花一个个晾出来看。

两只捣药的玉兔，唯有一张是摇竹子的小姑娘。

长房老太太看着有趣，指着那个小姑娘："这是谁剪的？"

琳怡想到就觉得好笑："我和郑七小姐跟周二小姐学剪纸，本来大家剪的都是兔子捣药，郑七小姐将兔子耳朵剪短了又将药杵剪长了，我和周二小姐看了就想了法子，我将短耳朵的小兔子剪成了小姑娘，周二小姐将药杵剪成了竹子。"

长房老太太扑哧笑出声："难为你们想到这个法子。"

郑七小姐当时就说，还好站着的兔子和小姑娘都是两条腿。她和周二小姐被逗笑得喘不过气来，到现在她的肚子还疼呢："我说好了要将这三张剪纸绣成帕子，我们三个一人一块。"就这样郑七小姐也喜欢上了周二小姐。

长房老太太抿嘴笑："你和郑七丫头都应该和周二小姐学学礼数。"

说到学礼数，琳怡微笑："周二小姐说回去禀过周夫人，就将身边教规矩的嬷嬷借我。"是怕她将来进了宗室大门，让人挑出刺儿来。

这倒好了。长房老太太正愁找不到好的管教嬷嬷。

祖孙俩说到这里，白妈妈进了屋，白芍带着小丫鬟见隔扇关上，白妈妈这才低声道："是四小姐让丫鬟打听着前面康郡王的消息，然后去的白堰池堤，林家大爷吃多了酒出来吹风，正好看到四小姐落水。"

周十九今晚当值，放下礼物就走了，就算是经过白堰池堤大概看也没看一眼吧。琳怡想到林正青得意的目光，林正青是故意在那里等琳芳，要的就是在众目睽睽之下将琳芳救起来。现在陈允周春风得意，相反的陈允宁频频给二老太太董氏添堵，既然都是和陈家结亲，自然要选一个更靠得住的岳丈，况且琳芳更好摆布。

现在就看琳婉要怎么办。

接下来的事让陈大太太董氏满嘴起泡病倒在床，琳婉虽然得二老太太董氏欢心，却最终还是被人抢了婚事。

二太太田氏很快和林家换了庚帖，阴阳先生批过八字之后，男女双方保山碰头，这门亲定死了。

外面看来这门亲事异常的顺利。琳芳并不好受，哭着、闹着、砸了满屋子的瓷器，投缳自尽的招数都用了，也没能动摇陈二太太田氏的决心，现在正是陈允周求前程的时候，内宅闹出丑事来，陈允周在人前也抬不起头。

琳芳听身边的嬷嬷说过吞金、投缳、服毒死的惨状，亲自见识过家庵里的清苦，眼看着年纪轻轻的女眷剃了光头卑躬屈膝地求人施舍香油钱，终于渐渐安静下来不再闹了。二太太田氏选了会试放榜的好日子，将林正青考中会元的喜讯讲给琳芳听："你是我身上掉下来的肉，我比谁都疼你，不将这门亲事定下来，日后你还怎么出门见人？"

琳芳哪里不知道这个道理，扑进田氏怀里放声大哭。

田氏轻轻拍着琳芳的肩膀："本来我已经看好了要在宗室里给你找个良婿，谁知道你出了这样的乱子……既然知道后悔了，就要记住这个教训，日后再也不能胡来。"

第六十六章　缘分·得偿所愿

琳芳想起林正青的模样就觉得心里发寒，欲将林正青的种种说给田氏听却又不敢。

"林大郎连中三元，"田氏看了女儿一眼，"也算是你的福分，你从前不是还挺欢喜这门亲事？"

要不是从前欢喜，琳芳也不会知晓林正青竟然……竟然是那个模样。现在没有了别的路可走，她也只能盼着成亲之后，林大郎会对她好一些。

一门亲事压下来，活蹦乱跳的琳芳就像离开水的虾，剧烈地挣扎一阵后，慢慢蔫下来。

会试发榜，从前本来已经考上贡士的考生再中贡士有一种失而复得的感慨，上一榜榜上有名，这次却名落孙山的干脆在榜前大哭喊冤，上次没考上这次却考上的，激动之余当街跪拜高呼：吾皇万岁万岁万万岁。

"这次科举还算是公平，"陈允远边喝茶边感慨，"只是对齐家哥儿严苛了些，我听说放榜晚了一日是因两份试卷决不出哪个更胜一筹，考官们颇为发愁，最后还是又仔细辨认，才发现一份试卷文辞、书法更精，也就是林家大爷的那份卷子。"

长房老太太听着直点头，已然明白陈允远的意思，齐家哥儿因此取了二名："这样的结果也算是给齐家哥儿正了名。"

陈允远道："也是主考大人一心为国取贤，对所有考生一视同仁才有的结果。不过，大家因此都为齐家哥儿抱屈，要不是齐家哥儿进了刑部大牢，这会元还该是他的。"

里间的琳怡微抬头，这话放在明面上好听，主考、同考一概没有二话，那也是齐家上下打点的结果。隔扇旁偷吃芙蓉糕的玲珑，被外面的话吸引，忘了遮掩，橘红悄悄过去拍了玲珑一下，玲珑吓得脸又红又紫，差点就叫出声来。

两个丫头掩着嘴笑着在屋里打闹。自从知晓了琳怡会将她们带去周家，玲珑、橘红两个心情就一直很好。

不知道是不是天气好的关系，琳怡心里也觉得轻快许多。

外面陈允远还没将好消息说完：“皇上赐了林正青和齐重轩‘恩荣宴’的银牌。”

按理说只有考中了状元才会赐银牌赏恩荣宴。皇上这次破例，是因上次的科举舞弊格外嘉奖。

长房老太太道：“齐家哥儿也算是因祸得福，日后定会得皇上重用。”

因此获利的还有林正青，之前看到林正青得意的笑容，琳怡就猜测这次齐二郎的事说不定和林正青有关系。

若是林正青也像她一样记得前世的事呢？

那么这次的试题林正青定是知晓，他正好把会试的题目用来陷害齐重轩，等到会试重考，自己又一举得了会元……

就像上次林正青说起她的小名……她那时就猜测林正青就算不像她一样有清晰的回忆，也是对前世种种有零碎的记忆。

林正青做了陈二老爷的乘龙快婿，从此之后，陈家宴席上都会见到林正青。

这也算是冤家路窄，林正青和周十九，该躲的一个也没躲开。

琳怡舒口气放下心中的不快，叫上玲珑、橘红两个丫头去做点心，她出嫁之后，祖母的药膳就要交给厨娘做，亲手孝敬祖母的机会少了许多……

几日的功夫天气由热转凉，殿试画上圆满的句号，朝廷涌进一大批国家栋梁之才。林正青中了一甲第一名状元及第，齐重轩得了一甲第三名。消息传到陈家，陈大太太董氏听了当时就昏了过去，本来琳婉该是状元夫人啊，到嘴的肥肉硬是被人生生地扯了出去，更雪上加霜的是陈大老爷的姨娘巩氏生下了个少爷，可是没满月就死了。

白妈妈轻声向长房老太太道：“巩氏说少爷生下来就浑身冰凉不时抽搐，定是胎里就中了药毒，要二老太太和大老爷为她做主，大老爷眼看着好好的儿子没了，对大太太也起了疑心，大太太更是一病不起。虽然二老太太平日里并不喜欢大太太，可这时候也看不过眼，将大老爷叫去狠狠地骂了一顿，说巩氏不守本分，陷害主母，要将她逐出家门。”

一眨眼的功夫，巩氏孩子没了，巩氏也不能再留在陈家，像是有人从中做了手脚。这个人是谁？病在床上的大太太董氏？

长房老太太抬起眼睛：“恐怕大老爷不肯将妾室送走，否则开始就不会搅得家宅不宁。”男人但凡被女人迷住了，就不晓得“分寸”二字。

白妈妈道：“大老爷正是不肯，大太太才病得更重了，多亏有三小姐在旁衣不解带地侍候，”说到这里顿了顿，“不知道是不是京里的事传去了川陕，大太太娘家已经写信问询了。”

长房老太太端起茶碗喝了口茶，看了眼琳怡手中绣的牡丹花。这样一闹，就算二老太太董氏偏向小儿子，现在也该收收心管管大儿子一家。

琳怡将手里的针线放进笸箩里，跪坐在床上给长房老太太揉捏起肩膀来。

长房老太太已经习惯和琳怡说话："六丫头，你说说，二房那边又要出些什么事？"

琳怡想起琳婉的柔婉恭谦来："三姐姐年长，应该会在我和四姐之前出嫁。"琳婉丢了一门好亲事在先，所以想办法给琳婉寻一门好亲事就是最好的补偿。大太太董氏心里舒畅病好得快些，大太太娘家问起来，二老太太也好交代，毕竟家和万事兴，二老太太怎么会不知晓这个道理。

所以巩氏的事，八成和琳婉脱不开干系。

琳怡提起琳婉，长房老太太道："将来各自嫁人，总不常在一起，这些人也倒好说，我担心的是周家那几个夫人、太太，没有一个是省油的灯。"

琳怡笑着安慰长房老太太："没关系，反正孙女腿快，见到她们就一溜烟跑个没影。"

长房老太太被逗笑了，拉起琳怡，"你呀……"说着笑容渐收，"还是多和礼仪嬷嬷学学，将来也好少让人挑错处。"

在琳怡眼里，礼仪嬷嬷本来已经是鸡蛋里挑骨头，若是能过了她这一关，将来人前是不可能会失礼了。

在礼仪嬷嬷眼皮底下学了几个月，琳怡终于得了一天的假，干脆将郑七小姐和周琅嬛、齐五小姐一起请来说话。

齐五小姐家里有事没能来，周琅嬛和郑七小姐准时赴约。

三人坐在凉亭里品琳怡煮的茶，看着山水一样的茶末飘在杯子里，周琅嬛笑道："有古人之风，现下会分茶的人越来越少了，妹妹是好手，"说着挽起袖子，"我也做一个充数。"

郑七小姐对分茶没有兴趣，更喜欢刚摆上来的点心。

大概是三个人都受过礼仪嬷嬷的折磨，这次聚在一起反而更有话说，听着周琅嬛抱怨礼仪嬷嬷多么严苛，郑七小姐心里别提多畅快，不过礼仪嬷嬷也有松懈的时候，教过周琅嬛的陆嬷嬷年纪大了，下午最喜欢打盹，琳怡就趁着那时候偷偷懒。

周琅嬛羡慕地看着琳怡："我那时候就要吩咐厨房做杏仁奶，陆嬷嬷吃好了总会让我多歇歇。"

郑七小姐懊恼："我怎么没想到这个。"

话一投机时间过得就飞快，分开的时候大家都有些依依不舍，不几日周琅嬛和郑七小姐就给琳怡写了信。

琳怡的信也刚好寄给她们。

长房老太太看了也赞许琳怡："好眼光。"不管是周琅嬛还是郑七小姐、齐家小姐，都是秉性好的孩子。

琳芳那边虽然也有五王妃、昌信伯三小姐，昌信伯三小姐先不说，五王妃的性情众所周知。

人和人求的不同，五王妃在琳芳眼里可是块宝，至少地位显贵啊。

琳怡开始感觉备嫁的日子难熬，做不完的女红，白天还要学礼仪，能看到郑七小姐、周琅嬛的信是最让她高兴的。

只是没想到，这次在周琅嬛的信上看到了齐二郎的消息。琳怡将信读完放回信封里，第二天在长房老太太屋里也听到了同样的事。

小萧氏道："听说齐家要和国姓爷家结亲了，昨天已经请了保山上门，周家没有马上点头，也没有拒绝。"

长房老太太看了孙女一眼，琳怡正拿着薄胎瓷的茶杯慢慢喝茶。

只要女方没有明着拒绝，就是说八成答应了这门亲事，只要男方再请保山上门，下一步就是看八字合不合了。

看到周琅嬛的信，琳怡开始有些惊讶，后来也慢慢觉得顺理成章。国姓爷家的小姐自然也是等着科举过后选个前程好的才俊做婿，状元郎已经订了亲，榜眼不是京畿人士，探花郎经过牢狱之灾磨砺将来更能成器，更何况之前科举舞弊案，国姓爷还帮过齐家。开言成匹配，举口合姻缘，这就是缘分。

陈家和齐家婚事谈得波折，到了周家却十分顺利，阴阳先生合过八字，说是上等的姻缘，齐家、周家长辈都十分满意，婚期很快也要定了。

周琅嬛本应该嫁给周十九，她是和齐二谈婚事，没想到会突然峰回路转，她要嫁周十九，周琅嬛嫁齐二。她和周琅嬛还秉性相投做了闺阁中的好友……

周琅嬛在信里说，齐二好像性子沉闷，周琅嬛偷偷隔着帘子看了一次，这个探花郎有几分文人的清骨，周家的宴席上，周琅嬛的兄弟很少能和齐二说上几句话，倒是齐二太太为人爽快，不知道将来嫁过去能不能和其他人相处好。

琳怡将给周琅嬛做的荷包递给玲珑，让人将回信一并给周琅嬛送去，信里只是说说小女儿之间备嫁的心思，琳怡虽然和齐家小姐要好，也不一定就要和周琅嬛说起齐家。周琅嬛和她一样不过是想找个人倾诉心中的情绪，至于嫁去夫家会怎么样，只有周琅嬛自己才能知晓，她不用比周琅嬛还关心齐家。

齐三小姐成亲前一天，琳怡将自己做的蝴蝶宝石耳饰和一小盒点心送去给齐三小姐。

齐三小姐屋里的物件已经被搬去了夫家，现在空坐在炕上一眼看去有些满目凄凉，这是她住了十几年的屋子，就要离开，总有些心酸。

再也不能时时刻刻和姐妹们赖在一起，不能在母亲面前撒娇，而是要小心翼翼侍奉公婆，齐三小姐想到这个就觉得心里发闷，两姐妹正围着炕桌喝茶，听到丫鬟说陈六小姐送来了贺礼，齐三小姐一下子打起了精神让丫鬟将礼物打开。

小巧的耳饰，不似工匠打造的精美，却十分奇特，红色米粒大的宝石串成蝴蝶的模样，下面用了红色的流苏做点缀，长长的一只拖到肩膀。齐三小姐拿起来比在耳朵上试了，不由得笑出声："难得她能想到这个，是我见过最漂亮的耳饰了。"

再打开盒子，里面是夹着果仁的乳酪，切成小小的片，放在嘴里含着不会被任何人发现，

可以随身带着，饿的时候拿出来吃。

丫鬟笑着道："送来礼物的丫鬟说，陈六小姐最近一直在吃乳酪。"

甜的味道能让人变得轻松似的，原来大家待嫁的心情都是一样。齐三小姐吃一口满足地笑了。

周二小姐也送来礼物，是一只累丝金凤镶宝步摇，齐二太太一再夸赞："到底是国姓爷家的小姐，人看着大方，礼数上也周到，你们两个要好好学着。"

齐三小姐和齐五小姐对视一笑。这就是不一样，陈六小姐是对待姐妹的心思，周二小姐是为了讨好未来的婆婆。

第二天一大早齐三小姐就被捉起来洗澡、穿衣，终于有机会和妹妹说话，齐三小姐拉着妹妹："我最担心的就是哥哥，你在家要好好开导他，周二小姐性子不错，将来定能成为好嫂嫂，"说着顿了顿，"虽然我还是喜欢陈六小姐多些。"哥哥的性子和陈三老爷有些相像，两家在一起，将来才更好相处。

说到这点，姐妹两个短暂地沉默。

如果事事都能照人想的来，那就好了。

齐五小姐先回过神来，笑着道："我去打听前面怎么样了？看看哥哥能不能难住三姐夫。"

齐家热热闹闹地办喜事。

陈二老太太董氏也有个好消息告诉大儿媳。

琳婉正在陈家长房做客，听到消息匆匆忙忙地回去了二房。

"怎么说？"琳婉边走边问。

大太太董氏身边的方妈妈亲自来长房接琳婉："二老太太给小姐订下了门亲事，是镇国公家的长子，康郡王的婶娘周夫人做的保山。"

琳婉错愕地睁大了眼睛："妈妈说祖母为了我……"

方妈妈高兴得热泪盈眶："我家小姐终于有喜事了，太太高兴得说不出话来，奴婢都……"说着用帕子去擦眼角，"原本是二太太说给四小姐的亲事，老太太这次也算一碗水端平了。"

二太太田氏原来是想要将琳芳许给镇国公家的长子。

镇国公的长子将来袭爵之后就是辅国公。琳婉不确定地看着方妈妈："妈妈是不是弄错了，这怎么可能。"

方妈妈又哭又笑："小姐这次是真的，多亏太太病着还向老太太求情……"

这几日大太太董氏病在床上，大老爷又被巩氏的花言巧语迷住了，整个家里阴云密布。

琳婉回到陈家，先去大太太董氏房里，母女两个见面就抱在一起哭得眼睛红肿。

董氏拿帕子给琳婉擦眼泪："这次要你父亲看看，要是没有我娘家，这个家就要垮了，看他还护着那个贱人。"

琳婉缓缓颔首："母亲现在最重要的是保住身子，女儿将来还要依靠母亲。"

从董氏房里出来，琳婉径直去了二老太太的和合堂。

二老太太将婚事向琳婉说了一遍，琳婉没有惊慌失措，反而越来越镇定下来。

二老太太董氏略有些惊讶，心里却十分满意，等到琳婉退出去，二老太太看向董妈妈："这次老大房里出了事，三丫头倒像长大了许多。"

董妈妈道："奴婢也是这样觉得，不枉老太太亲自给三小姐挑选亲事。"

二老太太长长舒口气："嫁去宗室哪里容易，我是该做的都为她做了，将来如何也要看她的造化。"

董妈妈心里一动："老太太您的意思是？"

"多给三丫头备些嫁妆，让她风风光光地嫁去宗室，"说着眼睛微阖，"要在六丫头之前出嫁，这样好先在宗室立足。"

老太太这是想要靠三小姐压住六小姐。六小姐之前因葛家的事已经和宗室有了过节，本来就前景不好，三小姐虽然才貌不出众，却性子贤惠很容易做了长辈眼中的好媳妇。

董妈妈脸上立即有了笑容："奴婢这就将库里的物件单子拿来。"

董长茂热河都统的任命下来，董氏一门立即变得炙手可热，这也让二老太太董氏出面谈的婚事进行得十分顺利。

合了八字换好庚帖，二老太太董氏和镇国公夫人挑了个好日子，年前就要将婚事办了。

长房老太太听了冷哼："让人一听就知道她用了什么坏心。六丫头的婚期定在明年三月，她就赶在今年将三丫头嫁出去。"康郡王府还没布置好，周夫人还有闲心做保山。琳婉是陈家年纪最大的小姐，先嫁也就顺理成章，就算婚事赶了些，还要说是因为琳怡被赐婚的缘故。

琳婉、琳芳、琳怡的婚事都筹备顺利，十二月，琳婉先出嫁。陈家上下布置得无比隆重，正赶上董长茂和妻儿来京，陈家二房来贺喜的宾客络绎不绝。

过嫁妆那日，陈家抬出一百多抬，镇国公夫人看了笑得合不拢嘴，对这个媳妇顿时多增了好感。最让镇国公夫人觉得脸面有光的是，来观礼的宗室比她想象的要多，这样算下来家里的宴席少了十几桌。

镇国公夫人忙着张罗宴席，那边康郡王的婶娘周夫人将大媳妇甄氏叫来："快去帮帮你婶子。"

周大太太甄氏笑着应了，麻利地指挥起下人来。不一会儿工夫少了的宴席就都摆好了，镇国公夫人感谢甄氏："还是有你帮忙，否则我家里真的会出乱子。"

"呸，呸，"甄氏笑着吐两口，"大喜的日子，婶子可不能说这样的话，这满园子的宾客不知道多少人看着眼红呢，就说最近宗室办喜事，也没有多少家就比您家排场大。"

镇国公夫人笑眯了眼睛："这话怎么说的，明年三月就是康郡王的婚期，我们哪里能

及得上郡王爷。”

说到这个，甄氏眼睛红起来：“我们家夫人正为这个发愁……您也知道永昌的事……全家都被贬出了京，这事可跟陈家长房脱不开干系，许多宗亲恐怕请也请不来了。我们家这位郡王妃啊……那可不是等闲人，将来进了府我们是谁也不敢惹，不像婶子那媳妇，早就贤名在外，将来定是婶子的好帮手。”

听得这话镇国公夫人更觉得心里说不出的愉快，脸上还要装作愁苦：“哎哟，你这样一说，我也觉得……那可真……难办啊！”

在一片鞭炮、贺喜声中，琳婉的婚事顺利完成。

长房老太太因吵闹声一晚没有安睡，白妈妈也在一旁道：“知道老太太为六小姐准备了一百二十二抬嫁妆，那边就出一百三十抬，明着就是要压过我们家小姐。”

白妈妈正说着话，陈允远下衙回来一脸的愁楚：“老太太，这下可麻烦了，琳怡的婚事不知道还能不能如期办成。”

长房老太太立时皱起了眉头。

第六十七章　仇恨

今年各地奇冷，官员都多发了银霜炭、棉花等物避寒，琳怡除了给小萧氏请安，大部分时间都腻在长房老太太的房里猫冬，没事的时候听玲珑、橘红两个说，家里的下人也有疏忽大意被冻伤的。

在福建的时候，每年大家都要用冻伤膏子，今年在京里家里有地龙，就少备了些，没几日管事的婆子就说药膏子都尽了还要再做。

长房老太太早就说，今年冬难过，说不得要有灾。

所以陈允远说起雪灾，长房老太太和琳怡祖孙两个都没惊讶：“河北、山西、山东都有灾情的折子呈上来，当地开仓放赈，陷雪死、冻死百姓仍旧不计其数，加之鞑靼趁机扰我口北抢掠，早朝上龙颜大怒，要派兵张家堡，”陈允远说到这里微微一顿，“朝堂上有人推举董长茂都统，恰好热河兵权没有交接完，董长茂又惯于在边疆用兵，可以一直北上先抗鞑靼，再去赴任。”

长房老太太冷笑一声，这是谁想出来的推卸责任的好法子，一将多用，更显得朝廷武将凋零。

这些年朝廷为了手握大权，将功臣勋贵压制得无所建树，名将子孙凋零，像陈允远这样的勋贵子弟都已经要走科举这条路才能入仕。朝廷文武失衡，文官结党互相陷害，武将虽被压制，可边疆仍旧战事不断，朝廷无将可用只得依赖成国公这样的老将，这样下来，成国公军功渐大才会肆意妄为，所以政局如今动荡不安。

不过选在这个时节对抗鞑靼，十足十的会负荆而归，皇上也是一时震怒才会派兵，圣意难以回转，只能想办法远远站开免得将来自己受牵连。

陈允远道：“热河驻兵非同小可，董长茂远远从川陕而来上任，兵部尚书禀奏要以热河驻防为主，所以就有人提了康郡王。一来康郡王在福建立过大功是难得的武将人选，二来作为宗室也有一定的震慑之威，”说着叹气，“儿子想，若是康郡王真的去了张家堡，明年三月恐怕不一定能赶回来，这婚事可不是就要拖下来。”

长房老太太微攥手里的佛珠，抬起眼睛：“康郡王怎么说？”

陈允远皱起眉头：“康郡王说要听圣谕，说不定兵部还有其他人选。”

长房老太太道：“真的是圣意已定不能转圜？”

陈允远道：“现在只能盼着南书房的几位近臣，让皇上打消这个念头，就算要征鞑靼也要等到天气转暖，否则对我军不利啊。”

朝堂上暗流涌动，就算猜也猜不出个结果。

陈允远只好四下里去打听。

长房老太太表情有些沉闷：“也不知道康郡王到底怎么想的？倒是提前知会一声，我们也好有准备。”

琳怡服侍长房老太太歇着，自己也觉得有些困。长房老太太屋里的暖炕很大，祖孙两个怎么睡都绰绰有余，琳怡说是挤着暖和要在长房老太太炕上睡，长房老太太心里知道，孙女是想多陪陪她。

“祖母不用担心，”琳怡给长房老太太掖好被子，“福建那么大的事他都办好了，不过是鞑靼扰边，前朝开始就没断过，就算去了也不会出大事。”

长房老太太瞄了琳怡一眼：“避重就轻，我说的是你的婚事。”

婚事。琳怡也缩进被子里，白芍提前就将整条被子都烤暖了，现在贴在身上说不出的舒服，琳怡眯上眼睛：“祖母，这不是我的婚事，是康郡王的婚事。”周十九去了张家堡，能打个小胜仗回来，成亲时少不了更加风光，就算打不了胜仗相信周十九也能想出万全之策脱身，到时误了婚期，会有人替周十九说话，说他不顾一己私利一心为朝廷办事，就算有过也是皇上身边的忠臣。

所以只要躲过旁人的暗算，将事安排妥当，就对周十九有利。

现在她要算算怎么才对她更有利。

琳怡赶女红眼睛累得直打架，闭上眼睛就睡着了。第二天醒来已经是日上三竿，长房老太太早就吃过早饭坐在罗汉床上和小萧氏说话。

琳怡吐吐舌头，没有礼仪嬷嬷看着，她也学会偷懒了。

白妈妈笑容可掬：“老太太说小姐乏了就多睡睡，在自家里就图个自在。”

现在她是偷懒都有了正经的借口。

小萧氏正和长房老太太说董长茂家眷来京二房宴请宾客：“我们也不好就不见，舅老爷和舅太太总是长辈，至少也要带着衡哥和琳怡过去请个安。”

礼仪是要周到的，否则就会被人说三道四。

琳怡慢慢走出来坐在长房老太太身边。

长房老太太提起董家人，表情明显不愉快：“天气冷，你们早去早回。”

小萧氏颔首：“吃了宴就回来。”

长房老太太说完又嘱咐小萧氏：“董家那边说了不中听的，你只当左耳进右耳出，不用放在心上，特别是六丫头的事，不用和他们争辩，人嘴两张皮捏也捏不住，”说着吩咐白妈妈，“咱们今天吃饺子。”

多捏捏也好让她们少张口。

琳怡忍不住掩嘴笑了。

正好是琳婉第三日回门，二房家里张灯结彩，下人早早就在门口迎客，小萧氏带着儿女进了花厅，就看到一身藕色团花褙子，银狐毛领、袖，高髻圆盘脸，头戴金凤，眼睛雪亮的一位夫人坐在二老太太董氏身边。

二太太田氏笑着上前介绍，“三弟妹不认识，这就是咱们舅太太。”

舅太太尚氏笑着端详小萧氏、衡哥和琳怡，然后站起身招呼小萧氏过来坐：“我可等了半天了，比新姑爷还难请呢。”

小萧氏给舅太太行礼。

衡哥和琳怡叫了声：“舅祖母。”

董长茂是老来子，年纪小辈分高，其实尚氏年纪是和大太太董氏相仿，尚氏听了这话笑道：“我走到哪里都是辈分大。”

大家在一起说了会儿话，门房上报新姑爷和琳婉到了。二太太田氏忙让丫鬟落垫子、倒茶，新姑爷要给二老太太和陈允宁夫妻磕头、敬茶。

众人满脸笑容中，琳婉和周元广进了门，大家围着让周元广和琳婉给长辈行了礼，然后才仔细打量琳婉和新姑爷。

不知道是不是因宗亲的缘故，站在一旁都颇有几分的气势，周元广相貌虽不如周十九，可是两人眉眼中也有些相似之处。

琳婉穿了银红石榴花褙子，红狐领杏色金盏花鳖衣，梳着妇人圆髻，戴花开并蒂掐丝金簪，两只镶宝蝴蝶戏花短簪，额头上画着梨花妆，面上桃红，嘴唇丰润，看起来像是与平日换了个人般，十分漂亮。

琳婉挨个和大家问好，琳怡才要向琳婉行礼，没想到琳婉先拜了下去，屋子里一下子静下来，琳婉这才红着脸，将琳怡扶起来：“六妹妹更漂亮了。”

在周元广和尚氏脸色没黑之前，琳怡笑着说了讨喜的话：“这话该是我们说三姐，”

琳怡说着看琳芳："四姐，你说是也不是。"众目睽睽之下，她哪能让琳婉吃了亏，这礼数她是不着急受的。

琳婉羞涩一笑。

接下来就是陈允宁的重头戏，将姑爷从头夸到脚，话中饱含深意，就是想要借着宗亲的关系找个好差事，然后让自己的庶子见了姐夫。

女儿、女婿被陈允宁夫妇带走说话，其他女眷就聚在花厅里。

小萧氏和琳怡才坐下，只听尚氏笑着道："只要不提朝局政事，我们就没什么不能说的。"说话的时候眼睛轻翘，目光若有若无地看着小萧氏和琳怡。

琳芳看了转头向琳怡冷笑，片刻功夫，琳芳就压低了声音："妹妹可去月老庙抽过签子？京畿但凡订亲的小姐都要去问问吉凶。"

言下之意，她去了定会抽了凶签，琳怡吃了粒桂花糖，看来周十九去张家堡已经是在所难免："看四姐的样子就知道四姐抽了大吉，四姐就不用担心日后嫁去林家……"明明是不愿意嫁给林正青，抽个大吉又能怎么样，那些签纸无非就是自欺欺人。

听得这话，琳芳手一抖，脸上的笑容顿时没了干干净净，想起林正青她一阵恍惚，再回过神，琳怡已经带着丫鬟远远走开了。

若不是周围都是亲眷，琳芳就要将手边的茶碗砸在地上。

周元广和琳婉回去周家，小萧氏就以小八姐为由带了衡哥和琳怡回了长房。

尚氏坐在二老太太房里满是笑容："这下您心里可是舒坦些了？"

二老太太微微一笑，旁边的董妈妈道："三太太本是想要开口问康郡王领兵的事，没想先被舅太太封住了嘴，您没瞧见三太太和六小姐的脸色……"

二老太太董氏道："也该让她们发愁了，四丫头一门好好的亲，生生就没了。这福气在别人身上就觉得眼红，硬抢过去放在自己身上就不是那么回事了。"

尚氏掩嘴："要是带兵打仗，谁能比得上咱们董家，老爷说了，若是咱们家的女婿，他怎么也要上奏皇上不宜发兵，康郡王哪里会担上这份凶险。"

这娶妻是福，娶不好可就会变成了祸。

第六十八章　聘礼

兵贵神速，皇帝和臣子达成一致，康郡王周元澈立即带人北上。康郡王临走前皇帝将陈允远叫去说了一番话。

陈允远从宫里出来回到家，见到长房老太太和小萧氏就有一种羞愧的感觉，在皇帝面前表明决心，要以国家大事为重，康郡王和琳怡的婚期不变，陈家照常安排婚事，若是康郡王没能归京，陈家就会一直等着女婿。

其实陈允远是觉得委屈了琳怡，为了迎合皇帝，才不得已拿出一心为国的气魄。

陈允远暗暗忏悔，琳怡却觉得如果父亲从此之后都是如此，仕途会顺利许多，不管父亲在外怎么做，心中都是向着家人的，一家人不必计较这些。

陈允远道："康郡王去了张家堡，三个月定然不能返回来，家里就不必安排了，还是听消息。"

琳怡侧头看长房老太太，昨晚她就和长房老太太商量好了，无论如何陈家都要和康郡王一样，一心为国，这条船只要踏上来就不能反悔。

长房老太太胳膊支在罗汉床上，点化这个不开窍的儿子："既然都已经在皇上面前说了，怎么还能不着手安排，万一康郡王回京来，你准备怎么嫁女儿？"

陈允远看着烧热的熏笼，这……真的能……回来吗？多少老将都在鞑靼上面栽了跟头，若说康郡王小小年纪就能一举得胜，那也太离谱了。最可能的情形是，康郡王带着几十轻骑赶去张家堡，那些鞑靼早就抢了东西没影了，临时集结人马出关去追，沙漠的地形多少人进去都会晕头转向，鞑靼最擅长的战术就是让地形拖垮大周朝军队，再奇袭得手获胜，往往是进沙漠几万人，出来的不过千百残兵。

更何况现在是冬季，要等到春天大雪化了之后才能打仗。否则就这样灰溜溜地回京，皇上脸面也要挂不住。

不过现在老太太这样说了，陈允远也只得应承："就按母亲说的办。"

皇帝错误的决策短暂地影响了朝廷的气氛，很快大家就热热闹闹筹备起过年来。琳怡窝在炕上剪窗花听着外面呼号的风声，庆幸自己只是个小女子。此时周十九八成正在城头上喝冷风呢。

陈允周带着儿子在二房放了好一阵子爆竹。

就连田氏都笑着埋怨："老爷多大岁数了，还带着儿子疯闹。"

陈允周心情极好，抖抖貂皮帽子上的雪花："家里添丁自然要多放些，斌哥也要成亲了，多放些爆竹，好让明年诸事顺利。"

今年是个好年景，但愿一年胜过一年。

琳芳还赖在二太太田氏屋里不回去，陈允周打发琳芳回去："眼见就要出嫁了，要多做些针线。"

琳芳闷闷不乐地带着丫鬟回去房里。

陈允周提起女婿来很是满意："没能攀上宗室，将来女婿能做上大学士也是不错了，这宗室也没什么好的，哪日万一被夺了爵位就什么都不是了。"林正青在翰林院做了从六品修撰，很快就得到翰林学士的赏识，品秩虽低在文官中也算得上是清贵。

田氏给兵哥缝小棉袄，听及这个笑起来。

陈允周道：“你也要早作准备，说不定三弟的六丫头要嫁在琳芳后面。”

田氏仿佛并不在意：“这事还不一定呢。”

陈允周提起这个冷笑一声：“怎么不一定，明年三月康郡王是肯定回不来了，难不成三弟的女儿要像他母亲赵氏，没有新郎来接，直接抬去夫家。”

田氏倒没想过这个，半晌才道：“不会这样巧吧！”

怎么不可能。陈允周让丫鬟服侍着脱掉靴子，仰躺在炕上：“嘿嘿，这谁能知晓。”

年过得格外快，琳怡觉得日子都没怎么过，一下子就到了二月初二。老话说得好，过了二月初二就不算年了。

琳怡给墙上的梅花添花瓣，这是在闺中最后一个年，她还没过够啊。

进了二月，按照礼部选的成亲日子，周家也该要过聘礼了。

康郡王那边还是没有一点动静。

难不成康郡王在口北真是一无所获，打仗也要耗到春暖花开之后……

在库里点嫁妆的小萧氏都有些泄气：“说不得这婚事真的要拖延了，”说着顿了顿，“婚事都讲究一次做成才好啊。”

谭妈妈安慰小萧氏：“太太别急，人说好事多磨，至少没有坏消息传进京啊，说不定郡王爷打一个胜仗，风风光光将我家小姐娶过去呢。”

小萧氏叹气：“但愿如此。”这样一打岔，小萧氏忘记刚才数到了哪里，“将外房家伙再重新数一遍吧！”老太太给备得实在是太齐全，没有大大的屋子还真的就放不下。

眼看着婚期一天天地接近，琳怡也轻松不起来了。这不是从福建搬到北京，不过是换了个地方安家，父母兄弟都还在身边，琳怡不想装作浑不在意，而是有机会就和长房老太太、小萧氏说笑，最好的时光就该牢牢把握，快乐地度过。

琳怡身边正少个人说话，琳霜和葛庆生从三河县来京里。琳怡看着妇人装扮的琳霜，比前些时日丰腴了不少，就知道琳霜婚后定是过得舒坦。

琳霜和琳怡的愿望一样，都是期望能做个小仓鼠，抱着满仓的坚果，无忧无虑，吃得胖胖的。

琳霜拉着琳怡笑：“怎么也没想到，你要嫁给康郡王，我听到消息高兴得不得了，这才对嘛，郎才女貌，般配。”

琳霜是为了安慰她，连齐家提也不提。

“姐夫对你怎么样？”

琳怡改变了说话的套路，让琳霜脸上一片绯红：“还能怎么样……就那样呗……”

琳怡不由得莞尔一笑，葛庆生也是一表人才，对琳霜又关心周到，这样好的夫君，琳

霜真的要偷着笑了。

两个人拉着手说了一晚上话，门外的嬷嬷催了几次，琳怡小声道：“嬷嬷快去安睡吧，我们已经睡着了。”

嬷嬷咳嗽了一声。

琳怡和琳霜相视而笑。

第二天周家托保山上门，选在三月初一过聘礼。长长的聘礼单子送上，聘礼是规规矩矩一百二十箱。

不多不少，刚好面子上能过得去，既掩住陈家的嘴又让陈家看着不舒服。

周夫人的精明琳怡早就领教过了。

送走了保山，长房老太太将礼单拍在矮桌上：“早知道周夫人不是个痛快人。”

三小姐的聘礼也是一百二十箱，虽然都是嫁给宗亲，六小姐好歹是郡王妃，真是不多。周夫人是康郡王的婶娘，若是挑剔多了，婶娘难免一肚子的委屈，外面人就要替周夫人打抱不平。

这口气，陈家只能忍了。

周家也是看透了这一点。

聘礼过得十分顺利，陈家痛痛快快收了，连一句多余的话也没有，这样一下子就从气势上将陈家压了下去，陈六小姐进门也就张扬不起来。

周大太太对这点极为满意，下来就是筹划其他事。

周大太太喝口茶，笑着向周夫人道：“过完聘礼就等着踩花堂了，郡王府那边是不是就要留人安排。”

本来是要等到郡王爷成婚大家才搬进去，没想到郡王爷去了张家堡，搬迁的日期一拖再拖。

家里的物件打包好堆放在一起，平日里寻起来多不方便，尤其是看了新府邸，谁都想立时就搬进新房子住，她是一天也不想多等了，周大太太忍不住向周夫人出主意：“为了郡王爷的婚事，娘不如暂时先搬过去住。让管事妈妈来回禀告，万一有什么地方错漏，那可如何是好。”

周夫人皱着眉头思量：“赐新府邸时，虽说要我们一起搬过去，可毕竟是康郡王府，怎么也要等到郡王爷回来再正式搬迁。”

“倒不是我们想住，”周大太太叹口气，“住在哪里不一样，媳妇在宗室营住习惯了，真是不想搬呢。”

周夫人斜了一眼周大太太，目光中饱含深意：“你真的不想搬？”

周大太太嘴角笑容更深了：“媳妇是说，都是一家人，郡王爷不会在意的。新房布置好了，不好就一直空着，媳妇每日过去瞧瞧，就算哪里不妥当了也好让人修葺。”

就算说出去，也是这个理。

周夫人拿起矮桌上的茶来喝，放下茶碗半天才道：“郡王爷的婚事，从上到下都是你这个嫂子操持，眼见婚期就要到了，这些日子你就先搬过去。”

得了周夫人的准话，周大太太笑容满面。

她第一个搬去郡王府，里面的人手自然也是她亲自布置，将来这个府邸都要由她来操持。娘这是在给她机会，她要好好把握：“娘放心吧，媳妇自然安排好了。”

周夫人靠在软榻上缓缓舒了口气。

周大太太回到房里，周元景正吩咐丫鬟找那只满庭芳的紫砂壶。

周大太太坐在椅子上笑看周元景：“老爷别找了，等搬去郡王府，收拾物件自然也就有了。”

“那要等到什么时候。”周元景坐下来抬头看向周大太太。

周大太太一脸莫测的笑容，倒让周元景油光铮亮的脸上又多了喜色：“娘同意搬家了？”说着顿了顿，“我就说……外面多少人都议论，康郡王年纪小家里没个主事人，娘应该早些搬进去，也好帮着康郡王操持家事，再者，娘辛辛苦苦养育了康郡王这么多年，又帮他寻回了爵位，这一家人若是分开住，那就生分了，虽说咱们不是同一支，可也是宗室里最近的血亲，总不能眼看着康郡王府那般冷清……”

要不是为了保住康郡王这一支，父母格外照顾康郡王，他们兄弟说不定更有建树。

周大太太叹气：“我也是要筹备康郡王的婚事才能进郡王府，再怎么说我们也是外人。”

“外人？”周元景瞪圆了眼睛露出几分凶狠，“谁敢这样说？谁敢挑拨我们兄弟的关系？谁是外人？要不是有我们，康郡王早就被送去庙里出家，现在还能娶妻？”

看到周元景强硬的模样，周大太太一颗心落到肚子里：“老爷别嘴硬，将来分家的时候，老爷就不敢争了。”

“分家？”周元景冷笑道，“别想了，老子死也不会分家，分了家这些富贵让谁来享？”

周大太太抿嘴悄悄地笑。

琳怡在长房老太太身边重温周十九和叔婶一家的人事。

周十九由叔叔周兆佑和婶婶段氏抚养长大。段氏还生了两个儿子，大老爷周元景，二老爷周元贵。

周元景的正妻是周大太太甄氏，甄氏琳怡已经见识过，如今甄氏管家，人前礼数周到，做事也算滴水不漏，长房老太太就说，甄氏不是好相处的，加上陈家长房和周永昌的过节，琳怡嫁过去，第一个要在意的就是甄氏。

周元贵的正妻周二太太郭氏，平日里话不多，行事温吞，好像比甄氏好相处些。

这样一来，琳怡嫁去周家，面对的是周兆佑夫妻和两对哥嫂，另有出嫁、未嫁的小姑子，顺便连带宗室之间扯不开的关系，琳怡松口气，其实人也不算太复杂。

要论血亲，其实周十九是独身一个啊，虽然这些人难对付，可是周十九心中清楚，离他最近的人还是妻儿。

从前琳怡尊称周夫人段氏一声夫人，现在周家为了康郡王的婚事，上上下下正式变了称呼，周兆佑是老太爷，段氏是周老夫人，琳怡和周大太太甄氏，周二太太郭氏是妯娌。

琳怡想到这里，长房老太太又在一旁敲响了警钟：“妯娌最难相处，不过我听说大老爷周元景为人粗鲁，如今周大太太掌家，府里的情形可想而知。”

琳怡想想长房老太太和二老太太多年的关系……分了家也是明争暗斗不断。

长房老太太想及周家这几天的行事就满心怒气：“现在你还没嫁过去，她们就已经在使绊子。”

琳怡毫不生气，反而笑着搀起长房老太太的胳膊：“还没到最终结果，祖母不用太放在心上。”

长房老太太绷紧的脸才松下来：“也不知道谁给你吃了宽心丸。”要是旁人遇到这样的情形，定是又委屈又发愁。

她曾将周十九当作敌人防备，对周十九多少有些了解。现在虽然是第一次和他站在同一立场上，对周十九的意图她即便是猜错也错不到哪里去。

等待消息要有足够的耐心。

婚期渐近，一直静谧的周家终于开始有了动作。

周大太太带着一干丫鬟先搬去了康郡王府，光是马车就有十几辆。带有小花园的敬慈堂建在整个郡王府的中轴线上，上百年粗壮的老榆树左右一边一棵，后面是一排倒座房，院子的两边建有东西厢房，正房和厢房之间是回形走廊，环抱着一个精致的小花园。

周大太太让人将周老夫人的东西搬进去。

无论是谁都要尊长，最好的院子当然要留给长辈住，于是才取了敬慈堂的名字，反正康郡王有言在先，要以婶娘为重，现在这牌匾挂上去，难不成别人还能来争抢。

晚上周大太太在垂花门将周元景接进府。

周元景背着手先去敬慈堂里走了一圈，然后满意地坐在雕寿字，童子奉桃，云纹手握的黄花梨木椅子上：“也该是这个样子，我母亲养育了康郡王多年，事事为康郡王着想，非要等到康郡王亲事定下来，才让人改称呼为老夫人，好像我和二弟都不是亲生的一样。”

瞧着大老爷满是醋意的模样，甄氏笑道：“老爷要不要去郡王爷的新房看看？”

周元景登时来了精神：“去，怎么不去。我这个做大哥的总要帮衬一把。”

康郡王的新房设在三进院，正房七间，两侧耳房各五间，环形游廊，青砖十字甬路两边摆放着各式太湖石，整个院子广阔又大气。

周大太太正要看看新房还有哪些布置不到之处，周元景跟着一起进了屋。

光滑的地面让宫灯一照隐隐约约映出人影来，紫檀木的各式家具，旁边立着彩色绣金花鸟屏风，中堂是前朝中戊子的迎春图，下面供着一柄御赐如意，一只金镶玉的马鞍。

屋子里帐幔都换了嫣红的软金罗，多宝阁里都是御赐的摆件，珐蓝的多子多福瓶口跃鱼葫芦，一对白底黑花沽酒梅瓶，宝石金叶的石榴盆景，佛手、生石、镶贝漆盒更是摆满了八仙桌。

婚床已经布置妥当，香福袋垂下来九个，大红番花合喜的锦被叠成一摞，脚踏上都铺了红锦。

周大太太笑着道："我瞧着这样已经差不多了，虽然不如二进院的敬慈堂，布置得也算周到。"

"他在张家堡吃了败仗，御史参他的奏折早就预备好了，等到他带兵回京，那些折子一下子压下来，所有的罪过都推到他头上，看他还有本事张扬……阴阳先生说敬慈堂的风水好，母亲住进去，让孙猴逃不出五指山。"

周元景说得得意，一屁股坐在婚床上，周大太太吓了一跳，"老爷，这可不能乱坐。"

"没有旁人。"周元景跷起腿来，干脆倚靠在大迎枕上，一把将周大太太也拉到怀里。

旁边的丫鬟见状悄然退了出去。

周大太太推搡着周元景："新人的床坐不得这是老规矩，可是要被压了时运的。"

"就是要压压他的时运，"周元景抱着周大太太躺在喜床上，"免得他得志轻狂，将来跌个大跟头。"

外面的芝兰听得里面稀稀疏疏的声音，忙将隔扇关起来，站在外面守着，大气也不敢出一声。

大老爷的脾气……不准旁人打扰，上次桂圆因有事禀告，老爷披上衣服就将桂圆踹了出去。

芝兰正胡乱想着，听到外面传来一阵急促的脚步声，芝兰忙迎了上去。

"太太呢。"段二媳妇伸着脖子向屋子里张望。

芝兰摇摇头，向段二媳妇打了个噤声的手势："姐姐有什么事，还是过一会儿再来。"

段二媳妇脸上露出惊恐的表情："不得了……出大事了……宫里的内侍来看郡王爷的新房布置得如何了……我们哪敢拦着大官……他们已经进来了呀。"

芝兰听得这话脸色青白，忙去叫门："老爷、太太……"话还没说完，屋子里传来碎瓷声响。

走到抄手走廊的内侍停下脚步，脸上的笑容也收敛了大半："这是怎么了？谁这么大的脾气。"

芝兰顾不得害怕："老爷、太太，宫里的内侍来了……"

满室春光顿时压下一阵疾风骤雨，好半天周大太太才急急忙忙地从屋子里出来，眼睛红肿，眼角仍旧挂着泪痕。

内侍惊讶："周大太太，您这是……"

周大太太用帕子擦擦眼角："让公公见笑了，我是正为郡王爷的婚事发愁，我一个妇

人眼皮浅，总有不得当的地方……”

内侍躬身笑道：“太太过谦了，太太要持家又要张罗这些，自是应接不暇……皇上让咱家来也是要帮衬太太，”说着顿了顿，“陈家就要来踩花堂，这郡王爷的新房可布置好了？”

“这……”若说康郡王的新房就在这里，内侍带着人进去不是要看到老爷……周大太太这样一想顿时冷汗涔涔。

“在前面的二进院子，”周老夫人身边的唐妈妈笑着赶过来，“这边是大太太的院子，老夫人说了，郡王爷的住处自然是府里最好的地方，新房本来已经布置妥当，是老夫人不满意，正要让太太明日重新安排。”

内侍在周大太太脸上打了个转，似是想了明白，“既然如此，咱家就将皇上御赐之物送进去。皇上说了，郡王爷是国之栋梁，朝中股肱，郡王爷大婚马虎不得。”

这话是在指责谁？

虽然是皇上赐婚，可从前也没见有内侍帮衬婚事，现如今内侍连夜上门……难不成是她们忽略了什么？

第六十九章　大婚

郡王府里忙了一晚，总算将之前的敬慈堂布置成了新房。

第二天周老夫人坐着马车进了郡王府。

周老夫人让唐妈妈拿来赏银送到内侍手上，内侍慌忙拒绝：“这是怎么说的，皇上、皇后是让咱家来帮衬的，如何反倒来讨赏钱。”

周老夫人笑道：“这是喜钱，公公千万要拿着。”

内侍这才接了，带着宫人们向周老夫人道了声喜，回去了宫里。

内侍一走，周大太太甄氏颓然地坐在椅子里，这一晚上，从头到脚已经被汗浸湿了，眼睛眨也不敢眨一下，生怕内侍瞧出些什么。

宫里的人惯会察言观色，多亏有唐妈妈帮衬，否则今晚是逃不过去了。

周老夫人喝口茶抬头看甄氏，声音阴沉：“元景呢？”

甄氏这才想起来，周元景从新房里出来躲去了东院，甄氏忙吩咐丫鬟：“快去和大老爷说一声，内侍走了。”

东院里没烧地龙，周元景裹着被子守着炭盆，提心吊胆地过了一宿，现在坐在周老夫人跟前神情萎靡：“母亲，到底是怎么回事，内侍来郡王府做什么……”说着急忙凑着嘴去喝热茶。

甄氏紧紧攥着帕子，不时地去看周老夫人的脸色。

“我早就和你们说，康郡王府是赐给康郡王的，康郡王请我们过去住，也是碍着孝道，如何能容你们这般胡闹。”

甄氏欲言又止，下狠眼看向周元景。

周元景开口辩解：“母亲，您不知道外面怎么说，康郡王恃宠而骄，明知此时不该发兵却在朝堂上领命去了北口，用御史的话说，臣子该做治国良臣而不是专做宠臣。康郡王已经有这样的结果，我们还怕他做什么？这时不压他，要等到何时？母亲平日受的委屈还不够多？没有复爵之前，他连宗室也不是，母亲还不是悉心照料，他住在我们家十几年，现在得了新府邸不该将母亲接去享福？人要懂得知恩图报，我朝以孝义为先，官员考绩还要论此道，何况我们是宗室。他敢妄为，前程也就到头了。”

“这么说，我要恭喜你了，这偌大的郡王府以后就要由你们夫妻打理……”周老夫人淡淡地道，“皇上派来内侍是因你周元景，而不是周元澈，看来以后我有福气享了。”

周元景一下子被扎中痛脚，额头上青筋起伏：“儿子没想到……会这般隆恩浩荡。”

唐妈妈悄悄将隔扇关上退出去。

周老夫人淡淡地道：“你没想到的事还多着呢，我亲眼看着康郡王长大，算得上是他半个母亲，我尚看不明白，你这个兄长就以为能一把将他攥在手里……他人不在京里，这门亲事他是早就算计好的，岂会让你们左右。”

甄氏在一旁不敢抬头。

“我将管家大权交给你们，断没想到你们这般荒唐，”说着颇有深意地看甄氏一眼，“这话传出去，你们夫妻两个还要不要在人前抬头。”

周元景仍旧不服气，刚要开口却被甄氏紧紧攥住衣袖。

甄氏眼泪落在手背上，抽抽噎噎地哭起来：“娘，媳妇也是害怕。这样让陈氏进府，日后哪有我们的活路，说不得我们也要像我那族姐一家一样，被赶去奉天。您和老太爷是将康郡王养在身边，到头来难不成要被害得逐出宗室，我就是不甘心。我这个嫂子对三弟怎么样？他做了郡王爷我们没跟着沾光，倒是……倒是……我那可怜的族姐和外甥，被郡王爷抓去了步军统领衙门。这口气，我真是憋在心里出不去，这才想到了先声夺人的法子。”

周老夫人眼看着甄氏哭得死去活来，陈六小姐也曾在她面前掉过眼泪，两相比较，后者更有说服力。

周老夫人淡淡地道：“不论是心计还是管家的手段，你都不如陈氏。你心里的那些思量趁早收了，免得将来难看。”

甄氏的哭声果然止住，怔怔地看着周老夫人。

周老夫人收拢袖口：“老太爷如今病成这般，我也顾不得你们，你们一个个好自为之。”

眼看着周老夫人站起身欲走，周元景急切地上前：“母亲，难不成康郡王真的会打胜仗？”

周老夫人半天不语，周元景见状一颗心渐渐沉下去。

周元景和甄氏一路将周老夫人送上马车，眼看着周老夫人踏上脚凳，甄氏向旁边的唐妈妈求救。

唐妈妈目光闪烁，低声道：“大奶奶，您快些将府里打扫干净要紧……”

这话的意思，是她和老爷住了婚床……

“您知晓咱们郡王爷的脾气……这事真的闹出去……老夫人也没有法子。”

这样肯定的语气。

康郡王真的打了胜仗。

甄氏登时愤恨起来，成亲之前立下军功，这一步康郡王算得真精。

周老夫人坐在马车里，唐妈妈轻声道：“大太太定会去娘家求救，当年老郡王的事甄家是知晓的，新仇旧恨加在一起，甄家定会想法子。”老夫人不好说出去的事要借着甄家的嘴来说，二来，这些年大太太仗着娘家越来越不肯听老夫人的话。老夫人的法子好，既然两件事都不好解决，干脆将她们放在一处……“没想到郡王爷真的早就算计好了，要不是老夫人提前准备，这次我们真就要吃了大亏。”

“我是一朝被蛇咬三年怕井绳，”周老夫人脸色微沉，“看着大太太点，别让他们夫妻再做出荒唐事。”人要有耐心，她都忍了十多年，急躁只会功亏一篑。

皇上遣内侍布置康郡王府邸的消息就像长了翅膀，很快传遍了京城。

“像是打了胜仗。”陈允远笑着在长房老太太面前说。

长房老太太脸上也露出笑容：“这么说，不日就能回来？”

陈允远捋着胡子：“今日就要踩花堂，明天就是成亲的日子，也不知道能不能赶得上，”就算赶不上，康郡王有军功在身，这门亲事也定会风风光光，陈允远想了想和长房老太太商量，“咱们要不要准时发嫁妆。”

琳怡在碧纱橱里叹气，父亲真是直心肠，既然周家都没被知会要变婚期，那就是说，周十九八成会赶回来。

琳霜拉起琳怡的手：“快让我瞧瞧，明日是给你画个梨花妆还是梅花妆。”

成亲还不是要被涂成面瓜脸，琳霜是故意逗她，琳怡笑道：“姐姐成亲时画的是什么妆，现在来讨我羡慕。”

琳霜柳眉一扬，故意嗔怒：“你这丫头。”伸手去搔琳怡的痒。

琳怡吓了一跳，远远地躲开。

琳霜咯咯地笑：“原来你是怕这个。”

听到碧纱橱里的声响，长房老太太眼睛里露出慈爱的神情，六丫头嫁去周家之后，就没有这样自在的日子了。

马车拉着囚犯缓缓地接近京城。

囚车里的人一双眼睛直勾勾地看着后面囚车中的妻儿，他跟着成国公疆场驰骋多年，没想到有一日会落得这样的下场，成国公死后，他带着人马藏在深山中，等待机会为成国公复仇，没想到朝廷会派出所谓攻打鞑靼的军队悄然将他团团围困住。

“周元澈，周元澈！”囚车里的张戈大声喊叫。

马阵前银甲白樱的将军轻揽缰绳，等到囚车上前来。

“周元澈，”张戈死死盯着那双宁静的眼睛，“放了我妻儿，一切错在我，和她们无关。”

周元澈脸上是轻浅的笑容：“张戈，成王败寇，最后关头莫要失了骨气。”

不肯，竟然不肯：“放了她们不会少了你的功劳。”

囚车里传来妇人和孩子的哭声，张戈更加慌张，声音渐厉仿佛要将所有怒气一并发出来，“周元澈，给她们一条活路。”

马背上的人仍旧不为所动：“跟着成国公叛乱就该想到有今天。现在成国公叛党未全伏法，我不能答应你的要求，你幼子依大周法度可免去罪罚，那也是要等到朝廷裁夺之后。”

张戈眼睛血红：“周元澈，你不得好死。总有一天你也会落得我这个下场，到时候你的妻儿也要为你陪葬。”

“人只要有选择就会有对错，”周元澈微笑，“我错了，我的妻儿自然和我同罪。成固欢心，败也犹荣。”

张戈似是只被刺伤的野兽在笼中拼命挣扎：“周元澈，你这个不择手段的阴险小人，将来必定比我惨上千百倍。”

“明日已不在你手里。”周元澈策马前行。

张戈顿时一怔。

在周元澈没有复爵之时，他就劝过周元澈跟着成国公会前程无量，周元澈当日就说：“明日已不在你手里。”

他还以为周元澈是不愿被人掌控、驱使，原来那时候周元澈已经看到了今日。可是周元澈从来没有劝过他，更没有透露半点消息。

这样的人，想方设法复爵又领兵平叛，难道是一步步早就安排好的……张戈攥紧囚车，浑身还是忍不住颤抖。

族里的婶子被叫来晚上去踩花堂。

小萧氏张罗了宴席，请大家先热闹热闹。

宴席上大家欢声笑语，倒引得小萧氏掉了眼泪，女眷们看了笑着安慰：“这是好事，想想六小姐要做郡王妃，那是多少人羡慕不来的。”

其实郡王妃又怎么样，琳怡还是要离开她身边，平日里也就这个女儿最贴心，小萧氏是真的舍不得。

大家又劝：“你身边还有八姐儿，等到八姐儿嫁人还有十几年。”

小萧氏这才觉得心里安稳了许多，可喝了些酒又想起琳怡在身边的日子，还是一把鼻涕一把泪。

外面热闹着，琳霜在屋子里陪着琳怡说话，成亲前一天，两个人坐在床上咬耳朵，琳霜道：“别看闹得欢，也没什么可怕的，明日喜娘在一旁提点你，你记不住也没什么，肯定是做不错的，你就放心好了。”

琳怡点点头，这个屋子里的嬷嬷，祖母身边的白妈妈都说过。

“再就是晚上……”琳霜脸颊绯红，“箱子里有压箱底的小盒子，盒子里……”

看琳霜的表情琳怡不用猜也知道是什么。

“反正我没看，”琳霜掩嘴笑，“等着就好了……”说着声音更低，“我教你，只要把心一横……”

琳霜的意思是，装死。

看到琳怡怀疑的目光，琳霜又挺起脊背：“信我的准没错，教引嬷嬷教的也是这样。”嬷嬷说的顺从姑爷还不就是一个意思。

前世嫁给林正青时，她担心父亲、母亲，教引嬷嬷的话也没怎么听，不过可以肯定的是，琳霜这招是经验之谈。

琳怡红着脸看琳霜，那就信她一次，反正自己也没有更好的法子。

琳霜、琳怡这边说着话，那边踩花堂的婶子回来了，三五个人进了屋其中一个还在拍胸口，惊魂未定的模样。

稳坐在罗汉床上的长房老太太见状都皱起眉头，堂屋里说笑的声音也一下子止住了，众人都看向从郡王府回来的婶子。

“这是怎么了？”长房老太太稳下心神开口。

领头去踩花堂的族婶道：“是不是郡王爷回来了？”

这话刚问出口，旁边的族婶就将她拽了一把：“你这话是怎么问的，老祖宗怎么知道，接了红箱的不是郡王爷是谁。”

大家都没听说康郡王回京了，听得这话大家都很惊讶。

族婶接着道：“我们放了爆竹，门一开，出来一个身穿银甲的将军，委实将我吓了一跳，红箱子差点就摔了，多亏那小将军一手就接了过去。到现在我也不知道到底是怎么回事。”

旁边的人道：“郡王爷不是领兵去了张家堡吗？定是赶了回来，连身上的甲胄都来不及脱，”说着顿了顿，“婶子们哪里见过这种阵仗，自然是吓了一跳。要不是郡王爷，郡王府的人怎么能让他接箱呢。”

本来陈家准备直接将箱子送进婚房的。

小萧氏道：“婶子们也没问一声？”

族婶道：“我还以为是眼花了，那小将军，”伸出手来比，“足有那么高……我们仰起头都看不清脸面呢，回来路上我拽了一个丫头来问，那丫头也支支吾吾不太清楚，不过我绕到前头去看，门口可是有不少牵着大马，穿着甲胄手握长剑的将士，不光是我们，周大太太都吓了一跳。我们从周家出来，那些人就骑马离开了。”

之前想的和见到的完全不一样，怪不得会脸色不好。

族婶道：“老祖宗，还是使人问问是不是郡王爷回来了，这样明日也好等着新姑爷啊。”

没有正式的消息传下来，又来去匆匆，八成是康郡王归京了。

屋子里满是艳羡的眼神。

小萧氏笑着抹眼泪，嗓子哽咽：“这下可好了，没有委屈我们琳怡。”

听了好消息，族婶们凑在一起摆喜糕：“我瞧着周大太太有些怪脾气，站在一旁一点不伸手。”姑爷捧了红箱，其他东西都该是男方女眷接过去。

族里的婶子听到过些风声，却不好在大喜的日子泼冷水：“周家大太太出身读书仕宦之家，是极爱干净的，这样也好，郡王府一片齐整，也是她的功劳。”

小萧氏听了暗地里摇头，和这样的人生活在一起，琳怡以后会不会受委屈啊，毕竟琳怡和她这些年，性子随和没有刻意按照规制教养，现在进了宗室家，被人挑刺那可怎么办啊。刚订婚约时小萧氏十分高兴，临近嫁女了小萧氏的心情却是一落千丈。

小萧氏磨蹭着去了琳怡房里嘱咐女儿：“虽然是叔叔、婶婶，可是将郡王爷从小拉扯大，就像亲生父母一般，你嫁过去……”

琳怡微微一笑：“女儿知道。”

小萧氏是怕她这个新媳妇行为不当，落人口实。

“还有周大太太，我听说她一手办了郡王爷的婚事，她作为长嫂心里有怨言也是该有的，我帮你备份礼物，你送给她，谢谢她的奔劳，将来也好相处。”

礼物是一定要送的。不过“好好相处”恐怕要让小萧氏失望了，“相处”两个字实在无从说起。

小萧氏现在已经满腹忧愁，琳怡不好将实话说出来，笑着道：“郡王府那么大，母亲想我了就过来住两日，头一年女儿不能常回娘家，以后也就好了，母亲安心总是在京里，车马一会儿就能走个来回……”

这些话正中小萧氏心里，小萧氏勉强笑着：“嫁人的姑娘，再回娘家就不一样了。”说着慈爱地摸着琳怡的头。

琳怡也觉得鼻子一酸，忙去眨眼睛。

第二日铺妆，琳怡的屋子顿时被搬一空，衡哥穿着宝蓝色长衫，外罩天青色对襟外褂，腰上束着五彩攒花长穗，神采奕奕地站在小萧氏眼前。

小萧氏满意地点头，衡哥才整理下大襟儿去压妆了。

过完嫁妆之后，新姑爷就要上门接新娘子，琳怡屋里也加紧了准备，琳怡早早就起来洗澡，如今还被嬷嬷们捉着在脸上涂抹，琳霜在一旁直叫嚷：“哎呀，别涂了，六妹妹肤质

嫩白用不着这么多的粉。”

琳霜这次算领教了，原来越到城里脂粉用得越多啊。

外面抬嫁妆的下人还没有出门，就被堵了回来，众人只得将手里的东西放下向前张望。

不一会儿工夫管事的匆匆忙忙跑过来：“快，快，快，东西先放两边，有人过来了。”

小萧氏听到消息才使人去打听，就看到陈允远走进了门。

陈允远满脸惊喜：“康郡王这次立了大功，皇上赏赐下来许多东西。”

小萧氏听得这话笑容满面。

陈允远发现小萧氏不为所动：“你愣着做什么？”

小萧氏不明所以：“老爷是什么意思？皇上赏赐康郡王……我们……”

陈允远这才发现自己没将话说全：“那些东西当作聘礼抬到我们家来了。”

小萧氏这次睁大了眼睛：“什么？”半晌才道，“不是已经下了聘礼……”

陈允远将打听来的事简单和小萧氏说：“郡王爷说因他领兵出征，差点耽搁了婚事，有皇上的赏赐，他这门亲事也十分体面，皇上也就应允了。”

小萧氏喜上眉梢，这么说，贤婿风光，他们也跟着沾光，尤其是琳怡，之前周家只送来一百二十箱聘礼似是还不如琳婉，现在好了，有皇上的赏赐，哪家女儿能比得上。

宫里的内侍来送赏赐。

黄金一千两，白银五千两，外加各种锦缎、布三百匹，另有貂皮、狐皮、头面、首饰等抬了一院子，内侍送完赏赐，长房老太太和陈允远、小萧氏上前谢恩。

陈家好礼送走了内侍。

不多一会儿，又有康郡王的小厮牵了一匹鞍辔俱全的文马送来。

小萧氏看着有些眼花：“这算怎么回事啊，哪有聘礼收两次的……这能不能合礼数，这马是怎么回事？”

陈允远正看着院子里的文马捋胡子：“这么好的马我还是第一次见。”

衡哥也凑上前去，父子两个见了骏马都是眉开眼笑。

还是长房老太太压得住阵脚：“只要嫁妆没发，现在收聘礼就合规矩，再说，这是皇上御赐的物件，”说完吩咐衡哥，“快去发嫁妆吧，别误了吉时。”

白妈妈眼看着嫁妆出了门，笑着向长房老太太禀告：“这次我们也不怕嫁妆比周家的聘礼多了。”

有了今天这些聘礼，有多少嫁妆都是寻常。

白妈妈说着又道：“康郡王真是有心，这时候还想着用赏赐做聘礼。”

康郡王长在叔叔、婶婶家里，成亲也是婶婶帮忙张罗。康郡王手里哪有银钱，也就是立下大功皇上赏赐下来的。

康郡王的意思是，这些才是给六丫头的聘礼。

自从知晓琳怡赐婚给康郡王，长房老太太一直板着脸，现在总算是脸色有所好转。

康郡王也算是用了心。

几百轻骑押着叛军回京，迎风招展的军旗，终于给沉闷已久的京城天空带来了明艳的颜色，金銮殿上的皇帝激动地从御座上下来，亲手拉起领兵的康郡王。

说是去张家堡，谁能想到皇帝真正的意图是擒张戈。朝臣们听到这个消息，都万分吃惊，等着看笑话的大臣都闭上了嘴，文官尚好，武将看着康郡王风光受赏，恼恨得拼命跺脚。若皇上只说擒张戈，他们也不会错过立功的机会。

张戈虽是猛将，可是冰天雪地里带着几百人，也算是强弩之末，这是白捡来的军功啊。这样的好事怎么就落到康郡王的头上。

在艳羡的目光注视下，一身银甲的小将军出了宫门，立即有人迫不及待地迎上来。

“看时辰差不多了，快回去换吉服，我看着陈家的小舅舅已经发嫁妆了。”

头盔上的白缨在风中像是被吹散的杨花：“谁守门？”

“袁延文……见到你自然是让路，那匹文马送去陈家，想必小舅舅也不会死命拦着。”

周十九脸上依旧是清浅的笑容：“就算拦着也无碍。”

杜远衡不明白：“那，让我送去文马做什么？”

因为，那是很长远的事。

衡哥送妆回来，喜娘就笑着道：“好时辰到了，快给六小姐上头面。”

琳怡看着桌上的喜冠，大约戴上它连头也抬不起来。

看着琳霜、琳怡对视而笑的模样，喜娘道：“我的小姐啊，这是旁人想戴都没有呢。”

如果说这样看着光鲜，琳怡觉得自己更像个妆匣子，周身都被挂上了首饰。

“来了，来了，”琳霜出去探消息，然后趴过来和琳怡咬耳朵，“康郡王是穿着甲胄过来的。”

穿着戎装成亲。

琳霜拍手道：“康郡王去了张家堡，二房那边就等着看笑话，现在康郡王打了胜仗又戎装成亲，看二房那些人怎么笑。”

琳怡没法猜测两个伯父和董家人的心情，但是她知晓，这样很张扬，就像在所有看笑话人脸上打了一巴掌。

这样一来满京城都会注意这门亲事。

周十九真是不怕树敌。

琳怡和琳霜一起吃了些小点心，外面吹打的声音传来，小萧氏和几个婶子出去看。

衡哥守在门口，隔着门缝意外地看到了齐二郎。

齐二郎是来打头阵的。

齐二郎教过衡哥学业，面对他衡哥心里发虚，原本准备好的问题却说不出口。

里面的小萧氏也很意外，她是万万没想到齐二郎会过来。

陈家和齐家谈过婚事，许多人都是知晓的，现在琳怡成亲齐二郎做了男方的亲朋，就算之前有传言，也会在这里止住。

康郡王从战马上拿出弓，一箭贯穿大门上的红线，大大的红花顺势落下来，康郡王伸手抓住，陈家的大门在一片笑声中打开。

长房老太太身边的白妈妈笑道："这也太快了，大姑爷和二爷守门不利啊。"

长房老太太让小萧氏扶着起身，陈家祠堂门打开，陈允远带着康郡王去祭祖。

琳怡屋里大家已经慌张得不成样子，橘红频频出去看情形，白芍一把将橘红扯住："万一碰到新姑爷成什么样子，还是静静等着，也就是这一会儿了。"

橘红颔首站在一旁。

白芍又去将屋子里的小丫鬟打发出去，这样安排很快就让屋子里安静下来。

家里选陪房丫头，长房老太太怕橘红、玲珑压不住阵，将身边的白芍给了琳怡，白芍到了琳怡屋里，让橘红、玲珑两个丫头立即感觉到了差距。

一片道喜声中，火红的盖头压在琳怡头上，康郡王也进了门。

喜娘和琳霜搀扶着琳怡上了轿子。

琳霜松手之前攥了攥琳怡的手指。

白芍从窗口悄悄地道："小姐，奴婢跟轿，您有事就敲敲轿门。"

吹吹打打的声音又响起来，轿子被抬起缓缓前行，离陈家长房越来越远，琳怡忽然觉得心里一酸。

若是算上前世，她是第二次出嫁了。

第一次嫁给林正青，小萧氏病在床上，撑着身子嘱咐了她两句，亲朋好友来送的也极少，她的轿子几乎是在一片静谧中被抬走，简单的礼乐让人觉得凄凉，不像现在热闹喧天，吹吹打打的声音仿佛会一直持续下去。

琳怡才想到这里，喜娘笑着道："六小姐别怕，康郡王使人放烟火呢，您要是觉得震就捂住耳朵。"

喜娘的话音刚落，周围烟火声由近至远连成一片。

似是整条街道都跟着颤抖。

而今和前世已经不一样了。

她虽然没有事事如意，却也摆脱了困境，往后的日子总不会比从前糟糕，这样想着慢慢松了口气。

从陈家到康郡王府，径直走过去并不算太远，可是绕城一周就不同了，琳怡觉得走了好久，轿子才慢慢落下。

周围谈笑的声音渐渐小了，琳怡听喜娘说过，新郎要射落轿子上的苹果，寓意平平安安。周十九迟迟没有动手，琳怡正猜测是不是还有其他风俗没有做完，就听到有人提点喜娘："快和小姐说一声，郡王爷要射箭了。”

喜娘这才明白过来，康郡王是等着她知会轿子里的陈六小姐。

喜娘急忙将射箭、踢轿门向琳怡说了一遍。

琳怡才听到轿门上一声清脆的响声，帘子一动，一条红绸子送了进来。

接下来就像琳霜说的一样，只要她按照喜娘说的做就没有半点错处，踏过马鞍和火盆，让人搀扶着一直走进喜堂。

待到周围安静下来，喜娘搀扶着琳怡拜了堂，然后才进了新房。

琳怡坐在喜床上，只能看到旁边挂着的五彩百子帐，只等了片刻功夫，金镶玉的秤杆伸过来轻巧地挑掉了琳怡头上的盖头。

眼前骤然一亮琳怡抬起头来，看到的是周十九那双格外明亮的眼睛，清透得仿佛能照出她的影子。

也怪不得族里的婶子说认不出他了，周十九穿着甲胄看起来真的比平日里更加高大。

喜娘忙去倒合卺酒来。

周十九将一半卺杯送到琳怡手里，两个人各自将杯子里的酒喝了。

喜娘笑着道喜：“祝郡王爷和夫人大婚吉祥，子孙满堂。”

周十九取了赏银给喜娘：“给夫人梳妆吧！”

这话算是合了琳怡心意，沉重的喜冠摘下来，琳怡觉得呼吸都顺畅起来。

喜娘重新给琳怡梳头，琳怡从镜子里看周十九。

周十九坐在椅子上喝茶，好像并不准备出去宴客。

连喜娘都觉得奇怪起来：“郡王爷可是要换更衣？”

穿着盔甲总不好出去宴客……

周十九抬起头黑白分明的眼睛看着琳怡，微微一笑：“将我那件吉服拿来换上。”

这是不用旁人的意思。

喜娘听得这话，笑着退到一旁，白芍、橘红几个忙去将吉服取来，白芍将吉服递给琳怡，众人齐齐地站在一旁等候。

琳怡接过吉服，走到屏风后帮着周十九换衣衫，厚重的甲胄透不出里面衣衫的颜色，脱掉这些，琳怡发现中衣上一片暗红的血迹。

琳怡刚要开口问，外面传来一阵笑声：“郡王爷怎么还不出去，外面已经等急了。”

然后是喜娘笑迎问客的声音。

周十九眼睛里仿佛有一小丛火焰在跳动，脸上的笑容被火焰映着，倒让窗口透进来的细碎阳光暗了大半。

外面是人催促的声音，周十九并不准备自己穿上衣衫，抑或是对他伤了的肩膀做出解释，好像一切都在等着她安排。

明明在外面耀武扬威，现在就什么也不能做了。

肩膀上的伤明显是不想让人知晓，琳怡不留痕迹地遮掩过去……帮周十九套上衣服，整理衣襟儿再系上扣子，细白的手指翻飞，并不如她想的困难，只是系到脖领就要踮起脚尖。

尤其是穿着厚重的吉服，不一会儿工夫琳怡额头上就起了层薄汗。

外面还有人在笑着催促。

琳怡整理好周十九宽宽的衣袖，周十九才笑着道：“我先出去宴客。”

琳怡颔首将周十九送出门，紧接着周家的婶子、嫂子、小姑子一股脑涌了进来。

大家在新房里闹了好一阵子，这才离开。

屋子里的嬷嬷忙摆上了合卺宴，等着周十九应付完宾客再进洞房。

一会儿功夫听到外面的嬷嬷喊了声：“郡王爷回屋了。”

小丫鬟们顿时去了大半。

嬷嬷帮忙摆好了箸。

满桌一大堆圆形的食物，每个都要咬一口，甜的、黏的，没有一个好吃。

吃到最后，琳怡碗里还有一只圆子，琳怡实在不想吃。

嬷嬷看出门道，笑着道：“之前的酸甜苦辣咸，最后的圆圆满满，定要吃了才吉利。”

周十九将汤碗里的圆子又夹出来分给琳怡两个，剩下的都放进他的碗里：“既然这样，就都吃了吧！”

眼见着周十九将圆子都吃下肚，琳怡只得也让眼前的小碗见了底。

接下来……大家心领神会。

第七十章　洞房花烛·新妇

白芍、橘红两个侍候琳怡换了衣衫。

一眨眼的功夫屋子里的人退了个干干净净。

琳怡深吸一口气，坐在床沿上的周十九身上带着浓浓的酒气。

想想就知道，外面摆的那些酒席，能从头喝到尾还自己走回来的恐怕没几个，父亲经常说，男人要会打仗，还要会喝酒，显然父亲对喝酒的事耿耿于怀。

床边上的男人看似安静，其实他心思机敏，不知道什么时候就会被他算计到，张戈是有名的猛将，竟然会被他用三个月的时间就带回了京城。

周十九看着她翘着脚提着小箱子过来：“什么时候受的伤？”

说话干脆，就像从前他遇见她时一样，似是永远不会像被惊吓的小动物一样，瑟瑟缩缩地躲在人背后，支支吾吾。

周十九任琳怡脱掉他的吉服："抓张戈的时候，一时轻敌。"

武将的经验是在无数次征战中才能得来的，所以才有年过六旬的老将上阵。

能将艳红的吉服剥下着实不易，男人的身形大她两倍，那张铺着大红锦的床和吉服连成一片，又拖曳到地上的红毯上。

卸下发箍，周十九披着黑亮的长发，只穿了被血浸透的中衣，就像失去了爪牙的猛兽，让人少了惧怕。

伤口在回京之后已经清洗过了，不过还是禁不住厚重的铠甲重压裂开来，透出血迹。琳怡将药瓶握在手里，看着周十九最后一层中衣，深吸一口气，去拉周十九的领口。

周十九很顺从地将衣服脱下来，琳怡只道他宽大的衣服也能支撑着穿起来，却没想到是这般刚健硬硕，琳怡的手有些发抖。

"上了药会疼。"两只龙凤火烛正烧得灼热，琳怡少不了提醒周十九。

药粉落下去，周十九脸上笑容不减，拜这红彤彤的蜡烛所赐，猪肺汤换成了上好的刀伤药。

仔细用软布将肩膀和胸口缠起来，看起来好多了。

琳怡刚要转身将药瓶放下，腰间一紧跌进那个温热的怀抱。鼻端是若有若无的清香，一时清淡，一时浓重。

修长的手指解开她最后束发的发簪，她的长发也落下来，琳怡还无暇顾及头发，眼前就翻天覆地，等回过神来已经落在床铺间。

"你上过药，肩膀好多了。"周十九笑容深切，倾身压了下来。

到头来给他上药倒是害了自己。

琳怡手指一攀，却拉到了周十九的手臂，无论她怎么用力那手臂都纹丝不动。

周十九任琳怡拉着，两只手不再动而是俯下身咬住中衣的衣带。

紧张快速的心跳就在他脸颊边，从来没有和一个人这样亲近，密密实实地贴合在一起，分享着彼此的温度。

本来是隔着衣料的碰触，忽然之间衣服除去被温热的身躯覆上，琳怡想要镇定下来，却发现琳霜那装死的主意不大可靠。

帐子里松香的味道渐渐浓重，空气似是也变得细腻柔软。

琳怡正觉得紧张，嘴边一软，甜甜、软软的亲吻就落下来，口唇微张，暖暖的舌尖缓缓伸进来，就像一片刚落下来的湿润花瓣，带来一丝清香。

随着舌尖的慢慢侵入，琳怡觉得呼吸越来越浅，周十九气息倒沉重起来，放在她腰上的手指也缓缓向上，握住了她胸前柔软的浑圆。

她的身体过于柔软，他轻轻一动仿佛就能在她白皙的身体上留下痕迹。

琳怡只觉得身下被手掌一托，她的裤子顺势就被脱下来。

她生硬、紧张和略微地抗拒，却还在努力地说服自己适应，完全将自己放在一个妻子的位置上。

修长的腿顶开她的，周十九的身体再落下来，琳怡感觉到了柔软的身体上有灼热的东西轻翘又落下。琳怡惊讶地睁开眼睛，看到周十九如同染了层晚霞般的脸颊，清澈的目光略有些迷蒙，咽喉上喉结上下滑动，挂在脸上平静的笑容，似被阳光融化的雪，湿润、灼热中夹着微凉。

琳怡一时失神，腿间的腰身耸动，身下顿时一片炙热，似是有什么东西洒在她身上，周十九的身子绷起不再动。

好像是一把利刃刺破皮肤就要扎进心脏却又堪堪停住。

是不是这就完成了？

没有像教引嬷嬷说的那样疼痛，难道是每个人的情况不一样？

可是周十九却迟迟不肯从她身上下来。

“要不要让丫鬟进来帮忙清洗？婆子说了已经准备好澡水……”周十九不开口，琳怡开口问。

周十九这才抬起头，表情温雅：“你的压箱底在哪里？”

压箱底……

周十九说的是什么意思？

白芍、橘红两个值夜，谁也不敢睡觉，生怕听不到里面传唤。

周家也有两个一直伺候康郡王的丫鬟留下来。

大婚的晚上需要人手多一些，烧水的婆子也是等在灶膛边，只要里面有声音，大家就都会忙乎起来。

空坐着无聊，丫鬟们干脆凑在一起聊天。

不知是谁将话题引到自家主子身上。

橘红道：“我家小姐才叫聪明，就连姻语秋先生也是经常夸赞呢，一本书要是我一辈子也看不完，我家小姐只需三两日不但将书看了，里面写的是什么也记得清清楚楚，我家小姐从小到大只要做的事就没有什么做不成的。”

伺候康郡王的小丫鬟葛青也笑道：“怪不得咱们早就听说郡王妃聪慧，不过咱们也听宗室里的夫人说起，郡王爷若是参加科举那些考生就全是不中用的。”

这样一说，更是无往不利。

两个人笑嘻嘻地说话，白芍笑着看了橘红一眼，六小姐成亲橘红、玲珑两个丫头跟着欢喜。

白芍伸手指指内室，橘红和葛青的声音都放低了。

大喜的日子若是听不到传唤可是大事。

屋子里，琳怡好半天才明白周十九的意思。

周十九不是在开玩笑，是真的要看压箱底。

琳怡脸一下子红起来，该不会是……该不会是……“你……不会？”刚才那是……怎么回事。

虽然被看出了端倪，周十九的脸色依旧不变，笑容自然，“成亲前看过春宫图，好像没大记清楚。”

真的不会。

不是该有通房丫头……琳霜成亲时葛家少爷身边已经有了不少美貌的通房丫头。

今天还有两个打扮光鲜的大丫鬟向琳怡请安。

这些先放在一边，现在要怎么办？真的要她喊人进屋？

看着琳怡苦恼又哭笑不得的模样，平日里迷雾般的神情终于散开了些，看到里面如琥珀般眼睛在闪动。

周十九道：“我们再试试看。”

也只能这样了，门外还有妈妈在等元帕，而且她的腿也有些酸，明明是宽大的床却没处放似的。之前的紧张变成了如今的奇怪。压箱底她也瞄过一眼，好像并没有错啊，这个到底是谁有问题。

琳怡胡思乱想着，炙热、湿润、坚硬说不清到底是什么，一下子就挤了进来，然后是一种说不出的疼痛，这种疼痛很快就被急速的心跳代替，一种说不出来的感觉在身上蔓延，从来没有过这样的心跳，这种奇怪、陌生的律动，让她一时之间做不出反应，心里只是觉得，原来没问题，这就是成了。

微微出汗的身子，盖住了她身上的清香。

栗花混合松香的味道，带着些许奇怪的辛味儿，周十九的手牢牢放在琳怡的腿上，身体前倾让她身体曲弓起来，琳怡才觉得腿上的酸软缓解一些，立即就发现被更加深入，正觉得心脏难以承受，极致快速的动作，很快让周十九停下来。

一股灼热流进身体，之前忽略的疼痛顿时加重，琳怡几乎要蜷缩起身子。

酸疼的腿终于可以合上，琳怡像虾米一样缩进床里，动也不想动一下。

元帕上是像梅花一样星星点点的血迹。

柔软的巾子早就准备好了，琳怡想要伸手去拿，周十九先一步拿起来送进她腿间，“我让丫鬟打水进来，上些药膏子。”

琳怡点头，周十九准备披衣服下床，将白芍、橘红喊了进来。

闹腾了好半天，洗澡、换被褥，周夫人身边的妈妈急着捧走了元帕。

琳怡和周十九这才重新躺回床上。

新房的蜡烛要烧到天明，烛光照进床帏，心跳虽然还没有恢复往常的平和，可是身上

的疲惫已经让琳怡坚持不住，闭上了眼睛，她在得知要嫁给周十九之后，就一直绷着心弦，如今一切都是静悄悄的，这一刻让琳怡的心境无比安宁、轻松。

明日迎接她的是什么她不去想了，现在只要好好休息。

大约是被红彤彤的光照到的缘故，琳怡梦里也是贴着大红喜字的新房，只不过花斛里的牡丹被火烧得蜷缩起来。

火渐渐烧到琳怡的头顶，炙热温度让她喘不过气来。

琳怡眼前渐渐模糊，她攥紧了拳头苦苦支撑，胸口越来越憋闷，耳边终于传来下人的尖叫声："救火啊，快救火……"

接着是林正青惊慌失措的声音："这……怎么回事……快……快来人……"

琳怡努力睁大眼睛，面前只有越烧越旺的火焰，有人打开了门，冷风吹进屋子助燃了火势。

正当琳怡眼前发黑，无法呼吸时，隐约听到窗外有人喊："皇宫起火了……有乱军……乱……"

屋子里是火焰吞没一切的噼啪声，外面是叫喊救火的声音。

在她的新婚之夜，耳朵里被这些淹没，没法将其他的话听得更清楚。

她马上就要和这婚房里所有的东西一样被火烧尽，外面的事已经和她没有半点关系。

不知道过了多久，眼前出现一个模糊的身影，紧接着有人喊："奶奶……奶奶……"

她被抬出火海……新鲜的空气一下子挤进她的胸口，琳怡睁开干涩的眼睛，眼前是林正青的脸。

琳怡豁然睁开眼睛，窗外已经有柔和的光透进屋子。

她这才完全清楚，刚才那个是梦。

奇怪的和现实完全不同的梦。

"郡王妃该起床了，"橘红笑着道，"一会儿还要去给老夫人请安。"

琳怡不见周十九的身影："郡王爷呢？"

橘红道："郡王爷起得早，已经骑马出去了。"

骑马出门是练武？还真是天天不停歇。

琳怡从床上起来，立即感觉到两条腿酸疼："谁服侍的？"

橘红沾了薄荷水给琳怡梳头发："奴婢看到的时候，郡王爷已经穿戴好了，奴婢只打了水伺候梳洗……"

昨晚还是连扣子也不会系的样子，今早就自己穿好衣服出了门。

说话间，白芍带着丫鬟、婆子鱼贯进了屋子，换的衣服、鞋子、首饰都已准备妥当，只等着一样样往琳怡身上穿戴。

第一天早晨和成亲那天一样，穿戴都是要非常讲究，作为宗室妇还要戴上领约和彩帨，打扮好了，周十九也进门来了。

周十九比昨日更加精神气爽，骑一圈马也不见疲惫。

两个人都换好了衣服，去三进院里给周夫人请安。

白芍已经向府里的妈妈打听过，这二进院原是给周老太爷和周老夫人准备的，周夫人不肯住搬去了三进院子。

琳怡相信，周十九若是没有打了胜仗回来，周老夫人绝不会搬去三进院。

琳怡跨进三进院，耳边立即听到一阵笑声："来了，来了，可比我那时候准时呢。"

既然夸她，她哪有不笑着受的道理，琳怡对上周大太太的笑容，上前去给周老夫人行家礼。

周老夫人忙让人拦着："该我们先行礼，然后才是家礼。"

新婚第一天晚辈哪敢礼数不周到，在别人眼里周十九的康郡王爵位，没有周老太爷和老夫人是得不来的。

还好关键时刻周十九没让琳怡费口舌，直接上了孝贤的话。

周老夫人受了大礼，接着周大老爷、周二老爷一家上前和琳怡认识。周家琳怡也来去过两次，对周家女眷还是相识的，很快就将所有仪式走完。

落座之后，周十九提出来要看看周老太爷。

周老夫人表情有些伤心："也好，从昨日起就念叨着你呢。"

周老太爷留在从前的老宅子里，成亲第一天本来就要回宗室营认亲。宗室那边的人口众多，就算只将主要的亲戚看全了也要花上一天的时间。

周十九和琳怡带了礼物早早就出发。

周老夫人让周大太太搀扶着也上了马车。

马夫缓驾马前行，车马串连在一起倒真像是一家人。

周十九在外骑马，宽大的马车只有琳怡和白芍两个，白芍拿了软软的靠垫让琳怡靠着，琳怡正好补眠。

马车到了周家老院子，已经有不少的宗亲等在那里。

琳怡被亲切地迎进屋内，和周十九一起先去看了卧病在床的周老太爷。

炕上隐约堆积出一个瘦骨嶙峋的人形，琳怡之前也听说过不少周老太爷的事，早年在先帝跟前也受过倚重，着实过了段春风得意的日子，不过内宅过得有些不消停，差点为了个弃妇做出休妻的举动，却在康郡王一家被夺爵之后伸出援手，之后就辞官在家，再也没有入仕，周家全家只靠朝廷发的养廉银子度日。

见到周十九和琳怡请安，周老太爷似是有些激动，琳怡从那混沌的目光中似是看到了和长房老太太看她时相仿的眼神。

慈祥的，满怀关切。

周老太爷眨眨眼睛流下一行眼泪。

周老夫人上前亲手给老太爷擦眼泪，老太爷整个人似是哆嗦了一下。

周老夫人叹口气："老太爷心里最放不下的就是郡王爷，我们大老爷、二老爷成亲的时候老太爷可没这样。"

周老夫人的贤名除了养育侄儿，还有照顾病在床上的老太爷。

琳怡将宗室亲属认得差不多了，坐到一旁休息，看到有人陆续地看过周老太爷，然后坐下来劝周老夫人："现在郡王爷成了亲，你也少了块心病，这些年你可真是不容易，日后要多疼疼自己才是正理。"

本来是新妇的认亲宴，而今周老夫人顺利做了主角，琳怡倒是乐于在旁边听听大家说闲话。

又有长辈抹着眼泪出来："照顾老十一这么长时间也亏了你，我知道你心里定是辛苦的。"

周老夫人亲切地看了一眼周老太爷住的内室："也不觉得辛苦，早年老太爷在外面奔波，而今在家里，也该轮到我好好侍奉。"

这番话真是让人钦佩。

这样的婶娘至少在名声上让人得罪不起。

琳怡正拿起茶来喝，耳边听到熟悉的声音："六妹妹。"

琳怡转过头，看到了脸色红润的琳婉和周元广。她和琳婉都嫁来了宗室，算是多了一层亲。

琳婉的婆婆镇国公夫人显然对这个儿媳妇很是满意，笑着拉起琳怡的手："哎呀，看看这手凉的，突然见到这么多人肯定心里着慌，早知道就让你姐姐先过来陪陪你。"

镇国公夫人、周元广和琳婉将琳怡围住，琳怡和琳婉对视一笑："嫂子那时慌张吗？"

镇国公夫人看着满面笑容的康郡王妃陈氏，陈氏眼睛闪亮似是很认真地在等琳婉回答，按理说这时候在夫家看到娘家的人该是倍感亲切，陈氏却并不领这个情。

现在在周家而不是陈家，无论怎么说，琳怡都该叫琳婉嫂子，琳婉不该叫六妹妹而是郡王妃。

琳婉道："我当时没这么多的人。"

琳怡笑容更深："那嫂子该识得很多亲戚了吧？嫂子再指一遍给我认识。"宗室的亲戚关系最为复杂，她备嫁这段时间每日都听长房老太太细数，可是大家混在一起，就很难辨别，尤其是大家穿相同款式的衣服，相信琳婉也认不出几个。

琳怡亲切地拉起琳婉，新妇认不全人很寻常，琳婉闲着无事做正好帮忙，口舌之争没用。

提出帮忙的人是琳婉，琳婉自然不能拒绝，只得拉着琳怡将周家绕了一圈，最后来到了一群同辈妇人中间说话。

有爵位的妇人居多，没有爵位的就是闲散宗室。和勋贵的爵位不同，宗室爵是因血亲恩赏的，所以没有勋贵爵位有说服力，大家表面上互相礼敬，其实暗地里互相不服气，经常传彼此的闲言碎语。

哪家的通房小妾得宠，这些人是如数家珍。

琳怡从这些话里知晓，原来成亲时在喜房里看到的两个相貌十分漂亮的丫鬟，就是通房丫鬟。

通房是通房，不过名不符实。

琳婉在这边说话，周元广不停地看过来，琳怡只觉得那双眼睛里颇有怨气。

女眷们说话，男人们出去骑马。

女眷们抱怨着笑："也不知道那臭臭的畜生有什么好的，每次只要聚在一起都要出去赛马打猎。"

女眷们有深意地看了琳怡和琳婉一眼："从前都是元广拔头筹，后来才知道康郡王会骑马，一下子就将元广压了下去。"

周元广的母亲，镇国公夫人稳稳地端起茶杯，康郡王才回到京里，又刚刚成亲，这次谁赢了还不一定，想及之前的传言她就觉得可笑，听说康郡王回京的路上还纵容手下收抢民女。年纪轻轻的人带兵在外，管束不住手下人也是正常，错就错在进京之后太过张扬，让有心人将这些丑事挖出来。

皇上一抬举，毛头小子就头脑不清，这样下去定要栽个大跟头。

女眷的宴席准备好了，琳怡正要扶着周老夫人入席，管事妈妈急冲冲地进门走到周老夫人身边低声耳语。

周老夫人脸上一变："有没有摔成什么样？"

镇国公夫人的耳朵竖起来，心中顿时欣喜。老话就说过，男人才成亲是断不能骑马的，要知道马上功夫关键在于腿脚，腿脚发软不听使唤，定会控制不住那畜生。

周老夫人皱起眉头："早知道就不该让他们去骑马，这大喜的日子可如何是好。"

周围安静下来，琳怡等着周老夫人下句话，周十九不是毛躁的人，不会轻易从马上摔下来，若是周十九，周老夫人的眼睛早就盯在她脸上，既然没有她的事，她也不用跟着惊慌。

第七十一章　拒绝·回门

琳怡才思量完，周老夫人一眼看在镇国公夫人脸上："元广骑马脚踩空了，不小心扭了腰。"

镇国公夫人的脸色立即变了，再也没有了闲看落花的神情："这……这是怎么回事？"

琳婉忙去扶镇国公夫人。

周老夫人忙道：“传回话来说没事，我已经让人去请郎中过来……”

不多时又传回来消息，说周元广回来了，周老夫人和镇国公夫人带着琳婉忙去看了。琳怡在内院里照顾其他女眷。

白芍遣了机灵的小丫鬟去打探情形，不一会儿工夫就传到琳怡耳朵里：“是跟郡王爷比马摔翻了。”

那可真是不小心。

知晓的女眷都叹气：“兄弟俩怎么这时候较上了劲。”

琳怡眼观鼻鼻观心自顾喝茶，作为新妇，这里面的玄机她可不知晓。

周元广摔得一瘸一拐，镇国公夫人一家没有了做客的心思，周大太太忙让门房备了马车，将镇国公一家妥善送了回去。

进了家门，镇国公夫人安顿好满头冷汗的儿子，两只眼睛揉得通红。

等到镇国公也回来，镇国公夫人颤抖着手抱屈：“欺负人欺负到我家头上来了，我们家老爷立军功的时候，他还不知道在哪家门槛上捧冷饭呢，谁不是凤子龙孙，这般张狂将来还要被革出宗室。”

镇国公也颇心疼儿子，瞪圆了眼睛看老妻：“也是你儿子不争气，人家出征才回来又刚成了亲，这样也比试不过。”

镇国公夫人红了眼圈，尖着嗓子：“国公爷您以为这靠的都是本事？是我儿不如人奸诈罢了。这次八成是看在您的脸面上保住我儿一条性命，明儿还不知道在哪里下绊子，皇上信任的宗室就那么几家，您是碍了人家的眼，您老了，该将兵权让给旁人了，再说那是您的侄儿，爵位还比您高上许多呢，您要手把手地教，教出个中山狼来，转过头吃了我们一家。”

镇国公眉毛一皱，镇国公夫人知晓见好就收，倒了杯茶给镇国公：“当年生下元广你就去了边疆，辛苦了多少年才有如今的地位，康郡王干等着就捡了这么大的军功，可见咱们算计不如人家，广儿生性敦厚，将来必定是要吃亏的。就像秋猎那次，本来好好的路是给元广铺的，最后却让元澈复了爵……”

镇国公喝口茶就将茶杯重重摔在矮桌上：“没有年纪轻轻就手握重兵的，皇上的恩宠也没那么容易享。”

镇国公夫人挑起眉毛：“国公爷的意思是……”

镇国公道：“既然将来要身负要职，自然免不了去边关吹上三五年的风。”

京里没有人帮忙打点，去了边疆就没那么容易回来，康郡王又攀了个文官做姻亲，就算在圣前磨破嘴皮又有什么用。

镇国公夫人抿着嘴笑，这么一说刚成了亲就要去守边，偌大的一个康郡王府就要十五岁的丫头撑着……借这个机会，周老夫人还不磨磨新媳妇的性子……好戏还在后面。

周老夫人准备留在老宅，在周家女眷苦口劝说下，周老夫人决定选个吉日将周老太爷搬去康郡王府跟着侄儿享享福。

周家长辈都夸周十九，这个侄儿没白养。

康郡王府在京城北边，达官显贵的宅第都在附近，北边靠着西山下来的水地气最好，周老夫人不想过去，可是周老太爷重病缠身，过去住下说不定病就会有起色。

周老夫人一点没有替自己着想。

只要提到叔婶一家搬去康郡王府，所有人的目光都落在琳怡身上。

琳怡只好出来做好人，其实她最不愿意说假话："婶娘养育了郡王爷这么多年，也该让我们来孝顺。"

周大太太得意地弯起嘴唇，早知道绕不过去一个孝字，她会风风光光地搬去康郡王府。

周老夫人也颇为欣慰，眼睛里都是对这个侄儿媳妇的满意。

周大太太笑着去擦眼角："我们一家人真是不容易。"

等的就是这一句。

琳怡在众人注视下看向周大太太："日后大嫂、二嫂也要常来常往，三进院里有好几个套院，我都让人收拾干净……"

周大太太的笑容僵在脸上。

琳怡以为自己说错了话，有些不自在地去看周老夫人。

屋子里的气氛也有些奇怪。

周大太太攥紧了帕子。

琳怡冲着周大太太的方向勉强笑道："我是……真心的……郡王府那么大……又有叔父、婶娘在，既然是一家人，就该常常来往，"琳怡垂下眼睛，"我也很喜欢全哥。"

全哥是周大太太的长子。

邀请来康郡王府住下和让周大老爷、周二老爷两家顺理成章地搬进门是两个结果。一个是康郡王府由她这个郡王妃做主，另一个周大太太管家在先，她想改弦易辙就要大费周章，她何必多费力气。

看着琳怡脸上怯生生带着羞涩的笑容，周老夫人慈祥地笑着，她是没看错陈氏。这么多宗室在场，陈氏都不在意，顺理成章地演着她的戏码。

这般热情的邀请，而不是开口婉拒，她想开口讽刺，也找不到由头。周大太太一下子被憋住。

琳怡恭谨、温和地笑着，在任何目光下，那份笑容都万分坦然。丑话说在前头，周大太太要知道，就算硬着头皮搬进康郡王府也不能再管家，事事都要听她安排。

最终还是周老夫人解围："一家人不说两家话，看到你们这样，我是比什么都高兴。"

被周十九算计到了周家，她更要做好这个康郡王妃，否则她自己这关就过不去，琳怡

安静地笑了。

马车回到康郡王府，白芍先下车，掀开锦帘，琳怡走到车厢边，周十九已经站在一旁伸手将琳怡抱了下来。

她小巧的手握在他手里是温暖的。

被这么多宗室围在中间，她脸上没有半点的慌乱。如同在郑家时，表面上对他恭谨，实际上却不肯后退半分。

琳怡抬起头看周十九。

周十九平静疏朗的眼睛里是清浅的笑容，在众目睽睽之下让周元广丢尽了脸面，是在算计什么？

一场认亲宴，大家都各有收获，只不过她是动了心思，而周十九是劳了筋骨。

白芍领着丫鬟伺候周十九和琳怡梳洗。

忙了一天躺在软软的被褥里，伸展了手脚觉得无比的舒服，听到周十九的脚步声，琳怡将身体挪到床里。

乌墨般的长发散下来，挡住些脸上清晰的线条，就算神采飞扬也不会让人觉得灼眼。

周十九躺下来，帐子里除了琳怡身上淡淡的花香，多了种似薄荷混杂着木叶的气息，琳怡不太习惯身边忽然多了个人，好像手脚一伸都会打到对方，昨晚是累极了，不知道今晚什么时候才能睡着。

还好周十九这个凤子龙孙不是白做的，睡觉姿势很正统，呼吸声音很浅，几乎没有半点声音。

琳怡试图想着自己仍旧在闺床上。

小心翼翼地翻过身，睡不着。

再转过来，仍旧睡不着。

觉得冷将被子扯到脖子上，不一会儿又觉得热……

琳怡又折腾了两回，耳边传来清澈的笑声，“睡不着？要不要我让人掌灯？”

“别，”琳怡马上拒绝，“看了光就更别睡了。”

“不习惯？明日回门问问能不能将家里的床铺搬来。”

琳怡正在听周十九说话，只觉得腰上一紧落入周十九的怀抱，琳怡刚要挣扎，周十九的声音传来，“两个人盖一床被子不暖和。”

真的？

这样是暖和了，不过让她更不习惯：“那不如让人再拿床被子进来。”

周十九指指被子：“百子被，要两个人睡才吉利。”

所以她之前在脑子里想的两种方法全都不行，既不能换被子又不能去旁边的炕上单睡。放弃了心里的想法，反而觉得不再如坐针毡。

琳怡吐口气渐渐在周十九怀里放松，慢慢地就真的睡着了。

清晨的空气总是让人觉得清爽，天还没有完全放亮，琳怡就睁开了眼睛，意外地发现周十九还在身边，昨天早晨这时周十九已经出去骑马了。

琳怡要起床却被腰间的一双手拽了回去："冷。"

这时候天气已经不凉了，难不成是生病了？琳怡伸手去试探周十九的额头。

手指被拉下来，模糊的晨光下周十九的笑容舒展着："还早，再多睡一会儿。"

她早晨只要醒来就没有再睡的习惯："郡王爷睡吧，我去整理回门的物件儿。"

"你不累？"

琳怡觉得腰间的手一松，直起身来要去拿枕边的长簪固定头发："不累。"话音刚落，琳怡就觉得固定的长发又复散开，她也顺势倒在床铺上。

"元元，行不行？"好听的声音就像从琴瑟中弹出来的一般。

"行不行？"最后一个字如同叹息。

突然被周十九喊"元元"她还有些不适应，她的小字阮阮是因对付林正青才改了的。

唤小字是夫妻之间常见的事，周十九说出来仿佛顺理成章，琳怡却觉得心里难言的别扭，"其实还是……"叫琳怡的好。

琳怡的话没说完，只觉得一只手顺着她的小衣探了进去。她这才明白，周十九问的行不行，不是问这样喊她行不行，而是……

"今天还要回门呢。"琳怡试图阻止那只手。

周十九微微笑着："半个时辰婆子就会来叫起了。"

这和她说的是一个意思，让下人听到了动静，日后她这个做主母的要怎么管家，再说天已经亮了，出嫁的时候教引嬷嬷还千叮咛万嘱咐要劝说姑爷有节制。

周十九嘴上这样说，手指已经灵巧地将她的衣带解开。

哪有这样赖皮的，明明都已经说好了……琳怡就要躲开。

温热的手拉住她的往前指引最终落在他的小腹上，灼热、坚硬的东西轻翘在腹部，琳怡手放在上面，那里还轻轻地搏动。

琳怡只觉得全身的血液顺着指尖一下子到了脸上，想要抽手却被周十九攥得紧紧的。

周十九笑得散漫："我这个样子怎么办？"

还有半个时辰婆子就要叫起了，我这样怎么办？

这个问题就是再聪明也想不出结果。

看到琳怡脸颊绯红，目光一瞬间涣散，周十九转个身将琳怡压在床铺间。

康郡王府的马车按时出发，浩浩荡荡地到了陈家长房。

陈家的亲戚都在门口相迎。

周十九将琳怡从马车上接下来，两个人进门先给长辈磕头行礼。

长房老太太受过礼，轮到小萧氏，小萧氏手脚冰凉神情颇为不自在，她可是第一次被宗室尊礼。

礼数过后，陈允远带着周十九去认亲，琳怡就去内室和长房老太太、小萧氏、琳霜说话。

长房老太太先问起周老夫人的消息："怎么样？准备什么时候搬去康郡王府？"

琳怡将昨日定下的吉日说了。

长房老太太看着琳怡颔首："有些话该说就要说，这下让她们自己去思量，是要进郡王府受你的管制，还是留在老宅自己做主。"

周家的事琳怡不想让长房老太太太操心，笑着转开话题去问长房老太太的身体，然后站起身将老太太这几日吃的糕点和蜜饯都看了一遍："一会儿我去给祖母做酸枣糕吃。"要不是早晨周十九……她已经做好拿过来了。

琳怡说着从橘红手里接过种的紫苏，"这个祖母留着，等过两个月就可以摘来做成茶。"紫苏茶理肺止咳，理气和中，适合祖母长期喝。从前她在祖母身边用紫苏叶子来做糕点，现在她不能每日照料，就选了做茶的法子。

长房老太太看着满屋子跑来跑去为自己忙碌的孙女笑了。

白妈妈在一旁道："这几日可是难见老太太的笑容。"自从六小姐的花轿抬出陈家，老太太就在数日子。

回门的时间很紧，大家就拣重要的说，长房老太太让白妈妈拿来两张鱼鳞册递给琳怡看："你出嫁那天，康郡王让人送来的聘礼，我们当时没有仔细查看。"

琳怡拿起鱼鳞册，这是三河县的田产。琳怡立即想起回陈氏族里时在田埂上看到周十九身边的陈汉。

"这是……"

长房老太太缓缓道："这是我们陈家一直想买回的地。"

那两块地在陈氏一族住的三河县，无论什么时候都会受陈氏族里庇护，再说有琳霜和葛家在那边，平日里也好照应，没有比这更好的保障了。

大约是看到了周十九的诚意，长房老太太也开始渐渐接受这个孙女婿："你在郡王爷身边，也要多提醒着他点，他年纪小又获重恩，未必就是好事。"

长辈的话很快就应验了，陈二老太太一家来到长房，琳怡立即见到董长茂的夫人尚氏闪躲的神情。

陈二老太太一家送给琳怡的礼物不少，尚氏还送了一对金娃娃给琳怡："咱们川陕都兴这个，摆在床头柜子上，将来好生养。"

拿到那对金娃娃，琳霜在一旁腹诽，这不过是金疙瘩又不是会下蛋的母鸡，还管什么生养。

总之表面上的礼数大家都不缺。

二老太太董氏也拉起琳怡的手："我们家的贵人，转眼就做了郡王妃。"

宴席上大家更是将周十九好一阵子夸赞。

尚氏笑着道："这么年纪轻轻就立大功，咱们大周朝可是头一份吧，日后定是前程无量了。"

琳怡吃着茶，忽然怀念起琳芳来，如果琳芳在这里，她就能从琳芳嘴里听到些消息。

琳怡才想起琳芳，族里就有女眷问到二太太田氏："状元郎准备什么时候迎娶四小姐？"

二太太田氏倒是荣辱不惊，和善地笑着："本来是定在明年，可是林家那边着急就改了婚期，下个月就要迎娶。"

林正青这么着急将琳芳娶回去。

众人都笑道："状元郎生怕说好的亲事有变呢。"

这话二太太田氏听了也觉得脸上有光。

吃过宴席，琳怡和琳霜两个坐下来说话，琳霜明日就准备启程回三河县了，琳怡颇舍不得："要不然你来郡王府和我住两日。"

琳霜笑道："你才新婚，还是等下次吧，我也想看看郡王府到底是什么样呢。"

从陈家长房出来回到郡王府，琳怡开始带着丫鬟、婆子将康郡王府好好游了一圈，让人将三进院子再收拾一遍，主院子留给周老太爷和周老夫人住，东、西两侧的院子做成客房，等王府来客人的时候住。又从库房挑了几套家什放在里面，让伺候院子的丫鬟、婆子登记在册。

几个时辰下来，雷厉风行，让郡王府里的下人都觉得惊讶，当中有几个婆子要多嘴，都被琳怡身边的巩妈妈看得将话憋了回去。

琳怡从早晨起来就累得腰酸背疼勉强支撑到现在，也没时间和康郡王府里的下人兜圈子，干脆将罪魁祸首周十九拘来，笑着向周十九询问："不知道家里常用哪家的人伢子。"

周十九是一问三不知，在周家众多下人面前果断地摇头："内宅的事我不懂，你来安排。"

周家众多下人顿时泄了气，不住地向旁边两个穿着不寻常的大丫鬟使眼色。

周十九的两个通房丫鬟，两双如烟似雾的眼睛看向周十九，周十九好似不明白里面的意思，转身出了门。

这下子众人总算知晓，这个康郡王府由郡王妃主宰。

内宅的事告一段落，琳怡舒舒服服洗了个热水澡，换好衣衫准备休息，不一会儿工夫周十九也好整以暇地踱步回来，琳怡让橘红传了温水来给周十九梳洗，两个人很快躺在了大床上。

琳怡本以为还要像昨晚一样，好半天才会睡着，谁知道沾上枕头很快就梦周公去了。

第二天琳怡早早就起床，让厨娘煮了软软的山药粥，准备了四碟小菜，然后又将郡王府的管事的见了一遍，和巩妈妈商量哪个得用哪个不得用，正说着话，橘红进门道："郡王爷回来了，等着郡王妃换衣服呢。"

周十九在家里穿的长袍琳怡已经拿了出来，又安排从前伺候周十九的丫鬟等在屋里……难不成是哪里伺候得不妥当？

琳怡回到房里，情形没有她想的那么坏，丫鬟们都在门外候着，周十九坐在椅子上看书，专等着琳怡回来。

琳怡亲手解着周十九的扣子，慢慢地道："怎么不让丫鬟伺候换衣服。"

周十九悠然道："笨手笨脚的没有一个伶俐。"

这话可是真的？

吃过早饭，郑七小姐的信到了，琳怡回信请郑七小姐来做客，信才发出去，郑家就来人传话，郑七小姐一会儿就坐车过来。

郑七小姐的急性子，是改不了了。

现在康郡王府里只有周十九和琳怡，郑七小姐再熟悉不过，进门就拖着琳怡去逛郡王府："就是现在住得远些，要是能在旁边就好了，我们每日都能见面。"

琳怡笑着道："那也容易，等过几年你在附近置了宅子……"

郑七小姐开始没明白，转念想及琳怡的意思，伸手去挠琳怡的痒。

两个人笑了一会儿，郑七小姐道："你还不知道，周琅嬛最近也要嫁了，到时候我们就又能在一起说笑了。"

郑七小姐正说着，橘红来传话："国姓爷家的妈妈到了，说给郡王妃送帖子呢。"

郑七小姐掩嘴笑："有些人就是不经念叨。"

国姓爷家的董妈妈笑容满面地向琳怡请了安，恭敬地将帖子送给琳怡："康郡王妃和我家二小姐是手帕交，我家二小姐成亲那日还请康郡王妃定要过去。"

之前是琳霜送她上轿，难不成这次是她送周琅嬛。

第七十二章　恩怨·醉酒

周琅嬛来请她，她也不能不去，琳怡笑道："若没有旁事，定是要去的。"

国姓爷家的董妈妈向琳怡福身："那是好了，我们小姐听了不知多高兴。"

董妈妈走了，郑七小姐和琳怡坐在一起说笑了一会儿，侧脸看看沙漏，时间过得飞快，偏有许多话总也说不完，可是今天重要的事还没做，心里想着忙将身边的葛嬷嬷叫来给琳怡："这是给我们家管教过下人的嬷嬷，宗室营那边有好几家都是用她教下人礼数。"

周老太爷和周老夫人搬进康郡王府，府里定是要办宴席的，请的都是宗室，若是礼数上有半点差错，都会让人看了笑话，就算她从陈家带来的管事妈妈能尽心，有些宗室里的事，她们毕竟还是不能知晓，请个懂得的嬷嬷来看看防患于未然，她写信向郑七小姐打听，郑七小姐不但带来了嬷嬷，自己还跟着跑了过来。

葛嬷嬷谦虚了几句，琳怡让巩妈妈带着葛嬷嬷去四处看看。

巩妈妈知晓这事的重要性，打起了十二分的精神。等到周老太爷、周老夫人搬进来，许多事做起来就没这样顺利了，郡王妃要立威，让下人知晓，郡王妃虽然年轻却不是好糊弄的。葛嬷嬷将规矩教下来，郡王妃从旁看着挑选几个管事妈妈。随着宅子赐下来的家仆不多，若是不能好好用着，将来只怕敌不过周老夫人带来的下人。

郑七小姐在一旁小声道："母亲说你们新婚，不让我坐的时间长，要不是为了这件事，我还不能来呢。"

琳怡刚刚成婚，总是要过几个月才好和外面正式走动。

琳怡让橘红拿来只双鱼榆木镶贝盒子，打开之后里面是一块鱼形玉佩，玉佩下是琳怡亲手结的攒心梅花络子："看看喜不喜欢，我成亲的时候家里拿来让我瞧的，我自己留了一块，这块给你。"

郑七小姐听说琳怡有块一模一样的，就欢欢喜喜地收了。

她知道郑七小姐过来，吩咐厨房做了杏仁酥和核桃糕。

郑七小姐看到糕点，挑起眉毛笑了："我就知道你最好了。"

两个人又说了会儿话，琳怡才将郑七小姐送走。

回到房里，琳怡听葛嬷嬷将府里的情形说了，现在郡王府的人手显然是不够，要想在牙婆子手里买到合适的也不能着急，好在郡王府只修葺好了第二、三进院子，第四、五进院子要等到年底才能用，那时候人手再陆续进来，已经能选出来得力的管事，府里进来新人更容易拨用。

琳怡也是这样思量，葛嬷嬷来郡王府帮着郡王妃选管事人选的消息很快就能传出去，到时候金子、银子都会想尽法子发光，她只要在旁仔细瞧着总能选到合适的人选。

琳怡和葛嬷嬷说完话，橘红进来禀告："郡王爷出去了，说一会儿就回来。"

虽然皇上放了周十九大假，可是政局瞬息万变，稍不注意机会转瞬即逝，周十九人在家里，心依旧在朝堂。

琳怡带着白芍和橘红："去瞧瞧晚上厨房做些什么。"

在厨房安排好饭菜，又将厨娘的拿手菜问了个遍。虽然不合琳怡的胃口，却是标准的京味儿菜，想必摆宴席时大家能吃得惯。

琳怡想再去花房溜达一圈，橘红来道："郡王爷回来了，请郡王妃回房里呢。"

周十九这么快就回来了。

琳怡走到第二进院子，走上通往主院子的台阶，就听到调琴弦的声音。在陈家时，琳怡听过周十九弹琴，不过当时琳怡只听了半曲就走开了。

琳怡进了屋，看到束着手恭立在一旁的商家，那妇人上前给琳怡行了礼。

周十九正笑着调眼前的七弦琴。

琳怡走上前几步，流畅的曲声立即响起，虽然曲子琳怡并不太熟悉，但可知是上次没有听完的后半曲。

屋子里只有清澈的琴音。

琳怡忽然想到，琴瑟在御，莫不静好，大抵是这个意思，只不过琴对，人对，只是感觉上有些出入。

一曲终了，商家妇人恭敬地夸道："这具琴是店里最好的了，郡王爷弹着上手不如就留下。"

周十九抬起头看向琳怡，目光清澈明亮："我不大会挑琴，你来看，好不好？"

琴有四善又有九德，能弹琴的人自然知晓这琴到底好不好。

旁边的商家妇人弯着腰喜夸自己的琴："……透、润、静、圆、匀、清、芳……难得会见这样的好琴，康郡王妃，您就将这琴留下吧，错不了。"

每说到一个周十九的笑容都仿佛更深些，长长的袍袖划过琴身，眼睛里的神采飞扬却让人猜不透、摸不清。嘴角弯弯地对着她笑，那笑容是单纯又有些青涩的朦胧，与甲胄加身骑在马上威风凛凛的模样仿佛出自两人，就是这般的差别，很容易让人心生忐忑。

能将琴的九德弹出来，不是因琴好，而是弹琴的人。

自从成亲之后，周十九就人前人后地纵着她，几乎人人都知晓，康郡王对这门亲事十分满意，她这个郡王妃因此也做得顺风顺水。

这样正好顺着彼此的意思。

琳怡转头看商家妇人："我们郡王爷用着顺手，就留它吧！"

商家妇人十分欢喜，下去和管事的领银钱。

琳怡吩咐橘红："让厨房摆饭吧！"

糕点是琳怡教着厨娘做的，千层酥、猫耳卷、糯花糕，总是和外面做的不一样，千层酥里放了乳酪，猫耳卷里用了芝麻、杏仁碎，糯花糕里放了桂花。

另有几道清炒的小菜配着厨娘做的米粉肉，还用糖细熬了一碗山楂羹。

等到康郡王、郡王妃用完了膳食，从周家来郡王府的钱妈妈笑着走到厨房里与厨娘说话，"从来没见过这么精致的菜式，郡王爷也用得好，咱们郡王妃真是手巧，中馈上的事就不是旁人能及的。"

整个厨房的下人都高兴起来，本以为郡王妃会将厨房的人手都撤换成从娘家带来的陪房，今天看来郡王妃是不论亲疏，真正的在选能担当的人。

厨房里可是极好的差事，这样一来，谁都有可能在这里扎根。

待到几位妈妈出了门，年轻的媳妇们聚在一起商议要怎么将郡王府的宴席做好。

蔷薇正好到厨房里要糖水，吩咐媳妇子做："用红糖块熬些送进屋里来。"

蔷薇是郡王爷从周家带来的大丫鬟，传是给郡王爷做通房的，郡王爷成亲之后却被晾在一边，连屋都进不去，现在看郡王妃的势头，蔷薇和碧玉两个大丫鬟迟早要被嫁出去。讨好郡王妃的心思一盛，对待从周家带来的丫鬟也就怠慢起来，姜四媳妇笑道，“煮把糖倒是容易，姑娘体谅我们，这边还要张罗宴席的事，姑娘等一等自个儿端去也好趁热喝了。”

蔷薇的脸立即沉下来。她在郡王屋里伺候这么长时间了，从来都是被下人、婆子迎合着，自从郡王妃进了门，她和碧玉两个便连郡王爷的面也见不到了，现在竟然沦落到被媳妇子奚落。

蔷薇冷笑一声：“何时我们府里连小丫鬟也不曾有了，让我端茶送水岂是你们受得的。”

蔷薇气得手脚冰凉，一路走回下人房，碧玉在炕上做针线，看到蔷薇的脸色不好便轻蹙眉角：“这是怎么了？”

蔷薇眼圈一红，一口气堵在心窝上不来下不去：“我们现在成什么了？从前还能伺候郡王爷，现在被远远地扔在旁边。”

碧玉的手一僵，安慰蔷薇：“郡王爷和王妃新婚，许多事都没安排妥当，将来会好的。”

蔷薇负气坐在炕上，只怕没有那一天了：“我们不能这样等。”说着站起身来。

碧玉心里一惊想要去拦着，却还来不及说话眼睁睁地看着蔷薇走了出去。

周十九要写字帖，琳怡在一旁磨墨，蔷薇紧咬着嘴唇在外间等着。

待到里面传出要梳洗的声音，蔷薇忙从小丫鬟手里接过水盆端了进去，侍候康郡王和郡王妃梳洗。

小丫鬟们一时惊慌失措地站在旁边，不知道是不是哪里做错了。

“这是做什么？”屋子里传来呵斥的声音。

铜盆摔在地上，蔷薇跪在水里：“郡王爷，郡王妃，奴婢原是糊涂人，也不知道哪里笨手笨脚就做错事，郡王爷、郡王妃打骂也使得，只是莫要不用奴婢们。”

从来都是主子使着丫鬟，哪里有丫鬟主动来对主子指指点点。

周十九抬起头看向蔷薇，脸上表情平淡。

蔷薇不知怎么的心里微安，她伺候了康郡王这么多年，郡王爷素来待她温和，她总能为自己争得一席之地。

“你是从老夫人房里出来的吧？”

蔷薇连忙点头，就因为这样，所有下人都要敬着她。

周十九声音清澈，除了刚才呵斥一声，现在脸上反而不见一丝怒气：“如今你也大了，明日就让郡王妃准备份嫁妆，你出去吧！”

蔷薇瞪圆了眼睛，仿佛不肯相信般，好半天才喊出声：“郡王爷……郡王爷……”

门口的婆子进门拉扯蔷薇，蔷薇拼命挣扎着啼哭。

周十九靠在床边看书，琳怡去侧室里和白芍、橘红几个分线，准备绣几个荷包将来送给周家的女眷。

白芍有些担心："要不然我出去瞧瞧，免得闹腾得太厉害。"

琳怡摇摇头："巩妈妈会处理好的。"

不一会儿工夫巩妈妈来向琳怡回话："已经安排妥当，谁往外传消息，我们就能知晓。"

周大太太先布置的康郡王府，自然在府里留下眼线，现在是好机会将人捉出来，省了日后猜来猜去。

巩妈妈还是有些不放心："会不会太早得罪了周老夫人。"

周老夫人不会因一个通房和她翻脸。

这时候就要杀伐果断，也算给碧玉提个醒，莫要和蔷薇犯同样的错。

忙碌了一日，琳怡才躺在床上，望着身上的百子被，这个吉利的一床被子，要什么时候才能盖到头啊。

三月二十六日，大吉宜搬迁，周老太爷、周老夫人的马车到了康郡王府的垂花门，琳怡上前将周老夫人迎了下来。

周十九和宗室里的晚辈亲手将周老太爷从车里抬下来送进第三进院子的主屋。

康郡王府的丫鬟都穿着青色的半臂粉色罗裙，站在夹道两侧，女眷见到了都是一阵夸赞。当着亲戚的面周老夫人关心起了周十九，就像是第一次和儿子分开的母亲，在审视另一个女人照顾得好不好。

周十九脸上依旧是淡淡的笑容，应该是已经适应了在众目睽睽之下，这般出乎寻常的关怀。

当周老夫人那双眼睛落在琳怡身上时，琳怡才真正了解周十九的不易。

明明没有那么亲近，偏像是将你捧在手心上一样。

周老夫人笑容慈祥："府里布置得这么好，累坏了吧？"

"没有，"琳怡笑着，比起周老夫人的虚假应承，琳怡显得十分坦然，"不怕累，就怕做得不对。婶娘觉得哪里有不妥当的地方，教教我，以后我就学会了。"

这样的情况下，男人可以硬挺着应付，女人就要一弯一绕将想说的话说出来。她还年轻，有些事想得不够周到，哪里出了差错不是她有意为之。

周老夫人微微颔首，这样的回答让人无可挑剔，两口子都没有出错的地方。

不出错并不代表就会平平安安。

男人们去前面说正经事，女人在后宅闲话家常。

周大老爷的儿子全哥在院子里跑着玩，琳怡从小丫鬟手里端来糕点，刚要摆在周老夫人眼前，就看到一个小影子忽地跑了过来，然后撞进她怀里。

琳怡吓了一跳。

还是周大太太先喊起来："全哥别胡闹，将郡王妃撞倒了可怎么得了。"

当着这么多人面训斥小孩子，再怎么样她也不会被一个五六岁的孩子撞摔了。

琳怡笑着弯下腰，看到抿着嘴的周永全。

周永全则别开目光，看向琳怡手里的点心："婶娘给我点心吃吧，我喜欢那个金丝球。"

原来是饿了要吃点心。

端郡王妃笑着埋怨周大太太："孩子还小，哪里由得你这样吓唬。"

琳怡和丫鬟要了巾子将全哥的手擦了，然后将金丝球端过去让他捏了一个。

全哥咬了一口，笑着说："真甜。"

将女眷们都逗笑了："到底是小孩子，好坏都在脸上。"

端郡王妃道："我家里全哥也不少去，可没这样没个拘束呢，到底是老话说得好，差着一层就是一层。全哥这婶娘两个字叫得多亲啊。"

周大太太被端郡王妃逗笑了，半眯着眼睛看琳怡："我们郡王妃叫婶娘也叫得亲啊。"

琳怡叫周老夫人婶娘，全哥叫琳怡婶娘。

周老夫人将周十九当作亲生儿子，她是不是也该将全哥当作亲生儿子。

周二太太郭氏仿佛置身事外，等到要开宴席时，站起身跟着琳怡走了出去："今天客人多，我来帮忙。"

郭氏娘家在扬州，举手投足都透着江南女子的婉约，琳怡在福建的时候见到不少似郭氏这般的女眷，多数心思细密，又有好手艺傍身。琳怡看向郭氏腰间的香包，绣得十分精致。

郭氏先开口："听说郡王妃在福宁长大。"

琳怡道："一直和家父在任上，只是这两年才回京里。"

郭氏提起帕子掩嘴一笑："那一定吃不惯京里的菜式。"

比起福宁那边的菜式……还真的是，琳怡道："满口都是咸味儿。"

郭氏道："我也是……才嫁来的时候……都不知道怎么下筷子，可是当着长辈的面……只能硬着头皮吃下去，到了晚上只想喝水。"

琳怡想及初来京城时的情形，和郭氏一模一样。

"那现在，老宅那边可有会做淮扬菜的厨子？"

郭氏摇摇头："家里人都不爱吃素淡的菜式，我偶尔下厨做两次，也只是我自己吃……"

在夫家本来就有诸多不便，当着全家人面只吃自己做的菜，长此以往定会被人说闲话，但凡是新媳妇哪个不是这样隐忍着。

郭氏几句话就透露了实情，周家是周大太太在掌家，郭氏平日也是看旁人脸色。

"怎么没见二老爷。"琳怡想起来没看到周元贵。

郭氏有几分为难地抿起嘴唇，不过并不是不想说的样子："不怕郡王妃笑话，"说着顿了顿，"就算我不说，郡王妃也迟早会知晓。我们二老爷胆子小，前些日子玩雀鸟被大老爷撞见骂了两句，这几日就躲着大老爷走。"

玩雀鸟被骂，若是这样满京城的勋贵子弟都要抬不起头来。这些年那些鸟儿的身价可是一涨再涨。

两个人说话间就到了厨房。郭氏忙着帮琳怡布菜、摆箸。

郭氏早嫁进周家几年，这方面比琳怡有经验，说出来的都是琳怡打听不到的消息，“端郡王妃和大嫂喜欢用玉筷子。大嫂爱干净，专用自己那套碗筷，一会儿就能送过来。钟郡王妃要用套银的，悯郡王妃饭前要喝温盐水……”这样细细说来如数家珍。

琳怡笑看着郭氏：“你是怎么记下来的？”

郭氏婉约一笑：“我有个小册子，改日拿来借给你瞧，上面记得很清楚，不过我识字不多，有好些都是记号。”

郭氏和周元贵的婚事是早早就定下的，虽然江南女子喜读书的多，可是郭家为了讨好周家，特意让郭氏多学规矩少读书，和宗室攀上亲，让郭家在扬州的声望增了不少。

宴席还没开，郭氏又提起一件事：“郡王妃和国姓爷家的二小姐周琅嬛交好？”

琳怡颔首：“我和周姐姐也是近来才相识的。”

郭氏笑道：“上次在周家看到周二小姐，周二小姐在我耳边提起郡王妃，还让我多帮衬，我和国姓爷家的大小姐经常走动的。”

怪不得前世是周琅嬛嫁给了周十九。

郭氏和琳怡准备好宴席，请女眷们进了花厅，一场宴席吃下来，气氛很融洽。琳怡和周大太太甄氏、周二太太郭氏将客人送走。

周大太太甄氏本要留着琳怡说话，下人却来说周大老爷周元景喝醉了，甄氏只得去照顾周元景。

第三进院子的抄手走廊过去，就是东西两个院子，每个院子都有五间正房和三间厢房，院子也不小，里面错落着各种景致。

东边院子种的是夹竹桃，西边院子种的是蔷薇和牡丹。

琳怡和郭氏给周老夫人请了安才要离开。

周老夫人身边的申妈妈就急急忙忙地走来，在周老夫人耳边低声道：“大老爷喝醉了和二老爷闹起来，郡王爷劝也劝不住。”

郭氏坐得离周老夫人近些，听得只言片语，脸色立即变得很难看，站起身来：“娘……我过去看看。”

周老夫人看向郭氏：“去准备点解酒汤，今天高兴难免多喝了两杯，让他们早些回去睡了。”

郭氏应下来。

琳怡和郭氏一道出了门。

琳怡轻声问郭氏：“怎么回事？”

郭氏遮遮掩掩：“也没什么，老爷不知道从哪里赢了只鸟，大伯说是老爷重金买来的，就……老爷哪来的银钱去买这些……真的是别人送的。”

将郭氏送到抄手走廊。

琳怡道："我还是不去了，二嫂多劝劝，"说着吩咐玲珑，"让厨房多煮些醒酒汤送过去。"

郭氏感激地向琳怡一笑："多谢郡王妃。"

琳怡道："刚刚二嫂还帮了我，我们不要总这样客气。"

郭氏颔首。

琳怡回到房里，周十九让人备了洗澡水去梳洗。

巩妈妈在琳怡耳边道："郡王妃不去看看？"

这种热闹还是少凑的好，周十九都"劝说"不了，她何必上前。不管有什么事，明日都会听到耳朵里，演戏也好，真打也罢，现在和她没有半点关系。

周大太太甄氏见到周元贵被吓得畏畏缩缩的模样，上前劝说周元景："老爷，有什么话以后再说，已经闹到娘那里去了。"

周元景仍旧没有发泄完心中的怒气，周二太太郭氏赶过来，先上前看了周元贵："老爷，您这是喝醉了，我让人准备了醒酒汤，老爷先回去歇着吧！"

郭氏伸手推周元贵，周元贵转身刚要提步走。

周元景大喝一声："去哪里？今天谁也别给我装糊涂，将话说清楚再说，要不然我日子过不下去，你们也别想消停。"

话说得这么重。

周大太太看看郭氏身后，康郡王妃陈氏竟然没有跟过来。

郭氏恰好走到周元景和周元贵中间，抬起头看周元景："大伯，都是一家人有什么话不好说，明儿一早老爷醒了酒定会去大伯屋里。"说着指挥丫鬟去扶周元贵。

丫鬟将周元贵搀扶起来。

周元景瞪圆了眼睛："我看谁敢走！"说着一身酒气地上前几步，差一点就要碰到郭氏。

郭氏不退不避皱着眉头看愣在一旁的丫鬟。

丫鬟忙扶着周元贵往后走。

"大伯。"郭氏还要劝说。

周元景就要越过郭氏去追周元贵，没成想差点就碰到周老夫人身边的申妈妈。

申妈妈定下神来："大老爷您怎么动这么大的气，老夫人请您过去说话呢。"

听到老夫人这几个字，周元景脸上的戾气似是少了些。

不过有酒作祟，周元景的声音依旧大："母亲叫我，我也有话说，"说着看向申妈妈，"申妈妈你是母亲身边的人，母亲屋里有什么东西你最清楚，前朝的花瓣碗哪去了？那可是母亲的宝贝，我小时候连碰也不让碰一下。还有一套薄胎瓷这次搬家怎么都不见了？是不是卖了给老二买了鸟？"

郭氏说不出理来，泪凝于睫："真的没有……老爷不会说谎的。"

周元景冷笑道：“别当人都是傻子。”

郭氏强忍着眼泪，总算挨到周元贵被搀扶着走出了小院子。

周大太太上前劝说：“好了老爷，有话回去说，别伤了一家人的和气，”说着看向郭氏，“老爷也是怕二叔玩物丧志和外面那些人一样，长兄总是担心弟弟多一些……老爷这个脾气你也知道，喝了酒就……”

周元景早就听得不耐烦，歪头看周大太太：“你一个妇人懂得什么？”

申妈妈从中调和，笑着看郭氏：“二太太，您先回去照顾二老爷，这边有奴婢呢。”

郭氏有申妈妈解围带着丫鬟径直走了。

周大太太也上前搀扶起周元景：“老爷醉了，回去喝些醋茶。”

周元景哪里肯，脚下踉踉跄跄还嚷嚷着要去见周老夫人。

周大太太和申妈妈两个连哄带骗才将人弄进了东院子。

周元景喝了醋茶又折腾了半天这才躺下来睡了。

周大太太和申妈妈道：“劳烦妈妈回去和娘说一声，老爷醉了恐会惹娘生气，等明日酒醒了再……”

申妈妈脸上微带笑意：“大太太放心，奴婢会和老夫人说。”大老爷这个毛病也不是一日两日了，家里的人早就已经习惯。

周大太太又和申妈妈到东侧屋里说了会儿话，这才将申妈妈送走。

第三进院子一下子安静下来。

巩妈妈是陈家长房的家仆，在长房老太太屋里伺候的时间长，早就看惯了内宅里的事，凡事一点就透，就因这个长房老太太才将巩妈妈一家给琳怡做了陪房。

巩妈妈出去一趟打听了消息，将第三进院子里，周大老爷和周二老爷打架的事说了。和郭氏说的话正好对上。

不过在哪里打不好，偏要等到今天在康郡王府打起来。

巩妈妈一下子就说到点上：“您要小心些，奴婢瞧着这事八成是冲着郡王爷和您来的。”

好些事开始觉得和自家无关，转眼这把火就会烧到自家头上。

琳怡颔首，喝了杯淡茶进了内室。

白芍在外面值夜，琳怡低头吹灭了屋子里的灯，只留下了床头的一盏。

窗户轻开了一条缝，床边的幔帐就像轻烟一样轻轻地飘着。

相处了几日，琳怡渐渐摸准了周十九的习惯，周十九睡觉时喜欢半掩着窗子，琳怡低下头来吹灭床边的灯，然后慢慢地从周十九身上爬过去，掀开百子被躺下。

琳怡才松口气，腰上一紧就被周十九拖进了怀抱。

两个人之间这样的动作已经不让她陌生，所以只是有些意外：“郡王爷没睡着？”

“没有。”周十九清澈的声音响起来，吐出淡淡的薄荷香味。

大约是多喝了些酒，所以才吃了薄荷叶子。

她喜欢薄荷的味道，周十九好像也很快适应了她的习惯，琳怡刚想问周十九要不要再让丫鬟端碗醒酒汤来，就觉得耳边一痒。

周十九沉下头来。

“元元。”周十九的声音如同缓缓流淌的溪水，淡淡的笑意就像水中夹杂的翠叶暗自清香。

即使没有去瞧，琳怡也能看到周十九的笑容。

无论发生什么都不会改变的微笑：“我现在很穷，”说着顿了顿，头缓缓沉下来靠在琳怡脖颈上，嘴边的笑容更深些，“以后会好的。”手掌还在琳怡腰间揉了揉。

没有谁能这样坦然地说这话。

周十九在叔叔家长大，自然不会有多少银子，这个她都是知晓的，好在郡王的俸禄不少，岁俸五千两比父亲多多了。

不过同样的，偌大的康郡王府开销也大，宗室亲友众多要花出的礼钱也不知有多少。重要的是今年康郡王府还要修葺。

“若是不节制有多少银钱也是不够用的，银钱紧有紧的花法，”琳怡低声道，“郡王爷不用担心这个。”

琳怡在周十九怀里，屋子里安静下来，她能听到周十九的心跳声：“家里总不会做不出饭来。”

她第一次在他面前说笑。

周十九轻笑一声，放松下来，声音就有了几分懒散：“只要有吃有穿我就不愁了。”

有吃有穿，要求还真的不高。

周十九渐渐不说话，琳怡耳边传来均匀的呼吸声。

刚才还说话，一眨眼的功夫就睡着了。

琳怡并不觉得意外，前面伺候的婆子来向她回话时说，周十九喝了许多酒。上次因要进洞房，宗室亲戚没有闹得太凶，这次就干脆不再留情面，筹备宴席时琳怡就知道是这个结果，新郎官哪能不醉一次……

十几桌的车轮战，就算酒量再大，也经不住这样，所以刚才知晓周十九没有睡着，琳怡会诧异。

周十九在床上躺着没睡着就是为了告诉她，他很穷。

也不知到底是不是喝醉了。

就连这个都让人猜不透。

周大老爷喝醉了可以任意发脾气，周十九却只是缓缓地微笑，和平常没什么两样。

若说真的有什么不同……

琳怡转过身来。

黑暗中周十九的表情格外安静。

第二天琳怡醒过来，周十九已经早早出去骑马了。

琳怡换好衣服让厨房做了早膳，等到周十九回来，琳怡帮着周十九梳洗换上家常的长袍，橘红忙下去将饭菜摆在侧室里。

清淡的小菜和白粥，周十九吃了不少。

吃过饭，两个人去给周老夫人请安。

“今日该去衙门里了吧？”周老夫人关怀地问。

周十九道：“今日到假，先去衙门里看看有没有事。”

成亲几日不用去衙门，日后就要恢复正常，周十九不用上朝和陈允远的作息时间差不多，琳怡也很适应。

周十九说了两句话就带着陈汉、桐宁两个出门去。

琳怡正好借口从周老夫人那里脱身，要将周十九送出垂花门。才走上长廊，琳怡就看到周元景、甄氏，周元贵、郭氏不约而同地走到周老夫人院子里。

周老夫人训斥周元景和周元贵，琳怡就坐在屋里等着听最终的结果。大约过了一个时辰，周老夫人的门开了，周元景如同被拔了刺的刺猬，周元贵伸直了脊背，宛如冤情得了伸张。

甄氏和郭氏互相看一眼，均都没有说话。

不过消息很快就传了出来。

巩妈妈道：“老夫人房里的古董真是少了，不过不是变卖了给二老爷买鸟，而是……”

琳怡伸手拿起矮桌上的茶来喝：“而是送到我们家做了聘礼。”

巩妈妈眼睛一亮，立即颔首。

一百二十抬聘礼，是周老夫人辛辛苦苦才凑起来的。

周家和镇国公家不同，周家这一百二十抬聘礼用的可都是周老夫人的体己。要不是周大老爷和周二老爷闹起来，这件事还不能揭开。

第七十三章　利用·难为

这事怎么办？难不成还要将聘礼还回去？郡王妃刚嫁过来，周家就出了这样的难题，巩妈妈也不知道该怎么给琳怡出主意：“要不然奴婢回去问问老太太……”

她已经嫁了人，不能事事都依靠祖母，再说了……“这是件好事。”

巩妈妈不明白琳怡的意思……老太太让她全家给郡王妃做陪房的时候她还自信满满，这才在郡王妃身边几日，她怎么就有些看不清了呢。

郡王妃才十五岁，做事就处处周到根本用不着她提醒，郡王爷更是，看起来一团和气，却让人摸不到半点心思。

是她老了，脑子不灵光了，还是……这两个主子太聪明？

琳怡吩咐巩妈妈：“妈妈去问问申妈妈，老夫人都将什么陪嫁当了，然后用银钱想办法将东西赎回来。”

赎回来，那就是还要还回去。

“这……”

琳怡笑道：“妈妈按照我说的做就是，我既然嫁到周家，聘礼是还不回来了，可是婶娘喜欢的东西我却能买回来送给她，讨她喜欢。”

这是卖的什么关子，巩妈妈想了片刻，脑子里豁然一亮，脸上之前迷茫的神情终于云开见月明：“郡王妃安心，奴婢立即就去办好。”

昨晚周十九和她说的时候，她就已经将整件事想好了。

手上银钱虽然不多，可是不多有不多的花法。

周大太太看着琳怡布置的郡王府，要说聪明陈氏也算是拔尖的了，只是再怎么样也不过才十五岁，顾前顾不得后。

周大太太体贴琳怡这个郡王妃做得不容易，仔细拉着琳怡说体己话。感叹周十九的父母早逝，这些年不容易，顺便带出周老夫人这个婶娘的辛苦，说得是一把鼻涕一把泪，现在周老太爷、周老太太年纪大了，该轮到晚辈孝顺了。

周大太太说着又起誓发愿要好好孝顺公婆，将一片孝心表达得淋漓尽致。

橘红都听得不耐烦直向玲珑使眼色。

末了周大太太拉起琳怡的手语重心长，不管外面的流言蜚语如何，他们永远都是一家人。

这些话正好被来给琳怡送腌制小菜的白妈妈听到，白妈妈将话原原本本地说给了陈家长房老太太听。

小萧氏正好也在场，听得皱起眉头：“这话怎么说的？搞得像是我们琳怡不孝顺，周大太太这个做长嫂的来提点。”

就连小萧氏都听出话外弦音。

小萧氏因此愁起来：“琳怡这个家可是难当啊。”

长房老太太却对孙女有信心，六丫头嫁过去之前已经做足了准备，怎么可能被意料之中的事难倒，想着看向白妈妈：“六小姐有没有说什么？”

白妈妈摇头：“郡王妃只是担心老太太和老爷、太太的身体，还问了二爷和八小姐如何。”

小萧氏道：“这孩子。现在夫家的事要紧，这些哪里用她惦记着。”

长房老太太看了小萧氏一眼，琳怡让白妈妈带回来的衣料子，小萧氏知晓女儿想着她高兴得笑得合不拢嘴，现在说这话也是口不对心。

大家正说着话，陈允远下衙回来，知晓白妈妈去康郡王府看过琳怡，陈允远也提起康郡王的事：“康郡王今日上了衙门。”

小萧氏很关心女婿的前程：“皇上会给多大的官职啊？”

陈允远摇摇头：“康郡王虽然立了大功，可是年纪尚轻，虽是宗室，也要有人说话从中促成才能领个更好的差事。”他是想帮忙，可这事要借助武官，他帮忙走动关系，也收效不大。

长房老太太轻捻着佛珠，周家这时候将聘礼的事闹出来，跟康郡王的前程有不小的关系，一来是要让康郡王和六丫头知晓，康郡王毕竟根基尚浅想要博得好前程，还是要依靠周老夫人走动关系，二来靠着名声将来也好插手郡王府的事。

“儿孙自有儿孙福，”长房老太太缓缓开口，“想要娘家帮衬，六丫头自然会开口，既然没说就是还能应付得了。”康郡王好不容易拿下了成国公又将六丫头娶到家，不可能不为自己的前程做打算。

陈允远也觉得既然康郡王尚是天子身边的新贵，前程定会差不了的，他忧虑的不是这个：“儿子是怕康郡王出京任职。”京里正三品以上的武官哪个资历都不浅，家事更别说，想要跻身其中比复爵还要困难。

小萧氏不大知晓深层的意思，只是立即想到了琳怡：“那琳怡不是也要跟着出京？”女儿离开自己眼前就已经是大事，再远远地出京……她是不敢想象。

长房老太太叹口气看向小萧氏：“就算康郡王出京任职，琳怡也不能跟着，否则康郡王府谁来打理？”

也不知道是要高兴还是要担心，小萧氏换了口气：“那……刚要成亲就要分开？将来子嗣怎么办？”她也不是没听说过这种情形，成亲几年被派出京的，待到回京的时候身后跟着小妾和庶子、庶女。好好的正妻被扔下了十几年……女人最好的年岁都空度了。

小萧氏思绪飘得越来越远。

“好了，”长房老太太开口阻止小萧氏的胡思乱想，“我们还是听消息。”说着抬眼看向陈允远：“你在外面遇到康郡王也可以开口问问。”作为岳丈关心是顺理成章的。

陈允远应下来。岳丈他是第一次做，还要慢慢适应。

想要耐心地等消息并不容易，不过是两日之间各种传言就陆续地灌进耳朵。琳怡绣随身带的香包，用的是周大太太送来的样子，石榴求子图，挂在腰间图个吉利，才绣好了石榴籽，就抬起头来看向巩妈妈：“妈妈怎么不接着说了？”

周家老宅又办了次宴席，琳怡吃过宴席回来，巩妈妈就打听到了不少消息。

人人都像是话里有话，绕着弯地在说周十九的前程。

巩妈妈道：“无非都是一样的话，郡王爷将来前程无量。”

开头都是这样说，不过往下就不同了，连周十九会去边疆的话也有了。琳怡要是将这些听进去，一定会睡不安寝，说不定就要去周老夫人跟前打听消息。

“妈妈去看看我进宫穿的吉服，不要有什么差错。”皇上又得了位皇子，皇后娘娘主持洗三，内命妇要进宫贺喜，琳怡接到了宫牌。

巩妈妈应了一声去看琳怡的吉服，在院子里遇到了康郡王。

巩妈妈行了礼，看着康郡王进了主屋门，然后心里默念句佛语，郡王爷和郡王妃夫妻感情甚笃，千万不要让郡王爷去了边疆，硬生生将两个人拆开。

琳怡和周十九吃过晚饭，琳怡向周十九说起她的想法：“想将旁边的东院子做书房。”虽然是东西两侧院子，也是南北的正房，放些平日里用的书籍绰绰有余，平日里去那边看书，喝茶，下棋，比正房里安静又随意，特别是有客来时，也有个说话的地方。周十九在主屋的书房占了两间正房，她不好过去挤个位置，就想着不如去东院子……

都是家事，完全没有问起周十九朝局。

周十九仿佛也不准备主动提及。

周十九没有反对，笑道：“你安排吧！”

琳怡在福宁和陈家长房都有一间类似的书房，她喜欢在里面下棋，偶尔看着窗外喝喝茶，偶尔回想起前世的种种，有时候会悄然一笑。

巩妈妈端茶进屋，站在一旁悄悄地看郡王爷和郡王妃。

两个人相合该是在平日里就能流露出来的。端茶、喝茶，都透出一股的洒脱，目光也都是清澈的，情绪如同天上的云彩，仿佛离着很近伸手却又触碰不到。

自从王妃嫁进来，郡王爷身边的一切都出自郡王妃的手。

郡王爷也将内宅的大权都交给郡王妃。

白妈妈过来问，她也说郡王爷和郡王妃相敬如宾。

可是有时候也总有些让人觉得不对头的地方，她说不上来，明明融洽的气氛却有些奇怪。

巩妈妈正想着，周十九起身去小书房看书，琳怡趁着有时间去东院瞧瞧。

琳怡在东院的书房里立了一个偌大的屏风，想在上面画春夏秋冬四季花图将来好嵌在墙上，望着桌上的笔和染料，琳怡难免技痒，吩咐橘红多拿几盏灯放在屏风旁，提笔先画最后一幅腊梅。

一株梅花刚有些神采，琳怡放下笔起身，想去瞧瞧周十九是不是看完了书，转头就看到黑色的云靴走了进来。

周十九笑着看了看屏风：“准备画四季花图？”

一眼就能看透她的心思，就像她能看穿他一样。

“本来是想要找匠人画的。”

周十九笑得悠然，眨眨眼睛一瞬间就将琳怡揭穿：“再好的匠人也不一定就能合了你的心意，”说着一顿，又笑起来，“我来添笔梨花好不好？”

就算猜中是四季花图，又怎么知晓她定要画梨花。

“梨花春季开，冬季腊梅的形是春季梨花的影儿。”周十九穿着蓝色偏衫直缀长袍，看起来舒适悠闲。

为何腊梅一定就是梨花的影儿。

似柳叶般的黛眉轻扬起来，似是不计较：“郡王爷喜欢，就添梨花吧！”

周十九提起笔来。

梨树慢慢跃于纸上，梨树枝叶不似腊梅老干涩皴，枝叶柔中寓刚，而是树形亭亭玉立，木叶圆润，周十九提起大白云蘸了白色慢慢染成五瓣。

一枝轻带雨，泪湿贵妃妆。梨花在风雨中翻飞，仿佛要越过中间的纸张飞上梅花花枝般。

琳怡硬豪勾线，淡墨染花瓣轮廓，花朵从侧面到半侧随意而画一树梅花不同姿态变化，周十九笔下的梨花以不变应万变。

琳怡换了画法，梅花含苞欲放却换来了一片乔木叶。

不多一会儿虽然额头微微汗湿，却让她觉得难有的畅快淋漓。这样下来，远远望去，梅花艳丽娇柔，梨花胸怀广阔，难得的相配。

刚柔并济，是外面的匠人如何也画不出来的。

琳怡想过画这样的梨花，却不知能不能染出来，于是拣了梅花先画。

而那各具形态的梅花，也是周十九没有画过的。

橘红、玲珑带着下丫鬟也收拾得气喘吁吁，五六支排笔、大中小染笔散了一桌，看起来好不狼狈。

丫鬟忙乱，两个人倒是闲下来坐着喝茶。

周十九眼睛里深深浅浅一片，映着对面琳怡的影子，如同风雨过后的皎月。

琳怡灵秀的指尖上仿佛染了层白雪。

想及刚才的斗画，倒真的斗出了些意味来。

一杯茶下肚，嬷嬷来催促：“郡王爷、王妃该安寝了。”

两个人一同出了书房，丫鬟们忙去传水伺候梳洗。

洗去了身上的墨味儿，换成了淡淡的花瓣香气，在软软的被褥中舒展手脚，长发拂过脸颊，看着床帐内吊着的一只只精巧的荷包。

周十九的手臂伸过来将琳怡抱进怀里。修长的手指拨弄着她的：“元元，那幅画上要不要题字？”

题字她还没想过。

“一树梨花一溪月，不知今夜属何人。”周十九声音中宛如夹杂着细雨，钻进人心里微有些湿润，说到最后停顿下来，仿佛询问她一般。

琳怡心脏不由得揪起来，呼吸也有些紧张。

身上的小衣被解开，手指慢慢地顺着一掌能握住的腰身攀爬上去。

算起来已经有几日没有了……

身体的纠缠，黑亮的长发也落下来，身体轻轻地蹭着她，手指穿进她的长发里，闪亮的眼眸仔细瞧着她。

半遮半掩的幔帐里，琳怡也在看周十九。

周十九脸上永远挂着闲适的微笑，难不成他就从不害怕有一日会失算？

嫁给他之后，才知晓他远远比她想象的还要聪明。

所有人都在他的算计中。

也许在他这盘棋中，人人都是棋子。

琳怡的目光变幻，心绪在他跟前不遮不掩，周十九不可能看不懂。

周十九笑容更深：“元元帮我解开衣带。”

琳怡的思绪这时候被打断，回过神来才发现，她的衣服已经落在床上，他的还好端端地穿在身上。

通常周十九都是自己脱衣服，现在怎么要求起她来。

她自然不肯。

周十九眼睛一亮：“我忘了，元元画梅花手酸了。”

说着将手滑下来挽住了琳怡的慢慢地往衣带上按去。

琳怡想要将手缩回来，他手指只是轻轻一勾就将她的手指捏在衣带上，轻轻一扯，衣带就解开来，周十九微笑着定定看着她，随着身躯的挪动，很快就肌肤相贴，周十九俯下腰身，黑色的眼睛随着身躯的挪动里面似有波澜渐渐泛起。

虽然不像新婚之夜那么疼，却也是不舒服，好在周十九动作不大，好半天琳怡才算适应，身体一放松下来，她立即就后悔了，周十九明显地加快了速度，琳怡整个人一颤，耳边似火烧起来，身体像是要被碾碎了一般更是难熬。

以她这两次的经验，速度越快越接近尾声……只是随着时间越拖越长……

琳怡才发现此人已非吴下阿蒙……

汗湿了身子，香炉里的清香已经盖不住幔帐里栗花味儿，琳怡忍不住推他，说出去的话带了颤音：“好了吧，明日还要上衙门呢。”

周十九的声音，慵懒中带着些许无奈：“元元不能强人所难。再等一等好不好？我还没好呢。”

他有多为难？

男人和女人真的有那么不同？

琳怡早晨起来看着身边空了的位置。

周十九比往日起得还要早。

橘红端水进来伺候梳洗，琳怡用帕子轻掩着嘴打了个哈欠。勉强撑着，今天还有好戏上演呢。

周老太爷、周老夫人搬进来之后，周大太太就拉着周二太太时时跑来郡王府做客。今天是大家聚头吃茶的日子，琳怡不能错过好时光。

茶话会才开了一会儿，陈汉就匆匆忙忙来复命，琳怡听了消息笑着向周老夫人道："婶娘屋里的古董都找回来了。"

周老夫人意外，周大太太甄氏更是吃惊不小。

琳怡就抿着嘴笑道："是大嫂跟我讲了咱们家从前的事……我就觉得反正钱财都是身外之物，婶娘喜欢的物件流落在外，没得让外面人听了笑话，还让婶娘少了欢喜，于是我就和郡王爷说了，郡王府平日里花销凑手就好，那些东西还是赎回来妥当。"

将物件赎了回来。

琳怡说完话吩咐管事的将古董抬了上来。

去当铺赎东西用的都是现银，这一下子用掉不少的银钱，日后周大老爷、二老爷外加宗室亲戚若是抱怨没被康郡王照拂，她也有话搪塞。这样一来她这个新媳妇岂不是做得轻松多了。

古董买卖向来是外报价目高于实际价格，陈汉将商家出的价目送到她手里，她委实吓了一跳，加起来一共八千多两银子，其实周十九只让管事的从她那支走两千两银子，她知晓的市价也该是五六千两，要知道周老夫人那几件最贵的可是前朝官窑烧的青花、斗彩花瓶，孔雀绿的扁瓶和美人醉的花瓣盘。

琳怡倒了杯茶给周老夫人："买的时候有些波折，好在结果还是凑了齐全。"

这样兴师动众地将古董买回来，大家都知晓了周老夫人屋里的这几样好东西。

琳怡点古董，商家将单子交出来。

周大太太凑过来瞧，顿时被上面的数额晃花了眼。没想到周老夫人这几样东西如此值钱。

周老夫人有些不高兴，埋怨地看琳怡："买这些东西回来做什么？你们正是用银钱的时候，支撑一个郡王府哪里就容易。"

"是不容易，"说到劳苦，琳怡脸上有些青涩，"可是该孝顺的我们还是要孝顺，婶娘抚养郡王爷长大还不是不容易。"周老夫人好不容易帮她说句话，她怎么能推辞。

甄氏目光就没离开那几件古董，目光流转中总要多瞧几眼。

"就像婶娘凑的聘礼，"琳怡眼睛垂下来，"那是一份心意，现在这些东西赎回来，也是郡王爷和我的心意，婶娘不成全，可让我们日后如何是好。"

话说到这个份上，不肯点头倒是她这个做长辈的不是。尤其是后面那半句，日后在郡王府里怎么相处。周老夫人叹口气："我把你们当作自己的孩子，就算花些银钱也是应当，哪个做父母的还用儿女来回报，这样算来算去，是要跟我生分。"

"怎么没有，"琳怡笑容俏皮，"孝经里就这样说啊。"

从来都是周老夫人用孝义来压她，现在她也要周家人尝尝孝经压上头的滋味。

周老夫人被琳怡逗笑了："这孩子。"

琳怡看向丫鬟："快将老夫人屋里的仿品换下来，"说着看向周老夫人，"婶娘的心意我们都知晓，这些东西摆在婶娘屋里，郡王爷和我都过意不去。"

丫鬟将仿品拿出来，巩妈妈就安排送去库里。

周老夫人眼神微微闪动。

大家说了会儿话，吃了顿饭，琳怡回到第二进院子。

周元景笑着和周老夫人说话："母亲，这些东西找回来了，不如就拿回老院子一起收着。"真没想到那些东西如此值钱。

周老夫人放下手里的茶杯，抬眼看周元景："这些东西你还想拿回去？"

周元景表情一僵，正色起来："儿子只是想着给母亲收好，没有别的意思。"要不是他这样一闹，哪里能找回这些物件。

周老夫人讥诮地看周元景一眼："康郡王妃用仿品换了这些真品是为了讨我高兴，你将真品抱出康郡王府，那些仿品还留在康郡王府的库里，外面人知晓了，没人会说是你要帮我收着东西，而是康郡王才成亲，我们就想方设法将聘礼要回去……日后你在外面还要不要抬头做人？"说着摩挲着手里的银熏球，"除非我搬出康郡王府，否则这些东西都是有进无出，你不要想了。"她明明当了死当，周元澈却想方设法将东西赎了回来，陈氏又孝顺地将东西捧到她跟前，这一内一外配合得可真是巧妙。

第七十四章 入宫·问话

从前周元澈在外面的事她一概不知，现在内宅里的事也要脱离她的掌心，周老夫人叹口气看向怔愣的周元景夫妻："我老了，这个家我是管不了了。"

周元景回过味儿来将手里的紫砂壶砸在地上："等周元澈去了边疆，我就要那个贱人好看。"

周老夫人抬眼看看满脸戾气的周元景："别忘了这是康郡王府，不是你自个儿屋里。"

康郡王府怎么样，还能将他清理出去不成？

"母亲，您就这样甘心？父亲当年做的那些事，哪有一件对得起我们母子？说到亲骨肉，

周元澈更像是父亲的……我和二弟又摆在哪里？母亲摆在哪里？”

周兆佑从来没有将她当过正妻，也就只有现在躺在床上，每日里看到她，他才知晓这个家是她在主事。

当年的那桩事，周兆佑和她都明白得太晚了些。

周老夫人半阖上眼睛：“你父亲已经病成这般，从前的事就不要再提起。”

周元景愤恨地青筋暴起：“母亲，您就是太仁善。”

周元景、周大太太和周老夫人说话的功夫，周二太太郭氏来到琳怡房里说起周琅嬛的婚事，笑着问琳怡：“准备了什么礼物？”

琳怡成婚的时候周琅嬛送来了一套头面。

琳怡看上了一套高宗年间的青花瓷，拿出来让郭氏看。

郭氏抿着嘴笑：“我送的金钏是麒麟送子的，和你这个童子图正好合了。”

琳怡笑道：“我那时大家送的也是这些。”成亲求子图的就是吉利，开始觉得挺有趣，后面也就看腻烦了，不过送别的东西又不应景，她就又绣了个荷包，荷包下面的桃红络子编了一具琴一具瑟，取琴瑟和鸣的意思，周琅嬛就喜欢这些小东西。

周琅嬛请了她去伴嫁，她怎么也要尽心力。

郭氏等到门口的车马准备好了，周大老爷和周大太太先走一步，这才从琳怡房里挪步出来。

巩妈妈看着郭氏的马车离开，向琳怡道：“大太太到处找二太太，二太太是躲到了您屋里。”

甄氏是想要拉着郭氏一起从周老夫人手里要东西，郭氏还真会找地方躲。

晚上周十九从衙门里回来，夫妻两个吃了晚饭，琳怡又让厨房做了红豆杏仁奶酪，以前小萧氏常在屋里做的，红豆细细地熬，和在奶里香味四溢。

她小时候和哥哥一起淘气，小萧氏管教不了就用奶酪来说服他们兄妹两个，只要听话晚上就会有奶酪吃，两个馋猫一下子就听话起来。

其实就是哄小孩子的，只是琳怡这些年养成了习惯，一段时间不吃就会觉得难受。

琳怡将奶酪递给周十九，没想到周十九也像小孩子一样觉得很好吃，吃了又让厨房盛一碗。

临嫁之前小萧氏还叮嘱琳怡嫁人之后千万不要在夫家开小厨房，这样会被夫家人说没有规矩，还好她嫁过来之后整个康郡王府都由她管，这大概就是嫁给周十九的好处。周十九比平常人聪明，却比平常人好伺候得多。

除了穿戴从来不肯自己动手……

琳怡边打荷包边将今天的事讲给周十九听。

周十九在炕上支起膝盖来看书，一双清澈如水的眼眸看着琳怡，忽然静静地一笑，慢悠悠地道：“在做什么？”

琳怡的络子正好编好，提起来递给周十九看。

灯光下，周十九淡蓝色的长袍袖子上沾了粉红色的线：“这是给谁的？”

不说好不好，先问是给谁的。

琳怡道：“给国姓爷家的二小姐，她要成亲了。”

“是什么？琴？”

对于一个懂音律的人，琴瑟应该很容易分辨吧？难不成是她做得太不像了？

“琴瑟。”

琴瑟……周十九沉默，将荷包捏在手里，“做得不像，自己用也就罢了，送人不好，还是换个别的东西。”

不好？那是她好几日才做好的。

琳怡道：“周二小姐会喜欢的，面子上的礼物我也准备了一套。”

周十九拿起荷包来闻，上面有股杏花的味道。

绣花纹的线是用香粉浸过的，这几日屋子里就有这样的味道，琳怡捏线亲手绣，白皙的指尖上也都是杏花香。

除了薄荷，琳怡还喜欢杏花的味道，略带青涩的酸甜。

周十九闲逸地翻书，将手里的荷包收到了怀中：“上次你做的璎珞荷包就很好看，就送那只吧！”

那是双蝶戏花的荷包，她是想自己用的，昨天刚刚做好。

琳怡看着周十九。

周十九目光淡然沉静，神情高雅俊秀不凡，似是没有觉察出琳怡的深意。

倒让琳怡不好开口硬将荷包要下来。

周十九笑道：“早点睡吧，明日还要去宫里。”

她是想将络子编好就睡觉的，可是现在送给周琅嬛的络子却被周十九拿了去。

周十九停下翻书，抬起头来：“要不然等我一起去睡？”

那还是……算了。

第二天琳怡早早就起床梳洗，穿上郡王妃的服制和周十九一起出了门，临走之前周老夫人叮嘱琳怡：“在宫里要小心说话，拿不准的话不要说，免得出差错。”

琳怡应下来看一眼身边的周十九，有些话不用她说，只要按部就班地去做就行了。

女眷们拿着牌子陆续进宫，每到一个人就有内侍长喝一声，宫人抬来一顶蓝呢小轿。

琳怡弯腰上了轿子。

这是她第一次进皇宫，巍峨的城墙，宫人们谨慎的表情都让她觉得陌生。

轿子抬到内宫门外停下，宫人前来引路。

琳怡看向周围，都是陌生的脸孔，大家微微颔首跟着宫人去了景仁宫。

一直进了大殿，大家才互相打招呼。

“原来是康郡王妃，怪不得看着眼生。”

琳怡笑着和大家见礼，悯郡王妃来了之后，不用琳怡开口，就主动拉着琳怡见各位内命妇。

穿着红缎鞋，鞋面上绣着石榴花，腰间还挂着求子的香囊，悯郡王妃掩嘴笑，这康郡王妃打扮得也太土了些，生怕旁人不知晓她求子心切似的。

皇后娘娘和几位后妃在内殿里还没有来，宫人们将内命妇请去了东侧殿。

皇后娘娘的寝宫很素净，内命妇们四处看着，虽然不敢明言却知道里面的玄机。皇上少年登基，大婚之后，年轻的帝后感情本来是极好的，只是皇后母家不大会做人，皇后娘娘入宫三年专宠一身却不见有喜，年轻的皇上想要亲政就愈发想要长子，皇后好不容易怀上了孩子，皇上开始向顾命大臣夺权，谁知道关键时刻，皇后小产了。

皇上没能亲政又痛失皇子，皇后的母家又在这一年出了大事，皇后的哥哥贪了水师造船官银，那一年大周朝和倭寇大战惨败，多亏后有成国公力挽狂澜。这事之后，皇后毅然站出来支持皇帝，皇后的哥哥因此被正法。

不过娘家不太得力的皇后没能换来众位臣工的支持，反而流言四起，说皇后年纪小却行事毒辣，皇后一家想要依仗皇上的年幼夺权得利，帝后的感情看似浓厚，却禁不住种种流言蜚语，再加上皇上没有子嗣，皇太后主持选了德妃和淑妃，从此之后皇宫中粉黛渐多，新颜换旧颜，皇后的地位不算是一落千丈也算逐渐被疏远，曾经热闹繁盛的景仁宫，就变成了如今的模样。

琳怡进京那么久，从陈允远嘴里听说朝政，几乎都是关于宁平侯家大小姐惠妃娘娘的，皇后很少被提及。

直到她被赐婚也是太后娘娘做主，皇后娘娘仿佛很少问事。

这次也就是皇上又有子嗣诞生，必须要国母主持洗三，否则皇后依旧不会出面的。

洗三按照礼部和钦天监定好的时辰进行。

琳怡坐在一旁静候，一盏茶见了底，内侍打帘，又有位贵人露了面，盛装打扮的五王妃颤颤巍巍地走进屋子。

五王妃的目光在屋子里巡视一圈，落在琳怡脸上片刻，琳怡礼仪地微笑，然后坐下和旁边的夫人说话。

宁平侯五小姐贵为五王妃身份和从前大不相同，特别是在宫里被名分压着自然多了几分自持，看琳怡的眼神也柔和了许多。

谁都要在婆婆面前表现。

更何况这个婆婆是一国之母。

所以无论权力还是身份大家现在不在一个档次，更不可能会有冲突。五王妃充分享受她的身份特权，琳怡只要在旁边跟着大家看热闹就可以了。

女人毕竟善于表达，大家凑在一起话就多起来，琳怡很快认识了献郡王妃，大家都属于远支宗室，献郡王是宗室里有名的书呆子，周十九走的是武将路子，大家地位相同，位置一致，之间却又没有任何利害关系，不用互相防备也不用互相逢迎，说起话来就轻松很多。

献郡王妃比琳怡大几岁，见过这些场面，在旁边提点琳怡，让琳怡获益不少："等到了好时辰，我们才能见到皇后娘娘。"

也就是说，除了主持礼仪，皇后娘娘一般不会单独面见大家。

献郡王妃一笑露出两个圆圆的酒窝："你成亲那日我在宾客里不过没能说上话，今天一见就知道你是个爽利人。"

宗室子弟实在太多了，周十九成亲那日马车、轿子都已经抬不进去了。

琳怡笑道："以后就好了，姐姐过来做客，我一定好好招待。"她虽然对献郡王妃不太了解，不过大家话说到这里，她不能在一旁装木头人，说不定大家相处脾性会相投呢。

献郡王妃大概也这样想，提醒琳怡："礼仪过后皇后娘娘总要留下几个人说话的。"

皇后就算再不问事，这些上面也要做做样子。

比如各位王妃就要留下说话，接下来就是……

"你是新妇，定要见见的，"献郡王妃抿嘴笑道，"上次皇后也留下我问了问平日的喜爱。"

就是一个模子的问话，然后一个模子的回话。

皇后不愿意"关切"太多，就算有人想阿谀奉承也没有用武之地。

琳怡看了看脚上的石榴鞋。

献郡王妃拿起帕子掩嘴："你啊，莫要太心急，"说着看看左右，"你年纪尚小，有的是时间。"

她的求子之心这样明显吗？琳怡不好意思地笑了。

果然是等到吉时快到了，宫人们才将大家请到正殿里，桌子上摆满了长生糕团，纱帘后皇后抱着小皇子将习俗一件件地做好，内命妇躬身旁观，之后说些吉利话。

小皇子的奶娘将小皇子抱走，皇后娘娘才从纱帘后走出来。

皇后娘娘因吉日穿了玄色凤尾鎏金步步生莲褙子，梳高高的宫髻，戴着凤纹逐日挑心，环髻上戴带着云纹镶璎珞赤金扣簪。

女人年过三十就会姿容衰退，皇后娘娘的年纪比小萧氏等人大许多，却仍旧难掩眉目中的秀丽，若是精心打扮不但比满屋子的女眷多了高贵的气质，姿态容貌更不输于任何人。

皇后微微一笑，称身体不适回去歇着，女眷们不敢走，只等着宫人来传话。

果然像献郡王妃说的，皇后娘娘留下了几位王妃。琳怡静等着，内侍笑着走到琳怡面前："康郡王妃稍坐，一会儿皇后娘娘传召。"

琳怡应下来谢了内侍。

等到五王妃等人笑着从内殿里出来，琳怡才在五王妃的注视下走进内殿。

五王妃眼睛一甩流露出戏谑的笑容。

琳怡跟着一笑，似是风吹过阴霾，全然不在意。

内侍请琳怡稍等，琳怡半低着头看着地面上能照出人影儿的黄砖，内殿很安静，偶尔听到宫人小碎步侍奉的声音。

不多时候琳怡恭谨地走进去，看到坐在明黄色龙凤锦缎上，手捧着茶碗的皇后娘娘。

琳怡上前行礼，身上的环佩没有发出半点声音。

皇后娘娘颔首吩咐宫人摆座。

琳怡轻轻地坐在一边。

皇后抬起头，对面是一张稚嫩的脸颊，十五岁上下年纪的郡王妃，紧握着手帕稍显拘谨，郡王妃的服制下露出石榴红的裙角，腰间是三只荷包，一只画了石榴求子图，另一只写满了梵文，还有一只绣了个童子，完全是新妇的打扮。

这些吉祥的荷包多少年都没有变过，她被抬进宫那年也是戴了许许多多这样的荷包，其中求子路的崎岖更是让她永生难忘。

琳怡垂着头，露出一截雪白的脖颈，恭谨的眉宇中带着些郁色，想要遮掩却遮掩不住。

这样的神色皇后最为熟悉。

皇后吩咐宫人将赏赐拿来："我看过你绣的流苏绣很是漂亮，"说着又抿了口茶，"我记得你祖母是出自川陕董家？"

"不是，"琳怡恭谨地道，"我父亲过继给长房，我的祖母娘家是京畿李氏。"

皇后"唔"了一声："过继前呢？"

琳怡道："过继前，我的亲祖母是赵氏。"

皇后娘娘微抬眉毛，不再过问琳怡的家事："你手灵巧，绣花的样子也十分细致，琴棋书画也会些吧？"

琳怡不敢托大："只是跟着先生学了些，略懂皮毛。"

皇后温和地笑起来："我听说你师从姻语秋，这位才女的书画本宫很是喜欢，姻语秋还通医理，你可学了些？"

说到这个琳怡不好意思起来："只是会点药膳。"

皇后也失笑："这样也很好，"说着又仔细端详了琳怡，"时辰不早了，跪安吧！"

琳怡起身向皇后行了礼出去。

皇后身边的姑姑捧着赏赐将琳怡送出景仁宫。

琳怡望着满脸笑容的姑姑："劳烦姑姑送出来，"说着扯扯衣襟儿，半晌才下定决心开口，"我是不是哪里不妥当，还请姑姑帮忙指点。"

姑姑笑着道："哪有呢，郡王妃举止得体，礼数周到，已经很难得了……只是……"话到此而止。

琳怡忙又哀求，姑姑这才道："郡王妃是新妇也算寻常，这求子的香囊带在里面，所以才引了口舌。"

琳怡听得这话忙将香囊摘下来放进袖管里。

姑姑道："这样就好多了，郡王妃还年轻……"

说到这里，琳怡脸上一片黯然。

"郡王爷这支就独一个……我也是不小心，挑错了……不该佩戴……"

皇后身边的姑姑格外照顾琳怡："没关系的，这也不是礼数上有差池，郡王妃成亲还不过月，奴婢这样说也是鸡蛋里挑骨头罢了。"

琳怡这才松了口气。

"倒是有件事，"姑姑笑道，"皇后娘娘格外喜欢郡王妃的流苏绣，郡王妃若是有时间不妨绣一件送进来。"

琳怡受宠若惊："姑姑放心，我一定会绣得精细。"

姑姑笑道："那我就不送郡王妃了。"

琳怡徒步走到宫门处上了轿子，轿帘放下那一刻，琳怡轻轻舒了口气，没想到皇后娘娘会这样喜欢她的流苏绣，又问了她祖母……宫里说话处处透着玄机，不过总算她这趟是功德圆满，接下来就看周十九的了。

第七十五章　告状·笑话

琳怡趁着还有时间让马夫拐了个弯回到陈家长房。

小萧氏见到琳怡惊喜地笑弯了嘴，连声喊丫鬟将琳怡爱吃的点心都端出来："从宫里出来还不回郡王府好好歇着，怎么半路折来家里，这要多累啊。"

琳怡笑道："我坐一小会儿就走，累不着。"

小萧氏没看出端倪，长房老太太看着琳怡的打扮皱起眉头来，祖孙俩坐在炕上，长房老太太才道："真是胡闹，让那么多内命妇看到要笑话你。"

琳怡眨眨眼睛笑起来："我还小，再说这也不算什么。"严格说来也没有什么礼数不周到的地方，没有正经的婆婆谁能指点得那么周全啊。

小萧氏听得云里雾里，仔细看看琳怡倒是没看出什么不妥。

白妈妈带着屋子里的丫鬟下去又轻轻将隔扇门关上，长房老太太才低声问琳怡："郡王爷和你已经算计好了？"

要说算计那是有的，她知晓周十九的想法也就没有开口问，同样的她进宫如何周十九

也没有张口嘱咐。

琳怡轻松一笑："郡王爷会安排好的，祖母就安心吧！"

长房老太太微皱眉头："怎么不商量好了再行事？万一有差错要怎么办？"

不会有差错的，一个人能在朝堂上显眼，不光是要有出色的才智，还要有家族的支持，这两样缺一不可，若是少了一样只能剑走偏锋，周十九是早就做好了准备，利用自己的长处，避开自己的短处。

有时候短处也会变成长处。皇上年幼登基，身边有顾命大臣管理朝政，现在皇上虽然已经亲政，但是对从前被他人掣肘的感觉一定记忆犹新，若是有人想要越过皇帝替皇帝做主，就会沦落到成国公的境地。

是替皇帝做主还是体会圣心本来就是一线之隔，建谏的度一旦把握不好，皇帝改题翻脸的事就会发生。

康郡王阅历尚浅，现在立了大功，皇帝应该有让康郡王去边疆历练的心思，否则就不会迟迟没有安排差事给康郡王，这也是长房老太太最担忧的事："康郡王的差事该早些定下来才是，拖的时间越长越是不好。"

她也知晓，大家都等着看她的笑话。周十九一走，她这个康郡王妃也少了依靠，琳怡搀起长房老太太的胳膊："祖母放心，无论怎么样我都不会吃亏就是了，就算郡王爷真的去了边疆，我也会想方设法立足。"

今日进宫琳怡故意将求子的香囊都挂在身上，就是想引起皇后娘娘的注意，毕竟皇后娘娘也有过同样的经历。一样的早嫁，一样的无靠，一样的想要早有子嗣，因为子嗣是唯一能扭转局面的方法。她不光是在皇后娘娘面前显露弱点，也是向皇后娘娘靠拢的意思，这是周十九想要的结果，同样她也欣然前往。

周十九的眼光总是没错的，皇后贵为一国之母，若是有机会得到皇后赏识，她为何要拒绝，于是顺着周十九的意思，既成全了周十九又帮了她自己。

长房老太太看了看琳怡："平日里多和康郡王说说话。毕竟是嫁人了，以后的日子还长着，性子不要太拗，否则吃亏的是你自己。"

小萧氏则是老生常谈，让琳怡对周十九多用用心，把握好新婚这几年，要不将来一旦有了小妾、通房众多如花似玉的女人，正室就更加难做了。

一会儿功夫陈允远回来，看到琳怡在娘家，二话不说就撵着小萧氏预备马车："郡王爷也要下衙了，快回去吧，最近朝堂上许多传言，想必郡王爷心里也是愁得很，何况郡王爷在外面已经推掉许多应酬，回去府里再不见你成什么样子？"

琳怡怎么觉得好像是有人在背后告了她一状。

小萧氏让下人搬了一大堆吃的用的上马车，琳怡临上车时，陈允远忽然皱着眉头道："郡王爷每天早晨起得也太早了，这样下去能不能行？"

这……倒是问得琳怡一怔。

父亲怎么会知晓周十九每天早晨几点起身。

琳怡不说话，陈允远显然不好意思多问，转头看小萧氏，小萧氏也就意味深长地道："要不然隔天过来？"

这人不只是告了她一状，还从背后戳了她一枪。

琳怡只得微低下头用小女儿情状骗了小萧氏："我回去问问。"

小萧氏这才松口气，向琳怡颔首。

琳怡坐上马车小萧氏又提醒琳怡别忘了琳芳的婚事，作为妹妹的琳怡不好不出面。

京城里大多数达官显贵都已经歇下，皇帝也从养心殿里出来，明晃晃的靴子踩在御辇上，旁边跟着的公公低声问："皇上今晚翻的是惠妃娘娘的牌子……咱们现在是不是去……"

"去景仁宫。"皇帝威严的声音传来。

旁边的公公怔愣片刻立即反应过来吩咐小公公去景仁宫提前安排。

"皇后娘娘可歇下了？"小公公的声音在景仁宫响起，整个景仁宫似是被惊飞的鸟，从上到下立即忙碌起来。

皇上可是很少来景仁宫，怎么今天会这么早驾临。

御膳房将本来要抬去惠妃宫里的吃食搬来景仁宫。景仁宫的内室里上了炕桌，伺候皇后的姑姑亲手张罗布菜。

皇上处理政事要到很晚，所以宫里谁侍寝，谁房里就要加菜。

皇后已经卸了妆，刚要重新将发髻挽起来，皇帝已经进到内室静静地坐在大炕上，等了片刻，皇帝似是失去了耐心，看向旁边的姑姑："让皇后别打扮了，过来侍奉。"然后向内侍挥挥手，让内侍将饭菜撤下。

皇后挽了高高的发髻，只插了支凤簪固定住就迎了出来。

帝后两个人坐在炕上，皇后亲手斟茶，皇帝的目光深沉："皇后还记不记得朕提过的康郡王？"

皇帝来景仁宫时说过只言片语，皇后沉静不语，皇帝的脾气她再清楚不过，皇帝不过是说说，并没有在等她的答案。

皇帝喝口茶，目光慢慢游离，声音也低重："康郡王在福建立了大功，又擒了张戈，朕以为他是可造之材，却没想他年轻浮夸担不得大事，要不是朕格外用他，参他的折子现在也递了上来。"

皇后安静地坐在旁边。

皇帝的目光看过来："朕如今，就连个可用之臣也寻不到了。"说着站起身，撩开门口的帐幔头也不回地走了出去。

皇后躬身行了礼听着外面响起皇帝的声音："回养心殿。"

青丝如墨般散在床铺之间，帐幔撩起一角就透进清新的空气味道。周十九正准备掀开被子起身，床铺里的人转过身来，伸手拉住了他的胳膊。

“郡王爷要去哪儿？”

琳怡睁开眼睛看周十九。

从来也不曾问他，只是听下人们禀告，还以为周十九真的是去骑马了，经过昨日才知晓，原来并不那么简单，她毕竟不了解自己的夫君的行踪。

海棠般的素颜，微微仰着头，因刚刚醒过来，朦胧中带着娇嗔。

周十九微侧着脸笑吟吟地看着琳怡：“去骑马。”

平日里话还算多，现在却要她一句句地问：“跟谁？”

周十九神情清雅，仿佛在说一件再自然不过的事：“和你哥哥。”

昨晚一直按兵不动，本就想不问了，谁知周十九起身她却恰好醒过来。每日这个时辰教哥哥骑马，怪不得从祖母到小萧氏都替周十九说起话来。

“母亲说不如改成隔天去。”琳怡不想说，可是想想小萧氏给她带上马车的东西，都是补身的食物和药材。

“行不行？”周十九笑着反问琳怡，好像是完全没有主意。

琳怡在脑子里掰手指：“已经不少日子了，哥哥也学会了些，不如明日开始请武功师傅，郡王爷也就不用天天去指点。”

周十九不置可否，不说行也不说不行，嘴角的笑容仿佛是透过木叶的晨光，柔和却又无比的明亮：“那早晨我做什么？”

二十几年都是怎么安排的？这事也要来问她……每日里装糊涂也就算了，今天既然已经伸手挽留，琳怡就顺着话茬说下去：“时辰还早，郡王爷再躺一会儿。”

周十九的笑意忽然变得朦胧。

琳怡才说完话，只觉得腰上一紧，整个人被拉进周十九怀里，清澈的声音慢慢从头顶传来：“也好，以后我们多躺躺……隔日早起……”

这话听起来怪怪的，成了她阻拦周十九起床……这话若是传出去，满府还不都要笑她。

“郡王爷若是习惯晨起……”琳怡说着话抬起头来，看到周十九静谧的神情……睡着了。

这样就睡着了。

等到周十九穿好衣服去衙门，陈汉和桐宁的腿都已经站僵了，内院传消息出来说是郡王爷不出去骑马了，两个人也不敢怠慢，郡王爷这几年都是这个时辰起身，突然管事妈妈说要迟了……两个人面面相觑都觉得还是老实等着的好。

这一等就是两个时辰。

琳怡在屋里吩咐丫鬟将大红幔帐撤下来换成杏黄色的软烟罗，又让人在黑漆钿镙床边摆了首案红牡丹，上面横了幅山水画，这样一来整个内室都变了模样。

琳怡没有早晨醒来再睡回笼觉的习惯，可是周十九在身边她就不敢起身，几天前清晨的经历还让她记忆犹新，干脆就想着怎么将内室布置一下。

似是能猜透她的想法，周十九问她：“喜欢什么颜色。”

琳怡转过头看到周十九亮晶晶的眼睛：“浅色的软烟罗。”

“喜欢什么花。”

琳怡觉得周十九的问题很好笑，这男人不懂女人的心思，若是只喜欢一种花，这一年四季岂不是要有三个季节没意思了，这个时节自然只有：“牡丹。”

牡丹的种类繁多，她不喜欢名贵的，魏紫、姚黄、紫二乔，反而喜欢首案红，不过她还在思量，将花摆在哪里妥当，哪里放山水画，哪里摆紫檀插屏。

周十九干脆披了袍子起身，将她也拉起来：“这么想没用，不如试试。”

于是拉着她的手，拨开帐幔将整个屋子走了一遍。

说到放花斛的地方，周十九突然松开她的手走过去，周十九嘴角扬起个浅浅的弧度，脸上的笑意中带着些许安静：“好不好看？”

突然被这样问，琳怡下意识地去看周十九的眉眼。

她其实从来没有这样仔细瞧过周十九，周十九脸上虽然总是带着笑容却遮掩不住他的迫人之势，看到那双眼睛就不敢再去直视他的面容，这样就能遮掩住他太过英俊的五官。

长相漂亮是好事，一旦过了就会让人觉得是花拳绣腿，所以要气势胜人，在他面前气势稍弱就会被他利用。因为对周十九的了解，她选了一个更轻松的相处方式，非常理智地做好一个康郡王妃，这是她的初衷。

帮衬夫婿仕途平坦，夫婿也会帮她护着整个娘家，但是她的愿望从来没变过，要有一个能自己掌握的人生。

“好看，牡丹放在那里定是好看。”

周十九脸上的笑容更深了些：“那就这样放，这样躺在床上一眼就能看到。”

这是什么意思？在说她刚刚装睡。

装睡的不止她一人，琳怡也跟着笑起来，堂堂正正地道：“郡王爷看不到，不如放在西角。”

被拆穿了，周十九笑容依旧坦然：“也好，这样我也能看到了。”

琳怡想起小时候和哥哥两个人去厨房偷吃除夕供奉用的糖饽饽，第二天被小萧氏发现来问她和哥哥，她和哥哥厚着脸皮撒谎说没看到，小萧氏半信半疑说大约是被老鼠偷吃了，若是她像周十九这样，被人捉住还脸不红心不跳，那小萧氏定会让人来捉鼠精。

琳怡正想着，巩妈妈让丫鬟端了点心进来：“大太太又来了，说是有事要跟您说，让您去老夫人屋里呢。”

会是什么事？

巩妈妈道：“看样子挺着急的，不像是什么好事。”

琳怡换了件青色蔷薇妆花褙子，往第三进院子里去，周二太太郭氏已经等在抄手走廊里：“是郡王爷的事，大伯听到消息，让大嫂过来找娘想法子。”

琳怡和郭氏边走边说。

郭氏道：“说郡王爷管束下属不严，将半路上捉来的良家女人供军士玩乐，还说张戈本就有伏法认罪之意，郡王爷偏就要挑起战端为的就是回京领功。”

郭氏越说越慌乱，紧张地看着琳怡：“你也别太着急，那些御史谁没参奏过，这阵风过去也就好了。”

琳怡还没说话，两个人就已经走到周老夫人屋门前，小丫鬟上前打帘，琳怡跨进了门。

看到琳怡，周大太太立即道：“郡王妃来了，快来商量个主意。”

琳怡坐下来，丫鬟将窗帘放下，周大太太将话说了清楚：“军功下来都是眼红，话是说得有板有眼，咱们郡王爷不可能做出这样的事，如今张戈也杀了，到底是怎么样谁又知晓。”

一副为她着急的口气。

周老夫人也皱起眉头。

周大太太甄氏道：“要不然请太后出面求求情。”

琳怡还没说话。

坐在旁边的周二太太郭氏小心翼翼地道：“若是求情，不就等于将这些错处都承认了？依我看还是听听消息再说。”

甄氏眼睛一抬讥诮地看郭氏：“若是迟了皇上那边有了定论要怎么办？”

郭氏就不知道该怎么辩驳，抬起头看向琳怡。

琳怡看看周老夫人：“郡王爷没回来，我们也不知道到底是什么情形，从前家里全仗着婶娘拿主意……现在……婶娘也要指点一二……”

周老夫人拿起手边的茶来喝。让她指点，若是做错了，这事就要怪在她头上，尤其是琳怡眼睛中一闪狡黠的光，让她不能不防。

“那就等等再说。”

甄氏着了急：“娘，郡王爷真的有事……可是后悔也来不及的啊。”

“大嫂别急，”倒是琳怡劝甄氏，“我父亲也被弹劾过，圣上明察秋毫，不会被轻易左右。”

这话又说得满满的。

甄氏嘴里顿时像被堵了石头，吞不下去又吐不出来，半晌才冷笑道：“你倒是不着急。”

琳怡垂下头：“我们是女眷，朝廷上的事我又不懂，万一不经过郡王爷将事情办错了，郡王爷怪罪是小事，只怕坏了大局，”说着抬起头看周老夫人，“婶娘担心的不也是这个吗？”

周老夫人颔首：“晚上等郡王爷回来再商量。”

琳怡坐了一会儿就走了，郭氏送出门去，屋子里没了旁人，甄氏焦急地道：“娘，你怎么被陈氏说糊涂了，这时候进宫向太后诉诉苦，让郡王爷避开去边疆，将来有了功劳再调回任职，有了资历官员们也就不会不服了，武将不就是凭的功劳……”

想得容易，周老夫人看甄氏一眼，不看清楚再下子，将来就是有去无回。要去求情也要等到无路可走的时候，现在有了消息就进宫，真出了事，她这个婶娘要往哪里站。

甄氏只能盼着连个替周十九说话的人也没有。

周元景很快带回了消息："朝堂上只有兵部武选司的一位郎中替郡王爷辩驳了几句，怎奈那位郎中素有口吃，在朝堂上半天也说不出一个字来，真是火上浇油。"

甄氏听着就笑起来："怎么会这样。"

"连话也说不全还要出面，听说将皇上气得直接就退了朝。"

武选司本来是很有话语权的，毕竟上次皇上提出去张家堡，只有康郡王肯去，若是换一个口才好的，洋洋洒洒地说出来也有几分震慑力。

武选司的郎中是有事上奏才能上朝，听说这人站出来，开始还以为会是个变数，没想到弄巧成拙。

甄氏笑得合不拢嘴："康郡王能找到什么人帮忙，刚刚依靠皇恩立了功，眼红的人就多着呢，现在出了事，就算不去踩一脚也要看看热闹。"

周元景道："怪就怪他自己不懂收敛，新婚穿着甲胄迎亲，实在是太招摇了，能站在朝堂上的武将哪个不是出生入死，谁能看得惯这个。不就是仗着自己有武功底子，又年轻……"

甄氏将琳怡不肯让周老夫人进宫求情的事说了："两个人都眼高于顶，太将自己当回事了，自以为聪明，早晚撞到南墙头破血流。"

到了晚上周十九没有回来。

周元景猜测是不是被传进宫去了，陈汉擦黑了才回来禀告："郡王爷进宫了。"

周元景扬起眉毛，件件都按照他们预想的来。

琳怡在周老夫人屋子里等了一会儿周十九仍旧没有消息，周大老爷和周大太太又准备住下听消息，周二老爷和二太太郭氏回老宅去。

周家热闹了一天，终于开始慢慢静寂下来。

琳怡坐在灯下边看书边和橘红下棋。

巩妈妈将下丫鬟打发出去，站在琳怡旁边。

琳怡不经意地抬头看到巩妈妈一脸愁容。

"妈妈回去歇着吧，这里有白芍几个伺候。"

巩妈妈忙摇头："奴婢不累，奴婢年纪大了本就觉少，回去也是睡不着。"说着偷偷地看琳怡一眼，郡王妃怎么一点都不发愁。

到了宫禁时周十九仍旧没有回府，琳怡吩咐巩妈妈："落栓歇着吧，明日一早再出去打听消息。"

巩妈妈应了出去，白芍忙进内室铺床。

躺在床上，琳怡一眼就看到矮桌上摆着的牡丹花。一时得皇上赞赏，还是正式踏足朝堂，这步并不容易，周十九早就知晓今日会有什么事，却还留下来跟她笑看牡丹。

这个人……

第七十六章　赌注·赢

琳怡睁开眼睛天还没完全亮，伸手扯扯床边的铃铛，外面值夜的橘红忙进门伺候梳洗。

管事的早早就出去打听消息，不过宫里的事恐怕要等到早朝之后才能知晓。

巩二媳妇正给琳怡挽着头发，巩妈妈进门向琳怡禀告，陈家让人带来消息，说是陈允远一早就去了衙门，让郡王妃不要太着急。

沙漏走到巳时末，琳怡在周老夫人屋里听到周元景绘声绘色地道："郡王爷在宫里跪了一晚。"

跪了一晚却仍旧没有回府。

周家这些年没经过什么大风浪，这样的消息已经够让周老夫人闻之色变："好歹也是立过功的，就算有错也不至于如此啊。"

周元景满脸踌躇："母亲不知晓朝局，这可是欺君之罪。"

甄氏微抬眼角，看向对面的陈氏，仿佛埋怨陈氏年轻不懂事："母亲快想想办法，再拖下去可就来不及了。"

周老夫人思量了半晌才攥起手里的佛珠手串，抬起眼睛："我就去试试，听听太后那边什么意思。宫里的消息也不一定准。欺君之罪我们是不能认。"

周元景道："就是这个意思，现在是周氏江山，唯有我们对皇上没有二心啊。"

宗室的身份就有这点好处。

甄氏将周老夫人扶起来，周元景跟着嘱咐老夫人："母亲进宫只说郡王爷没有回府之事，只要太后不提起来，母亲就一概不知，将郡王爷保回来要紧。"

甄氏也道："郡王爷委屈也受了，还能怎么样……"

周十九的事就是一柄吊在头顶的剑，不知道什么时候掉下来，周家人仿佛深切感觉到了剑的锋利。不过琳怡知晓，这柄剑其实是悬在她头上和旁人没有多大关系。

"婶娘，"琳怡开口让周老夫人停住了脚步，"婶娘何不等到郡王爷回来再作打算。"

琳怡不和谐的意见就像一杆银枪直戳进周元景的屁股，周元景一下子就跳将起来，恶狠狠地瞪向琳怡："真是没见识的妇人，郡王爷能出宫昨日早就回来，怎么会等到现在。"

琳怡眼睛清亮，不躲不避地对上周元景："大伯说的就是这个道理，昨晚郡王爷在宫里跪了一晚，今天早朝皇上也没有定下郡王爷的罪名，我们着什么急。”

周元景额头青筋暴出，屋子里的小丫鬟见了吓得脸色煞白：“郡王妃在娘家没见过这般架势，谁家晚辈不听长辈的话……”

早知道周家会拿她的出身和周老夫人来压她，听到这话也见怪不怪，琳怡仍旧神态自若，她娘家虽为五品官，但是她父亲是耿直之臣：“我父亲说过，耿直之臣不能退而求其次，在朝堂上要黑白分明，上不负君主，下不阿权贵，中不侈亲戚，外不为朋党，没什么可惧的，”琳怡顿了顿道，“我们去求太后，就算是将这件事压了下来，将来郡王爷也会被人说是因宗室的身份才被豁免罪责，掌兵的武官没有了威严不能被下属臣服，将来就算得了官职也是虚衔。正因为我们是宗室，现在更要避嫌。”

琳怡一口气将话说出来，然后敛衽向周老夫人下跪：“侄媳若是有话冲撞了婶娘，还请婶娘不要怪罪。”

屋子里一下子静谧下来。

周元景气得想要一脚踹过去，看到琳怡身上戴着的郡王妃品级的彩帨，却又不敢动手。

“这孩子，快起来，”周老夫人亲自将琳怡搀起来，“这是做什么……我也是为了郡王爷，否则怎么舍出老脸去。”

周老夫人这话说得委屈，若是周十九这次真的被责罚了，日后琳怡在周老夫人面前再没有理由申辩，今日的事传到外面，还要说她拿郡王妃的身份压长辈。

赢了不必说，输了就被人握住把柄。

在彼此的对视之下，大家已经互相明白对方的意思。

琳怡先颔首：“婶娘说的是，侄媳妇也是怕弄巧成拙。”

既然如此，周老夫人静看了琳怡片刻，她不得不说陈氏胆子很大，初生牛犊不怕虎也是难怪。响鼓不用重锤，周老夫人将话说到了，先退让一步也无妨。

周老夫人道：“你父亲是堂官，先听听他的意见也是好的，别看我们这么多亲戚，能帮上忙的也是不多。”

重压都在琳怡和陈家身上，周十九娶了她，关键时刻连个能帮忙的岳家也没有，反倒因她被累，周老夫人早就料到她会阻拦，已经提前想好了如何应对。

毕竟大家是一家人，闹大了无法收场。

这就是婶娘对待侄子、侄媳妇的法子。

琳怡突然为周十九觉得悲哀，换做旁人早就骨头也不剩，周十九家的爵位按照亲疏，就要过继周老夫人的儿子去承继。

等琳怡走了，周老夫人坐在内室里喝茶，甄氏急得如同热锅上的蚂蚁：“她跪就让她跪，我们还怕了她不成？”

周元澈在宫里跪皇上，陈氏在家里跪她。

陈氏每次心甘情愿的跪拜都让人吃不消。

周老夫人不说话，甄氏又道："陈氏这般肯定，是得了消息？"

官员是十有八九被御史参奏过，可是，周元澈这次可不是小事，成国公一案得罪了不少人，又在张家堡一事上让人愤恨，最重要的是武将中被提拔起来的是董家人，董家和陈家长房的关系势同水火。

周老夫人淡淡地道："陈允周立过大功，现在董家为他上次活动想要等着陈家从前的爵位落在他头上，郡王爷挡了他的路，咱们郡王妃的父亲不帮忙说话还好，若是帮着郡王爷说话，有个帮亲的罪名等着他。作为吏部的官吏，本来就应该洁身自好，这一点做不到也该挪个位置了。"就算周元澈和陈氏之前已经算计好了，还是小看了这次的风波。

她愿意替周元澈去太后面前说情，那是因为有婶娘和侄子的关系在里面。现在她袖手旁观，是因陈氏阻拦的关系。总之无论如何这里面没有她的错处。周老夫人将茶杯放在矮桌上，眯着眼睛看窗口的花斛，进一步她能推波助澜，退一步她也可以作壁上观，何乐而不为："你们下去吧，我要歇一歇。"

周老夫人这边睡下了，陈家二房那边田氏还跪在佛龛前念经。

陈允周等得不耐烦，干脆进屋装起善男信女佛前许起愿来："但愿这次我们家顺顺利利的。"

田氏抿嘴笑着不语。

陈允周抓住田氏白生生的手："好菩萨，亲菩萨，胜败在此一举，菩萨再发发慈悲，可怜可怜弟子。"

田氏故意嗔怒："老爷在佛前怎么说这种话。"

陈允周将田氏的香身子抱在怀里："老天这般眷顾我，我还怕什么？不能为所欲为，枉来世上走这一遭。人人求菩萨我就不用，因为我家有这么一尊活生生的……我每日都要抱着，难不成还不够虔诚。"说着上下抚摸不停。

田氏才从镇国公家回来，和聚在镇国公府的夫人们才讲了佛经，正觉得口干舌燥，推开陈允周："万一这事不成，老爷岂不是怨我。"说着要去取茶喝。

陈允周将茶捧来喂田氏，收敛笑容："镇国公那边有什么消息？"

陈允宁是争不来爵位了，镇国公府只好和他们结盟，琳婉对他这个二叔也恭谨有加，还不是想要舅舅将来帮镇国公世子取个好前程。

田氏润了润嗓子，目光流转仿佛照得朱砂痣都明艳起来："郡王爷没有根基，帮他说话的人有，却都不能上达圣听。"

这可是喜事。

田氏仿佛有些不忍："咱们和郡王爷无冤无仇。"

陈允周拉起田氏的手："我们只是先发制人，难道要等着将来做俎上鱼肉。菩萨也是惩恶扬善，你这做的可是好事。”

田氏这才安下心来：“三叔定是会帮忙呢，这把火终是要烧到我们陈家自己身上。”

陈允周脸上浮起不屑的笑容：“怕什么，陈允远这个新上任的京官，还能对付林家不成？南书房可是有林家相熟的人在里面，有消息林家自然会立即知晓。”

只有等陈允远一家根基不稳的时候动手，这爵位来得才踏实些。

陈允周越想越得意，正要再将田氏抱紧怀里，只听外面一连串的叫声：“母亲、母亲在里面吗？”

说话间琳芳闯了进来，顾不得看屋子里的情状，琳芳一下子扑进田氏的怀里：“母亲，是真的吗？康郡王要被皇上重责？是因成亲的时候太过张扬？”

琳芳隐约听到只言片语，顾不得多打听，径直来问田氏。

田氏微颔首：“和成亲有些关系。”

“那……”琳芳攥起手里的帕子，“琳怡会不会被周家休弃。这些都是因她而起，她才是罪魁祸首……”

“傻孩子，”田氏叹口气，“你六妹妹没犯七出怎么会被休回来。”

琳芳本来鼓起的气顿时泄了下去。

一旁的陈允周冷冷笑道：“就算现在没被休，将来也会有那么一天，听说六丫头昨天就拦着不让周老夫人进宫求情，她以为她那个做吏部郎中的爹能扭转乾坤。”

四月的天气还格外的冷峭，陈允远裹紧了身上的披风，迈着沉重的步子进了家门，小萧氏带着人等在那里，见到陈允远回来开口就问：“老爷，怎么样？”

陈允远不想说话，现如今仿佛还能感觉到周围人的安静和漠视。

这个京官做得竟然这样难，比在福宁的时候一点不差。平日里混混日子倒还好了，一旦有重要的事上峰就会吩咐下来，他完全没有法子独自做决定。眼看着一个个作风不正的官员外放了实缺，他是有苦难言，就连这次女婿被弹劾，他不过是想要帮衬着说句话，换来的就是旁人颇有深意的眼神。

“折子我是递上去了。”陈允远在长房老太太房里喝了热茶，嘴唇才勉强张开，“被牵连就被牵连，否则这样做个聋哑官员也是无用。”

长房老太太让听竹用美人拳给她捶腿，屋子里的气氛窒闷，半晌长房老太太才叹口气：“按理说你在吏部，好些话不得说出口的。”

陈允远开始也没打算上奏折，只是：“着实可恨。兵部武选司的大人硬被逼得话也说不上来，去年郡王爷带着几百轻骑出京时，皇上也问过琳怡的婚期，既然那时我说了话，而今我也该张着个嘴，我是问心无愧，御史想要弹劾尽管来，大不了丢官回家。”现如今做官都要讲根基，那些平日里无所作为的只要肯对上峰谄媚，那些有家势的只要有老子开路，一个个升迁极快。

陈允远在福宁认识的清流，是天经九年的同进士，在京一直不得伸展，出京之后更是被一贬再贬，年过五旬不过熬个知县，只要想起这位老大人，陈允远就觉得这个吏部郎中做得不踏实。

“论资历、家世，董长茂的势头是不好压过去。”再加上皇上有意抬举，朝廷里的武官十分给董长茂脸面，陈允周在武将里渐渐混开，就算不天天去衙门报道，好事还是围着他转，陈允远想着就气愤不平。

这边倒还好说，小萧氏皱起眉头：“我们家还这样，也不知道琳怡会如何。”

皇上在南书房处理政务，翰林院里留了不少静候。

林正青这个小小的翰林修撰不敢走，齐重轩也正好手头有文书要誊写。自从科场舞弊案之后，齐重轩很少和林正青说话。

海禁之题和去主考官家借书都是林正青的主意，虽然之后林正青解释怕被牵连，他也不是傻子，林正青为人阴狠，这个状元之名更是不实。

看着林正青走过来，齐重轩本想避过去，可是林正青接下来的话，齐重轩很难不听进去。

林正青道：“你说圣上准备怎么处置康郡王？陈允远大人上奏折求情，现在被呈进南书房，我刚才听说南书房里很紧张。”

他受冤入狱的时候，陈允远大人曾帮他上下活动。

齐重轩自然而然地放下笔，抬起头看林正青：“学士让我们少论政事，林兄还是别在这里提起。”

林正青微微一笑，安抚地看齐重轩：“无妨，反正一会儿就要有定论，只要皇上不出南书房，我们就不用下衙了。”

林正青靠着林家的关系，在翰林院能更快地听到各种消息，齐重轩想要问最终还是按捺住了，正如林正青说的，只要今晚留在这里，所有事都会知晓。

不一会儿林正青坐下来忧虑：“恐怕陈允远大人要危险了，吏部考评不佳，现在又不避亲，皇上召见吏部尚书，吏部尚书说，陈允远大人还没有适应做京官。”

这话就十分严重了。

被调任到吏部这么长时间，不适应做京官，也就是说这个吏部郎中不能胜任。

林正青说到这里齐重轩皱起眉头：“你没觉得这里面是有人操控。康郡王怎么也是立过功的，为何就没有一个人替他说话。”

他们这种六七品的小官自然没有话语权，朝堂上的各位大人难得的众口一词。

林正青从开始的看好戏的心态中渐渐回过神来，这事没有表面上看的这样简单。康郡王表面上看似受尽了委屈，诸罪加身万难申辩。

朝堂上这样的争论也不是一次两次，按照以往的经验，处置的折子早就该发下来了。不但没有发下来，皇上还留扣了康郡王。

这是一个局，早就提前设好的局。

南书房的奏折堆得像山一样高，皇帝偶尔从繁忙的政务中抬起头，南书房里的翰林院学士立即停下手里的工作，站起身听命。

“你们先忙着，”皇帝踱步出来，“一会儿朕再回来。”

翰林院学士们躬身送走皇帝。

皇帝坐上步辇低声吩咐：“去景仁宫。”

这已经是近几日皇帝第二次去景仁宫，一旁陪伴的内侍从这里面悟出了些意味。

景仁宫里没用重香，皇帝坐下来呼吸之间心里轻松了许多。

皇后将宫人打发出去，坐下来等着皇帝开口。

夫妻这么多年，没有人比她更了解皇帝的脾性。

“广平侯的爵位因你母家之事被夺，我早就想选人承继广平侯，虽不能明面上将当年的事说清楚，也算为当年的事伸张。”

提起母家，皇后想起从前的往事，除了父兄被牵连，多少人的前程也被糊里糊涂地断送，这些年外面人一直不知晓里面的实情，当年水师的事是因皇上少年激进才全军覆没，皇上怕此事落人口实，父兄就一力承担下来，她也被瞒在鼓里，之后广平侯等大臣知晓了内情……再往后，有人被寻了借口夺爵，有人被冤屈着罢职，一番狂风骤雨，将少年君主的罪责吹得干干净净。

这些事除了参与其中的人，外面几乎并不知晓。她也是后来才知道真相，再后来她和皇上之间就有了嫌隙，但凡看到眼下这些富丽堂皇的物件，就能想到父兄血淋淋的模样，作为妻子和皇后她都已经尽了全力，对身边的人她却永远不能再视为夫婿而是君主，她清清楚楚地知晓，皇帝就是皇帝，身为九五至尊，其他人在他眼里如同草芥。

康郡王妃陈氏就出自广平侯陈家。

皇后神情平常，声音也没有波澜：“皇上复了广平侯爵位，陈家定会感念皇上恩德。”广平侯一直到死都守口如瓶，算是为大周尽忠。

皇上擅用无依无靠的臣子，这样的臣子只能依靠皇上隆恩，更加忠心。

皇帝抿着嘴慢慢道：“上次内命妇进宫，皇后可见到了康郡王妃？”

皇帝问起这个，皇后并不觉得意外：“见到了，很懂规矩知进退，话不多，性子稳健。”陈氏出自广平侯家，广平侯是当年少数为她父兄说话的人，更何况陈氏现在的处境让她想到从前……她倒是愿意为陈氏说几句好话。

皇帝眼睛不抬：“朕听说，康郡王的婶娘要进宫求情，却被陈氏拦住了，陈氏说她父亲和康郡王上不负君主，下不阿权贵，中不侈亲戚，外不为朋党，乃是耿直之臣。若是以宗室的身份进宫求情，倒坏了康郡王的声誉，”说到这里看向皇后，“还当真是有耿正的家风。”

皇上知晓得这样清楚……

周十九出了事，康郡王府格外地引人注意，只要有什么消息从府里传出来定然会很快送到旁人耳朵里。

琳怡就是要借着这个将想说的话说出来，这样那些话更有说服力，可谓是事半功倍。

琳怡将手里的护膝绣好打了结递给橘红，橘红接过去洗干净烫平。

琳怡看向多宝槅上的沙漏，这个时辰该有消息了："玲珑准备纸笔，我要写会儿字帖。"

周大太太甄氏进屋闻到侧室里的墨香，不由得暗自好笑，陈氏还有闲心来写字。

琳怡请甄氏坐下。

甄氏是来安慰琳怡的，可是看到屋子里一切如从前般，安慰的话也就无从说起。两个人还没说上句话，陈汉终于打听到消息进府禀告。

陈汉道："护军营那边乱起来了，好多兵马围过去，听说抓了不少的人，统领、副统领都下了大狱。"

甄氏听了诧异："最近这是怎么了，这样不消停。"

"护军营的副统领也曾去过福建平叛，也才领的功牌……"

甄氏似是听明白了这里面的意思，心里顿时欣喜："这……有功之臣怎么也被捉起来了……"成国公案子得罪了不少武将，想必是因为这个才被捉的，以此推算康郡王……想到这里，看向琳怡，"你也别想太多。"现在听到的消息对于陈氏来说都是再坏不过。

甄氏看向回话的下人，如今已经被吓得满头大汗，目光一转看向陈氏攥着手帕的手，陈氏的手心也该湿透了吧！

琳怡也在看陈汉。

陈汉急得满头大汗，想要说话却说不出来。陈汉和桐宁两个人截然相反，桐宁口齿伶俐行事灵活，陈汉不善言辞做事却比谁都忠实，所以桐宁常跑腿，陈汉则替周十九办些事。

要是在平日，琳怡就会询问陈汉，这样更容易弄清楚来龙去脉，不过看到甄氏紧张表情下遮掩不住的喜悦，已经听明白的琳怡故意不开口。

陈汉说话向来抓不住重点，词不达意。

陈汉结结巴巴汗流浃背。

琳怡等着甄氏背地里笑过三巡，这才间接提醒甄氏，陈汉不是因周十九的处境着急，而是说不出话着急："陈汉，你说郡王爷怎么了？"

陈汉这才擦擦汗道："郡王爷去了护军营。"

"去护军营做什么？"

陈汉道："奉命去拿护军统领。"

甄氏恍然没听懂陈汉的意思。

琳怡松口气笑容满面，伸手拉起僵在椅子上的甄氏："大嫂，郡王爷没事了，我们都可以安心了，您快回去告诉婶娘，免得婶娘再着急。"坏消息巴巴地来告诉她，现在有了好消息，大家也该礼尚往来。

禀过了周老夫人，琳怡拉着甄氏做一桌小宴：“大家担惊受怕的，郡王爷能平安回来大家就一起压压惊。”这才是内宅妇人该做的事。

琳怡和甄氏走进厨房：“大嫂中馈做得好，趁着这时候来教教我。”

甄氏看向琳怡。嫁进周家这么长时间，偏选今日让她来教中馈，听到周元澈没事了，她心里就堵得难受，恨不得在陈氏看不到的地方好好发泄一番，顺便再打听打听到底是怎么一回事，偏陈氏一反常态几乎和她寸步不离，下厨房都要拉着她。

甄氏表现出心不在焉，琳怡却装作没看见，不断地询问甄氏周十九爱吃什么。

要知道从前周家都是甄氏管家照顾老小，她是新妇自然知晓得不多。

巩妈妈在旁边笑着道：“郡王爷在外一定吃喝不好，回来可要好好补补。”

“大嫂，”琳怡望着脸皮绷得紧紧的甄氏，“郡王爷爱吃什么？”

满厨房的厨娘大眼瞪小眼地看着甄氏。

琳怡垂着手满怀期待地笑着。

“我……”要是在平时她倒还能想出个子丑寅卯，现在脑子乱成一团哪有闲心想这个，“你这样一问，我一时还想不起来了。”

琳怡很是意外：“大嫂该不是不知道吧？家里的厨娘好像也不知晓。”她嫁进周家以来，凡是周十九的喜好，周家下人知晓得甚少，她和哥哥喜欢的饭菜家里的厨娘可是张口就来，周家办宴席，菜单上列的菜品周十九鲜有动筷，她倒是仔细数过哪几道是周老夫人、周元景爱吃的，哪几道是周元贵爱吃的，哪几道是甄氏、郭氏爱吃的……

“怎么办？”琳怡故意着急，“这些事我还不清楚呢，大嫂快好好想想，别委屈了郡王爷。”别当旁人都是锯了嘴的葫芦，该替周十九说的话，她是一个字也不会少。

第七十七章　缠绵·小日子

平时话不多的陈氏，这时候怎么就来了话匣子，甄氏脸色难看。

尴尬。

没想到妯娌两个第一次谈中馈会是这样的情形。

厨房一瞬间安静，甄氏的脸色一阵青一阵白，好在甄氏平日里也花过些功夫，稳住心神勉强报了几个菜名。

“大伯喜欢喝竹叶青，”琳怡说着打发丫鬟去取，“多拿几坛来。”

周元景习惯性酒后吐真言。

“别拿酒了，”甄氏刚松口气，立即又警惕起来，忙伸手阻拦，“晚上喝醉了可怎么得了。”特别是在心情不好的时候，很容易将怒气泄在酒后。

琳怡笑着道：“在自己家里怕什么，喝了醒酒汤就安歇。”周元景和甄氏不是喜欢在郡王府住下吗？今天她就恳切地留他们，免得让他们这两日无功而返。

只要酒坛摆上，周元景是管束不住自己的。

琳怡和甄氏都深知这一点。

甄氏现在想离开郡王府，已经晚了。

甄氏只能回去劝说周元景或是不碰酒，或是别说不合时宜的话，免得将来传出去，他们这对好兄嫂无处立足。

门禁之前周十九总算是回府了，琳怡将周十九迎进周老夫人屋里，满屋子的人都喜气洋洋。

周十九将这两日的事讲了一遍：“御史参奏的那些事子虚乌有，皇上还是肯信我，跪在宫里一晚是为了磨我的性子，小惩大诫，免得将来在任上有疏忽。”

听到“任上”两个字，周元景眼睛里仿佛冒出绿光。

周十九缓缓道：“皇上提了我做护军参领，朝廷任职明日就会有文书。”

护军参领是正三品的武将官职。

怎么会眨眼之间就乾坤逆转，不但没有被弹劾成反而补了正三品官职。

琳怡看了一眼周十九，周十九目光清亮正看向她。

这是早就算计好的。

以周十九的年纪和资历确实不能留京补三品正职，除非皇上格外恩典。

周十九求的就是这个恩典。

在朝堂里孤立无援，没有旁人抬举，只有皇上肯用他，这样的臣子皇上用起来安心。周十九娶了她，她娘家和董家的关系不好，正好用来互相牵制。

最重要的是，这几日弹劾周十九的奏折渐多，和之前平叛请功的折子放在一起，多么扎眼，就是因为周十九年轻莽撞，不足以大用，这不是和皇上尚未亲政时一样？

朝廷上为周十九说话的人极少，只有说话结巴的武选司那位大人，这个人周十九找得极好，有口吃的官员大周朝不是没有，能做到堂官就极少，除非品行极佳的能吏，这样的人平日里不起眼，其实得皇上信任。

武选司的大人就算站在旁边一个字也不说，也有了作用。

周十九从和她成亲那日就已经有了算计，故意张扬，故意让对手有机可乘，参奏周十九的奏折中说不定也有周十九扔出的抛砖石。

任何人都是周十九手里的棋子。

周十九早就看准了护军参领的官职。

大家说着话饭菜已经摆好了，琳怡扶着周老夫人去宴席，周元景尚有话没问清楚，碍着宴席只好暂时将嘴边的话吞进肚。甄氏提前和周元景知会好要少饮酒，可是周元景三大碗下肚就再也阻挡不住。

琳怡和周十九吃过饭回到第二进院子，甄氏还忙着阻拦周元景喝酒，这样一来二去地拦着，周元景借着酒劲发起脾气。

琳怡才梳洗完，第三进院子就闹起来，甄氏忙着应付。

琳怡吩咐巩妈妈："早点落栓歇着。"

巩妈妈应了一声和白芍一起关门出去。

屋子里就剩下周十九和琳怡。

周十九坐在床上，安静地看着琳怡笑，和在周老夫人屋子里的笑容不同，周十九如今脸上透着的是难得的喜悦。

"屋子里有点冷。"

琳怡将周十九的官袍准备出来，刚想去看看橘红准备出来的是哪双靴子，就听到周十九的话，只得拿着烛台折返。

"我让人换了床被子，郡王爷若是盖不习惯就换回来。"

琳怡将烛台放在矮桌上，伸手去扯床边的被子，却不料一双大手将她捞过来放在床铺上，小凤凰的锦被就盖过来。

明明是周十九说冷，这被子却盖在了她身上。

这人就算是关切也不会直说。

"早些睡觉。"

琳怡还没反应过来，矮桌上的灯已经被周十九吹灭了。

黑暗里周十九的手握着她的腰身，细细地摸上去，一直到她的脸颊："瘦了。"

亮着灯没有说这句话，偏要等到这时候……

放在她颈窝的手指让她觉得痒痒的，琳怡嘴角忍不住爬上笑容。

琳怡伸手去拉周十九放在她脖颈边的手，修长的手指仿佛早就等在那里，立即和她的合掌交握。她犹豫了片刻，并没有躲开，而是松懈下来，任由他拉着将手放在两个人中间。

琳怡不大说话，周十九的另一只手开始在她背后慢慢拍起来。

就像哄小孩子一样。

一下一下的拍抚随着心跳声倒也让人安稳了不少。这两日她也并不是完全不担心，现在是真的觉得舒畅了。

琳怡突然想起来："我去拧帕子。"让橘红拿的热水还摆在桌上。

周十九坚定地将琳怡拉回来："拧帕子做什么？"

周十九在宫里跪了一晚，就算是不在乎，琳怡想着："腿还是要敷一敷。"

周十九微笑："没跪那么实，宫人不是时时都看着，只是后半夜觉得饿，想回来吃饭。"

琳怡眼皮一跳："想吃什么？明天早晨给你做。"

"上次你做的金丝球没吃到。"

上一次。她才做好的点心直接送去给了郑七小姐。

说起这些话，他们之间仿佛没有了阻隔一样。

琳怡闭上眼睛，这几日想得太多，睡觉也不踏实，如今周十九回来了，也算告一段落，只是这样想着，琳怡一下子就睡着了。

有时候睡一天也不觉得神清气爽，可有时候几个时辰就能恢复精神。

琳怡糊里糊涂地醒来，先闻到一股淡淡的清香，放在腰上的手，已经解开衣带顺着衣襟儿伸了进去。

温软的亲吻就落在耳后，琳怡抿起嘴唇没有转过身去，反正无论她怎么抗议，周十九都能振振有词……

那吻没有停下的意思，细细地亲下来，琳怡觉得脊背上有小虫在爬，再也不能装睡，转过身来。

周十九那双含笑的眼睛果然在等着她："下雨了。"

经这样提醒，琳怡静静听过去果然听到淅淅沥沥的雨声。

窗外的湿凉仿佛吹进屋里，身边的温热就格外地让人觉得舒服。

纤细的身子在他怀里渐渐地放松下来。

周十九轻轻道："这雨一时半刻不会停，一会儿让他们将排水堵起来。"

她在福宁的时候堵排水，放水禽。琳怡诧异地看向周十九，这话是谁告诉他的？是哥哥？

"我们府里正好有鸳鸯，一会儿……"

周十九的话还没说完琳怡已经笑起来："郡王爷，我们府里养的不是鸳鸯，是野鸭子。"

周十九安然一笑，静静地听着，伸手拂过她的长发，然后低下头来，温热的嘴唇亲在她的耳垂上。

周十九是故意逗她说话。

琳怡故意生气转过身去，周十九手一松也不拦着。

周十九得了护军参领的差事，大约早晨是要上朝了，这个时辰也该起身，正想着就去摸枕边的床柜上的小衣。

"今天不上衙。"

手臂将她揽回来抱在怀里。

面对这样的人，软的不行硬的也不行，就算她防备着他却也不想冷冰冰地过日子，周十九好像就抓住了她这一点。

周十九曾说过，"再聪明的东西，只要找到它的弱点，它就是你的了。"不知怎么琳怡无缘无故就想起这句话。

周十九奉行的主张和旁人不一样。周十九外表是从容的笑，其实内里是寻常人不及的骄傲任性，要想不被世事拘束，算计要比旁人用得更多些。她不喜欢被算计，可是身边偏偏就是这么个人。

“那就再睡一会儿。”琳怡假意闭上眼睛。

周十九笑吟吟地看着琳怡脸不红心不跳慢悠悠地道：“好像这个样子也能行。”

琳怡还没弄明白这话是什么意思，周十九躬身和她的腰臀贴在一起。

琳怡立时大窘，挣扎起来：“也不害臊……”

周十九声音清澈：“汉书里，张敞尚敢在宣帝前说，闺房之乐有甚于画眉者。我就算风流、轻浮也不过是在闺房里。”

博古通今就学了这些东西。

周十九沉下头微笑：“元元，我这么大年纪了，什么都不懂要让人笑话。从前也就罢了，现在可是成了亲。”他似是在等琳怡脸上也浮起笑容，琳怡只是被他的言语恼得无可奈何。

“张敞因画眉让宣帝以为缺乏威仪，没有位列公卿。”琳怡思绪微远，终究还是因夫妻情笃被人抓住把柄，从而失了前程，周十九不是张敞。

闲时大家聚在一起的时候偶尔提起张敞，他不认为张敞有寻常人不及的胆色，只是……旁人未经此事，永不会想到自己能不能或者敢不敢，所以他也没有答案。

早晨起来手脚多少有些僵冷，可转眼就变得热起来。

额头上是薄薄一层汗珠，帐子里的味道辛辣中带着丝香甜。

这一次周十九极为耐心，等到她不觉得疼的时候才正式开始。大汗淋漓之后，之前的谈话仿佛就被抛到了脑后。

琳怡刚要起身找小衣。

换到床外的周十九豁然起身，伸手将袍子拿过来穿在身上，然后拉起锦被，温和的目光定定地看着琳怡：“你先别起身，我去叫郎中来。”

怎么了？琳怡诧异地看向周十九手里的软巾，上面好大一片血迹。一瞬间琳怡也觉得手脚冰凉。

是哪里出了差错？

听到郡王爷说请女郎中来，白芍向内室里望了望，神情慌张起来：“是不是郡王妃……咱们府里有带来的嬷嬷，要不要让她先过来瞧瞧。”

周十九道：“还是去请女郎中。”

白芍应下来刚要走，只听内室里传来琳怡的声音：“白芍先别去，将巩妈妈叫过来。”

白芍看向康郡王。

康郡王颔首，白芍像箭一样跑了出去。

不一会儿工夫巩妈妈急着进了门，先向康郡王行了礼，之后就推开门进了内室。

琳怡已经穿好了小衣正靠在迎枕上。

帐子里的味道扑鼻，巩妈妈立即意识到发生了什么事。刚成亲的主子冒失，说不得做了什么莽撞的事，尤其是昨晚郡王爷心里高兴多喝了两杯。

“郡王妃哪里不舒服？”

琳怡抬起头看到周十九脸上一红，吩咐橘红：“先去给郡王爷更衣。”

周十九摇了摇手，自己去了屏风后。

周十九穿好了长袍，巩妈妈已经吩咐丫鬟去熬药水来。

“怎么样？”

看到周十九，琳怡的脸微红：“没事，是我的小日子来了。”她去年才来了天葵，日子一直不准，她也就没有习惯想到这上面，突然看到周十九手里巾子上的血迹，她也没有了主意，可是听到周十九让人请女郎中，这才想起来……

周十九一直淡定从容，表情更是不着痕迹，听得这话笑了笑：“下次记着些。”

似是在笑她，大惊小怪的可是他。

琳怡顺着周十九的脸颊看下去，不禁讶然失笑：“郡王爷外袍的扣子系错了。”

从来衣冠整齐的周十九，穿着系错扣的袍子笑容优雅地在屋子里行走……

难得休息一日，琳怡和周十九吃过饭回陈家去。

小萧氏看到女婿也就放下心来，昨天还是愁云惨淡，今天就云开见月明了。护军参领的官职听起来很大，到底是做什么的，小萧氏也不好意思问，只是知道正三品的官职已经很大了，何况女婿这样年轻，将来做一品大员也是有希望的。

家里正好给衡哥选武功师傅，小萧氏就托女婿去看看。周十九答应下来，小萧氏心头一松，她正愁挑不好，这下好了，女婿见识广，定能挑出合适人选。

周十九去忙乎，长房老太太和琳怡在屋子里说话。

这次虽然平安，长房老太太仍旧嘱咐琳怡：“以后更要事事小心。现在康郡王是木秀于林，”说着问琳怡，“周老夫人和你的妯娌听了消息怎么样？”

琳怡就将昨晚拉着甄氏下厨的事说了：“今天一早周元景和甄氏就回周家老宅去了。”

长房老太太好笑地看了琳怡一眼：“你这个孩子啊，真是调皮。”

被她们害就得忍着，现在翻了身自然要还回来，也警告她们，下次还有下次的说法。

长房老太太一直不明白：“郡王爷对周老太爷、周老夫人到底是怎么态度？对两个兄嫂他又是怎么想的？”

周十九将她娶进门就让她在府里立威，自然就是要对付周老夫人和周元景、周元贵：“看得出来，郡王爷对周老太爷更像是待长辈，周老太爷将郡王爷带回周家，对待郡王爷似是比对周元景、周元贵还好，也怪不得郡王爷将老太爷当作长辈，日后我也会尽力悉心照顾。”

长房老太太点头，琳怡向来会揣摩人心，她这样说定是这般：“老太爷的病如何？还能不能得治？”

“每日奉药不见好转，”琳怡道，“孙女也问过御医，陈年旧疾只得维持。而且平日里侍候都是周老夫人亲力亲为，孙女想要插手也没有机会。”

长房老太太静下来思量：“按理说该是没什么问题。怎么说周老太爷也是一家之主，这病也不是一年两年了。”

这倒是，不过周老太爷见到周老夫人发抖那一节琳怡始终觉得蹊跷。

说过这些，长房老太太说起郑家：“惠和郡主要给郑七小姐物色亲事了，我上次过去母女两个刚好出去宴席。”

郑七小姐定会觉得闷郁。

祖孙两个才说到这里，小萧氏匆匆进门，径直走到长房老太太身边：“老爷回来了，还跟着位内侍。”

长房老太太听得这话起身，琳怡上前搀扶，转头吩咐听竹：“去将贡茶沏来。”

屋子里才布置妥当，外面就传来说话的声音。

内侍在向周十九行礼。

小萧氏紧张地攥着帕子迎出去。

片刻功夫，门帘高高掀起，内侍进了屋子。

第七十八章 复爵·暖

大家互相见过礼，穿着官服的内侍笑得眼睛眯成一条缝：“给老祖宗道喜了。”

长房老太太看到陈允远一脸激动的表情，就算是再镇定，心也似被一条线突然提起来。长房老太太李氏忽然想到丢了爵位那日，老太爷面若死灰般带着内侍来取爵位的铁券。她那时听了消息也是愣在那里耳边嗡嗡直响，半晌也缓不过神来。

内侍的嘴一开一合：“老祖宗准备好明日迎广平侯的丹书铁券吧！”

这是真的，陈家的爵位终于能承继了。

老太太的手紧紧地攥住琳怡的，多少年了爵位终于回来了，在她已经不抱任何希望的时候，朝廷将爵位还给了陈家。

内侍向陈允远行礼：“咱家向广平侯道喜。”朝廷的正式旨意虽然还没下，皇上已经在南书房口述陈家陈允远袭爵，这事定是错不了的。

长房老太太年纪大了经的事也多，先反应过来忙和内侍应付几句，吩咐让下人取了喜钱打点内侍。

送走了内侍，众人在长房老太太房里坐下。

陈允远仍旧压制不住心中的惊喜，抬起头看长房老太太：“母亲，咱们的爵位回来了。”

这样大的喜事突然降临在他头上，陈允远如今不知是哭还是笑，在圣前本来吓出一身冷汗，现又高兴出一身汗。

皇上将他传去宫里问他吏部任上的事，在吏部做郎中政绩如何他心里是再清楚不过，皇上一通责骂下来，他只有跪地听训，不能反驳半句。

那雷霆万钧般的声音，现在还震得他耳朵生疼。

“朕看你确实不适合在吏部任郎中，之前是高看了你。”

这话一出，陈允远心中一阵瑟缩，整个人如同置身冰窖。

“拟旨，”皇帝提起笔来继续批奏折，“革除陈允远吏部郎中之职。”说着快速在奏折上写下御批，然后合上丢在陈允远腿下，“你规谏的奏折写得不错，就去科道吧，”说着顿了顿，“你陈家广平侯的爵位也该寻人承继。”皇帝抬眼看看陈允远，挥挥手不再说话。

陈允远半天也没反应过来。

还是内侍走过来提醒，“陈大人，跪安吧！”

他这才跪下来谢恩。

陈允远将整件事讲得惊心动魄。不过是短短几十分钟的面圣，却让他觉得过了好久。

“儿子没见到内侍前，还以为爵位是给二哥的。”董家活动了那么久，陈允远以为复爵要归于董家功劳，而且皇上也没有说明，承继爵位的人就是他。

长房老太太道：“让你去科道是任什么职？”科道乃是朝廷耳目之官，纠察内外百司之官，这次弹劾康郡王就是科道两衙门的御史，如今皇上让陈允远去科道任职，那是如同在湖中投了颗石子。

曾被人弹劾的人，也去弹劾旁人。

陈允远道：“都察院六科掌院给事中。”

这可是名副其实的升迁啊。

琳怡抬起头看周十九，周十九也正转头看她，目光相接，周十九嘴边的笑意更深了些。

小萧氏道：“老爷这是多大的官职啊？”

陈允远说起来有些不好意思：“正四品。”

正四品，小萧氏惊讶地张开嘴。就算是好事成双，这也太好了……她都要怀疑是不是真的。

陈允远道：“我和科道衙门里的御史有过过节，去了还不知是福是祸。”说着去看周十九。

周十九笑着道：“皇上向来喜欢朝堂上言论广些，若是没有人道时政之得失，析言地方之利弊，那还不是朝堂上言路壅塞。”所以只要皇上有这个心，御史言官是最没必要同出一口气的。

陈允远觉得女婿的话说得甚有道理，于是急忙忙地将女婿拉去谈政事。

琳怡就帮着小萧氏布置院落，两个人才看着下人收拾好祠堂，谭妈妈就一脸笑容地进门，看到左右没人，谭妈妈道：“二房那边坐不住了，着人来打听消息呢。看门房换了新灯笼，还直问是不是有喜事。”

本来就是陈家长房的爵位，现在皇上还给长房也无可厚非，现在她们这边高兴，二房那边定是乱成一团。

琳怡看向小萧氏：“圣旨下来之前我们家里还不能张扬，万一大伯、二伯正式问起来，母亲再说吧！”

谭妈妈笑起来，这样半遮半掩那不是要急死人了。

陈家长房这边家宴坐全了人，陈家二房也是将所有人都聚在一起。

陈允宁直盯着陈允周看：“是不是真的？”

陈允周去林家打听消息，若是承继爵位，皇上一般会让翰林院入值南书房的官员拟旨。

陈允周此时是最不愿意开口的：“是真的。”

陈允宁藏在心里多年的怒气终于发泄出来，伸手就将小丫鬟托盘上的茶碗举起来摔在地上。

瓷器碎裂的声音让屋子里所有的人都吓了一跳。

送茶的小丫鬟立即哭起来。

这套茶碗是陈允周送给二老太太董氏的，二老太太董氏极为喜欢，经常拿出来用。

看着小丫鬟哭得哆哆嗦嗦，陈允宁霍然起身一脚踹了过去，小丫鬟闷吭了一声摔在地上，手上的盘子也打在陈允周的腿上。

陈允周一下子跳了起来。

陈允宁看也不看弟弟，只是对着小丫鬟辱骂：“这么热的茶要烫死爷。”

大太太董氏将手缩在袖子里也不去管，爵位多是由长兄承继，若不是母亲偏向着老二，怎么会让老三钻了空子过继到长房去，虽然爵位成了老三的让她惊慌，可是她心里却还有一股幸灾乐祸的滋味。

如果老二做了广平侯，老爷的这口怒气就别想发泄出来了，今天借着变故，正好将沉郁在心里的情绪一并排解。

“毛手毛脚的丫头。”大太太董氏说着起身向旁边的婆子使眼色，婆子上前将那丫鬟带走，然后劝起陈允宁来：“老爷先别急，大家好好商量商量，我们人多说不定能想到好法子。”

这风凉话说得极为到位，暗地里又指二老太太董氏只偏向着陈允周，若是两个儿子都帮，说不定现在还有补救的法子。

二老太太董氏冷冷地看了大太太一眼。

陈允周失了爵位又眼睁睁地看着大哥、大嫂装疯卖傻地做戏，脸色铁青几乎说不出话来，半晌才道：“我们还是想想日后怎么办，现在三弟得了爵位不说，又有个郡王爷女婿，我听

说康郡王要接管护军营，将来会把握京里的驻防也说不定，舅舅现在虽是都统，康郡王毕竟年轻又是宗室……”

这么快将自己择了清楚，陈允宁阴沉着脸道：“二弟心里不会是在怪舅舅吧？”

陈允周像被拽了尾巴的大猫，就要伸爪挠还回去。

二老太太董氏一掌拍在桌子上：“越说越离谱了，一个个的要气死我不成？”

大太太董氏埋怨地看了陈允宁一眼：“我看二叔说得对，康郡王毕竟是宗室，这一点外姓人是比不了的，平日里就不一定有多少功劳，可是到了紧要关头，朝廷任命宗室做大将军时候更多一些，这就是亲疏有别。”

大家正说着话，沉香端了东西进门：“三小姐让人捎东西回来，让老太太别急，三小姐和姑爷明日就回来。”

二老太太看着盒子里自己素爱吃的点心叹口气，让沉香扶着起身：“你们回去吧，我要歇一歇。”整件事已经尘埃落定，都带着怒气聚在一起也没有必要，不在她眼前，她也眼不见为净。

陈允宁和董氏回到房里，陈允宁黑着脸躺在炕上，董氏倒了杯茶送上来劝说：“老爷也别太生气，想一想这事也有好的地方，”等到陈允宁看过来，董氏才接着道，“咱们女婿也是宗室啊，将来还要承继爵位呢。有了前车之鉴舅舅也该知晓宗室有宗室的好处。”二叔一家两手空空，他们总还结了门好亲事。

还真是世事难料，琳婉长相平平，性子也柔弱，和琳芳站在一起不堪比，没想到却嫁了镇国公长子，只要想想这个就稍稍欣慰些，陈允宁松开眉头点点头，伸手拉起董氏的手：“这段日子是我糊涂，委屈你了。”

董氏以前满腔的怨气在琳婉的劝说下早就下去了大半，现在那贱人已经被逐出了门，她要想法子重新将老爷的心拉回来：“老爷是哪里的话，都是过去的事就不要提了。”说着眼泪却落了下来。

周十九第一次上朝，琳怡早早就起来安排。

早饭清淡为主，怕站的时间长肚子饿就加了盘小炒肉。住得离皇宫近的好处这时候显了出来，不用走得太早。

听说有些大人要天黑的时候就从家走，所以皇宫附近的宅子才会这么贵。

送走了周十九，琳怡收拾好东西，回去陈家帮忙，主仆几个才走到垂花门，门上的婆子迎上前禀告琳婉来了。

见到琳怡，琳婉笑着道：“郡王妃可是要回陈家？我也听说了朝廷复爵的事，也正准备回去向三叔父贺喜呢。”

琳婉穿着鹅黄色牡丹花净花褙子，外面穿了层杏红色羽纱鹭衣，头上戴着金盏花嵌玉分心，打扮得很是讲究。

和琳怡说着话就亲昵地一起坐了马车。

“没想到爵位真的能还回来，”琳婉低头笑着，“这下好了，在旁人面前也荣光。”

好像真的很高兴。

马车到了陈家，琳怡、琳婉下了车，才知道二老太太董氏带着儿子们也来了。

都是陈家子孙，祖宗的爵位能承继了，就算再不情愿也要摆出一副万分欢喜的样子。长房老太太还要装作高深莫测，二老太太董氏是与有荣焉，这里面最轻松的当属小萧氏，因为平日里就直率，遇到好事就算满脸挂上笑容也是寻常啊。

到了吉时，礼部和内官送来丹书铁券，长房老太太和二老太太带着陈家子孙跪拜隆恩，接着是陈允远接下铁券和圣旨表明了忠于大周朝的决心，最后好礼将礼部、内官送走。

长房老太太让人将宗祠打开，陈允远将铁券摆放去了原来的位置，看到这一幕，长房老太太的眼前模糊了，目光不由自主地落到先夫和儿子的牌位上去，好半天情绪才稳定下来。

祭拜完祖先，大家回到念慈堂说话，长房老太太吩咐小萧氏明日请陈氏族人来吃宴席，二老太太董氏笑着打断长房老太太的话：“明日正好是四丫头成亲的日子，双喜临门，干脆一起热闹热闹。”

长房老太太点点头：“好，就这样安排。”陈家女儿出嫁，挡不住陈家族人去看热闹，既然二老太太提出来，她也没必要拒绝。

吃过晚饭送走了宾客，小萧氏拉着琳怡去内室里说话：“这几日瘦了不少，是不是太累了？要寻个好郎中补一补，”说着问琳怡，“小日子来没来？”

琳怡想起那天早晨小日子的风波就觉得好笑：“来了。”

小萧氏脸上明显有些失望。

怎么也不会一成亲就有孕啊，琳怡去抱小八姐儿，小八姐儿的脸肉嘟嘟的粉嫩，刚刚还四处看的小八姐儿，不一会儿就被琳怡抱着睡着了。

琳怡将小八姐儿放回摇车里。

小萧氏吃了几杯酒，脸颊有些微红，笑着看琳怡：“这下子我能将福宁的院子卖了。”

原来福宁的院子一直没有卖。

小萧氏不好意思地说：“前些日子你父亲总是抱怨京官难为，我想着说不定哪日你父亲还要外放，也就没急着卖院子。”

小萧氏总是一心想着陈允远，不管陈允远是做个委屈的小官也好，现在是广平侯也好，小萧氏对陈允远的心思总是不变的。

就因为小萧氏不会谋算，琳怡才会觉得在娘家的日子过得最舒坦。

琳怡记得小萧氏有一箱子的雨具，搬家过来时祖母就让小萧氏将雨具送给下人，在京

里可是用不着这些的。

“母亲那些雨具不会还留着吧？”

“还留着呢，”小萧氏笑着，“这次也该让颜妈妈搬去下斜街胡同去，还有你的羊皮小靴，京里下雨都喜欢穿木屐现在是用不着了……”

琳怡想起那两双红色的羊皮小靴，低头靠在小萧氏肩膀上：“福宁的院子还是不要卖了吧！”反正也卖不了多少银钱。

小萧氏想到这个也颇舍不得：“说的也是，就不卖了。”说完伸手整理琳怡的发髻，“以后就能常回家来了吧？你父亲得了爵位，你在宗亲里的日子也会更舒服些。”

“是啊，”琳怡笑着安慰小萧氏，“广平侯家小姐嫁给康郡王，我们家也不算太高攀。”

小萧氏也被逗笑了。

母女两个又说了会儿话，小萧氏看向沙漏：“时辰不早了，你们也该回去郡王府，我让门房准备好车马。”

好不容易回家一次，真有些不愿意走。

琳怡吩咐橘红：“去前面看看宴席什么时候散。”

不一会儿工夫橘红折返回来：“郡王爷醉了，让人扶着去了东侧院歇着。”

小萧氏皱起眉头：“老爷也真是……怎么让郡王爷醉了，这可怎么好？也不知道能不能赶上门禁回去。”

周十九怎么会醉，就算是醉了也能撑到家里再睡下。

“我去瞧瞧。”琳怡吩咐橘红几个打着灯笼去了东侧院。

院子里很静，只有几个小丫鬟伺候在外屋，桐宁在内室门前候着，见到琳怡来了忙上前行礼，“郡王妃。”

“郡王爷怎么样了？”琳怡边问边往里走。

桐宁道：“大约是酒喝得急些，风一吹就醉了。”

琳怡拿起桌上的醒酒汤，坐在床边。

矮桌上的灯光照着床铺，周十九平躺着，两只手搭在身上，脸颊微侧呼吸均匀绵长，和平日里睡着时一样。

真的醉了。

琳怡将醒酒汤放回桌上吩咐桐宁：“你回去一趟和老夫人说，郡王爷吃了些酒，晚一些再回去，叮嘱一下胡桃将郡王爷明日上朝穿的官服熨烫出来。”

桐宁应了忙退下去。

琳怡让橘红打了热水来，亲手拧了帕子要给周十九擦脸。

帕子才落下去，周十九就睁开了眼睛：“怎么不和娘再说会儿话？”

周十九是看穿她的心思。

“我们才成亲不久，不好回去太晚……”

周十九微微一笑："不差这一两个时辰，每次都是匆匆过来说几句话就走，以后赶在门禁前回去就是了，你给长房老太太熬的梨膏不是还没好？"

她是担心祖母的身体，才几日不见祖母咳疾就严重起来。

周十九伸手触碰琳怡的额头："等过了半年，我们常回来住几日。"

看着周十九暖暖的笑容，琳怡伸手拉起薄被盖在周十九身上："好。"若是将心中的杂念摒除在外，其实此时她心里是觉得很踏实的。

第七十九章　嫁琳芳·怀孕

第二天起床，丫鬟端盆进来送上热水巾帕，让周十九和琳怡盥洗。

琳怡取来长袍给周十九穿上，手从袍子里伸出来，琳怡才发现："郡王爷手上的扳指哪里去了？"

他们成亲时从一堆贺礼中周十九只看中了那只扳指。

周十九微笑着："和你哥哥打赌输了。"

"打了什么赌？"

琳怡才转过身，腰就被轻轻抱住，温暖的气息在她的耳边："男人之间的玩笑，"说着拉起她的手送进一块柔软的帕子又按在他的腰上，"放心，我赢了。"

琳怡奇怪地转身，低头看手里的东西，是她绣给哥哥的汗巾子。

玉扳指换了汗巾子，怎么会是赢了。

但是一眨眼间琳怡就看出来，这块巾子是她开始学双面绣时绣的，那时她和哥哥打赌若是能在三个月内绣出漂亮的双面绣，哥哥就将手里的那套藏书让给她。结果她不小心绣错了花瓣却不够时间改过来，索性就用了一层锦绣纹路做遮挡……仔细看就能瞧见后面的针脚不太整齐，哥哥没看出来。

年纪小的时候争强好胜动些小心思只是觉得好玩，她觉得哥哥一定早就发现了，是故意要让她高兴才没说出来。

她后来是想着早晚有一天将这块汗巾子要回来，可是慢慢地就忘记了。

"这块巾子绣得不好……"琳怡想要将巾子放起来，却被周十九重新拿回手里藏在了身后。

周十九清雅悠然的神情让琳怡气得直磨牙。

看着琳怡蹙起的眉角准备再要回去。周十九展开笑容，声音略微比平日里轻缓低沉："元元别着急，要慢慢来。"

琳怡和周十九从屏风后出来，琳怡才要吩咐橘红倒杯茶来，却发现屋子里空无一人。

该不是觉得他们在说什么亲昵的话故意避开了吧？

这几个丫头现在也太机敏了些。

周十九的笑容深切了些。

送走了周十九，琳怡也回陈家去了。

到了陈家二房，琳婉立即来迎她。

“嫁妆已经送去林家，”琳婉笑着道，“不过咱们的新娘子正不愿意上妆呢，我出来的时候二婶过去劝说了。”

和她当时要嫁去林家的时候有些相像，当时因要匆忙出嫁她和小萧氏也是哭成一团。

林正青现在换了新娘，居然还是这样的情形。

琳婉和琳怡去了琳芳住处，琳芳坐在大炕上，脸上被抹了厚厚的粉可是还不难让人看到一股的惧意。

除了新娘子要嫁去一个陌生地方的害怕，还多了种更深层的恐惧。

琳芳抬起头看到琳怡，目光又带了愤恨。

本来该是她的亲事却被琳怡抢了去，站在那边得意洋洋的人本应该是她。

喜娘这时候笑着过来：“四小姐该戴头冠了，再过一会儿姑爷就要来了。”

琳芳只是坐在那里没有半点动作。

陈二太太田氏笑道：“哪家的女儿都有这一天，你六妹妹出嫁的时候比你还小呢，”说着吩咐喜娘：“快将喜冠拿来。”

琳芳更捏紧了手帕。

伺候头面的丫鬟捧起喜冠慢慢地往琳芳头上戴，喜冠上的璎珞似是垂下来不小心碰到了琳芳的耳朵，琳芳立即大叫起来，一把将丫鬟推开，头上的喜冠也不小心掉在炕上。

屋子里的气氛一下子冷了下来。

琳芳的排斥情绪仿佛太重了些，要知道和林家结亲可是二太太田氏愿意的。琳怡不动声色看了眼琳婉。

琳婉的表情也有些奇怪。

这些人在打什么主意她不知道，不过比起费力地帮着她们演戏，她还是远远站开观看的好。

琳怡笑着道：“我去看看前面怎么样，是不是要大哥拦门。”

二太太田氏自然不愿意有琳怡在场于是热络地送琳怡：“家里乱糟糟的，对郡王妃也是招待不周。”

琳怡大方地道：“二伯母这是哪里的话。”

二太太田氏和琳怡出了门，琳婉就走上前去坐在琳芳身边：“妹妹要不要喝些热水，我那时候也是很害怕的，不过喝点水就好多了，”说着满脸的喜气，打趣儿琳芳，“状元郎的门可不好拦，咱们可要做好准备，别一会儿来个措手不及。”

琳婉的话让琳芳觉得刺耳，一股莫名其妙的情绪一下子被挑起来：“不是你嫁人，你自然在旁边说风凉话。”

琳婉浑身的热情一下子被冰水浇熄了，嗓子也沙哑起来：“四妹妹你这是怎么了？大喜的日子……说这些话可是不吉利……”

琳芳只瞧着琳婉冷笑：“我说得不对？你巴不得看着我不好，将来这家里只有你一个体面的小姐。”

琳婉被琳芳吓了一跳：“四妹妹，你是不是看到我和郡王妃……才不高兴……大家都是姐妹，出自一个陈家，将来还要互相照应，郡王爷和你姐夫又都是宗室，都姓周……经常要在一起。郡王妃离开，二婶也是要起身相送的……这是大周朝的规矩，谁也错不得。”

宗室……大家都姓周……皇族又有爵位，经常要在一起。这些零零碎碎的话听到琳芳耳朵里，琳芳抬起头又看到琳婉瑟瑟缩缩的表情，施了脂粉还是平庸无奇的样貌……心中的愤恨更甚。都是陈家女，她的长相、才气是琳婉、琳怡都不能比的，可如今，琳婉、琳怡都嫁了宗室，都成了有身份的皇亲，而她远远地被抛在身后，甚至都不能和她们相提并论，连母亲都要矮上一头，在她成亲的日子却要围着琳怡团团转。

一个念头闪过，再想想周元广和康郡王的为人……

琳芳不等琳婉将话说完就将炕上的矮桌一下子掀翻在地。

二太太田氏折返回来正好看到这一幕。

矮桌上摆的是喜点饽饽，现在青花缠枝喜字的瓷盘被打碎了，那些点心更是摔得不成样子。

屋子里的喜娘和下人都不知所措地站在一旁，琳芳正揪着大红色鸳鸯迎枕往下扔，琳婉上去拿就被推到了一旁。

琳芳竖起眉毛，睁圆了眼睛：“你们一个个是不是都要看我的笑话。”

“胡闹，”二太太田氏转身关上了身后的门，走上前去将琳芳手里的迎枕抢下来放到一旁，又去吩咐喜娘，“四小姐要离开家了心情不好，这里的事不要说出去。”

那喜娘连连点头：“都是这样，都是这样……还有闹得更厉害的，追根究底是想着长辈，”说着顿了顿，“这喜饼坏了不要紧，厨房还有备着的，太太吩咐下去再端上来就好，”蹲下身去收拾喜饼和桌子，“这些东西是奴婢们不小心打翻了。”

二太太看了眼旁边的四喜，四喜这才回过神帮着喜娘一起收拾。

一会儿工夫地上被打扫得干干净净。

田氏这才抬起头看琳婉：“都是你四妹妹的不是，你别放在心上。”

琳婉强露出笑容，手不经意地放在腰腹上，表情有些不安：“没事，二婶好好劝劝四妹妹，四妹妹是心里害怕。”

冬和上前扶起琳婉。

琳婉道："我也去看看前面如何了。"

田氏亲切地颔首，等到屋子里没有了旁人，田氏皱着眉头看向琳芳："你这是怎么了？这个时候竟胡闹起来，若是婚事办得不妥当，别说你没有脸面，我和你父亲又该如何？"

田氏不软不硬的训斥，让琳芳的眼泪一下子涌出来，伸出手握住田氏："母亲，我不想嫁，我害怕，我害怕……母亲，别将我嫁了。"

琳芳哭得伤心，手指指节过度用力透出青白的颜色。

田氏心中的疑惑越来越大："我一直问你，到底是怎么回事，你就是不肯说，现在马上要嫁了，我最后问你一次，你若是不说以后也不要再提。"田氏说着要起身。

琳芳紧紧拉住田氏几乎要从炕上扑下来："母亲，母亲，我从前有一次想去看林大郎，结果被林大郎发觉了，他……他就……威胁我……"

琳芳讲得断断续续，田氏听得脸色难看。

"母亲，这样你还让我嫁，我嫁过去定要被欺负，我……"琳芳抬起头来，看到田氏怒谴的表情，顿时住了嘴。

"林家肯娶你，你就该庆幸，否则你现在就应该剃了头去家庵里，"田氏沉下脸，语气凛然，"如今林家捏住了你，你嫁过去更应该孝顺长辈，相夫教子，求着能为林家添丁进口，否则就不会有好日子过。"

田氏甩开琳芳拉着她的手。

琳芳手脚冰凉瘫在炕上："母亲，您不能不管我，我也没想到会走到今天，我还以为会嫁去郡王府，再不济……母亲也答应我会嫁给宗室……我……我就是害怕……"

田氏凝视着琳芳："现在说什么都晚了，你想要有好日子就要听我的，以后无论在林家如何，都要听我的。"

无路可退，琳芳只好点头。

田氏心里如同被压了块石头："林家长辈不一定知晓，否则这门亲事也就谈不成了，嫁过去之后先要想办法让你夫君看着你欢喜，"说着拿帕子去擦琳芳的眼泪，"你生得花容月貌，只要多用用心，定能握住夫君的心，你夫君再提起从前，你就说少不更事，幸亏他看到的不是你和旁人……"

琳芳听到这些更加委屈起来。

田氏道："你这样不愿意，将来嫁过去你夫君也不欢喜。你要学学你六妹妹的样子，她开始还不是不愿意嫁给康郡王，可是嫁过去之后却夫妇和顺。"

提到琳怡，琳芳就争辩起来："她是捡了大便宜，自然是高兴的。什么不愿意嫁，是没敢想能嫁过去。"

田氏又板起脸。

琳芳只得不再说话。

“你如今已经不如你六妹妹，现在还不肯悔改，一定要闹到更加不可收拾的地步？让所有人都看着笑话？日后的路还长着呢，你好好用心，怎么就知道一定不如你六妹妹？”

知子莫若母，田氏这几句话果然让琳芳安静下来，半晌才扑到田氏怀里嘤嘤地哭起来：“我就是不甘心，从前这个家里都是我被捧着，琳怡这个丫头来了之后搬进我们家，吃我们的穿我们的，还抢我的东西，本来我们去长房也是顺理成章的，琳怡却掺和一脚，这么多年我们在长房老太太身上花的心思还少吗？三叔一家进京就要心思算计到手，论心计我是不如琳怡，外面人都称赞琳怡好，琳怡哪里好？琳怡不过是阴险狡诈的小人，看到利益就扑上去，不管是谁的东西只要好的她都抢到手了，我就落得一无所有……母亲，我真的不服气。”

“不服气就别让人看了笑话，”田氏轻拍着琳芳的后背，“这才哪到哪啊，以后的路还长着。”

“好了，好了，”田氏看看旁边的沙漏，“时辰不早了，你还要重新上妆。别人越想看笑话，你越要欢喜才好。”

琳芳哭得更厉害。

田氏总算劝得琳芳重新梳妆。

押嫁妆的陈临斌已经从林家回来，问起妹妹，田氏脸上一片黯然。

过了这么久，琳芳仍旧难放下心头的委屈。

田氏问起儿子：“林家那边怎么样？”

陈临斌道：“都准备好了，一会儿妹夫就上门了。”

田氏迟疑片刻：“有没有不妥当的地方？”

不妥当的地方？陈临斌摇头：“儿子瞧着都很好，妹夫将我送到门口……莫不是我们家没能承继爵位，林家会反悔？”

那倒还不至于，怎么也还有董家在那里。

田氏道：“现在不一样了，我是怕你妹妹将来受委屈。”

陈临斌不做声。

田氏伸手给儿子整理衣襟：“咱们家以后就要靠你了，你妹妹将来能不能在夫家过得好，也要看你能不能撑着她。”

想到和蔡家的亲事，陈临斌低下头，“母亲放心吧，儿子一定会尽力。”

两个人说完话正要去前面，元香一路从长廊迎过来，见到田氏和陈临斌，元香先行了礼然后才道：“三小姐肚子疼，老太太让人去请郎中来呢。”

田氏想到刚刚琳芳推了琳婉一把，立即看向陈临斌：“你去前面安排礼仪和宾客，我去瞧瞧琳婉。”

“这可是火烧眉毛的事。”

琳怡进门就听到大太太董氏在屋子里大呼小叫。

琳婉靠在锦茵芙蓉榻上，大太太董氏正小心翼翼地往琳婉腰后塞银花金线蟒纹引枕。

琳婉忙拉住大太太董氏：“母亲别急，我想是着了凉，母亲这样大张旗鼓坏了四妹妹的婚事可怎么办，”说着去吩咐冬和，“去厨房给我端碗姜汤来。”

冬和匆匆忙忙退下去，大太太董氏也看到了琳怡。

“郡王妃来了，”大太太董氏比平常要热络许多，上前给琳怡行了礼，“琳婉肚子不舒服，我心里担心……”

话刚说到这里，软榻上的琳婉捂住嘴呕起来。

周元广刚好踏进门，一眼就看到琳婉泪眼婆娑，周元广不管三七二十一大步走过去和琳婉的手紧紧握在一起：“这是怎么了，刚才还好好的……”

琳婉害羞地将手缩回去：“没事，大约是昨晚着了凉，喝点姜汤也就好了。”

仍旧是刚才的说辞，可是就连琳怡都看出来了，琳婉不像是病了而是……怀孕了。琳婉赶在这个时候知晓怀孕，那还真是巧。

大太太董氏在女婿耳边轻说了几句。

周元广立即又惊又喜：“那，快请郎中来瞧。”

琳婉很不好意思地缩在软榻里，提醒着周元广：“别让人笑话。”

瞧着小娇妻清瘦的脸，还要顾及旁人，听说妹妹要出嫁了，早早就过来张罗帮忙，平日做事还处处透着谨慎，显然在娘家时过得不太好，周元广心里不由得起了怜惜：“这时候你的身子最重要。”

琳婉刚从琳芳房里出来，现在肚子疼和琳芳脱不开干系。琳怡坐在旁边喝茶，等到郎中来了，带着丫鬟慢吞吞地去花厅里和陈氏族人说话。

不消片刻，巩妈妈就带来消息：“三小姐怀孕了，不过胎气不稳，只能卧床歇着。”

果然和她猜想的一样。

琳芳这次麻烦大了。

这下待大家知晓了实情都会说琳芳不懂事，琳芳不情愿嫁去林家的事也会传出去，这样林家在人前也会没了脸面。

这是一箭双雕。

多亏她没留在琳芳屋里，要不然还要帮琳婉做个见证。

巩妈妈接着道：“四小姐那边还没准备好，喜娘说恐怕是要误了吉时。”

瞧瞧，这一出一出都是早就算计好的。

很快宾客都多少听到了些传言，大家正小声交谈，外面一阵礼乐声传来，林家迎亲的花轿到了。

陈临斌忙去门口拦门，田氏满脸笑容张罗请陈氏族里的男孩子都去要红包，不断地嘱咐：“越热闹越好。”

拦门的人多，女婿进门就晚，琳芳那边也好有时间遮掩。没有琳婉的事也就罢了，有了琳婉的事在前，只要有些蛛丝马迹都会被人抓出来。

田氏是个能撑住局面的，很快让一切步入正轨。

不过陈临斌确实不是林正青的对手，几下子就落败下来，趴在墙头的陈氏少爷们很快也被新姑爷说得哑口无言。

不过“动武”这关就难过了，多亏林氏族里也有擅长射箭的后生，将陈家的大红花射下来，陈家的大门应声开了。

林正青进了府门，在人群中一扫，远远地看到一人站在廊间，手握着鲛纱团扇，悠闲地站在旁边看热闹，那双眉眼舒展，除了从容的神情，少了些兴致。在林家见到她时，不知晓她脸上那张面具什么时候会摘下来，露出真容。现在看着热闹的场面，她那双眼睛仿佛一瞬间亮起来，淡淡地一笑。

那笑容里饱含着复杂的情绪，在眼帘落下时盖了个严严实实，翘起的嘴角让人觉得十分神秘。

不知道怎么回事，越是觉得奇怪就越想探究，这样下来倒是觉得她有些不同起来。每次见到陈六小姐的这张脸都让他觉得熟悉。

“姑爷，先去祭祖吧！”喜娘在旁边提点，林正青这才放开了步子。

接下来在田氏的努力下，一切顺利地进行着，琳芳顶着大红的喜帕出门，然后被领上了轿子。

林正青谢过来观礼的亲友，转身上了高头大马。

吹吹打打的声音渐远，田氏眼看着花轿抬出胡同，总算舒了口气。

观礼结束，琳怡和小萧氏一起回陈家长房去。

见到长房老太太小萧氏将琳芳成亲的经过说了：“听说琳婉是劝琳芳的时候扭到了，三姑爷动了气，林家来迎亲他连门也没出，一直在二老太太房里陪着琳婉。”

“真是难得，”长房老太太吃口茶道，“琳婉才貌并不是很出众，嫁去夫家却得婆婆和丈夫的欢心，现在又有了身孕，琳婉在宗室站稳了脚跟，陈允宁夫妻也跟着脸上有光，尤其是董家，自然而然会和宗室相处得更融洽些……相比之下，陈允周一家在爵位上下的赌注太大了，现在没能承爵处境也不比陈允宁一家好了。”

不过是一门亲事的差别，就让陈允宁和大太太董氏又在陈家抬起头来，所以人人对结亲都看得很重。

长房老太太道：“婚事可办得热闹？”

小萧氏笑：“没有我们热闹，恐怕这满京城也找不到琳怡成亲时的场面了。”

琳怡将头靠在长房老太太肩头，今天看到林正青娶妻，她才觉得自己真是万分幸运，不用再像前世一样嫁去林家面对林正青，更不用眼睁睁地看着父亲在狱中等死。

第八十章 火·圈套

今天对林正青来说很特别。

真正的洞房花烛夜每个人只有一次，所以就无从比较，可是林正青却一直觉得奇怪，这次娶亲和上次仿佛大不一样。

上次是在什么时候？

“我成过亲吗？”林正青问身边的小厮。

小厮愣了片刻就堆上满脸笑容：“大爷，您醉了。”

喝了些酒，他反而觉得十分清醒，林正青让丫鬟扶着往新房走。他从来不知道什么是难过，就算小时候因学业被母亲责骂跪在草地里，他那时候抓只虫子在手里，然后闻到被压扁了的草有阵阵的清香。

他只是和他手里的小虫玩耍，不会管母亲眼神里面是不是柔和的目光，旁人和他又有什么关系。

林正青走进洞房，喜娘捧来合卺酒笑着站在一旁等着林正青将琳芳的盖头取下来。

林正青伸出手拿着秤杆，挑起盖头……

虽然哭肿了眼睛，又被厚厚的粉遮盖住了脸，还能看出这张脸很美丽，可是再怎么漂亮，却不像是他要的那个。

来来来，将盖头再蒙上，重新挑起来看看这张脸会不会变。

琳芳刚要呼吸，觉得眼前又复暗下去，她本来就心跳如鼓，现在更是捏紧了手帕。

盖头落下来又被挑起。

两次、三次。

喜娘终于也坐不住了：“大爷，该喝合卺酒了。”

琳芳抬起头来，看着林正青疑惑的目光，那双眼睛第一次发出让她能看得懂的情绪。他在怀疑什么，想要得到印证，于是一次又一次地尝试。

最后林正青坐在她身边，模糊地吐出几个字：“不是你。”

琳芳猜不出这到底是什么意思，求救地看向喜娘。

喜娘笑着安慰琳芳：“大爷醉了，奶奶服侍大爷歇着吧！”

林大太太坐在锦杌上，让龚二媳妇卸掉首饰，抹了羊脂油在手上，站起身正准备进内室，听得外面一阵凌乱的脚步声，然后崔福家的撩开帘子进门:“太太不好了，新房那边起火了。”

林大太太豁然站起身，将羊脂油的盒子打翻在地：“怎……怎么回事……”

崔福家的道：“也不知，屋里的丫鬟等着用水，可是屋里一直都没动静，后来闻到烟味儿才回过神来。”

林大太太忙让丫鬟伺候着穿好衣服，进屋将事说给林大老爷听，夫妻两个一路赶到新房去。

正房失了火，所有人都将东西搬去了两侧的耳房。

院子里一时人声嘈杂，林大太太在院子里找不到儿子，正在着急，管事的来回话道：“幸亏发现得早，大爷和大奶奶都没事，现在安置去了耳房。”

林大太太这才松口气和林大老爷一起去耳房里。

“到底是怎么回事？”看着旁边喝茶的儿子和缩在角落里满脸泪痕的儿媳，林大太太问出口。

琳芳慌乱地摇头，冲天而起的火光还在她眼前，她转头看向林正青。

林正青黑润的眼睛也正看着她。

琳芳半晌才结结巴巴地道：“我……我……我不知道。”

从陈家回来之后琳怡的眼皮就跳得厉害，橘红又是用冷水敷又是揉一直不管用，给她梳头的媳妇子想出土法子，喝茶水会管用，她反正也喜欢喝茶，于是一边喝茶一边看书，这样一来眼睛好像不跳了，可是晚上也睡不着觉。

周十九丑时初就要起床，要比所有人都要早到宫门，要检查宫门宿卫，开启宫门，她只要动一动周十九就能知晓，所以她也只好忍着。

早知道就不要喝那么多茶了。

琳怡腹诽在黑暗中眨眨眼睛。

“下次还是别在晚上喝茶了。”周十九修长的手指伸过来抱她，帮她翻了个身。

“吵醒你了。”琳怡有些歉意，毕竟她是那个在家自由自在的。

“我也没睡着，”周十九道，“今天是第一天正式上任，应该早些去巡查。”

琳怡笑道：“还早呢，我已经和婆子说了丑时就来敲门，”说到这里琳怡想了想，“要不然郡王爷去书房睡？”这样就不会影响他歇着，本来她小日子他们就该分开睡。

“成亲还没有几日，不好就将我赶出去吧？”

她哪是赶他出去：“我是怕郡王爷明天起床没有精神，办不好差事。”

周十九轻笑一声：“元元会疼人。”

本来很正常的话，被周十九一讲就好像怪怪的，琳怡干脆闭上眼睛不再理睬周十九。

周十九若无其事地笑着：“元元不高兴了。这么说我是该投桃报李，我小时候只要睡不着就会背八股文，元元要不要听？”

背八股文？宗室不科举背八股文做什么？

周十九说得很随意：“叔叔没找到我们全家之前，我本想将来要在乡村里做个先生。”

堂堂郡王爷从前只是想做个读书先生。

若是她不了解周十九说不定就信了。

事实证明，周十九虽然没有真的当先生，八股文却讲得很好，很快就将琳怡讲得睡着了。

第二天早晨，八股文先生脸不红心不跳地要束脩。

琳怡只得亲手给周十九梳了头发，送走了周十九，琳怡躺回去睡个回笼觉，再醒过来，白芍、橘红让小丫鬟端了温水要给琳怡梳洗。

“巩二媳妇病了，”白芍拿起梳子给琳怡梳头，“巩家嫂子一早来跟奴婢说的，让奴婢跟郡王妃告个假。”

琳怡从镜子里看白芍：“请先生去看看，送些银子过去让巩二给她补身子。”

白芍应了：“郡王妃还是少出去，近来京里得病的多。”

主仆两个话才到这里，巩妈妈进屋来：“奴婢刚才遇见了申妈妈，申妈妈说老太爷病得急了，老夫人身上也不舒坦。”

琳怡问巩妈妈：“什么时候开始的？”

虽然婶娘不是正经的婆婆，她还是每天都去问安，昨日还不见老夫人有哪里不舒服。

巩妈妈道：“听说有两三日了，老夫人当是小病就一直瞒着不曾说。”

两三日，那就是周十九任职，她娘家得爵位这几天，周老太太回了趟祖宅。

琳怡让人服侍穿好了衣服，边走边问巩妈妈：“申妈妈有没有说是什么病？”季节交替，谁都可能有个头疼脑热。

巩妈妈道：“也没说清，郡王妃每日都过去，想来也没什么大症。”

说着话琳怡进了周老太太的院子，立即有丫鬟上来打帘，立即有一股酸醋的味道扑面而来。

紧接着申妈妈迎出来：“郡王妃小心被醋扑着。”

琳怡微微一笑：“没关系，不过是食醋的味道。”

进了屋，琳怡看到周老夫人半躺在软榻上，脸色不是很好，小丫鬟拿着帕子伺候在一旁。

琳怡上前行礼。

周老夫人忙伸手将琳怡叫去旁边的锦杌上坐着：“刚才还说让她们也去你屋子里熏醋，免得着了病气，最近病的人越发多了。”说着咳嗽了两声，又让人将通窍的药拿来，含下过了一会儿才觉得舒坦。

“去年年景不好，今年也没能好起来，我回去祖宅商量给家里的庄子减租，庄头带着家小来谢恩，大约是多说了几句话，这才觉得身上不舒坦，”周老夫人慈祥地一笑，“我不让他们和你说，人年纪大了就是这般，但凡有个风吹草动都要沾在身上。”

“叔父怎么样？”琳怡看向内室。

周老夫人叹口气：“老毛病了，总是时好时坏的，让御医来瞧瞧我们也能安心，”说着顿了顿，“我年纪大了，照顾老太爷总有不妥当的地方，准备找个合适的人手进府帮忙。”

这样的事她自然不能拒绝。

琳怡道："婶娘可有了合适人选？"

周老夫人颔首："旁人不合适，还是选家仆妥当，从前有去庄子上的管事，想将自己家的孩子送来府里。"

既然已经有了章程，琳怡笑着道："婶娘安排就是，我们家必然不会亏待了。"

现在是周家向郡王府里选人，周老夫人踏出第一步，她也顺便听听会有什么风吹草动。

周老夫人道："我病着精神也不够，到时候你帮我看着些。"

琳怡应下来。

等到御医给周老太爷和周老夫人诊了脉，琳怡才回到房里用了早饭。

琳怡让巩妈妈将柜子里她手抄的医书拿出来，然后坐在软榻上翻看。

巩妈妈在一旁道："看起来没有大碍，奴婢还吓了一跳，以为又要给郡王妃出难题。"

那也未必，有时候一件小事却能引出大事来，周老夫人是个中好手，稍一疏忽就会让人防不胜防。

琳怡道："妈妈去打听打听，周家那边的庄子是否都一起减了租。"

巩妈妈颔首："奴婢也是忧心这个，周老夫人减租，郡王妃怎么办？之前朝廷赐给郡王爷的庄子都是老夫人管着的，大家难免会心生比较，就算郡王妃也跟着减租，大家也会将好处记在老夫人头上。"

这样一来在下人眼中郡王府主事的还是老夫人。琳怡拿起桌上的茶来喝，年初减租也不是说不过去，这样佃户能踏踏实实地干活不会有后顾之忧。

巩妈妈道："咱们还是早点防着的好。"

"不用防，"琳怡道，"万一老夫人只是好心要成全那些佃户，我们岂不是白白生了小人之心。就算减租也要看庄子上的情形，被人牵着鼻子走，什么事都办不成。"

这番话让巩妈妈听了也汗颜："是奴婢急躁了。"

第一年在郡王府不光是她紧张，连这些心向着她的下人也是一样。

琳怡笑着看巩妈妈："妈妈担忧得对，这些明面上的都能挡，我怕的是有我们想不到的在后面，有妈妈帮我多想着，我放心不少。"

巩妈妈听得这些倒不好意思起来："是郡王妃抬举奴婢一家。"

真正的风波还在后面。周老夫人善待佃户下人，现在屋里又要招人，应该有不少人要想方设法地被选上，人是最难把握的，所以这里面的事难以预料。

"还有件事，奴婢刚刚听说，"巩妈妈亲手给琳怡杯子里添了茶，"昨晚林家着火了。"

琳怡伸向茶杯的手忽然停住了。

着火了。

"怎么回事？"

巩妈妈道："大概是新房里的龙凤烛烧到了旁边的幔帐，幸亏下人发现得早，林大爷

和四小姐才没事。”

为什么会这么巧。前世林正青放火，这一世龙凤烛又不小心烧到了幔帐。

琳怡若有所思地望着桌上的花斛：“二老太太那边有什么动静？”

巩妈妈低声道：“都忙着去林家打听情况，不过四小姐才嫁去林家……大约要等到三日回门的时候……才能知晓。”

到了中午，琳怡才要歇一会儿，外面的丫头打了帘子，琳怡看到周十九走进来。

琳怡忙要穿鞋：“郡王爷怎么回来了。”

周十九笑着让琳怡伺候脱掉官袍：“中午衙门里没事，早晨起得早我就回来睡一会儿。”

明知道她昨天没睡着，早就盼着今天中午补觉的……

“正好你也要歇着……”周十九看着已经铺好的床铺，“过一会儿我就走。”

外面的白芍将门关好。

周十九拉着琳怡的手躺在床上：“早晨看到了岳父上朝。”

琳怡本来要起身听得这话就躺了回去。

“父亲在朝上怎么样？”

琳怡倾听的时候有些小心翼翼。

周十九道：“皇上有心用岳父，就不会气岳父的耿直，元元放心，不会有事的。”

耿直不会有事……皇上将父亲安排进科道就是要利用父亲的性子。

周十九看向琳怡：“元元在怕什么？”

她怕的周十九心里定是清楚，琳怡声音轻缓：“父亲太耿直难免得罪人，郡王爷帮忙人前周旋，别让父亲做傻事。”

没成亲时她也说过这样的话，现在再度提起虽然不像从前那样生硬，却还是一样的客气。

“我会的，”周十九笑得从容，“我会时时提醒岳父。”

那就好。但愿不会再面临前世那种情形。

周老夫人这一病，可急坏了周家人，大家轮流上门来瞧，琳怡也就忙着待客。陈二太太田氏打发人来请琳怡回去娘家吃琳芳的回门宴，也好让陈家的姑爷们彼此多一次机会互相熟悉。

琳怡本来就不想回去，这次倒是多了借口拒绝。

周老夫人房里，申妈妈小声道：“郡王爷又回府来了。”

周大太太甄氏看一眼沙漏异常惊讶：“中午怎么也回府了？”

申妈妈低声道：“大太太不知晓，这两日都是如此呢，中午回来歇一会儿，下午再上衙。可见郡王爷和郡王妃是难得的好。”

甄氏嘴角浮起一丝冷笑：“陈氏父亲如今承继了爵位又去了科道，郡王爷待陈氏怎么可能不好。”

周老夫人拿起茶来喝，这样也不一定就是好，表面上看的是一个样，关起门来未必如此。

甄氏似是从周老夫人脸上看出了些端倪，康郡王和陈氏两个人一内一外配合得极好，可如果两个人中间有了缝隙，那就不再是水泼不进了。

“郡王妃在绣流苏绣，”周老夫人道，“听说是要呈给皇后娘娘的。”

甄氏不太明白：“皇后娘娘的景仁宫冷清许多年，宫中得宠的是惠妃娘娘，陈氏想要拜佛也走是错了庙门。”

周老夫人淡淡地道：“惠妃娘娘虽然得宠却也不能逾越本分，皇后娘娘不问事，却依旧掌管着后宫。”

第八十一章　消息·商量

“我看你气色比从前好，”周琅嬛笑着看琳怡，“定是郡王府的饭菜好了。”

屋子里没有旁人琳怡和周琅嬛两个才不避讳地说话。

琳怡失笑：“那你呢，瘦了是怕齐家的饭菜不好？”

周琅嬛目光闪烁：“若是这样就简单了，只需带上个厨子，什么事都能解决。”

两个人说笑间，周大小姐和郭氏进屋看周琅嬛。

婚前能来帮忙的都是和周家亲近的关系，大家也就不客套，周琅嬛拉着琳怡去套间里试喜服，周大小姐先笑着道：“我家小妹就是被齐二郎沉默寡言的性子吓着了。”

国姓爷家并不攀高，或娶或嫁都是门户相当的，周琅嬛本能高嫁国姓爷却看上了探花郎的品行。

周大小姐的夫家也是名门世家，夫君和齐二郎性子相仿，都不是长袖善舞的人。周大小姐让夫君有意去和齐二郎结交，一来二去就清楚了齐二郎的品行和外面说的一样，周大小姐这才劝说妹妹：“看着心冷的人未必就不好亲近，看着好亲近的人却未必就能合他的心，夫妇两个相处的日子长着，和心思直的人相处更简单，只要多用些心必然能换来夫妇和顺。”

周琅嬛虽然红着脸不肯说话，却将周大小姐的话听到了心里。

郭氏也满脸笑容：“不爱说话的人不一定就难相处。”

这话正和周大小姐想的相合。

郭氏接着道：“公婆都是好说话的，妯娌脾性也不差，二小姐知书达理，齐家欢喜还来不及哪里会为难了。”

周大小姐道：“说的是，前几日琅嬛不舒服，齐二太太还过来瞧呢，齐家小姐更不用说，

常常和琅嬛通信，颇为投缘。”周大小姐一直佩服祖父的决断，之前琅嬛说亲祖父一直不参与，后来齐家二郎的事被提起，祖父态度明朗一下就敲定了。

两个人说话的声音传进套间里，周琅嬛抬起头看了琳怡一眼，两个人相视而笑，周琅嬛小声道：“她们是报喜不报忧。”

琳怡抿嘴笑：“我看说得极有道理，齐五小姐还未出阁，你嫁过去之后至少有个人在旁边帮忙，你担心什么。”

喜服正好合身，周琅嬛换下来让丫鬟去熨烫，两个人才从套间里出来。

见到妹妹，周大小姐握着扇子站起身：“怎么样？是不是合身？”

这话一语双关一下子就让周琅嬛红了脸。

大家正笑周琅嬛，桂儿进来道：“亲家嫂子和三小姐来给小姐送裙铃了。”

齐家一下子来了这么多人可见对这门亲事之重视。

琳怡也有阵子没见齐三小姐，没想这次在周家见到。周家将齐家的嫂子和齐三小姐迎进屋内。

齐三小姐进门一眼就看到周琅嬛身边的琳怡，之前见面大家还是未出阁的小姐，现在都已经嫁为人妇。不知是不是心思一样，都梳了桃心髻，穿着藕荷色褙子，白色的挑线裙子，不过琳怡褙子的内衬是桃红色，更添了一抹鲜艳，腰间的荷包却用了翠色，就像花朵外的嫩绿叶子，荷包下是金丝线编的方胜下角缀了璎珞。

对于琳怡的身份来说，这样的打扮乍看上去不惹眼，仔细一看却有种难描难述的细致，尤其是那双眼睛比旁人都要亮些。

装扮虽然陌生可是更多的是亲切的熟悉。齐三小姐上前给琳怡行礼。

琳怡笑着还了礼：“好久不见姐姐。”

齐家嫂子送了铃铛去和周家人说话，琳怡、齐三小姐和周琅嬛就坐在了一起。

齐三小姐先和琳怡道：“明日你要来送琅嬛上轿？”

周琅嬛害臊地微低下头，好半天才抬起头，看到琳怡的笑容，不知不觉间陈六小姐比她见到时更漂亮了，乌黑的发髻上插着一支纤细的点翠镶南珠蝴蝶戏花花簪，挑心髻上嵌着宝石掐丝蔷薇花，正映着她那笔墨雕琢般的眉眼。

“放心，”齐三小姐拉起周琅嬛的手，“我已经和妹妹说好，明日她定会早早去见新嫂嫂，有人陪你说话，你心里也安生些。”

周琅嬛更是大窘，站起身来，又嗔又羞：“不和你们说话了。”说着进去了套间，不久套间里也传来一阵笑声。

两家合力促成的婚事，果然更加喜庆些。

齐三小姐拉起琳怡的手：“正想着等你过了新婚就写帖子请你过来呢。只是最近家里忙着哥哥的婚事，我那边也是……”新妇没有话语权，在夫家做什么事都要小心翼翼，哪里能随了自己的性子。

琳怡笑着道："我也是一样，过了今年就都好了。"

齐三小姐左右看看，抿起嘴唇，脸色郑重起来："还有件事我要告诉你……要是不在这边见到你，我也要去郡王府。"

到底是什么事。

"我哥哥……"齐三小姐刚要接着说，外面传来一连串的笑声："我早说琅嬛有福气，我那时候可没有这么漂亮的料子，都是我们家老祖宗赏下来的。"

周大小姐边说边和郭氏、齐家嫂子掀开帘子走进来。

郭氏走在最前面，见到琳怡和齐三小姐说话倒是很安然，周大小姐笑着道："两个人说什么悄悄话呢？"

琳怡神情自若掩嘴笑，齐三小姐道："琅嬛呢？怎么避着不见人了。"两个人这样一说，旁人倒看不出什么异样了。

毕竟新妇之间有许多话可以说。

明早周家还要办喜事，大家说了会儿话就要走了。

周琅嬛将琳怡和齐三小姐送到门口，嘱咐琳怡："明天晚些也好，免得路不好走又着了凉。"

琳怡拉着周琅嬛的手："放心吧，不会有事的。"

送走了宾客，周琅嬛回屋子里歇着。

桂儿拿了桂花油来给周琅嬛梳头发："康郡王妃好像和齐三小姐很要好。"

周琅嬛道："康郡王妃从福宁来京里时最早认识的是齐家两位小姐。"

"那怪不得了，齐三小姐腰上的荷包和郡王妃身上的差不多，兰花的绣法都是很特别的，"桂儿笑着道，"刚才奴婢听周二太太和大小姐说，等小姐嫁过去，姑嫂相处得定是很好。"

齐三小姐直率，齐五小姐温婉，中间还有康郡王妃。

桂儿的手停下来："不知道齐家几位小姐是跟小姐好一些，还是跟郡王妃好一些。"

周琅嬛放下手里的书，这个她还真的没想过。

出了周家的门，齐三小姐让马车停下上了琳怡的马车。

两个人坐好了马夫才重新驱车。

"我哥哥在翰林院听到的消息，姻家写了本什么书，上面涉及从前福建水师战败的事，大约内容上……不尊圣上，被福建官员奏报上来……"

琳怡心里一片冰凉。

齐三小姐接着道："哥哥也是听说……郡王爷是武将不一定能很快知晓消息，正巧我在家，哥哥就让我向郡王妃说一声，将来也好有个准备。"

朝廷才要重新兴建水师，朝廷恐怕政见还不统一，就有这样的消息首当其冲。按照以

往的经验，这种事若是惹恼了圣上很有可能姻家一家都要受累，姻语秋先生还没有出嫁，自然也要算在其中。

琳怡想着眼皮重重一跳，周十九和姻家的关系也不一般，福建那边周十九又参与不少。

琳怡感激地看向齐三小姐："晚上我和郡王爷说，让郡王爷想办法打听看看……"

齐三小姐目光闪了闪，想要说哥哥的意思，最终还是变成自己的话说了："要小心着，文字上的事很难说，将来不要被牵扯。"

因文字获罪，牵连比什么都广。亲友、师生都是在劫难逃。

马车走到僻静处琳怡送齐三小姐上了马车，然后两辆车分道而行。

回到康郡王府，周二太太郭氏已经等在垂花门，看到琳怡安然回来，郭氏松口气："一转眼就不见你的影子了。"

橘红手里拿着胭脂盒，琳怡笑道："走到半途想着去买盒胭脂，就绕了段路。"说着让橘红也拿出一盒送给郭氏。

琳怡和郭氏两个去第三进院子看了周老夫人，郭氏留下侍奉，琳怡回到院子里歇着。

手抄的医书就在手边，也是奇怪她偏在这时候将医书拿出来看，这两日她还想起姻语秋先生，不知道先生现在如何了……

越想越心神不宁。

也不知道到底有多大的罪过。不尊上这种罪名可大可小，记得祖母说当年陈家被夺爵，其中一条罪名就是不尊上。

关于福建水师的毕竟是政事，她也知晓不多，周十九回到府里也不曾提过，现在突然全都冒出来，她也无从思量，只能等着周十九回府之后再问。

正想着，巩妈妈进了门走到琳怡身边："已经让陈汉给郡王爷送去了消息。"

等待的时候最让人坐立不安，琳怡吩咐厨娘做了几盘糕点，又和橘红分了会儿线，这才等到陈汉回来禀告，消息已经送出去了。

琳怡点点头，不多时候她哥哥陈临衡来了。

陈临衡送来各种福建小菜，一罐罐摆在桌面上："母亲让我拿来的，都是妹妹平日里爱吃的。"

琳怡喜欢吃腌制的小菜，只是平日里手懒，全都赖着小萧氏做。在这上面兄妹口味不一样但是做事风格是一样的，眼睛都盯着各种酱罐，只要酱罐见底了，就会拿出各种法子提醒小萧氏，陈临衡常用的是，吃不下饭。琳怡干脆眼巴巴地看着小萧氏，小萧氏耐不住儿女催逼，只得让厨房买菜亲手下厨。

琳怡这一出嫁，小萧氏倒是比从前更热衷于做酱菜，只是家里少了人吃，每日就长吁短叹，陈临衡看不过眼，从书院回来就将家里的酱罐搬空了。

小萧氏开始还怕酱缸拿不上大台面让周家人看了笑话，可是从女儿的胃口出发，小萧氏还是感性战胜了理性。

“哥哥晚上在郡王府吃饭吧。”琳怡将陈临衡留下。

陈临衡也有意将这些日子武功先生教的结果拿给妹夫瞧瞧，于是立即就点头答应，琳怡让厨房准备了饭菜，兄妹俩在屋子里说家里的事。

到了下衙的时辰，周十九回到府里，两个男人吃过饭立即去院子里动刀动枪，陈临衡拼尽全力恨不得将这些日子学的都用出来，周十九是虚虚实实连闪带打，这样很快就有了结果，陈临衡不一会儿工夫就大汗淋漓，周十九还是挂着笑容神清气爽地站在一旁，陈临衡大有挫败感。

结束之后周十九指点了几下，陈临衡这才心满意足地走了。要知道周十九领了护军营的差事后，就没有时间一早跑去岳丈家提点大舅子。

琳怡让丫鬟准备好洗澡水，正要在屋里歇着，小丫鬟支支吾吾地来找橘红，橘红将话传进来：“郡王爷让郡王妃过去呢。”

连洗澡也不用丫鬟和小厮了。

琳怡有事要问周十九，恨不得周十九早点洗完澡出来，只好进去套间里帮忙。

周十九闲适地趴在浴桶边上，一双眼睛如晨星般闪亮，头发用一根簪子固定了，俊美的五官中带着一抹飘逸：“元元，你做的皂豆呢？给我拿些用用。”

他还真是惦记着她的好东西。

琳怡将皂豆拿来递到周十九眼前，周十九却不接笑吟吟地看着琳怡：“后背我擦不到。”

成亲这么长时间，她哪里仔细看过周十九不穿衣服的模样，就算是在洗澡，琳怡也觉得宽阔的脊背有些烫眼。

周十九笑着道：“桐宁出去打听消息了，陈汉笨手笨脚的，我向来不喜欢用丫鬟。”

都这样说了，她也只好挽起袖子。周十九的心思不容易猜到，可是在内宅里却过于坦白，说出的话让她无法拒绝。

用软巾子揉了皂豆再擦在周十九背上，古铜色的皮肤弹性又有张力，衬着她的手纤细又格外的白皙，巾子上滑腻的皂沫将她的手润湿了，一不小心手指就滑下来摸在周十九的后背上。

皮肤温热又光滑，琳怡抿了抿嘴唇，接下来擦澡动作更加慢，仿佛生怕再碰到什么。

皂豆里青草的香气渐渐散开来，是她最喜欢的味道，熟悉得让她难以排斥，于是手下更加熟络。

后背擦完了，琳怡才要将巾子再递给周十九。

周十九先一步拉起琳怡的手，雾气蒸腾中，那双眼睛仿佛是湖里的一轮月亮，不慌不忙地瞧着她，目光中却泛着波澜，好半天才道：“元元，你袖子湿了。”说着作势要起身去拿旁边干净的巾子，琳怡下意识挣脱周十九丢下帕子转过身去。

周十九没穿衣服，却仿佛仍旧像平日里冠带巍峨的模样，十分温和地笑：“元元什么时候才能不害羞。”

琳怡听着那悦耳的声音，平复住心跳：“郡王爷快些洗，一会儿水凉了。”然后头也不回地走了出去。

隐忍的声音生像是咬牙切齿恨不得张嘴咬他一口。

周十九洗过澡换了袍子出来，桐宁也打听好了消息回来复命。

琳怡坐在床边安静地看书，好一会儿周十九进门来，两个人铺好被褥躺在床上，周十九拉起琳怡的手将各自盖的两床被子改成了一床。

“还没有什么消息。”周十九将琳怡抱回怀里，“福宁离京里远，真正能得到确切消息还要等些时日。既然是翰林院里打听来的，只得先揣摩皇上的意思。”

琳怡从来不问周十九朝政，只是这次涉及姻语秋先生，她忍不住开口：“皇上要在福建建水师不是很正常吗？为什么会有这么大的动静？”

周十九微微一笑：“都是组建水师，也要看是什么意图，防守疆土、海域是一种，主动讨伐倭寇又是另一种。从前我和姻家公子论过水师，姻家主张海禁，禁止海上通行，这样倭寇也就不能来犯。若不然，水师伐倭不但短时间不会见成效，还要拖垮国力，皇上亲政前就集结水师讨伐倭寇，结果惨败。”

周十九说的是皇后娘娘母家那桩案子。

琳怡道：“那是因贪墨才会惨败，若是再组建水师未必就是这么个情形，再说那时皇上还未亲政，政权混乱和现在已经不能相比。”

一语中的，朝中的大夫也不过说出这样的话来。

周十九含着笑：“海盗行踪不定又和倭人勾结，且所用的船只比我大周朝官用的船只不知好了多少。”

琳怡揣摩着周十九这话的意思：“郡王爷是赞成伐倭？”

周十九道：“自高宗以来我大周朝除了边疆有些战乱，大多时国家安稳，文官渐渐压过武将，就算功勋之家也出文臣……”说着双眉一扬，在琳怡耳边笑容更深。

周十九是在说陈家。

“这就是文官和武将的区别，”琳怡道，“父亲还想着什么时候边疆稳定，平息战火。”姻家祖上也是文臣出身，想的都是百姓劳苦，自然不想挑起战火。”

周十九道：“我们怎么想都是徒劳，还要看圣上的想法。”

皇上的意思在没有说破之前都是虚虚实实，谁又能摸得清楚。

“姻家犯上的罪名不知是从何而起，”琳怡顿了顿，“姻家在福建颇有声望，朝廷该不会随便就落了罪名……”

琳怡说着话抬起头看周十九，黑暗中周十九没有开口，琳怡一颗心渐渐沉下去。

周十九道：“那要看姻家怎么说了，政事从来就不是黑白分明的。就像你祖父，没有大错却被夺了爵，大周朝有不少勋贵打了败仗回来仍旧保全了爵位。”

黑暗中，周十九的声音格外清楚。周十九不会无缘无故提起祖父，琳怡觉得眼前似是一亮有什么东西呼之欲出。

这不是个简单的事。否则齐重轩也不会那般着急让齐三小姐给她捎消息，不但告诉她姻家要出事，还让她小心不要将自己一同陷进去。

周十九道：“明日我再打听消息。”

琳怡颔首：“好，我也写封信给先生，问问那边的情形。”闭上眼睛黑暗渐渐压过来，琳怡本以为思绪万千难以入睡，没想到睡得还算安稳。

第二天周十九早早就去上朝，将陈汉留下护着琳怡去国姓爷家。

国姓爷家门前已经热闹起来，胡同外的邻里都伸着头看热闹，大门口一阵爆竹声传来，周家开始发嫁妆。

琳怡一路到周琅嬛的闺阁里，周琅嬛刚好沐浴完准备上妆。

屋子里满是丫鬟、婆子，周琅嬛将琳怡拉过来坐在旁边：“你那时候也要上这么厚的粉？”

琳怡看着满桌子的胭脂水粉笑起来：“都是一样，只会比你多不会比你少。”

琳怡这样一说周琅嬛才安下心，任着嬷嬷将粉擦在脸上，一转眼之间俏丽的小姐变成了粉面葫芦，一转头仿佛粉都会簌簌掉下来。

上了妆就是穿喜服，所有小姐出嫁都是这般，然后是家族里的全喜人来梳头。

周琅嬛不时地看着琳怡笑。

穿好了喜服，教引嬷嬷又来叮嘱，周琅嬛不愿意低头支吾：“嬷嬷快去瞧瞧那些丫头准备好了没有。”

教引嬷嬷无可奈何只得向周大太太求救。

周大太太道：“该听的不能少了，出错可不得了。”

屋子里大家都憋着笑，周琅嬛只得让嬷嬷抓去又说了番话。

琳怡也忍不住失笑，周琅嬛又怨又嗔地恼琳怡：“你还笑，早知道你那时我定要去笑你。”

琳怡这时想起琳霜教她的洞房箴言，却是一个字也没能用得上。可见人和人都是不同的，干脆她也别在周琅嬛面前做道理。

第八十二章　谋・气死

周十九和琳怡成亲那日跌宕起伏，虽然风光无限可之前也让人担惊受怕，林正青和琳芳成亲当日混乱不堪，齐二郎和周琅嬛的亲事倒是平平稳稳。

下人不停地来传话，齐二很快叩开了周家大门。

琳怡帮忙将周琅嬛头上的盖头蒙好，安慰了周琅嬛几句去了套间里。门口一阵熙熙攘攘，新郎官进屋了。

齐二穿着大红喜服，显得稍稍有些拘谨，眉宇间是超乎年龄的沉稳。

周家人早就听说了新姑爷举止严谨，今日一见深以为然，小丫鬟窃窃私语的声音也小下来，还是有丫头慌忙中出了错，不小心撞到了矮桌上的一盆兰花。

小丫鬟惊慌中喊了一声，屋子里的婆子忙去遮掩，齐重轩目光一扫，余光看到套间门口大红喜字的垂帘下，一双精致的粉色软缎绣鞋，月白色的兰花澜边裙子，待他再去看，帘子下已经空空荡荡。

不知怎么的本是很普通的一件事，却让他的心豁然揪起，喉咙也跟着痒起来，又是痒又是辛辣难耐，一直以来总有一口气吐也吐不出来，被闷在心里越压越深，在刑部大牢里留下的疤痕开始火烧火燎般的疼痛难忍。

曾经的期盼变成了屈辱、落寞，如同从最高端落下来摔成粉泥。

第一个引得他时时注意的人，以为要携手一生，却没想到与他的功名一起，瞬间被葬送。人前忍辱负重，多少次夜不能寐，仿佛一闭眼睛就能听到狱吏厉声喝问，就算是睡着了，也会梦到没能熬过去严刑拷打，已经俯首认罪，只要醒来就是一身的冷汗。

如同大梦一场，梦醒之后渴望在身边寻到一个人，来告诉他不过是一场噩梦。

只是没有这样的人。

他身边所有的一切都已经变了，就算是大喜的日子他也有一种恍惚的感觉。

从前他和那个人不过是一道竹帘的距离，他抬起头就能看到她清丽的笑容，虽然没能和她真正见上一面，身边却时时都是她的影子，她的鲁班锁香包，两个妹妹跟她学来方胜的结法，家里窗台上种着薄荷草，妹妹房里总是放着各种蜜饯子。

三妹妹拉他学下棋总想着要赢她，他开始不愿意教后来提起了兴致，不论妹妹的棋艺怎么提高却总是输给她。他常常想或许他去和她下也不一定就能赢吧！她是姻语秋的弟子，姻语秋的名声在京里、福建都是耳熟能详，相比而言她这个做弟子的太过籍籍无名。她并不追逐名声，将聪颖、伶俐都用来生活。寒窗苦读十几年，哪个不期望身边有个懂得生活的女子，只是又有几个能如意。三妹妹说得对，他们兄妹都拿她无可奈何。

上天真是不公，既然这门亲事不能做成，何必让他知晓她。两家若不是准备结亲常常来往，他也不会满心在意。

齐重轩吃过合婚饼和腰食，喜娘笑道："前面宴席可以开了。"

周大太太忙领着姑爷入席敬酒，敬过酒之后周琅嬛就要上轿。

齐重轩走出了院子，琳怡才从套间里出来。

周琅嬛坐在炕上，说起丫鬟撞到兰花之事："刚才吓了我一跳，还以为我哪里出了错。"

琳怡也吓了一跳，转身去看，原来只是虚惊一场。

喜娘笑着走过来："一会儿炮仗响，二小姐就要上轿了。"

喜娘话音刚落，周琅嬛的二婶笑着迎上琳怡的目光："康郡王来了，可把我们家老太爷高兴坏了，吩咐前面多摆酒，要不是姑爷要骑马回去，一准儿就要在我们家醉了。"边说边向琳怡行礼。

周十九的海量，琳怡心里是清楚的，要是真的和他喝酒定是还没弄清楚就先倒下。

由此，琳怡不自觉想到周十九在她娘家装醉的事，能让大家都以为他醉了，其实是很不容易的。

齐重轩拿着酒杯向国姓爷家的亲友敬酒。

国姓爷十分高兴，笑容也异常爽朗，将姑爷叫来身边。

齐重轩走过去看到了康郡王。康郡王穿着宝蓝色羽缎对襟长袿，衣襟儿翻开露出里面月白缎衬里。

国姓爷说话间，齐重轩上前行礼，康郡王笑着让他起身，伸手之间，齐重轩看到康郡王长袿上手绣的斓边，袖口上是石青色丝编顶珠纽绊，多么巧的手才能编出这般精致的纽绊。

国姓爷笑着看齐重轩："一定要敬康郡王一杯。"

齐重轩遵从请了酒，身上弯下去的瞬间，国姓爷满意地捋了捋胡子。

国姓爷有和康郡王交好的意思，不然不可能让他单独敬酒。

姑爷敬过酒，国姓爷家门口开始放爆竹。

喜娘和全人将周琅嬛搀扶上轿。

礼乐声响起，周琅嬛的轿子稳稳地抬起来，迎亲的队伍开始慢慢前行。

周大太太看着女儿的轿子越来越远，好不容易才忍住眼眶里打转的泪水，周二太太劝说了嫂子几句，就来招呼琳怡："郡王妃跟着忙了一早晨，快歇一歇，咱们女眷的宴席也要开了，郡王妃说什么也要赏脸才是。"

周大太太也笑着道："康郡王也来了，郡王妃自然不能走了。"说话间想起陈氏第一次来府里向她们说起陈允远的处境，转眼之间陈氏已经贵为郡王妃，老太爷还明着嘱咐她，千万不要怠慢了康郡王妃。

琳怡被周家人迎进花厅，大家说笑着吃了宴席，琳怡刚觉得有些疲累，就有下人来道："大老爷让准备车马。"

客人们都要陆续走了。

周大太太将琳怡送上马车，琳怡坐好，外面传来周十九的声音："郡王妃穿了披风没有？"

然后是婆子答话："橘红姑娘服侍着穿好了。"

琳怡掀开帘子往外看去。

周十九英武地骑在马上，转头看到琳怡，微松手里的缰绳吩咐车夫："走了。"

马车开始前行，旁边也传来规律的马蹄声响，有了周十九，这下不用陈汉一路小跑跟着了。

回到康郡王府，周十九刻意等着琳怡一同进门。

“郡王爷不是说不能过来吗？”

周十九道：“正好衙门里不忙，本想回屋里歇着，看到你让丫鬟整理内室，屋子里不能落脚。”

“郡王爷可以去东厢房。”这么大的郡王府还能没有郡王爷休息的地方。

周十九笑着道：“不习惯。”

琳怡去套间里帮周十九换衣服，手刚要解盘扣：“郡王爷怎么穿了这件褂子，才刚刚做好，还不知道合不合身。”昨晚她才将袖口的纽绊做好。

周十九笑意不变：“这是你做的第一件袍子，本也想试试看，谁想穿着比平日里穿的都合身也就拿了。”

这人什么时候都能说出些道理来。

她今天早晨才将针摘了：“郡王爷下次还是穿我准备出来的袍褂，这次是摘了针，要不然扎了郡王爷可不是妾身疏忽。”

周十九嘴角扬起一个微笑的弧度：“曹福参领穿的外褂不合身被人笑了，不到半个月就传出夫妻不睦，我穿着这件袍子去宴席，旁人都会羡慕……”

羡慕什么，琳怡道：“夫妻和睦和袍子有什么关系。”

周十九笑着伸手将琳怡抱在怀里，手就放在琳怡的腰上，伸出手指丈量：“元元说有没有关系？若是我会裁剪，闭着眼睛也能给元元做套合适的衣裙。”

琳怡听了不由得恼怒，伸手去拉周十九的手，反而被周十九拉住不肯松开：“元元，姻家人很快就会上京，你先不要写信给姻语秋先生。”

这么严重，竟然要上京来。

琳怡转过头看着周十九：“姻家是否要代百姓向朝廷请愿？”姻家不图官爵，来京里定是因海上战事。

周十九看向琳怡明亮的眼睛。为什么要生得这样聪明呢？

周十九道：“为了百姓避免战乱上京请命，姻家人虽不曾在朝为官，却也是福建有名儒士，若是百姓所向，该有此责。”

琳怡的目光飞快地在周十九脸上扫了一圈：“郡王爷已经和姻家人商量好了？”福建的事到现在，每一件都是在周十九的掌控之中，周十九不可能没有料到今日。

周十九拉紧琳怡的手：“没有。这件事到底会怎么样，我也不能肯定。”

琳怡低下头。之前周十九已经说得很清楚，姻家主张禁海，而周十九主战，周十九既然一步步走到现在，就不可能会失算。

“我会尽量保住姻家，”周十九静静地笑了一会儿，才等到琳怡又抬头，“元元为什么不信我一次？”

琳怡沉默，黑亮的眼睛闪烁，半晌才道："若是姻语秋先生来京里，我会和先生相见。"

周十九笑道："那是自然，师徒本该有此情分，我和姻家公子有交情，我也会请他来做客。"

自从康郡王娶了陈氏，周大太太甄氏从来没有这样高兴过。

马车停到康郡王府，甄氏就满脸笑意地走下车，先去第二进院子向琳怡打了招呼，看着琳怡手里的流苏绣，甄氏道："这是要等到皇后娘娘千秋送去的贺礼吧？"

琳怡不去看甄氏眼睛中的深意，递给橘红换线："也没有什么能拿出手的，"说着也对甄氏报以笑容，"大嫂准备送什么？"

陈氏还真是会享受，坐在牡丹争艳麒麟送子雕花木炕上，旁边的矮桌上摆了哥窑葵瓣鳞爪碟子，里面的蜜饯不像是市面上买的，旁边还放着小银签。装得还真像回事，不知晓的还真当她是正经的勋贵家小姐，甄氏掩嘴笑："我还不就是老三样，昨日里老爷让人买到了一盆宝石盆景，上面缀了一块生石，那纹理看上去就似个寿字呢。"

这的确是常见的寿礼，到时候景仁宫不知道会摆上多少类似的盆景。

琳怡道："大嫂的礼物若是寻常，我的就更别提了。"

"那可不一样，"甄氏羡慕地看着琳怡纤细的指尖，"多少人能绣这种流苏绣呢？"说着伸长脖子看那块流苏，"不但绣花草，还要在上面绣字的，这……可不是你写的诗吗？"

琳怡就笑，"大嫂看错了，这是太祖年间庚都氏的诗文，我不过照搬罢了。"

甄氏倒没在意接着夸琳怡："那字写得也好啊，不愧是勋贵家出身，将来该叫三姐儿、四姐儿与你学学道理，"说着又关切地道，"不是我说你，你还年轻，坐久了可不好，晚上不要动针线，小心熬坏了眼睛……"

琳怡抿着嘴笑道:"屋里针线也不多,晚上不过就是找管事的听听话,现在郡王爷起身早,我们府里的作息也跟着改了。"

既然甄氏要来说好话,她也趁着机会将话说了,免得晚上落栓之前甄氏来不及备车回去。甄氏兴趣一减，也好直奔主题说来意。

甄氏果然瞬间表情不虞。

橘红换了杯茶上来,甄氏端起来喝了一口放回矮桌上:"这次我来是有件事要托郡王妃,咱们几个姐儿要寻女先生，宗室营的长辈定了几个，还待我们挑选，大家想到郡王妃从前请过先生，就让郡王妃看看拿个主意。"

姻家的事这么快就传开了。所以甄氏才会想方设法将她和姻家关系匪浅的消息传出去。

琳怡就一脸受宠若惊："那怎么行，"说着摆手，"大嫂千万别将我推出去，有那么多长辈在，哪里轮得到我们小辈，万一选错了我可不成了罪人。"

这样就拒绝了，将话说得满满的没有回旋的余地。

甄氏笑道："看你说的，哪有这样严重。"

“怎么不严重，”琳怡看向甄氏的眼睛，几乎能从中看出狡黠的目光，“咱们宗室家的女儿教养非同小可，宗室连枝错了一步就要大家受累，我年纪小还要跟着长辈学呢，就算有这个机会，那也是旁观，将来有机会自然能用上。”言下之意身下无儿无女，子女教养她没有经验。

陈氏是一步都不走错，不管是软的硬的在陈氏身上通通没用，不过陈氏就算现在推脱了，她也是和姻家扯不开关系。

甄氏叹口气：“这样说还要劳烦长辈。”

这次轮到琳怡掩嘴笑：“那是一定的，家有一老如有一宝，这种事自然要请长辈做主。”

甄氏坐了一会儿笑着起身：“我去看看娘。”

巩妈妈将甄氏送了出去回转：“大太太这是怎么了？句句话里有玄机。”

巩妈妈都能听出来，看来姻家的事闹得很大，琳怡收敛目光低声吩咐巩妈妈：“妈妈还是回去让父亲也帮着打听打听福建姻家的情形。”

巩妈妈听着脸上一僵，真的出事了。

甄氏来到周老夫人房里笑着道：“看样子咱们郡王妃还不知晓呢。”

周老夫人缓缓道：“从前的事我们不过才听说，郡王妃一家早早就离了京自然不清楚。”

甄氏仍旧笑，笑容里却有些不甘：“这要是早闹出来，陈家的爵位还不一定能承继了。”

广平侯被夺爵和国舅葬送了福建水师有关，这样的话也是最近才传出来。现在成国公死了，大周朝的水师统领本就是个敏感的事，接下来广平侯爵位又能承继了，虽然后面的事不算大，皇上继位之后连着还了几家的丹书铁券，可是文武百官哪个不是人精，加之身边的谋士、幕僚们的各方努力，终于从皇上这两个举动悟出些道理，就将从前皇上没亲政时关于水师的事都翻了出来。结果，这两件事原来是有关联的。

甄氏道：“怪不得陈家跳得那么凶，说不定早就看准了这个趁机复爵。”成国公那么大的事，陈允远一个地方官怎么敢入京捅破。

人的目光就是短见，要是早看到这一步，从前许多事也就弄清楚了。康郡王怎么和陈家交好娶陈氏，这么多人抓住成国公这件事连在了一起。非要等到事发出来，才恍然大悟，原来皇上的目光早就落在了水师上。

这就像一条能通天的绳子，只要攀上就会加官进爵。

甄氏看向周老夫人：“娘，你说这些事康郡王都知晓吗？”一个人竟然有这样的本事，将这些都看透了，骗过所有人自己铺了条锦绣前程。亏了这么多年，他们在一个桌上吃饭，竟然没看出半点端倪来。

周老夫人看看儿媳没说话。

甄氏抿了抿嘴，要是之前不知道，运气也太好了：“那接下来，我们不是就要看着郡王爷芝麻开花节节高了。”

周老夫人看着桌上的牡丹花微微出神："你说来简单，郡王爷走到这一步也是不容易，现在文武百官都回过味儿来，再往后只怕更难行了。姻家和郡王爷还交好呢，姻语秋又是陈氏的先生，现在姻家都跳出来不肯支持扩建水师伐倭，你说文武百官会有几个站在主战这边。"

甄氏微微睁大眼睛："娘，您说郡王爷主战？"

不主战怎么会做武将，成国公是主张在沿海防御为主，皇上毫不犹豫地杀了成国公，又有意对旧事重提。

那件旧事还不是水师伐倭。

康郡王是皇上新提拔的武官，办差十分得圣心，皇上想要做什么，康郡王岂有不支持的道理，康郡王唯一的靠山就是皇上。

皇上就如同一条绳子，康郡王不使劲拉着就要掉下来，是主战还是主和，那还用说？

甄氏道："那可糟了，身边的人都不支持郡王爷，陈氏夹在中间不是要坐蜡吗，"说着顿了顿，"娘真是厉害，早就看到了这一步。"

否则怎么在几天前，周老夫人说出，郡王爷和陈氏之间会生嫌隙的话。

周老夫人半阖上眼睛："不是我看出来。而是郡王爷的性子。"寡薄、阴狠，陈氏自以为落在了梧桐树上，可不知这棵梧桐树是要吃人的，若是痴痴傻傻的人也就罢了，偏陈氏眼睛里揉不得半点沙子，"所以我说，太聪明了也不是好事。"古往今来太聪明的人哪个落了好下场。

周老太爷换了药方，甄氏吩咐人去抓药，周老夫人让人扶着去看周老太爷。

周老太爷紧闭着眼睛。

周老夫人将身边的人遣下去，这才低声道："老爷可都听到了？"

被单下的人形开始瑟瑟发抖。

周老夫人露出些笑容："自己的儿子不疼，却要疼那个野种，瞒着我将家里的银子都支出去只为了将兄弟和这个野种带回来，老爷若是将那些银子留下来，两个儿子不知道能有什么前程。我嫁过来这么多年辛苦持家，又为老爷生下四个子女，老爷还真忍心就要休了我，若是我犯了七出我也无话可说，却是为了那个贱人……"说到这里目光变得凌厉起来，"现在又如何，还不是要我伺候老爷。"

周老夫人说完话起身躺到软榻上，眼看着那隆起的被单不时地抽搐。

一会儿工夫甄氏从外面出来去看周老太爷。

周老夫人手指滑过三颗佛珠。

不远处传来甄氏的声音："申妈妈，快让人进来伺候，老太爷失禁了。"

周老夫人听着睁开眼睛，焦急地撑起身子。

甄氏忙过来搀扶周老夫人："娘别急，那边有下人伺候，您好好歇着，若是拖垮了身子，这个家可要怎么办。"

周老夫人这才叹口气重新躺回软榻上。

大家正说着话，周元贵和周二太太郭氏进了门。

看着内室里下人忙作一团，周元贵放下手里的虫罐儿去看周老太爷。周老太爷见到儿子，挣扎着似是有话要说，嗓子里发出“咯咯……咯”的声音不停地看向周老夫人。

周老夫人终究不放心，让甄氏、郭氏搀扶着走到炕前，拉起周老太爷的手哄着：“没事，没事，马上就换好了，”说着眼睛湿润起来，“这病可什么时候才能有起色。”

第八十三章　温度·知晓

周老太爷哆嗦着手，桌子上的虫罐儿里发出有节奏的声音：“蛐蛐……蛐蛐……蛐蛐……”应和着来往杂乱的脚步声。

那“蛐蛐……蛐蛐……蛐蛐……”声里，还裹着周老夫人隐忍在嗓子里的哽咽声。

耳边是交鸣的声音，儿媳妇看过来的眼神麻木又厌烦，儿媳妇那双眼睛转过去，开始软声劝慰老妻：“……这么多年不容易……能吃的药都吃了……能请的郎中都请了……家里用了那么多银子买好药……娘又辛辛苦苦地照应……”没完没了的体己话。

周老太爷困难地将视线挪到儿子脸上，儿子视线左看右看，最终落到虫罐儿上，听那蛐蛐声似是听得兴起，最终忍不住撅起小嘴逗虫般发出一个单音。

周老太爷只觉得胸口越来越沉，终于承受不住“噗”的一下爆了。周老太爷眼睛一翻，手垂了下去。

周二太太郭氏最先看到，大声道：“娘，快，老太爷痰迷了。”

屋子里立即乱起来，周老夫人忙让申妈妈，“拿药，拿药……快些。”

一阵子捣药的声响，一勺药顺着嘴边喂进去，好半天炕上的老太爷才缓过气来，众人这才放下心。

周老夫人听着那蛐蛐儿叫得烦心，皱着眉头看周元贵：“将你的虫罐子拿出去。”

周元贵看一眼拿虫罐儿的婆子，那婆子捧了罐子退了下去。

屋子里总算真正安静下来。

琳怡听说周老太爷病急了去，带着巩妈妈去探望，炕上的老太爷脸色蜡黄，胸口一起一伏虽然微弱，还算规律顺畅。

大家等着郎中来看过改了方子，所有人脸上都有种庆幸的表情。多亏发现得早才能无虞。

周老夫人留着琳怡说了会儿话。

眼见就到了下午，琳怡要吩咐厨房准备饭菜，郭氏也就跟着去帮忙。

周元贵急着想要去看虫儿，被周老夫人叫住留下来训话。

郭氏脸面上有些不好看，跟在琳怡身边不好意思地道：“老爷也是该训，总不能和外面那些人一样，一辈子都离不开虫罐儿，日后要怎么办。”

不是亲兄弟，就算是亲兄弟，妯娌之间也不能说长道短，所以是好是坏琳怡都不准备接话，只是一笑了之。

郭氏也没在这上面纠缠，很快就问起琳怡准备做什么饭食。

两个人说着话在厨房忙乎起来。

郭氏叮嘱厨娘准备了几道菜，周老太爷的新药刚好也抓回来，郭氏拿着药去小厨房煎煮。

琳怡这边也将宴席的饭菜定好，吩咐人泡了糯米，加入杏仁、糖桂花、芝麻做了杏仁茶，让厨娘拿出铜质大壶烧了滚烫的热水准备沏茶。

正忙得热火朝天，有厨娘道：“屋子里进了蛐蛐儿，叫了半天了，也不知道藏在哪里。”

大家就笑起来：“快捉了让二老爷看看，说不定也能卖个大价钱。”

厨娘道：“真是想钱想疯了，不怕主子听了笑话，还以为遍地都能捡黄金呢，”话音刚落，“哟，又叫起来了，真的是蛐蛐儿。”

琳怡亲手将杏仁茶调好，大铜壶水也烧开了，正要吩咐帮厨的丫鬟沏茶，外面门上的婆子跟着进来道：“郡王爷来了。”

君子远庖厨，家里的男人是不会进厨房的。

琳怡放下手里的东西，抬起头来看周十九。

周十九换好了衣服，十分的闲逸。

“郡王爷等一会儿，我这就出来。”琳怡说着指挥帮厨的小丫鬟从铜壶里倒水。

内务府新制的大铜壶，比平日里用的大些，刻做了几朵大铜花，上面雕了只大蝙蝠，远远看去很有气势，只是倒水难些，厨娘和帮厨丫鬟练了两日选了一个手稳的丫头斟茶。琳怡走开一步让丫鬟往碗里倒热水。

一碗斟好，调整一下位置倒另外一碗。

屋子里的人看着大家伙新奇，都抿着嘴看高高的壶嘴里流出的热水。

厨娘也用围裙擦了手从里面慢慢走出来看热闹。

大家正全神贯注，耳边突然传来一声惊呼：“别踩，一千两银子的大将军……小蹄子你疯了不成？哎哟……”

本来安静的厨房，一下子像炸开了响雷般。

斟茶的丫鬟猛地一下子被喝止，整个人不由得一哆嗦，眼前又是一花，手上顿时失了准，一壶热水一下子浇落在地，众人都看傻了眼，小丫鬟想要补救没想到反而没拉住手柄，一壶水就倒下来。

热气腾腾的水眼见就冲着琳怡脚边泼下来。琳怡还没反应过来，只看到有人伸手一挡，热腾腾的水都落在宝蓝色的袍子上，喷溅过来的水花很快也被挺拔的身影挡了过去，接着她

手腕一紧被拽开去，只是一眨眼的功夫，她就被抱起来放在小杌子上，眼睁睁地看着绣鞋被脱下来。

脚面上被溅了几滴热水，现在缓过神才觉得有些略微的灼痛。

耳边传来周十九的声音：“去给郡王妃拿烫伤膏和鞋袜来。”

橘红睁大了眼睛盯着康郡王的手臂。

琳怡也看过去，周十九的臂膀上热气蒸腾。

“我没事，”琳怡打断周十九的话，也吩咐橘红，“快去拿药油。”说着去抢周十九手里的绣鞋，“我的脚上不过是溅了两滴，郡王爷的手臂烫得厉害。”

周十九不肯将鞋给琳怡：“等拿来干爽的再换上。”

琳怡皱起眉头干脆起身要踩在地上，还是白芍反应快，扯过旁边小杌子上的锦垫让琳怡踩上去。

厨房一下子忙起来，厨房指挥着丫鬟打凉水。

刚刚闯进来捉虫的婆子嘴一张一合：“这……可……郡……王爷……是二老爷……的蛐蛐……”话还没说完，只觉得腹上一重，整个人像风筝一样被踹了出去重重地跪在地上，只是闷哼一声嘴角就有血流出来。

琳怡来不及看那被周十九踹飞的婆子，急着去解周十九的扣子。

周十九长袍上的盘扣仿佛是要跟她作对一样，不如平日里解得顺手，半晌才将袍子脱下来，里面的中衣紧贴在身上，透出红红的皮肤。

这么热的水，无论是谁都要被烫伤，何况是这样倾注浇下来。

白芍将厨房里的下人遣下去，只让平日里近身伺候的下人在旁边帮衬。

琳怡隔着周十九的中衣，先将经凉水泡过的帕子敷了上去，忙完这些琳怡这才透口气抬起头看周十九。

一双清如水的眼黑白分明，嘴角仍挂着笑容：“我没事，先看看你的脚。”

橘红气喘吁吁地将药油拿来，琳怡就要给周十九上药。

周十九手一伸从橘红手里将干净的袍子穿上，很快就系上了盘扣，弯腰将琳怡抱起来：“去准备凉水。”

听到郡王爷的吩咐，橘红立即又小跑起来。

琳怡靠在周十九怀里皱起眉头：“郡王爷将我放下来，这成什么……”

周十九悠悠然一笑：“元元，你碰疼我了。”

琳怡的手立即缩起。

刚才似是还不觉得疼，现在立即就疼了，她根本碰都没碰到，又不知道他到底都烫伤在了哪里。

一路回到第二进院，周十九将琳怡放在软榻上，伸手脱掉了琳怡的袜子，橘红端来凉水，琳怡的脚就伸进水里。

她总是争执不过周十九，这时候再拒绝反而更加耽搁时间，琳怡干脆顺着周十九的安排。

凉水一泡灼热的痛感立消，让人难以抗拒得舒坦。

顾不得脚上，琳怡伸手脱掉周十九的外袍，很快将药油涂了上去。

“疼不疼？”

“疼。”周十九笑容不变，眼睛也不眨一下。

真是让人哭笑不得。

明明是笑着的，却一口肯定下来。

琳怡重新坐回软榻上，橘红才要上前拿软巾给琳怡擦脚，却被周十九将巾子拿了过去。

橘红睁大了眼睛，惊讶地瞧着郡王爷将郡王妃的脚放在膝盖上，用帕子擦干净又抹上药油。

橘红端着盆退下去，门口的白芍关上了门。

帮周元贵养虫儿的婆子是周元贵的乳母童妈妈，仗着周元贵吃过她的奶又有一手养虫的好手艺，平日里连郭氏也敢顶撞。

听得童妈妈闯去了大厨房，郭氏惊讶得脸色也变了：“媳妇再三叮嘱童妈妈来到康郡王府不要乱走，谁知道竟然……”

周老夫人皱起眉头来，让人伺候着更衣准备过去瞧瞧。

郭氏这边问丹桂听到的是什么情形。

“郡王妃在做杏仁茶，丫鬟正用内务府送来的大铜壶斟水，童妈妈这时候闯进去找蛐蛐儿，斟茶的丫鬟吓了一跳，剩下的一壶水都冲着郡王妃洒过去，郡王爷看到了用手臂去挡。”

听到这里郭氏捂住了嘴，竟然用手臂去挡。

丹桂接着道：“结果热水洒下来泼了郡王爷满胳膊、肩膀，郡王妃的脚也被烫了。童妈妈还要上前强辩，被郡王爷一脚踹了出去。”

郭氏越听越惊心：“这么说郡王爷和王妃都被烫了，”刚烧开的水浇下来会如何想想也知道，郭氏惊慌地看着周老夫人，“娘……这可怎么办才好？”

都是她带来的人惹了祸事，日后她还怎么登康郡王府的门，郭氏彻底没了主意：“我……我和娘一起过去向郡王爷和郡王妃赔礼。”

周老夫人的目光落在郭氏身上：“你也是，连个下人也管束不住。”

童妈妈的事不是一天两天了，之前郭氏在周老夫人面前也提起过。郭氏嫁过来的时候也不是没有安排过童妈妈，念在童妈妈年事已高就想将她安排在庄子上，谁知道童妈妈就闹到了周元贵那里：“二老爷可是吃过我的奶，有天大的情分在。如今我年老了不经事就想将我发落了，那还不如让我拿着裤带上了吊。”

周元贵看不过眼就替童妈妈说了话，让郭氏将童妈妈养起来，这么大的家还差一个人

吃饭，话里话外都说郭氏心眼小。

从此之后郭氏在童妈妈身上只有睁一只眼闭一只眼。因为除了乳娘的情分在，周元贵的虫儿都是童妈妈伺候，那些宝贝的虫儿换不得人，上次周元贵的紫大虫就被小厮养死了。童妈妈那张嘴也会说，经常在周元贵身边说道：“我养的虫儿，是给二老爷添好运咧。”

郭氏这边童妈妈不敢来烦，小丫鬟就被童妈妈欺负。但凡有好吃的都进了童妈妈嘴里，酒肉菜更是时时供着，犯了错倚老卖老，再不就装疯卖傻，下人们见到她都要绕着走。

周老夫人听郭氏将童妈妈平日的行径讲一遍，也皱起眉头：“从前看在她照顾元贵有功，我也想着不缺她的，没想她越来越出格起来，”说着顿了顿，“也不给她看病，就将她捆在柴房里，待到郡王爷和郡王妃好些了再丢她去庄子上。”

被踢得吐了血又在柴房捆上一日，再折腾着去京郊的庄子，就算是年轻人也少了半条命。

周元贵进屋恰好听得这话，就上前求情：“母亲，可不能这样，要出人命的啊。”

周老夫人厉眼看向周元贵：“一个乳娘还能比康郡王和郡王妃娇贵不成？你是越活越回去了，那童婆子要不是有你撑腰敢这样无法无天？”

周元贵听得这话鼓起的气顿时泄了个干净，哭丧着脸。

周老夫人吩咐完带着郭氏去第二进院子。

屋子里满是药油的味道。

周十九穿着宽松的衣衫，橘红正给琳怡试穿新做的鞋子。

好在鞋子做得大些，不至于碰到脚面的伤，说来也奇怪，周十九烫的那么严重也只是红肿，反而她的脚面上被烫了两个米粒大的泡出来。

周老夫人让人扶着匆匆忙忙到了琳怡炕前。

琳怡要起身，周老夫人忙让申妈妈将琳怡扶着坐好：“快别动了，一会儿让御医来看看，家里的药油终究不如新配的，细嫩的皮肤留了疤可不得了，”说着又去看周十九，声音微低，“这是怎么回事，两个孩子就一起烫了。”

厨房里的事早应该传到了周老夫人耳朵里。

申妈妈在周老夫人耳边说了两句，周老夫人当众发怒：“这个不争气的东西，刚我还训斥他整日玩虫，转眼他就惹出这么大的事来。”

周老夫人才说完话，郭氏就上前向琳怡赔礼：“都是我的错，没有管束好下人。”

这般浩浩荡荡的认错，她岂能不给婶娘和二嫂面子。

说话间周大太太甄氏也赶了过来，正好听到周老夫人训斥周元贵：“当着郡王爷的面，我就说清楚，日后再看到你玩虫，别怪我不认你这个不肖子孙。”

周元贵这时候低头：“儿子错了。”

周老夫人道：“将那老东西打发去庄子，别让她再在你耳边教唆。”

表面上看来周老夫人因她和郡王爷受了伤狠狠骂了周元贵，打发了惹祸的婆子，让她无话可说，不会将这把火烧到周元贵身上，她这个闷亏其实是吃定了。

周老夫人不过费了些口舌，教育了儿子，替儿子纠正了些坏毛病，她和周十九就受了皮肉之苦，怎么算都太不公平。可如果她还不依不饶，传到外面去说轻了是她心胸狭窄，说重了是她借题发挥故意施威。

“婶娘先别急，”琳怡先开口，“二哥养的虫儿都是很贵的，我听那婆子喊了句，要一千两银子。”

周元贵听了微抬头：“哪止一千两……”

周老夫人脸色一下子沉下来，周元贵立即噤声。

“我是觉得奇怪，这么贵的虫儿怎么会跑去厨房里。”

屋子里突然落针可闻。

周十九看过去，葱绿色碎花幔帐映着琳怡的脸和闪烁的眼睛。周十九微笑着做个看官，安静地坐下来。

琳怡道：“我是觉得这事不怪二哥，又不是二哥将虫罐儿拿去厨房的，婶娘就不要怪二哥了。”

就算责怪，也不要在她面前做戏。

什么时候训子不好，偏要来她屋里。

“说不得这里面有什么误会，”琳怡声音微低看向周十九，“都是一家人，这样不明不白的责怪，总是不好。”

周元贵面露喜色，不等周老夫人说话，先抢着道：“郡王妃说得是，还是将童妈妈叫来问清楚。”

从第三进院子准确无误地跑去厨房，那蛐蛐儿不但跑得快而且还很认路。

甄氏的脸色没有之前那么红润。

周老夫人叹气：“既然是这样你就查查也好。”

琳怡颔首也不耽搁看向巩妈妈：“正好二哥、二嫂都在这里，现在就去将童妈妈叫来问问。”

童妈妈是周元贵的奶娘，一事不烦二主就让周元贵夫妻问个清楚。

一会儿功夫童妈妈就被带进门。

刚才听说要被送去京郊的庄子上，这一路折腾下来哪有她的老命在，正万念俱灰，又有一个穿着体面的妈妈过来说：“郡王妃要让你将话说清楚，免得错怪了好人。”

童妈妈一下子似是抓住了救命的稻草，进了屋不管三七二十一先向各位主子磕了阵头，结结巴巴地道：“也不是奴婢想要闯去大厨房。是奴婢昨儿个……没脸嘴馋多吃了几碗乳酪，今儿肚子就不争气起来，带着二老爷的虫罐儿去更衣，回来的时候……就发现虫儿没了。这虫儿……是二老爷的命根子，奴婢弄丢了哪有命在……于是就一路寻……后来听……”童妈妈说着看向周大太太身边的芝兰：“芝兰姑娘，你倒是说句话，你是怎么知道那虫儿在大厨房那边？”

芝兰被看得眼睛瑟缩了一瞬，就强辩：“童妈妈，您也不能红口白牙地乱说话。”

“我乱说话，”童妈妈捂着疼痛的肚子，看向琳怡，“郡王妃，奴婢有半句话不实都叫天雷劈死，芝兰姑娘平日里就看不上奴婢……在老宅那边就处处与奴婢为难，要不是二老爷吃过奴婢的奶，奴婢早就被算计死了，这次在郡王府，奴婢才不疑有它信了芝兰姑娘的话，哪知她是要往死里治奴婢。虫罐儿好好地放在那里，虫儿怎么就跑了出去，偏巧就被芝兰姑娘看到了，奴婢现在想来这里面有问题，若是奴婢就这样被绑缚去了庄子上，恐怕不几日一命呜呼，这些冤屈也就说不出来了。”

芝兰听到这里看一眼周大太太甄氏，甄氏阴沉着脸不说话，芝兰也就跪下来：“主子们可不能信这老虔婆的话，只因从前她在采买上手脚不干净被我撞见，大太太就免了她的差事，之后她就恨上了我，眼见这次没了活路，就要拉着我垫背。”

童妈妈被说得激动起来：“你这浪蹄子，昨日被我撞到在大老爷怀里哭，恐怕我去告发才想要先堵住我的嘴。”芝兰主动示好，她还以为是她攥住了芝兰的把柄，心里得意，正想着怎么算计将这些年的恶气出了，谁知道就着了小蹄子的道。

芝兰脸色变了惶恐地看向甄氏。

甄氏没想到这一节，也着实惊讶地怔愣住。

一场从丢了蛐蛐到下人爬老爷床的戏一下子拉开了。

事情闹到这般田地琳怡倒没有了主意：“这是怎么回事，”琳怡看向周二太太郭氏，“我有些听不明白了。”

真是一波三折之笔，看来是周家老宅的火烧到了郡王府来。

“大嫂，”琳怡看着脸色铁青的甄氏，“我看这事还是从长计议。”现在就算要将童妈妈这件事随便了结了，甄氏也不会同意。

可以肯定的是周大太太、二太太带来的下人将康郡王府搅得一团糟。

周十九拿起茶杯慢慢悠悠地喝了一口，虽然受了伤，神情却颇为惬意。

周老夫人捻着佛珠老神在在。

童妈妈和芝兰惶恐地跪在地上，甄氏的眼睛似是要将芝兰烧成灰。

“好了，”周老夫人先让申妈妈扶着起身，看向周大太太甄氏，“回去查个清楚，若是属实，这丫头我看你也留不得了。”

芝兰立即瘫在地上鼻涕眼泪一起下来：“老夫人、太太，奴婢没有啊，奴婢……真的没有……”

正闹着，丫鬟进来禀告：“御医来了。”

周老夫人命人将芝兰和童妈妈拉下去，等着御医来给周十九看伤。

周十九的伤虽然红成一片看着吓人，好在处置得当并不严重。

琳怡的小匣子里药是最全的，没事的时候经常拿出来摆弄，橘红在旁边伺候着也渐渐熟识，这才能很快将药找出来。

琳怡低声询问：“什么时候才能好。”

御医躬身道：“明日就会大好了，不过要想好利索也要四五天。”

虽然这样说，毕竟是在自己家里受了伤，就算再好脾性的主母，这次也要整治府里。橘红送走了御医，琳怡将巩妈妈叫来：“这次要彻底查个清楚，凡是有存心惹事的都让牙婆子领出府去。”芝兰怎么知晓蛐蛐儿进了大厨房，这里面定然有人帮忙。

巩妈妈应下来：“您就放心吧！”

周老夫人想要安插人手进郡王府，也要看她答应不答应。就算送个人进来，到时孤立无援只要小有动作就能被察觉。与其防着别人倒不如提前布置。

琳怡回屋里给周十九换药。

巩妈妈在旁边看得分明，之前长房老太太还怕郡王爷不真心待六小姐，这次回去她要将府里的事说给长房老太太听，长房老太太定能心安了。要知道这种情形她可是从没见过的啊。

周老夫人房里，甄氏气得手也抖起来，芝兰这贱蹄子竟然敢在她眼皮底下勾引老爷，怪不得听说童妈妈出了事，小蹄子那般高兴。

甄氏几乎将长长的指甲攥断，在场人都能看出来童妈妈说的话不假。

本来想看戏的人却最终被旁人笑话。

周老夫人眼睛不抬。

甄氏丢了脸面不愿意再提起这档事：“郡王爷对陈氏可真是好，连自己的伤都顾不得。”想要让他们生出嫌隙恐怕不容易。

周老夫人淡淡地看了甄氏一眼：“陈氏管家妥当，凡事没有半点错处。就算郡王爷这样宠着她，外面人也说不出什么。”

周老夫人是暗指芝兰的事她处置不当，甄氏不禁脸上一红。

周老夫人道：“元景若是真没有纳妾的心思，你就算送上前去他也会不要，若是他动了心，你藏着掖着又有什么用？到头来只会落得让人笑话。”

说到这个甄氏就眼睛红起来，“娘，不是我不愿意，我是怕了老爷，别看老爷平日里威武却耳根软，万一宠上哪个狐媚子，听了她的话……我和全哥要怎么办。”

在甄氏眼里但凡是比她年轻漂亮的就都是狐媚子。

甄氏委委屈屈地哭，周老夫人好像没听见似的：“整日里就盯着漂亮的丫鬟和元景，别忘了管好你的中馈。”

甄氏的哭声一下子止住了：“娘的意思是……”

周老夫人道：“你屋里的事，别人说不定比你更清楚。”要是陈氏没有听到些消息，怎么能让童妈妈来对质，“祖宅那边的事闹到了康郡王府，看以后你们还有什么脸面过来。”

周老夫人的声音越来越冷，甄氏的一颗心也渐渐沉了下去。

回到周家老宅，周大太太甄氏利落地让婆子将童妈妈押去了庄子上，是有名的那个收成不好，佃户常闹事的庄子。周元贵想要替童妈妈说说话，甄氏却好像视而不见似的，处理完了就回去了房里审芝兰。

周元贵回到郭氏房里，哭丧着脸坐在一旁，郭氏上前好生劝着："我平日里说老爷也是为了老爷好，怕的就是会有今日，现在童妈妈要被送去庄子，娘也气得责骂老爷，我去替老爷求情也是被娘训了出来。"

郭氏边说边用帕子擦眼角。

周元贵看着妻子委屈的模样，怒气也缓和了变成了心软："好了，好了，我也没说你。今天的事都怪我，连累你受了委屈。"

"都说我没管好内宅，"郭氏扭头不愿意面对周元贵，"娘也说我没有好生劝老爷，我现在劝老爷，收收心吧，别再玩虫了，否则我在家里也要抬不起头来。我就算不娇贵也有脸面在那里。"郭氏的手捏得青白。

周元贵看着妻子家常穿的是半新不旧的衣裙，再想想自己从妻子手里拿银子，妻子虽不愿意却也没有去母亲那里告状，无论有什么委屈都吞在肚子里，平日里辛辛苦苦地帮着嫂子管家，到头来没有落下一句好话。

周元贵狠下心将童妈妈的事抛在脑后："是我不好，我日后就改了。总不能让你跟着我也受责骂。"

郭氏脸色仍旧难看："我不图老爷能改，老爷只要能让我在这个家能抬起头来。"

周元贵急忙道："能抬起头来，能抬起头来，等过阵子我求母亲给我找份差事，我一定好好干。"

郭氏迟疑地道："老爷记住今天的话，我也就知足了。"

周十九的烫伤养了两日果然就好了，琳怡脚上的水泡也不见了，再也不必小心翼翼地套袜子。

巩妈妈手脚很快，将大厨房彻底整治了一遍，牙婆子进府领了两个丫头出去之后，巩妈妈觉得无论走到哪里后背都少了一双眼睛窥视。

这样一来做事都觉得轻松起来。

周大太太甄氏这几日过得就没有这样轻松。周元景回府之后大吵大闹了一番，非要将芝兰收房，甄氏不肯大骂芝兰是个吃里扒外的东西，周元景就冷笑着问甄氏，哪个是里？哪个是外？芝兰本来就是陪嫁丫鬟，做通房顺理成章，甄氏不肯就是善妒，犯了七出之条。

甄氏大为后悔，应该在周元景没有回家之前就将芝兰解决了。

周元景被逼急了提出来，康郡王刚成亲时还安排了两个通房，他屋里连一个也没有。

巩妈妈笑着道："大太太也是想不开，通房不通房的不过是个说法，不安排通房，背地里偷偷摸摸的。郡王爷身边的两个大丫鬟倒是提做了通房，可是郡王爷连伺候也不用她们了。"

自从周十九烫伤之后，巩妈妈总是时常提起周十九的好处。

可是琳怡却觉得周十九的笑容半真半假。毕竟是姻家进京的紧要关头，周十九这样待她，是想要她站在他那边去。身边躺着一个聪明人，她不得不时常保持警醒。

琳怡让人准备东西明日回娘家看长房老太太。

长房老太太这边在郑家听着郑老夫人说话，手心里捏了一把冷汗。

郑老夫人道："当年广平侯虽然被夺爵，好歹现在也拿了回来，要不是你问起我，我也不会将这些话说给你听……"说着顿了顿，"你要保重身子，别想得太多。"

陈家长房老太太靠着罗汉床，手肘支在矮桌上，手里的佛珠长长地垂下来，蹭着姜黄色妆花锻的褙子，脸上的神情僵硬："这么说这事是真的了？我们老侯爷是因替皇后娘娘母家说话，才被夺了爵。"

郑老夫人这时候也不好瞒着，就将自己打听来的事说了："我听来的就是这样。福建那边都闹开了，从前福建水师失利都是因国舅主战……白白葬送了那么多条性命，福建那一带一度人人戴孝，家家捧幡。"

所以这次琳怡向皇后娘娘靠拢才这样容易。

郑老夫人目光谨慎起来："我听老爷说，恐怕之前国舅爷真的是被冤枉的，国舅爷没有贪墨，朝廷的银子都用在了筹建福建水师上，福建水师会惨败，是因大意冒进之故，当年皇上要亲政，太想打赢这场仗……反而……"

也就是说皇后娘娘的母家是替死鬼，真正犯错的是皇帝。现在皇帝复了广平侯的爵位就是想要卷土重来。

她们陈家被复爵，其实就是一颗棋子，长房老太太仔细想这些来龙去脉，兀然抬起头看郑老夫人："老东西我问你，康郡王是不是早就知晓这件事。"康郡王用了那么多心思娶六丫头，是不是就看准了这一点。

"这……我可不知晓，"郑老夫人忙摇头，"我也是真真切切才知晓的。"

长房老太太沉吟了片刻，脑子里总是抹不去老侯爷被夺爵后郁郁寡欢的模样："郑阁老怎么说？"

郑老夫人喝了口茶："老爷是觉得姻家说得有道理。倭寇行踪不定，我们大周朝没必要为了倭寇和海盗大动干戈，毕竟还有鞑靼扰边，藩国总是趁机制造纷争，现在动武并不是好时机。可是这些年的被动防范的确让倭寇越来越猖狂。"

郑阁老总是两边不得罪。

第八十四章　担忧·别扭

长房老太太从郑家回来一直心情不佳，陈允远从衙门回来问安，长房老太太也不知道该和儿子说起哪一件。

母子两个坐着喝了杯茶，陈允远主动提起："现在朝廷热议福建，下属来找我套消息，我也是焦头烂额。我是不赞成打仗，可是康郡王主战……"

长房老太太抬抬眼皮，果然……

长房老太太不动声色："康郡王已经和你提过了？"

陈允远颔首："皇上对亲政前水师大败之事耿耿于怀，本朝在边疆战事上比之前哪朝都要强硬，康郡王这样一说，儿子想了想也该是如此。"

康郡王从前做事遮遮掩掩，这次知晓两边政见不合倒是先知会好。

长房老太太不说话，陈允远也是一筹莫展，第一次和女婿政见不合，他可是一心不想福建打仗，年少时想要杀得倭寇片甲不留，可是在福建久了，只关切百姓生活劳苦，若是组建水师就需要庞大的军费，唯有增加赋税国家才能拿出这笔银子。

要打仗，周围居住的百姓就要搬迁，世世代代生活在海边的渔民就没了生计。

陈允远道："朝廷里和儿子一样想法的官员不少，只要皇上提起组建福建水师，御史言官定会上折子。"

长房老太太细捻佛珠，半晌才道："你知不知道老侯爷当年被夺爵就是和福建水师战败有关。"

陈允远惊讶地睁大眼睛："这……儿子没听说。"

事关陈家，以她和郑老夫人的关系才会知晓。

长房老太太将从郑老夫人嘴里听到的消息说了，陈允远异常惊讶："这么说康郡王可能早就知晓？"

长房老太太靠在软垫上，让陈允远自己去想。

陈允远捋着胡子："就算听说些消息也做不得准吧，否则也该和琳怡提起。"

长房老太太不动声色地看了眼陈允远，老三竟然这样信任女婿，要不是脾性太耿直也不会让六丫头担心。长房老太太端起茶来喝，儿孙自有儿孙福，之前她想老三的脾气哪里能在官场上立足，而今也被他糊里糊涂地撞到三品官，耿直的人也少了操心，不像聪明人时时刻刻都要费心思。

母子两个正说着话，陈临衡进屋向长房老太太和陈允远请安。

陈临衡最近经常去陈允远书房里寻书，儿子这样好学，陈允远这个做爹的自是高兴得不得了，偷偷摸摸地让老妻打探之后，陈允远发现儿子爱好越来越广泛，兵法、古籍无一不看，再仔细查看一番，儿子文武双修的基础上更偏武。

陈临衡一头扎去了书房，小萧氏心疼地跟着去安排，没出屋门就嘱咐陈临衡：“看会儿书就歇着吧，书慢慢看不着急。”

陈允远想着儿子：“咱们家爵位回来了，将来衡哥承继，衡哥一心也想从武，儿子是文官将来恐是帮衬不上什么，还要靠郡王爷。”

现在爵位回来了就不得不多多考虑。

长房老太太躺在床上一晚上辗转反侧，白妈妈担心老太太没有出府，听到里面有声音就端灯进来，服侍老太太靠在床头。

白妈妈道：“老太太是担心六小姐？”

在郑家听得这个消息之后，心里就如同长了一根长长的刺，不碰它倒是不觉得什么，稍稍一动就疼入心底，却也不至于难以忍受。

长房老太太道：“我就觉得堂堂一个郡王爷费那么多心思娶我们六丫头，这里面有蹊跷，现在看来果然是，我是怕万一将来……不能好好待六丫头。”要说因利益结亲的也有不少，可不知道怎么回事她就是担心。康郡王太聪明了，凡事利益为重，万一将来遇到更好利用的，会不会就舍弃六丫头。

白妈妈道：“上次老巩不是回来和老太太说，郡王爷和郡王妃夫妻和顺，想必是错不了，等明日郡王妃回来了，我再仔细问问老巩。”

第二天琳怡一回到陈家，白妈妈就将巩妈妈叫去说话。

趁着琳怡亲自指挥小丫鬟摆箸的功夫，白妈妈将康郡王被烫伤的事原原本本讲给长房老太太听：“老太太这次该放心了吧！”

“还有件好事，”白妈妈说起来就乐不可支，“之前康郡王身边的两个大丫鬟周家人给抬成了通房，定是想要看郡王妃的笑话。没想到现在一个被撵出了府，一个形同虚设……也不知道周大太太是不是太关心郡王府这边了，竟然让身边的丫鬟钻了空子爬到周大老爷床上，现在周大老爷那边闹着要抬她做妾室，周大太太差点将房盖掀了，却也没能压住周大老爷，老巩打听到，周大老爷和周大太太似是动了手，周大太太这两日推说病了在屋里躲着不见人，也不知道是不是被打了……这样一来短时间内再也不能去郡王府搅和了。”

这话让长房老太太嘴边有了些笑容，这就是害人终害己。

宴席摆好，琳怡吩咐下人让请来的女先生去了花厅，女先生会唱扬州清曲，大家听来都觉得有些意思。

琳怡道：“祖母、母亲听着好，爹爹生辰那日就将这班子请来。”

小萧氏抿嘴笑：“现在京里都喜欢听这个了。”

大家吃完饭，小萧氏说起琳芳：“我见到一面，瘦了不少，胆子也小了，定是在林家过得不好，上次着火听说是琳芳下地不小心碰了蜡烛，好歹没有酿成祸事。”

状元郎新房着火的事过了好几日才有了正经消息，原来是琳芳的错。

陈二太太田氏竟然就任由林家这样说。

过了一会儿小萧氏去房里看小八姐儿，琳怡陪着长房老太太说话："祖母，"琳怡靠在长房老太太身边，"是不是有什么事瞒着我。"说着去看旁边的白妈妈。

白妈妈笑容收敛了些，躲闪琳怡的目光。

长房老太太喝了口茶却不承认："哪有什么事。"

琳怡跟在长房老太太身边这么久早就能看懂长房老太太的举动："祖母是因我的事？"

白妈妈听得这话悄悄地退了出去。

琳怡就更加肯定。

长房老太太瞒不住孙女，干脆就提起姻家："你准备怎么样？是想办法劝说姻家，还是规劝郡王爷。"

原来是怕她左右为难。

琳怡宽慰长房老太太："姻语秋先生又不问政事，郡王爷那边我更是不能插嘴，真正为难的是父亲，只怕父亲这些日子不会好过，到头来是要组建水师还是干脆实行海禁，都要听皇上的意思，父亲没有立场最好，若是有……"琳怡笑笑，"也别做那个出头的椽子。"

这时候了还劝她，这孩子怎么能不让人心疼，长房老太太故意板起脸："遇到什么难事要回来和我说，就算我老了不能解决问题，也会想方设法护着你。"

"是，"琳怡抱住长房老太太，"祖母的翅膀下最暖和。"

"唉。"长房老太太又长叹口气。

"祖母别担心，"琳怡抿嘴笑着，"我还是康郡王妃呢，虽然我没有祖母聪明，好多事想难住我也是不容易的。我嫁过去之后都听祖母的谨慎行事，站在一旁看着她们折腾，还没轮到我伸手呢。"

长房老太太被逗得笑出了声。

在外面听到笑声的白妈妈进屋："好了，好了，老太太终于笑了。"

琳怡亲手斟茶给长房老太太。她嫁给周十九也不是要一味地受委屈，就算周十九有他的算计，她也不会轻易就吃亏："我已经和郡王爷说好了，请先生去郡王府住两日。"所以她才会借着被烫伤的事，将周大太太甄氏和周二太太郭氏拒在康郡王府门外。

周十九要当值，琳怡比平日稍晚些才回到康郡王府。

去内室里换好了衣服，琳怡就将巩妈妈叫来："怎么样打听到了没有？"

巩妈妈低声道："老太太前一日去了郑家，之后回来就总是有心事似的。"

巩妈妈是长房老太太屋里出来的，打听消息也方便些，不过这次却吞吞吐吐。

琳怡抬头看了一眼巩妈妈："妈妈也准备帮着祖母一起瞒我？若是能瞒我一辈子自然好，若是不能将来……"

巩妈妈忙道："郡王妃快别这样说，奴婢哪里能瞒着郡王妃，只是一时不知道怎么说起。"长房老太太不说也无非是怕郡王妃听了难受。

琳怡拿起身边小秤，亲手称眼前的草药，很有耐心地等着巩妈妈说。

周老夫人房里申妈妈也在悄悄地道："看样子郡王妃是知晓了，刚才还亲手捣药要做药包呢，奴婢去送扇子的时候，看到橘红将没挑完的药端了下去，奴婢问起来，橘红说郡王妃身上不舒坦已经睡下了。"

两口子从来都是一起休息的，今晚竟然没等郡王爷回来就躺下了。

周老夫人手翻着佛经慢慢地念。

申妈妈道："看来老夫人是猜对了，越是聪明人越解不开这个结。"

谁愿意被人利用，与其这样稀里糊涂的，不如就让她知道她身边到底是什么人。

"落栓吧！"橘红从屋子里出来吩咐门房。

外面守门的婆子听得这话一怔，郡王爷还在书房，怎么就落栓了。

橘红道："郡王爷在书房睡下了。"

这可是郡王爷和郡王妃成亲以来第一次在书房里睡。

眼看着屋子里的灯灭了，门上的婆子才怔愣着将门闩好。

第二天周十九一早就出门了，琳怡只是在门口送了送就回去房里。

一连三天都是如此，消息很快让琳婉带去了陈家。

琳婉喝口茶道："不知道是为什么事。"

琳婉自从怀孕之后就胎气不稳，调养了一阵子总算见好转，这才和周元广一起回去娘家看看。

陈大太太董氏笑弯了眼睛："我已经听到了消息，是因姻家的关系才闹翻了。咱们广平侯夫人的娘家萧家和姻家交好，广平侯在福宁那段日子两家来往也密切，这次姻家出了事，郡王爷摆明了和姻家政见不合，是不准备管了。"

琳婉半信半疑地看着母亲董氏："我也有所耳闻，只是不知晓是不是真的。"

董氏笑道："那是因你们是姐妹的关系，才没有在你耳边说起，听说琳怡闹得太厉害，郡王爷也不准备回头了，你父亲还听说有人准备给郡王爷送妾室呢。"

这时候送妾室。

琳婉一怔："那要劝劝六妹妹才是，如果闹大了外面人只会说闲话。"

董氏冷笑一声："你就是心善，你去劝了人家不一定会念你的好，只当你去看笑话呢，俗话说雪中送炭难，锦上添花易，就是这个道理，你六妹妹心性高，以为靠这般就能让郡王爷改变主意。男人们只要涉及政事和前程，女人孩子都会被放在一边不管。"

也不是不可能，琳婉喝了口枸杞茶："前些日子郡王爷因六妹妹烫伤了，可见郡王爷是疼六妹妹的。"

"所以说，越娇惯越不成样子。宗室营里都在传，你六妹妹不够知书达理，及不上你。"

董氏看着女儿，从前她不知道有多羡慕琳芳、琳怡才貌出众，原来真正嫁了人自家女儿比谁都强。

琳婉不好意思地道：“母亲这样说让我脸往哪里摆。”

董氏扬扬手里的绢子：“我说得不对？都是一样嫁人，你怀孕了琳怡就没有消息，琳怡身段太过纤细，说不定不好生养呢。康郡王这支单传，没有承继的子嗣哪里行，我看等不上五年就要长辈出面纳妾了。”

宗室更加注重子嗣，琳婉怀了孕不知道多少长辈上门探看。

琳婉拉起董氏的手：“好了母亲不要乱说了，那些政事我们也不懂……”

董氏道：“我们不懂，你舅祖父是知晓的，照你舅祖母说的，组建福建水师哪有那么容易，康郡王想得好，只要牵扯出从前的事，水师的事就会被压制。”

“从前的事？”琳婉更是一无所知。

董氏伸手整理女儿的发鬓：“你啊，真是一门心思做贤妻良母，这些事一点不上心啊。”

皇上闭口不提的事万一因这次沉渣泛起，皇家颜面何存。

琳怡亲手拿着药杵捣药。

申妈妈在院子里听到屋子里如同泄愤一样的声音，回到第三进院子原原本本地跟周老夫人说了。

“您说这可怎么办？每日还来看您和老太爷，表现上像没事人似的，在您面前也说和郡王爷没事，其实……就将自己关在屋里摆弄那些药，这明摆着在和郡王爷斗气，”申妈妈说着给周老夫人添茶，“听说昨晚郡王爷在院子外站了好一会儿都不进去……您毕竟是长辈是不是该出面说说。”

太不懂事了，为了教过自己的先生和郡王爷斗气。

周老夫人沉着眼睛，靠在软榻上看着罗汉床上的花纹，半晌才开口：“还要我怎么说，我已经提过了，不是说郡王爷公务忙就在书房歇下了。”

明明是假的啊，公务忙还能在院子外徘徊。

申妈妈道：“要不然请陈家长辈来说说……”

“急什么，”周老夫人声音平和，“年轻人总是有些脾气，过两日也就好了，现在弄得人尽皆知让人笑话。”

申妈妈目光一闪，是还没闹到时候吧！

“您这样说也是，”说着顿了顿，“那荣亲王送来的两个侍婢怎么办？”

周老夫人的目光看向窗外。

一个穿着鹅黄色菊花比甲的丫鬟和一个穿着青色暗纹比甲的丫鬟垂着头站在那里。

“是送给郡王爷的，我自然做不得主，”周老夫人叹口气，“还是送去郡王妃那里，让她处置吧！”

申妈妈应下来带着两个丫鬟去第二进院子。

琳怡好半天才从内室里出来，边走边用帕子掩口咳嗽。

橘红忙拿来茶水给琳怡漱口。

申妈妈抬起头看过去，郡王妃如细瓷般的脸上没有半点血色，眼睛里倒是红丝密布，这两日郡王妃早早就睡下了，却倒不如从前有精神。

琳怡看了一眼拿着青布包袱垂头站在旁边的丫鬟，坐在椅子上。从前在福建的时候就有人给陈允远送过侍婢，不过大多数都被陈允远退了回去。

凡是送人的侍婢都是面容姣好，学过礼数的，不一定刚进府就被收房，但是最终都能博得男主人的好感。

昨晚荣亲王喝醉了酒当下就点了两个丫鬟要送给周十九，今儿一早就给送了过来。

琳怡看了看白芍："带下去吧，看看有什么差事能分给她们做。"

两个丫鬟听得这话都松了口气。

申妈妈也面露笑容："那奴婢就让人和荣亲王府说一声。"

琳怡点点头："劳烦妈妈了。"说完话恹恹地回了内室。

申妈妈快步回去向周老夫人禀告："收了。"

能有什么理由不收下，现在已经和郡王爷闹成这样，再铁腕治府在长辈面前怎么抬得起头来。

周老夫人道："吩咐厨房炖些补品给郡王妃送去，好让郡王妃好好养病。"

虽然这病八成是装出来的。

新进门的媳妇就和夫君赌气装病，就不知道最后要如何收场。

晚上申妈妈等到康郡王回府，让小丫鬟注意着情形。

屋子里亮着灯，琳怡在翻看医书，不时地从药盒里将草药抓出来些。

玲珑端了熏香放在屋外，撩开帘子屋里重重的药味传出来："还是将窗子打开吧，郡王妃别中了药气。"

琳怡好笑地看了玲珑一眼："我在福宁也是这样摆弄，怎么就没事？"

玲珑仿佛被抓了个现行，脸红起来："郡王爷回来了。"

琳怡手一顿，随意"唔"了一声。

玲珑和橘红对视，橘红努努嘴。

玲珑伸手将窗子打开。

琳怡抿起嘴向窗外看去。

院子里的夹竹桃下影影绰绰立着个身影。

一阵风吹来院子里的草木随风摇摆。

琳怡转过头，半晌道："药气散散就关窗吧！"话音刚落门口就传来几声咳嗽。

玲珑轻咬嘴唇：“郡王爷该不会是病了吧？”

琳怡去抓药的手就停了停。

只是片刻的功夫，院子里就有人娇滴滴地道：“郡王爷。”

橘红顿时瞪圆了眼睛，荣亲王府送来的小蹄子竟这般没有规矩。这样想着就要出门。

琳怡淡淡地道：“随她去吧，看她能闹出多大动静来。”

橘红这才忍住。

琳怡放下手里的小秤长长地舒了口气。周十九每日来院子里站着，要不了多久她就要被周家长辈传唤。

想到这里琳怡还是敛下眼睛：“服侍我歇下吧！”明日还要去接姻语秋先生。

陈家还是一片灯火通明，小丫鬟们陆续将长房老太太房里的盘子捧出去，换成了两盏清茶。

长房老太太和陈允远边饮茶边说话。

“康郡王寻了几个武官要对组建福建水师旧事重提，御史、言官的折子都写好了，要参康郡王一个误国误民，”陈允远颇有些觉得棘手，“这些事我也避不过，在衙门里我已经是不说话。”

最终还是要闹到朝堂上去。

长房老太太道：“姻家人明日就进京了，到时候朝堂上难免要乱一阵子，你是康郡王的岳家，现在的广平侯早晚要拿出主意来。”

陈允远皱起眉头：“儿子还是想听听姻家人是怎么说。”

屋子里一下子安静下来，似是能听到灯花爆的声音。

“也好，”长房老太太道，“总要谨慎些，一下子选了立场就不能反悔了。”

陈允远想起琳怡：“也不知道琳怡那边如何了，琳怡这孩子有时候倔犟……刚才遣人来说，她明日要去迎姻语秋先生。”

长房老太太虽然心里担心，嘴上却不以为然：“尊师长本就是圣人教的道理，姻先生从福宁而来六丫头自然要出面。若是不然，也会有人说三道四。”既然怎么做都是错，不如就顺着六丫头自己的心思。

第八十五章　彼此·争议

林家里，琳芳穿着一身碧色小蔷薇褙子在屋子里做针线，听到外面有脚步声，一针就扎在指尖上。

四喜忙上前去看琳芳："奶奶快别做了，剩下的让奴婢来吧！"

琳芳平日里身上穿戴的大多是出自琳婉的手笔，屋子里但凡有针线活都让丫鬟来做，现在嫁来林家，怎么也要做做样子。

怪就要怪讨厌的薛姨妈。

昨天琳芳去给林大太太请安，薛姨妈看到琳芳身上的荷包当时就说："难得的巧手，瞧瞧我们戴的东西这样一比就要羞死了。"

琳芳自然能听出这话的意思，只得赔笑道："姨妈若是不嫌弃，我就做来一只送给姨妈。"

若是一般的女眷怎么也要推辞一下，薛姨妈却十分坦然地受了，林大太太在一旁和薛姨妈谈笑："就在我面前提短处，你怎么不说你那儿媳将铺子管得有声有色，每年不知要进账多少，你的荷包只怕早就撑破了。"

薛姨妈就笑着瞄了琳芳一眼："先别羡慕我，咱们大奶奶更是不差的。"

家里的铺子都是田氏一手操办，也没教过琳芳，琳芳哪里会这个，只得咬着嘴唇坐在旁边听着，真是如坐针毡。她没想过嫁人之后会是这样的局面，新婚之夜就着起火来，她才被下人从火海里救出来，犹自没回过神，林大太太就红着眼睛当着众人的面又怜又爱地说："怎么这样不小心，好歹人没事，要是有个差错还不让我急死了。"

当时周围乱成一片，她也没想太多。

第二天四喜就听得所有人议论是她不小心点着了屋里的幔帐，她急匆匆地去林大太太房里申辩，林大太太倒是没有别的表情，只是亲昵地将她拉到身边，顺着她道："娘知道不是你的错，你安心吧，谁也不会怪你的。"

她只有泪眼朦胧地道："真的不是我，真的不是我。"不停地晃头。

林大太太就越发心软了，将她抱进怀里直喊，"可怜的孩子。"

再往后……她还能说什么？

回到娘家她将整件事告诉田氏，田氏也没有了别的法子，事到如今难不成陈家还去和林家争辩？

从前她还以为林大太太和母亲一样慈眉善目，是个好相处的人，而今才发现真是知人知面不知心。

婚房着了火，她的元帕也不知道哪里去了，林家至今攥着这个把柄。

田氏劝她暂时忍耐，她也只好先吞下这口气。

可是什么时候是个头。

她偶然听到林大太太和屋里妈妈说话，提到琳怡的亲祖母赵氏家里有没能落红的小姐，她这才知道原来不知不觉中也被赵氏连累。

琳芳想到这里就攥紧了手帕。

四喜道："本来老爷该是广平侯……若是这样林家哪个敢小瞧小姐。"

她的地位，她的婚事全都被琳怡抢了去，只要想及这个琳芳就恨不得将琳怡挫骨扬灰。京里那么多达官显贵，那么多门亲事，琳怡为什么非要抢她的，原本京里就不是琳怡的落脚地，琳怡却鸠占鹊巢……

只有想到近来姻家的事，让琳怡不好过，琳芳心里才会痛快些。

琳芳咬牙切齿："姻家怎么还没进京？"姻家快些来，最好将琳怡拖下去……不，要将广平侯一家全都拖下水，让广平侯失了爵位，琳怡被休弃，这样她才能开怀。

琳芳正想着，外面丫鬟道："大爷回来了。"

琳芳起身迎了出去。

林正青近来公务繁忙，不过却显得十分愉快，视线在琳芳身上打了个旋儿，然后主动说起话来，"看样子康郡王说不定又能立下大功了。"

琳芳手一颤，装作若无其事地道："大爷……怎么忽然说起这个……"

林正青让琳芳服侍着换好衣服，坐在罗汉床上喝茶，漂亮的嘴唇一抿，清亮的茶汤映着林正青黑亮的眼睛："郑阁老、翰林院里都有人帮着郡王爷揣摩皇上的心思，就算是广平侯一家也有人关切着。"

听到林正青说三叔父，琳芳格外敏感："大爷说有谁帮三叔父一家。"

林正青伸手揉揉手腕，在翰林院抄写了一天的公文稍觉得酸累："齐重轩很是在意整件事，但凡翰林院有什么风吹草动他都会想方设法去打听，今儿我又看到他和广平侯一路说话，仿佛说起康郡王妃，"说着顿了顿，"这也难怪，齐家和广平侯家的关系一直非比寻常，我记得那时齐家还要和广平侯联姻，不过是因科场舞弊案齐重轩被连累这才搁置下来……"林正青仿佛不知晓这里的缘由，笑着问琳芳，"我也是突然听说，广平侯又和康郡王联姻，同是陈家女，你该知晓来龙去脉吧？"

这又勾起琳芳对整件事的回忆，不知怎么的眼睛湿润起来，愤恨中带着羞愤，就是那以后她被人当做笑柄。

琳芳沉默着不知道该怎么说。

大约是看出琳芳心情不佳，林正青道："明日我和母亲说一声，让你回娘家和岳母说说话，之前婚房失火受了惊吓，至今也没有大好，回去娘家也能散散心。"

体贴的话倒让琳芳眼泪落下来，泪眼朦胧中琳芳抬起头看了林正青一眼，林正青漂亮的脸上仿佛有一抹温雅的笑容。

琳芳冰凉的心里突然似流进了股暖流。

林正青去书房里看书，琳芳让丫鬟张罗回娘家的事。

琳芳身边的阮妈妈有些迟疑，"太太不是说了，等过些日子小姐再回娘家。"才成亲不好频繁回去。

"大爷要跟太太说。"琳芳提起这个像是松了口气，林大太太每次见她脸上都挂着微笑，每次仿佛都是设身处地地为她着想，倒让她无力分辩。她不好逆着林大太太的意思，林正青开口就不一样了。

阮妈妈笑道："这样奴婢就放心了，大爷出面太太定会答应的。"

这样一来，琳芳心底的忧郁解开了不少。

琳怡在大厨房指挥厨娘准备明日宴客的糕点。好些年没有见姻语秋先生，琳怡就将先生平日里最爱吃的点心都做了一盘。

厨娘们正准备着，橘红提了一只食盒进门，抿着嘴唇摆到琳怡跟前。

琳怡诧异地看向橘红。

橘红上前低声道："郡王妃看看吧，奴婢也没看清楚。"

琳怡这才将食盒缓缓打开。

里面是两只黑胖的面食馍馍，仔细一看捏的是两只大兔子。这只食盒是从周十九的书房撤下来的。

橘红道："昨晚郡王爷要吃面条，厨房特地做了……因是桐宁伺候，奴婢也不知晓……还是今天厨娘说，桐宁拿走的食盒没有退回来，奴婢才去拿了过来。"

本来是空空的食盒却多了两只胖兔子。

橘红目光闪烁，"要不要奴婢将桐宁叫来问问。"

琳怡摇摇头，伸手将食盒盖好，飞快地看一眼橘红："先拿下去。"

橘红颔首，连忙将食盒撤了下去。

恰好这时厨娘做好了糕点，琳怡走过去瞧，一盘撒了层糖霜的桂花芡实糕。

琳怡尝了一口，甘甜中有股桂花的清香。

琳怡颔首："就是这样。"

厨娘这才展开笑容："奴婢第一次做还怕做得不好，昨天晚上才照郡王妃说的法子试了试。"

厨娘说完又去忙活别的。

琳怡坐下来看手里的宴席菜单。

厨娘那边说起话来："你说奇不奇怪，我昨晚和了一碗的枣糕面也不知道哪里去了，本想着今天早晨试做芡实糕和枣泥糕，结果只能将芡实糕做出来，也不知道一会儿的枣泥糕会不会好吃……"

"是不是被人偷吃了？"

"今天早晨我特意检查了炉灶，没有人起火烧水，总不能生着吃吧！"

琳怡就想起食盒里面两只黑胖的兔子。

"昨晚只给郡王爷煮了碗清汤面，进厨房的也就是桐宁小哥儿。"

"桐宁小哥儿拿它做什么，我看是你昨晚没有关好门被猫叼走了。"

厨娘边揉面边数落野猫泄愤。

想起有人在厨房里做偷偷摸摸的勾当，临离开厨房，琳怡吩咐厨娘：“多做一盘枣泥糕放进食盒里。”免得有人盯上了生的枣泥面。

厨娘应下来，眼看着郡王妃走出厨房，“郡王妃没说枣泥糕是送给谁的啊。”

“憨子，”旁边厨娘道，“自然是留给郡王爷的。”

第二天姻家人进京，由此组建福建水师的事正式拿到朝堂上来明说，谁也不必藏着掖着了。

康郡王当场就收获了十三本参奏奏折，与康郡王一同被参的还有平日里和康郡王走动密切的武官，一向谁都不得罪的郑阁老居然也做了奏折的尾巴，一同被奏三条重罪。

陈允远紧握着手硬是没说一个字。

之后姻家为民请命的文书很快送到了圣前御览。

皇上向来不轻易在朝堂上发言，早年是有辅政大臣把持，皇上亲政后承认当年自己就是个摆设，后来有主见的仍旧要听辅政大臣的，也没有什么机会抒发己见，再后来终于将辅政大臣踩在脚底下，众位朝臣突然发现摸不透皇上的心思了，就算几位阁老和前朝相比也形同虚设，难以参与皇上的决定，所以才造就了郑阁老左右逢源的官风。

大周朝自太祖皇帝开始就十分勤政，早晨朝臣没有走进金銮殿时，皇上已经在南书房润笔，晚上宫门已经落锁，皇帝还在养心殿看奏折，太祖、成祖、高宗以及本朝皇帝随便哪一位都能比上从前各朝代的圣君。

于是被前朝压榨的贫瘠土地终于在本朝治理下欣欣向荣起来。

太祖皇帝起兵征讨前朝昏君的时候就说过，战乱让百姓受苦，等天下大定之后定不会轻易掀起战端，要让百姓过上好日子。

大周建国之后金口玉言果然兑现，现在盘算起来大周朝这么多年以来最让人难以启齿的就是福建水师惨败，虽然后来成国公带人将倭寇的船击沉，又让倭国特使来朝低头认罪，皇帝却对这样的结果不是十分满意。

朝堂上众多声音都一致，倭寇是少数倭人和海盗勾结的结果和倭国关系并不大，现在大周朝如此繁盛，大可不必在意那么小的倭国大动干戈。现在最要紧的是对付鞑靼、瓦剌和蒙古骑兵。

其实这些谏言都是隐晦的，谁也不敢直接戳皇帝的痛处。

皇帝想要恢复海上贸易，就必须有一支能护卫海洋的水师。

朝臣下朝之后将各种消息带出来。

陈允远光是在长房老太太屋里复述就说了大半个时辰：“文官说武将不得参政，这是太祖皇帝定下来的，现在违逆就是不尊太祖皇帝。”不尊祖制虽然一直是老生常谈，可是高宗皇帝任命成国公辅政已成祸害，御史、言官用成国公为例参奏康郡王可谓是有理有据，可换过来说若是姻家将福建水师的伤疤掀起来，那又是不尊皇帝。

从前大家都不知晓福建水师的事也就罢了，现在放在了明处，一盘好棋反而成了烂棋。

“郡王爷是太急切了些，要是能缓一缓说不定情况会好。”陈允远站在女婿角度上平心而论，还是太年轻至少也要再磨砺个十年。

所以现在弄出个对错倒不重要，重要的是能让姻家和康郡王一起获罪。长房老太太将佛珠捻得发出清脆的响声：“董家那边有没有动静？”

陈允远摇头：“这样反而好了，武将不能参政只是听命于朝廷，董长茂坐着就声名大涨。”

长房老太太冷笑一声：“董家人惯会找便宜。二房这几日都是十分安静，摆明了是要等着看局势，坐收渔翁之利。”

所以这次注定是受累不讨好。

琳怡端了点心上来，正好将祖母和父亲的话听了个全。

陈允远看到女儿，想到一个法子：“不如你劝劝郡王爷，组建福建水师和他关系不大，能置身事外是最好的，不如就用和姻家的关系不好参政……”

周十九与宗室和血统尊贵的周家男人有一个共同点，凡是认定了的事就不肯回转。不过周家男人的手段她也见识过，不容小觑。

“父亲，”琳怡将茶摆在陈允远面前，“父亲何不试试祖母的主意。”说着去看长房老太太。

长房老太太依在罗汉床上看孙女。琳怡想出的法子不过是借着她的嘴说出来。长房老太太清清嗓子。

陈允远忙束手听着。

可是越听他越觉得：“这……可行吗？我真的要反对组建福建水师？那不是和康郡王政见相悖？”

长房老太太道：“这不正是你的想法？你早就准备好了说辞，不违背你的良心，朝堂上说起来才能掷地有声。”陈允远不善于隐藏自己的心思，恐怕这几日举手投足中已经让人看出来他的想法了。

陈允远为难地看了眼琳怡：“母亲这样说，儿子自然是愿意，可怕郡王爷就没有人帮衬，如今的形势本来就对郡王爷不利。”

长房老太太沉吟片刻：“政见不合也不见得就是坏事，皇上让你去了科道就是看在你为官耿直，你如今在朝堂上一言不发，科道的官员嘴上就算不说，心里已经记了你一本，再说我们家和姻家的关系无法回避。你在福宁从姻家那里也获益不少，好多政务也是姻家人出谋划策，现在你政见突然转变，小心被御史盯上做文章。”

陈允远心里的结倒是被打开了，可是想到女婿帮衬自己一步步走到这个位置上，心里总是过意不去。

“父亲，”琳怡小声问道，“郡王爷这段时日有没有找父亲商量对策？”

这倒没有。

琳怡有些意味深长："那就是郡王爷知晓和父亲政见不一，父亲不用太担心这个。"政见不合还要随声附和，往往会弄巧成拙。

陈允远觉得长房老太太和琳怡说的也有些道理，表情仍有些复杂，一个女婿半个儿啊，何况他这个女婿深得他心，看着女婿受弹劾他心里都不是滋味，更别提和女婿对着干了。

话到这里，白妈妈在外面禀告："去接姻先生的马车进胡同了。"

琳怡听得这话忙迎了出去。

和姻语秋先生一别其实有很长时间了，至少在琳怡心里是这样觉得，前世她从福宁进京的情形还在她脑海里，姻先生嘱咐她京里人事复杂让她多加小心，可是她却没想到进京之后会是这样的形势，这次见到先生，真真应了一句话。

恍如隔世。

其实就是隔了一世。

姻语秋先生穿着淡青色素花褙子，摘下头上的幕离，秀雅的眉眼没变，神情也依旧淡然，目光落在琳怡脸上时露出了淡淡的笑容，让琳怡心里一暖觉得万分的亲切。

琳怡上前给姻语秋行礼，姻语秋将琳怡拉起来行了个宗室全礼，礼数过后，琳怡亲昵地靠过来，"之前我和先生信件往来，没想这么快就见面了。"

姻语秋看向琳怡明亮的眼睛，已经不是从前那个时时赖着她说话的小徒弟，如今是落落大方、亮丽耀目的康郡王妃。

小萧氏安排好内宅也匆匆忙忙到垂花门。

小萧氏不会应付，一贯的说实话："先生真是一点没变。"

姻语秋微微一笑："听郡王妃说夫人生了位小姐。"说着让丫鬟将贺礼送上，镶贝雕花的包锦盒子里是一枚漂亮的印章。

小萧氏看了眉开眼笑："能得了先生亲手刻的印章，真是我们八姐儿的福气。"她生的八姐儿确实有福生长在京城，不用像衡哥、琳怡跟着他们在外奔波，小萧氏只要想到这里就十分知足，心里越发想要对衡哥、琳怡多些好。

琳怡和小萧氏将姻语秋先生迎进念慈堂，姻语秋给陈家长房老太太行礼，长房老太太起身将姻语秋先生让到旁边的座位坐下。

姻语秋说起话来遮不住身上的灵秀，琳怡在旁边笑着对谈，长房老太太也能说上两句，唯有小萧氏只能笑脸相迎。

姻语秋先生讲福建的事，长房老太太渐渐喜欢上这个有名的才女："先生准备在哪里落脚？我们府里的西园子刚刚修好，先生住下定是清净，只是怕我们那些粗拙的布置不能入先生的眼。"

姻语秋笑道："老太太客气了，只是家兄已经安排了住所，老太太若是不怕叨扰我常来常往也就是了。"

姻家在京里的朋友收拾了三进院，姻家兄妹在那里落脚。

长房老太太知晓姻家是怕连累旁人才要独住："只是六丫头嫁了人，否则定要留下先生。"

说到嫁人，姻语秋看了眼琳怡，琳怡微微一笑。

姻语秋道："说来也是奇怪，家兄和康郡王交好已非一日两日，康郡王去福宁时便在我家做客，那时琳怡也每日来我屋里……得知康郡王娶了琳怡，我和哥哥都觉得缘分使然。"

原来在别人眼里，她和周十九也是缘分。

大家说了会儿话，琳怡和姻语秋去望秋阁里坐下，琳怡将在京里买来的医书递给姻语秋先生看："虽然不是什么知名的书，也是先生藏书阁里没有的。"

姻语秋笑着收下。

屋子里没有旁人，琳怡试着问起请命书的事。

姻语秋道："我担心的倒不是这个，而是从前朝廷几次要哥哥为官哥哥都婉拒了，这次哥哥却这样上京，不论这件事有个什么结果，想要全身而退都没那么容易。"更何况哥哥天生倔犟，让他让步更是难上加难。虽知这趟难走，福建百姓信任姻家，姻家也是没有第二条路。

姻语秋说完看向琳怡，"康郡王有没有想好对策？"

第八十六章　风声·骗你

男人对政事就像女人对肚子里的孩子一样。宁可丢掉性命也不能让志向受委屈。姻家山高水远最终还不是要被卷进来。

所以说……这些不能用风险来衡量，否则也不会有人狂呼，武官死战，文官死谏。

琳怡和姻语秋提起这个，只能相视而笑。

"我有件事要请先生帮忙。"琳怡也不跟姻语秋客气，将手里的药囊交给姻语秋。

姻语秋将香囊捡起来闻一闻："是要做治妇人病的药贴？"

琳怡颔首，是她学艺不精，边看书温习才能将药配好："先生看行不行？"

这几味药虽然是妇人病常用的，可是和在一起用量能下得准也是不易，姻语秋思量了片刻："什么时候用？"

琳怡笑着："过两日，所以说时间紧，我已经做了好几天。"

姻语秋看着琳怡："京城里有不少金科圣手，怎么不请他们帮忙？"

琳怡道："却是先生的独门方子，旁人就算说了也终究做不好。"

是想要她亲自做吧，这样用了的人才会想要见她，姻语秋将药包放在桌子上："药量

还是不够。外敷的药终究要多些才能见效。”

琳怡笑道：“一切听先生的，等先生做的时候我将御医请来。”

姻语秋舒口气笑着看琳怡：“既然你已经准备好了，就照你的意思做好。”

事不宜迟，琳怡吩咐橘红：“去让门房准备车，我和先生要回去康郡王府。”

橘红低声应了。

小萧氏将琳怡和姻语秋送上车，这才回去府里。

眼看着马车走出胡同，陈家二房来打探的婆子回去二老太太董氏院子里，向董妈妈禀告。

二太太田氏和琳芳正在二老太太那里说话。

董妈妈说话的声音不大不小：“康郡王妃带着姻语秋先生去康郡王府了。”

琳芳听得这话，眼睛突然亮起来。

这么说琳怡是决定要支持姻家了，否则怎么敢在这个节骨眼和姻家走得这般近。

真是好机会。

二太太田氏道：“御史、言官一直在鼓动三叔上奏折。”

那是自然，身为科道哪能不上奏本，这样一来就算旁人不说话，到了三叔父那里也要摆明立场，琳芳道：“就算不上奏折，皇上也会问起吧？”关键时刻哪有不问科道的道理，三叔父好不容易得来的位置，现在定是如坐针毡。

琳芳话音刚落，沉香打帘道：“二老爷回来了。”

陈允周大摇大摆地进了屋，向二老太太董氏行了礼然后坐在一旁，丫鬟忙端了茶上来。

屋子里一时之间充满了酒气。

二老太太董氏皱了皱眉头：“怎么大白日的就去喝酒？”说着看向沙漏，“现在还没到下衙的时候。”

陈允周不以为然地一笑：“母亲不知晓，现下朝廷都热议福建的事，文官吵得不可开交，奏折都对准了主战的武官，我们这些不参与政事的正好无事可做，每日除了出去喝酒吃饭就找不到差事。这还要谢舅舅，没有舅舅的指点，我还看不清眼下的形势，舅舅说得对，少做少错，只要有太祖武将不参政的祖制在，我们就刚好借着遮风挡雨。”

二太太董氏看着得意洋洋的儿子：“那你也要收敛些。”

陈允周笑嘻嘻地哄母亲：“平日里都怕那些御史捉住把柄，现在好不容易得了机会不过是放松两日，母亲安心吧，我也只是吃吃酒席，别的是一概不碰的。”说着话还用眼梢去瞄田氏。

田氏假作没有看到。

陈允周嬉笑的表情更甚，显然是喝多了。

二老太太董氏吩咐董妈妈：“去给二爷准备一碗醒酒汤。”

陈允周却摇手：“母亲别那么麻烦，我又没有醉，”说着摇摇晃晃地站起身，“要我说，三弟那个广平侯坐得也不稳，还不如让给我，若是再在三弟手里被夺爵，我们陈家的脸面还往哪里放？同是陈家的子孙……怎么轮也轮不到他头上，我不甘心……我也不服气……”

二太太田氏和琳芳上前去搀扶陈允周。

陈允周挣扎了几下又煞有介事地问二老太太董氏：“母亲，我说得对是不对？人……就要认命，他哪里就是富贵命。”说着话声音渐大。

二老太太董氏抬高了声音：“好了，快去房里歇着，别在这胡言乱语。”

田氏好说歹说终于劝着陈允周回去睡觉。

陈允周临走时还不忘了说一句：“这几日我闲着，想和母亲多说说话呢，你们这是做什么。”

陈允周一家走出和合堂，董妈妈倒了杯茶劝慰二老太太董氏，忙上前道：“也不怪二老爷，自从上次听说三老爷袭了广平侯，二老爷这口气一直都没发泄出来呢。这次借着酒劲说说也好，免得真的上了心落下病。”

二老太太董氏叹口气问董妈妈：“广平侯府那边怎么样？”

董妈妈道：“勉强撑着，即便是宴请姻语秋先生也是强打精神，康郡王和郡王妃确然是不怎么说话了，三太太还劝郡王妃呢，朝政和内宅不一样让郡王妃不要放在心上。”

看来这是真的了。

董妈妈笑，“老太太放心，宗室营里不是早就传出消息了？必定错不了。”

二老太太董氏起身让董妈妈扶着进内室里歇着。消息真不真都无所谓，陈允远就算不参奏女婿，也挡不住大周朝那么多科道官员。

安顿好陈允周，田氏和琳芳去内室说话。

田氏趁着屋里没人低声问琳芳：“姑爷现在待你如何？”

琳芳红着脸点点头：“好多了，也……也不曾提起从前的事……”

想到女婿人前礼数周到，温文尔雅的模样，再比照琳芳说起的情形，心里虽然知晓能让眼下情形好转不容易，可还要安慰女儿：“这样就好，慢慢来，人心换人心，总有一天会和你好好过日子。”

她毕竟是林正青明媒正娶的妻子，只要不犯错又能生下子嗣位置也就稳固了。母亲这个意思她哪有不知晓的道理。

琳芳点头：“我都听母亲的。”

如今被林家攥住把柄，也就只好委曲求全。

“大爷还和我提起了政事。”琳芳将林正青的话说了一遍。

琳芳本意是给自己和母亲宽心，却让田氏听出玄机来。

想到齐家和广平侯的关系……田氏目光闪烁：“没做成亲家，关系还能这样好也是难得。”

琳芳恨恨地道："不知道琳怡哪来的好福气，竟然都这样帮着她。"一个个都与琳怡要好，就连国姓爷家的小姐成亲的时候也要请她去送，无论去哪里宴席上总要听到她的消息，从几何时旁人介绍她时都要加一句，康郡王妃的族姐。

田氏慈爱地整理琳芳的耳饰："你要向你三姐学学，先哄住婆婆、夫君，再生个儿子稳住脚，以后的日子还长着，谁比谁强还不一定。"

生活就是这样要慢慢磨。

屋子里陈允周的鼾声大作，田氏拉着女儿去书房里："明日我还要去国姓爷家，国姓爷要做寿，我答应了周大太太送手抄的佛经。"

琳芳心疼地道："母亲太辛苦了。"

田氏端庄地一笑："做善事算不上辛苦，那是给你们兄妹几个积福。"

康郡王之前还春风得意人人争着相邀做客，一转眼又被陷进福建的局势里。

周琅嬛一大早回到娘家，屁股还没坐热就听到母亲劝说："你祖父和康郡王交好，你又和郡王妃关系不寻常，外面的人已经盯着我们两家……你啊，就算想要帮忙也不要做得太明显了，小心被人说闲话，特别是姑爷才去翰林院，不好就站明立场。"

周琅嬛听得这话蹊跷："母亲怎么这样说？"

周大太太手里握着大红刻丝凤尾褙子正往上面缝盘扣，周琅嬛拿了只葱绿色十样锦大迎枕塞在周大太太腰上靠着。

周大太太仔细地将手里的针线活做完，伸手将女儿拉着坐在罗汉床上："你这孩子从来不听我的，我只是给你提个醒儿，姑爷和你祖父不一样，你祖父再不济也是年纪大了，就算说错做错皇上也要给几分薄面，姑爷才步入仕途，事事都要小心。"说着将褙子展开让丫鬟给周琅嬛试穿。

是母亲听说了什么？

周琅嬛垂头微微一笑："母亲放心吧，我都知晓。再说，以康郡王妃的聪明，就算夹在娘家和康郡王中间也有法子周旋，母亲也别听外面人乱说。您瞧着吧，康郡王和郡王妃定能化险为夷。"

周大太太看着女儿飞扬的眉眼微微笑了："你这孩子，倒是和康郡王妃这么好。"

"那也是没法子的事，"周琅嬛抿着嘴唇，"谁叫母亲没有给我生下这样一个伶俐聪明的妹妹。"

周大太太听得这话失笑："周家姐妹倒是不少，没见你这样喜欢谁。"

她是第一次见到陈六小姐就喜欢上了，越相处越觉得好，不但脾性相投，而且她欣赏陈六小姐玲珑剔透的心思。

这次得知姻家进京，她写信给琳怡，琳怡回信言语轻松，她就知道这里面不一定有多大的事。

周大太太道："我也是担心你，朝廷上的事哪有那么简单。"

周琅嬛忍不住失笑："母亲看看祖父，稳稳地坐在家里，多少人上门请他出面，他不是都没有动作，刚才我去看到祖父还闲情逸致地下棋呢。就算是情势紧张，可还没有到火烧眉毛的时候。"

周大太太故意板着脸："年轻人真是不懂得天高地厚，你祖父前些日子也是睡不安寝。"

素来知晓母亲性情的周琅嬛，从周大太太脸上已经看出些端倪："是不是有谁在母亲面前说了什么？"

"也没有，"周大太太微微一笑，满意地看着自己的手艺，穿在周琅嬛身上正合适，"昨儿陈二太太来送佛经，我们闲聊说起来。陈二太太说起康郡王妃，又说你仁善。陈家和齐家本就走动勤，现在有了你更是亲近了不少。"她不是听不懂玄机的人，田氏话里话外都是在说琅嬛照应康郡王妃。

周大太太道："我就想，定是你和姑爷在帮衬康郡王和陈家，今儿你正好回来，才要提醒你。"

陈二太太田氏的善名远扬，不过周琅嬛却越来越对这个善心的菩萨不以为然，若是果真善心，却不见她劝说全家对名利之事适可而止，反倒是田氏平日里出入的都是达官显贵的内宅，这样的话和那些三姑六婆有什么区别，"母亲别听陈二太太的，如果母亲想要听佛偈，何不寻德高望重的师太，至少她们远离红尘俗世，心境更纯净些。"

周大太太含笑："陈二太太也没说什么坏话，有些话未必全都不能听。"

还不是一样，聪明人怎么都能达到她的目的。

周琅嬛低声道："母亲放心吧，二爷不过是个从六品修撰，就算想要帮忙也是有这个心没这个力。"齐重轩没有在她面前说起要帮忙，现在这个情形能打听出消息的也就是祖父。齐重轩虽然身在翰林院，可毕竟是品轶低，想要尽份微薄之力也是千难万难弄不好反而坏事，最好的做法就是静等消息，除非是热锅上的蚂蚁，急得失了分寸，才会不管不顾地去帮忙，齐重轩平日不爱说话，却是个持重的人，怎么也不会这样。

周大太太点点头："这就好，无论什么时候，你心里也要有个数。"

在娘家吃了顿饭，周琅嬛坐车回到齐家。

进了门就听丫鬟道："三姑奶奶回来了。二爷下衙了，刚还让门房准备马，一会儿去接二奶奶，没想到二奶奶这么早。"

周琅嬛和悦一笑，早晨走的时候齐重轩没有说要去娘家接她，于是她就早回来了一会儿。

周琅嬛换了衣服，拿着从娘家带来的糕点去书房，走到房门外就听到齐三小姐说话声。

屋子里是轻声的交谈，阳光投下来落在地上是斑驳的树影，已经快要落山的太阳，让人觉得有几分的萧索。

周琅嬛想要上前去推门，却仿佛脚被黏在了地上，迈不得一步。

齐三小姐道：“哥哥刚才说的是什么意思？有人利用广平侯拉近和皇后娘娘的关系？”

“哥哥说的那个人是谁？”

谁在利用广平侯因皇后娘娘母家被夺爵的旧事。

齐重轩看着眼前的茶杯，一时沉默，他不该在这件事上想太多，只是每当林正青说起，他的脑子里总是难免想到陈家。陈家复爵看起来是皇上嘉奖陈允远大人为官耿直又在成国公案子上立下大功，其实是有人从中操纵利用了广平侯因福建水师获罪之事……

齐重轩不说话，齐三小姐接着道：“明日就是皇后娘娘千秋，若是有消息也就是这两日。”

天空开始慢慢阴下来，周琅嬛几乎能闻到空气里的潮湿味道。周琅嬛后退了一步，齐重轩从来没有在她面前说起这些话。

这段时日就算翻来覆去在床上睡不着觉，齐重轩也没有向她提起过，她屡次提起她和康郡王妃的关系，齐重轩也只是随声应和，并不多说，看起来是他沉默寡言，其实细细想想像是有心事。

情愿在这里和齐三小姐商量，却在她面前闭口不提半个字。她们之间相敬如宾，却仿佛有一层隔阂在里面，她也说不清楚。

眼前的人是好的，做事无可挑剔，人前也会维护她，对她的要求少之又少，可是除去这些表面上的，想知晓他到底在想什么又难上加难。

有时看到他在大狱里留下的伤疤，问起来他不以为意，仿佛那件事已经是过眼云烟。若是外面人大约不清楚，她在他身边却能感觉到那沉默中的抗拒。为人夫的抗拒，为人子的无奈，周琅嬛抿起嘴唇，本已经将母亲说的话抛诸脑后，可这时候鬼使神差地全都想起来。

齐家和陈家曾想要结亲，这是她在嫁过来之前就知晓的。多少人家的婚事都是几经波折，既然是父母之命媒妁之言，就和齐重轩、陈六小姐没什么相干，于是她也不甚在意。当时她还觉得也挺好的，至少齐家和陈家弯弯绕绕沾着亲，她和陈六小姐要好，齐家小姐也和陈六小姐要好，这样一来大家更好相处。

周琅嬛想了想转身重新走回了长廊。

桂儿忙跟过去，一直走出了月亮门，桂儿才道：“二奶奶怎么不进去？”

周琅嬛道：“让二爷和三姑奶奶说会儿话，我们先去给太太请安。”

桂儿这才明白过来，笑着道：“二奶奶真是为二爷想得周到。”

周琅嬛不说话，只是微微一笑。

大周朝只有在皇帝千秋时才会免了早朝，皇后娘娘千秋朝会虽然依旧，却为了向皇后娘娘朝贺，比平日早了半个时辰，礼部前两日已经发了邸报，写明朝贺礼仪安排，内命妇、外命妇起得比平时早许多，要赶在吉时前入宫。这样一来，整个京城似是彻夜无眠。

琳怡洗了澡换上衣服，天还没有亮。

今年皇后娘娘做寿比往年热闹些，宴请的女眷也多了，宗室营里每家都请了人。上到亲王下到闲散宗室只要原是近支都接到了宫牌。

周大太太甄氏赶在这时候病愈，正巧能进宫，周老夫人特意将甄氏叫来交代，让她进宫之后礼仪妥帖。

甄氏半开玩笑地道：“礼仪上不会差，万一有别的事我听郡王妃的就是。”

琳怡就有些为难：“好些事我还要找大嫂商量……”

宗室营早早就有马车驶出，然后是一辆接着一辆连成串十分有气势，百姓纷纷到街头看热闹，京中商铺全都挂红，城头也挂上了红绸，京里如同过年般喜气洋洋。

马车停下来，众位夫人下车，宫里女官、内侍上前侍候、引路，大家换了小轿，在内宫门处下轿走到景仁宫。

周大太太甄氏已经先到，琳怡进门时看到甄氏正和宗亲女眷笑谈，一扫几日前灰头土脸的模样，只是脸上的脂粉依旧厚重，胭脂也用了不少，显得脸色异常的红润。

周元景要纳妾的事闹到现在，甄氏被气得不轻，不过甄氏是就算后院失火也要戏台高筑的人，转眼之间就打起了全部精神。

琳怡走进侧殿，只觉得满屋子的目光全都落在她身上。

“康郡王妃，仿佛比前段日子瘦了些。”

“就是，衣服眼见都宽大了不少。”

“听说是……”

零零碎碎的声音入耳。

若不是在宫里，只怕早有人明着上前打探消息。

不过现在就算不围着她明说，大家也找到了合适的人打听。

周大太太甄氏身边的人格外多，坐在旁边不参与说话的女眷也是竖着耳朵静静地听着。

宫人们忙得脚不沾地，坐下来的女眷缓缓说着闲话。

琳怡拿起茶来喝，直等到吉时到了，礼部官员到场，皇后娘娘身着石青色织金缎寿山纹，平水江牙吉服让三王妃、五王妃陪着出来。

等到皇后娘娘落座，三王妃、五王妃和众位女眷下跪朝谒，繁复的礼制下来，琳怡不知晓跪拜了多少次，礼部官员喊：“礼成。”皇后娘娘才笑着开口：“为了本宫的生辰，辛苦你们了。”

内命妇们忙做惶恐状，还是五王妃会说话：“娘娘千秋，普天同庆，托娘娘的福，臣妾们才能沾上喜气。”

皇后娘娘笑着道：“你们有心了。”

众人立即又行礼。

恭贺结束，皇后娘娘去换行服，内命妇们在偏殿等候皇后娘娘传见。

女官们陆续端来糕点，离正式开宴还有些时候，众人正好聚在一起说话。

这两日康郡王府家宅不宁的事早已经传遍了宗室营。

现在大家互相议论考证无非是想要得个更准确的结果。

周大太太甄氏怜悯地看了一眼琳怡就与身边的夫人道：“也真是难为了她。”可是即便如此，也不该这样使性子。

周老夫人这个婶娘好些事不好开口。

“大嫂在说什么？”清脆的声音响起来，甄氏看到笑着走过来的琳怡。

甄氏看看身边的悯郡王妃笑道：“闲话些家常。”

“大嫂该不是在说我吧？”琳怡目光闪烁似是在开玩笑，看向旁边的悯郡王妃，“大嫂时常帮我说话，倒让我在各位嫂嫂们面前不好意思了。”

宗室都是一家人，琳怡这两句话，让悯郡王妃笑着将琳怡拉过来坐下：“看这话说的，怪不得让人疼。”

琳怡亲切地看向周大太太甄氏。

献郡王妃笑容满面去看周大太太甄氏：“那是自然，毕竟关系近着，差上一层是一层。康郡王还不就像亲兄弟，她不帮衬谁帮衬？”

之前甄氏的话献郡王妃也听到些，现在说起这个让甄氏笑容有些僵硬。

甄氏看着陈琳怡笑容满面的模样，晶亮亮的眼睛，笑容由内而外没有一分勉强：“献郡王妃说的是。”

琳怡没嫁过来的时候就听说婶娘一家对周十九如何亲厚，现在身在其中，总被她们这样糊弄早就已经不顺心了，这时候不让甄氏自食其果也太便宜了她：“只要家里有个风吹草动，外面就闲话四起，”从来都是看婶娘一家委屈，今儿她也委屈一回，“朝堂上的事我们在内宅里也不懂，怎么这把火就烧在我身上。”

众人一瞬间缄口。

琳怡抬起头看甄氏：“大嫂经常来郡王府，几时见家中不和睦过？”真正不和睦的是周元景和甄氏。

甄氏抬起头对上琳怡的眼睛，琳怡目光闪烁。

仿佛是和她亲厚才会说出这样的话，其实和质问她没有区别，只是这样的质问让人无法反驳。

陈氏是听到了她们刚才的交谈，现在故弄玄虚。

众目睽睽之下，她又不好真的将整件事摆上来细究，周大太太甄氏回过神来，周围的视线若有若无地落在了她身上。

还好有宫女进来请宗亲女眷们面见。甄氏才算舒了口气。

琳怡仿佛知晓甄氏说不出话来一般，很体贴地走开去和献郡王妃说话。

悯郡王妃素来喜欢看戏，却不愿意就这样被卷进去，看到五王妃从内殿里出来，就迎了上去。

甄氏握着帕子一时觉得帕子上精美的刺绣十分扎手。想到这里，甄氏仰起头心中冷笑，如今陈家和康郡王的关系还用得着她说，就算再狡辩又有什么用，早晚还是要让人知晓实情。

甄氏想到这里，只听皇后娘娘宫里的女官进来道：“皇后娘娘传见康郡王妃。”

殿里的声音顿时小了些。

绕过许多宗室先要见年纪最小的康郡王妃。

众人的表情从惊讶到了然不过是片刻的时间。

朝局动荡本就和皇后娘娘的母家有关，会在这时候见康郡王妃也不足为奇。

琳怡起身跟着女官进去正殿。

东阁里传来女眷说话的声音。

不是单独召见她。

琳怡反而放下心来。

第八十七章　惊心·贿赂

女官掀起璎珞宝石帘子，琳怡微颔首走了进去，抬起头只见皇后娘娘坐在紫檀海棠形高背坐榻上正神采奕奕地握着盖碗听三王妃说笑，旁边还有惠亲王妃、端郡王妃和钟郡王妃。

琳怡上前行了礼。

皇后娘娘柔声道：“快起身吧。”

旁边的女官忙搬来座位，琳怡恭敬地坐下去。

皇后娘娘端详了琳怡一会儿，嘴角露出笑意。

外面传来一阵脚步声，女官打帘，琳怡就瞧见了周大太太甄氏。

刚才皇后娘娘没有让女官将她和周大太太一起叫进来。

端郡王妃和周元觉的夫人是妯娌，皇后娘娘就一起召见了她们两个。

虽然只是细微的变化……却十分不同。

屋子里的几位宗室女眷表情多多少少有些变化。

甄氏笑着给皇后娘娘祝寿，又向在场的众人也行了礼这才坐下。

皇后娘娘笑道：“刚才还说到康郡王妃，康郡王妃师承姻语秋先生？”

甄氏听得这话心里一阵狂跳，几乎屏住呼吸，宗室妇所以难做那是有了差错就会直接传到皇后娘娘、太后娘娘耳朵里，为了政事家宅不和逼着康郡王改政见，这样可是有失妇德，只要皇后娘娘训斥，接下来娘就能明着教康郡王妃中馈。

琳怡道：“在福宁的时候妾身跟着姻语秋先生学了几年。”

皇后娘娘将手里的茶碗放下，看了惠亲王妃一眼：“那就怪不得了，要说金科圣手谁

也及不上姻语秋先生，康郡王妃学到了不少。”

没有顺着姻家的事提政局，甄氏有些觉得奇怪，只能耐心地听下去。

惠亲王妃笑道：“可不是，姻语秋先生的名声大周朝哪个不知晓，只是姻家搬去福宁，我们是想求方子也求不来。”

惠亲王妃虽然不知晓这里面有什么因由，却会察言观色。

“妾身也不识得什么医理，在福宁也是帮着先生分分药。”

皇后娘娘颔首：“吃了太医院那么多剂药，及不上康郡王妃送上来的外敷膏药，不过才用了一日就觉得身上舒坦了不少，你做的玉鞋也刚好合穿，将药粉放在里面亏你能想到。”

被这样夸奖，琳怡脸皮还是不够厚：“妾身也就会这些，上次从皇后娘娘宫里出来就想到姻先生有这张方子，却也不能确定，写信回去福宁又恐误了时日，还好当时姻先生用的时候，妾身在旁边闻着药香，就将相似的药拿来试，药要磨成粉和在一起才能知道对是不对。”

甄氏听到这里一怔，陈氏这段时日真的是在屋子里做药，而且是要呈给皇后娘娘用的。

琳怡说着想笑：“郡王爷尤其闻不得这个药味儿，进了屋就不停打喷嚏，连眼泪都要下来，皇后娘娘是没见那个模样……郡王爷还不准妾身说，说什么刀枪堆里出来的武人，还能怕这些草药。”

电光石火般在甄氏脑子里一闪。

康郡王搬去书房是这个原因？

琳怡低头不好意思地笑，皇后娘娘也露出笑容：“别小看这些草药，能救人也能害人，谁说及不上刀枪。”

琳怡道：“妾身觉得也是这个道理。姻语秋先生就说，一样的药，用法不同也不得治病。妾身这药也是等姻语秋先生来京之后重新调好，让太医院的毕大人瞧过才敢给娘娘呈上来用的。”

在太医院院使眼皮底下行事着实不容易，好歹最近大家注意的都是政局。

“本宫用得甚好，”说着缓缓一笑，“只是委屈了康郡王爷。”

提起这个，琳怡拿起帕子擦眼角，辣辣的药粉顿时揉进眼睛里，眼泪一下子涌出来。未免失仪琳怡低下头不停地眨着眼。

惠亲王妃目光一闪笑着和皇后娘娘说话，“妾身瞧着娘娘的玉鞋很是漂亮，只是不敢开口问，都说康郡王妃手巧，原来是康郡王妃做的。”

琳怡趁机用帕子另一头将眼泪擦掉，只是再抬起头眼睛仍旧是红红的。

皇后娘娘看向旁边的沙漏：“时辰不早了，宴席也快开了，”说着看向琳怡，“康郡王妃扶着本宫去更衣，你们跪安吧！”

惠亲王妃带着众位宗室女眷起身行礼。

琳怡走上前跟着皇后娘娘进了内室。

惠亲王妃几个还没有出大殿只听到皇后娘娘亲切地询问：“这是怎么了？有什么委屈

本宫替你做主。”

然后是康郡王妃小声道：“没有什么，妾身只是眼睛不适……”

皇后娘娘道：“有什么话是本宫不能听的？”

东侧室的门关上，里面的声音不复见。

甄氏看向惠亲王妃想要开口询问，惠亲王妃表面上神情自若，高深莫测的目光一闪而逝，抬脚先走一步。

按理说皇后娘娘千秋，早朝该很快就散了，只是提到福建之事，文官的奏本就如同潮水般一下子涌了进来。

往常朝堂上死气沉沉，最近却一改往日生机。

文官上奏压制武将兵权，以为藉此能保天下太平，字字珠玑的背后直指福建主战派。

皇帝从堆积如山的奏折中抬起头来，看下去。

花白胡子的老臣神情激昂，太祖时期定下的祖制闭着眼睛也能说个清楚。皇帝敛目，武将还没有开口，文官先以言语封堵。

文官齐心，武将就各有盘算。

皇帝的目光落在广平侯身上：“广平侯，你祖上武将出身，如今身为科道，朕想听听你有什么见解。”

众朝官的眼睛立即看了过来。

陈允远上前一步，内袍已经被汗湿透了。在周围鄙夷的目光下，陈允远倒慢慢挺直了脊背，开口道：“臣以为众位大人所奏之事有失公允。”

听得这话，老臣们将袖子一下子甩了出来：“陈大人身在科道两衙门，一言不发、一折不上，便是公允。”

陈允远还没说话，常在朝堂上如同打瞌睡一般闭着眼的张学士突然睁开眼睛，向旁边跨了两步道：“臣要参都察院六科掌院给事中广平侯，徇私枉法之罪。”

陈允远惊讶地看向张学士。

满朝文武俱都吓了一跳，皇帝也放下笔抬起头来。

张学士道：“广平侯是因为官耿直才任科道，可自上任以来可曾有过什么利国利民之见解？倒是让科道两衙门官员无所适从，以至于参奏的折子迟迟不能递到御前，臣……老了，”说着嘴边纯白的胡子一翘，“臣已没有远见，为怕误了君上，臣大多时候不轻易说话。可是这次臣不得不开口，不能看着奸佞误国。”

陈允远在袖子里的手抖起来。

“广平侯非两榜出身，在福宁三年考满也无过人之处，不过是因成国公立下功劳皇上体恤他在大牢里受尽屈辱才准他入科道，广平侯却不肯体会皇上良苦用心……真是让人心寒

……科道两衙门是朝廷之耳目，广平侯想要蒙蔽皇上为己谋私，臣就算豁出一条老命，也不能眼见着他肆意妄为。”

皇帝听得这话皱起眉头，嗓子一痒咳嗽两声，旁边的内侍忙上前侍候，皇帝摇摇手，接着听张学士参奏。

张学士哆哆嗦嗦地从袖子里拿出奏本，躬身呈了上去。

要知道张学士已经很多年不曾写奏本。就连传递奏本的内侍都觉得这本奏折十分的沉重。

在场的文臣都露出欣然的表情。多少人去请张学士出面，张学士都再三推诿，也不知道是谁最后说服了张学士。

张学士在皇上亲政之初经常出入养心殿，为皇上所信任，皇上也愿意听他的见解，这些年虽然天子近臣如走马观花般不停地换，可是张学士还立在朝堂之上，张学士请辞几次要归家养老，皇上都不肯应允，可见在皇上心里张学士的分量。

张学士开口说了话，文臣都没有了后顾之忧，不停地站出来支持张学士。

陈允远立在朝堂上几乎成了众人攻击的目标。

“臣以为张学士年老，不能辨别是非。”

清亮的声音响起来，陈允远转过身看到石青色的蟒袍，康郡王从容淡然地站在大殿中央。

本来攻击陈允远的文臣立即被康郡王刺到。

“年少轻狂……”云云的话在大殿里响起来。

朝堂上几乎乱作一团。

“住口。”一声厉喝，朝臣们吓了一跳抬起头看皇帝。

皇帝表情仍旧深沉。

朝臣们这才发现，刚才那声音来自广平侯。

“臣有本。”陈允远额头上满是细细的汗珠，竭力稳住身形，长出一口气，躬身下去。

皇帝面无表情，漠然道：“准奏。”

“国家有难匹夫有责，成国公祸国之时就不见众位大人这般言辞激昂。如今是因倭寇之祸，康郡王和几位武官主战，姻家远从福宁为百姓请命，皇上让我们议是主战还是重防御，并不是让我们参奏谁对谁错，众位大人若是不赞成主战大可上奏折言利弊，而不是将矛头指向康郡王和众位主战的武官。科道两衙门是朝廷耳目之司却不是墙头草，要辨认朝廷哪边风大应和哪边。臣议福建水师之奏本已经呈给皇上，接下来就是等皇上权衡利弊，早日做出决断，”说着微微一顿，“再者不论是战是防都是为了大周朝江山稳固，众位大臣何谈奸佞。真正的奸佞是阻塞视听，歪曲事实，想方设法排除异己。”

同是主战的武将郭威看向康郡王，康郡王那双黑亮的眼睛，仿佛让他整个人都明亮起来，表情那般悠远，目光清澈如水。

在朝堂上敢面对成国公的人，难道只是性子耿直而已？

若是这样，名臣也太容易做了。

这般话过后，仍旧有文官小声唾弃：“强词夺理。”

皇帝从右手边拿起一本奏折递给旁边的内侍：“这是广平侯陈允远的折子。”说完伸手指向张学士，“给张学士瞧瞧，看看广平侯是否是奸佞之臣。”

内侍将折子捧下去，张学士的手指微抖。内侍立在一旁等张学士将奏折打开来看。

是反对组建水师攻打倭国的奏折。

张学士的手更加抖了。

内侍等到张学士将折子看罢，这才伸出手去，将折子重新送回御案上。

皇帝缓缓道：“朕记得张学士有过目不忘的才能，朕年少时常要依靠张学士才能亲阅所有奏折，张学士辅政之功，朕一直记在心上。”

张学士颤抖地拜下去：“老臣不敢。”

皇帝道：“若是当年，谁责怪张学士一句，朕心里都不舒坦，”说着用旁边的巾子擦擦手上的朱砂，“这么多年，就算张学士请辞回乡，朕依然是不准，只因为卿在朝堂上一站，朕就会想及朕年少时的誓言，定要像太祖皇帝一样，就算做不成千古圣君，至少也该做个明君。”

“张学士可曾记得朕的话？”

张学士花白的头发颤抖：“臣不敢相忘。”

皇帝长长地叹口气：“朕不是没有为难的时候，张学士不说话，朕也不相问，因为朕知晓张学士年纪大了，不能太过操劳，”说着站起身慢慢地走下台阶，“今儿不同，文武百官都争论福建之事。”说着走到张学士跟前，沉吟了片刻弯下腰亲手将张学士扶起来。

张学士看着明晃晃的龙袍，眼睛一下子湿润了，半晌才哽咽道：“臣万死……”

皇帝摇摇头：“在朕心里，张学士仍旧是难得的贤臣，现在朕请张学士将刚刚看过那本广平侯的奏折说给众位朝工听。”

张学士膝盖一软磕了两下。

皇帝不再说旁语，转过身径直走下大殿去。

旁边的内侍紧跟了下去。

是下朝还是在原地等候，朝臣面面相觑都不知如何是好。

混乱了一阵，大殿上响起张学士背读奏折的声音。

前朝的动静慢慢传去景仁宫。

皇后娘娘正和德妃、惠妃、淑妃及宗室女眷们说话，正殿里坐满了人。

等到女官的脚步轻轻地走进正殿，几乎所有的声音都止住了。

女官轻声禀告：“皇上没有传下朝，朝臣们都在殿里。”

德妃听得这话微微惊讶：“宴席的时辰就要到了，这可如何是好。”

惠妃目光闪烁："要不然，娘娘请人去问问圣上的意思，宴席误了时辰就不好了。"

说话间，宫人进殿奉茶，宗室妇趁机低头说话。

皇后千秋，皇上也不准朝臣下朝，这里面是不是透着一层意思？皇后门前冷寂多年，莫不是皇上连这样的盛典都不在意了。

还是因涉及到皇后母家的事，皇上迁怒于皇后。

琳怡端起茶来喝，目光扫向惠妃娘娘，惠妃娘娘长长的甲套无意识地轻敲着桌面。只有在自己能掌控的场面上才会这样轻松。

惠妃娘娘心里没有表面上对皇后那般恭谨。

大多时候，皇后娘娘不过是表面上这几个称号罢了，真正纵横六宫的是花容月貌的惠妃。

大家中规中矩地坐了一会儿，仿佛在品景仁宫的好茶，其实人人都在互相打听消息。

皇后带着德妃、惠妃、淑妃去内殿里说话。

宫人们跑进跑出，很快将前朝的消息带进来。

不知是谁忽然惊呼一声，众人顺着声音看去，是张学士的儿媳盖氏。

大家都知晓盖氏的失仪，不过更在意的是盖氏接下来要做什么。

盖氏起身去寻景仁宫的女官，低声哀求："劳烦通传一声……妾身……"

是张学士出事了？

周大太太甄氏有些坐不住，欠着身子隐隐约约听到盖氏要求见皇后娘娘的声音。

"皇后娘娘，"盖氏进了门跪在地上恳求起来，"听说公爹在朝上受了罚，求皇后娘娘在皇上面前说说情，公爹年纪大了，恐是受不住啊。"

皇后听得这话放下手里的玉棋子："皇上一向敬重张学士，我们身在内宫听得的消息不做准。"说着让女官将盖氏扶起来。

盖氏低声哭泣："公爹一向与世无争，要不是这次为了……为了……若不然，也不至于此啊。"

这话中的深意，在场众人都听了出来。

皇后吩咐女官："去给张淑人倒杯热水来压压惊。"

皇后娘娘千秋宴还没有开，就已经波澜四起。

幸亏能进宫赴宴的女眷都是经过事的，这才能在殿里稳稳坐着。

到了宴席的时辰，圣驾还是没到景仁宫。

"吩咐下去摆宴吧，"皇后娘娘吩咐宫人，"皇上为国事操劳，我们身在内宫不得佐助，就不要因这种小事再添乱。"

皇后都这样说。

德妃、惠妃、淑妃自然也没有异议。

皇后话音刚落，外面传来礼乐声，是圣驾到了。

女眷们纷纷起身，皇后也迎出内殿来。

命妇们在皇后娘娘带领下行礼。

皇帝命众人起身，然后龙步行至内殿里。

帝后说话，众人便立在大殿里听命。

皇帝坐在软榻上，皇后亲手奉茶。

粉彩寿字的盖碗打开，里面飘出一股久违的茶香，皇帝不由自主地抬起头看过去，清亮的茶汤光是看着就沁人心脾："皇后又自己做茶了？"

皇后娴静地笑着："这几日身上舒服了许多，就想着好久没吃自己做的茶了……这几日又做不出来，就让人将命妇们送来的贺礼，都拿来尝尝。刚好有相似的，就让宫人沏了一壶。"

皇帝端起茶来尝，是从前的味道。那时候在朝堂上被辅政大臣压制，心中郁结，只要饮上这样一杯茶心中就能开阔不少。

皇帝半晌才放下手里的茶碗，伸出手来去拉皇后的手，手指还是那么纤细柔软："你的手暖和多了。"

皇后微微一笑："多亏了康郡王妃呈上来的外用药贴。"

提起康郡王妃，皇帝想到从惠妃那里听到的传言："朕听说康郡王内宅不宁。"

"皇上，"说起这个，皇后笑意顿消，"不知是谁竟然传出这样的传言。"说着将康郡王妃做药的事说了，"要不是妾身问起，还不知道这里有这么大的委屈。不过是两人分开住了两日，就被人传得这样难听。要是这样就算家宅不宁，不知道会要有多少人告到妾身跟前来。"

皇帝皱起眉头。不只是告到皇后跟前，就连他也知晓了。

康郡王夫妻不和，被人这样拿来做文章。

皇后道："康郡王妃年纪小，若是妾身失察，说不定就要叫到跟前训斥。"那时在宗室女眷里康郡王妃就要抬不起头来，"不过是几日的工夫，荣亲王已经送了两个侍婢过去。"

为国事就不见手脚这么快，内宅上倒是搀和得紧。

皇帝的脸色不大好看："朕知道了，"说着看向皇后，"你千秋宴席朕本该陪着……"

皇后轻垂眼帘："妾身知晓，国事要紧。"

"下次定要补给你，"皇帝脸上满是歉意，说不清到底是为了什么，"朕亏欠你的。"

皇后抬起头来，如水般的眼睛里满是波澜，泛到深处却莞尔一笑。

皇帝站起身又想起来："这么说康郡王妃还通医理？"

皇后也跟着起身："康郡王妃师从姻语秋先生，姻先生是金科圣手，这药贴就是康郡王妃请姻语秋先生做的。"

皇帝眼睛一亮，仔细地看向皇后："朕看着你用这药似是见了起色。"

"妾身也觉得奇怪，吃了那么多年的药，却比不得这药贴。"皇后说着拉起裙摆露出

里面的玉鞋，“药粉就放在鞋里。”

多年看不到这样的笑脸，皇帝心中猛然一动：“既然如此就让姻语秋进宫为皇后诊治。”

皇后道：“臣妾自然是愿意，只是姻家的事……”

皇帝沉声道：“事关政事和女眷无关，皇后放心就是。”说着转身向殿外走去。

皇后蹲身恭送。

皇帝离开景仁宫，宴席很快摆上，内命妇、外命妇入席贺祝皇后娘娘长寿康健。吃过宴席，大家陆续出了宫门。

琳怡和周大太太甄氏一起回到康郡王府。

两个人去见过周老夫人，琳怡回房梳洗歇着，周大太太甄氏留在周老夫人房里说话。

周老夫人靠在罗汉床上，半眯着眼睛看甄氏：“怎么了？脸色铁青。”

甄氏从丫鬟手中接过美人拳给周老夫人捶腿，屋子里的下人忙退了下去。

“娘，”甄氏迫不及待地开口，“我们被人算计了。”

周老夫人微睁开眼睛。

甄氏道：“皇后娘娘将媳妇一起叫进去，虽然表面上没说，但是实际上是怪媳妇说出陈氏和郡王爷不和的消息。”

皇后性子淡薄，竟然会这样替陈氏说话。

甄氏道：“原来陈氏真的是窝在屋里做药，郡王爷闻着药味身上不适，这才搬去了书房睡。”

夫妻两个合起来演了出戏。就是要给她们瞧。

怪不得皇后会怪罪甄氏，能够出入康郡王府的只有她们一家而已。从前外面人都说康郡王和叔叔婶婶一家和睦，经过这件事谁心里都会疑惑，特别是还闹到了皇后娘娘面前。

本来闹得这么大是想要琳怡在皇后千秋宴上丢尽脸面，却没想到丢脸的人是她：“儿媳都不敢抬头看人。娘不知道陈氏说话的样子，又是哭又是笑，那眼泪也不知道从哪里来的。好像是真的被谁欺负了。”开始大家都围着陈氏议论，等陈氏那番话说出来，所有人的目光都落到了她身上。

周老夫人静静听着，半晌才问甄氏：“前朝怎么样了？有没有在宫里听到消息？”

甄氏道：“张学士似是出事了，到底是什么情形也没有打听出来，张学士的儿媳去求皇后娘娘，媳妇看着皇后娘娘大约是没有答应。”张学士的儿媳是哭着出来的。

周老夫人去摸索袖子里的佛珠，刚要伸手慢慢地捻，却不想手里一松，一阵清脆的落地声响，一串佛珠滚落在地上。

甄氏吓了一跳，外面的申妈妈也进了屋子。

申妈妈和甄氏忙蹲下来捡佛珠，这串佛珠是才去清华寺求来的，今天才用上，怎么就断了。

"算了，"周老夫人挥挥手，"明儿再去求一串来。"

申妈妈道："是奴婢拿出来的时候没看仔细，八成是请回来的时候就没系紧。"说着去看周老夫人手里的线，"您瞧瞧还真是。"

周老夫人还是没说话。

甄氏就道："这是真的要出事了，清华寺里年年请佛珠，从来没有过这样的情形。"

周老夫人一眼看向甄氏，甄氏顿时噤声。

周老夫人道："有空在这里，还不安排人出去打听打听到底怎么样了。"

甄氏脸上一红，忙应下来。

皇后的千秋宴席结束，女眷们都已经回到家里，朝会还没有散，各家都开始想方设法地打听消息。

最让人担忧的是广平侯家和张学士家里。

陈家长房老太太在屋子里歇着，小萧氏已经急得团团转。

长房老太太微睁开眼睛看了小萧氏一眼："别来回走，让人看着眼晕。"

小萧氏这才止住脚步："我是害怕，娘，你说，真的不会有事？"

长房老太太眼睛不抬："六丫头不是已经让人捎消息回来……"

话是这样说，可是见不到陈允远，小萧氏还是不能放心。

"怕什么，"长房老太太微皱眉头，"郑阁老都被参奏了，你还怕多一个广平侯。"

小萧氏坐下来："媳妇是不明白，娘怎么一点都不发愁，康郡王爷和侯爷政见不合，这里面终究是要错一个的啊。琳怡还支持老爷上奏折……这郡王爷也没有人帮衬……"

不是非要自己家人帮衬才能有好结果。

长房老太太道："国姓爷答应上折子，琳怡和我说了，福建水师定然是要建的，倭国也是要打的，可是侯爷的脾气你又不是不知道，让他说违心的话比什么都难，别人三言两语就能将他戳穿。既然皇上看上了他的耿直，不如就让他说实话，这也是康郡王的意思。再说皇上面前不一定要争个对错，真正的症结并不在是否组建水师。"

小萧氏还是不明白："娘说政事媳妇是半点不通，只要郡王爷和侯爷都没事，我就吃上一年素斋。"

长房老太太叹气，小萧氏能做的也就是这个，一心向着家里，不似琳怡，不管是家事还是政事一点就透。姻家的事刚出来她心里都觉得为难，没想到硬让郡王爷和琳怡想到这样的法子。里里外外这样一布置，真正算计他们两个的人就要吃亏。

再说，女婿和岳丈政见不合，更显得康郡王和陈家没有为了一己之私，那些参奏他们徇私的人就会被堵住嘴巴。京里的文武官明明知晓皇上有意建水师，却绕开不提，参奏主战派。

只要将这件事扩大开来，真正借此谋私的人就是这些递弹劾奏折的官员，关键时刻不为皇上分忧却一心要借政事除掉异己……

这样一来，在朝廷上广开言论没有错反而有功，做到了一个为人臣子的本分。不管是康郡王还是陈家都不会有事。

所以站出来参奏康郡王和陈允远的张学士家里才会乱作一团。

也就是说这法子奏效了。

“六丫头这孩子胆子真大。”提出要将姻语秋先生做的药送到皇后娘娘面前的是六丫头。

琳怡选了这个日子在屋子里分茶喝，好几天没有这么惬意，现在松了口气，终于可以托着腮边看院子里的景致边小口小口地抿茶。

橘红在香炉里添了一把香，是金桂的味道，闻起来甜甜的。胡桃将床被拿过来放在香炉前熏着。

被褥熏好了，橘红去院子里向琳怡禀告：“郡王妃，康郡王爷早晨吩咐，今儿要将床铺从书房搬回来。”

真是多一天也不肯住。

想到周十九每晚都在窗台底下站一会儿，琳怡就觉得脸颊被阳光照得有些热，干脆将袖子搭在额头上。

休息得气力足了，琳怡才让白芍扶着起身。

门上的婆子这时候进来道：“大老爷来了。”

现在这种情形让周老夫人出乎意料，所以周老夫人一家才着急让周元景出去打听消息。

“晚上是不是又要在府里用膳。”玲珑小声道。

“还是让厨房照常准备饭食。”琳怡微微一笑，经过上次的事周大太太甄氏该有所顿悟了，这个时候还是回去周家祖宅比较好。

说完话，琳怡问起荣亲王送来的两个侍婢：“如何？”

白芍道：“什么都不肯做，除了弹琴唱曲子别的也不会。”

在荣亲王府养起来的侍婢，自然是十指不沾阳春水。

粗活不会做，总能听使唤：“让她们跟我去老夫人房里，日后就先当三等丫鬟用着。”三等丫鬟经常会跟着她四处走动，周大太太甄氏一直让人打听两个侍婢的情形，今儿她就带去周老夫人房里，让甄氏好好看个够。

她也好谢谢甄氏，没有甄氏去外面真真假假地将话传出去，荣亲王也不会送漂亮的侍婢过来。

琳怡带着侍婢去周老夫人房里，让身边的两个侍婢给周老夫人沏了茶。

周大太太甄氏的目光不时地落在两个侍婢身上。

旁边椅子上的周元景就像没看到似的，只是低头饮茶。

“大伯可打听到了什么消息？”琳怡干脆直言不讳地问。

周元景微皱眉头：“还不清楚。”极力想要掩饰什么，眉宇中更透着对她这话的厌恶。

也就是说，至少周十九没有坏消息，否则周元景早就急着告诉她了。

琳怡垂下眼睛，不一会儿工夫等到申妈妈回来。

“有消息了。”申妈妈进屋走到老夫人跟前轻声道。

周老夫人静静地听。

申妈妈道：“张学士在宫里晕倒了，被送回了张家，”说着顿了顿，“奴婢也是听张家人说，张学士一直迷迷糊糊喊着，已经年迈要辞官回家。”

张学士被抬出了宫，朝会终于散了。

朝会上的消息就像长了翅膀一样一下子传满了京城各个角落。

张学士辞官，皇上当场就准了，还说了句：“张爱卿是老了。”

只这一句，就够让那些上过折子的文官心中惶惶不安。

皇上当场赏赐给了张学士，一千三百两白银。

张学士这才一下子晕厥了过去。

后来大家打听才知晓，张学士之所以在朝堂上说话，是因为小儿子在赌场输了银子又打伤了人，张老学士为了遮掩花出去不少的积蓄，加上平日里已经被小儿子赌输了不少，家底一下子就清空了不说，还欠了赌场三千三百两白银，张学士为了凑银子就收了旁人两千两银子贿赂。

皇上赏赐一千三百两，正好对上张学士小儿子欠下的银子数。

张学士一看就明白皇上已经什么都知道了。

第八十八章　生气·不害臊

周大太太甄氏想到张家长媳惊慌失措的模样，原来是心中早就知晓张学士维护小叔的作为，见情势不好就禀告给了皇后娘娘。

张学士为官还算清廉，只是过于娇宠小儿子，早就将张家闹得不得安宁，前些时候还因张家长媳用了些治家的铁腕殃及到了张家小儿子，张学士和长子大吵了一架，张学士说得分明，只要有他在一日，就要护着小儿子。

皇后娘娘千秋宴席后将张家长媳留下来问话，张家长媳吞吞吐吐将家里的事说个七七八八，皇后才知晓张学士这样糊涂。

皇上那句：“爱卿是老了。”是在说张学士老眼昏花，不能辨别是非。

张学士收受贿赂参奏康郡王和陈允远一下子就成了定案，只要跟着递过折子的文官全都人人自危。

琳怡听得神清气爽，慢慢地用手指捏着盖碗轻轻撇着碗里舒展开的茶叶。相反周元景越听眉毛皱得越紧。

周老夫人倒是没有特别的表情，只是听得叹气："张学士怎么这样糊涂。"

周元景怒气无从排泄，正好想到周元贵："所以我就说二弟不能再和那些人混在一起，否则将来也会和张老二一样。"

周元景将弟弟一阵数落，这样的家事琳怡首先听不下去，站起身来："我去让厨房准备饭菜，晚上郡王爷回来再让郡王爷说说宫里的事。"

甄氏忙起身笑着道："我们这就回去了，郡王爷因政事繁忙，我们怎么好添乱。"只要想到皇后娘娘似有深意的眼神，甄氏就觉得脊背发凉，只想回到家中好好压压惊，再和周元景商量个对策。

琳怡笑容满面："大嫂太客气了。"

甄氏看着琳怡闪亮的眼睛只觉得嗓子发热。同是在说客气话，要是换了别人起码要做做样子，陈琳怡平日里在人前也是大方得体的康郡王妃，可是只要那双眼睛扫到她，里面就装满了嘲弄、讥诮，嘴角一翘，笑容拿捏得刚好，让人看不透却又流露出些情绪，明明是安静收敛的人，可是随时随地都能变得张狂似的。

周元景和甄氏走了，琳怡回到房里让橘红伺候着换衣服。

到了下衙的时辰，消息陆续传回来，张学士被抬出宫，朝会终于散了，皇上传姻语秋的兄长姻奉竹觐见，养心殿门一关，里面到底如何谁都不知晓。

琳怡到姻家租住的院子里去和姻语秋先生说话。

姻语秋先生正在案前写字，见到琳怡放下手里的笔，笑着道："郡王妃怎么来了。"

姻语秋看着不担心，其实也是牵挂兄长，否则就不会跟着兄长来京里。

琳怡将听来的消息和姻语秋先生说了："先生不用着急，若是皇上想要迁怒姻家早已经下令，何必这样大费周章。"

姻语秋喝口茶，颔首："我知晓你的意思，"说着微微一笑，"有人在其中周旋，我总是放心的。"若不然以康郡王的性子，康郡王是肯定不会帮忙的。哥哥说过天子皇家只要是出色的周氏子弟，都一样的狠绝。

琳怡轻笑："也是先生肯信我。"二话不说地配合她做了给皇后娘娘的药。

姻语秋先生眼睛微亮："皇后娘娘收用了？"

琳怡道："皇后娘娘还说先生果然是金科圣手，要请先生进宫诊治。"

也就是说，皇后娘娘肯帮姻家的忙。

琳怡低头看着姻语秋先生写的字。最重要的是，皇后娘娘想要寻个人帮忙让景仁宫繁华起来。皇后娘娘病了这么多年就是在皇上和母家之间挣扎，厌弃了这样的生活心灰意懒，所以才会"久病缠身"，病了这么长时间，每日都吃太医院的药剂也不见好，要是想要有所改变，就要有一个时机。

姻语秋先生能治好皇后娘娘身上的旧疾，至于心病就要看皇后娘娘肯不肯治了。帝后之间情意还在，只是谁也不肯低头罢了。

姻语秋捏起白玉的棋子准备和琳怡下棋：“看别人看得那么明白，你准备什么时候低头？”

琳怡执黑子的手一顿，先生是在说她和周十九：“先生取笑我。”她和周十九是不一样的，她没想过要嫁给周十九，有了婚约之后她才想要做好康郡王妃，怎么说，这门亲事都还算上乘，在内宅她要对付的是婶娘而不是有名分的婆母，周十九也答应过他要尽力保她父兄平安，虽然这些并不是她心里想要的，不过周十九也能给她相对的安宁。

人贵在知足，这些对她来说已经足够了。

所以这次遇到姻家的事，周十九不肯退让，她也没有半点脾气，在周老夫人看来她会使小性儿让周十九就范，可是恰恰相反，她并不惯于依靠旁人，将所有精力用在依靠、要挟别人身上，不如自己想法子。

从姻语秋先生那里回到康郡王府，琳怡才下马车，巩妈妈来迎道：“郡王爷回来了，正在屋子里等着呢，让玲珑找件绣青花的蛟首腰带，玲珑说郡王妃还没绣好，正愁怎么和郡王爷说。如今郡王爷官服还都没脱……”

琳怡一路听着进门，抬起头就看到端坐在椅子上的周十九，周十九如往常般慢慢地抿茶喝，玲珑几个伺候在一旁的丫鬟出了一头冷汗。

难怪巩妈妈要着急，周十九这样一身整齐地坐在椅子上看书，就因一条腰带将康郡王晾在那里，满屋子的人束手无策。

琳怡进屋就吩咐玲珑：“那条青花腰带我还没做好，取那条松花绿攒花结长穗的宫绦来。”

满屋子的丫鬟如蒙大赦，玲珑也长长地出了口气。

琳怡接过玲珑手里的长袍和腰带服侍周十九去套间里换衣服。

白芍冲玲珑用用眼色，两个丫头去门外说话。

“怎么回事？”

听到白芍问起，玲珑几乎要哭出来：“郡王爷要的那条腰带郡王妃根本没做完，我拿别的出来，郡王爷又不肯换。”

白芍拉起玲珑安慰她：“郡王爷训斥你了？”

玲珑摇摇头：“那倒是没有，只是郡王爷在那坐着，我们不知道怎么办才好，倒不如训斥两句……”

白芍道：“你去问啊！”

玲珑道：“巩妈妈去问，郡王爷说是等郡王妃回来……我们哪里敢问，郡王爷虽然经常笑着，可是……”玲珑说不出话来，“我倒宁愿去被广平侯爷瞪上一眼。”

白芍听得这话真是哭笑不得。

玲珑哀求地看着白芍:“下次郡王妃出门,姐姐让我跟着去吧,橘红胆子大,让她留下。”

玲珑话音刚落,就听到旁边“啐”了一声,橘红扬着眉毛出来:“你个小蹄子倒是好心,枉我平日时时想着你,这时候倒将我卖了。”

玲珑委屈地看了橘红一眼。

橘红狠狠道:“下次就还让她伺候。”

玲珑忙求饶:“好姐姐,我错了,下次再也不敢乱说话,姐姐饶我这一次吧!”

套间里,琳怡踮着脚给周十九系扣子。

周十九低头瞧着琳怡,嘴角是一直不变的笑容,待琳怡拿起腰带环上周十九的腰,周十九伸手一握,将琳怡拉进怀里。

透亮的眼睛映着矮桌上花斛里的芍药花,犹如月光下照进湖水中的一枝金桂,轻摆秀丽的身姿,在浅浅的清风中送进阵阵清香。

周十九将头垂在琳怡的肩膀上,展颜一笑:“你让我住在书房,这几日我半步也没走进来,唯一破例是站在窗下看看你,姻家的事就算我没伸手帮忙,是不是也能将功补过。”

要说周十九完全没有帮忙也是不公平:“朝堂上都是郡王爷一手安排的,怎么能说是没帮忙。”能够避重就轻让那些看笑话的官员首当其冲被皇上厌恶,不管是周十九还是陈家、姻家都少了罪责。

“这几日书房冷得很,我和幕僚谈政事又到深夜,厨娘做的东西实在难吃……你做的竹笋汤晚上是不是要多盛一碗给我。”

就像小孩子伸手要糖果一样,不过是缠着她要碗竹笋汤喝。

“出门时我已经去厨房炖上了。”琳怡笑着道。

周十九似是沉默了一会儿:“真的不怪我了?”

琳怡抬起头来看着周十九脸上的笑意,轻轻颔首。

夕阳落下,周十九脸庞微红,眼睛明亮,伸出手指整理琳怡的发鬓,慢慢地靠过去一吻落在琳怡的额头上:“元元说话向来算数,这么说我就不用怕哪一日又被赶去书房。”

这话说出来让琳怡心中生出一种奇怪的感觉。

琳怡和周十九从套间里走出来,巩妈妈来道:“晚饭已经准备好了,老夫人那边来人说,想要让郡王爷和郡王妃去第三进院子吃饭。”

婶娘来请,总不好不去吧!

琳怡侧头看向周十九。

“不去了,”周十九微微一笑,“我去请个安就回来。”

也就是说不用她一起过去,那她倒是乐得不用去陪坐。琳怡将周十九送走,转身吩咐巩妈妈摆饭。

巩妈妈低声问:“郡王妃不好不过去吧?万一被人说三道四……”

就是这个时候才不怕，只要周老夫人敢说她就敢收下。现在大家正睁着眼睛看两家如何不和，她何必在这时候做戏，替他们遮掩。干脆这时候关系尴尬起来才好，他们就不必披着一层皮过日子，免得他们人前演得辛苦，她还要应付着叫好。

周老夫人在东侧室里的雕菊花二郎敬母的木炕上坐下，申妈妈亲手打帘将周元澈迎进屋内。

周元澈向长辈行了礼，申妈妈小心翼翼地捧上海棠色的钧窑小碗，然后退了下去。

周老夫人眼看着周元澈抿了口茶，支起身来问："这几日外面闹得凶，不知到底要不要紧，这一会儿听说你回来了，就想着让你们过来吃个饭。"

"那边已经摆好饭了，"周元澈笑着道，说着向周围看看，"大哥大嫂没有过来？"

周老夫人慈祥地一笑："来看了一眼，已经走了。"

周元澈目光不动，嘴角含笑："大哥向我提过想要在朝廷里谋个职，前些日子一直没能寻到机会，正巧京营要进宗室子弟，我就将大哥的帖子递了上去，这次大约有二十几个缺儿，我算了算总该差不多能选上。"

什么时候不好递帖子偏要等到这时候。

看起来是件好事，若是让人前后联系起来，像是他们逼迫康郡王给元景寻前程。

周老夫人不说话，周元澈有些迟疑："皇上说起，宗室也要靠文武谋前程，这样的差事已经十分难得，虽然官职不高，若是能立下功劳将来也是有成就的。"

将她的话一下子封死，不肯应下差事，就像是嫌弃官职太小。

怎么都是个错。

周老夫人叹口气："你大哥哪里是做官的料，只怕到任之后给你脸上抹黑……"说着顿了顿，"我们这一家人只要平平安安就是福气，有你在朝廷任职，我们家已经是光鲜，再有子弟入仕在宗室里也是说不过去……"这官职说什么也不能应下来，想要一下子将她压下去也没那么容易。

周老夫人慈祥地道："你叔父和我搬进康郡王府已经惹人非议，再这样下去，只怕你叔父和我的脸面都没处摆放，你大哥自己有本事早晚窸窸窣窣也能拿来，现在你才去了护军营，怎么好在这个时候……"

周老夫人话音刚落，只听外面一阵窸窸窣窣声响。

周大太太甄氏的声音急急地传进来："娘怎么好这样说，老爷哪里是没有本事，咱们宗室入仕还不是要举荐才能有的，文武科考我们都不能应，老爷的报国之心还不能成全了？"

周老夫人脸上一凛皱起眉头看向申妈妈，申妈妈还没迎出去，甄氏已经甩着帕子进屋来。

甄氏才向周老夫人行了礼，很快又是一阵脚步声，周元景也进了屋。

夫妻两个一前一后急匆匆的模样，让周老夫人皱起眉头，呵斥甄氏："你这是做什

么？”

甄氏脸上一红，握紧帕子，想到周元景的官职就在眼前，错过这个机会不知道要等到何时：“娘，媳妇说的是实话，不是都说举贤不避亲，总不能因郡王爷才被奖赏，老爷就还要等……”

周元景顶着满身酒气，目光直挺挺地看向周元澈：“宗室子弟不少已经在朝廷寻了差事，若是郡王爷能举荐，我将来也能为朝廷立功。”

甄氏拉着帕子道：“就是这个意思，我们老爷还能让郡王爷丢脸不成？郡王爷举荐谁还不是一样的，”说着小心翼翼地看向周老夫人，“娘，您就放心吧，元景也不是游手好闲不务正业的，从前家里请武功师父，元景一样跟着学，要不然郡王爷也不会举荐。”

周老夫人一掌拍在桌子上：“现在我说话谁也不听了？”

甄氏顿时噤声。

周元景挺着脖子不肯低头，甄氏用余光扫向周元景。

周元澈微微一笑：“婶娘不用动气，既然大哥想试，何不就成全了大哥，”说着起身，“大哥、大嫂稍坐，我还有公务要处理，就先回去了。”

申妈妈将周元澈送出屋。

外面的隔扇门关上，周老夫人一眼扫向周元景：“连什么官职都没弄清楚就忙着答应下来，万一拨了你去护军营，将来你出了事要郡王爷大义灭亲？”

周元景睁大了眼睛：“不是说好了要提做侍卫？”

周老夫人望着不争气的儿子、媳妇，冷笑一声：“我都还没听说是侍卫，你们两个如何知晓？”

甄氏本来热火般的心如同被浇了一盆冷水，从头到脚打了个冷战，“是郡王妃院子里的婆子将话带给我的，我和老爷这才赶过来。”

在郡王府里布了耳目，到头来却被人所用。

周老夫人看向申妈妈：“告诉大太太刚才郡王爷是如何说的。”

甄氏看向申妈妈，申妈妈为难地颔首，甄氏这才真的信了：“娘……这可不怪媳妇……媳妇在外面听娘说那些……不是将老爷的仕途封死了？这才心下着急。”

周元景尚未清醒：“着什么急……宗室子弟那么多入仕的……平日里在衙门里混吃混喝……三叔家的……舌头短一截话也说不全……不管是什么差事……我还能及不上他们……”

周元景的脾气，不管是得意还是生气都要先回去灌上一顿酒。陈氏早就将这一切安排妥当，等到周元澈回来自然而然水到渠成。

“大老爷，”周老夫人声音一高带着讽刺，“要提前程，先醒醒酒再说前程。”说着扶着矮桌起身，不愿意再看儿子、媳妇一眼，让申妈妈搀扶着去内室。

甄氏不知道怎么办才好，伸手去碰周元景：“老爷，这可怎么办才好？”

周元景正觉得天旋地转，甄氏这样扑上来，他伸手一挥将甄氏推到一旁，自己也一偏头“哇”的吐在地上，溅了甄氏一脸。

周十九连着添饭，将大厨房的厨娘喜得眉开眼笑。

尤其是琳怡亲手安排的汤，让周十九吃得一点不剩。厨娘将最后的汤底倒出来尝了一遍又一遍，汤是好喝，可是她做得也不差啊，怎么郡王爷就不爱吃呢。

“元元，”两个人梳洗好了躺在床上，周十九唤着琳怡小名将琳怡抱在怀里，“让我瞧瞧脚好了没有？”

这么长时间了，不过是烫伤了一点，怎么可能不好。

修长的手指放在她的脚上，琳怡微微缩起来。

周十九笑得优雅，一根手指比在嘴边让她噤声，看过她白皙的脚背又在烛光下静静地看了她半天，目光忽然一皱，如同泛开的波纹：“想你了，”声音清脆，眼睛纯净，伸出手来抚上她的脸颊，“站在窗底下看你的时候，就想你了，知不知道，”那双眼睛愈发明亮愈发的幽深，“你也不肯转过头来瞧我一眼。”

若是不知晓周十九的酒量，琳怡还当是酒酿圆子让他醉了。

周十九的确带着醉意，神态依旧风流，只是少了份慑人的寒意，多了几分炽热，不知道什么时候和她第一次见到时已经不一样，琳怡觉得胸口微微酸涩起来，如同突然间闻了柑橘的味道，一直酸到了心底。

衣带子被扯开来，如混着柑橘花和松香的香气扑面而来，让琳怡脸上一热，微微出着汗。本来已经重新换过的被褥，又重新染了这样陌生又熟悉的味道。

她的衣带也被扯开来，与炙热的皮肤相贴，琳怡立即感觉到强而有力的心跳，清晰得仿佛一下下敲在她的胸口上，让她的心微微挛缩，全身汗毛竖立，却又被周十九手掌的温度熨得服服帖帖。

周十九的手沿着她的腰身抚下来，轻轻握住，柔软的嘴唇寻着她的，轻轻的亲吻，一下子轻浅一下子又一下子深切，让她喘息不得，却不消片刻便将她放开。

“刚才下朝的时候，让人送了两坛桂花酒给岳父，算是赔罪。”

桂花酒不会让人喝醉，却也带着酒香，能平定心神。这酒也是让父亲安心，虽然政见不一，但是女婿还是女婿。

能想到，这坛酒能让父亲睡个好觉，父亲没有支持周十九的政见总觉得心中有愧。

周十九从来都能看透人心。

周十九嘴上说话，手下却不闲着，转眼间就将衣袍都褪下，微微伸展露出漂亮的腰线。周十九嘴角一翘，笑容高深莫测：“元元冷不冷？”

那笑容让人觉得耀眼，琳怡轻阖上眼帘：“不觉得冷。”

“那是因为我抱着元元，可是现在我觉得冷呢。”

琳怡睁开眼睛，眼前周十九那如同白玉雕琢的脸颊没有半点红晕。

怎么好意思说出口。

琳怡不由得笑周十九。

周十九却受得十分坦然，没有半点异样，笑容纯粹如一轮光彩的明月。

第八十九章 温存·忠告

周十九低下头来轻轻抵着琳怡的额头，和琳怡一样无声地笑。

不知道什么时候周十九将灯吹灭了，月光一下子从黑暗中露出来洒在两个人身上。身上的衣衫都除下，周十九依旧笑容从容。

两个人皮肤相接，如温暖的流水般，又暖和又亲切，一会儿功夫就热起来，像是一块热炭几乎让她喘不过气。

轻轻的耳鬓厮磨就像羽毛一般划过心口，痒痒的又让人觉得舒服，琳怡第一次笑出声，轻推周十九。

听到琳怡的笑声，周十九突然间停下来。

琳怡仰头看过去。

周十九莞尔一笑，老神在在的模样让琳怡想到新婚之夜，周十九向她要压箱底看时的情形。

那时候她看了一眼就挪开了目光。

她很少一直和周十九对视，因为周十九的那双眼睛虽然漂亮却能看透人心里所想，她十分清楚地知道这一点。

这一次，她却不准备挪开视线。

他探究她，她也可以看清楚他。

她虽然羞涩却带着些许兴味，似是在琢磨他脸上从容的神情。

屋子太昏暗，可是她的眼睛依然明亮，安静地躺在那里，泾渭分明一眨不眨地笑着看他。

她从来不轻易吃亏。

无论是盛气凌人的拒绝，还是婉转的算计，就是有一种让人学不去的聪明。无论外面怎样喧嚣，总是有一种闲倚在窗前品茗的安闲。

这样的神态会让那些不喜欢她的人恨得牙痒，让那些喜欢她的人追逐她的笑容。

所以郑七小姐第一眼瞧见她就恨不得和她做了手帕交。

周十九微闭上眼睛将身体慢慢向前推，眉角的春意，让人看了脸红，帐子里暖香萦绕在鼻端。

本来她的目光胜他一筹，可是转眼就被他扳回一局。

他总是知晓她的弱点在哪里。

一丝丝的推进，便如香炉里飘出的一缕缕香烟，正好飘在身上，香中透着蜜般的甜，那感觉想要捉却又能从指间溜走，若有若无，断断续续，闭上眼睛如在云端，久而久之，让人眼睛微潮。

大约是好久没有，这次时间格外的长，琳怡开始觉得身体的力气渐渐地消磨光了，垂在周十九腰际的腿也微微抖起来，琳怡伸出手去推身上的周十九。

触手之际，却发现光滑却紧致的皮肤上都是细密的汗珠。

“再一会儿就好。”周十九微笑着，伸手将琳怡的腿抬起来放在肩膀。

琳怡吓了一跳，不由得挣扎：“好了，别……”

周十九微笑着，笑容如晨光渐亮般慢慢扩大开来：“元元别动，这样我很疼呢。”

是她疼还是他疼。

周十九合敛笑容，那双不见底的眼睛里带着坦然：“让我更深一点好不好，才能更快活。”

琳怡觉得浑身的血液一下子冲到脸上，推周十九的手也就软下来，腰就被抬高了几分……

足足折腾了一个时辰这才好了，周十九让人端了热水进来，琳怡糊里糊涂地洗了个澡，才一起身就被周十九抱去了床上。

躺下来琳怡终于松了口气。

“元元见没见过真正的江南水乡？”

琳怡想起之前她让人买来江南画卷，烟雨中淡淡的婉约。

“我去过，真的很漂亮，元元想不想去？”

明知道女子约束甚多。

琳怡道：“我去不了，那边没有近亲可走动。”

周十九笑道：“我带你去，等到我们闲下来了我就带你去。”

说说罢了，朝会日日都要去，哪里能得闲。

听到琳怡似是“嗯”了一声。

听着琳怡均匀的呼吸声，周十九微微一笑：“我是说真的。”

周十九大约睡了两个时辰就起身，琳怡迷迷糊糊地看了一眼，想要跟着起来，只听周十九说了句：“多睡一会儿，等厨娘准备好早饭再让丫鬟喊你。”

琳怡只记得似是微微颔首，还想着要起身嘱咐丫鬟，不知道怎么的转眼就睡着了。待醒过来的时候，屋子里静悄悄的，连廊下的鹦鹉也没了声音。

琳怡起身没急着去拽床边的铃铛，而是披上衣服亲手将窗子打开。

夹竹桃和翠竹在风中摇曳，白芍、橘红、玲珑几个坐在院子里轻轻地说话，白芍边说话边看过来，看到琳怡忙起身：“郡王妃醒了。”

橘红跟了进来，玲珑忙去吩咐丫鬟端热水。

白芍这时候上前低声道：“早晨郡王爷走的时候，大太太和大老爷过来了，不过没能拦住郡王爷。”

没能拦住周十九，以周元景和周大太太的脾气定会来她房里闹啊。

“大太太过来找郡王妃，奴婢们说郡王妃还没有起身，大太太不肯相信，就要大声喊。谁知道半路上郡王爷回来了，问大太太这是要做什么，天还没有亮怎么就跑到二进院子来了，”白芍说着顿了顿，“郡王爷当着大太太的面将第二进院子守门的婆子发落了。”

发生了这么多事，她竟然半点不知晓。

琳怡扬起眉毛，“守门的婆子呢？”

白芍道：“在柴房关着。那婆子听了话本要呼喊，郡王爷说若是喊叫就直接撵出府去。”意思很明白，别让大家脸上不好看，“婆子就半个字也不敢吭，活活挨了二十板子。”

周十九发落看门的婆子，其实是在给甄氏看。

说撵出府，也包括甄氏在内。

守门的婆子是巩妈妈亲手挑选的，这是周十九一早定下的戏码，巩妈妈和守门婆子配合演了一出戏，就是要做给甄氏看。

甄氏大早晨在康郡王府闹的事，很快就能传出去。

这下子周老夫人一家想不息事宁人也没有了别的路可走。

婆子来换床褥，琳怡洗好了坐在凳子上梳头：“怎么没听到鹦鹉叫？”

白芍笑着道：“郡王爷上朝的时候吩咐的，让将鸟儿拿远些，等到郡王妃醒了再拿回来。是怕扰了郡王妃休息，奴婢们也是远远退了出去，只留了人听铃铛声。”

巩二媳妇边给琳怡挽头发边抿嘴笑：“咱们郡王妃真是好福气。”平日里从来不说话的老实人，现在也说起话来。

看琳怡不说话，巩二媳妇忙道：“都怪奴婢多嘴多舌。”

看着巩二媳妇的憨态，琳怡也忍不住一笑：“好了，我也没怪你。”

梳妆好了，琳怡站起身。

白芍又捧来只精巧的黄梨木一叶扁舟方匣：“这是郡王爷吩咐给郡王妃的。”

琳怡看过去，匣子是刻花镶贝的虽然精巧没有什么特别，匣子上的锁却是不常见到的。

“这只匣子能打开吗？”玲珑都觉得奇怪，“那锁看着怪模怪样的。”

不能打开怎么叫匣子，橘红好笑地瞪玲珑一眼。

琳怡将锁头放在手里看了：“这是孔明锁，还是我从前没有见过的样式。”做得十分精巧，比她从前见过的都要好。

琳怡放在手里试了试没能将锁打开，这把锁太小，要用钗子来拨动，琳怡正要拿起来仔细看，巩妈妈进屋道：“郡王妃，广平侯府那边，老太太有些不自在，夫人捎了消息，请郡王妃回去看看。”

祖母病了？若是寻常不舒坦小萧氏不会让人传消息过来。

琳怡心里一缩，只觉得闷闷的不舒服，长出一口气稳住心神，低声吩咐巩妈妈：“让门房备车去请姻语秋先生一起过去。”

巩妈妈应下来，带着人去安排。

琳怡不敢耽搁径直回到广平侯府。小萧氏红着眼睛迎出来：“刚才不知晓是怎么了，我们开始还好端端的在说话，一转眼间就……就……我赶忙让人准备救命的药，药吃下去了，也只是睁开眼睛看了我一眼。”

琳怡加快脚步跟着小萧氏进了屋，撩开帘子牛黄的味道扑面而来，赶来的御医刚好开了方子递给小萧氏，小萧氏看不懂这个又递给琳怡。

老人家多是旧疾。这药方也是治痰壅之症。

小萧氏吩咐丫鬟去取药，琳怡去内室里看长房老太太。

“祖母。”琳怡轻唤一声，床铺上的长房老太太一动不动。

祖母最是疼她，若是平日里听说她回来了，早就让人准备好了她爱吃的点心，笑着等她进门。

白妈妈擦了擦眼泪上前道：“郡王妃不要太着急，御医说是旧疾，吃了药说不定就能好转。”

上次姻语秋先生过来，祖母知晓先生为姻家事发愁，推说不肯请先生看脉……她也觉得等过两日福建的事告一段落，再请姻先生为祖母调理身子，没想到……这就……

琳怡正想着，橘红急匆匆地进门禀告：“姻先生被传召进宫了，恐是今日不能来。”

偏偏赶巧在今天。

琳怡望着长房老太太如金箔般的脸色，解下腰间的牌子：“去请太医院的院使大人来一趟，就说广平侯家太夫人身子不适。”

太医院的院使是常给皇太后、太妃们开方子的，对于老人家的这些病症十分拿手，一会儿功夫就施了针开出药剂。

琳怡又吩咐将内务府特供的药拿来给长房老太太用上。

大家聚在屋子里等了两个时辰，长房老太太这才醒过来，眼睛在屋子里转了一圈，落在琳怡脸上，想要挣扎着起身却没能支撑起来，从前红光满面和她说笑的祖母，一下子虚弱成这般，琳怡的眼泪一下子涌了出来。

“祖母，”琳怡上前拉住长房老太太的手，“有没有好一点？”

长房老太太憔悴的脸上露出一抹笑容：“好多了……你就安心吧……”说着顿了顿，“听说你将太医院的程供奉请来了，有没有打理好，那毕竟是常在皇太后身边伺候的。”

琳怡露出笑容："祖母安心吧，我用的是康郡王府的牌子，外面有郡王爷呢。"这时候还关切她，生怕她失礼。

长房老太太听了点点头，看看桌子上的沙漏："时辰不早了，你们早些散了吧！"

琳怡低声道："祖母身子不好，晚上我还是留下吧。"

长房老太太皱起眉头："那怎么行……"说着喘息了一阵。

琳怡忙伸手帮长房老太太理气："我总要教教厨娘做些药膳出来，光靠药总是好得慢些。"

小萧氏也道："是啊，琳怡回去也不安心，倒不如和郡王爷说一声，就算走也要等晚上看看情形。"

长房老太太经这样折腾早已经没有了力气，微阖上眼睛缓缓点头算是应了。

琳怡轻手轻脚地将软绒被子给长房老太太盖好，等到长房老太太睡着了，琳怡和小萧氏才到了东侧室里坐下。

程院使刚才已经说得明白，长房老太太的病没有别的法子，只能平日里养着，但是病来如山倒，长房老太太年纪大了经不起这样的折腾，这次就算能缓过来也不能保证下一次就能好了。

小萧氏想想那些话也掉了眼泪："早知道真不该让老太太去郑家，这样来回奔波才会病倒了。"

听得这话白妈妈脸色忍不住一变。

小萧氏这才发现自己失言了。长房老太太不想让琳怡知晓去郑家的事，好在琳怡想着长房老太太的病，没有在意。

小萧氏忙拿了茶来喝。

长房老太太不放心陈允远，特意去郑家探口风。本来现在是皆大欢喜的结果，郑老夫人却没那么轻松，话言话语中总是带着深意。

姻家不肯入仕，皇上一直耿耿于怀，从前郑阁老在皇上面前提过姻家，皇上当时的话是，早晚要让姻家人为朝廷、百姓尽尽忠心。

那话虽然说得平常可是皇上眼睛中那股寒气郑阁老依旧记忆犹新。这次皇上将姻奉竹留在宫里，一直没有放出来，郑阁老也是好不容易才打听到，皇上让姻奉竹将建水师的弊处写成折子，然后寻主战的武将来驳斥，此番动作仿佛是和陈允远之前参奏的众朝工公私不分，利用政事排除异己有关，皇上此举是想要支持那些一心为国事着想的朝臣，其实郑阁老知晓，皇上心中对姻家的那口气不可能一下子平息。

郑老夫人将这话说给长房老太太，长房老太太就一路思量，生怕姻家有个什么闪失，琳怡可脱不了干系，要知道胆大地将姻语秋推荐给皇后娘娘的人正是琳怡。

白妈妈知晓老太太就是思虑过重才会病倒，只是长房老太太之前吩咐不可与郡王妃提起。

琳怡去厨房里给长房老太太做药膳，不多会儿二老太太董氏那边听到了消息陆续赶了过来，琳怡在堂屋里见到琳芳。

琳芳在女眷中坐着，听到琳怡的脚步声抬起头来。

目光对视，琳芳的眼睛一扬，漂亮的脸上多了几分气势。大家起身向琳怡行礼，琳芳也不情愿地站起身敛衽拜下去。

二老太太董氏询问长房老太太的情形。

琳怡道：“只是需要将养些时日。”

二老太太董氏煞有介事地颔首，仍旧不放心一直坐到长房老太太醒过来，董氏才亲自过去探望。

这几日宫里的动静渐大，不知道是谁问了一句董家和陈家是姻亲，好像不见有什么动静，董长茂的正妻尚氏来跟陈二老太太董氏商量：“快有些动作吧，不然会有人说董家在看热闹。”

正好长房老太太病了，二老太太董氏带着全家老小来探病，又亲切地问起广平侯陈允远最近朝局如何，活脱脱是个慈母的模样。到了晚上就连琳婉、周元广和林正青也来了，唯有周十九被绊在衙门里。

小萧氏张罗家宴，琳怡一手操办长房老太太的饭食。

进了小厨房，直到最后一道菜做好，琳怡才让丫鬟趁热端去长房老太太屋里，她也跟着出了门，走到花园里琳怡深深吸了口气，耳边忽然传来一声男音：“郡王妃好久不见了。”

是林正青的声音。

琳怡转过头，看到林正青从假山石那边踱步过来。

琳芳嫁去林家，琳怡就知晓日后在这样的场合里她不免会遇到林正青，本来被突如其来的声音骇了一下，转眼就烟消云散。

旁边的玲珑跟紧了几步，警惕地站在琳怡身侧。

林正青不知道看一个人会有多种的情绪，从一开始的好奇到后来的怒气几乎在他不知晓的情况下一气呵成，让他措手不及，却又觉得很好玩。就像是一个永远也试探不完的游戏。

琳怡从林正青面前走过。

若有若无的声音飘进她的耳朵：“你嫁给他是想要报复还是忘记了从前的事？聪明人都知晓，千万莫要重蹈覆辙。”说完之后带了一声轻笑。

琳怡脚下不停却将林正青那些话听了个清清楚楚。

林正青是什么意思？

重蹈覆辙说的是她和周十九？

长房老太太的病不见明显好转，琳怡干脆让巩妈妈回去传话，她就留在娘家住一晚。

周十九公务繁忙正巧也没能回府让桐宁来陈家带消息：“郡王爷说了，今晚就在衙门里歇了，让郡王妃安心住在侯府。”

琳怡颔首，让桐宁仔细伺候周十九，桐宁应了一声出府去，琳怡回到长房老太太房里，

就让玲珑在侧室里铺床。

一直看护着长房老太太睡熟，琳怡这才躺在床上。

林正青的小人行径她是再了解不过，林正青的话她也从来不放在心里。

却不知怎么的，安静下来眼前浮起的都是周十九的笑容。

虽然笑容温雅，眼睛深处却是阴狠和冷漠。

琳怡辗转反侧。

成亲之后她刻意和周十九相敬如宾，借此掩盖两个人之间的陌生和疏离。

昨晚却有了些触动，不管是周十九说起父亲，还是姻家，那一刻她是觉得很温暖的，相处了一段时间，随着两个人慢慢地互相熟悉，也许会不同起来。

就像她也会觉得羞怯，也会在周十九面前放松下来睡个懒觉。

今天早晨她尚觉得心中舒畅，回到娘家之后她就发现有些不对劲的地方。

一时之间还说不清楚，可是那种感觉怎么也挥之不去。

琳怡坐起身，屋外的玲珑没有睡着，听到内室里的声音披着衣服拿了烛台进屋：“郡王妃怎么了？是不是担心长房老太太睡不着？要不然我去点些香来，等郡王妃睡下了，我再撤掉。”

琳怡摇摇头，干脆吩咐玲珑：“明天一早就去请姻语秋先生。”姻语秋先生进了宫，该是会听到些消息。

临到天亮，琳怡才睡了一会儿。

琳怡穿好衣服去长房老太太房里，长房老太太已经醒过来，精神比昨天看来好了许多。

祖孙两个才说了两句话，宫里的消息传出来，皇上临时免了早朝。

这情形可是很少见的。

皇上昨晚在南书房，今天仍旧留在里面，只偶尔传召臣下入宫。

去接姻语秋先生的人还没回来，陈允远忙着让人又带了消息：“郡王爷被罚了半年俸禄，姻奉竹还在宫里。”

如同一块悬在头顶的石头，不知道什么时候会落下来，落下来之后砸在哪里。

就这样慢慢地磨着人的神经。

南书房那边仿佛要今日有个结果，消息从各个渠道送出宫来。

姻语秋先生才踏进陈家，就有个让人意外的消息：“姻奉竹愿意随大周朝的商队出海。”

商队是经常在海上遇到倭寇或是海盗的，文弱的姻奉竹愿意亲眼看看倭寇和海盗的猖狂。

姻语秋先生听得这话，脸色一下子变得异常难看。

早就想过许多种结果，却不料是这样。

皇上没有明令赏罚，不知这到底是福还是祸。

小萧氏道：“听听郡王爷怎么说。”和姻奉竹一起被处置的还有康郡王。

和她想象的差之千里，琳怡一时沉默。

第九十章 失望

“我哥哥最怕水的，我常想去海边看渔船，哥哥说什么也不肯带我去，”姻语秋想到这个微微一笑，抬头看向琳怡，“要是从前我是怎么也不会相信哥哥会随商队出海。”

琳怡嘴里微涩：“先生先别急，这消息也不一定准，不是还没有圣旨下来么……”

姻语秋摇摇头，嘴角浮起一丝不能再浅淡的笑容：“皇后娘娘已经和我说过了，皇上有意赐哥哥忠勇侯。”

忠勇侯，这几个字背后的意思不言而喻。

姻语秋道：“我知道哥哥不可能答应。”家中的长辈相传，家中子弟至少在大周朝不能入仕，哥哥一直听长辈们的话。

姻家曾被前朝皇帝器重，前朝朝廷授给姻家三块旌表，孝子、贤人、节妇，姻家一直妥善收藏，因此姻家才名声极高。

姻家不肯入仕已经不是秘密，与姻家结交的书香门第入仕者也比前朝时不知少了多少。就算有族人、子弟在朝廷任官，不过就是屈于小吏，只保自家安宁，不肯真正出力。经过了几代，姻家族人干脆习医术救人谋生，不肯再碰触政事，这些年倒也做得自在。

姻语秋道：“哥哥送百姓请命书进京就没想着会平安回去，”说着叹口气看向琳怡，“你已经尽力了，接下来也只能看天意，说不定哥哥能化险为夷。”

光是“忠勇侯”这三个字就不易。

姻语秋先生去内室给长房老太太看脉，琳怡等在外间，刚喝了半盏茶白妈妈捧了锦盒进屋。

盒子放在桌子上，白妈妈轻声道：“是五王妃送来的药。”

宁平侯五小姐？她何时和陈家长房这样亲厚了。

琳怡伸手将药盒打开，里面一只只小瓷瓶上都贴着内务府的黄签。

白妈妈道：“夫人也是不想收，只是碍于五王妃的面子，不太好推辞。”

送上门的好意哪里就能拒绝。

琳怡将盒子里的药看过一遍，然后递给姻语秋先生看：“不知道能不能用得上？”

“内务府的药总是好的，”姻语秋将药拿出来，“正对老太太的病症，能送来这些也是有心。”

若是五王妃将药送给二老太太董氏，琳怡倒不觉得奇怪。

琳怡亲手给姻语秋先生倒茶，姻语秋拉起琳怡的手：“老太太的病有太医院看护，一时也不会有什么大碍，就要看今年冬天会不会有变化。”

琳怡颔首。

“倒是你，”姻语秋笑着看琳怡，两个人眼睛中彼此都有几分憔悴，“身子不如在福宁的时候了，手又湿又冷，”说着沉下眼睛，“平日里还是少费心思。”

“我没事，只是昨晚没有睡好，”琳怡说着顿了顿，“倒是先生要保重身子。”

不知怎么的，话说到这里琳怡胸口更觉得堵得厉害：“不如先生从院子里搬出来，住到西园子，我们也好有个照应。”

姻语秋摇头：“等皇后娘娘凤体康健了，我还是要回福宁，等哥哥有了消息我也好知晓。家里长辈年纪都大了，家里之事都要我帮衬。”

没有提让她再帮忙的事。琳怡眼睛一红，眼泪几乎落下来，急忙用帕子擦了强露出笑容：“我还以为先生能在京中多待些日子。”

姻语秋眼睛一亮：“我们有缘分，说不定哪日又相见了，何必图一时。”

这话的深意，现在也只有琳怡能听懂。

朝廷果然赐给姻家忠勇侯，姻家少不了要让子弟入仕，尤其是承继爵位的嗣子说不得是要搬进京里的。

姻语秋恍然一笑：“这样也好，平日里在家中，就算大家不说，其实也是担心哪日就会大祸临头，而今祸事果然在眼前，倒也不觉得有什么可怕，”说着看向左右，见没有旁人这才接着说，“来之前，父亲和哥哥还将家里的藏书送出去不少，但凡亲友都写了书信，免得哪日谁糊里糊涂就受了牵连，哥哥不怕别的就怕让旁人无辜受累。”

“来京里之前，我还想说不定会牵累你，你要知道，幸亏有郡王爷在外打点……”

其实这件事的首尾，就算姻语秋先生不说，琳怡如今也明白过来。

“先生，”琳怡长吸一口气，让情绪平复下来，“何不想办法劝兄长接受朝廷封赏，若是兄长断然不肯接受，姻家总还有本宗后人子孙能……”

姻语秋颔首：“我知晓你的意思，只是现在修书回家不一定能送到，眼下迫于眉睫，再周旋也来不及了。”

姻语秋的脸色比刚才更白了些。

琳怡沉默了片刻：“要不然去求皇后娘娘，先生才从宫里出来不方便出面，我想法子看看能不能递牌子进宫。”

姻语秋微微一笑：“你真的觉得这是好办法？”

不过是慰藉罢了。琳怡怎么会不知晓，皇后娘娘能帮忙昨日就会提醒姻语秋先生，现在再去求也是同一个结果。

姻语秋先生在琳怡心里不同于寻常人。姻家兄长也是一样，从前她被姻语秋先生罚抄书，还是姻家兄长帮忙求情。

在姻语秋先生面前只要犯了错，瞄到那个身影，琳怡总会松口气，心中庆幸她的救星来了。

质胜文则野，文胜质则史，文质彬彬，然后君子。福宁那边她常听人这样谈论姻家公子。

送走了姻语秋先生，小萧氏帮琳怡张罗起回郡王府的东西，嘱咐琳怡：“回去好好歇着，老太太这边有事我就让人送信过去。”一副说什么也不留琳怡在家的模样。

小萧氏还不忘给琳怡添做衣衫，一边收拾一边嘴上不停：“姻先生的事你也不要太担心，外面总有郡王爷呢，咱们妇道人家只要管好内宅也就行了。”

在小萧氏眼里，琳怡最大的靠山就是周十九。

她能依靠的周十九，是要与周十九同心同德才行。

这同心同德恰好是夫妻之道，周十九早就知晓，有一天她必为这个原因折服，心甘情愿地帮衬他。

琳怡迎上小萧氏的目光：“母亲安心吧！明日我再来看祖母，”说着顿了顿，“母亲也要好好歇着，晚上就让白妈妈帮着照看祖母。”

小萧氏一早就将床铺搬去了长房老太太房里，是准备床前侍奉药汤了。

琳怡回到康郡王府，给周老夫人请了安，吩咐厨房准备晚饭，这才进内室里歇了一会儿，等到睁开眼睛，正觉得嗓子发干伸手去拿矮桌上的茶碗，就看到周十九俊逸的脸颊和嘴角悠然的笑容：“醒来了？我新换了茶刚好能喝。”

琳怡起身喝了茶，才觉得嗓子清润了些，可是声音仍旧有些沙哑：“郡王爷什么时候回来的？怎么没让丫头唤我起身？”

周十九看着琳怡安宁的表情道：“也是刚进院子，听说你睡着了没让人打扰。”

琳怡垂下眼睛：“饭菜准备好了，还是先吃晚饭吧！”

周十九笑容更深些：“好。”

晚餐厨娘准备得十分丰盛，只是琳怡没有胃口，坐在一旁慢慢地吃饭，静等着周十九。

从来都是要添两碗饭的周十九，今晚好像也不太想吃东西，很快就放下碗筷。平日里吃过饭，周十九总要在临窗的大炕上坐下，看着她吩咐丫鬟做这做那。

周十九喜欢吃过饭后，边看书边吃些点心。

琳怡才要吩咐橘红将核桃酥端上来，周十九却已经起身：“今晚公文不少，恐怕到很晚才能处理好。”

周十九极少将公文带回家，晚上下了衙多数时候是和她说说话，下下棋。

琳怡低声问：“要多晚？”

周十九一偏头，笑得眼睛半眯起来，嘴角的弧度翘起：“若是元元等我，我就早些回来。”说完话目光似是停顿下来，静静地看着琳怡。

不知怎么的琳怡仿佛看出些柔软的期盼来，那份期盼一直等候着，生怕琳怡会张嘴说出别的话，从容的神情中也透出淡淡的疲倦，仿佛久在脸上的笑容随时随地都会垮掉一般。

周十九昨晚一直在衙门里，想来是没有阖眼，好不容易回到府里，哪有那么多的公文要看。

但凡谁看了这样的神情都会心软，就算有话也问不出口。

可是自从成亲之后，周十九在她面前从来都是看似坦诚，甚至示弱。大约是对周十九的脾性已经太过了解，她怎么能知晓这不是周十九的算计。

就是算计着让她不忍去问。

琳怡微抬起头："我只有一件事想问郡王爷，皇上势必要封赐姻家忠勇侯了？"

一针见血，又让他对这样的问题无从躲闪。

周十九仍旧笑着："是。"

"那郡王爷早就知晓姻家会为百姓请命上京，"琳怡说着满满地吸口气，房间里的栀子花香气飘进鼻端，"还是郡王爷亲手促成整件事，就为了让姻家人送上一条性命。若是姻家人死在倭寇手里，不但少了人阻止伐倭，朝廷还师出有名，以姻家人的声誉，福宁的渔民也能做出退让。"

琳怡看向周十九微笑的脸："我说得对不对？"皇上被百官称为圣君不是没有道理的，至少从表面上看来对于任何政见皇上都不会一意孤行，想要朝廷上少于争执，让文武百官顺利接受自己的决定，作为至高无上的皇上比谁都会利用权柄。现在大家都以为皇上接受姻家的意见，少花兵力在海上，实则不过是缓兵之计。姻奉竹被倭寇杀了之后，皇上更加可以顺理成章赏赐爵位给姻家。那些反对建立水师的人，开口反对之前又都会想起姻奉竹的下场，到时候支持的人将会占多数。

民心所向，朝工支持，大周朝的水师才得以顺利建立。

周十九眼睛里好像润着一层柔和的光："我以为元元要问我是不是被罚了半年俸禄。"

周十九和姻奉竹在皇上面前争论政见，输了的那方自然要受到一定的责罚，半年俸禄换了姻奉竹随商队出海，琳怡垂下眼睛："我不用问，郡王爷什么时候都不会吃亏，"琳怡微微停顿，"姻家公子和郡王爷是有交情的，郡王爷不准备提醒姻公子，这一去到底会有什么结果？"

周十九脸上的笑容停下来，一眨不眨地瞧着琳怡："元元真以为我什么都没和姻公子说过？姻公子不肯改变想法，总不能让我变了政见站在他那边，圣意已决，就算我站在他那边也不会有什么好结果。"

琳怡听得这话哂然一笑。

不是周十九的真心话，周十九从来就想要朝廷打开海禁，若果然是被逼无奈才走到这一步，她也不会怪周十九，只是周十九从头到尾都清楚最终会走到哪一步。

琳怡垂下手来，腕子上的玉镯碰撞出清脆的响声，这两只玉镯是她今天早晨特意戴的，周十九前几日拿来送给她的，两只镯子，一只是鲜艳的翡色，另一只是翠色，虽然不如蓝田玉贵重，漂亮在两只镯子的花纹对应，眼看着就能让人想起翡翠两个字的由来，雄鸟翡、雌鸟翠，羽毛是赤色和绿色，一对鸟儿合起来就是翡翠。

所以这对镯就是要一起戴来。

早晨琳怡戴上镯子，还故意将手伸出窗子去，轻轻转动手腕，两只镯子碰撞的声音清脆悦耳，可是而今只是觉得刺耳。

周十九看着琳怡的手腕：“元元什么时候戴的这对镯子。”

但凡她有什么变化，周十九早就察觉了，现在提这个无非是想要提醒她，她是康郡王妃，该站在他这边。

琳怡不再说话，转身要离开，才走了两步，手就被周十九握住。

“元元，只要有争辩就会有对错，姻家只因被前朝皇族器重就不肯在大周朝入仕，成祖、高宗先后想启用姻家人，都被姻家推脱，若是换做前朝任何一个皇帝，姻家都会被灭了满门。”

所以拖到现在已经很仁慈了。

她早知晓周十九的冷酷，却忘了周十九是正经的天潢贵胄，若论对大周朝的忠心多数人是及不上的。

琳怡心底突然烧起一把火来：“姻家已经与世无争，在福宁姻家悬壶济世，光是姻语秋先生就不知救过多少人……相比之下，有多少宗室子弟肆意妄为，郡王爷既然从大局出发，何不先从身边做起，让宗室子弟先做了表率，”说着轻笑一声，“我们陈家是勋贵，依然要帮衬宗室种土地养佃户，更遑论普通百姓。平日里赴宴席我也常听说宗室营那边出人命，倭寇远在海那边，死于倭寇之手的百姓，比灾荒时饿死的少了多少？姻家说少费军资减少赋税，哪点错了？凭什么宗亲、勋贵锦衣玉食，已经逃去福宁的姻家就要去送死。”

周十九从来没见过琳怡这样的目光，即便是昨晚，他想要竭力看清，也被她避开了去，现在却不再遮掩，而是真真切切地恼怒地瞧着他，第一次让他真真切切地看清她的情绪。

因为姻家、福宁，有她最快乐的时光，她将最真切的过往都留在了那里，进京之后她变得谨慎小心，将所有的情绪藏起来，凡事尽可能做到尽善尽美，可是唯有终身大事却被他算计。她虽然不曾哭哭啼啼地闪躲，却不代表心里没有思量、计较。

周十九仍旧微微笑着：“江南才子不少，每年参加科举的都不算多，姻家虽然避去了福宁，仍旧与江南的大族往来，若是姻家能为朝廷所用，朝廷不知道能选多少可用之才，这是皇上的原话，就算没有水师的事，姻家也不能再隐居避世。”

话说得再好听，也遮掩不住周十九真实的性子，只要对他有利，旁人一概可以不用理会，在周十九眼里，只有他自己。这样玩弄权术和成国公有什么区别？

若是她没经过前世说不定还会信周十九，可是经过了从前，现在的姻家和当年的陈家的情形如出一辙，就算她想要说服自己，都没有理由，更找不到借口。

周十九娶她不过是因利益驱使，陈家没有当年被夺爵之事，或是父亲没能帮衬周十九除掉成国公立下大功，周十九不可能大费周折地将她娶来。

这些不是她的猜测，是前世真真切切发生的事。

所以他们之间注定有隔阂。

窗外天际一亮豁然一声惊雷，如同巨大的烟火在天空中炸开，琳怡吓了一跳，回过神已被周十九拉进怀里。

周十九的手习惯性地轻拍她的肩膀，如同每晚睡前一样。

响雷过后，大雨瓢泼而下。

潮湿的味道顺着窗子飘进屋子，将屋里最后一点温暖也都卷走了。

琳怡从周十九怀抱中挣脱出来，吩咐橘红：“让人准备雨具出来，郡王爷要去书房。”周十九早就知晓姻家的事会传出来，所以追问她还怪不怪他，还说别真的将他赶去书房里睡，既然周十九早就预料到了，她也不必客气。

周十九笑了笑，最终也没说什么。

眼看着丫鬟擎着伞将周十九送走，琳怡坐在椅子上看着窗外的大雨。

橘红准备关上窗子，琳怡道：“就这样开着，透透空气也好。”

雨顺着窗子飘进屋里，倒让人觉得随意、畅快。

憋闷在心底的话终于一下子说出来，压在胸口的阴郁也被宣泄了不少。琳怡梳洗完躺在床上听外面的雨声。

一会儿功夫白芍来道：“书房的床铺好了，郡王爷不用旁人伺候。”

琳怡点点头：“落栓，都早些睡吧！”

白芍退下去吩咐婆子落栓，然后拿走了内室的灯。

眼前暗下来，外面的闪电不时地划过夜空。

琳怡听着外面的雨声，闭上眼睛，不知道什么时候睡着了。

第二天醒来，琳怡吩咐厨房做好早饭送去书房，琳怡拿着针线坐在书房里，等到周十九吃过饭出门，这才又回房里将府里的管事叫来说话。

长房老太太的病不见好，琳怡要经常回陈家，郡王府的中馈要事先交代好。管事的陆续退下，屋子里没有了旁人，巩妈妈半天才劝道：“奴婢也知晓郡王妃和姻先生有情分在，可是事到如今也没有了转圜的余地，您已经将话讲给郡王爷听……这也就行了……千万别就此生分了。”

琳怡知道巩妈妈的意思，除非周十九不要她，否则就是一辈子。如果两个人就此生分了，周十九还可以纳妾回来，她却要失去了夫君的庇护：“妈妈放心吧。”那些话就算她不说，周十九也心知肚明。

至于旁的，她现在还不愿意去想。

她刚刚和周十九成亲，一切只是个开端。